중국민속사
中國民俗史
2

이 번역서는 중화학술외역(中華學術外譯) 프로젝트(15WMZ002)에 의해 중국의 국가사회과학기금(Chinese Fund for the Humanities and Social Sciences)으로부터 지원을 받았습니다.

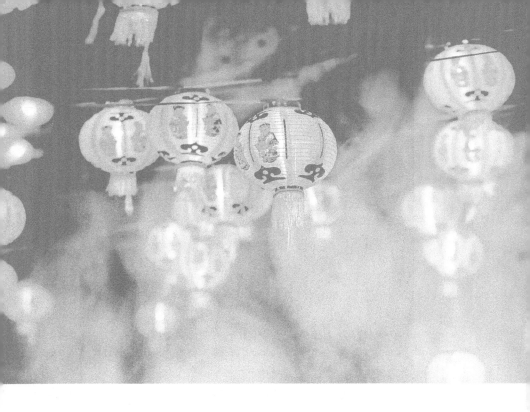

중국민속사

中國民俗史

2

종경문鐘敬文 주편
조복림晁福林·화각명華覺明·유정劉禎 저
범위리范偉利·단아段雅 역
신범순申範淳 감수

學古房

역자의 일러두기

1. 원저에 인용된 고전의 변역에 있어서『임동석 중국사상 100권 번역 시리즈』(동서문화사),『신선 명문 동양고전대계』(명문당),『동양학총서 시리즈』(자유문고),『국어』(신동준 역주, 인간사랑, 2017),『주역』(김인환 역해, 고려대학교 출판사, 2006),『중국고대 금문의 이해』(최남규 역, 신아사, 2010),『시경』(정상홍 역, 을유문화사, 2014),『초사』(권용호 역, 글항아리, 2015) 등을 참조했다. 일부 고전 원문은 각주 형식으로 대조할 수 있도록 배열했다.

2. 현대와 고대의 중국의 인명, 지명, 갑골문, 금문의 표기와 소수민족 언어의 음역과 등은 현 한글맞춤법통일안 1911년 신해혁명을 전후하여, 이전은 한글 독음으로, 그 이후에 중국어 발음으로 읽어주라는 것에 따르지 않고 일절 한글 독음을 사용했다.

3. 일부 용어는 한글과 함께 한자로 표기해 의미를 분명히 밝혔다. '역자 주'를 통해 원문과 인용처, 용어 설명 및 원저의 오류 등을 밝혔다.

4. 이 책은 다음과 같은 부호로 사용했다.

　가. ( ): 한자의 뜻을 해석하고 원저에 인용된 고전 원문 등에 사용했다.

　나. < >: 명기, 이기의 이름에 사용하고 벽화, 암각화, 건축물의 평면설계도 등에 사용했다.

　다. " ": 긴 인용문에 사용했다.

　라. ' ': 짧은 인용문이나 강조 부분을 묶었다.

　마.『 』: 책을 묶었다.

　바.「 」: 편명을 묶었다.

　사.《 》: 잡지를 묶었다.

| 차 례 |

제3장 씨족·종족 및 인생예속

제6장 민간가무 예술

제3장
씨족·종족 및 인생 예속

인류의 사회 조직상황은 사회풍습에 큰 영향을 끼친다고 할 수 있다. 원시시대 이래 하·상·주시대를 거쳐 씨족에서 부족으로, 부족에서 종족宗族으로, 그리고 개체가정의 형성과 보급까지, 중국 고대 사회구성의 변화가 뚜렷이 나타났다. 선진시대의 민속은 바로 이런 사회 구성조직에서 변화하게 되어 발달하기 시작했다.

제1절 ## 씨족과 가족

상고시대의 씨족은 대략 구석기시대 중, 후기에 싹 트기 시작했다. 사회 생산력의 발전과 혼인관계의 진보에 따라 최초 원시인류는 점차 상대적으로 든든한 조직형태를 구축했는데 그것이 바로 씨족이다.

신석기시대는 씨족조직이 빠른 속도로 발전했던 시기다. 생산력 수준이 아주 낮은 조건 아래서 씨족조직의 규모가 별로 크지 않았으며 씨족 성원 사이에 비교적 평등한 관계를 유지하고 있었다. 배리강裴李崗 묘지의 114기 고분군은 모두 직사각형 구덩식(竪穴式)이고 촘촘이 늘어서 있으며 일정적인 규칙에 따른다. 단인직지장單人直肢葬을 위주로 묘혈 크기 차이가 조금 있지만 부장품은 비교저 저고 별 차이가 없다. 부장품은 모두 생산과 생활의 실용적인 기불이다. 이것으로 당시 사람들이 서로 기본적인 평등관계를 유지했다는 것을 알 수 있다. 반파유적의 중심에는 대형 사각형에 가까운 가옥 한 채가 있는데 그것은 씨족들이 활동했던 공공장소다. 북쪽에 있는 45채 소형 가옥들은 모두 대가옥을 향하여 하나의 반월형을 이루고 있다.

　반파유적과 비슷한 섬서성 임동강채臨潼姜寨유적은 전형적인 앙소문화 시기 원시촌락이다. 이 촌락의 중심에는 한 묘지가1) 있고, 그 주변에는 각각 동·북·서북·서·남 5조組의 건축군이 모여있다. 각 조는 다 하나의 대형 가옥을 중심으로, 대가옥 주변에 10~20 여채에 가까이 된 중, 소형 집이 분포한다. 5조의 가옥은 대체적으로 한 동그라미로 조합되어 있으며 밖을 도랑으로 둘러싼다. 가옥은 모두 도랑을 등지고 중앙묘지를 향하여 정연하게 배치된 내향식의 원시 취락으로 구성되어 있다. 이런 촌락은 조직이 엄밀한 사회집단이었고 각 가옥이 다 단독으로 살 수 있는 단위였다. 전문가들의 추측에 의하면 각 가옥은 한 개 대우對偶가정의 거처였다. 이것으로 볼 때 대우가정 범위에 속한 소가정은 이미 씨족조직의 기본세포가 됐음을 알 수 있다. 여러 채의 소형가옥과 한 채의 중형 가옥에 아마

---

1) 강채유적이 전후하여 이어지는 5기 문화가 존재했다. 1기와 2기는 각각 반파 초기의 전반과 후반에 해당한다. 괴거에는 강채유적의 중심을 광장으로 여기는 의견이 많았다. 그 후에 깊이 있는 연구를 통해 이런 견해가 확실하지 않다는 것을 알게 되었다. 엄문명嚴文明이 지적하기를 "강채 발굴보고가 1기 촌락의 중앙을 광장으로 여긴다. 실제로 강채 2기로 분류된 고분 중에서 일부가 1기에 속해야 한다. 예를 들어 M74·84·195·197·236·241·243·244·250·253·257등이 다 해당된다. 이들 부장기물은 1기랑 똑같을 뿐만 아니라 대부분 2기 고분에 겹겹이 눌리며 깨졌다. 이들의 분포 지역은 바로 1기 가옥을 둘러싼 동그라미 안에 있으며, 특히 한복판에 있는 T11이 가장 밀집해서 강채 1기의 묘지로 보는 것이 마땅하다." (「史前聚落考古的重要成果—<姜寨> 評述」, 《文物》, 1990年 第12期.)

한 개 가족이 거주 했을 것이다. 이렇게 몇 개 가족이 모여서 큰 가옥 한채를 함께 보유하였으며 한 개 씨족 공사公社를 구성했다. 원시시대에는 종종 몇 개 씨족으로 포족胞族을 이뤘고, 여러 포족으로 부락을 구성했다. 강채姜寨같은 촌락도 아마 한 개 포족이 생활했던 취락지이고 인구는 "약 450명에서 500명 정도까지였을 것이다."[2] 강채유적의 가옥 구성이 5 조로 나뉜 것과 같이 고분도 여러 구區로 나뉜다. 뚜렷이 보이는 4개 구로 하면 촌락의 중심이 한 구가 되고, 마을 밖으로는 동북·동·동남에 각 한 구가 있다. 이외에 유적의 북부(현 강채촌내에 속함)에서도 고분을 발견한 적이 있는데, 이것도 또한 고분군이었을 가능성이 크다. 강채유적의 5조 가옥은 5조의 고분과 서로 대응된다. 따라서 각 고분군이 바로 한 개의 씨족 묘지 였다고 말할 수도 있다. 전문가의 연구에 따르면 강채유적 중심 구역의 고분은 강채 최초의 씨족이나 모친 씨족이었을 가능성이 크고 마을 밖 구역의 고분은 이 씨족으로부터 파생된 딸씨족에 속한다고 한다. 모친씨 족이 전체 포족의 핵심이기 때문에 그들의 고분도 취락의 중심에 자리잡 았다. 유의해야 할 것은 강채 2기문화에서 촌락과 묘지의 관계는 1기문화 에 비해 그리 명확하지 못하다는 것이다. 2기문화에서는 고분 인원수가 많고 집중되어 합장이나 이차장이 성행했다. 이런 상황은 당시 씨족제도 의 발전변화로 인한 결과라고 볼 수 있다. 흥륭와興隆洼문화에 속한 원시취 락유적에서 초기 단계의 거주 기지 구조는 매우 정연한다. 이것으로 보면 이 가옥들은 집중적으로 건설됐다는 것을 알 수 있다. 말기 단계에 이르러 서 가옥들은 전체적으로 통일된 격식을 탈피하고 실내 면적이 작아진다. 이것이 당시 사람들의 생활방식에 벌써 변화가 있었음을 설명해 준다.

가족은 일찍부터 씨족 내부에서 나타났으며 대략 신석기시대 초기에 이미 초보적인 형태를 갖추었다. 이 시기에 속한 배리강문화 하층묘지에

---

2) 嚴文明, 『仰韶文化硏究』, 文物出版社, 1989年 p.176.

서 같은 씨족 고분군 4개가 있다. 상층묘지도 같은 씨족에 속한 고분군이 6개가 있다. 이 고분군에 매장된 인원수는 조금씩 차이가 있지만 평균적으로 계산하면 각 고분군에 약 11명이 묻혔다. 전문가의 연구에 따르면 각 고분군이 형성되는데에는 20~30년이나 걸렸다. 고분군마다 한 가족의 묘지이고 각 가족이 평소엔 인구수가 대략 7~14명 정도다.[3] 이는 민족학이 제공한 재료와 일치된다. 영녕永寧 납서족納西族의 모계가정은 일반적으로 2~4세대 성원이 포함되어 평균인구가 7~8명이다. 배리강문화의 각 고분군 대표 가족의 부장물과 매장 위치를 통해 이들이 씨족 내부에서 지위 차별이 있다는 사실을 알 수 있다. 예를 들면, 배리강 하층묘지에서 가운데에 모여있는 것들에서 출토된 도기는 일반수준에 비해 많으나, 동북쪽과 서쪽에는 산재돼 있는 묘지의 도기 수량은 각 구의 평균 수량과 비슷하다. 전문가 의견에 의하면 중심부에 위치한 부장기물이 많은 고분군은 '기본가족'으로 나머지는 일반가족으로 본다. 이런 구분이 적당한지는 입증할 자료가 더 필요한 것으로 보인다. 배리강 묘지에서 일련번호M38, M61인 이인합장묘二人合葬墓 고분 두 기가 있는데, 아직까지 더 큰 다인합장갱이 발견되지 못했다. 이는 가족은 씨족 내부에서 영향이 그리 강하지 않기 때문이다.

사회 생산력의 발전에 따라 씨족 내부의 가족세력은 점차 강해지고 영향력도 커졌다. 신석기시대 초기, 배리강문화와 이가촌李家村 문화유적에서는 단인직지單人直肢 일차장이 절대적인 주도적 지위를 차지한 매장방식이다.[4] 앙소문화 초기에 와서 이런 매장방식이 여전히 주도적 지위를

---

3) 朱延平, 「裵李崗文化墓地再探排」,《考古》, 1988年 第11期.
4) 배리강문화 묘지 하층문화 일련번 M38인 합장고분 동쪽에서 인골 한 구, 맷돌, 도기 8점이 부장되었다. 서쪽에는 아이 한 구가 있는데 다만 돌삽, 돌도끼, 돌낫이 부장되었다. 이 합장 고분은 모자 합장 고분일 수도 있다. 일련번호M61인 합장고분은 서쪽에서 여자 한 구가 있으며 남겨진 한 구가 성별이 불분명하다. 이 두 기의

그림 3-1 원군묘元君廟 고분   **그림 3-2** 섬서성 화華縣 원군묘元君廟 발굴상황
　　　　 매치상황

차지했다. 반파유적 묘지의 174기 성인묘 중에서 26기를 제외하고는 모두 단인앙신직지장單人仰身直肢葬이다. 섬서성 보계북수령宝鸡北首岭과 임동 강채의 앙소문화 묘지도 단인직지장을 주로하고 반파처럼 일부 다인이차 합장도 나타났다. 좀 더 늦은 시기에는 합장이 많아지는데 이것은 가족영 향이 강해졌음을 설명해 준다. 앙소문화 반파유형에 속한 섬서성 화음횡 진華陰橫陣유적의 성인 고분들은 통상적으로 큰 집단매장갱에 같이 묻힌 방식이다. 한 분석에 따르면 각 고분갱에 묻힌 사람은 한가족에 속하고, 부장된 병瓶·발鉢·항아리 등의 수량이 비슷해서 빈부귀천의 차별을 발견 하지 못했다. 횡진 묘지의 씨족은 80명쯤의 사람으로 구성되었으며 가족 마다 10여명 정도의 사람이 있다. 합장 상황을 보면 당시 가족이 이미 상대적으로 안전한 형태를 갖췄다는 사실을 알 수 있다. 섬서성 화현華縣 원군묘元君廟의 앙소문화 묘지 상황은 횡진과 비슷해서 57기 고분 중에서

　합장고분은 모두 부부합장 고분에 해당되지 않는 것으로 보인다.

대부분이 이차합장에 속하며, 적게는 2명, 많게는 25명이 있는데 같은 가족이 아닌 것으로 추정된다. 1970년 중기에 발굴된 섬서성 위남 사가촌渭南史家村의 앙소문화유적[5]에서는 43기의 고분이 발견됐다. 그중에서 40기는 다인이차합장이고, 단인일차장은 오직 3기 밖에 안된다. 다인이차합장 고분에 매장된 개체 수는 최소 4구, 최다 51구, 통상적으로 약 20구가 된다. 예를 들면, 일련번호M25인 고분은 26명의 이차합장이다. 고분갱은 직사각형이고 입구에서 지표까지 0.64m, 갱 깊이0.2m, 길이2.65m, 너비 2.2m이고, 비교적 크고 갱내서 골격 배열이 듬성듬성 돼 있다. 26구 인골 중 머리가 서쪽으로 향하며 동쪽에 직면하는 것은 21구, 머리가 서쪽으로 향하며 위쪽에 직면하는 것 2구, 머리가 동쪽으로 향하며 서쪽에 직면하는 것 3구가 있다. 이 골격들 중에서 뼈를 검은색 물감으로 바른 것은 7구가 있다. 26구 골격이 4줄로 배열되어 대부분이 두골을 중심에 놓아 두고 사지골을 양측에 놓아 두며, 다른 골격을 머리밑에 놓고, 부장품은 고분갱의 서남 우각에 배치돼 있다. 이런 보편적인 다인이차합장은 앙소문화 시기 가족의 흥성을 보여준다. 신석기시대 후기에 와서 다인이차합장의 상황은 보기 드물지만 가족 단위 합장을 여전히 발견할 수 있다. 1970년 초기에 여순 노철산旅順老鐵山에서 신석기시대 말기의 적석묘(積石墓: 돌무지무덤)[6]가 발견됐다. 이런 적석묘는 산맥 주향에 따라 자연적으로 바람에 갈라지는 돌덩이를 산꼭대기로 옮긴 다음에 다듬어 쌓아 올린 방법으로, 직사각형이나 근방형 모양으로 지었다. 고분의 길이가 일반적으로 7~20m, 고분내에서 한 줄이나 여러 줄로 늘어놓인 묘실의 개수가 약간씩 차이가 있다. 예를 들면, 일련번호 M1인 고분은 길이가 14m, 너비가

---

5) 西安半坡博物館·渭南県文化館,「陝西渭南史家新石器時代遺址」,《考古》, 1978年 第1期.

6) 旅大市文物管理組,「旅順老鐵山積石墓」,《考古》, 1978年 第2期.

5~5.6m, 6개 묘실이 포함되어 있다. 이를 통해 묘실의 주인들은 생전에 같은 가족에 속한 사람이었다는 사실을 알 수 있다.

그림 3-3 흥륭외興隆窪문화 취락유적

앙소문화 후기에 속한 비교적 완전한 촌락을 발견하지 못했지만 방을 구분한 가옥이 나타난 것은 가족형태 발전을 반영한 것으로 볼 수 있다. 대문구大汶口문화에 속한 강소성 피현邳縣 유림劉林유적에서 1960년대 전기를 전후하여 두 차례에 거쳐 197기의 고분이 발굴됐고, 두 번째 시기에는 145기가 발굴됐다. 이 고분들은 무리를 시어 분포되어 5개의 고분군으로 나뉜다. 첫 번째와 두 번째 고분군은 각 24기 고분이 있고 셋 번째는 28기, 넷 번째는 21기, 다섯 번째는 47기 고분이 있다. 연구에 의하면 고분군들은 모두 한 가족의 고분이 모여 만들어진 것이다. 남방지역의 신석기시대 문화에서도 이런 상황이 발견됐는데 예를 들어, 숭택崧澤문화에 속한 숭택과 초혜산草鞋山 두 개 묘지에서 뚜렷한 분구 매장 현상이 발견됐다. 숭택에서 발굴된 100여기 고분들을 5구區로 구분되고, 고분군마다 대표할 수 있는 인류집단 인원수에 대하여, 전문가는 "약 20명 이하, 일부는 10명에도 미달한다"[7]고 추측했다. 그래서 이 고분군들은 한 씨족의 공공묘지가 아니고 씨족 내의 가족묘지였을 것이다. 이것으로 가족은 벌써 씨족 내부에서 발전하기 시작했음을 알 수 있다. 양저문화에 속한 마교馬橋유적에서 고분 10기를 발견했는데 분포가 매우 분산적이어서 느슨한 씨족 혈연유대를 반영한 것으로 볼 수 있다.

---

7) 吳汝祚, 「太湖文湖區史前時期的墓葬」, 《文物》, 1992年 第11期.

고고자료를 의하면 씨족내부 각 가족의 재산 상황에서 점차 비교적 큰 차이가 나타났다. 대문구문화 중기에 속한 산동성 제성정자諸城呈子 고분유적8)의 87기 고분은 3개 고분군으로 구분되고, 고분군마다 한 가족의 묘지다. 북구의 19기 고분에는 부자가 많이 묻혔다. 일련번호 M32인 고분이 정자유적에서 규모가 가장 크고, 부장품이 가장 많고, 제일 정교롭게 만들어졌는데 바로 이 고분군의 중심에 위치한다. 돼지 하악골을 부장품으로 삼은 고분은 5기나 있으며, 전체 8기 돼지 하악골을 부장품으로 삼은 정자유적 고분 수의 절반 이상을 차지한다. 일련번호 M15인 고분 역시 같은 구에 위치하고 있으며, 고분 주인은 오직 대여섯 살 난 아이지만 4개 돼지 하악골이 부장됐다. 북구 고분과 달리 동구의 고분 수량은 48기나 되지만 부장품이 모두 적고 북구 고분과 뚜렷한 대비를 이룬다. 북구와 동구 고분 사이에 위치한 서구의 20기 고분들은, 부장 상황이 동구에 비해 풍부하지만 북구보다 훨씬 못하다. 이 3개 구의 고분 상황을 보면 서로 다른 가족 간의 빈부격차가 보인다.

개체가족은 대략 신석기시대 중기에 점점 가족·씨족의 기본세포로 발전하기 시작했다. 1970년대 초기에 발견된 하남성 정주대하촌鄭州大河村유적의 제 3기 문화는 앙소문화 말기에 해당되는데, 일련번호 F1-4, F19-20인 2조의 집터에 대한 연구에 따르면 그것은 바로 당시 한 가족이나 한 가정의 주택이었다. 이런 주택의 면적은 비교적 작고 스위트룸처럼 보인다. F1-4의 가옥 중에 F1과 F2는 먼저 지은 집이었다. 그 뒤에 식구가 많아졌기 때문에 F1의 동면에서 F3과 F4라는 작은 방 두 칸을 증축한 것이다. 따라서 이것은 대가족의 거처처럼 보인다. 이 두 조의 집터에서 발견된 유물 중에는 취사도구와 각종 생활기구가 있고, 도끼·촉鏃·방륜·송곳·숫돌 등 기

---

8) 昌瀠地區文物管理組·諸城縣博物館,「山東諸城呈子遺址發掘報告」,《考古學報》, 1980年 第3期.

구도 있다. F2내에서는 탄화된 곡식 독 하나가 발견됐다. 이것들로 보면 당시 한 가족에 필요한 기구를 갖춘 셈이다. 이런 거주환경은 일부일처제도로 구성된 비교적 신형 가정의 거처였다.[9] 1970년대 후기에 감숙성 난주蘭州 토곡대반산土谷臺半山의 반산半山—마장馬廠 묘지[10]에서 19기의 합장 고분이 발견됐는데 그 중에서 이인합장고분이 13기가 있다. 그밖에도 성년남녀 합장고분이 있는데 하나는 일차장이고 다른 하나는 이차장이다. 이차장의 유골은 남성과 여성이 있는데, 이런 상황은 부부가 한명이 사망한 후, 다른 한명이 사망할 때까지 기다리다가 같이 합장 의식을 치렀던 것으로 추정된다. 이러한 합장고분의 매장 방식과 부장품의 상황을 보면 부부간의 차이가 있었는지 말하기가 어렵고 주종관계도 없는 것 같다. 이런 합장상황은 당시 사회에서 개체가정이 생겼지만 여자가 씨족 공사 성원으로서 여러 면에서 남자와 같이 평능한 권리를 누리고 같은 사회지위를 가지고 있었음을 설명해 준다. 일련번호 M6인 고분은 성인 두 명과 아이 한 명의 합장고분이다. 묘실은 평면 직사각형으로 돼 있으며 길이 2.2m, 너비 1.5m, 깊이 0.7m다. 묘실 내에서 골격이 3구가 배치되어 이들은 모두 이차장이며, 골격은 오른쪽으로 굽은 지체로 취하고, 머리는 동쪽을 향하고 북쪽을 직면하며, 가운데에 위치한 자는 성년남자이고 성년여자가 남면에 있으며 아이는 북쪽에 있다. 이 고분의 부장 도기는 12점이 있으며, 그 중 쌍복이호雙腹耳壺 4개, 쌍이관雙耳罐 4개, 단이관單耳罐 4개, 쌍이발雙耳缽 1개, 돌방륜石紡輪 1개가 있다. 한 독 내에서는 흰색 조(粟)를 발견했다. 이 합장고분에는 당시 한가족이 묻혔을 가능성이 크다.

9) 鄭州市博物館, 「鄭州大河村遺址發掘報告유적 발굴 보고서」,《考古學報》, 1979年 第3期.

10) 甘肅博物館·蘭州文化館, 「蘭州土谷臺半山—馬廠文化墓地」,《考古學報》, 1983年 第2期.

신석기시대 중후기에 부락과 부락동맹에 큰 발전이 이루어졌다. 고고학상에 반영된 것은 바로 이 시기 문화구역의 확대였다. 홍산문화와 양저문화에서 모두 규모가 웅장한 제사 유적이 발견됐는데, 이들은 어느 한 씨족이 단독적으로 완성할 수 있는 작업이 아니고 부락이나 부락동맹이 한마음으로 하나 되어 만들 수 있는 축조물이다.

신석기시대 씨족내부에서 모계이든 부계이든 그것은 오직 세계世系나 촌수를 구분하는 근거이고 필연적으로 전후하여 계승된 사회 발전단계를 가리키는 것은 아니다. 모계는 모권과 결코 같은 것이 아니다. 앙소문화 시기 고분을 보면 남성과 여성의 부장품 수량이 차이가 크지 않다. 당시 사회에서 존중받은 사람은 씨족이나 부락의 수령·무당·영웅 등과 같은 인물이었는데, 이들은 종종 남성이 많다. 앙소문화에 속한 하남성 복양서수파濮陽西水坡유적 묘지에서 보기 드문 조개 껍데기로 만든 용·범 도형이 발견됐는데 그 가운데 장년 남성 골격이 있고, 그것은 특별한 사회지위를 차지했던 것으로 보인다. 섬서성 화현華縣 원군묘元君廟 앙소문화의 수량이 적은 단인장 고분에서는 한 남성 노인의 단인장單人葬이 가장 성대한 것이다. 묘혈 밑에 이층 토대가 있고, 토대 위에 여러 층의 자갈을 쌓아 만든 석관에 많은 도기陶器도 부장됐다. 신석기시대 말기에 이르러 이러한 현상은 더욱 뚜렷해진다. 신석기시대는 대략적으로 모계, 부계 두 단계로

그림 3-4 홍산문화 대형 제단祭壇

그림 3-5 서수파西水坡 앙소문화유적 고분

구분되지 않고 사회 조직상황이 비교적 복잡하다.

　문명시대 탄생 전에 씨족은 가장 주요한 사회조직이었다. 씨족 위에
또한 부락과 부락동맹이 있지만 씨족이 역시 바탕이었다. 문명시대에 들
어온 후에는 씨족이 오랫동안 존재하였고, 일부 씨족은 심지어 나라로
발전됐다. 이런 상황은 하대夏代에 특히 뚜렷했는데 역사 기록을 의하면,

> 우禹는 성이 사似고 그의 후대는 각처에 분봉이 되어 성씨를 국호로 삼았
> 다. 그래서 하후씨夏後氏·유호씨有扈氏·유남씨有男氏·짐심씨斟尋氏·동성씨
> 彤城氏·포씨襃氏·비씨費氏·기씨杞氏·증씨繒氏·신씨辛氏·명씨冥氏·짐과씨
> 斟戈氏의 나라들이 있게 됐다.[11]

　하대는 후세처럼 제후 분봉제도는 없지만 씨족 및 씨족 핵심이 된 나라
와 같은 체제였음이 확실하다. 중국 상고시대의 왕조로서 하·상·주 삼대
는 실제로 모두 씨족으로부터 발전되어 형성됐다. 또한 이 씨족들은 모두
오랜 역사와 완강한 생명력을 가지고 있었다. 상왕조에서도 씨족조직은
상당히 보편적이고, 복사卜辭에서는 '왕족王族'·'다자족多子族'·'삼족三族'
·'오족五族' 등 여러 기재가 있다. 상왕조가 멸망하고 나서 수왕소가 상商
의 일부 씨족을 제후국에 분봉한 적이 있는데, 역사 기록을 남긴 것으로는
"은대 백성의 여섯 씨족 곧 조씨条氏 서씨徐氏·소씨蕭氏·색씨索氏·장작씨
长勺氏·미작씨尾勺氏를 노나라에 내렸다." "은대 백성의 일곱씨족 곧 도씨
陶氏와 시씨施氏·번씨繁氏·기씨錡氏·번씨樊氏·기씨饑氏·종규씨終葵氏를
위나라에 내렸다"고 했다.

　씨족 조직의 장기화된 보편적인 존재는 사회관념과 풍속에 큰 영향을
미친 것으로 보인다. 고대의 예서에서 상고 사회의 발전을 '대동大同' 과
'소강小康' 두 개의 전후 연결된 단계로 나누면서 식견이 있는 관점을 제시

---

11) 「史記·本紀」

했다.

큰 도가 행하여진 세상에는 천하가 모두 만인의 것으로 되어 있었다. 사람들은 현자賢者와 능자能者를 선출하여 관직에 임하게 하고, 온갖 수단을 다하여 상호간의 신뢰친목信賴親睦을 두텁게 했다. 그러므로 사람들은 각자의 부모만을 부모로 여기지 않고, 각자 자기 자식만을 지식으로 여기지 아니하여, 노인에게는 그의 생애를 편안히 마치게 하였으며 장정에게는 충분한 일을 시켰고, 어린이에게는 마음껏 성장할 수 있게 하였으며, 과부·고아·불구자 등에게는 고생 없는 생활을 시켰고, 성년 남자에게는 직분을 주었으며, 여자에게는 그에 합당한 남편을 갖게 했다. 재화財貨라는 것은 헛되어 낭비되는 것을 미워하였지만 반드시 자기에게만 사사로이 독점하지 않았으며, 힘이란 것은 사람의 몸에서 나오지 않으면 안되는 것이지만 그 노력을 반드시 자기 자신의 사리私利를 위해서만 쓰지는 않았다. 모두가 이러한 마음가짐이었기 때문에 사리사욕에 따르는 모략이 있을 수 없었고, 절도나 폭력도 없었으며 아무도 문을 잠그는 일이 없었다. 이것을 대동大同의 세상이라고 말하는 것이다.[12]

'대동'시대의 이런 고상하고 아름다운 대인관계는 바로 원시시대 원시적인 민주와 평등 원칙의 반영이라고 할 수 있다. 고고발견을 통해 신석기 시대 거주 유적의 상황을 보면 그 당시 사회에서 현명하고 유능한 사람을 발탁하고, 믿음과 화목을 추구하고, 문을 닫지 않아도 되는 상황이 확실히 존재하고 있었음을 알 수 있다. '대동'시대의 표시는 즉, 씨족내부의 관계 준칙이다. 본 씨족의 환과고독鰥寡孤獨과 불구자는 온 씨족의 도움을 받을 수 있고, 씨족의 다른 성원과 같은 권리를 누릴 수 있다. 물질재산은 모두 씨족이 공동으로 소유하고 '자기만 사사로이 독점하지 않다(不必藏于己)'고 했다. 아무도 문을 잠그지 않는 근본원인은 사유재산 관념이 극히 미약

---

12) 「禮記·禮運」

하고 사람이 아직 강도에 대한 의식이 없었기 때문이다. '대동' 시대의 이런 사회풍속은 평등·민주·순박 같은 개념으로 그 사회의 성질을 개괄할 수 있을 정도였다.

문명시대에 들어 씨족은 여전히 존재했지만 그보다는 가정과 종족이 점차 사회에서 중요한 지위를 차지하게 됐다. 고인들은 일찍 이런 상황을 매우 예민하게 알아채고 가족이 주도적 지위를 차지하는 시기의 사회풍속 특정을 정확하게 서술했다.

> 지금 세상은 대도大道는 이미 없어지고 사람들은 천하를 사사로운 집으로 생각했다. 그래서 각기 내 부모만을 부모로 생각하고, 내 아들만을 아들로 생각했으며, 재화를 사유私有하고 노력勞力은 사리私利를 위해서만 사용된다. 천자와 제후들은 세습하는 것을 예禮로 하며, 성곽과 구지溝池를 외적으로부터, 스스로를 지키는 것으로 삼고 있다. 예의를 기강으로 내세워 그것으로써 임금과 신하의 분수를 바로잡으며, 부자 사이를 돈독하게 하고, 형제를 화목하게 하며, 부부 사이를 화합하게 한다. 제도를 설정하고 전리田裏를 세우며, 지혜와 용맹을 존중하고 공功은 자기를 위한 일에 이용한다. 그런 까닭에 간사한 꾀가 이 때문에 일어나고 전쟁도 이로 인하여 일어난다. 우왕禹王·탕왕湯王·문왕文王·무왕武王·성왕成王·주공周公은 이 예도禮道를 써서 뛰어난 업적을 이루었다. 이 여섯 사람의 군자들은 예를 삼가지 않은 사람이 없다. 즉 이들 여섯 왕은 모두 예의를 지킨 사람들이고, 예의로써 각자의 도를 헤아렸으며, 백성의 신망을 모았고, 적의 죄과를 밝혔으며, 인애仁愛와 겸양의 도를 강설講說하여 백성들에게 보여주었다. 만일 이 법에 따르지 않는 자가 있으면 권세의 지위에 있는 자라 할지라도 백성들로부터 배척당하여 끝내는 멸망할 것이다. 이러한 세상을 소강小康의 세상이라고 한다.[13]

이와 같은 '소강小康' 시대는 위에 열거된 대표적인 인물들의 상황을

---

13) 「禮記·禮運」

보면 바로 하·상·주 삼대에 해당한다. 그 시대는 바로 "사람들은 천하를 사사로운 집으로 생각했다." 즉, '집'을 사회의 기본적인 단위로 삼던 시기였다. '소강' 시대에는 비록 인애仁愛와 겸양謙讓을 강조하기는 했지만 오히려 사회에서는 사유 관념이 주요 위치를 차지했다. "각기 내 부모만을 부모로 생각하고, 내 아들만을 아들로 생각했으며, 재화를 사유私有한다"고 했다. 사회 습속의 다른 면으로 보면 인애와 겸양 관념에 대한 강조는 사회에서 벌써 인애하지 못하고 겸양 하지 못한 일이 많이 생긴 현실에 대한 반영이라고 할 수 있다. 그래서 사회관념 차원에서 강조하고 제창하며 각종 제도로 통제할 필요가 생긴 것이다.

제2절 종법과 종족

1. 종법과 종족

종법제도는 원시시대의 가부장제부터 발전하기 시작했다. 가부장을 핵심으로 삼는 씨족은 주대周代에 와서 완벽한 종법 관념에 따라 점차 종족이 됐다. 고서에서 "부당父黨은 종족宗族이라고 한다"[14]고 했다. 고인들이 "오족五族은 당党이라고 한다." "오백 집안을 당黨이라고 한다"는 견해를 통해 고대 한 종족의 규모가 어느 정도인지를 짐작할 수 있다. 종족 내부에서 대종大宗과 소종小宗을 구분함으로써 대종의 적장자 권위를 높이고 확립한다. 종법 원칙에 관한 집중적인 설명이 다음과 같이 고대 예서에 기록돼 있다.

---

14) 「爾雅·釋親」

만일 임금이 어떤 공자公子에게 별자別子임을 명하면 이 사람이 조祖가 되어 하나의 종가宗家를 세우고 장자 장손을 계승하여 종자宗子가 된다. 또 별자 이외의 아들 또는 종자 이외에 아들을 조祖로 하는 집이 생기면 그것은 소종小宗이다. 그러므로 자손 백대가 되어도 종자와 종족의 친연이 끊기지 않고 종족에 변천이 없는 것은 대종大宗이다. 그리고 오대말五代末에 이르면 종자와 종족의 친연이 끊기고 종족에 변천이 생기는 것은 소종이다. 즉 백대가 되어도 변함없는 것은 별자의 가통이고, 별자를 계승하는 자를 종으로 하는 종족은 백대 후에도 변천이 없으며, 5대 선조를 계승한 사람을 종의 한도로 하는 종족은 5세로서 변천하는 것이다. 사람은 선조를 존경하기 때문에 그 정통의 종자를 존중하는 것이고, 종자를 존중하는 것은 선조를 존경하기 때문이다.15)

이른바 '별자'란 적장자 이외의 아들이다. '별자위조別子为祖'의 뜻은 주왕조 각 제후국 종족의 상황을 가리킨 것이다. 원칙대로는 주천자의 적장자가 천자의 위位를 계승하고 다른 아들, 즉 '별자'는 분봉되어 제후국을 건립한다. 분봉되는 주천자의 별자는 그 제후국의 국군이 될 뿐만 아니라 본국 희성족姬姓族의 '조祖'가 된 것이다. 제후국 군주의 적장자는 세대를 이어 제후국의 군위를 계승하고 제후국의 대종大宗이 된다. 이것이 '계별위종继别为宗'의 의미다. 소위 '네称'는 원래 사당祠堂에 모신 아버지 신주神主를 가리킨다. 제후 서자의 신주가 5세를 겪은 후 종묘에서 전출해야 한다. 그러므로 여기의 '네称'는 '별자의 서자(別子之庶子)'16)라는 뜻이다. 예를 들어 주성왕은 주무왕의 적장자이지만 진晉·응應·한韓 등 나라의 제후가 주무왕의 '별자別子'이고 주성왕의 동생이다. 그들은 하사를 받아 새 제후국을 건립하고, 이후 이런 제후국들의 시조가 되고, 그들의 자리를

---

15) 「禮記·大傳」. '별자위조別子為祖'에 관하여 정현鄭玄은 "별자가 공자로서 그 나라에서 태어나면 후대의 조祖이다"라고 해석했다.

16) 『禮記·喪服小記』孔疏.

계승한 적장자가 세대를 이어 전해오고 이 제후국의 대종이 되어 즉, '백세가 옮기지 않은 종(百世不迁之宗)'이 된 것이다.

'대종'과 대응되는 것은 '소종'이다. 통상적으로 주왕조에서 적장자가 부친의 뒤를 이어 대종이 되고 여러 서자는 제후로 분봉된다. 역대의 주왕은 대종이고 이런 제후는 소종이다. 제후는 자기 봉국에서도 적장자로 왕위를 계승하고 모든 서자는 대부로 분봉을 받는다. 이런 대부들이 소종이고 제후는 대종이 된다. 대부가 자기 봉읍封邑에서도 적장자로 왕위를 물려받는데 이것이 대종이고, 여러 서자는 사士이며 소종이 된다. 이렇게 보아하니 종법체계에서 제후와 대부는 실은 이중신분을 가지고 있으며, 위 단계에 대해서는 소종이고 아래 단계에 대해서는 대종이다. 서주 초년에 종법제도가 우선 주왕과 제후 사이에서 실시됐고, 그 뒤에 귀족 등급의 형성에 따라 종법제도가 중소 귀족 심지어 사, 서민 사이에서도 형성됐다. 종법제도는 주대 사회구성에 있어 등급 질서 형성에 매우 중요한 역할을 했다.

서주 춘추시대 각 제후국에서는 큰 영향력을 가진 대족이 끊이없이 파생되었다. 예를 들면, 노나라 효공으로부터 나온 전씨展氏와 장씨臧氏, 환공으로부터 나온 맹손씨孟孙氏와 숙손씨叔孙氏, 계손씨季孙氏는, 장공으로부터 나온 동문씨東門氏는 모두 대족이다. 그 후에 이런 대족도 분가했는데, 맹손씨가 맹현자 때 분가해서 자복씨子服氏를 만들고, 숙손씨가 숙손대백叔孙戴伯 때 분가해서 숙중씨叔仲氏를 만들고, 계손씨季孙氏가 계도자季悼子 때 분가해서 공보씨公父氏를 만들었다. 이같은 족族, 씨氏 간 관계의 접착제가 바로 종법이다. 또한, 서민 간에도 이런 관계가 존재했다.

죽거나 이사를 갈 적에 고향을 벗어남이 없게 되며 고향 땅을 정전井田을 공동으로 경작하는 자들이 나가고 들어올 때에 서로 우애있게 지내며, 외적을 지키고 그것을 망보고 할 때에 서로 도우며 질병 있을 때에 서로 붙들어

주고 잡아준다[17]

양주兩周 교체 때부터 종족의 역할은 점차 현저히 강해지고 사람들은 보편적으로 종족의 변화와 발전을 바라며 심지어 꿈꿀 때도 이점을 염려했다. 「시경·양이 없다(無羊)」 편에서 한 귀족의 목인牧人이 꿈을 꾸었는데 거북이와 뱀을 그린 깃발이 매(隼: 송골매)를 그린 깃발로 변했다. 귀족이 사람한테 청해 해몽을 부탁했다. 해몽한 '대인大人'은 이 꿈을 '자손이 번영할 징조(室家溱溱)'라고 말했다. 즉 실가室家가 무척 많아진다는 것을 뜻하고 종족이 강성해진다는 전망이다.

종족은 중국 고대에서 장기적으로 지속되어 선진시대부터 전국 후기까지 와서도 여전히 큰 영향력이 있는 사회조직 형식이었다. 하북성 임성현臨城县 중양천촌中羊泉村 전국 후기 조趙나라 고분군[18]은 족族이 모여 매장된 방식을 취했다. 간격이 조밀하고 2250㎡의 범위 내에 150여 기 고분이 분포돼 있으며, 정연하게 배열돼 있어서 종족의 짙은 영향력을 과시했다. 1979년 춘추 말기에서 전국 초기 사이의 강서성 귀계貴溪에서는 애묘군崖墓群[19]이 발견됐는데, 수암水岩·선암仙岩·선녀암仙女岩·선관암仙棺岩·곡자암谷仔岩 등 여러 곳에 각각 10 여기 고분이 분포돼 있다. 이들은 동굴 두 개를 파서 서로 연결시킨 다음에 매장한 경우가 있으며, 단독으로 동굴을 파서 매장한 경우도 있고, 한 고분에서 몇 세대를 같이 매장한 경우도 있다. 일부 묘실은 규모가 크고 10여구 관이 내장돼 있으며 몇 세대를 모아서 매장한 것 같기도 하다.

---

17) 「孟子·滕文公·上」
18) 臨城縣文化局,「湖北省臨城縣中羊泉東周墓」,《考古》, 1990年 第8期.
19) 江西省歷史博物館·貴溪縣文化館,「江西貴溪崖墓發掘報告」,《文物》, 1980年 第1期. 劉詩中·許智範·程應林, 「貴溪崖墓武夷山所反映的武夷山地區古越族的族俗及文化特征」,《文物》, 1980年 第 11期.

종법제도는 주대 사회에서 서로 돕고 관심을 갖는 풍속의 형성에 적극적인 추진체 역할을 했을 뿐만 아니라, 주왕조와 각 제후국 및 제후국간 상호관계를 강해지도록 하는 중요한 수단이었다. 춘추시대에 진평공晉平公의 어머니는 기녀杞女였기 때문에 진평공은 제후국들을 시켜 기나라를 위해 성城을 지었다. 정鄭나라 대부가 반대하면서 진晉나라를 비판했다. "종주국인 주왕조의 부족한 것은 돕지 않고, 하왕조 후손국을 돕고 있습니다. 이것은 또 여러 같은 희성姬姓의 나라는 버린다는 것을 알 수 있게 할 따름입니다. 같은 여러 희성의 나라를 버린다면, 그 누가 따르겠습니까? 내가 듣건대 '동성同姓을 버리고 이성異姓을 친히 하는 것은 덕을 배반하는 것이라 이른다'라 합니다"20) 이 사실로 당시의 사회여론이 여전히 종법관계를 중요시하고 이를 제후국 간 교왕 준칙으로 여겼다는 것을 알 수 있다. 종법관계의 장기적인 유지는 사회민속에 상당한 큰 영향을 끼쳤다.

2. 성姓·씨氏·명名·자字

몽매와 야만에서 벗어나지 못한 상당히 긴 역사 시기 동안에 사람들은 모두 무명씨였다. 야만시대 중기부터 사회구성 변화에 따라 유명한 씨족과 인물이 많이 나타나고 사람들이 경앙하는 영웅이 됐다. 최초의 성姓과 명名은 이 시기에 생겼다.

성은 최초에 족族의 표시였고 모계를 위주로 한 씨족에서 성은 여자가 낳은 자녀를 가리켰으며, 나중에 사회 구성에 있어 혈연관계의 상징 부호로 삼았다. 여러 오래된 성이 다 '녀女'를 편방으로 한다. 예를 들어 요姚·희姬·강姜·규嬀 등은 바로 성이 모계에서 나왔음을 보여준다. 춘추시대 사람들은 '성'의 이런 의미를 알고 있으며, 노나라의 숙손범叔孫豹은 경종

---

20)「左傳·襄公·29年」

庚宗이라는 곳에서 한 부인과 하룻밤 부부가 된 적이 있는데, 그 후에 부인이 숙손범을 만날 때 숙손범이 "그 부인에게 성을 물으니 대답하기를, '저의 아들이 커서 꿩을 잡아 드릴 수 있게 되어, 저를 따라 왔습니다'라고 했다."[21] 여기서 '그 부인에게 성을 묻다'는 것은 그녀가 낳은 아들을 묻는 것이다. 춘추 말년 진晉나라 사묵史墨은 "순임금의 우·하·상 왕조의 삼대 임금의 자손이 오늘날에 서민이 되어 있다"[22]고 해서, 이를 근거로 군주와 신하의 지위를 오랫동안 유지할 수 없다고 설명했다. 우虞·하·상 삼대 군주의 자손이 후세에 서인庶人이 됐는데 여기서 말한 '성姓'도 자손을 뜻한다. 성이 어떻게 확정되었는가 하는 문제에 대해, 고서에서 "태어난 땅 이름에 따라 성을 하사 받았다"는 설이 있다. 예를 들어 순舜은 규妨라는 곳에서 태어났기 때문에 그 후예 호공胡公은 주왕한테 규妨라는 성姓을 하사 받았다. 강족姜族은 강수姜水에서 살았기 때문에 강姜을 성으로 삼았다. 하족夏族의 조상은 어머니가 율무(薏苡)를 삼켰기 때문에 성은 이苡 즉, 사姒라는 성을 내려받았다. 이는 한 가지 추측이지만 이런 논법에는 믿을 만한 요소가 있다고 본다. 춘추시대에 주태자周太子 진晉이 "위대한 공적을 세웠기 때문에 비로소 봉작사성의 은총을 입어 종묘를 세우고 심지어는 천하를 얻기 까지 했던 것이다"[23]고 했다. 이른바 '명성수씨命姓受氏'는 "태어난 땅 이름에 따라 성을 하사받는다"[24]는 의미와 같고, 모두 성을 하사받아야 인정을 얻을 수 있다는 뜻이다. 상고사회에서 일정한 신분을 갖춘 사람만이 성이 있을 수 있고, 신분이 낮은 예어隸圉는 성이 없다. 그래서 고대의 『지志』라고 부른 책에서 "첩을 살 때에는 성을 알지

---

21) 「左傳·昭公·4年」
22) 「左傳·昭公·32年」
23) 「國語·周語·下」
24) 「左傳·隱公·8年」

못하면 점을 친다[25]는 설이 있다. 상고사회의 귀족이 만약 예어가 되면 "그 성씨를 잃고 죽음에 넘어지면서 떨쳐 일어나지 못한다"[26]고 했다. 성은 일종의 신분 표시일 뿐만 아니라 혼인제도와도 밀접한 관계가 있어서 동성불혼同姓不婚은 고대사회에서 장기적으로 존재한 결혼풍습의 하나다. 일반적으로 씨는 족의 분지이고 '씨氏'를 개인 이름 행제行第 앞에 붙인 것은 당시 사람들이 씨에 대하여 매우 중요시했음을 설명해 준다.

명名은 야만시대 후기에서 이미 나타났고 그 시기 '명名' 있는 사람은 모두 영웅이었다. 그중에서 사람을 깜짝 놀라게 공훈을 세우고 업적을 쌓은 승리자가 있으며, 예를 들어 황제黃帝·염제炎帝·전욱顓頊·제곡帝嚳·요堯·순舜·우禹 등이 그렇다. 뛰어난 재능을 갖춘 실패자도 있는데, 예를 들어 치우蚩尤·공공共工·형천刑天·과보誇父 등이 있다. 이들의 이름은 족명 또는 인명을 나타낸 것이다.

하대의 인명人名은 「사기史記·하본기夏本紀」의 기재를 보면, 단명을 위주로 했을 것 같다. 계啟·상相·예羿·서저·회槐·망芒·설泄·경扃 등이 모두 그러한 예이며, 일부 전치사를 붙여 전후 순서를 표시한 것도 있는데, 예를 들어 태강太康·중강中康·소강少康 등이 그것이다. 하대 인명에는 아직 백伯·중仲·숙叔 등 순서를 매기는 상황이 나타나지 않았다. 갑골 복사와 은대 금문에 기재된 은대 인명은 모두 간단하고 단명을 위주로 했다. 그 특색은 많은 인명들이 천간을 사용하는 것이다. 예를 들면 상갑上甲·조을祖乙·외병外丙·무정武丁·대무大戊·조기祖己·부경父庚·비신妣辛·시임示壬·시계示癸 등이 있다. 이런 천간의 일명日名은 사후에 선정된 것으

---

25) 「左傳·昭公元年」. 첩을 살 때 점 치다는 일에 대하여 「예기禮記·곡예曲禮」에서는 "아내를 맞이할 때에는 동성을 취하지 않는다. 그런 까닭에 첩을 살 때에 그 성을 알지 못하면 점을 치는 것이다"라고 했다.
26) 「國語·周語·下」

로 주제周祭의 사보祀譜에 넣고 편하게 제사 지내기 위한 것이다. 은대 여자의 이름은 종종 부모如某·비모妣某라고 불렸는데 이는 친칭에 속한다. 은대 인명 어휘에는 이미 무武·강康 등의 미칭이 나타났다. 은대 말기 왕들은 제을帝乙·제신帝辛이라고 불렸는데 여기서 상제上帝의 '제帝' 자를 인명에 사용한 것이다. 주대 사람들은 이름 짓기를 매우 중요시했다. 춘추 초기에 노환공魯桓公은 아들을 낳고 노나라 대부 신수申繻에게 어떻게 아들 이름을 짓는지를 물어보았는데 신수는 이와같이 대답했다.

> 이름 짓는 방법에는 다섯 가지가 있는데, 신信이라는 게 있고, 의義라는 게 있으며, 상象이라는 게 있고 가假라는 게 있으며, 유類라는 게 있습니다. 태어나면서 이름이 될 것을 가지고 나와 그것으로 이름 지음을 신信이라 하고, 장래의 영화를 위해서 훌륭한 덕의 뜻을 붙여 짓는 것을 의義라 하며, 용모와 같은 것의 이름을 취해서 이름으로 삼는 것은 상象이라 하고, 태어났을 때에 어느 물건과 관계가 있게 되어 그 물건의 이름을 따는 것을 가假라 하며, 아버지와 관계가 있는 일로 이름 지음을 유類라 하는데, 제후나라 이름을 쓰지 않으며, 가축의 이름을 쓰지 않고, 기물이나 옥백의 이름을 쓰지 않습니다. 주대 사람은 생전의 이름으로써 신주로 모시고, 세상에서 이름 불려짐이 끝나면 그 이름은 휘諱라 하여 부르지 않습니다. 그러므로 나라 이름으로써 이름을 삼으면 그 나라 이름을 없애버리고, 관직 이름으로써 이름 삼으면 그 관직 이름을 없애며, 산천의 이름으로써 이름 삼으면 그 산천 이름을 쓰지 않고 가축 이름으로 이름 삼으면 그 가축은 제사상에 희생물을 예물로 쓰지 않으며, 기물이나 옥백의 이름으로써 이름 삼으면 그것을 예물로 쓰지 않습니다."[27]

위에서 언급한 이런 원칙들은 당시 사회 여론에 수긍된 것이지만 실제로 이에 부합하지 않는 경우도 적지 않았다. 신수가 말한 "주대 사람은

---

27) 「左傳·桓公·6年」

생전의 이름으로써 신주를 모셨다"는 말을 보면 주대 인명 문제에 있어 벌써 회피해야 할 상황이 생겼음을 알 수 있다. 일반 귀족이 그들의 아버지와 조상의 이름을 피하고, 주천자는 피휘避諱한 세수世數가 더 많았다. 주대 인명은 남녀를 막론하고 모두 백伯·중仲·숙叔·계季로 순서를 나타낼 수 있고, 남자의 이름은 종종 부父·자子 등을 붙여 미칭으로 사용했는데, 계손 행보季孫行父·황국보皇國父·자백계자子伯季子·자산子產 등이 그에 해당되는 사례다. 여성 인명은 대부분 씨氏 뒤에 성姓을 가하는 방식을 탁했는데, 왕희王姬·기사杞似 등이 해당되는 사례다. 씨와 성 사이에 순서 매김을 나타낼 수 있었는데, 기계강紀季姜 같은 경우에 기紀는 어머니의 씨이며 계季는 그녀가 셋째 딸임을 가리키고 강姜은 성이다. 또한 부가夫家 성 뒤에 씨를 가한 이름도 있었는데, 희단姬單·강영姜縈·임소妊小 등이 해당되는 사례다. 일부 특별한 상황에서 아이 이름을 지을 때, 잡히거나 살해된 적군 수령의 이름을 가져올 수 있었다. 예를 들어 춘추 중기 노문공魯文公 11년에(BC616년)에 "적狄나라가 노나라를 치자 숙손장숙叔孫莊叔이 이에 함鹹(노나라의 읍)에서 적나라를 물리치고 장적교여長狄僑如 및 훼虺, 표豹를 사로잡았는데, 그 이름들을 모두 그 아들의 이름으로 삼았다"[28]고 했다. 노나라 귀족 숙손장숙叔孫莊叔의 아들 숙손교여叔孫僑如·숙손훼叔孫虺·숙손표叔孫豹 등의 이름은 모두 살해된 '장적長狄' 수령의 이름에서 나온 것이다. 이것은 자기가 세운 혁혁한 전공을 기념하는 방식이었을 가능성이 크다. 아무튼 주대 종법제도 아래서 인명 상황은 매우 복잡하고 일인다명의 현상도 아주 보편적이었다.

주대 아이들은 명이 있으나 자字가 없다. 고대 예서의 기재를 보면 영아가 3개월이 되면 택일하여 머리를 깎고 "아버지는 아이의 오른손을 잡고 큰 소리로 이름을 지어 부른다"[29]고 했다. 귀족 남자가 관례를 치를 때

---

28) 「左傳·襄公·30年」

방문객이 그의 자를 정한다. "여자가 허혼한 뒤에는 비녀를 꽂고 자를 쓴다."[30] 자와 명은 일정한 의미 관련이 있고 쓰인 상황도 구별되어 있으며, 자는 명을 부른 것보다 장중하고 더욱 공손한 것으로 보인다. 그래서 자를 부르는 것은 즉, 어떤이에게는 존경하는 표시가 된다. 명과 자를 가끔 같이 부를 수도 있다. 예를 들면, 동주시대 송나라의 공보가孔父嘉는 명이 가嘉이고 자는 공보孔父다. 화보독華父督은 명이 독督이고 자는 화보華父다. 동주시대 사람들은 명과 자의 의미 관련을 특히 신경썼다. 예를 들면, 정나라 공자 거질去疾의 자는 자량子良이었는데, 제齊나라 고강高强의 자도 자량子良이다. '거질' 과 '강'은 의미상 모두 '량良'과 관련돼 있어서 '량良'을 자로 삼았다.[31] 옛사람은 "그대의 이름을 알면 자도 알게 되고, 그대의 자를 알면 이름까지 알 수 있다"고 했는데, 명과 자의 의미가 비슷한 점이 있다는 것을 알 수 있다. 청淸나라 대학문가 왕인지王引之의 분석에 의하면 주대 사람들은 자를 지을 때 일반적으로 다음의 다섯 가지 규칙에 따랐다.

---

29) 「禮記·內則」
30) 「禮記·曲禮」
31) 왕인지王引之의『경의술문經義述聞』권 22에서 이와 같은 두 예를 해석하면서 "질疾은 악惡이고 양良은 선善이다. 거질去疾은 양良이라는 뜻이다"라고 말했다.『좌전』소공昭公 9년에 '주왕이 죽은 갑자일과 걸왕이 죽은 을묘일은 나쁜 날'이라고 한다. 도예杜預는 이에 대하여 '질은 악이다'고 해석한다. 질疾은 악惡이며 약弱이라고도 한다. 양良은 선善이며 강强이라고도 한다.『주어』에서는 '젊은 장정을 버리고 약한 자를 전투에 참여 시켰다'고 했는데, 양良과 약弱 두 자를 상대적 개념으로 파악해 양良은 강强이라는 뜻이다. 사람은 질병이 있으면 약해지고 불량不良이라고 한다. 소공昭公 7년에 '맹칩孟縶의 발이 불량하다'고 했다. 사조史朝가 '발이 절이면 집에 있는 법이다'라고 했는데 타당한 견해다." "양良은 또한 강强이고, 양良과 양梁은 고자에서 시로 통힌다.『묵자墨子·공맹公孟』편에서 '신체강량身體强良'은 강량强梁의 뜻이다.『오어』에는 '무릇 오나라는 강한 나라이니 능히 여러 제후들로부터 힘을 얻을 수 있을 것이다'고 했다. 양국良國은 강국强國이다. 양良은 또한 '면강勉强의 강强이다.『초어』에는 채성자蔡聲子가 초거椒擧한테 '그대는 많이 드시오'라고 했는데 양식良食은 강식强食이다. 강식强食은 많이 먹으라는 뜻이다."

첫째는 '동훈同訓' 즉, 명과 자의 의미가 같다. 예를 들어 노나라의 재여宰予의 경우 자는 자아子我인데, 여予와 아我의 의미가 같다. 둘째는 '대문對文' 즉, 명과 자가 서로 대응한다. 예를 들어 제나라의 경봉慶封이 자는 자가子家, '봉封'을 '방邦'이라고 불렀는데 방邦은 가家와 서로 대문對文을 이룬다. 셋째는 '연류連類' 즉, 명과 자가 서로 관련된다. 예를 들어 공자의 제자 염경冉耕의 경우 자는 백우伯牛인데, 경耕이 우牛와 관련된다[32]). 넷째는 '지실指實' 즉, 자가 명에 포함된 의미를 더 설명해준다. 예를 들면 초나라 공자 계啓의 자는 자려子閭인데, 계啓는 '연다'는 뜻이고 려閭는 문을 가리킨다. 려閭를 자로 삼음으로써 계啓의 의미를 더 진술했다. 다섯째는 '변물辨物' 즉, 자의 의미는 명이 가리킨 사물을 한층 더 변명한다. 예를 들어 노나라의 안회顏回 자는 자연子淵인데, 회回는 '둘러싸다', '돌리다', '되돌아가다', '어긋나다', '사악한 것을 물리치다' 등의 많은 뜻을 가지고 있다. 안회가 자연子淵을 자로 한 이유는 연수淵水 물이 되돌아가는 뜻만을 쓰고, '회回'자의 다른 뜻을 제외시킨 것이다. 주대 인명에서 때로 명을 자와 같이 사용한 경우도 있는데, 예를 들어 송나라의 화보독華父督의 명은 독督이고 자는 화보華父여서 합쳐 불렀다. 당시 사람들은 자에 대하여 매우 중요시했던 이유는 "관례를 치를 때 손님이 이에 자를 명하여 사람이 자를 부르니 이것이 성인의 길이다"[33])고 했다. 젊은이에게 '자'가 생기면 이미 성인 행렬에 들어서고 귀족 계층에 인정받게 되고 각종 사회활동에 참석할 수 있게 된다는 의미다. 자를 정한 다음에는 국군이나 아버지 앞에

---

32) 춘추전국시대 교체되는 무렵에 소경牛耕은 날로 흥성해졌으며 사람들의 명과 자를 지을 때 소牛와 경耕을 많이 택했다. 예를 들면, 송나라 사마경司马耕도 자는 자우子牛라고 한다. 왕인지王引之의 『경의술문經意述聞』권 23에서는 "옛날에 농사에 두 사람이 나란히 밭을 갈고 소로 갈지 않았다. 그래서 '경耕'자는 밭을 가는 뜻이 아니다"고 해서 '경耕'을 다른 자로 인신引申시켰는데 타당하지 않다고 여긴다.

33) 「禮記·冠義」

서만 명名을 부르게 되고 그 이외에는 일반적으로 자字로 칭한다.

주대의 인명 중에 가끔 작칭爵稱과 직관職官 명칭을 넣을 수도 있었다. 작칭은 일반적으로 공·후·백·자·남 5등 작爵을 가리키며 직관의 명칭은 아주 다양하다. 예를 들어 주공흑간周公黑肩의 경우, 주周는 국호이고 공公이 작칭이며 흑간黑肩이 그의 명이다. 소백료召伯廖의 경우, 소召는 봉읍의 명칭이고 백伯은 작칭이며 료廖가 그의 명이다. 재거백규宰渠伯糾의 경우, 재宰는 직관 명칭이고 거渠는 씨칭이며 백伯은 작칭이고 규糾가 그의 명이다. 주대에 이미 보편적으로 시법謚法을 실행하고 귀족은 사망후 시호謚號가 있어야 했다. 이는 씨氏에 시謚와 작칭을 붙여서 구성했는데, 예를 들어 원장공原莊公의 경우, 원原이 씨氏이고 장莊이 시호이며 공公이 작칭이다. 주대 귀족에게 명은 벌써 그들의 사회지위와 등급의 표시가 됐다.

남방지역 초楚·오吳·월越 각 나라의 언어, 풍속은 중원지역과 많은 차이가 있으며 그들의 명名·호號·시謚도 중원지구와 다르고 비교적 복잡했다. 예를 들어 오나라왕 합려闔廬가 왕위를 계승하기 전에 본명을 합려, 주우州于로 불렀는데 왕위를 계승한 후에 광光으로 변칭하고 료僚나 한韓으로도 불렸다.[34] 초나리왕의 명호 중에서 '오敖'로 부른 경우가 있었는데, 예를 들어 웅의熊儀를 '약오若敖'로 부르고, 웅감熊坎를 '소오霄敖'로 부르

---

34) 오나라 왕 합려의 명호에 대해 고힐강顧頡剛은 "『좌전』 소공昭公20년에 '오원伍員이 오吳나라에 와서 주어州于에게 초나라 공격하게 되면 많은 이득을 얻을 수 있다'고 설명했다. 오나라 공자 광光은 '이는 그 사람 자신의 조상 살육당한 개인적인 원수를 치려는 계획여서 들어주면 안된다'고 했다. 도예杜預는 '주어州于는 오나라 공자 요僚이고 광光은 오나라 공자 합려闔廬다'라고 했다. 모두 한 사람이 두 이름을 갖은 경우다. 『춘추』 소공昭公 27년에 '오나라가 그 임금 요僚를 살해했다'고 했다. 정공14년에 '오나라 군수인 광光은 세상을 떠났다'고 했다. '요僚'와 '광光'은 모두 즉위힌 다음에 이름을 바꿨다는 것을 알 수 있다. '주어州于'와 '합려闔廬'는 모두 그들의 원래 이름이었다."(『사림잡식史林雜識』 초편, 중화서국, 1963년, p.213.) 이와 같은 해석은 타당성이 있다고 여긴다. <공어왕광검攻敔王光韓劍>의 고고 발굴을 통해 오나라 왕 광光은 한韓으로도 불렀음을 알게 된다.

고, 웅원熊原을 '겹오郟敖'로 불렀다. '오敖'자의 뜻에 대하여 초왕의 매장지
인 구릉을 가리키거나 호豪자의 차음자로 추호酋豪라는 의미를 갖고 있다.
중원 여러 나라와 구별되었다.

원시시대의 생활예절과 풍속

중국 상고시대의 생활예절과 풍속이 여러 세대의 발전변화를 겪으면서
하·상·주시대에 이르러 기본적인 틀이 잡히어 풍부하고 큰 의미를 지닌
내용이 많아진다. 생활예절과 풍속을 말하자면 포괄된 범위가 매우 폭넓지
만, 사람의 생활과 밀접하게 관련된 생활습속을 주요 내용으로 간주한다.
예를 들어 관례, 혼인풍속, 장례풍속 등은 모두 매우 중요한 부분이 되었다.
근대 이래의 민족학 자료로 추측을 통해 원시시대의 생활예절과 풍속은
상당히 풍부하고 장중함이 담겨 있다는 것을 알 수 있다. 시대가 오래되었
고 자료도 부족하기 때문에 사람들이 원시사회의 각종 상황에 대하여 아
는 것이 적고, 그 시기의 생활예절과 풍속에 대한 이해가 결핍하고, 고고발
굴과 문헌자료에 의해서만 조금씩 알 수 있다. 다음으로는 예를 들으면서
설명해 보자.

1. 이를 뽑는 풍속

상고시기에 일부 지역의 민중들은 약 14세가 되면 일부 치아를 뽑는
습속이 있었다. 이런 습속의 의미는 아마도 이를 뽑는 자가 자라서 어른이
된다는 표시로 했던 것 같다. 이를 뽑는 습속은 고고자료에 있어서 신석기
시대의 대문구문화, 굴가령屈家嶺문화, 석협石峽문화, 양저문화, 담석산曇石
山문화에서 많이 볼 수 있으며 대만병동臺灣屏東, 항춘恒春 일대의 신석기

시대 문화에서도 발견됐다. 대문구문화 고분군에서 발견된 이를 뽑는 자의 나이는 일반적으로 15~20세 사이의 성성숙기性成熟期에 속한다. 늦으면 25세가 되는 경우도 있다. 대문구문화 후기에 이를 뽑는 습속이 점점 쇠퇴되고 이를 뽑는 나이가 늦어졌으며, 일부 유적에서는 이를 뽑는 나이가 30~35세로 늦춰진다. 대문구문화 말기에 속한 삼리하三裏河에서 검사할 수 있는 30개 표본 중 3개만 발견됐다. 그럼에도 불구하고 이를 뽑는 습속이 대문구문화에서 아주 오랫동안 지속되어 있었으며 적어도 1000년 이상 이를 뽑는 습속이 보편적으로 유지됐다. 예를 들어 안휘성 박현亳縣 부장富莊 신석기시대 유적의 대문구문화층 잘 보존된 7기 고분에서, 18구 골격이 발견됐는데 이들은 모두 죽기 전에 이를 뽑은 적이 있었으며 특히 아랫니를 뽑았다. 이를 뽑는 일반적 특징을 보면 모두 상악의 중간 및 옆의 앞니, 견치를 뽑았다, 또한 기본적으로 상악의 구치와 하악의 이를 포함시키지는 않았다. 한편으로 뽑는 이는 좌우대칭으로 하며, 비대칭 경우는 매우 드물다. 가장 흔히 보인 것은 상악 옆의 앞니 한쌍을 뽑는 것이다. 상고시대에 이를 뽑는 습속에 담긴 사회적 의미에 대해, 전문가들은 씨족시대의 혼인상황과 관련이 있다고 추측했다.[35] 무릇 이를 뽑는 씨족 성원은 이미 혼인자격을 취득했으며 동시에 성인이 된다는 상징이라는 것이다.

이런 이를 뽑는 습속이 고대문헌에 기재된 바가 있다. 「산해경山海經·해외남경海外南經」에서 '착치鑿齒'에 관한 기재가 비교적 대표적인 예라 할 수 있다. "예羿와 착치鑿齒가 수화壽華의 들에서 전투를 벌여 예가 활을 쏴 착치를 죽여 버렸다. 군륜허昆侖虛의 동쪽에서 예羿는 활과 화살을 잡고 있었으며 착치는 방패를 잡고 있었다." 착치에 대해 곽박郭璞은 "착치鑿齒는 역시 사람이고 이빨이 노미(鑿: 끌)같으며 길이는 대여섯 척으로 길어서 그러한 이름을 얻었다"라고 말했다. 「회남자淮南子·본경훈本經訓」에도 이

35) 韓康信·潘其風,「我國拔牙風俗的源流及其意義」,《考古》, 1981年 第 1期.

런 유사한 기재가 있다. "요堯임금은 예羿를 시켜서 수화疇華의 들에서 착치를 죽였다." 예羿는 상고시대 유명한 '동이족東夷族' 수령이고 그와 전투했던 '착치' 족은 지리적으로 인접한 '동이족'이라는 견해가 일반적이다. 현재 산동山東·소북蘇北 일대에 해당되며 대문구문화가 분포된 지역과 일치하다. 곽박의 해석을 통해 당시의 사람들은 자신의 용감함을 보여주기 위해 뽑힌 이를 항상 끌 같은 길다란 장식품으로 꾸며 자신의 용감함을 과시했다.

이를 뽑는 습속은 널리 전해졌다. 현존의 고고자료를 보면 이를 뽑는 습속은 최초 대문구문화 초기부터 기원해서 점차 현 산동山東과 소북蘇北 일대 신석기문화로 퍼져나갔다. 그 후에 서남 방향으로 전해졌으며, 이런 상고시대의 습속은 장기적으로 중국 서남 지역의 운남·귀주·사천 일부 소수민족 지역에서 보존됐다. 다른 한 전파 방향은 남쪽으로 주장珠江유역을 거쳐 대만까지 전해졌다. 진晉나라의 『박물지博物誌』에서 당시의 형주荊州 서남쪽인 촉지蜀地와 연결된 지대의 '요자僚子'라는 사람을 기재했는데 "태어나고 자라서 위 이빨 각 한 개씩을 뽑아서 장식으로 쓴다"고 했다. 『운남지략雲南志略』에서는 '요만僚蠻'을 기재했는데 "남자가 15살 때쯤이 되면 좌우 두 개 이빨을 뽑고 장가간다"고 했다. 청나라 『검서黔書』에서는 먼 곳에 사는 사람에게 "여자가 시집가려면 반드시 두 개 이빨을 뽑는 습속이 있었는데, 남편 집안에 해를 끼칠까 해서 그랬다"고 기재했다. 근대까지도 일부 소수민족은 여전히 이를 뽑는 습속을 보존하고 있었다.

오랜 역사변화를 겪고 일부 소수민족 민속에서 이를 뽑는 습속을 이를 물들이는 풍속으로 대체했다. 예를 들면, 운남맹해雲南猛海 지역의 만산포랑족曼散布朗族에서 남녀들은 통상적으로 15살 때 성정례成丁禮를 치른다. 성년 남자 청년은 단체로 성년 여자 집에 가서 여자의 이를 물들이고 여자를 '배은연서拜恩連西'라고 부른다. 이를 물들인 여자들은 관문절關門節부터 개문절開門節까지의 3개월 종교활동 기간에, 절에 들어가서 성년 남자 청년 이를 물들이고 남자를 '사래인沙來因'이라고 부른다. 오직 '배은 연서'와 '사래인' 이라고 부른 자들만이 연애할 자격을 갖게 된다. 이는 상고시대 이를 뽑는 습속과 관련이 있다고 본다. 이것으로 상고시대 이를 뽑는 습속의 사회적 의미를 입증해 준다. 국외 민족학의 자료를 보면 이를 뽑는 습속은 특별한 의미를 지닌다는 견해도 나왔다. 영국학자 제임스 조지 프레이저(James George Frazer)는 "호주부락에서 성년의식을 치를 때 남자아이의 앞니를 한 개나 몇 개씩 뽑는 것을 자주 봤다. 이런 의식은 모든 남성 성원이 성인의 대우와 특권을 누리기 전에 꼭 받아들여야 한다. …… 이 소년은 그의 뽑힌 이빨과 사이에 교감관계를 계속 유지한다고 믿는다"고 지적한 적이 있다. 아프리카 흑인 부락의 "바소타인(Basotho)은 언제나 그들의 뽑힌 이를 잘 숨겨놓는데 그것은 묘지에 드나든다는 신비로운 인물의 손에 그 이빨이 넘어가기를 방지하기 위한 것이다. 이런 사람이 뽑힌 이에 마법을 가하면 그들에게 해를 끼칠 수 있기 때문이다. …… 세계 여러 지역에 이런 습속이 있다. 빠진 이를 쥐가 쉽게 발견한 곳에 일부러 갖다 놓기도 한다. 이가 빠진 사람들은 그가 빠진 이와 교감관계를 계속히기를 바라고, 그외 다른 이도 이런 설치류 동물의 이빨처럼 튼튼하고 쓰기 좋기를 바랐다.[36] 이런 자료들은 모두 중국 상고시대에 이를 뽑는 습속의 목적과 거기에 의미를 부여하는 데에 도움이 될 수 있다.

2. 두골을 변형시킨다

두골 변형은 주로 머리의 침골(枕骨: 뒤통수뼈)을 변형시키는 것이다. 연구에 따르면 구석기시대 말기의 산정동인 일련번호 102인 여성 두골에 어릴 때 머리를 단단히 감고 성장을 막아 변형시킨 흔적이 발견됐다. 그

---

36) 『金枝』, 中國民間文藝出版社, 1987年, p.60.

뒤에 잘라이노르(扎赍诺尔, Jalainur) 사람의 두골에도 이런 비슷한 변형이 있음이 보고되었다. 고고사료를 통해 대문구문화 이전부터 지금까지 소북蘇北, 노남魯南에서 교동연해膠東沿海까지 수많은 침골을 인공적으로 변형한 현상이 발견된다고 밝혔다. 대문구문화로부터 발전된 산동 용산문화유적, 예를 들어 산동성 교현膠縣 삼리三裏유적에서도 두골을 변형시킨 실례를 발견했다. 길림성吉林省 전곽현前郭縣과 하남성河南省 석천현淅川縣 및 호북성 한수漢水유역의 신석기문화유적에서도 변형된 두골을 발견했다. 연구에 따르면 두골 변형은 대체 세 종류로 나뉜다. 첫째, 두골을 환상環狀으로 변형시켜 옆으로 보면 길게 굽은 형상(穹隆)으로 평직하게 만들고, 뒤통수는 후상방으로 튀어나와 전체 두골이 길고 좁게 보이도록 변형시킨다. 둘째, 설형楔形으로 변형시켜 베개골에서 두정골까지 납짝해지고 두개저골頭蓋底骨이 아래로 젖혀지며 전체 두개골이 높고 넓게 보이도록 변형시킨다. 셋째, 조합형으로 변형시켜 위에 두 가지 변형 방법을 결합하여 두개골을 변형시킨다.[37] 일반적으로 가죽이나 식물섬유로 짠 띠를 사용해 머리를 단단히 감아버리는 방법을 택하거나 두 개의 딱딱한 널빤지 중간에 끼어두는 방법도 택한다. 두골을 변형시킨 것은 매우 복잡하고 당시 사람들의 장식습속과 관계가 있었던 것으로 추정된다. 옥구슬 꿰미 같은 머리 장식품은 아마 머리에 매는 가죽띠에다 매달고 오랜 세월이 지나면서 생겨난 습속인 것 같다. 일부 지역 원고 인류의 이마 변형은 채집 노동 과정서 저장용 광주리 손잡이를 이마에 걸다 보니, 이마 발육을 제한시키며 변형까지 된 것으로 추정된다.

산동성 연주兗州 왕인王因과 강소성 비현邳縣 대돈자大墩子 대문구문화 고분군에서 치궁齒弓 변형 현상을 발견했는데, 심하게 변형된 부분에서

---

37) 張振標·尤玉柱, 「中國史前人類的風俗-有意識的改形頭顱骨」, 《史前硏究》, 1985年 第3期.

작은 돌공과 작은 도기공陶器球이 발견됐다. 이런 치궁의 변형은 아마 평상시 돌공이나 도기공을 입에 물고 있는 습속으로 인해 생겨났을 것이다. 이런 습속은 지금까지 대문구문화의 주민 중에서만 발견됐다. 입에 물고 있는 작은 돌공이 장기적으로 구치臼齒 외측면과 마찰되기 때문에 마식면磨蝕面이 형성되고 심하게 마식된 경우는 치관齒冠과 치근齒根, 심지어 치조골齒槽骨까지 영향을 끼친다. 공의 질료로는 석재 위주로 도제공陶制球도 발견됐는데, 직경이 1.5~2.0cm다. 대문구문화유적에서 발견된 많은 돌공에 마찰된 흔적을 남긴 개체 고분에서는 돌공 부장이 없었는데 이런 습속은 장례풍속과 관련이 없는 것으로 추정된다. 산동성 왕인 대문구문화 초기 고분의 상황을 보면 이런 습속은 대부분 여성 개체에서 나타났다. 돌공을 무는 자의 가장 어린 나이는 6살이어서 유년부터 시작했음을 시사하다. 원인을 따지면 아이가 영구치 교환 시기에 입에 딱딱한 것을 물고 있어야 잇몸을 튼튼하게 할 수 있다고 믿었기 때문이다. 후세 장례식에 구슬과 옥을 무는 습속은 신석기시대 주민들의 공을 무는 습속을 계승한 것으로 추정된다.

3. 담이儋耳

원시시대 일부 지역에서 귀가 클 수록 아름답다고 보고 여러가지 방법으로 귀를 크게 만들었다. 『산해경』에 '섭이지국聶耳之國'이 기재되어 있는데, 이 나라 사람들은 "두 손으로 자신의 귀를 잡고 있다. 바닷속 섬에 매달려 살고 있다"[38]고 말했다. 곽박郭璞이 "귀가 길다고 해서 걸어갈 때 손으로 잡고 있다고 했다"는 것은 귀가 매우 커서 길 걸을 때 두 손으로 큰 귀를 부축해야 한다고 말한 것이다. 당나라 사람이 보는 『산해경』에서

---

38) 「山海經·海外北經」

섭이국攝耳國을 '대이국大耳國'으로 기록하면서, "거기 사람들이 잘 때 한쪽 귀를 돗자리를 삼고 다른 한쪽 귀를 이불을 삼았다"[39]고 했다. 이른바 섭이국 즉, '바닷속 섬에 매달려 살고 있다'는 곳은 바로 해남도를 가리킨다. 해남도는 담이군儋耳郡·담주儋州로 불렀으며 지금도 담현儋县이 있다. 담이儋耳는 담이耽耳·담이担耳라고도 하고 큰 귀를 의미한다. 해남도의 옛날 칭호는 『산해경』의 섭이국에 대한 기재와 부합한다. 유명한 사천성 광한삼성퇴廣漢三星堆유적의 1호와 2호 제사갱에서 청동 인상이 82개나 출토됐는데, 그 특징 중 하나는 바로 귀가 매우 크다는 것이다. 이것은 마땅히 당시 주민들의 담이儋耳 습속에 대한 반영이라고 할 수 있다. 담이 습속이 후세에 와서 일부 지역에서 여전히 존재하고 있었다. 역사 기록에 따르면 한대漢代 "애뢰哀牢사람은 모두 코를 뚫고 귀를 크게 만들어 장식했다. 그들의 왕이라고 부르는 우두머리의 귀가 모두 어깨 아래 3치까지 내려왔는데 일반 서민들은 어깨까지만 내려왔다"[40]고 했다. 후세 사람의 추측에 의하면 담이는 주로 귀에 무거운 물건을 걸어놓고 귀를 길게 하거나, 귓불에 구멍을 뚫어서 상아나 동그란 나무 조각으로 채우고 구멍을 크게 만들거나, 안면 피부를 벗겨서 귀뿌리와 접하게 하는 방법으로 완성했다. 후세에 긴 눈썹과 큰 귀를 갖은 사람을 복상福相이나 선인지상으로 여긴 것도 원고시대의 담이 습속과 일정한 관계가 있다고 본다.

그림 3-6 삼성퇴三星堆 금면
청동 인두상

---

39) 李冗(唐), 『獨異志』, 袁珂 『山海經校注』 轉引, 上海古籍出版社, 1980年, p.237.
40) 「后後漢·書南蠻西南夾列傳」

4. 결혼풍속

원시시대의 결혼풍속은 난잡하고 무질서했던 것으로 알려진다. 전국시대에 사람들에게는 "옛날 태고적에는 일찍이 군주가 없어서 그때의 백성들은 모여서 생활하며 무리를 짓고 거처하지만, 어머니는 알아도 아버지를 모르고, 친척·형제·부부·남녀의 구별이 없고 위아래와 장유長幼의 도리가 없다"[41]는 설이 있다. 부모·형제·자매 등 촌수의 구별이 없는 '태고太古'시대의 결혼 제도는 혼란스러움이 분명하다. 난혼습속 뒤 이어 군혼제가 나타났으며 일단 조상과 자손 간에, 그리고 부모와 자녀 간의 혼인 관계를 배제하니 혈연군혼 국면이 형성되었다. 이같은 결혼풍속 아래서 같은 항렬의 남녀들이 서로 형제

그림 3-7 당대唐代 복희 여와 백화帛畫

자매이자 부부가 되기도 한다. 중국의 고사 전설 중에서 복희伏羲와 여와女媧는 남매인데 부부의 연을 맺었다고 한다. 한대 화상석畫像石과 당대唐代 비단 위에 복희는 머리가 사람이고 몸은 뱀인 여와랑 교미하는 그림이 그려져 있는데, 이는 원고 전설을 그림으로 형상화한 것이다. 1950년대

---

41) 「呂氏春秋·恃君」. 그 밖에 「상군서商君书·개색开塞」 편에는 "천지가 개벽하고 나서 인류가 거기에 생겨났다. 이러할 때에는 백성들이 자기의 어머니만 알고 아버지가 누구인지를 몰랐다"고 했다. 두 가지 설이 비슷하고 모두 전국시대 사람의 의견을 제시했다.

중반 산동성 기남현沂南縣 북채촌北寨村에서 발견된 한대 묘지문의 동쪽 기둥에 세 사람이 껴안고 있는 그림 한 폭이 새겨져 있는데, 이 세 사람이 바로 수인씨燧人氏·복희·여와다. 수인씨는 복희의 아버지라고 전해지고, 이는 원고시대 부녀·남매 간에 서로 교배한 전설을 그림으로 형상화한 것이다. 산동 비현費县에서 이 세 사람에 관한 한대 화상석을 발견했다. 수인씨가 가운데에서 단정하게 앉고 있으며, 한 손으로 복희의 뱀몸을 껴안고, 다른 한손으로 여와의 뱀몸을 껴안고 있으며, 이들을 서로 결합하게 한다. 전문가 고증에 따르면 수인씨는 복희·여와 남매가 결혼하게 했지만 "수인씨 자신은 이런 교미활동과 관계를 끊었다."42) 또 다른 한화상석漢畵像石이 있는데 복희가 여와와 수인씨의 어깨 위에 서 있으며 뱀꼬리를 수인씨 가슴 앞에 늘어뜨린다. 이런 이미지는 수인씨가 복희와 여와의 보호자일 뿐이고 실제로 자녀 간의 혼인 관계에 개입하지 않는다는 설명이다. 수인씨, 복희 그리고 여와의 전설이 결정적인 메시지를 제시했는데 바로 수인씨 시대 결혼풍속이 변하고 있었으며 부모와 자녀간의 혼인관계는 배제되었던 것이다.

집단혼인의 고급 발전단계는 바로 푸날루아혼(普那路亞婚)인데 이는 외혼제다. 이런 결혼풍속 아래서는 양친과 자녀 간의 결혼관계를 배제할 뿐만 아니라 자매와 형제 간의 결혼관계도 배제한다. 혼인관계가 있는 사람들은 두 가지 집단으로 나뉜다. 한 집단의 한 무리 자매가 다른 집단의 한 무리 형제의 공동 배우자가 되고, 반면에 이 집단의 한 무리 형제가 다른 집단의 한 무리 자매의 공동 배우자가 된다. 이런 집단이 바로 인류사회가 몽매蒙昧에서 야만으로 발전하는 결정적인 역할을 맡은 씨족의 초기 형태다. 중국 고대의 친척 칭호 중 여전히 푸날루아혼의 일부 영향이 보존되고 있다. 고대 사람들의 경우 남자는 자매의 아들을 '출甥'이라고 부르고

---

42) 鄭慧生, 『上古華夏婦女與婚姻』, 河南人民出版社, 1988年, p.17.

여자는 형제의 아들을 질侄"[43]이라고 불렀다. 푸날루아혼을 따르면 형제는 상대방 씨족에 가서 결혼상대를 찾아야 하고, 그가 상대방 씨족에서 낳은 아들은 다시 본족에 들여보내야 했고, 그것을 '질侄'이라고 불렀는데, 그것은 지(至: 도착하다)를 의미한다. 자매들은 상대방 씨족에서 본족으로 온 남자의 형제와 결혼해야 하고, 낳은 아들을 상대방 씨족에 내보내야 해서 '출出'이라고 불렀다. 신석기시대 초기 고분에서 남녀들이 구역을 나누어 매장되는 상황을 발견했고, 말하는 바에 의하면 이것이 바로 푸날루아혼의 재현으로 간주된다. 이런 결혼풍속 아래서 자녀들은 친어머니를 알 수 있을뿐더러 자기와 혈연관계가 있는 다른 씨족도 알 수 있다. 엄격히 말하면 고서에서 말한 '아비는 모르지만, 어미는 아는(知母不知父) 사회는 바로 이런 결혼풍속의 결과였다. 중국 일부 고대 역사 전설에 이와 같은 내용이 포함돼 있다. 하족夏族의 조상 곤鯀이 "처 수기修己가 별똥별이 하늘을 통과한 것을 보고 꿈에서 감응됨으로써 잉태했다. 그리고 신비로운 구슬인 율무(薏苡)를 삼키고는 가슴에서 우 임금을 낳았다"[44]고 했다. 수기라는 사람이 곤과 혼인관계를 맺은 것이 아니라 꿈을 꾼 후에 '신비로운 구슬인 율무'을 삼키고 우禹를 낳았다는 것이다. 상족商族의 조상인 설契은 그의 어머니인 간적簡狄이 "제비가 알을 떨어뜨린 것을 보고, 간적이 받아 삼켜 잉태하여 설契을 낳았다."[45] 그래서 상족 후예에게 "하늘이 제비에게 명하여 상대 조상을 낳게 했다"[46]라는 싯구절이 있다. 주왕조의 시조인

---

43) 「尔雅·释亲」

44) 「史記·夏本紀」 '정의正義'에는 「제왕기帝王紀」를 인용했다. 안어: 고대 전설에는 "죽은 곤鯀이 다시 살아서 우禹를 낳았다." (「山海經·海內經」) "백곤伯鯀이 우禹를 낳았다" (「天問」)고 되어 있는데, 원작에서 "백우伯禹가 곤鯀을 낳았다"는 사실을 문일다聞一多의 연구를 의해 바로 잡혔다. (『天問疏證』, 三聯書店, 1980.) 이같 설은 소문과 같이 근거가 없지만 당시의 혼인 제도에 비교적 큰 변화를 겪고 있음을 알 수 있다.

45) 「史記·殷本紀」

기棄는 또한 어머니를 알지만 아버지를 모르는 인물이다. 그의 탄생에 대해 주족周族의 사시史詩 「시경詩經·백성을 살린다(生民)」에 이렇게 기재 되어 있다.

그 처음 백성을 낳으신 분은 바로 강원姜嫄님이시라
백성을 어떻게 낳으셨을까?
정결히 제사 지내시어 자식 없는 나쁜 징조 쫓아내시고
상제 엄지발가락 자국 밟고 마음 기뻐져 그 자리 쉬어 머무셨다.
곧 아기 배어 삼가시고 아기 낳아 기르시니
이분이 바로 후직님이시라

주周족의 시조모인 강원姜嫄은 상제의 발자취를 밟고서 기棄를 낳았다. 기록에 따라 하·상·주 같은 유명한 씨족들은 시대가 대략 일치하며 모두 황제족黃帝族과 관련이 있다. 일부 고서에서 이 씨족들은 모두 황제족의 후예라는 의견을 제시했다. 여러 흔적을 보면 수기·간적·강원의 시대는 바로 푸날루아혼이 성행했던 시기였다. 이런 결혼풍속이 중국 상고시대 유명 씨족의 형성과정에 있어서 결정적인 역할을 했다.

푸날루아혼의 진일보 발전은 바로 대우혼對偶婚의 출현이다.[47] 이런 결 혼풍속 아래서는 남녀를 막론하고 모두가 상대방의 씨족에서 비교적 고정 된 혼인 동반자를 찾을 수 있으며 그렇게 해서 대우 가정이 형성된다. 그래서 사람들은 자기의 생모를 알 수 있을뿐더러 자기의 생부도 알 수

---

46) 「詩經·玄鳥」
47) 마르크스는 고대 혼인 제도에 대하여 "푸날루아 가족 제도 아래 이미 남녀 1 대 1 관계의 대우혼 가족이 발생하기 시작했음을 알 수 있다. 이는 여러 가지 사회적 요인으로 인한 것이다. 남자는 여러 처와 혼인하면서 그중에서 한 명은 주처가 되었고 반대로 여자이 상황도 마찬가지였다. 그래서 점점 대우혼 가족 제도로 과도 한 경향이 생긴 것이다.(摩爾根, 『古代社會』, 人民出版社, 1965, p.33.)

있다. 대우 가정은 일부일처제의 초기 형태다. 중국 신석기시대의 고고에
서 당시 사람들이 거주한 소가옥을 흔히 볼 수 있다. 신석기시대 초기에
속한 배리강문화유적에서는 소형가옥의 집터가 발견됐다. 예를 들어 하남
성 신정현新鄭縣의 유적에서는 집터가 6채나 발견됐고, 그중에서 5채는
원형반지혈식 가옥이다. 주목할 만한 것은 이 가옥들의 집안에 종종 원형
소화면燒火面이 있는데 아궁이가 없다. 이 소화면은 겨울에 추위를 막기
위해 불을 태우는 유존물이었을 가능성이 크다. 이 작은 가옥에 사는 사람
들은 여기서 밥을 만들지 않았다. 신석기시대 중기가 되면서 아궁이는
매우 보편적으로 사용하게 된다. 예를 들면, 앙소문화에 속한 많은 유적에
서 모두 집터가 발견되어 총수는 400채에 이른다. 이와 같은 종류의 가옥
은 원형이든 방형이든 모두 영문迎門이나 실내 가운데에 아궁이가 마련되
어 있고, 일부 아궁이 뒤에 불씨를 보존한 소도관小陶罐을 끼워 넣었다.
이런 작은 가옥 집안에는 종종 생활용구와 일용도기가 있다. 추측에 따르
면 이런 작은 가옥은 바로 당시 대우 가정이 사는 곳이었다. 만약 신석기시
대 초기에 여전히 고정돼 있지 않는 대우 가정의 혼인관계에 머물고 있다
년, 신석기시내 중기에 와서는 비교적 튼튼한 혼인관계가 형성되었고 이
런 가정에 속한 재산도 생겼다. 아직 재산의 양이 적고 생활용구가 일용도
기 정도에 한했지만, 이는 꾸준히 일부일처제를 향한 기초를 다졌다.

그림 3-8 신석기시대 가정에서 쓴 도기

그림 3-9 신석기시대 가정 합장고분

야만시대부터 문명시대로 이행하는 과도적인 시기에 일부일처제가 출현하기 시작했다. 신석기시대 후기에 속한 제가문화와 기타 유적 고분에서 벌써 성년남녀들이 합장된 고분이 생겼다. 이런 합장고분에서 가장 흔히 볼 수 있는 장식葬式은, 남자 앙신직지장仰身直肢葬, 여자 측신굴지장側身屈肢葬이며, 여자가 남자로 향한다. 감숙성 무위현武威縣 황낭낭대皇娘娘臺 제가문화유적에서 일남이녀 합장을 발견한 적이 있다. 남자가 중간에 있고, 두 여자가 좌우에 있으며 양측을 차지하고 있다. 이런 상황은 당시 사회에서 이미 일부일처제와 일부다처제 혼인상태가 생겼다는 증거가 된다. 감숙성 영정현永靖縣 진위가秦魏家 제가문화유적의 합장고분에서 한 성년 남자와 아이의 합장고분이 있다. 이는 부자 합장고분이었을 가능성이 크고 사회에서 이미 부계가족이 생겼다는 가능성이 크다고 볼 수 있다. 고 문헌에서 "사람들은 천하를 사사로운 집으로 생각했다. 그래서 자기 부모만을 부모로 생각하고 자기 아들만을 아들로 생각했다"[48)는 국면도 이 시기에 실마리가 드러나기 시작했다.

5. 장례풍속

원고시대 최초에는 매장 풍속이 없었다. 전국시대 사람은 "옛날에 장사 지낼 때 섶나무를 두껍게 덮고 중간의 들판에 장사를 지냈는데 봉분하지 않았고 나무도 심지 않았다"[49)고 했다. 시체를 매장하지 않고 봉토하지 않으며 나무를 심고 표시하지도 않았던 것이다. 장례풍속의 출현은 사람들의 생각과 감정의 발전과 크게 관련이 있다고 본다. 「맹자孟子·등문공滕文公」 상편에서,

---

48) 「禮記·禮運」
49) 「易經·繫辭·下」

옛날에 일찍이 그 어버이를 장사지내지 않은 자가 있었는데, 그 어버이가 죽으니 곧 들어다 구렁에 버리고 며칠 후 여기를 지나니 여우와 삵이 먹으며 파리와 등에가 빨아먹거늘 그 이마에 땀이 흥건하여 흘겨보고 바로 보지 못하니 땀이 흥건한 것은 사람이 볼까해서 땀에 젖은 것이 아니라 속마음이 얼굴과 눈에 나타난 것이다. 돌아와서 삼태기와 흙수레로 덮어서 가렸다.

사람의 감정이 풍부해지면서 가족의 시체가 여우에게 잔식殘食되고 파리에게 먹힌 것을 보고, 마음이 부끄러워져서 진땀이 나고 그제서야 도구를 이용해 시체를 묻었던 것이다. 고고 발견에 있어 중국 원시시대 최초의 매장 실례는 바로 유명한 산정동인 유적이다. 이 유적에서 아래의 움집(下窨)이 묘지였는데 청년 여자, 중년 여자, 노년 남자 각각 한 명의 골격이 발견됐다. 모두 장식품을 지니고 있고, 몸 옆에 생활도구가 놓여 있으며, 주위에 적철광赤鐵礦 가루를 뿌려서 생긴 동그라미가 있다. 산정동인의 이런 매장 상황은 동실 내의 이차합장이다. 이런 동실 고분은 강서성 만년선인동萬年仙人洞·광서성 계림증피암桂林甑皮岩·흑룡강성 이란왜긍하달依蘭倭肯哈達 등 지역에서 발견됐지만 시대상으로는 산정동인보다 늦다. 김숙싱 닌주蘭州 흥고구紅古區 토곡대土穀臺 신석기시대 중기 고분 유적에서 여러 토동土洞 묘실을 발견했는데, 원형이고 밑부분이 평탄하고 윗부분이 호형 돔 구조이며, 묘실 입구는 대부분 남쪽을 향하며, 통상 석반이나 원목둥이를 세워 문을 막았다. 이런 고분은 청해성 악도 류만樂都柳灣유적에서도 발견됐다. 그중에서 비교적 큰 동 묘실 입구를 원목 삼중三重으로 봉쇄한 경우도 있다.

중국 신석기시대에 가장 흔히 보이는 고분은 직사각형

그림 3-10 신석기시대의 단인 직지장

흙구덩이 고분이고, 앙소문화시기에 2000여 기가 발견됐다. 이런 고분은 대부분 단신장이었는데 합장이나 이차 이장移葬도 있다. 묘갱墓坑의 깊이는 일치하지 않고 부장품은 대부분 묘갱墓坑의 양측에 놓여 있으며, 묘갱의 이층대나 갱벽의 감실(龕) 내에 놓인 것도 있다. 광동성 곡강 석협曲江石峽문화의 고분은 그 묘갱의 사벽을 2cm 두께의 홍소토紅燒土를 태워 갱벽을 견고하고 습기를 방지할 수 있도록 만들었다. 중국의 동남 연해 일대 조개더미(貝丘)에서 구덩이를 파서 매장하는 습속이 발견됐다. 이와 같은 종류의 신석기시대의 조개더미 고분은 복건성 민후담석산閩侯曇石山 증성 금란사增城金蘭寺 불산하탕佛山河宕 등 지역에서도 발견된 적이 있다. 신석기시대 각종 고고문화 자료를 보면 직사각형 토갱묘土坑墓는 신석기시대 중기에 대부분 씨족의 공공묘지였는데, 이들은 대다수 취락 근처에 있고 묘지에 일정한 매장 순서가 있다. 일부 고분에 여러 사람을 같이 입장하는 풍속이 유행했는데, 같은 묘갱에 여러 구 인골을 매장하고, 장방형의 장갱은 여러 합장갱으로 구성된다. 신석기시대 후기가 되어 묘지는 겹겹이 누르고 있는 참차부제參差不齊 현상이 나타났는데, 그 당시 사회 씨족 내부에서 비교적인 큰 변화를 겪고 있음을 시사한다. 목관木棺이나 목곽木槨을 갖춘 토갱묘는 신석기시대 대문구문화와 마가요문화에서 가장 두드러진 특징이다. 대문구문화의 일부 고분은 줄줄이 이어가는 원목으로 '병幷'자 형의 곽실槨室을 지었다. 마가요문화의 목곽묘는 먼저 길이와 너비가 모두 3m 토갱을 파고 목판으로 길이와 너비가 모두 2m의 나무틀을 짓고, 테밖에 숙토熟土를 채워서 이층대를 만들어 평면에 '회回'자 형이 이루어진 곽실을 만들었다. 청해성 류만유적 560여 기 고분 중에서 한쪽이 크고 한쪽이 작은 장방형 목관이 많이 있을 뿐만 아니라, 원목으로 된 마상이 모양의 목관도 있다. 목관 이외에 일부 지역에서는 석관이 유행했고, 묘갱의 바닥과 사벽 및 덮개를 모두 석판으로 지었다. 신석기시대 중기에는 여러 곳에서 옹관(瓮棺: 독무덤)을 사용하여 요절한 아이의 매장도구로 삼았는데, 독(甕)·항아리(缸)·두레박(罐)·동이(盆)·바리때(钵) 등을 조합해서 매장도구로 사용하기도 했다. 씨족 묘지에 들어가지 않고 취락에서 많은 옹관을 사용해 매장했는데 장구에 작은 구멍을 팠다. 그것은 어린 영혼이 구멍으로 나와 가족과 만날 수 있게 하기 위한 것이다. 신석기시대 말기에 와서 옹관이 씨족 묘지에 들어간 상황이 나타났다.

원시시대 고분은 이미 사람의 생활 상황을 모방하여 축조하기 시작했다. 가장 대표적인 예는 바로 초기의 토동묘土洞墓다. 마가요문화의 반산유형半山類型과 마창유형馬廠類型, 그리고 제가齊家문화·신점辛店문화·선주先周문화유적에 널리 분포되고, 신문 기사에 실린 것만 800여 기에 이르렀다. 전문가의 연구에 의하면 토동묘 형제는 주로 '철凸'자 형과 '왈曰'자형 두 종류로 나뉜다. 철凸자형 묘는 주로 묘도와 묘실 두 부분으로 나뉘어, 평면은 대부분 철凸자형이고 묘실이 시버온 정연하다. 묘실 평면은 방형이고 천장은 궁륭형穹隆形 또는 호형弧形으로 지었다. 묘도와 묘실 사이에 줄을 이룬 나무나 목판을 꽂고, 돌멩이와 석판을 세워서 묘실 입구를 막았다. 왈曰자형 토동묘는 먼저 지표에서 아래로 장방형 수혈묘도豎穴墓道를 파고, 한쪽에 묘도와 평행한 경사식 구멍을 파시 묘실을 민든 다음에 석편으로 막았다. 이런 장례풍속의 기원에 대해서 전문가는 "사람이 사는 동굴집 형식을 모방하여 지었다"고 주장한다. 그것은 "동굴식 거실과 관련이 있고 토동묘의 분포 범위는 주로 황하유역의 중, 하류 및 하서회랑河西迴廊 등 서북지역이다. 이 지역은 지질 구조상 황토고원 지대에 속한다. 이는 동실묘를 짓는 데에 여러 우월한 자연조건을 제공해 준다."50) 이런 장례풍속이 주대 많은 지역에서 여전히 존재하고 있었다.

앙신직지장은 신석기시대에 가장 보편적이고 주된 매장습속이었다. 이 외에도 일부 지역에만 제한된 특수 풍속도 발견됐다. 우선 굴지장은 앙신

---

50) 謝端琚,「試論我國早期土洞墓」,《考古》, 1987年 第 12期.

굴지仰身屈肢 · 부신굴지俯身屈肢 · 측신굴지側身屈肢 준거굴지蹲踞屈肢 등으로 나뉜다. 굴지장은 시체를 두 다리를 모아 왼쪽이나 오른쪽으로 굽어진 채, 두 손을 모아 복부에 둔 채, 하지를 위로 구부리고 무릎을 가슴까지 구부리고 두 손을 엉덩이 옆에 두거나 엉덩이를 안는 채, 양발을 모아 엉덩이를 누르고, 양손을 굳게 펴고 복부에 둔 채로 줄를 묶고 매장한다. 굴지장이라면 양자강유역 대계大溪문화가 가장 전형적이다. 사천성 무산 대계巫山大溪 일대의 신석기시대 유적에서 굴지장을 행한 고분 200여 기나 발견됐다. 대계문화 외에 감숙 · 청해 일대의 마가요문화, 동복요하東北遼河 유역 소하연小河沿문화에서 모두 굴지장이 발견됐다. 다음 부신장俯身葬은 시체를 엎드린 직지直肢 자세로 하고 주로 태호평원太湖平原과 항주만杭州 灣지역 마가빈馬家浜문화에서 유행했다. 그 다음 화장火葬은 요녕성 본계묘 후산本溪廟後山과 내몽고內蒙古 옹우특기석붕산翁牛特旗石棚山에서 발견됐다. 신석기시대 유적은 모두 화장된 묘였는데 시체와 부장품을 묘갱에 넣어 같이 태웠다. 그래서 묘갱 안에 태운 흙과 숯재가 남아 있다. 이런 일회식의 화장과 달리 감숙성 임조사 와산臨洮寺窪山에서 발견된 화장묘는 화장 뒤 골회骨灰를 도관에 넣고 주둥이를 모래알로 덮어놓은 다음에 다시 매장했다. 고고 자료를 통해 신석기시대 종종 한 가지 장법葬法을 위주로 여러 장법이 공존했다고 밝혔다. 예를 들어 유명한 반파유적에서 고분 250기가 발견됐는데, 대부분이 단인앙신직지장單人仰身直肢葬이고, 그 이외에 15기의 부신장, 4기의 굴지장, 5기의 단인이차장, 1기의 여성 4인합장, 1기의 남성 2인합장이 있다. 앙소문화에 속한 섬서성 보계북수령寶雞北首 嶺유적에서 고분400여 기가 발견됐는데, 이는 역시 단신직지장單身直肢葬을 위주로 했으며, 10여 기의 부신장, 1기의 굴지장 그리고 여러 기의 합장도 있다.

일부 지역에서 특별한 장례습속을 발견했다. 반파유적 일부 고분에서 시체의 다리뼈와 손가락뼈가 완전하지 않고, 그 불완전한 부분이 부장된 도기陶器나 허토에서 발견됐다. 이외에는 감숙성 영창원앙지永昌鴛鴦池와 복건성 민후안석산閩侯晏石山, 흑룡강성 밀산신개류密山新開流 등 여러 지역 신석기시대 유적에서 이와 같이 시체를 분리한 상태로 매장한 습속이 발견됐다. 예를 들면, 1970년 초기에 발견된 감숙성 영창원앙지 신석기시대 유적[51] 일련번호 M94인 고분에서 사람의 두골 위에 손가락뼈 5절이 있고, 부장된 작은 회도관灰陶罐 내에 발가락뼈가 놓여 있는데, 모두 죽은 자의 신체에서 절단된 것이다. 이렇게 신체를 절단하고 매장하는 습속과 비슷한 상황이 있는데, 당시 일부 부장 기물들을 의식적으로 깨뜨려서 매장했다. 깨뜨린 기물을 두 개 고분에 나누어 매장하기도 했다. 그리고 유골에 도주塗朱하는 습속도 발견됐다. 섬서성 보계북수령 묘지의 유체에서 도주 현상이 발견됐다. 앙소문화에 속한 하남성 낙양왕만洛陽王灣유적, 대문구문화에 속한 산동성 곡부서하후曲阜西夏侯유적, 마가요문화에 속한 청해성 악도유만樂都柳灣유적의 유체에서 붉은색 주사를 바른 현상도 발견됐다. 이는 산정동인이 시체 주위에 적철광赤鐵礦 가루를 뿌리는 장례습속과 유사한데, 당시 사람들은 붉은색에 대한 어떤 특별한 숭배의식이 있었다고 추정된다. 청련강青蓮崗문화에 속한 강소성 판운대이산灌雲大伊山유적 한 석관에서 빨간색 토사발로 죽은 자의 머리를 덮었다. 이런 장례습속이 강소성 연운항이간촌連雲港二澗村·강소성 신해련시대촌新海連市大村유적에서도 발견됐는데 어떤 종교적 의미를 지닌 특수한 장례 습속으로 보인다.

일부 특이한 장례풍속이 꼭 종교적 의미를 가진다고 할 수는 없다. 다만 비정상적인 사망자에 대한 매장 방법이었을 가능성도 배제할 수 없다. 섬서성 감천현甘泉縣 사가만史家灣 용산문화 초기 유적 [52]에서 3개 집터,

---

51) 甘肅省博物館文物工作隊·武威地區文物普査隊, 「永昌鴛鴦池新石器時代墓地的發掘」, 《考古》, 1974年 第5期.

9개 회갱灰坑이 발견되었고, 이외에 1개 장갱葬坑도 발견됐다. 장갱이 원형 포대 모양으로 구경이 2.6m, 밑경이 2.8m, 깊이 0.52m다. 갱벽에 손질을 거친 흔적이 남아있으며 갱의 바닥이 정연하다. 갱에 일차장 성년 남녀 각 한 명이 있고 또 아이 한 명이 있다. 갱바닥의 남쪽에 성년 여성이 있는데 앙신단굴지仰身單屈肢로 머리가 동쪽, 얼굴이 북쪽을 향해 있는데, 골격 옆에 쌍반심복관雙鋬深腹罐 2개, 단이관單耳罐 1개를 부장했다. 갱바닥 서남 쪽에 4~6살의 아동 한 명이 있고, 앙신 자세로 왼쪽으로 다리를 구부리고 머리는 서쪽을 향해있고 얼굴은 상부에 직면하고 있다. 갱바닥의 서북부에 성년 남성 한 명이 있고, 측신굴지장으로 오른팔을 굽히고 머리는 서북쪽을 향해있으며, 얼굴은 상부에 직면하고 있다. 골격 옆에 쌍반심복관雙鋬深腹罐 2개, 단이관單耳罐 1개, 가(斝: 술잔) 2개, 돌송곳 기물 1개가 있다. 이 장갱의 동북쪽 입구 부위는 뚜렷이 내호상內弧狀으로 나타나고 입구 외연부에 대장갱과 직통된 작은 주머니 모양의 장갱이 있다. 작은 장갱에 한 유아의 골격이 있으며 머리는 동쪽 향해있고, 상부에 직면하고 골격이 산재되어 있으며 부장품이 없다. 이 장갱에 매장된 사람은 당시 한 가정이었을 가능성이 크다. 갑작스로운 역병으로 성년 남녀와 아동이 잇달아 사망했을 것이다. 비정상 사망이기 때문에 씨족묘지에 들어가지 않고 장갱으로 매장했다. 부장 기물을 보면 포로나 노예가 아니고 보통 씨족 성원이었을 가능성이 크다. 성년 남녀와 아동이 사망한 뒤 유아가 아직 살아있지만, 생존 희망이 많지 않아 성년 남녀와 아동을 매장할 때 대갱과 통하는 소갱을 파기 위해 한 곳을 남겨 둔 것이었다.

황하중류와 하류 및 장강중하류 지역 신석기시대 고분 유적에서 보듯이 옹관장甕棺葬 습속도 존재했다. 통계에 의해 이런 유적이 80여 곳이 있고

---

52) 陝西省考古研究所·延安地區文物管理委員會·甘泉縣文物管理所, 「陝北甘泉縣史家灣遺址」, 《文物》, 1992年 第11期.

옹관장은 1100여 기가 있다. 그중에서 앙소문화의 옹관장이 가장 두드러진 것으로 총수량의 반 이상을 차지한다. 일반적으로 옹관장은 신북평저관深腹平底罐을 장구로 사용하고, 이외에도 대구존大口尊·첨저병尖底甁·항아리(缸) 녁鬲·정鼎 등 도기를 장구로 삼았다. 두 종류로 나누어 하나는 유골을 모두 담는 식으로 이른바 '장입장裝入葬'이라고 하고, 다른 하나는 기물의 뚜껑으로만 시체의 머리나 상반신을 덮고 여타 부분은 밖으로 드러나게 하였는데, 학자들이 그것을 '비장입장非裝入葬'[53]이라고 부른다. 옹관은 보통 두 개 기물을 합쳐 이루어진다. 예를 들어 반파유형 유적 옹관장은 대부분 항아리, 바리때(鉢)를 서로 맞물리게 구성한 것이다. 굴가령屈家嶺 문화의 옹관장은 고북원저관鼓腹圜底罐을 위주로 부분에 분盆·그릇·두豆 등으로 덮는 식으로 구성한 것이다.연구에 따르면 옹관으로 사용된 도기 조합 형식은 약 50여 종이 있으며, 보편적으로 당시 일상생활에 사용한 기구다. 이런 기구는 비교적 크고, 일부 지역에서 특제된 장구를 사용한 경우도 있다. 고고 종사자가 '이천항伊川缸'이라고 명명한 도기는 바로 이런 전형적 예에 해당한다. 하남성 노산 구공성魯山邱公城 앙소문화유적에서 발견된 '이천항'은 상부의 반구형 뚜껑에 각각 갈고리 모양의 진흙 덩어리로 둘러져 있는데, 위와 아래가 대칭되게 하여 시체를 담은 후 쉽게 묶을 수 있게 하기 위해서다. 옹관장은 대다수 유아와 아동의 장구였고 극소수만 소년이나 성인을 매장했는데, 주택지역 집터의 벽내부, 거주면居住面의 허토 속에 많이 묻었다. 일부는 집안 구석 지면에 놓아두기도 했다. 대다수 옹관은 주택 구역 옆에 매장했고 일부 문화유적에서 몇 개나 몇십 개 옹관으로 구성된 옹관군이 형성됐다. 어떤 옹관은 성인묘지에 매장되고 성인묘지처럼 순서대로 배열돼 있다. 옹관장의 상황은 당시 아동의 높은 사망률과 관계가 있다고 본다. 통계에 따르면 유명한 서안 반파유적에서는

---

53) 許宏, 「略論中國史前時期甕棺葬」, 《考古》, 1989年 第 4期.

250기 고분이 발견됐는데 그중에서 아동 옹관장은 73기가 있으며 거의 총수의 30%를 차지한다. 섬서성 임동강채臨潼姜寨유적에는 365기의 초기 고분이 있는데, 그중에서 옹관장이 190기가 있고 전체의 과반수를 차지한다. 옹관장은 생활 수준이 낮은 시기에 매우 중요한 장례풍속이었다.

원시시대에 일부 특이한 매장방식은 당시 사회에서 존재하고 있는 엽두獵頭풍속과 연관이 있다. 호북성 방현房縣 칠리하七裏河 신석기시대 한 고분에서 죽은 자의 몸 각 부위 골격이 기본적으로 완전히 보존되었지만 단지 머리만 없고, 이런 머리 없는 고분의 부장품은 매우 풍부하다. 추측에 따르면 고분 주인의 머리가 적대적인 씨족에게 사냥당했을 것이다. 한 고분은 성년 남성의 골격이 있고 머리 부위에 이마골이 하나 더 있는데, 이 이마골은 다른 씨족에서 사냥해온 것이다. 강소성 오현吳縣 장릉산張陵山 신석기시대 유적 일련번호 M4인 고분에서 옥기·도기·석기 등 부장품이 있는 묘주는 씨족 내부에서 지위가 높은 사람인데, 유체가 없고 남쪽에 세 개의 두골만 세워져 있을 뿐이다. 아마도 묘주가 밖에서 사망해서 시체를 매장하기 어렵기 때문에, 다른 씨족에서 사냥해온 세 개 두골로 대신해 망령을 추모한 것으로 볼 수 있을 것이다. 청해성 악도류만樂都柳灣 신석기시대 유적에는 두골이 없는 고분이 있다. 머리가 없고 턱뼈만 있는 고분도 있는데, 모두 당시 엽두獵頭습속으로 인한 결과다. 악도류만유적 일련번호 M505인 고분에는 머리가 없는 골격 2개가 배치돼 있고 다른 한 개 두골이 따로 배치돼 있다. 이는 분명히 사냥해온 두골로 망령을 추모한 것이다. 신석기시대 엽두습속의 영향은 광범위해서 강소성 상주常州·감숙성 영창永昌·청해성 귀남貴南·산동성 태안山東泰安 등 유적에서 모두 머리 없는 고분이 발견된 적이 있다.

묘 위에 흙을 쌓아 분구墳丘로 만든 습속이 일찍 원시시대부터 발생하기 시작한 것 같다. 1984년 감숙성 임하현臨夏縣 연화대향蓮花臺鄕에서 발견된 신점辛店문화에 속한 고분에서 두 기가 눈에 띈다. 일련번호 M7인 고분은 장방형 구덩식(竪穴) 토갱묘土坑墓로 광壙의 길이는 182cm, 너비 50cm, 안에 앙신직지장 성년 여성 골격이 한 구가 있으며 쌍대이관雙大耳罐 두 개를 부장했다. 고분은 토황색 흙으로 메워 지표보다 높아 흙 언덕이 형성되었다. 흙 언덕의 남쪽에 10개 자갈이 한 줄로 배치돼 있고, 묘실 있는 쪽으로 경사지게 되어 묘지 표시로 삼았을 가능성이 크다. 일련번호 M9인 고분은 타원형 토갱묘土坑墓로 광의 길이는 195cm, 너비는 50~90cm, 깊이는 32~50cm다. 갱의 머리 부분이 발 부분보다 넓고 안에 성년 여성 골격 한 구가 있고 몸을 옆으로 구부리고 있다. 다구쌍이관大口雙耳罐 · 쌍대이관雙大耳罐 · 복이호腹耳壺 각 한 개를 부장했다. 고분을 메운 흙이 지표보다 40cm 높고 한 개 봉분형 흙더미가 형성되었다. 흙더미의 북쪽에 네 개 자갈을 놓고 가장 큰 것은 길이 70cm, 너비 40cm다. 이 고분의 발굴자가 "이런 현상을 통해 적어도 신점문화의 일부 고분은 당시 지면 위에 표시가 있었음을 알 수 있다. 그러나 대체 의미가 무엇인지, 그리고 나중에 중원지역의 봉분과 어떤 관계가 있는지를 한 층 더 모색해야 한다"[54]고 조심스럽게 의견을 제시했다. 요녕성 우하량 홍산牛河梁紅山문화 유적에서 적석총積石塚이[55] 발견됐는데 4기가 모두 우하량 중심 부위의 정남쪽 비탈에 위치하고 있으며, 방향이 일치하고 같은 고분군이다. 일련번호 Z2인 적석총의 형태는 방형方形이고 동서 길이는 17.5m, 남북 너비는 18.7m이며, 대형 석곽묘石槨墓가 한가운데에 있다. 납작한 평정형으로 마치 돌로 만든 방대方臺처럼 보이고, 각 변의 길이는 3.6m다. 방대의 사벽을 석회암이나 화강암 덩어리로 5~6층을 쌓은 복두覆斗 형식이다. 주대主臺의

---

54) 甘肅省文物工作隊·北京大學考古係甘肅實習組, 「甘肅臨夏蓮花臺辛店秒髒發掘報告」, 《文物》, 1988年 第3期.

55) 遼寧省文物考古硏究所, 「遼寧省牛河梁洪山文化'女神廟'與積石冢群發掘報告」, 《文物》, 1986年 第8期.

그림 3-11 홍산문화의 대형 적석총

가운데 장방형 곽실槨室이 있으며 길이는 2.21m, 너비는 0.85m, 높이는 0.5m다. 실벽室壁이 평평하고 4~6층의 정연한 돌멩이와 석판으로 쌓아 만들었다. 일련번호 Z1인 적석총이 Z2와 형식이 비슷하지만, Z3은 옅은 홍색 표석을 사용해서 삼층의 높낮이가 고르지 않은 동

그란 제단을 둘러쌌다. 이런 크고 높은 적석총은 마땅히 묘제를 위해 지은 것이다. 이런 고분의 지면 표시를 후세 중원지역의 봉분과 직결시키기는 무리가 있지만, 봉분과 같은 부류의 장례풍속이 일찍 원시시대에 싹텄다는 것은 의문의 여지가 없다.

옛사람은 '고대에 묘제를 지내지 않는다'는 설이 있는데 아마도 어느 특정한 조상에 대한 규범화된 묘제를 가리킨 것으로 추정된다. 신석기시대 초기에 일부 지역 원고 선민이 이미 묘지에서 점을 치고 제사 지낸 풍속이 있었다. 제가문화에 속한 감숙성 영정 다하장永靖大何莊유적56)에서 납작한 천연 자갈돌을 둥글게 땅에 박은 '석원권石圓圈' 다섯 개가 발견됐는데, 직경은 약 4m 이상이다. 동그라미는 모두 홈이 있으며 홈의 너비는 약 1.5m다. 동그라미의 주변에 여러 고분이 분포되어 있으며, 옆에 복골卜骨이나 양과 소의 골격이 발견됐다. 예를 들어 일련번호 F1인 석원권 유적의 동쪽에서 목을 친 암소 골격 한 구가 발견됐고, 배 속에는 아직 태어나지 않은 송아지의 골격이 남아있다. 석원권 주변 복골卜骨에 다수 불에

---

56) 中國科學院考古硏究所工作隊, 「甘肅省永靖大何莊遺址發掘報告」, 《考古學報》, 1974年 第2期.

태운 자국이 있다. 일련번호 F3인 석원권의 남쪽에 길이 20cm의 복골에
불에 태운 자국이 24군데가 있다. 이는 당시 점을 치기에 사용한 실용적인
물건임에 틀림없다. 이같은 고분 옆에 있는 석원권은 본 씨족 성원에게
제사 지낼 때 쓴 장소였다.

　원시시대의 장례풍속에 있어 묘주의 머리 방향은 종종 특이한 의미를
지닌다. 가장 중요한 사회적인 의미는 아마도 씨족이나 촌락의 시발점을
향한 것이다. 대문구문화에 속한 삼리하유적 고분에 부장된 바닷물고기의
머리 방향은 모두 확연히 동쪽으로 향하고 있는데, 동쪽에 황해의 교주만
膠州灣이 바다물고기의 유래처이기 때문이다. 삼리하유적에 부장된 바닷
물고기의 머리 방향을 보면서 묘주의 머리 방향을 분석하는 데에 힌트를
암시받을 수 있는 것이다. 한 연구자가 다음과 같은 의견을 제시했다.
"대문구 유형의 고분에서는 묘주의 머리가 동쪽으로 향하고 있으며 삼리
하유형에서는 서쪽으로 향하고 있다, 이 두 유형(동과 서) 사이에 기몽산
구沂蒙山區가 있다. 대돈자유형의 묘지에서는 머리가 북쪽이나 동북을 향
하고 있는데 즉, 기몽산을 마주하고 있다. 따라서 기몽산구 일대가 전설의
대문구문회 주민의 기원지일 가능성이 크다. 최근 몇 년간에 기몽산구의
기원현沂源縣에서 구석기시대의 동굴 유적을 발견한 적이 있으며, 두골
화석과 타제석기 등의 유물이 포함돼 있다. 검정 결과에 의하면 이들은
원인시대 북경원인의 연대와 비슷하다. 기하沂河와 술하沭河 사이에 있는
구릉지역에서 만 년전의 세석기細石器 유적이 발견됐는데, 대문구와의 관
계가 명확하지 않고 수천 년의 잔결이 있지만 대문구문화 주민의 기원지
일 가능성이 크다."[57] 제가문화에 속한 감숙성 영정 대하장유적 고분[58]에

57)　吳汝祚,「大汶口文化的墓葬」,《考古學報》, 1990年 第1期.
58)　中國科學院考古硏究所甘肅工作隊,「甘肅永靖大何莊遺址發掘報告」,《考古學報》,
　　　1974年 第2期.

서 발견된 79 채 앙신직지장 단신묘單身墓의 경우는, 머리가 대부분 서북을 향하고 있고 3채만 동남을 향한다. 그러나 이 묘지에서 발견된 굴직장의 머리 방향은 규칙이 없다. 단신묘의 주인은 당시 씨족의 일반 성원이었고 머리 방향의 일치성이 깊은 의미를 지녔을 듯하다. 민족학의 자료에서도 묘주의 머리 방향(아니면 발의 방향)이 흔히 본족의 유래처를 가리킨다는 사실을 밝혔으며, 그러한 것은 고고를 통해서 발견된 자료와 대다수 부합한다.

원시 장례에서 장광葬壙에 주사를 뿌리거나 빨간색을 칠하는 습속은 묘주의 머리 방향처럼 어떤 종교적 의미를 지녔을 것이다. 1970년대 말기와 1980년대 초기에 발견된 산서성 양분 도사襄汾陶寺 용산문화 말기의 고분에서 주사를 온 시신에 잔뜩 뿌린 경우를 볼 수 있고, 가슴이나 발에 뿌린 경우, 두정頭頂이나 눈썹뼈, 하악에만 빨간색을 칠한 경우도 있다. 이런 현상은 당시 사람들의 빨간색에 대한 신앙과 관련이 있다고 본다.

6. 예기

원시시대부터 예기는 예절 풍속의 중요한 상징적 기물이 됐다. 사람들의 사회 교제에 있어서 각종 예절이 점차 고정화, 체계화하게 됐고, 여러 예절 장소에서 사용한 기물들은 이미 실용적인 가치를 위주로 하지 않고, 사람의 신분 표시가 되거나 권력의 지팡이가 됐다. 이런 예기들은 벌써 신석기시대 후기에 보편적으로 나타나기 시작했다. 1980년대 말기에 광서성 포북현浦北縣 악민향 육봉산촌樂民鄉六蓬山村에서 신석기시대 말기의 옥산玉鏟이 발견됐다.[59] 이 옥산은 전체를 갈아서 만들어낸 기물이어서 표면이 매끄럽다. 옥산玉鏟은 장설형長舌形이고 단추와 어깨가 있으며, 길이

---

59) 鄧蘭,「浦北出土新石器時代玉鏟」,《文物》, 1994年 第9期.

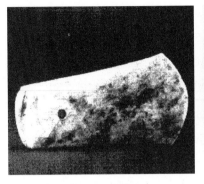

그림 3-12 옥월玉鉞　　　　**그림 3-13** 쌍공雙孔 옥 도끼

34cm, 어깨 너비 16cm, 칼날의 너비 11cm, 변의 두께 1cm, 단추 높이 1.5cm, 무게 1kg이다. 옥산의 색깔은 난잡하고 푸른색도 아니고 녹색도 아닌데 재질이 견고하다. 칼이나 유리로 그어도 흔적이 나지 않을 만큼 경도가 높다. 추측에 따라 그 모스 경도는 7 이상으로 높다. 옥산을 두드릴 때 듣기 좋은 소리가 나올 수도 있다. 옥산이 출토될 때 그것은 한 돌덩이로 눌러져 있으며 평탄한 대기에 놓여 있다. 그 용도는 제사할 때 사용한 예기였다. 다른 신석기시대의 유적 중에서 종종 옥월玉鉞과 옥도끼 같은 기물이 발견됐는데, 실제로 노동할 때 쓴 물건은 아닌 것 같고 예기로 사용했을 것이다.

　단각도蛋殼陶는 모두 엄선된 고운 도토陶土로 성형했다. 이런 도기의 주둥이, 배 부분 그리고 밑바닥에는 모두 세밀한 동심원무늬가 있는데 이는 분명히 빠른 속도로 회전한 도륜陶輪로 만들어졌을 것이다. 단각도의 주둥이, 배부杯部, 손잡이와 바닥에 모두 접착시킨 흔적이 뚜렷이 보인다. 또한, 배체를 자루형 중공(中空) 튜브 속에 넣으면서 생바탕을 갈아낸 후에야 성형할 수 있었다. 접착하는 데 뛰어난 기술을 필요할 뿐만 아니라, 이같은 얇은 생바탕에 문식을 그리고 투조하면서도 터지지 않게 하는 기술적 요구가 어느 정도인지를 상상할 수 있다.

그림 3-14 흑도 고병배高柄杯

산동성 용산문화의 특색 있는 단각흑도는 산동 교현 삼리하유적에서 31개가 나왔다. 박태고병배薄胎高柄杯 또는 두 개 잔배殘杯도 발견됐다. 이런 흑도잔의 기벽 두께는 일반적으로 5mm에도 못 미치고, 무게는 50g에도 못 미친다. 성형 공예가 무척 복잡하고 형제 구조와 스타일이 정교하다. 흑도 재질이 단단하고 까맣고 그릇의 안팎을 흑칠로 끝마무리 처리해서 물이 새지 않게 했다. 흑도잔이 출토된 고분은 규모가 아주 크고 부장 기물이 많은 것을 보면, 당시 사람들이 보편적으로 누릴 수 있는 것은 아니다. 흑도잔은 아름답지만 위는 크고 아래는 작아서 중심이 잡히기 쉽지 않고 기벽이 매우 얇은 데다가 부서지기 쉽다. 그래서 당시 예기로 쓰였을 가능성이 크다. 이런 진귀한 단각흑도잔이 성자야城子崖 유적에서 다만 쇄편을 약간씩 볼 수 있고, 산동성 유방 요관장濰坊姚官莊유적에서도 겨우 5개만 발견됐다. 산동성 임기 대범장臨沂大範莊·제성 정자諸城呈子·일조 동해욕日照東海峪 등 용산문화유적에서 발견됐으나 수량이 적은 것으로 미루어 볼 때, 당시 사회에서 이런 예기를 매우 중요시했음을 추정할 수 있다.

근년에 신석기시대 후기에 속한 양저문화유적에서 많은 정미한 도질과 옥질玉質로 된 예기가 발견됐다. 상해시 청포 복천산靑浦福泉山 양저문화유적에서 많은 정미한 도기들이 출토됐는데 그중에서 대부분은 예기로 쓰였을 것 같다. 예를 들면, 일련번호 T27M2인 고분에서 출토된 이질泥質 흑색 회도호灰陶壺는 치구侈口, 고경高頸, 편원복扁圓腹, 권족圈足이 밖으로 벌어져 있다. 구연부 외연에 2개의 장식 코가 세워져 있으며, 기벽의 두께는 단지 2mm이고 기물 주둥이에 두 바퀴 평행 현문弦紋과 굴절문曲折紋으로 돌려 테두리를 끝마무리했다. 권족에 네모난 구멍이 뚫어져 있고, 전체적으로 반리문蟠螭紋과 금조문禽鳥紋이 세밀하게 새겨져 있다. 일련번호 T22M5인 고분에서 출토된 이질泥質 흑색 회도호灰陶壺는 치구, 낮은 목, 구연부 한쪽에 살짝 밖으로 튀어나와 있으며, 고복鼓腹 형태로 밑부분은 요저凹底이고, 몸체 다른 측에 넓은 손잡이가 달려 있다. 참빗무늬가 새겨져 있는 자루에 두 개의 구멍이 있어서 밧줄을 매기가 쉽다. 몸통에 반리문蟠螭紋과 금조문禽鳥紋이 세밀하게 새겨져 있고, 주둥이에 5바퀴 평행 현문弦紋이 새겨져 있어 제작이 매우 정연하고 조형이 무척 예쁘고 도안이 아주 복잡하고 다채롭다. 같은 고분에서 정미한 도정陶鼎이 출토됐는데 협사홍도夾砂紅陶로 표면에 흑색 옷을 입혔는데 뚜껑이 있으며, 치구侈口, 속경束頸, 편복扁腹, 평지平底, 아래에는 '정丁' 자형의 다리 3개가 달려 있다. 뚜껑에 신월형과 원형 구멍이 뚫어져 있고, 뚜껑, 뚜껑 잡이와 몸체에는 와문渦紋과 첩선문疊線紋으로 구성된 반리문이 새겨져 있다. 기물 배 아랫부분에 평행 현문 8줄과 반리문 2바퀴로 장식했는데 아주 정미하다. 일련번호 T27M2인 고분에서 출도된 한 개의 이질泥質 흑색 도궤陶簋도 특색을 지닌 기물이다. 궤는 염구斂口, 구연부가 넓고 아가리홈이 있고, 직복直腹, 월저圜底, 권족이 달려 있다. 구연구 밖은 세 개의 횡이橫耳로 꾸며져 있고, 권족에는 두 바퀴 돌기된 능(凸棱)이 있고, 기물 이미지가 무척 독특하고 이층 뚜껑이 있으며, 하층 뚜껑 잡이가 거칠고 크기 때문에 또 다른 기물이 된 듯하다. 뚜껑 구연부 외벽에도 대칭으로 귀 세 개가 꾸며져 있고, 상층 뚜껑잡이를 세워진 기둥 모양으로, 꼭대기는 삼각형으로 만들었다. 이런 정미하고 진귀한 도기들은 모두 예기로 쓰인 것이며 실용적인 기물이 아니었다.

양저문화유적에서 발견된 옥제 예기가 도제 예기보다 더 많고 더욱 정미하다. 상해 청포 복천산 양저문화유적에서 8개의 옥도끼가 발견됐다.

도끼의 윗부분에 원형 구멍이 있고, 공벽孔壁에는 선흔旋痕이 있다. 원호형 도끼날이 있지만 마제해서 만들어진 인구刀口가 없기 때문에 이것이 실용적인 기물이 아니었음을 추정할 수 있다. 또한 이 유적에서 발견된 옥벽玉璧이 7개가 있고 모두 투명한 옥돌로 만들어져 있는데, 기물이 납작한 원형으로 옥색이 대부분 녹갈색과 청백색이 드러나고, 일부는 청황색이 나타나 모두 무늬가 없고 한복판에 한 원형 구멍이 있으며, 양쪽을 파이프 드릴로 마주보게 뚫었다. 전형적인 예기로서의 옥종玉琮 6 개가 발견됐는데, 일련번호 T22M5인 고분에서 출토된 한 개가 양기석陽起石으로 마제되어 유백색 바탕에 연녹색의 무늬를 은근히 나타낸다. 이 옥종의 윗부분에 가로로 두 줄 돌기된 평행 능棱 있고, 그 위에 9~12줄의 평행 현문이 새겨져 있다. 종琮의 표면에는 간략한 수면문이 새겨져 있는데, 중권重圈무늬를 눈으로 삼고, 그 밖의 타원형 철면凸面을 눈꺼풀로 삼고, 중간 선면형扇面形 철면凸面을 코로 삼고, 아래는 철면凸面모양의 짧은 능棱을 입으로 삼고 사용했다. 보잘것없는 능棱 위에 운문雲紋과 호선弧線 무늬가 세밀하고 골고루 새겨져 있다. 이 옥종의 조각 공예는 아주 정세하고 선이 균형적이고 도안이 풍부해서, 당시 예기로서는 진귀한 기물임을 알 수 있다. 강소성 오현吳縣 장릉산張陵山에서 발견된 신석기시대 후기 양저문화에 속한 문화

그림 3-15 옥종玉琮

그림 3-16 옥종

층에서도 정미한 옥종이 발견됐다. 일련번호 M1

인 고분에서 발견된 한 옥종은 방형 기둥체로 기물이 상하 두 부분으로 구분되어 절마다 중간으로부터 좀 아랫부분에 수면문이 이루어진다. 지름이 2.5mm의 동그라미를 눈으로 삼고, 타원형 철면凸面을 눈꺼풀로 삼고, 선면형扇面形 철면凸面을 코로 삼고, 하부 모통이로 보이는 곳에 돌출된 너비 3mm, 길이 12mm의 가로무늬(橫條)를 입으로 삼은 것이다. 사면에 모두 2조의 수면문이 이루어진다. 옥종의 절마다 상부 모서리에서 모두 돌출된 능(凸稜)이 있고 면마다 두 개의 가로무늬 사이 약간 윗부분에 동그라미 하나 있는데, 토인

그림 3-17 인형 채도

에 가로무늬를 입으로 삼고, 동그라미를 눈으로 표시하여, 상징적인 수면문이 구성된다. 옥종의 사면이 4조의 상징적인 수면문으로 구성되어 있고, 각 면에 있는 동그라미로 눈 모양을 하고, 인접된 2개 면으로 얼굴 모양을 이루는데 구성의 징미힘이 이를 데 없다. 절강성 여항 반신餘杭反山 양저문화 고분에서 발견된 예기로 쓰인 옥기는 조형이 다양하고, 벽璧·종琮·월鉞·'장단식杖端飾'·산형기山形器·규형기圭形器 그리고 다른 소품도 있다. 그중에서 옥월玉鉞은 그 원형 구멍 위에 네 군데 빨간색으로 된 자루를 부착한 흔적이 남아 있다. 일부 옥월에는 옥제 자루 장식물이 아직 남아 있어서 이들 모두가 원래 가로로 된 나무로 만든 짧은 자루가 부착된 옥월로서 의장으로 사용했다. 발견된 옥제 자루 장식물이 장부(榫頭) 모양으로 된 것도 있고 장붓구멍으로 파 놓은 것도 있는데, 모두 목질 의장으로 사용했다. 이런 예기들의 출현은 사회구조가 큰 변화를 하고 있다는 현상의 반영이고, 씨족 귀족 손의 권력이 커지면서 기물을 사용하여 권력의 상징으로 삼는 것이다. 원시시대 무술巫術에도 종종 많은 예기가 등장했다.

1980년대 초기 요녕성 동구현東溝縣 후와後窪에서 지금까지 5000~6000년의 원시시대 유적이 발견됐는데, 일부 인두상에는 받침이 있다. 예를 들어 일련번호 VT21④:10인 인두상은 머리가 원형으로 얼굴이 안으로 오목하고, 머리 꼭대기와 아래턱이 앞으로 뻗치고, 원형 눈이 안으로 오목하며, 눈 위에 반월형 눈썹이 새겨져 있고, 눈 아래에는 호선형의 눈언저리 모양이 있다. 아랫부분에 밑으로 처진 호선으로 입모양을 하고, 호선에 짧은 수직선이 군데군데 그려져 있으며, 이것으로 이빨모양을 한다. 인두상의 받침은 원기둥으로 평저형平底形이다. 받침이 있는 것을 보면, 이들 협사흑도로 만든 인두상은 진열해놓는 작품이 되기도 하고 무술을 행할 때에 예기로 쓰이기도 했다. 유적에서 발견된 인두상 위와 아래 부분에 구멍 뚫어져 있는 곳에는 원래 장대가 끼워져 있었는데, 한 곳에 고정되어 무술 예기로 사용했을 가능성이 크다.

제4절 하·상·주 시대의 생활예절과 풍속

사회 발전에 있어 문명시대에 들어서면서 원시시대 많은 생활예절과 풍속이 여전히 각종 형식으로 보존되어 있지만 새로운 사회 조건 아래서 새 내용이 주입되게 된다. 중국 하·상·주시대 사회생활 예절과 풍속은 아주 복잡했는데, 이는 바로 야만시대에서 문명시대로 매진한 단계에 다양한 예절과 풍속이 서로 교직하고 융합하여 변화한 결과다.

1. 관례

원시시대에 성정례成丁禮가 있었는데 일정한 의식을 치르고 나서 젊은이가 정식으로 씨족 성원이 된다는 것을 의미한다. 문명시대에 들어서며

관冠은 사람들한테 무척 중요한 복식이 되어 관례는 성인례로 여겨진다. "주왕조에서 쓰던 두 번째 관을 피변皮弁이라 하고, 은왕조에서는 후冔라고 하고 하였으며, 하왕조에서는 수收라고 했다. 하와 은과 주의 삼대三代가 함께 사슴 가죽으로 만들고 흰색으로 옷을 만들었다"60)는 설을 보면, 하·상·주 삼대 관식에 대하여 일정한 계승성이 있다고 본다. 하상시대에 관례의 구체적인 상황은 사적史籍의 자료 결핍인해 규명하기가 어렵지만 추측에 따르면 주대의 상황과 차이가 많지 않다.

주대 귀족은 관례를 치르는 나이가 신분에 따라 구별61)이 있었는데 지위가 높을 수록 더 적은 나이에 행한다. 관례를 치를 때 남자가 먼저 머리를 위로 올려 상투를 틀고 관을 쓴 뒤에 계笄를 이용해 관과 상투를 같이 고정시키는 과정을 꼭 거쳐야 한다. 고대 예서에 따르면 먼저 서인筮人들이 예묘禰廟, 즉 돌아간 친아버지의 신주神主를 모신 사당 문 앞에서 관례를 치르는 날짜를 정한다. 가까운 날이 길하지 않으면 먼 후일을 정할 것이다. 길일을 정한 후에 관례를 정식으로 치를 예정일 3일 전에 '서빈筮賓' 즉, 서법筮法에 따라 관례를 참석할 내빈을 선정한다. 그 다음으로 관례 당사자가 주인의 지위를 드리낸 조계阼階에 올라 관의식冠儀式을 行하며 내빈들은 그에게 세 차례 관을 가한다. 처음에는 치포관(緇布冠: 마포로 만든 관)을 가하고, 그다음에는 피변(皮弁: 하얀 사슴의 가죽으로 만든 관)을 가하고, 마지막으로 작변(爵弁: 세갈포나 비단으로 만들고 면과 같은

---

60) 「儀禮·士冠禮」

61) 『좌전』 양공襄公9년에 진도공晉悼公의 말을 기록했다. "나라의 군주가 열다섯 살이면 아들을 낳는 법인데, 관복冠服을 하고 난 뒤에 아들을 낳는 것이 예법이다"라고 했다. 그래서 국군이 관례를 거행한 후 성혼할 수 있다. 예학자가 고대 국군은 12살에 관례를 치른다고 말했는데 이것은 믿을 만하다. "천자, 제후는 열두살에 관복을 한다." "경대부는 열다섯살에 관복을 한다." "서민과 사대부의 아들은 스무살에 관례를 한다."(「禮記·曲禮」正義.)

갈색 관)을 가한다. 말하는 바에 의하면 매관이 각각의 의미를 갖고 있다. 즉 "3번 관을 쓸 때마다 더욱 높아지는 것은 그 뜻을 더욱 깨우치라는 것이다."62) 관례 당사자의 덕행이 갈수록 더욱 높아진다는 것을 의미한다. 세 차례 관을 가한 후 내빈들이 당사자에게 자字를 정하면 관례는 이제 거의 끝나간다. 어머니, 형제, 자매를 찾아뵙고 관복 대신에 현관玄冠을 쓰고 현단(玄端: 검은 제복)을 갈아입는다. 선물을 준비해서 군주에 바치거나 향대부, 향선생鄕先生을 뵈러 간다. 관례를 위해 열린 연회석에서 주인은 내빈들에게 술을 올려야 하고 속백束帛과 녹피鹿皮를 선물로 드리며 손님을 집으로 보내고 나서야 관례가 끝날 수 있다. 관례는 귀족 남자가 성년이 되어 귀족사회에서 인정받는 전환점이자 종법제도를 공고히 하는 중요한 수단이라서, 고대 예학자들은 관례를 아주 중요시하였고 이를 생활 예절과 풍속의 관건이라 여겼다.63)

2. 학교교육

원고시대부터 청소년의 교육을 아주 중요시하고 대대로 전하는 수단으로 교육을 진행해 왔다. 최초의 학교는 씨족이 공공 집합한 장소와 하나로 합쳤다. 신석기시대 거주 유적에서는 이른바 '큰 집'을 나타나곤 했다.

---

62) 「儀禮·士冠禮」
63) 「예기禮記·관의冠義」에서 "사람이 사람으로서 금수와 다른 이유는 그 예의를 가지고 있기 때문이다. 예의의 출발은 몸가짐을 바르게 하고, 안색을 평정하게 가지며, 응대하는 말을 순하게 하는데 있다. 몸가짐을 바르게 하고, 안색을 평정하게 가지며, 응대하는 말을 순하게 한 후에 예의가 갖추어지면 이로써 임금과 신하가 바로 되고 부자父子가 친하며 장유長幼가 화和하게 된다. 군신이 바르게 되고 부자가 친하고 장유가 환한 뒤에 예의가 성립되는 것이니, 그러므로 관冠이 있는 뒤에 복服이 갖추어지며, 복이 갖추어진 뒤에 몸가짐이 바르게 되고, 안색이 평정하게 되며 응대하는 말이 순하게 되는 것이다. 따라서 관이란 것은 '예의 출발'이라고 말한다."

'큰 집'은 일반적으로 여러 작은 집의 중심에 건설됐는데 사람들의 집회를 위해서였다. 이것이 바로 '명당明堂'의 최초 형태다. 씨족 장로와 추장 및 명망있는 인물들이 여기서 역사를 서술하고 지식을 전수했다. 이것은 학교의 시초가 되는 게 마땅하다.[64] 아주 오랜전부터 학교에서 교육을 받는 일은 인생 예절과 풍속의 중요한 부분이라고 여겼다. 고대 예서의 기록을 보면 하상시대의 학교는 명당과 하나로 합쳤다.[65]

주대의 교육은 이전보다 발달되어 이미 '소학小學'과 '대학大學'의 구별이 생겼다. 주강왕周康王이 우盂라고 불리는 귀족에게 말을 한 적이 있는데

---

64) '명당'의 형제와 역할에 대하여 역대 예학자에 의하여 여러 가지 이설이 있으나 한대 학자 고유高誘는 "명당은 천자가 행정 명령을 보고하는 장소로 위는 둥글고 아래는 네모나고 4낫의 문이 있다. 각각 좌우에 곁채가 있고 개(個: 좌개左個와 우개右個)라고 하고 모두 12개 방이 있다. 천자가 사시四時에 때맞춰 운행하고, 다음 해의 역서를 제후에게 반포하고 명령을 일일이 내리는 장소이기 때문에 명당이라고 한다. 그 안에 소목昭穆의 배열 순서, 위치를 정할 수 있어서 태묘太廟라고 한다. 그 위에 불길한 징조와 즐거운 징조를 보고 하늘을 바라보아 구름이 떠가는 기운을 기록케 할 수 있어서 영대靈臺라고 한다. 둥근 외곽으로 된 것은 벽옹辟雍과 같다. 제후의 경우는 천자의 건물의 질반만큼 크기 때문에 '반궁泮宮'이라 한다. 『시경』에서 '범처럼 용맹스러운 무신들 반궁에서 적의 귀 바친다'고 그랬다." (『淮南子·本經訓』注) 명령의 반포, 제사, 교육 그리고 경상慶賞 등의 역할을 일체화하게 한 것은 마땅한 해석이다.

65) 「예기禮記·왕제王制」에서 "무릇 양로養老에 있어 유우씨有虞氏는 연례燕禮로 하였고, 하후씨夏後氏는 향례饗禮로 하였고, 은殷나라 사람들은 식례食禮로 하였고 주周나라 사람들은 이 세 가지를 겸해서 행했다. 50세 된 노인은 향교에서 양로의 예를 행하고, 60세의 노인은 국학에서 양로의 예를 행하며, 70세 된 노인은 대학에서 양로의 예를 행한다. 이와 같은 예법은 천자로부터 제후에 이르기까지 공통된 것이다." 정현鄭玄은 다음과 같이 해석했다. "천자와 제후는 똑같이 양로의 예를 배우고 행한다. 국國은 나라의 소학이고 왕궁의 왼쪽에 있다. 학學은 대학이고 성밖에 있다. 소학은 성 안에 있고 대학은 성 밖에 있는 것은 은대의 제도였다는 것은 분명하다." 소학과 대학이 구분된 것은 주대제도였다. 정현은 은대도 주대와 같이 이런 제도를 실시했다고 추정했는데 믿을 수 있는 것 같다. 「왕제」에서 말하는 우虞·하夏·은殷의 상황을 보면 하대와 은대의 학교는 여전히 명당과 합쳐져 있었다.

"네가 아직 어렸을 때, 중요한 요직을 이미 계승하였고, 나는 나의 소학에 와서 학습하도록 했다. 너는 나를 배신하면 안되고 오로지 나 한 사람만을 군주로 섬겨야 한다"[66]고 했다. 이른바 '소학'은 주왕실 직속 귀족자제의 학교인 것 같다. 소학의 위치는 왕궁의 왼쪽에 있고 대학은 성 밖에 있었다. 주왕실의 대학을 또한 벽옹辟雍이라고 칭했는데 제후의 대학은 반공泮宮이라고 했다. 갑골문과 금문의 '옹雍'자는 모두 물 수자, 새 조자, 이체異體의 궁宮자로 구성돼 있으며, 글자의 형태를 보면 이는 물이 있고 나무가 있고 새가 서식할 수 있고, 공실이 있는 소재이고, 주요 의미는 특정한 장소인 궁宮을 가리킨다. 벽옹을 또한 학공學宮이라고 칭하게 된 이유도 바로 이때문인 것 같다. 서주시대의 이기彝器 명문銘文의 내용을 통해 이를 알 수 있다.[67] 짚고 넘어야 할 것은 주대 이전의 학교가 명당과 하나로 합친 상황은 주대에 와서 약간씩 변화가 있다는 것이다. 주왕의 공실이 많은데 제천祭天, 제조祭祖 행사를 더이상 벽옹과 같은 곳에서 행하지 않았다. 주이왕周夷王 때 한 이기 명문에 "왕은 벽옹에 있었는데 아침에 왕은 종묘에 왔었다"[68]라는 기록이 있다. 종묘와 벽옹 사이에 거리가 멀지 않지만 같은 곳이 아니기 때문에 각각 서술한 것이다.

---

66) 「대우정大盂鼎」. 명문銘文에 대하여 진몽가陳夢家는 "우盂가 젊었을 때 복위服位를 가지고 소학小學에서 봉직했다." (『西周銅器斷代』3). 곽말약郭沫若은 "'미신昧辰'이라는 것은 어린 자식 미개할 때 우盂의 아버지가 조서早逝함으로써 우盂는 어린 나이로 중요한 직무를 이어받았는데, 강왕康王이 그를 귀족의 후손들이 다닌 소학에 가게 명했다." (『兩周金文辭大系考釋』, p.34.)두 명문에 대한 두 가지 해석은 비록 똑같지 않지만 명문 의미 파악에 있어서 모두 주대에 '소학'이 있었다는 것에 대하여 긍정적인 의견을 제시했다.

67) 주강왕周康王 때 기물인 <맥존麥尊>에는 '벽옹辟雍'을 기재했는데 주목왕周穆王 때 기물인 <정궤靜簋>에는 '학궁學宮'을 언급했다. (楊樹達, 「靜簋跋」, 『積微居金文說』 卷7)

68) 王才(在)雍居, 旦, 王各(格) 庙.

주대 학교 교육의 내용은 주로 육예六藝가 있었는데 예禮·악樂·사射·어禦·서書·수數가 포함되었으며 귀족 자제들이 성장하면서 배운 내용도 달라졌다. 고대 예서에서 귀족 남자는 나이에 따라 배우는 내용을 아래와 같이 설명했다.

아이가 성장하여 능히 스스로 음식을 먹을 수 있게 되었을 때는 오른손으로 먹도록 가르치고, 능히 스스로 말할 수 있게 되었을 때는 남자에게는 유唯라 하고 여자에게는 유俞라고 대답하도록 가르치며, 남자에게는 털을 벗긴 가죽의 작은 주머니를 차게 하고, 여자에게는 작은 비단 주머니를 차도록 한다. 자식이 성장하여 여섯살이 되면 수數의 이름과 방향의 이름을 가르친다. 일곱살이 되면 남녀가 자리를 같이 하여 앉지 않으며, 음식을 함께 먹지 않는다. 여덟살이 되면 남녀 모두 문호門戶를 출입하고 자리에 앉아 음식을 드는 데 있어 반드시 어른보다 나중에 들어야 하도록 하는 등 겸양謙讓하는 예법을 가르친다. 아홉살이 되면 남녀 모두에게 삭일朔日과 삭망朔望과 육갑六甲의 날을 가르쳐 준다. 남자가 10세가 되면 집을 나가서 스승에게 취학就學하고, 밖에 거숙居宿하면서 육서六書와 계수計數를 배운다. 옷은 비단을 쓰지 않으며, 행하는 예절은 모두 처음에 가르쳐진 대로 하며, 아침저녁으로 유사幼者의 예절을 배우고 또 스승에게 청히여 서편書篇의 수數와 언어의 신실信實을 배운다. 남자로서 13세가 되면, 음악을 배우고 시詩를 읊으며 작무勺舞를 배운다. 15세 이상이 되면, 상무象舞를 배우고 활쏘기 및 말을 다루는 법을 배운다. 남자로서 20세에 이르면 곧 관冠을 쓰고 성인이 된다. 이때 이르러 비로소 예를 배우며 또한 갖옷과 비단옷을 입을 수 있다. 대하大夏의 무악을 배우며 효제의 길을 돈독하게 행하고, 스스로 널리 배워 겸양하는 마음을 항상 지녀 뽐내지 말아야 한다. 남자가 30세가 되면 아내를 맞이하고 비로소 남자로서의 일을 다스린다. 널리 배우지만 정해진 스승은 없다.[69]

부모들의 아이에 대한 교육은 주로 10세 이전의 시기에 집중했다. 아이

---

69) 「禮記·內則」

가 옹알거리기 시작한 때부터 10세까지 '집을 나가서 스승에게 취학하기' 전에, 부모는 아이에게 많은 지식과 기본 예절을 가르쳐 주어야 했는데, 이른바 '외전外傅'은 지식을 전수하는 스승을 가리킨다. 스승에게 취학하게 되면 학교에 살면서 교육을 받는다. 주왕조 때 남자를 선호하고 여자를 경시했으니 귀족 여자라도 받는 교육이 남자보다 많이 적은 편이었다.

> 여자아이는 열살이 되면 규문 밖에 나가지 아니하며, 여교사가 유순한 말씨와 태도와 그리고 어른의 말을 잘 듣고 이에 순종하는 법을 가르치며, 삼베 길쌈을 하고 누에를 길러 실을 뽑으며 비단과 명주를 직조하게 한다. 이렇듯 여자의 일을 배워 이로써 의복을 공급하게 한다. 또 제사에 참관하여 술과 초醋와 대나무 제기祭器와 나무 제기 및 침채浸菜와 젓갈을 올려서 제례祭禮의 거행을 돕게 한다. 여자 나이가 열다섯살이 되면 곧 비녀를 꽂고, 스무살이 되면 출가한다.[70]

여자가 배운 지식은 주로 용모 예절과 재봉일이고, '육예六藝'에 대해서는 언급하지 않았다. 배운 예절도 남자와 다르고 '어른의 말을 잘 듣고 이에 순종하는 법(婉婉聽從)'을 중요시하고 나라를 다스리는 것, 집안을 다스리는 것과 사회 교제의 예절 등을 배우지 못했다. 주대의 학교교육은 여자를 제외했다는 것을 명확히 밝혔다.

주왕을 돕고 가르치는 덕망이 높은 인물은 '사師'나 '보保'라고 불린다. 많은 군직 인원도 '사師'라고 불렀는데 이는 군사 훈련과 관계가 있다고 본다. 주대 이기 명문에 기재한 사직師職 인원 50명이 있는데, 대부분이 군직이다. 예를 들어 사동師同·사태師兌·사탕보師湯父 등이 그러하다. 상왕조를 멸망시킨 일에 참여한 여상呂尚을 사상보師尚父라고 불렀는데 주대 최초의 스승이다. 고대 예서에서 주왕조 때 '사'라고 부르는 관직을 많이

---

70) 「禮記·內則」

기록했다. 예를 들면, 의사醫師·향사鄕師·족사族師·무사舞師·서사胥師·
가사賈師·비사鄙師·여사旅師·악사樂師·사사士師·사씨師氏 등이 그러하
다. 그중에서 교육과 관계가 가장 밀접한 자는 바로 '사씨師氏'다. 그의
주요한 직책은 "삼덕三德으로써 국자(國子: 공경대부의 아들)를 교육하는
일을 관장한다. 첫째는 지덕至德인데 도道를 근본으로 삼는다. 둘째는 민덕
敏德인데 행동을 근본으로 삼는다. 셋째는 효덕孝德인데 거스르는 일이
나쁘다는 것을 알게 한다. 3가지 행동을 가르친다. 첫째는 효행孝行으로
부모를 가까이 모시는 일이다. 둘째는 우행友行으로 어질고 능력 있는 이
를 높이는 일이다. 셋째는 순행順行으로 스승과 어른을 섬기는 일이다."
"나라의 예법에 알맞은지 실수한 일이 있는지를 관장하여 국가의 자제들
을 교육하고 왕의 동생이나 자제들도 가르친다."[71] '사씨'라는 전문 직관
을 통해 당시 관청에서 공부했다는 교육 구조상 특징을 파악할 수 있다.
주대 관청 교육에는 등급 차이가 있으며, 가장 높은 급이 벽옹辟雍이고,
다음에 반궁泮宮이고, 그 다음이 교校·상庠·서序라고 부르는 지방급의 학
교였다.

주대의 학교는 종종 여러 사회 기능을 지니고 있고, 종족이 성원 및
사회인은 학교에서 국정을 토론하는 것이 매우 중요한 항목이었다. 「좌전
·양공·31년」에서 춘추시대에 정나라의 '향교'의 상황을 다음과 같이 기
록했다.

> 정나라 사람들이 향교에 모여 놀던 중 정치를 맡고있는 자산을 논평했다.
> 그러자, 연명然明이 자산에게 말하여, 다음과 같은 말이 오고갔다.
> 연명, 향교를 폐지하는 것이 어떻겠습니까?
> 이유가 무엇인가? 사람들은 조석으로 문안을 마치면 향교에서 시간을

---

71) 「周禮·師氏」.

보내며 집정의 좋고 나쁨을 토론한다. 그중 좋은 의견을 나는 실행하고 나쁜 것은 고치면 되니 그들은 나의 스승이나. 향교를 폐지할 이유가 무엇인가?

자산은 개명한 정치가였는데, 그가 향교를 파멸시키는 것에 반대하는 이유는 사람들이 향교에서 국정을 토론하는 역할을 중요시했기 때문이다. 이런 향교 제도는 후세에 오랫동안 전해졌다. 1940년대 여사면呂思勉 선생은 전서滇西 풍속에 대하여 다음과 같은 의견을 제시했다. "마을에 꼭 절이 있고 절에는 모두 공공 창고가 있는데, 주민들은 창고로 곡물을 내보냈다. 절의 좌우 양측에 꼭 작은 문이 있고 그 당시에 찻집이라고 불렀는데 주민들이 모이는 장소였다. 정사를 논하고 향장鄕長이나 보장保長을 뽑고 경비 분담과 조달 상황을 의논하고 소학 업무 같은 일들을 모두 여기서 처리했다. 결혼, 장례, 축수祝壽 같은 일도 여기서 행했다. 그래서 절이라고 하지만 일반 불교 절이나 도교 사원과 다르다. 이곳이 마을의 의회이고 공공장소이고 학교이고 대회의실이고 빈의관이고 마을의 회관이었다."[72] 여사면이 말하는 '고대의 학교'는 향교이고 옛날에 국정을 의논하고 지식을 전수하는 장소였다. 주대의 향교가 종묘에 있었는지 고증할 수 없지만 이런 가능성을 부인할 수 없다.

동주시대에 들어서며 관청에서 공부하는 관례가 깨지기 시작했다. 공자孔子부터 사학을 개설하는 사람들이 점차 많아졌다. 공자의 제자들은 대다수 출신이 빈천하지만, 그들이 공자를 따라 각종 지식을 배우고 일반 백성도 배울 수 있는 새 국면을 맞았다. 전국시대에 개인이 학교를 설립하는 상황은 전례없는 발전을 이루었다. 여러 학문 대가들은 종종 추종자가 많고, 공자처럼 여러 나라에서 학문과 문화를 전파했다. 맹자는 일반 민중에 대해 교육을 시키는 문제를 제의했다. 그는 그런 노동 민중을 위해

---

72) 『呂思勉讀史劄記』, 上海古籍出版社, 1982年, p.1247.

"상庠·서序·학學·교校를 마련해 놓고 젊은이들을 가르친다"[73]는 일을 행해야 한다고 주장했다. 춘추시대 정나라의 '향교'[74]가 아마 이런 학교였을 것이다. 전국시대 각 나라에 설립한 학교 중 가장 유명한 것은 제나라 제위왕齊威王, 선왕宣王 시대의 직하학궁稷下學宮이었다. 「사기史記·전경중완세가田敬仲完世家」에서 제선왕이 직하 학사學士에 대해 "모두 집을 내리고 상대부로 삼았다. 이들은 관직에 얽매이지 않고 자유롭게 토론했다. 제나라의 직하稷下에 이런 학자들이 많아졌다. 그 수가 수백에서 천여 명을 넘어섰다"라고 높이 평가했다.

3. 하상시대의 혼인풍속

하상시대는 이미 원시사회에서 벗어났지만, 혼인풍속에 있어서 여전히 많은 옛전통을 보존하고 있고 혼인관계에는 별 규제가 없는 상태에 처했다. 그런데 족외혼제가 이미 주도적 위치를 차지한 사실을 인정할 수 있다. 우禹임금은 치수하는 도중에 "도산의 딸에게 장가들었다. 신임계갑辛壬癸甲년이었다."[75] 아들인 계啓를 낳았다. '신임계갑辛壬癸甲'에 대하여 4일 혼인하는 날로 삼는다는 의견이 있고, 신임辛壬에 장가를 들어 계갑癸甲에 자식을 낳았다는 의견도 있는데 모두 확실치 않다. 하상시대에 천간자天干字를 인명으로 삼는 상황을 보면 신임계갑이 네 명의 여자였다고 해석할 수 있다. 은허 복사에서 천간자를 부녀자의 이름으로 부르는 경우가 적지 않는데 하대夏代부터 이미 시작했을 가능성이 크다. 굴원의 「천문」편에

---

73) 「孟子·滕文公·上」
74) 『左傳·襄公31年』
75) 「史記·夏本紀」에서 「尚書」로부터 인용됨. 위고문僞古文 『상서尚書』에는 이를 근거하여 「익직益稷」에 기재됨.

서 "우禹가 힘으로 공적을 군에 바치고, 조정에서 내려와 천하사방 치수를 감독하고 있을 때, 왜 저 도산塗山의 딸을 얻어, 대상臺桑에서 그와 정을 통했을까? 우가 배우자 없는 것을 걱정해서 결혼한 것은 자기 후계자를 위함이라 생각되지만, 왜 중인과 욕망을 달리하며, 일조一朝의 욕망을 만족시키는 일을 했을까?"라고 말했다. 이른바 '대상臺桑'은 즉, 남녀가 밀회하는 장소다. 우가 도산씨의 딸에게 장가들었으나 대상에 가서 밀회했다. 우가 장가든 이유는 후대가 없을까 염려해서였다. '궐신시계厥身是継'라는 말을 보면 우에게는 많은 여자가 있었지만 후계자는 처가 낳은 아들이었다. 하왕조 때 여전히 혼인관계가 자유로워서 처가 있지만 다른 여자와도 성관계를 맺을 수 있었다. "왜 중인과 욕망을 달리하며, 일조一朝의 욕망을 만족시키는 일을 했을까?"를 보면 우는 이미 부락동맹에 속해 있고 유명한 대인물이지만 보통사람과 같이 자유혼인의 쾌감을 가지고 싶었던 것임을 알 수 있다.[76] 하대 상족의 수령인 왕해가 소와 양을 몰고 유역씨有易氏에 가서 교역했다. 「천문」편에서 "왕현王玄은 방패를 합쳐서 대합무大合舞를 추었다. 그는 어찌하여 유역씨有易氏 여자로 하여금 그를 좋아하게 만들었던가. 왕현은 가슴팍이 통통하게 살이 붙고, 윤기나는 보드라운 피부를 하고 있었도다. 유역씨의 여자는 어찌하여 왕현과 부부관계를 맺기에 이르렀던가"라고 했다. 유역씨의 예쁜 여자를 유혹하고 죽게 만들고 말았다. 하대 말년에 상족 수령인 성탕成湯은 부락동맹을 강화하고 이윤伊尹을 얻기 위해 유신씨有莘氏와 결혼했다. 이것들은 모두 족외혼族外婚의 예증이다. 고대에 '증烝'·'보報' 혼이 있었다. 아버지가 죽은 후 아들이 서모와 결혼하는 것이 '증烝'이고, 형제나 삼촌이 죽은 후 동생이나 조카가 형수나

---

76) 이 문구에 대한 해석은 여러 가지 이설이 있다. 왕일王逸의 『초사장구楚辭章句』에서 "왜 중인처럼 육체 쾌락을 추구하며 일조一朝의 욕망을 만족시키고 싶었을까?"라는 해석은 설득력이 있다고 본다.

작은 어머니와 결혼하는 것이 '보報'라고 칭한다. 요澆는 하대 후예后羿의 아들인데 그의 형수에게 장가들은 적이 있다. 「천문」편에 "도대체 요澆는 문 앞에서 어떤 짓을 형수에게 요구했던가." "형수인 여기女歧는 요의 옷을 기워주고, 뿐만 아니라 숙소를 함께하여 잠을 잤도다"77)라고 했는데 바로 이를 가리킨 것이다.

약탈혼의 풍속은 아마도 원시시대 족외혼이 성행했던 시기에 나타난 것 같다. 은대까지 여전히 이 풍속이 존재하고 있었다. 「주역易經·둔屯」괘 에 아래와 같은 진귀한 기재가 있다.

> 어려우며 걷기 어려우며 말을 탔다가 내리니, 도적이 아니면 청혼해 오리니,
> 여자가 곧아서 시집가지 않다가 십년만에야 이에 시집가도다.
> 사슴에 나아가나 몰이꾼이 없음이라. 오직 숲 가운데 들어감이니,
> 군자가 기미를 보아서 그치는 것만 같지 못하니, 가면 인색하리라.
> 말을 탔다가 내리니, 청혼을 구하여
> 가면 길해서 이롭지 않음이 없으리라.
> 그 고택이 어려우니, 조금 바르게 나아가면 길하고 크게 고집하면 흉하리라.
> 말을 탔다가 내려서 피눈물이 흐르도다.

괘사卦辭에서 여러 다른 부족의 사람들이 말을 타고 찾아와 순찰하듯 여기저기 머뭇거리고 있다. 그들은 재물을 강탈할 도적이 아니라 청혼하 러 온 것이다. 부락의 사람들이 점을 치면서 말하기를, 이 여자는 지금

---

77) 왕이王逸의 『초사장구楚辭章句』에는 이 싯구절의 의미에 대하여 다음과 같이 말했다, "요澆는 의례를 지키지 않고 형수에게 음란한 짓을 했다. 그가 그녀의 집에 가서 핑계를 대고 그녀한테 음란한 행위를 했다." "여기女歧는 요澆의 형수이었다…… 여기女歧가 요澆와 음일한 행위를 하기 위해 옷을 만드는 핑계로 숙소에서 같이 잠을 잔다." 안어: 상술 서술은 의미상으로 정확하지만 '음일'이라는 해석은 적당하 지 않다. 상고 혼인 풍습에 따르면 '증烝'·'보報'는 모두 합리적 일인데 사회 여론의 승인을 얻을 수 있기 때문에 음일한 행위가 아니다.

시집가지 못하고 10년 뒤야 시집갈 수 있다고 한다. 이를 듣고 다른 부족의 사람은 여자를 약탈하기 위해 달려들고 여자는 황급히 숲으로 도망쳐 몸을 숨긴다. 약탈혼을 하러 온 사람은 현지 사람의 도움이 없어서 숲을 헤매며 곧 신념을 잃고 말았는데, 점쟁이가 다시 점치며 길조라 하니 이에 믿음을 싣고 여자를 계속 찾아나간다. 이날 하늘에서 쓸쓸한 비가 내린다. 비가 오는 날은 딱 약탈혼 하기 유리한 날씨다. 여자는 끝내 약탈을 당하고 말았다. 그녀의 눈에서는 피눈물이 끊임없이 흘러내렸으며 그녀가 탄 말은 제자리는 맴돌았다. 약탈혼을 행한 자는 신사차림이 아닌 험한 귀신과 야수차림을 하고 있었으며, 이런 차림은 여자를 빼앗아 약탈혼하기에 매우 유리했다. 「주역易經 · 귀睽」괘에서 이렇게 기록했다.

> 외로운 규睽의 생활중에 진흙을 바른 돼지 귀신이 수레에 가득 찬 것을 본다. 처음에는 활로 공격하지만 나중에는 활 쏘는 법을 가르친다. 도적이 아니고 혼인을 청할 사람이다.[78]

괘사에서 한 야행자가 길에서 엎드린 돼지를 봤다. 또한 귀신처럼 꾸민 사람을 태운 수레 한 채를 봤다. 그들이 강도인 줄 알고 활로 쏘려 했는데 그만 멈췄다. 원래 그들이 강도가 아니라 약탈혼 하는 자라고 알게 되었기 때문이다. 약탈혼 현상이 매우 보편적인 당시 사회 상황에 대하여 『주역』에는 적지 않은 기록이 담겨 있다. 『주역』이 쓰인 상주시대나 서주 초년에 미루어 볼 때 약탈혼 풍속은 마땅히 상대商代나 상商과 주周 교체되는 시기에 유행했을 것이다.

---

78) 앞서 예로 든 두 사례 이외에 「주역周易 · 비賁」괘에서 "꾸며서 희고, 흰말의 색이 선명하다. 도둑이 아니라 구혼자이다." "시골 동산에서 꾸민다. 비단 묶음이 적다. 어려움이 있으니 끝내 길하다." 다른 약탈혼 상황인데 약탈혼 하는 자가 여자 집에 보낸 예물이 적다고 해서 다툼을 일으키고 곤란에 빠지지만 혼인계약이 파괴되는 것이 아니다.

갑골 복사에 기록된 상황을 보면 같은 성姓 사이에 혼인하지 않는 풍속은 상대에서 제한 적이었다. 연구에 따르면 상왕의 여러 처첩은 그와 같은 성姓도 있고 다른 성姓도 있다. 상대 후기에 상왕은 적극적으로 각국과 혼인관계를 맺으려 했다. 주왕조 선조인 왕계王季와 주문왕의 처는 모두 은상 여러 방국方國의 여자였다. 주족의 사시史詩에서 이 일을 기재했다.

> 지摯나라 임씨네 둘째 딸 태임이 은대로부터
> 주왕계에게로 시집을 와서, 주왕조의 주부가 되어서,
> 왕계님과 함께 덕을 행하셨네.
> 이 태임께서 아기를 배시어 문왕을 낳으셨네
> ……
> 하늘은 세상을 살피시어 명을 내리셨네.
> 문왕께서 일을 시작하심에 하늘이 배필을 마련하셨으니,
> 흡수의 북쪽 위수 가에
> 문왕이 아름답고 여긴 큰나라의 따님이 계셨네.
> 큰 나라에 따님이 계셨는데, 하늘의 소녀 같으셨네.
> 길일을 가려 예식날 정하고 위수 가로 나가 친히 신부 맞으셨는데,
> 배 이어 다리 놓으시니 그 빛이 매우 밝았네.
> 하늘로부터 명이 내리어 이 문왕에게 명하시어,
> 주왕조 경사에서 다스리도록 하셨네, 아름다운 신나라의 딸이
> 맏아드님께 시집오시어 무왕을 낳으셨으니.79)

작품에서 언급된 '지摯'는 나라 이름이고, '임任'은 지나라의 성姓이다. '지중씨임摯仲氏任'은 임성이라는 지나라 국군의 두 번째 딸이다. 그녀가 왕계에게 시집간 후 아들을 낳았는데 바로 주문왕이다. 주문왕을 위해 정한 아내는 은상에 속한 신莘나라 여자다. 주문왕이 신부를 맞이하는

---

79) 「詩經·大明」

의식은 매우 성대하고 특별히 위수渭水에 '배 이어 다리를 놓고', 선녀 같은 신나라의 여자를 맞이했다. 이 신나라에서 온 미인이 역시 문왕을 위해 아들을 낳았으니 그가 바로 주무왕이다. 작품을 통해 주족 혼인풍속의 성대함을 짐작하게 된다. 상대 말년에 상왕 제을帝乙이 딸을 제후국으로 시집을 보냈는데 고서에서 "딸을 왕에게 시집보냄은 태泰의 복이요, 길함의 근본이다"[80]라는 기재가 있다.

한대漢代 사람이 '은대 도가 친친에 있다(殷道亲亲)'[81]의 설이 있는데, 은상시대에 아직 적서 차별이 없어서 왕위 계승 때 '형이 죽으면 아우가 왕위 계승(兄终弟及)' 할 수 있었다고 했다. 이런 관점은 은상시대의 혼인풍속을 이해하는 데 도움이 될 것이다. 상왕은 처자들이 많았으나 후세처럼 적처, 서첩의 차별이 없어서 적장자 왕위 계승 원칙 문제도 없었다. 그러나 은상 말년에 왕권의 강화와 사회구조의 변화에 따라 혼인풍속에 있어 갈수록 적서구별이 생기기 시작했다.

---

80) 「易經·泰」卦. '제을귀매帝乙归妹'에 대하여 일부 학자는 「시경·대명」편에 기재된 문왕이 장가든 일, 즉 제을이 딸을 주문왕에게 시집을 보냄을 가리킨다고 했다. 이에 검토할 여지가 남아 있다고 생각한다. 문왕은 왕위를 계승할 때 즉, 상왕 문정文丁 때였다. 주문왕의 아버지인 계력季曆은 문정에게 죽였다는 역사 기록은 확실한 사실이다. 주문왕은 왕위 계승할 때 이미 중년이 되었다. 「상서尚書·무일無逸」에서는 "문왕이 천명을 받았을 때는 고작 중신(中身: 사람의 수명의 절반)이었을 때였다"고 했다. 상왕 문정과 제을이 재위한 연대로 추정하면 제을이 왕위 계승할 때 문왕이 벌써 늙은 나이가 되었고, 제을이 주문왕에게 딸을 시집 보내는 것과 무왕까지 낳다는 것을 상상하기 어렵다. 그리고 「시경·대명」 편에서 "아름다운 신나라의 딸이 맏아드님께 시집가서 무왕을 낳았다"라고 했는데, 주문왕의 아내가 신나라의 여자지만, 그녀는 상왕 제을의 딸이라는 것이 근거가 없다. '귀매이지归妹以祉'의 뜻에 따르면 제을은 딸을 어떤 나라로 시집을 보내는 것 같다. (복사에 기재된 '지祉'는 나라 이름일 수 있다. 이것도 족외혼族外婚의 사례.)

81) 褚少孫補『史記』,「梁孝王世家」

4. 주대의 혼인풍속

은대와 달리 주대의 혼인풍속은 분봉제도와 종법제도의 영향을 받고 역사상 유례가 없는 새로운 특징들이 생겨났다. 그중에서 가장 두드러진 것은 바로 적서嫡庶의 차별이다. 한대 초기에 권신인 원앙袁盎이 말하기를,

> 은대 도가 친친親親에 있다는 것은 아우에게, 주대 도가 존존尊尊에 있다는 것은 자식에게 보위를 넘기는 것을 뜻합니다. 은대의 도는 질박을 숭상하고, 질박은 하늘을 본받는 것입니다. 친근하게 여겨야 할 자를 친근하게 여기는 까닭에 아우를 세웁니다. 주대의 도는 문채를 숭상하고 문채는 땅을 본받는 것입니다. 존경은 곧 공경을 뜻합니다. 곧 본원을 공축하는 까닭에 장자를 세웁니다. 주도에 따라 태자가 죽으면 적손嫡孫을 세우고 은도에 따라 태사가 죽으면 동생을 세웁니다.[02]

이른바 '존존尊尊'은 적장자에게 특수한 지위를 부여받는 일이고 주대 종법제도의 핵심이다. 왕국위王國維의 말처럼 "적서 구분이 있기 때문에 종법宗法과 복제服制 두 제도가 생겼다."[83] 이 때문에 주대는 정처正妻를 택하는 것을 매우 중요시했으며, 귀족이 정처를 맞이하는 예속노 아주 성대했다. 「시경詩經·한혁韓奕」에서 서주시대 한후韓侯가 처를 맞이하는 장면을 아래와 같이 기록했다.

> 한후韓侯께서 장가드시니 여왕의 생질 되시고
> 궤보蹶父의 따님 되시는 분이네, 한후 장가드시러
> 궤蹶씨네 마을까지 가셨네, 많은 수레들 덜컹거리고
> 말방울 달랑거리며 매우 환한 빛을 발하였네

---

82) 『史記』, 「梁孝王世家」
83) 王國維, 「殷周制度論」, 『觀堂集林』卷10.

여러 동생들도 따라 오니 구름처럼 많기도 하네
한후 그들을 돌아보니 찬란하게 문안에 가득찼네.

한후가 직접 가서 주왕조의 경卿인 궤보의 딸을 맞이하러 갈 때 수레가 백 대에 달했다. 당시 일반 귀족의 혼인은 이 수준에 못 미치지만 그 성대함도 감탄할 정도였다. "네 마리 말이 수레를 끄는데 여섯 줄 고삐가 거문고 줄 같네, 그대 만나 결혼하여 내 마음 즐겁기만 하네"[84]

잉첩(媵妾: 시집가는 여인이 데리고 가던 시첩)제도는 주대 혼속에 있어 특이한 점이다. 이는 역시 주대 일부다처제가 생기게 된 주요 원인이다. 제후가 한 나라의 여자한테 장가들면 다른 나라의 잉첩까지 얻을 수 있었다. 이런 제도는 춘추시대에 이르러서 여전히 존재하고 있었다. 한대 사람이 잉첩제도를 다음과 같이 해석했다.

> 잉媵이란 무엇인가? 제후가 한나라에 장가를 들게 되면 두 나라에서 잉媵이 가는데 질(姪: 조카)이나 제(娣: 손아래 누이)의 신분으로 따른다. 질이란 무엇인가? 형의 자식(딸)이다. 제娣란 누구인가? 손아래 누이이다. 제후 한번 장가들 때 9명 여자에게 장가든다.[85]

여자가 다른 나라 제후에게 시집 갈 때 조카와 동생을 데리고 같이 간다는 풍속이다. 춘추시대에 이름난 제환공은 부인이 3명이고 즉, 왕희王姬·서영徐嬴·채희蔡姬, 이외에는 '여부인如夫人' 6명이 있는데 바로 제환공 혼인에 잉첩으로 딸려 온 사람들이다. 노성공魯成公 8년(BC583년)에 노성공의 동생이 시집갔다. 『좌전』에서는 "위衛나라 사람이 노나라로 와 송나라 공공共公의 부인으로 시집가는 공희共姬를 잉첩으로서 따라가게 된 것

---

84)「詩經·車轄」
85)「公羊傳·莊公·19年」

은, 예절에 맞는 일이었다. 무릇 제후가 딸을 시집보냄에 있어 같은 성의 군주 딸이 잉첩이 되며, 다른 성의 나라라면 그렇게 하지 않는다"[86] 여기서 언급된 공희는 노군의 동생이라서 백희伯姬라고 부르고 송공공宋共公에게 시집가서 송공희宋共姬라고도 불렀다. 공희가 시집갈 때 위衛·진晉·제齊 세 나라가 함께 잉첩을 보냈는데, 제나라와 노나라는 같은 성姓이 아니었다. 『좌전』에는 '동성잉지同姓媵之'의 설은 통상적으로 그렇지만, 실은 이같은 엄격한 규정이 없었고 또한, 첩의 수량이 꼭 9명이 아닐 수도 있다. 한후가 장가를 들 때 "여러 동생들도 따라 오니 구름처럼 많다"는 상황을 보면, 딸려온 잉첩들이 얼마나 많은지를 알 수가 있다. 이 여자들은 다른 나라 제후가 보낸 잉첩이 아니고 시집가는 여자와 같은 족의 여자였다. 잉첩의 수량이 더 많다는 기록도 있다. "옛날에 진백秦伯이 그 딸을 진晉 공자에게 시집보낼 때 진에서 신부 의상을 꾸미게 시키고 화려한 옷을 입힌 시녀 70명을 진에 딸려 보냈다"[87]는 전설이 있다. 「시경·칠월七月」에는 "봄날은 길기도해라, 다북쑥 수북이 캐노라면, 여인들 마음 울적하고 서글퍼, 간절히 공자님께 시집가고 싶어라"라고 기재했다. 여자가 곧 시집갈 빈공豳公 딸의 잉첩이 되니까 슬퍼했다. 춘추시대에 진晉나라 위무자魏武子가 죽기 전에 그의 첩보고 "반드시 나를 따라 죽게 하라"[88]라고 명령했으나 개명한 위무자의 아들 덕분에 죽음을 피할 수 있었다.

주대 혼인의 사회등급은 비교적 엄격했다. 왕의 딸이 이성異姓 제후나 경사卿士에게 시집가게 되면, 각 제후국에서 '왕희'가 되는데 대부분 주왕의 딸들이다. 「시경·한 남자(氓)」에는 기수淇水가에 서민의 딸이 '포포무사抱布貿絲'의 소박한 청년을 택한 것을 기록했다.

---

86) 「左傳·成公·8年」
87) 「韓非子·外儲說左上」
88) 「左傳·宣公·15年」

고대 예서의 기록에 따르면 주대 일반 귀족과 평민의 혼례는 다음과 같은 과정을 거쳐야 했다.

우선, 남자가 중매인을 청하고 살아있는 기러기를 선물로 여자측에 보내 혼담을 꺼낸다. 이것은 '납채納采'라고 하고, '납채의 예례를 행한다'[89] 는 뜻이다. 남자과 여자 사이에 연결고리로 중매인이 꼭 필요했다. 춘추시대 시작품에서 "도낏자루 베려면 어떻게 하나? 도끼가 아니면 할 수 없다네. 아내를 얻으려면 어떻게 하나? 중매쟁이 아니면 얻을 수 없네"[90] 라고 서술했는데, 남녀가 만약 중매인을 통하지 않고 서로 사랑하게 되면 사회여론의 비난을 받을 것이다. "부모의 명령과 중매인의 말을 기다리지 않고 구멍의 틈을 뚫고 서로 엿보면 담을 넘어 서로 따라다니면 부모와 국민들이 모두 천하게 여긴다"[91] 『주례』에서 '매씨媒氏'라는 직책이 있는데, "남자와 여자가 태어나서 이름을 얻으면 다 생년월일과 이름을 써서 올린다." "남자와 여자 중에서 홀아비나 홀어미가 있는지 살펴서 모이게 한다"는 일을 관장한다. 이것으로 주대 관청에서 혼인을 주관하는 직관이 있었다고 추정된다. 혼담을 꺼낼 때 기러기를 사용하는데 대략 두 가지 의미를 지닌다. 하나는 옛부터 기러기는 철새로서 음양에 순응하고 가나 오나 다 알려주니, 중매인이 신용을 지킨다는 뜻이다. 다른 하나는 혼인을 청한 남자가 용기있고 신뢰할 수 있다는 의미가 담겨있다.

다음에 여자쪽이 선물 받은 후 중매인은 여자의 성과 명을 물어보는 일은 '문명問名'이라고 한다. 매인이 뻔히 알면서도 일부러 묻는 것인데, 여자가 확실히 주인의 딸인지 아니면 입양한 외성 딸인지 분명하게 묻는다. 주대에는 동성끼리 혼인하지 않는 제도를 지켰고, 이른바 "묶음을 성姓

---

89) 「儀禮·士昏禮」鄭注
90) 「詩經·豳風·伐柯」
91) 「孟子·滕文公·下」

으로 하여 구별하지 않고, 음식을 가지고 연결시켜서 다르게 하지 않는다. 이렇게 하여 비록 백세百世를 가도 동성끼리 서로 혼인을 하지 않는 것이 주왕조의 도道다."92) 춘추시대에 자산이 "측근의 여관女官으로는 같은 성을 가진 자를 들여놓지 않는다. 동성끼리면 자손이 번성하지 못하고, 두 사람 사이에 친애함이 우선하여 극도에 도달하면, 서로 병을 낳는다. 군자는 그래서 동성끼리 짝이됨을 미워한다. 그러기에 옛 책에 이르기를, '첩을 구함에 그 성을 알지 못하면, 그를 두고 점을 친다'고 하였다."93) 여자의 성과 명을 알게 되면 "부부가 같은 성姓이면 그들이 낳은 아들은 번영하지 못한다"94)는 결과를 피할 수 있었다.

그리고 다시 '문명' 후에 남자쪽이 점을 치면서 이 혼사가 길吉한지 판단한다. 길조를 얻으면 중매인을 통하여 기러기를 선물로 다시 여자측에 가서 이것을 알리고 이는 '납길納吉'이라고 한다. 춘추시대에 "그대는 거북점, 역점을 다 쳤는데 점괘에 나쁘다는 말이 없단다"95)라는 싯구절을 보면 납길 때 점을 치고 길흉을 정한 것이다.

다음에는 남자측이 중매인을 보내고 여자 집에 가서 약혼 선물을 전달한다. 선물로 현玄 즉, 흑색의 폐백幣帛과 속백束帛은 10필匹 및 러피(儷皮: 사슴의 가죽 두 장)를 보내며 이를 '납징納征'이라고 한다. "들판에서 잡은 사슴을 흰 띠풀로 싸서 주었네."96) 이처럼 사슴을 흰 띠풀로 묶어서 납징의 선물로 삼는 일은 춘추시대 민요 속에도 등장했다.

그 뒤에 남자측이 중매인을 보내고 여자 집에 가서 혼인 날짜를 묻고 여자측이 재삼 사양한다. 중매인이 남자측 택한 날짜를 여자측에 알리며

---

92) 「禮記·大傳」
93) 「左傳·昭公·元年」
94) 「左傳·僖公·23年」
95) 「詩經·氓」
96) 「詩經·野有死麕」

상의해서 약속한다. 고대 예서에서 청기請期 때 양측이 서로 겸양한 대답을 이렇게 기록했다.

> 청기 때 중매인이 말하기를,
> 오자吾子께서 명을 내려 주시고 아무개는 이미 명을 받아서 시행했습니다. 오직 앞일을 삼족三族들이 헤아리지 못하여 아무개를 보내서 길일을 청하나이다."
> 신부 아버지가 대답한다.
> "아무개는 이미 앞서 명을 받들었으니 이번에도 오직 명을 받들겠습니다..."
> 중매인이 다시 말한다.
> "아무개는 진실로 오직 명을 받을 뿐입니다."
> 중매인이 말한다.
> "아무개는 아무개로 하여금 명을 받들라고 했는데 오자吾子께서 허락하지 않으시니 아무개는 감히 신부를 맞이할 기일을 고하지 않을 수 있겠습니까?"
> 중매인이 '모일某日 모시某時'라고 말한다.
> 신부 아버지가 대답한다.
> "아무개가 감히 공경히 기다리지 않겠습니까?"[97]

이렇게 혼인 날짜를 정하려는 과정을 '청기請期'라고 한다. 청기 날짜에 대하여 서주시대에는 중춘仲春 시절을 가장 선호했다. 『대대례기』에서 2월에 "많은 여자가 사士를 편안하게 한다. 수綏는 편안하다는 뜻이다. 아들에게 관례를 시켜 며느리를 얻을 때다."[98] 동주시대에는 일년 사계절 언제나 결혼할 수 있었다. 보통 백성은 대부분 추수 이후 봄철 농번기 이전에 여가가 있어서 이를 적당한 혼인 기간으로 삼았다. 그 당시 시작품 속에는

---

97) 「儀禮·士昏禮」
98) 「大戴禮記·夏小正」

"그대에게 성내지 말고 가을을 기약하자고 했었다."99) "총각이 장가들려면 얼음이 녹기 전에 해야 하네"100)라고 했는데, 당시 혼속이 꼭 일정불변한 날짜가 있어야 되는 것은 아니었다.

그 다음으로는 아내를 맞이하여 결혼 당일 저녁에 사위가 여자 집에 간다. "검게 칠한 묵거墨車를 타고 두 대의 수레가 뒤를 따른다. 수행하는 사람들은 말 앞에서 촛불을 밝혀 잡는다."101) 미리 이 수레로 여자의 혼수를 옮겨가고 "그대 수레 몰고 와서 내 혼수감 옮겨 가세요"102)라는 장면이다. 여자가 수레를 타기 전에 "장모가 아내의 허리에 수건을 매준다103)"고 했다. 어머니가 직접 딸에게 수건을 매주고 신랑집에 가면 살림을 잘해보라고 하는 것인데, 이는 '친영親迎'이라고 한다.

그 다음으로는 여자를 집으로 맞이한 후, 남자 측이 연회를 베풀고 같이 식사한다. 조롱박으로 두 개 바가지를 만들어 술잔을 사용해 근졸이라고 한다. 신혼부부가 서로 근졸을 받들어 맞추는 것은 합근合졸이라고 한다. 취침전에 신랑이 방으로 들어가 신부의 다채로운 장식품을 풀고, 시종이 방에 있는 촛불을 다른 곳으로 옮긴다. 그리고 여자를 따라온 잉첩이 밖에서 기다린다. 다음 날 아침에 신부는 목욕하고 화장을 끝내고 나서 시부모님을 찾아뵙는다. 이때 시아버지께 대추와 밤을 바치고 시어머니께 고기를 바치며 자신의 효심을 보이게 한다. 혼례는 여기까지로 다 끝난다. 고대 예서에서 "석 달이 되어서 사당에 뵐 때에는 '아무개의 딸이 와서 며느리가 되었습니다'라고 하고, 다시 택일하여 예묘禰廟에 제사한다. 이렇게 함으로써 신부로서의 예절이 모두 끝나는 것이다."104) 석 달 동안

---

99) 「詩經·氓」
100) 「詩經·匏有苦葉」
101) 「儀禮·士昏禮」
102) 「詩經·氓」
103) 「詩經·東山」

신부를 관찰하고 그녀의 품행을 살피고 종묘에 가서 제사 지내고 나서 정식으로 남자측의 가족 성원이 된다.

주왕조의 혼인의식은 '온갖 의식을 갖추어 시집보낸다(九十其儀)'[105]고 해서 그만큼 복잡하다. 고대 예서에서 "딸을 시집보낸 집에서 사흘 밤을 촛불을 끄지 않고, 며느리를 맞이한 집에서 사흘 동안 음악을 연주하지 않는다"[106]라고 기록했다. 당시 혼례는 종법제도를 공고鞏固히 하는 역할에만 집중하되, 혼례 분위기가 즐거운지는 상관하지 않았다. 동주시대에 이르러서 종법제도 변화에 따라 열렬한 혼례 분위기도 생겨났다.

동주시대에 혼인 관계는 비교적 자유로웠다. 남녀들은 자기 원하는 배우자를 택할 수 있었다. 춘추 후기에 정나라 대부인 서우범徐吾犯의 동생이 배우자를 택한 일은 전형적이다.

> 정나라 서오범의 누이동생은 아름다웠다. 공손초公孫楚가 그를 아내로 맞이하겠다고 나서자, 공손흑公孫黑이 또 남을 시켜서 억지로 납채하게 했다. 서오범이 두려워서 자산에게 그 사정을 고하니, 자산子産이 말했다. "이것이 나라에 올바른 정치가 없기 때문이지, 그대가 걱정할 일이 아니오 그대는 오직 보내고자 하는 쪽에 보내시오." 서오범은 공손초와 공손흑 두 사람에게, 자기 누이동생이 선택하게 해달라고 요청하자 두 사람은 다 허락했다. 이에 자석子晳(公孫黑)은 잘 차려입고 서오범의 집에 들어갔다. 선물을 늘어놓고 나갔다. 자남子南(公孫楚)은 군복을 입고 서오범의 집에 들어가서 좌우에 활을 쏜 뒤 수레를 타고 밖으로 나갔다. 그때 서오범의 누이동생은 방안에서 그들의 거동을 살펴보고는 말했다. "자석은 아름답게 보이지만 자남이야 말로 대장부입니다. 남자는 남자답고 여자는 여자다워야 하는 것이 온당하다고 봅니다." 그리하여 자남에게 시집간다.[107]

---

104) 「禮記·曾子問」

105) 「詩經·東山」

106) 「禮記·曾子問」

자기 주장이 아주 강한 여자가 대장부의 기개를 지닌 남자에게 시집가야
한다고 생각했다. 그래서 '융복戎服' 차림으로 활쏘기 잘한 자남子南 즉,
공순초公孫楚를 부군으로 정했다. 딸의 선택을 들어주는 것은 당시 혼인풍
속에 허락돼 있다. 서주 중기에 "주공왕周恭王이 경수涇水가에 놀이를 하고
있을 때 밀密나라 강공康公이 따라나서 모시게 됐다. 그때 세 자매가 밀나라
강공의 첩이 되겠다고 나타났다."108) 공왕의 어머니가 세 여자를 왕에게
비치라고 했지만 이에 공왕이 들어주지 않고 자신의 처실로 삼았다. 이
세 자매는 중매 없이 자기 마음에 든 남자에게 시집갈 수 있었다.

『시경』 속에 많은 작품을 통해 주대 남녀가 용감하게 사랑과 혼인을
쟁취했음을 알 수 있다. 「매실따기(標有梅)」에서는 여자가 배우자를 만나
고 싶은 절실한 마음을 표현했다. "여러 남자 분들께 간구하오니 길일을
틈타 오세요." "여러 남자 분들께 간구하오니 오늘 곧 오세요." "여러 남자
분들께 간구하오니 말씀만 건네주세요." 그리워하는 사람이 길일에 자기
와 만나 혼인 약속하기를 바라고 있다. 또한, 「잣나무배(柏舟)」에서는 한
여자가 한 청년에게 빠졌는데 그녀의 어머니가 그녀를 다른 사람에게 시
집을 보내기로 했다. 그녀가 "죽어도 맹세코 다른 데로 가지 않으리라"는
입장을 밝혔다. 남녀가 혼인을 할 수 없고 맹세로 "살아선 한 집에 못살아
도 죽어선 함께 묻히리라, 내 말이 믿기지 않는다 하면 밝은 해가 지켜보고
있다"109)고 절절한 마음을 표현했다. 다음은 남녀 만나는 장면을 묘사하는
작품이다.

아름다운 아가씨 성 모퉁이에서 날 기다리는데,

---

107) 「左傳·昭公·元年」
108) 「國語·周語·上」
109) 「詩經·大車」

숨어서 아니 보여 머리 긁적이며 서성거리네.
어여쁜 아가씨 내게 빨간 피리를 주었네.
빨간 피리 빛나게 고운 것은 아가씨의 아름다움 좋아하기 때문이네.
들에서 가져다 준 띠풀의 순 정말 예쁘고 희한하네.
네가 고와서가 아니라 고운 님의 선물이라서라네.[110]

작품을 보면 당시의 남녀 만남은 흔한 일이었다. 「모과木瓜」에서 "내가 모과를 던져 주기에 아름다운 패옥으로 답례했네. 답례가 아니라 오래오래 좋은 짝 되자는 것이네." 남녀가 서로 사랑의 선물을 주고 받는 상황을 묘사했다. 한편으로는 당시 사회여론과 부모의 의견은 청년 남녀의 혼인에 엄청난 영향을 끼친다고 판단된다. 「둘째 도련님(將仲子)」에서 사랑하는 남자에 대한 여자의 마음을 표현했다. 남의 눈치가 보일까 해서 복잡한 심정이다.

둘째 도련님, 저희 동리 넘어오지 마세요, 제가 심은 산버들 꺾지 마세요.
어찌 그것을 아까워할까만 저의 부모님이 두려워요.
도련님 그립습니다만 부모님 말씀도 두렵사와요.
둘째 도련님, 저의 집 담장 넘어오지 마세요, 제가 심은 뽕나무 꺾지 마세요.
어찌 그것을 아까워하랴만 저의 오빠들이 두려워요.
도련님 그립습니다만 오빠들 말씀도 두렵사와요.
둘째 도련님, 저의 집 뜰을 넘어오지 마세요, 제가 심은 박달나무 꺾지 마세요
어찌 그것을 아까워하랴만 남의 말들이 두려워요
도련님 그립습니다 남의 말들도 두렵사와요.

그리운 남자인 중자仲子가 원래 자주 여자집에 와서 둘이 몰래 만났다.

---

110) 「詩經·靜女」

여자의 동리나 담장을 넘어가기도 했다. 그러나 부모와 형장의 말, 사회여론인 '남의 말'이 많기에 여자가 걱정하고 있다. 전체적으로 보면, 당시 남녀 혼인은 종족 및 사회 등급에 구애를 받지만 사랑을 죽일 정도는 안되고 혼인 관계도 비교적 자유로웠다.

동주 사회에서는 후세처럼 일부종사一夫從死 관념이 없었고, 재가再嫁는 여자에게 흔한 일이었다. 춘추 초년에는 정나라 권신인 제중祭仲의 사위 옹교雍糾가 정나라 국군의 명령을 받고 제중을 모살하려고 했는데, 옹교의 아내가 그 일을 알아채고 어머니에게 말하기를 "아버지와 남편은 어느쪽이 더 친한 것입니까?"라고 물었다. 그녀의 어머니는 "남자라면 누구나 남편으로 삼을 수 있지만 아버지는 세상에서 단 하나뿐이다. 그러니 어찌 비할 수 있겠느냐?"[111]라고 대답했다. 옹희雍姬는 곧 아버지에게 알려드리고 옹교를 숙여 버렸다. '남자라면 누구나 남편으로 삼을 수 있다(人盡夫也)'는 것은 당시 여성의 혼인관념에 대한 전형적인 해석이다. 당시 부녀자가 재가再嫁하는 사례가 많다는 것은 바로 이런 관념이 지배한 결과였다. 진晉나라 공자인 중이重耳가 망명하는 도중에 '적狄'이라는 곳에서 계외季隗에게 장가들었다. '적狄'에서 떠날 때 중이가 계외에게 "나 25년을 기다려도 내가 돌아오지 않으면 후가後嫁하시오"[112]라고 말했다. 당시 사회여론도 부녀자의 재가를 허용했다.

원고시대의 일부 혼인풍속은 주대에 이르러서 여전히 영향이 남아 있었다. 역사 속에 끊임없이 지속된 '증烝', '보報'가 이를 입증해 준다. 『좌전』에 이르기를, 춘추 초기에 위혜공衛惠公이 왕위를 계승할 때 "제나라 사람이 소백昭伯에게 부친 선공의 부인 선강宣姜과 정을 통하게 했는데, 그는 옳지 않다고 거절했다. 제나라에서 억지로 시켜 할 수 없이 따라서 제나라로

---

111) 「左傳·桓公·15年」
112) 「左傳·僖公·23年」

시집간 후에 대공戴公과 문공文公, 송나라 환공桓公의 부인, 허許나라 목공穆公의 부인을 낳았다."113) 소백은 위선공衛宣公의 아들이자 위혜공의 동생이다. 선강은 제희공齊僖公의 딸이고 소백의 서모庶母이다. 위선공이 죽은 후 제나라에서는 소백으로 하여금 선강과 붙게 했다. 진晉나라에서 "헌공獻公은 가賈나라에서 부인을 맞이했으나, 아들이 없었다. 헌공은 윗사람인 제강齊姜과 간통하여, 뒤에 진秦나라 목공의 부인이 된 딸과 태자 신생申生을 낳았다."114) 제강은 진헌공晉獻公의 아버지 즉, 진무공晉武公의 아내이자 진헌공의 첩이다. 진무공이 죽은 다음에 헌공한테 '증烝'하게 됐다. 진혜공晉惠公이 진헌공의 두 번째 왕비, 진혜공의 서모인 가군賈君과 결합한 것도 '증烝'에 속한다. 역사상 진혜공이 '가군을 증烝한다'는 기록이 있다. 가군은 진허공의 처이고 진혜공의 서모다. 진혜공한테 시집가는 것은 '증烝'에 속한다. 정鄭나라에서 "문공은 정나라의 공자인 서부의 아내 진규陳嬀와 간통하여 자화子華와 자장子臧을 낳았다."115) '정자鄭子'는 문공의 숙부인 자의子儀다. 자의가 진陳에서 아내를 맞아 이름이 진규陳嬀다. 진규는 정문공鄭文公에게 '보報'하게 되어 아이 두 명을 낳았다. 이런 사례들이 모두 당시 혼인풍속에 허락돼 있다는 설명이다. 주대에는 '증烝', '보報'를 성공하지 못한 사례도 있다. 초나라 영인令尹 자원子元이 "문왕의 부인을 유혹하려, 부인이 거처하는 궁전 옆에 거처를 마련하여, 만무万舞를 추게 했다"116)라는 기록이 있는데, 자원은 초문왕의 동생이다. 초문왕이 죽은 후 자원이 형수를 '보報' 하려고 했으나 문부인에게 거절 당해서 그만두었다. 송나라의 공자 포鮑는 "용모가 아름답고 양부인襄夫人까지 그와 정을

113) 「左傳·閔公·2年」
114) 「左傳·庄公·28年」
115) 「左傳·宣公·3年」
116) 「左傳·庄公·28年」

통하려 했지만, 그는 안된다고 사절했다"[117])는 기록이 있다. 양부인은 송 양공宋襄公의 부인이고 공자 포鮑의 적소모嫡祖母이다. 그녀는 공사 포鮑가 자기를 '증烝'하게 원하지만 관례에 부합하지 않아서 성공할 수 없었다. 그래서 공자 포鮑와 사통하고자 했는데 또 거절을 당했다.

아무튼 중국 고대 혼인의 발전 역사상 주대 혼인풍속은 아주 중요한 단계였다. 이는 중국 고대 혼인의 기본 예절과 풍속의 기반을 다지는 시기 였고 후세에 커다란 영향을 끼쳤다.

5. 하상시대의 장례풍속

하상시대는 옛 원시사회와 멀지 않고 장례풍속은 여전히 많은 원시적 인 전통이 보존되고 있었다. 문명의 발전에 따라 장례풍속도 많은 변화와 발전을 겪었다. 고대 예서에서 "하夏의 도는 명령을 존경한다. 귀鬼를 섬기 고 신을 공경해서 멀리하고, 사람을 가까이해서 충성한다"[118]고 했다. 자 료에 의하면 하대 사람들이 "귀鬼를 섬기고 신을 공경해서 멀리한다"는 사상은 장례풍속에 끼친 영향이 직지 않다. 진한 마에 의하면 "유우有虞씨 는 와관瓦棺을 사용하였고, 하후씨는 즐주(墍周: 2중의 와관)를 사용했으 며, 은인은 나무의 관곽(2중의 관)을 사용했다."[119] 이른바 '유우씨는 와관 을 사용하였다'는 것은 원시시대의 옹관장을 가리킨 것이다. '하후씨가 즐주를 사용했였다'는 것은, 하대의 '즐주'라는 장례풍속을 말한 것이다. 고대 사람이 "즐墍은 흙을 구워 만든 벽돌이고, 이 벽돌로 관이 들어갈 구덩이 주위를 쌓는 것"[120]이라고 설명했으며, 이것이 바로 '즐주墍周'의

---

117) 「左傳·文·16年」
118) 「禮記·表記」
119) 「禮記·檀弓·上」

뜻이다. 아마도 하왕조 때 불을 사용해서 흙을 태우고 시체를 묻었으니 이런 설이 생겼을 것이다. 고고에서 발견된 하대 장갱葬坑을 보면 밑바닥에 주사를 깔아놓는 경우가 있다. 후대 사람들이 이를 태운 흙. 즉, 소토燒土로 여겼다. 그래서 '즐주騭周' 설까지 생겼을 것이다.

관곽棺槨으로 사용되는 장례방식은 하상시대에 나타났다. 고고 종사자는 하대에 속한 이리두유적에서 소갱小坑이 대갱大坑 안에 포함된 고분을 발굴했다. 대갱은 남북이 길이 2.30m, 동서 너비 1.26m, 소갱은 남북 길이 1.70m, 동서 너비 0.74m다. 소갱 밑바닥에 두께 0.5m의 주사가 깔려 있다. 발굴자의 관찰에 의하면 대갱은 묘혈이고 소갱은 관실이다. 또 다른 고분 밑바닥에 돗자리를 깔고 그 위에 주사를 깔았다. 이와 같은 고분들이 차지하는 비중은 크지 않고, 지금까지 발굴된 하대 고분은 대부분 관곽이 없다. 관곽을 주요 장구로 삼은 풍속은 은대에서 이미 보급되어 이른바 "은의 세상에는 나무의 관곽을 사용하였다"는 설이 신빙성이 있다고 본다.

상대의 장례는 이미 반함飯含 습관이 생겼는데, 그중에서 조개를 문 자가 가장 많다. 1950년대 초에 은허 대사공촌大司空村에서 발굴된 165기 고분 중에서 49기 묘주 입에 조개를 물고 있고, 그 수량은 1~4개 정도다. 물고 있는 조개는 통상적으로 자연산 바다조개를 사용하고 뒷면에 구멍이 뚫려 있다. 은허 소둔서지小屯西地 일련번호 M233인 고분에서 주인의 입에서 15개의 바닷조개가 물려 있다는 사실이 발견됐다. 백가분서지白家墳西地 일련번호 M10인 고분에서는 주인이 바닷조개 하나를 물고 있다. 묘포북지苗圃北地 일련번호 M42인 고분에서는 주인이 입에 바닷조개 2개가 물려 있다. 조개를 제외하고 옥선玉蟬·옥어玉魚·옥주玉珠 등의 장식품을 입에 문 자도 있다. 1970년대 중기에 은허 소둔서북지小屯西北地 일련번호 M11인 골격이 입안에 옥어玉魚 6개를 물고 있다.

---

120) 「禮記·檀弓·上」 鄭注

고대 예서를 따르면 은대의 장례풍속은 이미 복잡해지고 있었다. 이런 상황은 은대 사람들의 사회관념으로 결정된 것이다. 옛사람이 말하기를,

　　은대 사람은 신을 존경하여 백성을 모두 데리고 신을 섬겼다. 귀신을 먼저하고 예를 뒤에 한다.[121]

　여기서 말한 '귀鬼'는 그 조상의 영혼을 가리킨다. 은대 사람이 후장厚葬과 인순人殉을 시행했던 풍속을 보면 그들이 '귀신을 먼저하고 예를 뒤에 한다'는 설은 믿을 만하다. 은대 사람은 빈번히 조상을 제사했는데 대부분 인생人牲을 제물로 삼았다. 전문가의 추측에 따르면 지금까지 발견된 인축에 관한 갑골은 모두 1350편이 있고, 복사는 1992조이고 인생人牲은 모두 13052명이다. 그리고 1145조의 복사에는 인생 수량을 기록하지 않았다. 만약 매조의 복사를 한 사람으로 계산하면 복사에 기록된 인생 총수량은 최소 14197명에 이른다.[122] 고고 발굴된 은허 완수북안洹水北岸 은왕실 능묘에 큰 제사장이 있는데, 제사 갱 1433개가 있고 인생人牲의 수량이 최소 1178명이 된다. 은대의 귀족 고분에서 발굴된 인생은 278명이고, 다른 제사에 쓰인 인생은 871명이 된다. 전문가의 추측에 따르면 은대의 인생수량은 1500명이나 있었다고 한다.[123] 뿐만 아니라, 은대 귀족은 죽은 후 종종 적지 않은 인순장人殉葬을 했다. 발견된 은허 대형 고분에서 인순 수량이 많을 때는 수십 명이나 백 명이 넘을 정도다. 중형 고분의 인순 수량은 몇 명이나 열몇 명 정도다. 소형 고분에는 한두 명 밖에 안된다. 인순들은 대다수 묘실 안에 배치되어 있고 곽실에 넣은 인순들은 대부분 목관에 있다. 이층대나 덧널 위에 있는 인순은 허름한 관(薄棺)에 놓여

---

121)　「禮記 · 表記」

122)　胡厚宣,「中國奴隸社會人殉和人祭」(下),《文物》, 1974年　第8期.

123)　黃展嶽,「中國古代的人牲和人殉問題」,《考古》, 1987年　第2期.

있다. 통계에 따라 은허 고분 인순들은 508명에 이르러, 조상 제사 때 사용한 인생보다 수량이 적다. 은허 이외의 다른 지역에서도 은대 고분의 인순 현상을 흔히 볼 수 있다. 예를 들면, 섬서성 서안 노우파西安老牛坡 상대묘지에서 다양한 양식의 인순 현상이 발견됐다.[124] 일부 인순은 묘주와 같은 널에 놓인 경우도 있으며 노우파 묘지 일련번호 M4·M10·M19인 고분 목관 내 모두 골격이 두 개씩 있고, 목관 중간에 칸막이 없다. 한가운데 있는 앙신직지자가 묘주이고 왼쪽이나 오른쪽에 있는 측신굴지자가 아마도 묘주의 인순으로서 순장된 사람이었을 것이다. 또한 일련번호 M26·M44인 두 고분에서 각각 인순 두 명이 있고 묘주의 좌우에 놓여 있으며 역시 같은 관에 매장됐다. 다른 인순 방식은 고분 바닥의 요갱腰坑에 매장했다. 노우파 은대 묘지에서 이런 고분이 5기나 발견되어 요갱마다 인순 한 명씩 있으며 모두 전신구측신굴지全身軀側身屈肢이고 장구는 없었다. 일련번호 M41인 고분 요갱에서 나무 자루가 있는 동월銅鉞 한 점이 출토되어 인순의 왼손 쪽에 두었는데, 묘주를 지키는 집월執鉞 병사였을 것이다. 또 다른 인순 방식은 묘갱墓坑의 이층대 위에 순장하는 것이다. 인련번호 M5인 고분 왼쪽 이층대에 인순 한 명이 있고, 일련번호 M7인 고분 왼쪽 이층대에서 인순 2명이 있으며, 묘주의 머리쪽에 있는 이층대에도 인순 한 명이 있는데, 이들 인순은 모두 열두세 살의 소년이다. 또 고분의 목곽 옆구리 쪽의 변상邊箱 안에 놓인 경우도 있다. 일련번호 M5인 좌우 변상 안에 모두 9명, M8는 좌우 변상 안에 2명, M24의 왼쪽 변상 안에 3명, 오른 쪽 변상 안에 2명, M25의 왼쪽 변상 안에 4명, 오른쪽의 변상 안에 3명이 순장됐다. 이외에는 묘갱의 되묻는 흙 속에도 인순이 있는데 일련번호 M5인 고분 동북 모퉁이에서 온전한 인두골이 발견되었

---

124) 西北大學歷史系考古專業, 「西安老牛坡商代墓地的發掘」, 《文物》, 1988年 第6期.
劉士莪, 「西安老牛坡商代墓地初論」, 《文物》, 1988年 第6期.

지만 시체는 없었다. 그 서북 모퉁이 되묻는 흙 속에서 산만한 골격 더미가 발견되었지만 두개골이 없었다. 연구자는 이 두 개의 골격을 보아 나이를 추측했는데 두 인골이 같은 나이를 지닌 것으로 보았다. 일련번호 M11인 북벽 근처 되묻는 흙 속에 온전한 인두골 3개, 대퇴골大腿骨 2개가 발견됐다. 서남 모퉁이 깊이 1.8m의 되묻는 흙 속에서 인두골, 구간골, 대퇴골이 포함된 인골 더미가 발견됐다. 검증에 따르면 같은 인체에 속하지만 원래 결합 부위를 모두 잃었다. 일련번호 M25인 고분 동벽의 북쪽 끝에서 인순 골격 하나가 발견되어 베어낸 머리만 있고 왼 다리를 잃고 왼쪽 상박골에 생전에 골절을 입은 흔적이 남아 있다. 골격이 기울인 상태로 묘벽과 긴첩緊貼돼 있는 상태를 보면, 분명히 죽인 후 내버려 둔 것이다. 되묻는 흙 속에 인순들은 모두 골격이 온전하지 않고 일정한 장식葬式도 없어서 아마도 당시 신분이 가장 비천한 계층의 사람들이었을 것이다.

은대 귀족 고분에는 인순 이외에 말이나 수레 및 청동기, 옥기도 순장했다. 노우파 묘지에서 마갱馬坑과 거마갱車馬坑이 전후 이어 각 한 개씩 발견됐는데 아주 잘 보존돼 있어서 당시 수레와 말을 순장한 상황을 충분히 파악힐 수 있다. 일련번호 M7인 고분의 미갱은 길이 2.2m, 너비 1.05m, 깊이 0.43m, 말 두 필이 매장돼 있으며 머리 방향이 일치하고 서로 뒤얽혀 눌려져 있고 같은 방향을 향해 옆으로 누워 있었는데, 골격이 정연하고 분명히 말을 죽인 후 순장한 것이다. 일련번호 M27인 고분의 거마갱車馬坑은 길이 3.55m, 너비 2.6m, 깊이 약 0.7m다. 갱 내에 수레 한 대와 말 두 필이 매장됐다. 수레는 단원單轅, 쌍륜雙輪, 일축一軸 일여一輿로 원轅 앞에 가로대가 있는데, 추측에 따르면 이는 당시 귀족이 탄 수레였다.

하상시대의 고분이 옛날과 비슷하고 여전히 "봉분封坟도 하지 않고 나무도 심지 않았다." 땅 속에 매장해서 분구를 가지지 않고 지면과 일치한다. 지상의 분분墳이 출현한 것은 늦어도 상왕조 때였다. 은허에서 발견된 유명한 부호묘婦好墓 및 대사공촌大司空村의 일련번호 11·12·301·311·

그림 3-18 풍호酆鎬 유적의 거마갱   **그림 3-19** 진후晉候 묘관 내에 순장된 청동기 출토 상황

312등인 고분에서는 모두 묘광墓壙 윗부분에 되묻는 흙과 연결된 항토夯土 대기, 구멍기둥(柱洞), 자갈 주초柱礎 같은 유적이 발견됐다. 건축 평면이 기본적으로 묘광의 면적과 같다. 이런 건축은 아마도 당시 향당享堂이란 것에 해당될 것이다. 고대 예서에서는 "은대 사람은 광壙에서 조상吊喪한 다"[125]고 말했다. 이것은 묘광 위에 만든 향당에서 애도하고 제사를 지냄을 가리킨 것이다.[126] 은허에서 대규모의 제사 유적을 발견한 적이 있는데 전문가들이 또한 이것을 '배장갱排葬坑'이라고 불렀는데, 상왕실이 인생을 죽여 조상 제사한 소재지였다. 이 공공장소는 어느 특정한 묘지에 속하지

---

125) 「禮記·坊記」 (원저에서 '공자한거孔子閒居'로 돼 있는데 이를 '방기坊記'로 바로 잡음. -역자 주)

126) 고대에 묘제가 있었는지에 대하여 학자들은 여러 의견을 제시했다. 고고 자료를 보면 한대 학자 채옹蔡邕은 '옛날에 묘제가 없었다'는 설을 제시했는데, 이를 절대적인 관점이라고 여기면 안된다. 선진시대 어느 시기에 일부 사회 계층이 묘제를 지내지 않았다고 할 수 있지만 부분으로 전체를 판단하면 안된다. 이 시기에 묘제를 지내는 경우가 있었다. 하상시대도 마찬가지였다.

않지만 묘제를 지낸 한 가지 양식이었을 가능성을 배제할 수 없다. 그 위치가 바로 상왕실의 큰 묘지 사이에 있기 때문이다.

복사에서 적지 않은 공공장소에서 제사를 지낸 기록이 있는데 예를 들면,

> 무자戊子 날에 점쟁이는 점을 쳐서 길흉을 예측한다. 저녁에 300명의 강인羌人을 죽여 조정祖丁 제사를 지내면 우리를 보살펴주실 수 있습니까? 복문卜 纹에서 "할 수 있다"라고 나왔다.
>
> 300명의 강인羌人을 죽여 조정祖丁 제사를 지낸다.
>
> ……무자戊子 날에 점쟁이는 점을 쳐서 길흉을 예측한다. ……300명의 강인羌人을 죽여 조정 제사를 지낸다.
>
> 100명의 강인羌人을 죽여 조정 제사를 지낸다.
>
> 병술丙戌 날에 30명의 상인羌人을 죽어 조정 제사를 지낸다.
>
> 병신丙辰 날에 점을 쳐서 길흉을 예측한다. 다음 정사丁巳 날에 10명의 강인羌人을 죽여 조정 제사를 지낸다.[127]

이 자료 속에 '□'는 복사에서 흔히 볼 수 있고 이에 대하여 여러 이설이 있으나 필자의 고찰에 의하면 '□'는 은허의 공공 제사 상소를 가리킨 것이다. 고고를 통해 발견된 제사 장소에서 인생 수량이 많고 만 명에 가까울 정도다. 그런데 복사에서 인생 수량이 제일 많았던 곳은 바로 '□' 라고 기록돼 있다.

고대 예서의 기록에 의하면 하상시대의 장례풍속은 주대와 다르지 않았다. 예를 들면,

---

127) 戊子卜, 賓貞, 重今夕用三白(百)羌于□. 用.
三百羌用于□.
……丁醜卜, 賓貞, ……三百羌用于□
于□中百羌. 丙戌……, [于]□中三十羌.
丙辰卜貞, 翌丁巳中羌十.『甲骨文合集』 293·295·294·22543·315·430片.

하후씨가 동쪽 계단 위에 빈소를 만들었으니, 오히려 조계阼階에 있는 것이고, 은대 사람들은 두 기둥 사이에 빈소殯所를 안치하였으니, 그것은 빈주賓主가 마주 끼고 있게 한 것이다. 그리고 주대 사람들은 서계 위에 안치하지만 이것은 빈객으로 취급하는 것이다.128)

빈殯은 영구靈柩를 안치한다는 것을 가리킨다. 상고시대의 옛날 전각殿閣이나 당堂에는 지나갈 통로가 없고 동, 서 계단만 있다. 하대는 영구를 주인이 오르내리는 동계東階에, 즉 동쪽 계단인 조계阼階 위에 안치했다. 은대는 영구를 전각이나 당의 영주楹柱 사이에, 즉 서쪽의 계단인 빈계賓階와 조계阼階 사이에 안치했다. 주대는 서계에, 즉 빈계 위에 안치했다. 장례의 관식棺飾을 보면 삼대가 각각 다르다.

흰 비단 덮개로 관을 장식하고 유의柳衣를 두르고 삽翣을 만들고 (관이 상여에서 기울어질 것을 염려하여) 나누어 잡는 당김줄을 만들었으니 이것은 모두 주대의 제도이다. 숭아崇牙를 만들었으니 이는 은대의 제도이다. 흰 비단으로 깃대를 싸고 거북과 뱀을 그린 깃발을 만들었으니 이는 하대의 제도이다.129)

주대는 포장布帳, 즉 '장牆'을 사용해서 장식했다. 장례 치를 때 관구 앞에 사람이 손으로 부채 모양의 삽翣을 들고 상여를 가리다가 매장할 때 이를 세로로 광에 꽂는다. 상여가 기울지 않게 하기 위해 당김줄을

---

128) 「禮記·檀弓上」. 안어: 『예기』의 일부 편장에서 하·상·주 삼대의 장례풍습의 대비를 통하여 공통점과 차이점을 찾았는데, 아주 값이 있는 것도 있고 의심스러운 것도 있다. 예를 들어 「증자문曾子問」편에는 "하후씨는 3년을 거상해야 한다면 초빈草殯한 뒤에 곧 치사하였고, 은대 사람들은 장례를 지낸 뒤에 곧 치사하였다(致事: 직무를 임금께 되돌리는 것)"라고 말했다. 여기서 하상시대에 이미 수상3년의 풍습이 있다고 여겼는데, 근거가 결핍되어서 믿음직한 논의가 아닌다.

129) 「禮記·檀弓·上」

좌우에 매었는데 이것을 '피披'라고 한다. 은대는 장례에 쓰인 깃발의 가장 자리에 톱니 모양의 장식, 즉 '숭崇'이 있어야 한다.[130) 하대에 장례 치를 때 흰색의 비단으로 깃대를 감아 싸고 상여 길 안내 해준 '조旐'가 있어야 한다. 하상시대의 이런 풍속이 주대까지 계속 전해왔으니 일부 장례풍속은 주대와 다르다. 예를 들어 「예기·단공」편의 기록에 따르면 "주대 사람들은 변관을 쓴 차림으로 장례를 거행하고 은대 사람들은 후冔 차림으로 장례를 거행했다." 장례식에서 사용하는 관이 구별이 된다. 또한 "은대의 예는 이미 봉분封坟을 마치면 조상하고, 주대는 반곡反哭 때에 조상한다." 은대에 영구가 하장 봉토한 뒤에 조문하고 애통했는데, 주대에는 하장 후 영전 앞에 돌아가서 조문하고 애통했다. 은대 장례에 "붉은 바탕의 베로 저막褚幕을 만들고, 또 저의 사각에 왕개미가 왕래하는 형상을 그렸나." 나반 사각에 개미 도인이 있는 빨간색의 천으로 영구를 덮고 주대 장례에 사용하는 '장牆'과 '삽翣'이 없었다. 죽은 자에 대한 장례 준비와 장례식에 대하여 은대는 "사람이 죽으면 중류中霤를 파서 하며, 구덩이를 만들고 목욕시키고, 부엌을 헐어서 그 벽돌로 발을 굽힌다. 또 장사할 때가 되면, 종묘 문의 서쪽 담을 힐고 밟고 니기서 대문으로 나간다"고 했다. 거실의 천창天窗 아래서 한가운데에 중류中霤을 파고 침대를 그 위에 놓고 시체를 침대에 올린 다음에 목욕시킨다. 물을 구덩이에 담은 후에 부뚜막을 헐고 벽돌로 죽은 자의 발을 구운 다음에 발을 꽁꽁 동여매고 신발을 신을 수 있도록 한다. 상여를 종묘 앞에 세우고 매장할 때 종묘의

---

130) 은대 사람이 '숭崇'을 사용하는 풍습에 관하여 공영달孔穎達은 「예기禮記·단공檀弓」 상편 공소孔疏에서는 "은대에 꼭 승아崇牙로 장식한 원인은 은대 상탕商湯이 무력으로 수명受命했기 때문에 항상 톱니 모양의 장식을 했다"라고 말했다. 이는 근거가 있는 의견이라고 여긴다. 상고시대 사람들은 짐승의 송곳니로 장식품을 삼고 사냥꾼의 용맹함을 과시했을 것이다. 상대장례식에 쓰인 기물까지 전해온 것도 당연한 일이라고 여긴다.

문 서쪽의 담을 헐어서 상여를 들고 넘어간다. 이런 풍속이 주대에는 없었다. 하·상·주 삼대의 장례풍속의 차이와 관계를 통해 삼대 문화의 계승적 성격을 보여준다.

하상시대 변경지역 소수민족의 일부 장례풍속은 중원지역과 비교하면 차이가 큰 것으로 파악된다. 예를 들면, 복건성 무이산武夷山 지역의 깎아지른 절벽 위 동굴 속에 하상시대의 선관장船棺葬이 발견됐다. 1970년대 중기에 전문가들의 조사를 거쳐 선관 17구가 발견됐다.[131] 1970년대 후기에 전문가들이 복건성 숭안현崇安縣 백암애동白巖崖洞의 선관船棺에 대하여 조사했는데,[132] 발견된 선관의 길이 489cm, 너비 55cm, 높이 73cm다. 배 모양으로 돼 있으며 바닥과 덮개 두 부분으로 구성되어 위아래를 짜맞춘 식으로 덮개 앞부분이 바닥으로 뻗쳐 나간다. 관바닥은 사형梭形이며 중간 부분은 장방형의 시구尸柩이고, 내부 사벽은 평평하고 바닥의 겉면은 안으로 약간씩 오목하다. 덮개와 바닥이 모두 단단한 녹나무를 사용하고 체형이 얇고 조형도 독특하다. 측정해 보니 선관의 시대는 지금까지 약 3000~4000년이 되어 하상시대에 속한다. 선관을 깎아지른 듯한 암벽에 두는 이유는 당시 사람의 '천국' 관념 및 산숭배와 관련이 있다고 본다. 더 쉽게 영혼이 승천 될 수 있다는 믿음으로 사람들은 구름 끝에 꿋꿋이 서 있는 절벽 위에 선관을 두게 된다. 이런 선관은 선진시대 동남 일대 지역에 거주한 백월족百越族 선민 고분의 유존성이 크다.

131) 曾凡·楊啟成·傅尚節, 「關於武夷山船棺葬的調查和初步研究」, 《文物》, 1980年 第6期.
132) 福建省博物館·崇安縣文化館, 「福建省崇安武夷山白岩崖洞墓地整理報告」, 《文物》, 1980年 第6期.

6. 주대의 장례풍속

(1) 분구墳丘와 향당

서주 춘추전기에 여전히 상고시대와 같이 고분을 "봉토도 하지 않았고 나무도 심지 않았다"[133]는 풍습이 이어져 내려왔다. 한대 사람은 "문왕文王·무왕武王·주공周公은 필畢에 매장했다. 진목공秦穆公은 옹성雍城 탁천궁橐泉宮 기년관祈年館 밑에서 매장했다. 저리자樗裏子는 병기 창고에 매장했다. 모두 무덤더미가 없었다."[134] 주대 초기부터 춘추시대까지 진목공, 전국시대 진秦나라의 저리자가 다 '무덤더미(丘隴)'가 없었다고 여겼다. 일반 상황을 보면 무덤더미의 보급은 춘추 후기에 시작했고, 전국시대에는 무덤을 만드는 것이 보편적인 현상이 됐다. 공자가 어릴 때 아버지를 여의고 어디서 매장했는지 나중에 겨우 알게 되어 어머니의 유골과 함께 합장했다. 공자가 말하기를,

> 내 들으니 옛날에는 묻었을 뿐이고 봉분은 만들지 않았다고 한다. 이제 구丘는 동서남북으로 돌아다니는 사람이니 표지를 하지 않을 수 없다.[135]

---

133) 「易經·系辭·下」. 분구墳丘의 기원에 대하여 상주시대 이미 생겼을 것이다. 「예기禮記·단궁檀弓」하편에는 "은대의 예에는 이미 봉분封墳을 마치면 조상한다"고 말했다. 「사기史記·주본기周本紀」에는 무왕이 상대 멸망시킬 때 "굉요閎夭에게 명하여 비간比干의 무덤을 높이게 하였다"고 했다. 모두 봉토하고 분구를 만든 것이었다. 하남성 나산현羅山縣에서 1980년대 중기에 상대말기의 식씨息氏묘지가 발견되었는데, 잔존된 흙의 높이 30cm, 원래 흙더미 약 1.5m다. 이 시기에 무덤더미가 나타났지만 아직 보급되지 않았고 여전히 '불봉불수不封不樹'의 풍습이 남아 있었다. 또 고고 재료에 따르면 원시시대부터 일부 지역 장례풍습에서 이미 봉구와 유사한 매장 방식이 생겼지만 아주 개별적이었다. 봉구墳丘 풍습에 대한 원시시대 기원설이 아직까지 근거가 부족하다.

134) 「漢書·楚元王傳」附「劉向傳」.

135) 「禮記·檀弓上」

공자 자신이 자주 동서남북으로 돌아다니고 열국에 분주한 사람으로서 옛 예법에 따르면 지표와 같은 높이의 부모 묘지를 알아보지 못한다고 했다. '표시하지 않을 수 없다'는 상황가 되어 부모 고분 4척 높이의 봉분을 만들고 표시했다. 「예기·단공」 상편에서 공자가 예전 봤던 무덤의 상황을 이렇게 말했다.

내가 옛날에 보니 봉분하는 것을 마루처럼 사방에 기초를 두고 높게 쌓는 것이 있고, 제방처럼 위는 평평하고 옆은 빨며 남북을 길게 쌓은 것이 있으며, 하왕조 때의 가옥처럼 곁이 넓고 낮게 쌓은 것이 있고 도끼처럼 위가 좁아서 도끼날처럼 쌓은 것이 있다. 나는 도끼처럼 하는 것이 좋겠다 하니 그것을 세속에서 마렵봉馬鬣封이라고 하는 것이다.

공자가 봤던 분구들은 방형으로 높게 쌓는 것이 있고, 위는 평평하고 길게 제방처럼 만든 것이 있고, 넓고 낮지만 중간에 높게 쌓아 마치 덮인 처마처럼 만든 것이 있고, 좁고 길게 쌓아 도끼날처럼 만든 분구가 말의 귀밑털과 닮아서 마렵봉馬鬣封으로 불린 것도 있다. 이것으로 보면 춘추말기까지 분구를 만드는 것은 이미 보편적인 장식葬式이 되었다. 「예기·단공」 하편에서 오나라 공자인 계찰季札의 장남의 장례식을 기록했다.

연릉延陵의 계자季子가 제나라로 갔다. 돌아오는 도중에 그의 맏아들이 죽어 제나라의 영읍嬴邑과 박읍博邑의 중간 지점에 장사했다. 공자가 말하기를 "연릉 계자는 오나라의 예에 밝은 사람이다"라고 말하고 그가 장사지내는 것을 가보았다. 그 광중壙中의 깊이는 알맞으며, 그 염하는 것은 그때의 옷을 사용했으며, 이미 장사지내고 나서는 봉분하였는데, 가로와 길이가 겨우 구덩이를 덮을 만하고 그 높이는 손으로 짚을 만했다. 봉분을 마치고 나서는 왼쪽 팔이 어깨를 드러내 놓고 오른쪽으로 그 무덤을 돌고, 또 세 번 부르짖어 말하기를, "뼈와 살이 흙으로 되돌아갔으니 천명이로다. 혼기는 어디든지 갈 수 있다. 어디든지 갈 수 있다"라고 말하고 가버렸다.

공자가 말하기를, "연릉 계가가 하는 일은 모두 예에 합당한 것 같구나"라고 했다.

위 기록에 의하면 당시 분구의 봉토封土는 그리 높지 않고 범위도 넓지 않았다. 끝마치고 나서 계찰은 왼쪽 팔 어깨를 드러낸 채로 오른쪽으로 그 무덤을 세 번 돌며 부르짖어 말했다. "뼈와 살이 흙으로 되돌아 갔으니 천명이로다. 혼기는 어디든지 갈 수 있다." 사람은 흙에서 난 곡물을 먹고 자라서 죽은 후 흙으로 되돌아가는 것은 값진 죽음이고 '천명'이다. 죽은 사람의 영혼은 아무 데나 갈 수 있지만 산 사람이 다시 못 만나는 것은 가슴이 아픈 일이다. 계찰은 장례식에서 많은 예절을 행하지 않고 무덤을 세 바퀴 돌고 나서 떠났다. 그는 처음 연릉을 분봉받고 뒤에 주래(州來: 현 안휘성 봉대현鳳臺縣)를 차지했다. 주래에서 노나라까지 멀지 않고 공자孔子가 이곳에 왔을 지도 모른다. 공자는 계찰의 행동이 예법에 합당한 절차로 간주했다. 이를 통해 춘추시대 일반 민중의 장사殯事 상황을 추측해 볼 수 있다.

주대 봉토로 분구를 만든 것 이외에 그 분구 주변에 나무를 심어야 했다. 등급제도 아래서 분구의 높이 및 나무의 종류 및 수량을 각각 다르게 규정했다. "천자의 무덤 높이는 3길(仞)이고 소나무를 심고, 제후의 무덤 높이는 천자의 반이고 측백나무를 심고, 대부는 8척이고 약초를 심고, 사士는 4척이고 회화나무를 심는다"[136] 라는 설이 전해왔다. 공자는 부모를 위해 높이 4척의 무덤을 만들었는데 '사4척士四尺'의 요구에 합당한다. 그런데 동주시대에는 예법이 파괴된 상황 아래서 이런 제도가 실제로 통하지 않았다. 고고학 연구 결과에 따르면 춘추시대 채蔡·송宋·연燕·초楚·제齊 등 제후국의 제후와 귀족의 무덤은 종종 크고 높게 쌓았다. 하북성

---

136) 「周禮·塚人」疏引「春秋緯」

평현平山縣에서 발견된 유명한 중산왕中山王 묘의 봉토는 동서 너비 92m, 남북 길이 110m다. 3층 계단이 있고 가장 높은 층은 지면으로부터 15m에 이른다.[137] 춘추전국시대 사람은 "임금이나 대신들에게 상을 당한 사람이 생긴다면 그는 관棺과 덧널(椁)은 반드시 여러 겹으로 하고 고분은 반드시 크게 파서 하며, 죽은 이의 옷과 이불도 반드시 많아야 하고, 무늬와 수도 반드시 화려해야 하며, 봉분도 반드시 커야 하고 분구를 산릉山陵처럼 만들어야 한다"[138]고 주장했다. 전국시대 사람들은 "세상 사람이 분묘를 만드는데 그 높고 크기가 마치 산과 같고, 그 둘레에 나무로 심어놓은 것이 마치 숲 같다"[139]고 말했다. 당시 "분묘의 크기와 높이의 양을 잰다"[140]는 직책까지 설치했는데, 귀천 등급에 부합한 차별화가 제대로 시행되는지 확인할 목적이었다. 고고로 통해 발견된 실제 상황을 보면 이와 같은 심사 과정은 다만 형식적일 뿐이었다. 춘추전국시대 각 제후국의 귀족들은 이미 보편적으로 봉토로 무덤을 만드는 풍습이 있고 예제에 따라 장례 지내지 않았다. 하남성 고시현固始縣 후고퇴侯固堆에서 초묘로 추정 된 항축夯築 토총土塚은 높이 7m, 지름이 55m에 이르고 높이 50m 넘는 언덕에 안치되어 더욱 커 보인다. 안휘성 회남 채가강淮南蔡家崗 춘추전국시대 채蔡나라 1호묘의 높이는 4m, 지름이 2m다. 호북성 기남성紀南城 근처에 많은 초묘들의 봉분 높이가 2~3m에 이르고, 일부 대묘 봉토의 높이는 10m가 넘고 지름이 100m를 넘게 했다. 하북성 역현易縣 연하도燕下都 근처의 연묘, 산동성 임치臨淄 근처의 제묘 중 크게 만든 토총이 많다.

---

137) 傅熹年,「戰國中山王厝墓出土的〈兆域圖〉及其陵園規制的研究」,《考古學報》, 1980年 1期.
　　　楊鴻勳,「戰國中山王陵及〈兆域圖〉研究」,《考古學報》, 1980年 1期.
138) 「墨子・節葬下」
139) 「呂氏春秋・安死」
140) 「呂氏春秋・孟冬」

전국후기에 속한 호북성 형문시荊門市 보산包山 2호 초묘[141] 묘주는 상대부로 추정됐으나 크게 만든 분구는 그의 신분으로서 합당치 못하고 반원형 모양의 봉분은 정상이 원평圓平하여 지름이 54m에 달하며, 발견 당시 여전히 5.8m의 높이가 잔존된다. 이들 분구 상황을 통해 춘추시대 묘제의 큰 변화를 보여준다.

귀족 능묘 위에 향당亨堂을 만든 것은 이미 은대에 출현했다. 은대 일부 묘광墓壙 입구 위에 되묻는 흙과 연결된 항토夯土 대기, 주동柱洞, 자갈 주축柱礎 등이 발견됐다.[142] 주대 고분의 향당은 전국시대 하남성 휘현輝縣 고위촌固圍村 대묘 및 중산왕릉이 가장 대표적이다. 1950년대 초기에 발견된 휘현 고위촌 대묘의 동서와 남북이 길은 각각 600m, 한가운데서 융기隆起하여 높은 평대平臺가 됐으며, 판축版築의 잔존이 남아 있고 옛 성터처럼 보인다. 묘지의 중심에서 분구 3기나 병렬돼 있고 위에 향당이 축조되어 가운데 분구가 가장 크다. 향당의 부피는 26m, 7칸으로 나뉜다. 양측 두 분구 향당의 부피는 16m, 5칸으로 나뉜다. 1970년대 후기에 발견된 중산왕릉에서 금은착金銀錯 청동 판형 조역도兆域圖가 출토됐다. 중산왕릉묘 조역의 평면 건축도가 포함되어 있다. 전문가들은 왕릉의 형제와 조역도에 대한 연구를 통해 당시의 설계 방안에 따라 완성된 능원 전모를 추측하고 복원할 수 있었다. 이 왕릉의 건축 평면은 가로 장방형이고 이중 성벽이 있으며, 벽의 남면 한가운데 문이 있고, 벽면 내에 요凸자형의 분구 있고,

---

141) 湖北省荊沙鐵路考古隊包山墓地整理小組 「荊門市包山楚墓發掘簡報」, 《文物》, 1988年 第5期.

142) 은허 지역의 대사공촌大司空村 일련번호 M301·M302·M307인 고분의 항토 기초 위에는 계단식 복도 4개가 있고, 항토 대기 위에 자갈 주축柱礎 6개가 잔존해 있다. 이것으로 고분 위에 가옥 건축이 있었음을 입증해 준다. 일련번호 M311인 고분에는 자갈 주축 10개가 잔존돼 있고 건축은 바로 묘광墓壙 위에 있다. 은허 소둔小屯 5호 묘는 바로 유명한 '부호婦好' 묘이고 묘광에 은대의 가옥 토대가 있기에, 묘주에게 제사 지내는 향당 건축이 있었음을 설명해 준다.

경사진 사면으로 구정丘頂 중간에 200척의 거대한 향당 세 채가 나란히 가로선 모습으로 조성된다. 세 향당은 대체적으로 비슷하지만 중간의 한 채의 대기가 약간씩 높고, 기와 지붕로 마무리 짓어 중산왕中山王 착嚳의 향당이고 양측에 두 왕후의 향당이다. 왕후 향당의 바깥쪽 뒤편에 부인당이 있는데 요凹자형 분구의 양측에 축조되어, 크기는 한 변이 150척인 정사각형이고 중산왕과 왕후의 향당보다 작다. 분구 북쪽에 내층內層의 벽돌담에 문이 4개 있는데, 문 안쪽에 한 변이 100척인 정사각형 크기의 마당이 있고, 여기서 가옥이 건설돼 있다. 전체 건축은 중축선을 중심으로 벌어지며 윤곽이 선명하고 좌우 대칭으로 중심이 두드러져 보이는 명확한 구성이 돋보인다. 주대의 향당은 고분의 표지이자 조상 제사를 지내는 장소였다.

(2) 상장례喪葬禮의 예절

주대의 상례 예절은 매우 많고 복잡하다. 고대 예서의 기재에 의하면 주로 아래와 같은 내용이 있다. 「예기禮記·상대기喪大記」에 의하면 병세가 심하고 복원할 희망이 없는 사람에게 반드시 한복판에 처하게 하며 가족들이 옆에서 간호해야 한다는 기록이 있다. "솜을 입과 코 근처에 접근시켜서 숨졌는가를 살핀다." 질이 좋고 가벼운 비단을 임종자의 입과 코에 두고 숨을 거두었는지를 확인한다. "임금이 죽으면 먼저 상주가 될 자는 울고 형제는 곡하며 부인은 곡용哭踊을 한다." 그리고 나서 죽은 자를 위한 초혼招魂 의식을 차리고 '복複'을 부른다. "모든 복을 행할 때는 남자에게는 이름을 부르고 부인에게는 자字를 부른다." 죽은 자의 옷을 들고 산록이나 지붕 위에 서서 유명계幽冥界가 있는 북방을 향해 죽은 자의 이름이나 자字를 부르면서 그의 영혼이 돌아오도록 한다. 초혼자는 죽은 영혼보고 다른 곳에 가면 안되는 이유를 대면서 돌아오라고 권한다. 시작품 「초사楚

辭」에서 초혼 상황을 다음과 같이 기록했다.

혼이여! 돌아오라
그대의 육신을 버리고.
어째서 천지사방을 떠도는가.
그대가 즐거이 살 수 있는 곳을 버리고
힘들게 상서롭지 못한 곳을 달리는가.

혼이여 돌아라.
동방은 그대가 기탁할 수 없는 곳.
키가 칠천 척이나 되는 장인국 사람들이
오직 사람의 혼을 찾아먹고

열개의 해가 번갈아 떠서
무쇠와 돌도 녹이네.
그들은 모두 몸에 배었지만
그대의 혼은 그곳에 가면 반드시 녹아버릴 것이니
혼이여! 돌어오라
기탁할 수 없는 곳에 있지 말고.
혼이여! 돌아오라.
남방은 머무를 수 없나니.
이마에 그림을 그리고 이를 검게 물들이고는
사람을 잡고 그 살로 제사를 지내고
그 뼈는 저린다네.
커다란 뱀이 득실거리고
커다란 여우가 먹이를 찾아 천 리를 뛰어다니며
대가리가 아홉인 수컷 이무기는
순식간에 왔다갔다 하면서
사람을 집어삼켜 배를 채우네.
혼이여! 돌아오라 돌아오라.

오래 노닐 곳이 못 되나니.

혼이여! 돌아오라.
서방은 위험한 곳
모래가 천리길에 걸쳐 흐르고
이곳을 돌아 벼락의 신이 있는 연못에 돌아가면
온몸이 부서져도 쉴 수가 없네.
요행히 그곳을 벗어난다 해도
그 밖은 아득히 넓은 광야
코끼리만큼 커다란 붉은 개미와
표주박 만한 커다란 검은 벌이 있어서
오곡은 자라나질 못해
먹을 것이라곤 띠풀과 왕곡뿐.
그 땅은 타는 듯하여 사람이 익을 지경이고
물은 얻을 수가 없네.
아무리 떠돌아도 의지할 곳이 없고
광대하기 이를 데 없어 끝이 없는 듯
혼이여! 돌아오라 돌아오라.
저절로 해를 입게 되리니.
혼이여! 돌아오라.
북방은 머물 수 없는 곳
얼음은 쌓이고 쌓여 산더미 같고
눈이 천리에 걸쳐 날리네.
혼이여! 돌아오라 돌아오라.
오래 머물 수 없는 곳이니.

혼이여! 돌아오라!
그대는 하늘도 오르지 못하리니.
호랑이와 표범이 아홉 겹의 문을 지키며
하늘에 오르려는 사람을 물어 죽이고

머리가 아홉 달린 사내가
종일토록 9천 그루의 나무를 뽑으며
승냥이들이 눈알을 굴리며
바삐 오가다가
사람을 매달아 놓고서 즐기고는
깊은 연못에 그를 던져버린 것을
천제께 고한 연후에야
편안히 누울 수 있네.
혼이여! 돌아오라 돌아오라.
그곳에 가면 그 몸이 위험하리니.

혼이여! 돌아오라.
그대는 땅속 깊은 곳에도 갈 수 없네.
땅의 신인 토백土伯은 아홉 구비로 구부러진 몸에다
그 뿔은 예리하고
두툼한 등에 붉은 엄지 손가락을 가지고 있으며
사람을 쫓아 번개처럼 날뛰네.
호랑이 머리에 눈이 세 개이고
그 몸은 소같이 생긴 것들이 있는데
모두들 사람을 맛있게 먹으니
혼이여! 돌아오라.
재앙을 만나지 말고.

　　이 초혼곡은 선진시대의 장례풍속에 관한 작품으로 진귀한 자료들이
많이 수록돼 있다. 작품에서 당시 사람들에게 사방이 황무한 먼 곳이 얼마
나 위험한지 그리고 천상, 지하의 경계가 얼마나 무서운 곳인지를 호소하
고 있다. 고대 사람들이 "복復을 부르는 것은 어버이를 사랑하는 도를
극진하게 하는 것이다. 그래서 오사五祀에 기도하는 마음이 있는 것이다.
그윽하고 어두운 곳에서 돌아오기를 바라는 것은 그윽한 귀신에게 구원하

는 도이다. 그러므로 북면하여 초혼하는 것은 그윽한 곳을 향하여 돌아오도록 구원하는 뜻이다"143)고 여겼다. 초혼 풍속은 이런 관념과 직접 관련되어 있고, 죽은 자를 구제하기 위한 마지막 노력이다. 초혼을 마치고 초혼 때 쓴 옷을 죽은 자에게 입히고 남쪽 창문 아래 있는 침대에 옮긴다. 이때 각사角柶를 죽은 자의 이빨 사이에 넣고 입을 벌리게 하여 반함飯含을 할 수 있게 한다. 그리고 나서 연궤燕几로 발을 고정시켜 신발을 신게 한다. 설치楔齒·철족綴足을 마치고 특별히 제작한 염금殮衾으로 시체를 덮고 시체 동쪽에서 술과 음식을 차려 죽은 자의 영혼을 구제하기 위해 바친 것이다. 시체 있는 방에 장막을 설치하고 정침正寢 앞의 서계西階에 대나무 막대기를 이용하여 얇고 긴 비단으로 만든 명정銘旌을 걸어 놓는다.

시체 안치한 후 죽은 자의 윗사람, 친척 및 친구에게 부고한다. 가까운 사람들이 조문하러 오고 가족에게 위문하며 수의를 전달한다. 조문 후 당 앞의 서계西階의 서쪽 담장 아래서 구덩이를 판다. 따뜻한 쌀뜨물로 죽은 자의 몸을 씻기고 빗으로 머리 빗겨주고 손톱을 정리하고 나서,144) 죽은 자의 빠진 머리카락, 잘린 손톱, 각사角柶를 구덩이에 묻어둔다. 몸 씻는 물도 구덩이에 쏟아붓고 나면, 이제부터 반함飯含을 진행할 수 있게 된다. 밥, 옥, 조개 등을 죽은 자의 입에 물려주는 것인데 "주천자周天子는 찰기장과 옥을 입에 물리고, 제후는 수수와 벽璧을 입에 물리고, 대부는 메기장과 구슬을 입에 물리고, 사士는 수수와 조개, 혹은 쌀과 조개를 입에

---

143) 「禮記·檀弓·下」

144) 시체를 목욕시키는 일은 주대 귀족 장례의 중요한 절차로 여긴다. 1950년대 호남성 장사長沙 전국시대 초묘에서 조각화판雕刻花板이 출토됐다. 전문가 연구 결과에 따르면 이를 '조책招策' 아니면 '화책华策'이라고 지칭한다. 초묘에서 출토해서 '제筓'라고도 부른다.(葉定侯, 「長沙楚墓出土的'雕刻花板'名稱的商討」, 『文物參考資料』, 1956年 12期.) 그 용도는 시체를 얹어 놓고 목욕시킬 때 사용한다. 꽃무늬 새겨져 있어 구멍 있고 딱 시체를 목욕시키는 데 필요한 것이다.

물린다"[145]는 규정에 따라 진행한다. 그리고 나서 죽은 자에게 새 옷을 입혀주고 이것이 '습襲'이라고 부른다. 내의 제외한 겉옷 한 벌은 '칭稱'이라고 하고, 규정에 따라 주천자는 12칭稱, 상공 9칭, 제후 7칭, 대부 5칭, 사士 3칭이다. 겉옷의 질, 양식, 무늬 장식 등에 각각 차이가 있다. 이후 진瑱으로 죽은 자의 귀를 막고, 명목瞑目으로 얼굴을 가리고, 관을 착용시키고, 신을 신겨주고, 이불로 온몸을 덮어주고 시상屍床을 당중堂中에 옮긴다. 당의 앞뜰에 망령을 상징하는 목패木牌를 세운 다음에 하루 일정을 마무리 짓게 된다. 해가 질 무렵부터는 당에 촛불을 켜 놓아야 한다.

입관 때 수의를 입혀주는 것을 소렴小斂이라고 지칭한다. 주천자는 죽은 후 7일에, 제후는 5일에 소렴이 진행되고, 일반 민중들은 죽은 후 바로 다음 날에 소렴이 진행된다. 「예기禮記·상대기喪大記」에서 주대 귀족이 소렴 상황을 다음과 기재했다.

> 소렴小斂에 있어서는 상주는 실내의 정위치에서 서면하고 주부(상주의 아내)는 동면하고 염斂을 행한다. 이것이 끝나면 상주는 구柩를 향해 곡용哭踊하고 주부도 이를 따른다. 이어서 상주는 양쪽 어깨를 벗고 양쪽 귀밑머리를 자르고 삼으로 머리가락을 묶는다. 부인은 쪽머리로 방안에서 요질腰絰을 한다. 그리고 유체遺體 주위의 장막을 걷고 친족의 남녀는 모두 시체를 받들어 당상에 안치하고 당하로 내려가서 절한다.

이른바 '구柩를 향해 곡용哭踊한다(馮之踊)'는 것은 수의 입힐 때 가족들이 시체에 의지하고 자신의 가슴을 두드리며 뛰고 통곡한다는 것이다. '단祖'은 오른쪽 어깨를 드러내거나 짧은 저고리를 노출시키는 것이다.

---

145) 반함飯含에 사용한 것은 조개가 가장 많다. 1950년대 중반에 섬서성 장안현長安縣 양서洋西 서주묘에서 입에 조개를 물린 자가 53기가 있고, 조개를 물린 수량이 다르지만 가장 많은 것은 33개, 가장 적은 것은 2개가 있다. 1980년대 중반에 풍서澧西에서 발굴된 47기 고분 중에서 9기는 조개를 물린 자다.

'설모說髦(탈모脫髦로 읽음)'는 양쪽 귀밑머리를 자르는 것이다. 부인이 삼
으로 쪽머리를 만들어 '좌髽'라고 한다. 소렴 때 장막으로 가리고 완성되면
장막을 거두고 시체를 당堂에 안치하고 조문을 받는다. 상중喪中에 관을
벗고 천으로 머리를 감아야 하고 이것이 '면免'이라고 부른다.[146] 수의를
입힌 다음에 이불로 시체를 덮고 염포殮布로 묶어야 한다. 소렴에 참가한
친척들은 다시 조문한다. 소렴 이튿날에 입관의식을 행하고 대렴이라고
지칭한다. 이미 시체를 담은 관棺을 구柩라고 부르고 구를 안치하는 것을
빈殯이라고 한다. 빈을 마친 후 가족은 각자 다른 상복을 입어야 하고,
무거운 것부터 가벼운 것까지 참최斬衰·자최齊衰·대공大功·소공小功·시
마緦麻 등 다섯 가지로 나뉜다. 거친 베로 만든 상복을 참최상斬衰裳이라고
부르는데 '최衰'는 상복의 상의를 가리키고 '상裳'은 상복의 하의를 가리킨
다. 참최상을 입으면 거친 삼베로 만든 띠를 허리띠로 삼고 이것은 '요질腰
絰'이라고 부른다. 또한 다른 삼베로 만든 띠를 머리에 두르고 이것은 '수
질首絰'이라고 부른다.[147] 발에 왕골(菅草)로 엮은 초라한 짚신을 신는다.

---

146) 「예기禮記·단궁檀弓」상편에서 "공의종자公儀仲子의 상에 단궁이 상복을 입고 문상
을 갔다.(公儀仲子之喪, 檀弓免焉)"고 기록했다. 『석문釋文』권11에서 "면免"은 "문
問이라고 읽는다"고 한다. 그 뜻은 "너비 1치의 천으로 목부터 앞으로 이마까지
교차시키고 다시 뒤로 쪽머리에 감는다"라는 해석이다. 선진시대 장례에서 먼
친척이 상복을 입지 않고 모자를 쓰지 않고 다만 어깨를 벗은 행동으로 애도의
마음을 표하고 '단면袒免'이라고 부른다. 춘추 후기에 노나라 귀족인 맹의자孟懿子
가 죽은 후 맹씨 성지成地의 사람들이 "조상을 하러 갔으니, 집 안으로 들어가지
못했다. 조상 간 사람이 윗옷을 벗고 관을 쓰지 않고서 거리에서 곡하고 있다."(「左
傳·哀公14年」) 이를 뒷받침해 주는 증거로 삼을 수 있다.

147) 이런 상복 기간에 띠(絰: 질대)를 쓴 풍습 춘추 말기에 시작했을 가능성이 크다.
「예기禮記·단궁檀弓」상편에서 "공자의 상에 두서너 사람의 문인이 모두 질대를
띤 채 나왔다. 붕우를 위한 복은 안에 있을 때는 질대를 띠지만 밖으로 나오면
띠지 않게 되어 있다"고 기록했다. 공자를 위해 상복을 입고 띠를 쓰는 풍습은
단지 제자들이 다 같이 모일 때만 제한하였고, 외출할 때는 띠를 쓰지 않았다.
이것으로 보면 당시 사회는 아직 이런 습관이 보편적이지 못했다. '역묘易墓'는

자녀들이 아버지를 위해 참최를 3년 동안 입어야 한다(실제로 25개월). 종법제노 아래서 아버지도 맏아들을 위해 참최를 입어야 한나. 참최 이하는 자최, 대공, 소공 등 순서대로 감소되고 오복 중 가장 가벼운 급이 시마이고 상기는 단지 3개월이다. 상복을 입은 후 안장될 때까지 매일 아침저녁에 빈소 안에서 울고 제사 지내야 하며 이것을 조석곡朝夕哭, 조석전朝夕奠이라고 한다. 이때 사람을 불러 점 쳐서 묘지와 매장 날짜를 택한다. 입관할 때부터 매장될 때까지의 지속 시간에 대하여 등급에 따라 다르고, 매장 전날 저녁에 친척들이 빈소 안에 상여 앞에서 마지막으로 울고 제사 지낸다. 이것은 기석곡旣夕哭이라고 부른다. 매장 전날에 상여로 영구를 조묘에 옮겨 제사를 지내고, 이것은 조전祖奠이라고 한다. 이런 예절을 진행 장소에 대하여 「예기·단궁」 상편에 기록돼 있다. 그래서 공자의 제자인 자유子遊는 "시체를 창 아래에서 반함飯含하고, 지게문 안에서 소렴하며, 조계에서 대렴하고, 객위客位에 빈소를 만들며, 뜰에서 조전하는 것은 점차로 멀어져 간다. 그러므로 상에 관계된 일은 앞으로 나아갈 뿐이지 물러서는 일은 없다"라고 했다. 이것은 주대 장례풍속의 통례로 볼 수 있다.

춘추시대에 죽은 자를 매장 날짜는 유일柔日을 기준으로 했는데, 다만 특수한 상황에서 강일剛日을 택했다. 이른바 유일은 간지기일에서 을乙·정丁·기己·신辛·계癸인 5일을 말한다. 다른 갑甲·병丙·무戊·경庚·임壬인 5일을 강일이라고 부른다. 고염무顧炎武의 『일지록日知錄』 권4에서 이렇게 말한 적이 있다.

고분 위에 잡초를 베는 일을 가리킨다. 「단궁」의 저자는 띠를 쓰고 역묘를 하는 두 가지의 일은 '옛적의 일이 아니다(非古也)'고 했고, 이전에 이런 풍습이 없었다는 것을 입증해 준다.

『春秋』에서 장례일은 모두 유일柔日을 택했다. 선공宣公 8년에 "겨울인 10월 기축일己丑日에 노나라 소군小君 경영敬嬴을 장사 지내는데 비가 내려 장사를 지내지 못하고, 다음 날인 경인일庚寅日 한낮에 장사를 지냈다"고 했다. 정공定公15년에 "9월 정사일丁巳日에 정공의 장례일이었는데 비가 내려서 장례를 치르지 못했다. 무오일戊午日 저녁에 정공 장사를 지냈다"고 했다. 정사월丁巳月, 기축일己丑日은 점을 쳐서 택한 일이었고 사정 때문에 그다음 날로 연기시킨 것이었다. 강일剛日을 택하지 않았다.

여기는 점을 쳐서 장사 날짜를 뽑았지만 날씨 때문에 이튿날로 변경했다. 진秦나라 이후 이같은 풍습은 전해지지 않았다.

매장하는 날에는 먼저 묘광을 파고 석회와 목탄을 깐다. 상여가 장지로 출발하면서 친척들이 수레와 말, 속백束帛을 보내고 장사를 돕는다. 이것은 '치봉致賵'이라고 부른다. 돈과 물품을 보내준 것은 '치부致賻'라고 부른다. 상여가 출발 전에 각종 부장품을 하나씩 진열하고,[148] 영구를 향해 유책(遺冊: 전부 부장품의 명세서)을 읽어야 한다. 상여 출발 후 상주가 앞장서고 울면서 출발한다. 친척들이 맨 앞에서 집불(執紼: 상여를 이끌고 가는 밧줄)한다. 장지에 도착한 후 영구를 내려놓고 다시 제사를 지내고 밧줄로 상여

---

148) 「주례周禮·건거巾車」에는 "대상에서는 준비된 수레를 보내서 진열하여 차례대로 사용한다"라고 기록했는데, 「주례周禮·어인圉人」에서 "빈객 접대나 상사에서는 말을 이끌고 들어가 늘어놓다"라고 기재했다. 「주례周禮·교인校人」에는 "대상에서는 수레를 끄는 말을 장식하고 장지에 이르러 함께 매장한다"라고 기록했다. 고분 앞에서 말과 수레를 진열하는 것 이외에 각종 부장품인 '혁거革車'(「周禮·車仆」), '오병五兵'(「周禮·司兵」)도 진열해야 했다. 유명한 증후을묘 죽간에는 다른 사람이 증후을에게 기증한 물건 수레26대, 자비 수레용43대, 말200여 필, 미늘창(戟)20자루, 꺾창(戈)40여 자루, 팔모죽창(殳)16자루 등이 기록되어 있다. 고분에서 출토된 과두戈頭, 전촉(箭鏃: 화살촉) 및 팔모죽창의 수량은 모두 간문簡文 기록을 초과했다. 이런 발견은 『주례』에 언급된 기록을 뒷받침해 준다. 주왕조 때 고분 앞에 부장품을 진열하고 이것들을 부장하는 풍습이 있었다는 것을 설명할 수 있다.

를 천천히 광중에 넣어둔다. 명기明旌를 영구 위에 놓고 각종 부장품을 목관 옆에 놓은 뒤에 관의棺衣로 목관과 부장품을 덮는다. 관 위에 돗자리를 깔고 갱목坑木을 더한 다음에 흙으로 광을 덮어 봉분을 만든다.

장사를 지낸 뒤 친척들이 빈소에 돌아오고 당 앞에서 곡을 통해 슬픔을 표하고 이것을 '반곡反哭'이라고 한다. '반곡' 이후 우제(虞祭: 장례를 마치고 돌아와서 지내는 제)를 진행한다. 사士는 3우虞를 지내고, 대부는 5우를 지내며, 제후는 7우를 지낸다. 초우初虞는 장례 후 첫 유일柔日 즉, 천간에서 을乙·정丁·기己·신辛·계癸 날 정오에 지내야 한다. 이때 시동을 맞이하여(迎屍: 대부분 죽은 자의 손자에게 맡긴다.)문 안으로 들어오게 하고 이것으로 죽은 자를 대신해서 수제受祭한다. 삼우三虞는 강일에 즉, 천간에서 갑甲·병丙·무戊·경庚·임壬 날에 지내야 한다. 우제의 제사품은 반드시 푸짐하게 차려야 하고 예절을 엄격히 지켜야 한다. 우제를 지내는 동안 죽은 자를 위해 공식적으로 뽕나무로 만든 신주를 설치하고 그 위에 죽은 자의 관직과 명휘名諱를 적을 수 있다. 우제 이후 졸곡卒哭 제사를 지낸다. 졸곡한 시간은 사회등급에 따라 각각 구별된다. "사士는 3월에 되어 장사지내고 그날에 졸곡卒哭의 예를 올린다. 대부는 3월이 되어 장사지내고 5월에 졸곡을 행한다. 제후는 5월이 되어 장사지내고 7월에 졸곡을 행한다"고 했다. 졸곡 제사는 집 대문 밖에서 죽은 자의 '시屍'에게 술을 올리며 송별한 뜻으로 죽은 자의 영혼을 집에서 떠나보낸다. 졸곡한 이튿날에 죽은 자의 신주를 조묘에 공순하게 모시고 일정한 순서대로 신좌神座에 안치하고 조상에게 의부하여 수제한다. 제사 끝난 후 신주를 되돌려 보낸다. 만약 3년상三年喪이면 일년이 다 될 때 소상小祥 제사를 지내야 한다. 이때 밤나무로 신주를 다시 만들고 상주가 연관練冠 즉, 흰색 숙견熟絹으로 만든 관을 쓴다. 그래서 소상小詳을 또한 '연練'이라고 부른다. 2주년이 되면 (보통 25개월 제)대상大祥 제사를 지낸다. 이후에 죽은 자의 신주를 조묘에 정식으로 옮겨 들어갈 수 있게 된다. 이달에 또한 단제禫祭를 지내야 하고 그 뒤에 공식적으로 상복을 벗을 수 있으며, 거상居喪을 마치고 정상적인 생활을 회복할 수 있다. 상례의 전과정은 이때까지 정식으로 끝날 수 있다. 주대의 등급제도 아래서 이같은 시간과 재물을 많이 허비하게 된 상례는 오직 귀족만 여유롭게 진행할 수 있었고 일반 민중들은 그 과정을 많이 간추린 셈이었다.

상례 뒤에 묘제를 자주 지내야 한다. 은허 상왕릉의 공공 제사갱과 은대 고분 위에 있는 향당 같은 건축들은 모두 묘제를 지냈던 근거다. 「주례周禮·총인塚人」은 총인의 직책 중 하나인 '묘에 제사 지낼 때는 신주가 된다(祭墓为尸)'는 기록이 있는데, 『한시외전韓詩外傳』에서 증자曾子가 "소를 잡아 어버이 묘에 제사 올린다(椎牛祭墓)"라고 기재했다. 「맹자孟子·이루離婁」 하편에서 제나라의 어떤 사람이 총묘에 가서 제사 때 필요한 술과 고기를 구걸하는 기록이 있다. 이런 자료들을 통해 선진시대에 묘제 풍속이 있었음을 확실히 증명할 수 있다. 주대 귀족들은 분상奔喪하고 다른 나라로 도망갈 때 종종 고분 앞에서 울곤 했다. 이것도 제사를 지낸 한 형식이다. 한대漢代 사람은 '옛 적에 묘제하지 않았다(古不墓祭)'는 설이 있는데 선진시대의 상황과 부합하지 않다.

주대 상장례는 다양한 기물, 수레, 말 등을 부장해야 했고 사회등급에 따라 부장품의 질과 양도 다르게 했다. 서주시대에 이미 장옥葬玉 풍속이 생겼다. 장옥의 종류는 주로 옥함玉含·옥악玉握·철옥명목綴玉幎目·관식옥기棺飾玉器 등이 있다. 서주시대의 옥함은 일반적으로 종琮·황璜·벽璧 등 예옥의 잔괴殘塊를 위주로 했다. 예를 들어 섬서성 서안 장가파西安張家坡 서주묘 유적 일련번호 M333인 고분에서 쇄옥 17개를 옥함에 사용했다. 쇄옥의 모양과 색깔이 각각 다르고 그중에서 투명한 연옥도 있고 경사암硬砂岩도 있으며 여러 예옥의 잔괴도 포함돼 있다. 서주묘에서 발견된 옥악玉握은 대부분 원기둥 형이고 쌍으로 돼 있으며 각각 좌우 손에 쥐고 있다. 이런 옥함 풍속은 상고시대 사람의 관념과 연관된 것으로 파악된다. 당시 사람들은 옥이 신령의 음식이라고 여겼다. 「산해경·서산경」에 따르면 부주산不周山 서북면400여 리裏 이외에 "그 물에는 백옥이 많으니 이것이 바로 옥고玉膏이다. 그 평원에 물이 출렁출렁 흐르는 소리를 들을 수 있다. 황제가 이 옥고를 먹을 것으로 삼고 있으니 이것이 현옥玄玉을 만들어 내며, 현옥을 만들어 내는 옥고로써 단목丹木에 물을 준다. 단목은 5년이 지나면 오색이 선명하게 드러나며 오미가 향기를 뿜어내는 것이다." 「주례周禮·왕부玉府」에서 "단단하고 날카롭고 정밀하며 윤택이 나고 광채가 비친다." 그래서 "천지 사이의 귀신들은 모두 이를 먹을 거리로 삼아 향유하는 것이다. 군자가 이를 패용하면 재앙을 막아낼 수 있다"고 했다. 이왕 귀신도 옥을 먹으니 '천자'로서의 주왕도 옥을 먹었을 것이다. 「주례·왕부」에는 '옥부玉府'라는 관직이 있는데 그 직책은 주왕에게 각종 패옥을 제공한다. "주왕이 재계齋戒하면 먹는 '식옥'을 제공한다"고 했다. '식옥'에 대하여 정현은 "옥은 순수한 양정陽精이므로 먹으면 수기水氣를 막을 수 있다." 정사농鄭司農이 "왕이 재계할 때 먹는 것은 마땅히 '옥설玉屑'이었을 것이다." 옥덩어리를 당연히 먹을 수가 없어서 '옥설'을 대체품으로 먹었을 것이다. 춘추시대에 식옥의 관념이 어느정도 강해지고 있다고 본다. 춘추 중기에 노나라 대부 성백聲伯이 "꿈을 꾸니, 원수洹水를 건너는데, 어느 사람이 그에게 구슬을 주어 입에 넣어 먹었다"[149]고 했다. 옥을 음식으로 먹는 꿈을 꾸었다. 「초사楚辭·이소離騷」에서 "옥가루를 빻아서 양식을 장만했노라(精琼靡以为粮)"는 구절이 있는데, 왕일王逸은 "정精은 찧다(鑿)는 뜻이고 마靡는 가루(屑)를 뜻한다"고 해석했다. 이른바 '경마琼靡'는 옥설 따위를 신령에게 식용으로 제공한 것이다. 주대 상례에 있어 입안에 옥을 물리는 풍속은 신령 식옥食玉의 관념 때문이고 죽은 자의 입에 옥을 물리는 것도 식옥 신령과 닮게 되기를 바라는 바램이 담겨 있다. 「주례

---

149) 「左傳·成公·17年」

·옥부」에서 '옥부'라는 직관을 대하여 "대상에서 시신의 입안에 옥을 넣는 일"이라는 직책이다. 고고자료도 이것과 일치한다.

주대의 철옥명목綴玉瞑目은 후세 금루옥의金縷玉衣의 남상이다. 삼문협三門峽 상촌령上村嶺 괵虢나라 묘지 일련번호 M2001인 서주 말기에 속한 고분에서 상당히 온전한 철옥명목이 발견됐고, 하남성 낙양洛陽 중주로中州路 동주묘에서 눈썹, 눈, 코, 입 등 모양의 석편으로 합성된 인면 명목이 발견됐다. 섬서성 서안 풍서 장가파澧西張家坡 서주묘에서 명목의 잔편이 발견됐다. 일련번호 M303인 고분에서 철옥명목이 19점이 유존돼 있는데 모두 정면에 무늬가 새겨져 있고 뒷면은 민무늬다. 바늘 구멍이 대부분 옆면에 있고 모두 청록색이나 황록색의 사문석蛇紋石으로 만들어진다. 이 명목에는 각형기角形器 한 쌍이 있고 좌우 대칭으로 돼 있으며, 한쪽은 기용夔龙이 돌아보고 있는 자세로, 다른 한쪽은 뿔이 위로 솟아오른 자태다. 좌우 대칭으로 된 미형기眉形器 한 쌍은 한쪽은 권운상卷雲狀이고 다른 한쪽은 미첨眉尖이 처진 모양이다. 타원형 안형기眼形器 한 쌍은 중간에 눈동자가 있다. 비량형기鼻樑形器와 비두형기鼻頭形器는 각 한 개씩 있는데, 비량형기는 벼 묶음(禾束) 모양으로 돼 있고 비두형기 하단은 권운상으로 콧날 같다. 치형기齒形器는 7개 있고 삼각형과 도립 삼각형으로 번갈아 세워져 있으며 마치 위아래 이빨과 같다. 전체 철옥명목 제작의 정세함에 감탄하지 않을 수 없다. 1990년대 초기에 발견된 서주 중기부터 춘추 초기까지의 진나라 진후晉侯 묘지[150]에서 철옥명목이 두 세트 출토됐다. 일련번호 M92: 57인 한 세트로 된 명목은 묘주 얼굴에 달라붙고 있으며, 총 23개 모양 다른 옥편을 비단직물 위에 꿰매서 완성한 것이다. 이중에서 9개의 비이扉牙를 둔 황갈색 옥기로 한 바퀴를 둘러싸고, 중간에 눈썹·

---

150) 北京大學考古係·山西省考古硏究所 「天馬─曲村遺址北趙晉侯墓地第五次發掘」, 《文物》, 1995年 第7期.

눈·이마·코·입·턱·콧수염 등 14개 옥기를 사용해 온전한 얼굴형으로 구성된다. 코, 콧수염은 청백색 옥기이며 나머진 것은 모두 황옥이다. 철옥 명목은 모두 주대 고급귀족 고분에서 출토되었는데 아마도 주왕실의 대부나 제후국 국군만 누릴 수 있는 염구였을 것이다.

주대의 목관은 대부분 가리개가 있고 이를 장류牆柳라고 한다. 이런 가리개 위에는 물고기 장식이 가장 많이 애용된다. 예를 들어 청동어靑銅魚·옥어玉魚·방각어蚌殼魚 등, 이외에 옥응玉鷹·옥조玉鳥도 있다. 섬서 서안 풍서 장가파 일련번호 M170인 서주 정숙묘井叔墓의 겉널 남측 두 모퉁이에서 각각 16개 옥이 있는 더미를 발견했다. 추측에 따라 북측 두 모퉁이에도 있었을 가능성이 크다. 이런 옥어는 모두 투명하고 반짝거리는 연옥이다. 옥어의 크기는 작은 게 길이 4.5~7cm, 큰 게 길이 8.5~12cm다. 큰 옥어의 양년에 모두 물고기의 머리·눈동자·등지느러미·배지느러미·꼬리 등 부분이 새겨져 있다. 물고기의 형태는 각각 다른데 직신直身 형태도 있고, 굴체로 뛰어오른 형태도 있고, 배 앞에 앞발이 하나가 보이면서 엎드린 형태도 있다. 색깔은 대부분 갈색이나 청흑색이다. 옥어, 청동어 등 이형 기물을 목관 장식으로 삼는 것은 일정한 외미가 담긴 것으로 추정된다. 「여씨춘추呂氏春秋·절상節喪」편에서 전국시대 후장厚葬 풍속에 대하여 "죽은 사람의 입에다 주옥을 물리고 몸에다 비늘 같은 구슬을 감춘다(含珠鱗施)"고 했다. 고유高誘가 "구슬을 입에다 물리고 충실시킬 것이다. '인시鱗施'라는 것은 죽은 자 몸에다 옥갑玉匣을 입혀 마치 물고기 비늘처럼 보인다'고 해석했다." 이런 '인시' 풍속이 한대 금루옥의金縷玉衣의 시초였다. 산동성 치박시淄博市 남한촌南韓村에서 발견된 전국묘[151] 일련번호 M11인 묘주 골격의 머리 근처에 바닥 직물 위에 꿰매서 만든 연결된 활석滑石 장식품이 여러 개가 발견됐는데, 이중에서 16개를 복원시킬

---

151) 淄博市博物館于嘉芳, 「淄博市南韓村發現的戰國墓」, 《考古》, 1988年 第5期.

수 있었다. 각각 수형獸形 장식 3개, 방형方形 장식 5개, 각형角形 장식2개, 사형梭形 장식 2개, 규형圭形 장식 1개 벽형璧形 장식1개가 포함되어 있다. 그 위에 권운문卷雲紋·석대문席帶紋·복선십자문複線十字紋·능형망문菱形 網紋 등이 있다. 추측에 의하면 이 활석 장식품은 바로 「여씨춘추·절상」편 에서 말하는 '인시鱗施'의 일종이고 묘주가 일반 귀족으로 지위가 그리 높지 않다. 전국후기의 대귀족이 옥편을 '인시'로 삼는 자가 있었을 가능성 을 배제할 수 없다.

장례풍속에서 전문적으로 만든 명기明器를 부장품으로 삼는 경우가 있 다. 1970년대 후기에 산동성 해양 취자전촌海陽嘴子前村에서 춘추중기에 속한 고분152)이 발견됐는데, 동정銅鼎·동두銅豆·동호銅壺·동분銅盆·동반 銅盤·동모銅矛·동검銅劍·동과銅戈·동종銅鐘 등이 출토됐다. 이들 동기는 동정의 밑바닥, 동호 양측과 동종의 환뉴環鈕에 주문鑄紋이 선명하게 보이 기에 모두 실용품이 아닌 것으로 밝혀졌다. 또한, 종소리가 음악의 음계에 맞지 않아 당시 실용적인 악기가 아니고 전문적으로 제작한 부장용 명기 다. 제작 공예 및 무늬 장식이 비교적 섬세하고 묘주에 대한 존경심을 엿볼 수 있다.

(3) 등급제도와 후장厚葬, 그리고 구상(久喪: 오랜 상례)

주대 다단계 등급제도는 상례 풍속에서도 반영됐다. 문헌 기록 의하면 주대의 관곽제도에 따라 천자 관곽 7중重, 제후 5중, 대부 3중, 사士 2중으 로 규정돼 있었다. 고고 발굴에서 나타난 주대 중대형 고분이 종종 겉널과 속널의 이중 구조로 된 것을 볼 수 있는데, 이는 대부 등급의 고분으로

---

152) 海陽縣博物院滕鴻儒·王洪明,「山東海陽嘴了前村春秋墓出土銅器」,《文物》, 1985 年 第3期.

추정된다. 고분의 부장품은 사회등급에 따라 구별이 있고 특히 각종 청동 예기의 수량은 예절에 따라 엄격한 경계가 있다. 규정에 의하면 천자는 9정鼎을 쓰고, 제후 7정, 대부 5정, 사士 3정이나 1정을 쓴다. 동주시대에 들어 실제로 천자, 제후가 9정을 쓰고, 경卿은 7정, 대부가 5정, 사士는 3정이나 1정을 썼는데, 이것으로 사회등급의 변화 양상을 볼 수 있다. 부장품은 궤簋와 정鼎을 같이 쓰게 되면 정해진 수량에 따라, 8궤에다 9정, 6궤에다 7정, 4궤에다 5정, 2궤에다 3정으로 배합시킨다. 고고 발견된 실례 는 종종 고대예제에 부합된다. 예를 들면, 하남성 섬현陝縣 상촌령上村嶺에 서 발견된 동주 말기부터 동주 초기까지의 괵나라 묘지가 있는데, 중대형 묘에서 각 7정, 5정, 3정 혹은 1정을 부장했다. 괵나라 태자묘에서 7정이 부장된 것으로 규격이 가장 높다. 7정 이외에도 수레 10채와 말 20필을 매장한 거마갱이 있다. 괵묘에서 5정鼎을 쓴 고분 두 기가 발견됐는데 거마갱에는 수레 5채와 말 10필을 매장했다. 이런 상례풍속의 등급 차별이 전국 후기까지 여전히 존재하고 있었다. 고고를 통해 볼 수 있는 수천 기의 전국시대 소형 고분의 부장품은 아주 적지만 모두 방동仿銅 도기 여러 개기 있다. 예를 들어 정鼎·두豆·호壺 등을 부장한 것은 등급제도에 따른 행위다. 주대는 분구의 크기와 높이 및 주변에 심는 나무의 수량도 사회등급에 따라 구별이 돼 있었다. 「주례周禮·총인塚人」에는 총인의 직책 을 기록했는데 그중 하나가 "작위爵位의 등급으로써 구丘와 봉封의 크기를 정하고 주위에서 심는 나무의 수를 정한다"고 했다. 여기서 작위는 귀족 고분을 가리킨다. 작위가 없는 서민은 「예기禮記·왕제王制」에서 나온 규정 에 따르면 "봉분도 하지 않고 나무도 심지 않았다." 주왕조 때 후장이 유행하고 동주 이후에 더욱 심해졌다. 묵자는 당시 사회의 후장 풍속 상황 을 다음과 같이 언급했다.

이렇게 하여 임금이나 대신들에게 상을 당한 사람이 생긴다면 그는 관棺

과 널棹은 반드시 여러 겹으로 하고 매장은 반드시 크게 파서 하며 죽은 이의 옷과 이불도 반드시 많아야 하고 무늬와 수도 반드시 화려해야 하며 붕분封墳도 반드시 커야만 한다고 주장할 것이다. 보통 사람이나 천한 사람들이 상을 당하게 되면 집안 재물을 거의 다 써야 할 것이다. 제후 중에 죽은 이가 생기게 되면 창고를 다 털고 그런 뒤에 금과 옥과 여러 가지 구슬로 죽은 이의 몸을 두르며, 아름다운 실과 실로 짠 끈으로 잘 묶으며 수레와 말도 무덤 속에 묻을 것이다. 그리고 반드시 장막과 포장, 솥과 북, 안석과 깔개, 병과 쟁반, 창과 칼, 깃과 모우旄牛꼬리, 상아象牙와 가죽으로 만든 물건도 많이 만들어 그것들을 끼워 매장하여야만 만족할 것이다. 죽은 자와 친근한 사람을 같이 매장해야 한다. 거기에 천자나 제후들의 순사자殉死者는 많으면 수백 명 적어도 수십 명은 되어야 한다고 한다. 장군이나 대부들의 순사자도 많으면 수십 명 적어도 수 명은 되어야 한다고 한다.153)

묵자가 말한 것과 같이 당시 후장 풍속이 이미 보편적이었다. 예를 들면, 한 시대의 패주霸主인 제환공은 내란 때문에 그만 죽었지만 사후 67일이 지난 뒤에야 입관하게 됐다. 그의 고분은 화려함의 극치를 보여준다. 역사 기록에 따르면 후세 사람들이 그의 고분을 발굴한 상황은 다음과 같다.

진晉 영가永嘉년 말에 제환공의 고분을 발견했다. 처음에는 널을 발견하고 그러고 나서 수은지水銀池를 발견했다. 연기가 나서 들어가지 못하고 수일 후 개를 끌고 들어갔다. 금잠金蠶은 몇십 잠박(蠶箔: 누에 기르는 채반), 주유珠襦·옥갑玉匣·증채繒彩·군기軍器는 셀 수 없는 정도로 많았다. 또한 인순人殉같이 매장되어 해골이 여기저기 흩어져 어지럽다.154)

하북성 평산현平山縣 전국시대 중산국 왕묘에서 발굴된 부장품이 20000

---

153) 「墨子·節葬」. "죽은 자의 친근한 사람이 같이 매장해야 된다." 여기서 '자者' 자는 원래 '약若'이어서 곽말약의 의견에 의해 이를 바꿨다. 곽말약은 '약若' 자가 '자者' 자의 실수라고 말했다.(『奴隷制時代』, 人民出版社, 1973年, p.147.)

154) 「史記·齊太公世家」正義「括地志」

개 가까이 됐는데, 그중에서 상당 수량의 진귀품이 포함돼 있다. 호북성 수현隨縣 전국시대의 증후을묘에서 나온 각종 부장품들도 많은데 그중 청동기만해도 무게가 10톤에 달한다. 그중에서 유명한 청동기 편종編鐘 65점이 발견됐다. 동주시대의 왕궁 대인들은 사람을 죽여 순장시키는 풍조를 조장했던 것으로 추정된다. 역사 기록에 따르면 진목공이 죽은 후 177명의 사람을 죽이고 순장시켰다. 증후을묘에서는 21명의 젊은 여자 인순이 발견됐다. 제환공묘에서 '해골이 여기저기 흩어져 어지럽다'는 것을 보면 구체적인 숫자 알 수 없지만 틀림없이 인순 수량이 적지 않을 것이다. 증曾나라는 동주시대 말등 나라였지만 그 국군의 화려한 장례를 미루어 보아 일반 대국과 중등 나라의 후장 상황을 가히 짐작할 수 있다. 이른바, "나라가 크면 클수록, 집의 재물이 많으면 많을 수록, 장례는 더욱 사치해진다. 죽은 사람의 입에 구슬을 채워넣은 일과 죽은 사람의 몸에 금실로 구슬을 고기 비늘처럼 엮어 입히는 일, 명주실로 짠 매듭과 죽은 사람의 증서 뭉치, 진귀한 노리개와 보물들, 술잔, 세발솥, 술병, 물대야, 그리고 수레, 말, 옷, 이불, 창, 칼 등 순장품이 그 수를 헤아릴 수가 없다. 모든 양생養生의 도구도 딸려 보내지 않는 것이 없다. 또한 곽실槨室을 두꺼운 나무로 차곡차곡 쌓아올려서 꼭대기를 안쪽으로 모두어 덮고, 관곽을 여러 겹 겹쳐 만들며, 돌을 쌓고 숯을 쌓아서 그 밖을 빙 둘러싼다."[155] 그 비용이 매우 놀랄 정도다. 1980년대 후기에 산서성 태원 금승촌太原金勝村 일련번호 M251인 춘추대묘[156] 주묘의 동북측 7.5m정도 떨어진 곳에 거마갱이 발견됐다. 마갱馬坑의 남북 길이 12.6m, 동서 너비 2.75~3m, 깊이 약 4m, 말 44필을 매장했다. 대다수의 말머리가 이층대에 있고 해골 배열

---

155) 「呂氏春秋·節喪」

156) 山西省考古研究所·太原文物管理委員會, 「太原金勝村251號春秋大墓及車馬坑發掘簡報」, 《文物》, 1989年 第9期.

이 정연하고 엎드린 자세를 취한다. 말머리는 모두 서쪽을 향하고 마갱과 마주하고 있다. 이들 말은 죽인 후 북쪽부터 남쪽으로 순서대로 배열하고 매장시켰다. 거갱車坑이 동서 길이 12m, 남북 너비 6m, 깊이 44.5m, 현존13대 나무 수레가 두 줄로 나뉘어 정연하게 배치돼 있다. 거갱에 있는 모든 수레는 동쪽을 향해 배치되어 있고, 집어넣었을 때 서쪽부터 동쪽으로 배열하고 먼저 넣은 수레가 뒤에 넣은 수레의 거여에 눌리게 된다. 맨 동쪽에 있는 수레의 바퀴는 마갱으로 뻗친 채로 된다. M251호 묘주 신분에 대하여 진晉나라 대부급의 인물으로 추정되어 부장된 수레와 말의 수량이 매우 많다.

후장과 호응된 것은 바로 고분의 도난을 방지하는 것이다. 도난 방지하기 위해서 남부 지방 초묘는 대부분 백색 점토(白膏泥)를 발라 고정하고 밀봉했다. 「여씨춘추呂氏春秋·절상節喪」에서 '돌을 쌓고 숯을 쌓아서 주변을 두른다'는 것은 고고 발견 상황과 일치한다. 1970년대 초기에 산동성 장도長島에서 동주 고분군[157]을 발견했는데 일련번호 M10 묘 덧널에 쌓인 자갈층 두께가 1m를 초과한다. 굴껍데기로 메운 고분은 연해 지역에서 많이 발견됐다. 자갈과 굴껍데기가 모두 단단해서 이것으로 메우면 아주 좋은 방호재료였다. 늦어도 춘추 말기부터 귀족들은 대부분 돌을 쌓고 숯을 쌓는 방법으로 곽실槨室을 보호했다. 1980년대 후기에 산서성 태원 금성촌에서 발견된 일련번호 M251인 춘추 대묘[158] 묘실 상부에는 두께 1.2m의 자갈과 모래가 있고, 자갈 크기는 큰 것은 주먹만큼 작은 것은 거위알만큼 크고 튼튼하다. 곽실의 사면, 밑바닥 및 뚜껑 위에 강자갈을 두껍게 쌓았고, 강자갈 위에 숯 한 층을 쌓는다. 목곽 주변에 강자갈 두께

---

157) 煙台市文物管理委員會, 「山東長島王溝東周墓群」, 《考古學報》, 1993年 第1期.

158) 山西省考古研究所·太原文物管理委員會, 「太原金勝村 251號春秋大墓及車馬坑發掘簡報」, 《文物》, 1989年 第9期.

가 약 0.5m, 숯의 두께가 0.3m, 고르고 정연하다. 덧널 뚜껑의 자갈층 두께
는 0.6m, 숯층 두께 0.5m, 덧널 바닥의 돌은 보통 주먹만큼 크고 사람의
머리만큼 큰 것도 있다.

후장 이외에 구상久喪 역시 주대 장례풍속의 구습이다. 묵자는 구상의
위해危害를 엄하게 비난했다. 그는 "임금이 죽으면 3년동안 복상을 하고,
부모가 죽으면 3년 동안 복상을 하며, 처와 맏아들이 죽어도 3년 동안
복상을 하니, 아들 다섯 사람들에게 대하여는 모두 3년 동안 복상을 한다.
그 밖에 백부와 숙부 및 형제들과 여러 자식들의 경우에는 1년 동안 여러
친족들의 경우에는 5개월 동안, 고모, 누이, 생질, 외삼촌 등은 모두 몇
달 동안 복상을 한다. 그리고 몸을 망치고 여위게 하는 데에는 일정한
제도가 있다. 얼굴은 앙상히 여위고, 얼굴빛은 검어지고 귀와 눈은 흐릿해
지고, 손과 발은 힘이 없어 쓸 수 없도록 만들어야 한다"[159]고 지적했다.
거상居喪 기간에 애통을 표하기 위해 생활수준을 가장 낮게 낮추도록 해야
한다. 3년 거상 기간에 먹을 음식이 단지 죽 밖에 없고 등급을 구별하지
않았다. 부친상을 당하게 되면 음식이 더 나빠져서 굶어 죽는 경우도 있다.
춘추선국시내에 실세로 이런 사례가 있있는데, "송宋의 숭문崇門 안 기리에
사람이 부모상을 치르느라 몸을 상하여 몹시 여위었다. 군주가 부모에게
효심이 깊다고 생각했다. 그래서 발탁하여 관의 장으로 삼았다. 이듬해
사람들 가운데 여위어서 죽은 자가 한해 십여 명이나 되었다"[160]라고 했다.

주대의 장례를 이렇게 장대하게 치르고 후장과 구상까지 유행하던 이유
는 당시 사회적 고정 관념과 직접 관련이 있다고 본다. 춘추전국시대 유식
한 사람이 '절상節喪', '절장節葬'을 하라고 호소하더라도 성과가 그다지
크지 않았다. 순자는 "예는 태어나고 죽는 것을 다스리는 데에 엄격하게

---

159) 「墨子·節葬·下」
160) 「韓非子·內儲說·上」

하는 것이다. 태어나는 것은 인생의 시작이고, 죽는 것은 생을 마치는 것이다. 끝마치고 시작하는 것을 함께 잘 다스리면 사람의 도리를 끝마치는 것이다."[161] "상례란 살아 있는 사람처럼 죽은 사람을 꾸미는 것인데 그 살아 있을 때를 크게 본받아서 그의 죽음을 보내는 것이다. 그러므로 죽은 것 같기도 하고 살아있는 것 같기도 하고 없는 것 같기도 하고 있는 것 같기도 하여 끝마침과 시작하는 것이 한결같은 것이다"[162]라고 말했다. 주대 종법제도 아래서 사람의 사회 집단의식이 강하고, 상장 예절 행하는 각종 장소를 보면 혈연관계를 강조하는 점을 쉽게 확인 할 수 있다. 주대의 구상풍속은 바로 종법제도와 사람의 사회관념에 적합하면서 형성된다. 짚고 넘어야 할 점은 후장과 구상의 풍속도 사회 지위의 다름에 따라 구별된다는 것이다. 은작산銀雀山 죽서竹書 「전법田法」편에서 전국시대에 사회의 일반 서민들의 상황을 다음과 같이 기록했다. "매년 10월 연말이 되면 여유 식량 7석 9말이 남지 않는 집안은 식구가 죽어도 반함하면 안되고, 10월이면 겨울옷을 다 장만하고 40척의 천과 10척의 포백이 남기지 않는 집안은 식구가 죽어도 이불을 쓰면 안되고, 나무 수량이 100자루가 넘어지지 않는 집안은 식구가 죽어도 덧널을 하면 안되고, 우물이 없는 집안은 식구가 죽어도 목욕시키면 안되고, 당이 없는 집안은 식구가 죽어도 영구를 집안에 안치하면 안된다"[163]고 했다. 보통 집안에 여유 식량이 일정한 수량에 달하지 않으면 식구가 죽으면 옥함玉含을 시키지 못할 것이다. 일정한 수량의 비단 여유가 없으면 식구가 죽으면 시신을 덮는 이불(衾)을 장만하지 못할 것이다. 일정한 수량과 규격의 나무가 없으면 식구

161) 「荀子·禮論」
162) 「荀子·禮論」
163) 銀雀山漢墓竹簡整理小組, 「銀雀山〈守法〉〈守令〉等十三篇篇」, 《文物》, 1985年 第4期.

가 죽어도 덧널을 장만하지 못할 것이다. 만약에 집에 우물과 고당高堂이 없으면 시신을 씻기(浴尸)는 절차, 시신을 고당에 안치하는 절차를 다 생략하게 될 것이다. 이것은 장례 수준이 경제 상황에 따라 달라진다는 것을 설명해 주고 있다. 진정으로 장례를 성대하게 치를 수 있는 사람은 오직 귀족계급일 뿐이었다.

(4) 가족묘지 제도

주대에 유행했던 족장族葬제도는 전국시대까지 여전히 유행하고 있었다. 1980년대 중기에 호북성 한양현漢陽縣 형가령熊家嶺에서 전국초묘[164)를 발견했다. 3000m² 이하의 범위 내에는 고분 6기가 있고, 간격이 별로 크지 않고 밀도가 매우 높다. 일련번호 M6인 고분을 제외한 여타 고분들 모두 정연하고 일치된 방향으로 짜임새 있게 배열돼 있다. 이 6기의 고분의 형제形製와 부장 기물 상황을 보면 이들의 사회신분은 대체로 두 개 등급으로 나눌 수 있다. M3과 M4 묘주의 신분이 평민이고, 묘실 면적이 6m² 이하 정도로 좁고, 덧널에 따라 칸을 나누지 않고, 다만 정鼎·둔敦·호壺 등 도기를 부장했다. 다른 4기 묘주의 사회신분이 대부급과 같은 귀족이다. 묘실 면적이 8m² 이상이고 흙으로 쌓은 계단이 있고 묘도까지 있어서 특별하다. 덧널에 다시 3칸으로 나누어져 구리 도금된 도정陶鼎을 4점이나 2점을 부장한 경우가 있고, 병기, 동거銅車, 마기馬器, 옥기, 유리기를 부장한 경우도 있다. M1과 M6 고분의 규모가 가장 크고 종족 수령과 같은 인물로 추정된다. M2와 M5 묘주의 신분은 더 낮은 사士 급의 귀족으로 보인다. 이들 6기의 고분은 촘촘이 늘어서 있고 묘주들이 생전에 밀접한 혈연 관계를 유지했던 것으로 추정된다. 이들 중 대부, 사士도 있고

---

164) 武漢市考古隊·漢陽縣文化館,「武漢市漢陽縣 熊家嶺楚墓」,《考古》, 1988年 第12期.

보통 민중도 있는 것을 보면 같은 종족의 묘지였을 가능성이 크다. 강소성 남부 지역에서 주대 토둔묘(土墩墓: 흙무덤)가 유행했다. 주로 두 가지 형식이 있었는데 하나는 일둔다묘(一墩多墓: 한 흙더미 위에 여러 고분이 있음), 다른 하나는 일둔일묘(一墩一墓: 한 흙더미 위에 고분 하나 있음)이다. 여러 기의 고분이 한 큰 흙더미 위에 있고 묘주 간에 밀접한 혈연 관계가 있음을 시사한다. 일둔일묘는 종종 구역으로 분포돼 있다. 1990년대 초기에 강소성 단도남강丹徒南崗에서 춘추 중기의 토둔土墩 고분군165)이 발견됐다. 이런 토둔묘는 10여 기씩 한 구역으로 나뉜다. 비교적 큰 흙더미를 중심으로 산등성마루를 따라 두 줄로 대칭되게 분포한 것을 보면, 당시 특별히 정성을 들여서 배치했던 것을 알 수 있다. 구역마다 비교적 큰 흙더미가 모두 고분이 아니지만 중심적 위치에 있어서 묘제의 장소로 추정된다. 당시 사람이 한 고분을 위해 제사 지내지 않고, 큰 흙더미 위에서 한 구역에 속한 여러 고분을 위해 제사 지낸 것을 보면, 한 종족의 고분군이라고 추정할 수 있다. 이미 발굴된 두 개 구역의 14기 토둔묘들은 각각 크기나 규모가 서로 비슷하다. 이같은 구역으로 배치된 고분들은 당시의 종족 고분이었을 가능성이 크다.

중원지역뿐만 아니라 이곳으로 멀리 떨어진 지역까지 가족묘지가 유행했다. 1997년에 대련 우가촌大連于家村에서 상주시대의 족장묘지166)가 발견됐다. 960㎡ 크기의 묘지에서 적석묘積石墓 58기가 있다. 고분을 축조할 때 먼저 흙으로 지면을 평평하게 채우고 나서 큰 돌을 3, 4층 내지 7층의 높이

그림 3-20 옥 독수리

---

165) 南京博物館,「江蘇省丹徒南崗山土墩墓」,《考古學報》, 1993年 第2期.
166) 旅順博物館·遼寧省博物館,「大連于家村砣頭積石墓」,《文物》, 1983年 第9期.

로 쌓아 묘실을 만든다. 그리고 작은 해자갈(海卵石)로 지붕 잇어 위로 솟아오른 둥근 봉분을 끝마무리 한다. 묘실마다 여러 사람을 매장했는데 많게는 21명 적게는 2명이 있다. 사람은 죽은 후 묘실에 매장되고 나중에 묘실을 다시 파서 있던 시골이 드러나면 그 위에 두 번째로 죽은 자의 시체를 얹어둔다. 뒤에 죽은 자가 모두 이런 방법대로 매장했다. 묘지의 각 묘실은 한 가족일 수 있고 전체 묘지는 한 씨족에 속한 가능성이 크다. 1989년 길림성吉林省 구대시九臺市 관마산촌關馬山村에서 전국시대에 속한 석광묘石壙墓[167]가 발견됐다. 묘구의 길이 3.5m, 너비 2m, 밑바닥의 길이 2.3m, 너비 1.5m, 깊이 3.7m다. 묘벽은 불규칙적인 돌덩어리로 쌓아 만들 어지고 비교적 평평하고 곧은 편이다. 묘실의 동쪽에 동서 방향대로 배열 된 골격이 있고, 정연한 순서로 이루어진다. 묘실 서쪽에 50명의 두골 더미가 놓여 있다. 연구에 따르면 이 석광묘에서 모두 60여 명을 일차적으 로 다른 곳에서 이장移葬해 온 것이다. 이들은 같은 씨족에 속하고, 이런 특별한 매장방식을 택한 것에 대하여 씨족 혈연관계의 짙은 색깔을 엿볼 수 있다. 근년에 안휘성 몽성 위지사蒙城尉遲寺에서 대형 원시 취락유적[168] 이 발견됐다. 취락의 중심에 있는 대문구 문화층에서 여러 대구존大口尊 조합장組合葬이 발견됐는데 아마도 족장族髒 형식의 하나였을 것이다.

(5) 소수민족 지역과 변방 지역의 특이한 장례풍속

주대 일부 변방 지역과 소수민족 지역의 장례풍속은 황하 각 제후국과 큰 차이가 있다. "초楚나라의 남쪽에 염인국炎人國이란 나라가 있었는데.

---

167) 吉林省文物考古研究所, 「吉林九台市石砬山、關馬山西團文化墓地」, 《考古》, 1991 年 第4期.

168) 王吉懷, 「尉遲寺聚落遺址第二階段제發掘獲多項重要成果」, 《中國文物報》, 2004年 1月21日.

그들의 부모가 죽으면 죽은 이의 살은 썩혀서 버리고 나서 뼈만을 묻었다. 그래야만 효자라 했다. 진秦나라의 서쪽에 의거儀渠라는 나라가 있었는데, 그들의 부모가 죽으면 장작과 땔나무를 모아 시체를 태우고, 연기가 위쪽으로 올라가면 그것을 등하登遐라 했다. 그런 뒤에야 효자가 될 수 있었다"[169] 라는 전설이 있다. 요녕성 여순강旅順崗에서 서주 말기부터 춘추시대까지의 19기 화장묘를 발견한 적이 있다. 그 화장 방식은 시체를 묘광에 넣은 뒤에 불로 태운다. 각 고분 중의 시골이 적게 두세 구가 있고 많게는 열여덟 구가 있다. 전국시대에 사람은 "저氐·강羌의 포로는 그 결박당한 것을 근심하지 않고 그 불살라지지 않을까를 근심하다"[170]라고 했다. 이것은 서부지역의 저氐·강羌 두 민족도 화장했다는 설명이다. 1982년에 길림성 구전진口前鎭 남기촌藍旗村에서 12기의 춘추전국시대 석관묘石棺墓[171]가 발굴됐다. 보통 괴석塊石이나 화강암 판석板石으로 쌓아 묘실을 만들었다. 소단산小團山에서 발견된 석관묘는 모두 부관副棺이 없지만 홍기동량강紅旗東梁崗에서 발견된 것은 부관이 있다. 부관은 관의 끝에 있고 주관主棺과 같은 직선에 있다. 대부분이 주관에서 뻗쳐 나온 벽석壁石, 미석尾石과 개석蓋石을 사용하여 만들었다. 이런 석관묘는 춘추전국시대에 동북 지역 소수민족의 묘지였을 가능성을 배제할 수 없다. 이같은 춘추전국시대의 석관묘는 동북 지역에서 많이 발견됐다. 예를 들면, 부순撫順 대갑방大甲邦, 청원문검촌淸原門臉村, 청원 이가보淸原李家堡, 청원 소착초구淸原小錯草溝, 신빈 대사평마가자新賓大四平馬架子 등이 그러한 곳인데, 중원지역과 색다른 장례풍속이 보인다. 1981년 강소성 무진武進, 익흥宜興에서 양주兩周시

---

169) 「墨子·節葬」

170) 「荀子·大略」

171) 吉林市博物館, 「吉林口前藍旗小團山、紅旗東梁崗石棺墓整理簡報」,《文物》, 1983年 第9期.

기의 석실묘石室墓172)가 발견됐다. 이런 석실묘는 종종 산체가 평평한 곳에서 돌로 장방형 묘실을 만들었다. 묘구墓口는 산꼭대기를 향하고 묘실에 평평한 큰 돌을 깔아 놓고 매장한 뒤에 봉투하여 분구가 완성된 것이었다. 연구에 따르면 석실묘는 백월족百越族의 무이산武夷山 절벽묘와 비슷해서 고분 주인은 마땅히 고월족古越族의 사람이었다.

전국시대 파촉巴蜀지역은 선관장船棺葬이 유행했다. 1980년대 초기에 사천성 대읍현大邑縣에서 일갱삼관一坑三棺 합장된 선관장173)이 발견됐다. 선관 3구가 한 장방형의 묘혈을 같이 사용하고 선관 주변에 백색점토(白膏泥)로 메우고 시대는 전국 초기에 속한다. 사천성의 소화昭化·파현巴縣·면양綿陽·광한廣漢·비현郫縣 등 지역에서 모두 한 그루의 나무로 만든 교수형翹首形 선관이 발견됐다. 1980년대 초기에 팽현彭縣에서 전국 중기에 속한 선관장174) 하나가 발견됐다. 이는 양끝을 똑같이 자른 원목 토막을 중간에 쪼개고 절반을 떼어서 만들었다. 이런 선관장은 짙은 지방 특색을 지닌다.

중국의 남방 일부 지역에서 주왕조 때 동혈장洞穴葬이 있었다. 1986년에 광서廣西 무녕현武鳴縣 남내촌覃内村 근처의 산간 임동에서 임동장岩洞葬175) 하나가 발견됐다. 밖의 동실 길이 약 3.5m, 너비는 약 2m, 동실 바닥이 입구에 비해 낮고 쌓인 흙더미가 없다. 외동外洞과 내동内洞 간에 연결된 경로가 있고, 한 사람이 포복전진하는 자세로 통과할 수 있는 만큼 좁다. 내동실 밑바닥이 좁고 천정까지의 높이 비교적 크고, 동실은 위와 아래는 넓고 중간 부분이 좁다. 깎아지른 암벽에 6개의 크고 작은 자연

---

172) 鎭江博物館, 「江蘇省武进, 宜兴石室墓」, 《文物》, 1983年 第11期.

173) 四川省文管會·大邑文化館, 「四川大邑五龍戰國巴蜀墓葬」, 《文物》, 1985年 第5期.

174) 四川省文管會·趙殿增·胡昌鈺, 「四川發現船棺葬」, 《文物》, 1985年 第5期.

175) 西壯族自治區文物工作隊·南寧市文物管理委員會·武鳴縣文物管理所, 「廣西武鳴岩洞葬淸理簡報」, 《文物》, 1988年 第12期.

벽동은 시골을 안치한 곳이다. 추측에 따르면 이것은 장구葬具가 없는 단체이차장이다. 1987년 우명현武鳴縣 양강향兩江鄉 독산獨山의 암동에서도 암동장176) 하나가 발견됐다. 독산의 산허리와 절벽이 연결된 곳에 위치하고 지면으로부터 높이가 약 100m에 이른다. 암동이 3개 입구가 있고 모두 인력으로 큰 돌을 이용하여 막았다. 암동내의 부장품은 사람의 시골과 같은 평면에 있고 위에 얇은 흙으로 덮었다. 고고 근무자가 우명현 마두진馬頭鎮에서 서주부터 전국시대까지의 낙월족駱越族 고분 436기177)를 정리했는데 장례풍속이 아주 특이하다. 예를 들어 마두馬頭 고분군의 부장품은 미리 깨뜨리거나 분해한 후 되묻는 흙 속이나 고분 밑바닥에 늘어놓은 경우가 있다. 또한 기물의 일부만 아주 적게 부장한 자도 있다(예를 들어 편종編鐘의 전매篆枚나 매枚). 또한, 마두 고분 대부분은 동향이고 강렬한 동향의식을 드러냈다. 1979년에 강서성 귀계貴溪에서 춘추전국시대의 암장군178)이 발견됐다. 이들이 수면이나 지면부터 30m에서 50m 높은 절벽 위에 있고 일반적으로 자연암동을 이용해서 만들었다. 만들 때 먼저 절벽 위에 동혈을 파고 동실 밑바닥에 흙이나 모래로 메운다. 그러고 나서 동혈의 깊숙한 곳에 곽실을 파고 큰 곽실은 주실과 부실로 나뉘어 따로 관과 부장품을 진열한다. 곽실과 동혈이 만나는 곳에서 묘문이 있고 두꺼운 나무 들보와 문짝의 널로 만들었다. 귀계貴溪 암장岩葬의 관은 아주 특색있게 만들었다. 발견된 37구 관은 모두 나무토막를 통째를 이용해 후벼 파내어 만들었다. 관의 몸체를 집처럼 만들고 뚜껑은 현산식懸山式으로 하고, 양측이 경사지게 오르면서 중간에 용마루에서 합쳐진다. 앞뒤에 막는 판

---

176) 武鳴縣文物管理所,「武鳴縣獨山岩洞葬調查簡報」,《文物》, 1988年 第12期.

177) 馬頭發掘組,「武鳴縣馬關墓與古代駱越」,《文物》, 1988年 第12期.

178) 江西省歷史博物館·貴溪縣文化館,「江西省貴溪崖墓發掘簡報」,《文物》, 1980年 第11期.

을 가옥의 양 측면의 벽처럼 만들고, 위는 넓고 아래는 좁고 단절면이 두상斗狀으로 돼 있으며, 양 끝에 처마 모양으로 돼 있다. 또한 중간에 사출四出 창격문窗格紋을 새겨 놓아 창문을 상징한 경우도 있다. 이렇게 거실 형태로 만든 관들은 지방 특색이 아주 짙다. 분석에 따르면 귀계 암장이 춘추전국시대 간월족干越族과 관계가 있거나 아니면 바로 간월족 선민의 고분이다. 전국시대에 속한 낙월족駱越族, 간월족의 동혈장 및 고분 군의 특수 장속은 주대 중원지역 일반적인 장례풍속과 다르고, 그 원인은 민족소속과 문화관념의 차이에서 찾을 수 있다.

장례 형식면에 있어 춘추전국시대까지 일부 지역은 여전히 특수 장례풍 속을 유지해 왔다. 예를 들면, 진지秦地에는 굴직장 풍속이 비교적 많았다. 1989년 섬서성 보계시寶雞市 담가촌譚家村에서 춘추시대 진나라 고분[179] 13기가 발견됐는데 모두 장방형 구덩식(竪穴) 토갱묘土坑墓이고 숙토 이층 대가 있으며, 안에 약간 다진 오화토五花土를 깔았다. 모든 고분에 다 나무 관곽이 있으며 대다수 일관일널이고 극소수는 일관만 있다. 매장 방식은 모두 굴직장이고 단인앙신굴직장과 단인측신굴직장 두 가지로 나뉜다. 섬서성 난전 설초蘭田泄湖에서 발견된 일련번호 M10인 전국시대 장방형 수혈묘는 앙신굴직장이고 묘주의 머리 한쪽에 석규石圭 7개가 있으며, 굴 직장에 포함된 귀신을 피하는 의미와 부합된다. 남방에는 축축한 지역이 많고 귀족은 매장할 때 곽실 내에서 널틀(棺架)을 설치하고 관을 그 위에 놓아두어 습기를 방지할 수 있게 만들었다. 영남嶺南 지역에 춘추전국묘 중 종종 인수人首, 수수獸首, 금수禽首가 새긴 동제銅製 주형기柱形器가 출토 됐는데, 전문가 의견에 따르면 이것은 바로 널틀을 지탱하는 주형기의 끝장식(頭飾)이다.[180] 이것은 남방의 축축한 지역의 한 특수 장례풍속이다.

---

179) 寶雞市考古工作隊,「寶雞市譚家村春秋及唐代墓」,《考古》, 1991年 第5期.

180) 蔣延瑜,「靑銅柱形器用途推考」,《考古》, 1987年 第8期.

진秦문화 중 굴지장의 의미에 대해 전문가들은 각각 다른 의견을 제시했다. 예를 들어 굴지屈肢는 휴식이나 수면 때의 자연스러운 자세로 한 것, 굴지는 죽은 이를 묶고 그의 영혼을 말썽부리지 않게 하려는 것, 굴지는 태아의 자세와 비슷하고 굴지장은 죽은 이가 다시 옛날로 돌아가게 한 것, 굴지는 묘광을 감소할 수 있게 한 것, 굴지는 윗어른을 모시는 예절이라는 것 등등이다. 이런 설들은 모두 원만하지 못하고 굴지장의 실질적인 의미를 설명하지 못했다. 뒤늦게 전문가들은 운몽 진간雲夢秦簡「일서日書」의 기록을 연구하면서 그 중의 비밀을 풀어내었다.[181] 「일서」에서는 "귀신이 제멋대로 망행하여 백성에게 해를 끼치니 이를 피하기 위하여 이제 백성들에게 알려준다. 동굴에서 움츠리고 엎드린 자세, 두 다리를 뻗어 깃처럼 앉고 있는 자세, 걸음을 이어서 걷는 자세, 한쪽 다리로 서 있는 자세 등을 무서워한다"[182]라고 기록했다. 그 뜻은 귀신의 방해를 받은 민중은 '일자日者' 즉, 음양수술가陰陽數術家에게 고소할 때 '일자'는 그에게 귀신을 피할 수 있는 방법을 알려야 한다. 귀신이 무서워하는 것은 "동굴에서 움츠리고 엎드린 자세(窟臥), 두 다리를 뻗어 깃처럼 앉고 있는 자세(箕坐), 음을 이어서 걷는 자세(連行), 한쪽 다리로 서 있는 자세(奇立)"등이 포함된다. 만약에 민중이 이런 방식을 취하면 귀신을 피할 수 있다. 이른바 '줄와窟臥', 바로 동굴에서 움츠리고 엎드린다. 진秦나라 사람 굴직장의 의미는 바로 '중와窟臥'의 자세를 취해서 '귀신들이 싫어하는 것(鬼之所惡)'으로 귀신을 피하려는 목적에 이르도록 한 것이다.

동주시대 동호족東胡族은 삼베와 큰 방각(蚌殼: 조개껍질)을 복면覆面으로 삼는 풍속이 있었다. 중원지역의 철옥명목과 비슷한 점이 있지만 형제

---

181) 王子今,「秦人曲肢葬仿象'窟臥'說」,《考古》, 1987年 第12期.

182) 鬼害民罔(無)行, 為民不羊(祥), 告如詰之, 召(昭)道, 令民毋麗(罹)兇央(殃). 鬼之所惡 : 窟臥, 箕坐, 連行, 奇立.

가 완전히 다르다. 1980년대 초기에 내몽고內蒙古 오한기敖漢旗 주가지周家地 하가점夏家店 상층문화에 속한 묘지가 발견됐다. 일련번호 M45인 묘주의 머리와 얼굴에서 청동 단추(銅泡)나 녹송석綠松石을 삼베에다 꿰어놓은 북면이 발견되었고, 그 위에 길이 20.1cm의 큰 조개 껍데기로 한 층 더 덮었다. 일련번호 M2인 묘주의 얼굴에도 큰 방각을 북면으로 덮었다. 동호족의 이런 풍속은 화하지역과 다르다.[183] 1980년대 중기에 북경 연경 군도산延慶軍都山 지역에서 동주시대 산융부락山戎部落 묘지[184]가 발견되었고 '복면'이라는 장례풍속이 종종 보였는데, 죽은 자의 얼굴을 가리는 청동 단추 장식품이 유존됐다. 청동 단추 1~3개가 있는 경우가 많고 이마, 눈자위, 코끝과 위턱 간에 있거나 아니면 하악골 근처에 빠진 경우가 많다. 청동 단추의 뒷면에 구멍이 있고 삼베로 한 층 더 달라붙던 흔적이 남았다. 구멍 간에 아직 여러 가닥의 삼실이 썩지 않았다. 이런 상황은 죽은 자의 얼굴에는 원래 삼베 같은 방직물로 꿰어 만든 복면이 있고, 현재까지 유존된 작은 청동 단추들은 복면 직물 위에다 꿰어놓은 장식물들이다. 군도산 지역 산융묘山戎墓에서 얼굴에 복면 청동 단추가 유존돼 있는 죽은 자가 있는데 성년 남녀부터 청소년, 아동까지 포함돼 있고 영아는 제외시켰다. 발굴자의 추측에 의하면 이런 풍속의 의미는 죽은 자의 영혼이 몸에 붙기를 기원하는 데 있어, 영원히 쉬고 혼이 다시 나와서 족인族人에게 해를 끼치지 않도록 하기 위한 것이었다.

청해성靑海省 일대 지역 소수민족은 선진시대부터 아주 특이한 장례풍속을 가지고 있었다. 고고를 통해 발견된 가약卡約문화유적[185]의 고분 장

---

183) 靳楓毅,「夏家店上層文化及其屬問題」,《考古學報》, 1987年 第2期.

184) 北京市文物研究所山戎文化考古隊,「背景延慶軍都東周山戎部落墓地發掘紀略」,《文物》, 1989年 第8期.

185) 약卡約문화는 주로 청해지역에 분포돼 있다. 청해지역 고고 문화를 통해 이 지역은 문명시대에 들어서는 시간은 한무제漢武帝가 황중湟中을 개벽한 후였다는 것을 알

식은 앙신직지장·측신직지장·측신굴지장·좌와권곡장坐臥捲曲葬·이차요란장二次擾亂葬·화장火葬 등이 있는데, 그중에서 이차요란장이 제일 많다. 이는 처음 매장할 때 모두 앙신직지로 하고 시간이 지나면서 묘갱을 다시 파서 시체를 뒤섞는 방법으로 했다. 하나는 시체를 고분 밖으로 꺼낸 뒤에 뒤섞고 되묻는 흙과 같이 갱을 도로 메워 마지막으로 두골을 넣었다. 이런 방식으로 한 이차요란장에 의해 인골이 흩어지고 온 묘실에 여기저기 널려 있게 됐다. 다른 한 가지는 묘갱을 다시 캐고 나서 시골을 묘갱 안에 뒤섞고 흙으로 메운다. 이런 이차요란장에 의해 사람의 골격이 뒤섞였지만 대부분이 한데에 쌓였고 흙과 혼합되지 않았다. 가약문화의 이차요란장은 종종 여러 고분을 모아서 같이 진행했다. 그래서 인접된 고분의 골격이 서로 뒤섞인 경우가 많고 고분에 매장된 인골이 한 사람의 골격에 비해 적거나 많아지기 십상이다. 가약문화의 일부 고분에서 손, 발 아니면 부분 손가락이나 발가락을 자르거나 두골을 깨뜨리는 경우도 있다. 청해 귀덕산평대貴德山坪臺 가약문화 묘지[186)에서 고분 10기가 발견됐는데 모두 일부러 손가락이나 발가락을 잘라버렸다. 한 손가락이 절단되거나 두 손과 두발이 모두 잘린 경우, 또한 두발이나 두손만 잘라 낸 경우도 있다. 이런 장례풍속이 생긴 원인은 당시 사람들은 죽은 후 귀신이 되어 말썽을 일으킬 수 있다고 생각했기 때문이다. 이를 방지하기 위해 일부러 시골을 뒤섞거나 손, 발을 잘라 버려 그가 행동하지 못하게 하고, 해도 끼칠 수가 없게 하였다는 것이다.

수 있다. 가약 문화는 신석기시대에 속하지만 그 기간은 대략 하·상·주시대였다.

186) 青海省文物考古隊·海南藏族自治州群周藝術館, 「青海貴德山坪臺卡約文化墓地」, 《考古學報》, 1987年 第2期.

제4장
민속신앙

　선진시대의 민속신앙은 내용이 풍부하고 독특한 특색을 가진다. 선진의
유구한 역사시기의 민속신앙은 끊임없이 그 형식과 의미를 변화시키면서
당시 사회 발전의 상징이 됐다. 다시 말해, 선진시대의 민속신앙은 그
이후의 그것과 비교하자면 더욱 신비스러우며 원시 종교관념의 영향이
매우 강하다. 민속신앙이 사회발전에 끼치는 영향은 아주 두드러지며 또
한 중요하다. 원시숭배, 상대의 점복占卜, 주대의 서법筮法 등이 그러한
전형적인 표현들이다.

제1절　원시시대의 신앙과 생식生殖숭배

　일상생활 풍속에서 사람들의 관념과 신앙은 상당히 큰 영향력을 가진
다. 많은 풍속들은 모두 그 지배를 받는다. 중국 상고시대의 유구한 역사
기간 동안 사회의 신앙과 종교, 미신 등의 내용들은 몇 개의 다른 발전
단계를 거쳐서 발전해 왔다. 주대 특히 동주東周시대에 그것의 기본적인
형태가 형성됐고, 또한 이것으로 인해 중국 고대 사회의 전반적인 발전과
정에 영향을 미쳤다. 중국의 풍습은 역사가 유구하며, 다양하고 풍부한

특색을 가진 것으로 상고시대 사람들의 신앙과 종교에 대한 맹신과 모두 관련이 있다. 원시시대, 특히 구석기시대에는 사회 생산력의 저하 및 사람들의 인식 능력의 한계로 인해 자연과 사회 및 인류 자체에 대한 이해가 상당히 떨어져서, 잘못 인식되거나 왜곡되기도 했다. 비록 이러한 상황이지만, 원시시대의 사람들은 여전히 아주 이른 시기부터 각종 현상에 대해 진지하게 사고하기 시작했다. 이러한 사고는 당시의 사회 관념과 풍습에 지대한 영향을 끼쳤다. 현재 가지고 있는 사료史料들이 이를 증명해 주는데, 일찍이 산정동인 시기의 사람들은 미美적 관념을 가지고 있었다. 당시의 사람들은 이미 '천국'에 대한 명확한 관념을 가지고 있었으며, 사망은 또 다른 세계로의 진입의 시작이라 인식했다. 그래서 영혼은 육체와 분리되어 존재할 수 있는가라는 문제에 대해 고민하기에 이르렀다.

1. 자연숭배 그리고 사람과 신·동물과의 융합

원시시대의 사람들은 대자연의 각종 물체들이 모두 신비하고 타고난 감지 능력(靈性)이 있다고 여겼다. 태양, 달, 비, 바람, 천둥과 번개에서부터 동식물에 이르기까지 모두 일종의 신비한 능력을 가지고 있다고 여겼다. 원시시대 사람들은 종종 사람과 자연의 경계를 구분할 수 없으며 당시 사람들은 종종 스스로를 자연과 혼연일체라 여겼다. 신석기시대 중기의 마가요馬家窯문화에 속하는 반산半山유형의 감숙성 천수사 조촌天水師趙村 유적1)에서는 일찍이 쌍이인면채도관雙耳人面彩陶罐 한 개가 출토됐다. 조형이 화려하고 입구가 좁은 형태이며, 목 아래에는 네 개의 고리 무늬가 있다. 몸체에는 십자형의 무늬와 흑녹색과 주황색이 번갈아 가며 톱니모

---

1) 中國社會科學院考古研究甘肅工作隊, 「甘肅天水師趙村先秦時代文化遺址發掘」, 《考古》, 1990年 第 7期.

양으로 가득 배치되어 있다.
채도관의 배 부분에는 사람 얼
굴 모양의 조각이 돌출되어 있
는데, 코가 높고 눈이 크며, 실
눈썹이 길어, 마치 깊이 생각
하는 모양 같다. 사람 조각 주
위의 흑녹색 도안은 빛 무리
형상을 나타낸다. 사람의 얼굴
은 주황색이며, 인체의 다른
부위는 항아리에 전혀 표현되

그림 4-1 인두상人头像 채도호彩陶壶

어 있지 않다. 만약 항아리의 흑녹색을 녹색의 대자연이라고 말할 수 있다
면, 채문 도기 항아리의 사람 형상은 인간과 자연이 불가분의 관계이거나
또는 사람이 자연의 일부분이라는 주제를 나타내는 것이라 말할 수 있을
것이다.

　원시시대 사람들은 자연이 베푼 은혜에 감사하면서도 한편으로는 자연
에 대해 상당히 두려움을 가지고 있었다. 그리하여 자연계의 많은 물체들
을 신령처럼 대했다. 사람들은 하늘, 땅, 동서남북, 산과 나무, 하천과 계곡,
언덕 등을 상당히 숭배했다. 대문구大汶口문화에 속하는 산동성 거현莒縣
능양하陵陽河유적에서 출토된 도기의 술잔에는 일출과 관련된 부호가 새
겨져 있는데, 태양이 산꼭대기의 구름 층에서 서서히 떠오르는 형상을
하고 있는데, 이는 당시 사람들의 태양숭배를 표현한 것이다. 강소성 연운
항連雲港의 장군애將軍崖에는 원시시대의 암벽화가 새겨져 있다. 그림에는
사람들이 태양을 숭배하는 형상이 그려져 있다. 태양을 숭배하는 사람들
은 윗몸을 곧게 펴고 두 무릎을 꿇고 두 손을 머리 위로 들고 있으며,
매우 경건하고 정성스럽게 태양을 향해 기도하고 있다. 유명한 반파유적
에서는 일찍이 지하에서 두 개의 좁쌀이 가득 찬 도기 항아리가 발견된

적이 있는데, 대형 1호 가옥의 거주지 아래에 뚜껑이 있는 투박한 도기 항아리가 묻혀 있었는데, 아마도 이것은 지하의 신에게 기도를 할 때 봉헌한 것으로 보인다. 자산磁山유적 2579m² 구역에서 474개의 재 구덩이(灰坑)가 발견됐다. 그러나 이 구역에는 오히려 거주 유적물이 극히 적었다. 이곳은 양식과 세트를 이룬 도기 및 가축들이 매장된 제기祭器 유적으로 당시의 공동의 제사를 지내는 장소다. 전문가들의 의견에 의하면 자산은 재 구덩이 위주인 제사 유적이라고 밝힌 바 있다. 이는 당시 땅에 제를 지내며 풍년을 기원하는 유물들이다.2) 이러한 설명은 꽤 신뢰할 만하다.

많은 동물들은 원시 인류에 의해 신령한 존재로 경건하게 받들어졌다. 이것은 크게 두 가지 유형으로 분류할 수 있는데, 하나는 세상에 행복을 가져오고 안정시키는 것이며, 다른 하나는 기이한 동물들로 세상에 위해와 재난을 가져오는 것들이다. 원시시기의 고고자료에도 동물숭배가 반영되어 있다. 강소성 오강시吳江市 용남현龍南縣 신석시시대 촌락 유적에서 6구의 통돼지가 묻힌 갱(구덩이)이 발견됐다. 갱의 크기는 한 마리의 돼지만 들어갈 수 있을 정도이며, 갱의 내부에서는 기타 다른 어떠한 유물도 발견되지 않았다. 이 갱들은 모두 집터의 부근이며, 고분과는 어떠한 관련도 없었다. 전문가의 검증에 의하면, 이 돼지들은 모두 집에서 기르는 가축으로 집의 근처에 묻힌 것이다. "이것은 당시의 신앙 풍습을 반영하는 것으로 돼지는 쉽게 사육할 수 있고 번식이 빠르며 한 우리에 여러 마리를 기를 수 있다. 돼지를 기반으로 삼는 것은 어쩌면 선조들이 자신의 집안이 일어나고, 자손이 번창하기를 바라는 마음을 나타내는 것 일수도 있다."3) 이러한 풍습은 사람들이 돼지를 존중하고 숭배하는 마음을 나타내는 일종의 표현방식이다. 홍산문화의 제사 유적에서는 종종 옥으로 된 돼지용,

---

2) 卜工, 「磁山祭祀遺址及相關問題」, 《文物》, 1987年 第 1期.
3) 錢松林, 「吳江龍南遺址房址初探」, 《文物》, 1990年 第 7期.

그림 **4-2** 돼지 무늬 흑도 사발   그림 **4-3** 인면형人面形 아가리
                                              평저平底 채도병彩陶瓶

새, 거북이, 물고기 등이 발견됐다. 이 중에서 수량이 가장 많고 분포가
가장 널리 퍼져있는 것은 옥저룡玉豬龍이었다.

　신석기시대 후기는 인간이 자연을 정복하고자 하는 힘이 커지는 시기이
다. 동물숭배관념에서 오히려 인간과 동물을 하나로 혼합하고자 하며, 인
간 또한 신비한 동물의 위력이 있음을 암시하고 있다. 또는 인간이 신비한
동물로부터 그 신적인 힘을 얻었음을 나타냈다고 할 수 있다.

　전해오는 바에 의하면, '촉음燭陰'이라고 불리는 '종신의 신(鐘山之神)'은
"눈을 뜨면 낮이 되고 눈을 감으면 밤이 된다. 입김을 세게 내불면 겨울이
되고 천천히 내쉬면 여름이 된다. 물을 마시지도 음식을 먹지도 않으며,
숨도 쉬지 않는데 숨을 쉬면 바람이 된다. 몸 길이가 1000리이다." 매우
신비한 위력이 있으나 형상은 "인간의 얼굴에 뱀의 몸을 하고 그 색은
붉은 색이다."4) '천오天吳'라고 불리는 신은 "그 생김새는 여덟 개의 머리가
사람의 얼굴이며 여덟 개의 다리와 여덟 개의 꼬리를 지니고 있다."5) 동해
섬의 바다 신은 "인간의 얼굴에 새의 몸을 가지고 있으며, 두 마리의 누런

---

4) 「山海經·海外北經」
5) 「山海經·海外東經」

뱀을 밟고 있다." '사비시奢比尸'라고 불리는 신은 "인간의 얼굴인데, 큰 귀에, 짐승의 몸을 하고 두 마리의 푸른 뱀을 달고 있다."6) '구봉九鳳'이라고 불리는 신은 "아홉 개의 머리와 인간의 얼굴, 새의 몸"7)을 하고, '한류韓流'라고 불리는 신은 "인간의 얼굴, 돼지의 주둥이, 비늘 돋힌 몸에 통뼈로 된 다리, 돼지의 발을 하고 있다."8) 대략 보아도 어떤 존재들은 동물형상을 조합한 신령들인데 이러한 존재들은 많다. 감숙성 무산현武山縣에서는 일찍이 앙소문화 후기에 해당하는 인간 머리 도마뱀 몸 무늬의 채도병이 출토된 적이 있는데, 인간과 도마뱀을 하나로 합친 것이다. 1973년 감숙성 진안秦安縣 소점邵店 대지만大地灣 앙소문화유적에서 정교한 채도병이 출토된 적이 있다.9) 도기 표면을 매끄럽게 다듬었고, 복부 윗부분에는 얕은 붉은 색의 도기 옷을 더했다. 병의 높이는 31.8cm이고, 입구의 지름은 4.5cm이고 바닥의 지름은 6.8cm다. 병의 입구에는 사람의 머리모양이 입체적으로 조각되어 있다. 사람 조각의 머리 스타일은 풀어 헤친 형태이고, 조각이 아주 구체적이며 앞이마는 잘 정돈된 일자형의 단발머리 형태를 하고 있다. 코는 들창코의 형태이며, 콧방울은 솟구쳐 있어 아주 생동감 있게 보인다. 입은 약간 벌리고 있으며, 마치 말을 하고 있는 것 같아 보인다. 도기 병의 배 부분은 흑백화로 그린 세 개의 가로줄로 되어 있는데 이것은 대체로 똑같은 도안이며, 이 도안은 추상화로 정면을 향해 비상하는 새의 무늬이다. 전체적인 조형물의 측면에서 본다면, 사람의 머리와 새 무늬는 융합되어 하나를 이룬다. 당시 사람들이 새를 숭배하고 새의 신력神力에 의지했음을 우의寓意적으로 표현한 것이다. 운남성 원강元江에서 발견된

---

6) 「山海經 · 大荒東經」

7) 「山海經 · 大荒北經」

8) 「山海經 · 海內經」

9) 張朋川, 「甘肅省出土的幾件仰韶文化人像陶瓷」, 《文物》, 1979年 第 11期.

신석기시대의 중·후기에 해당하는 암벽화에는[10] 전체 화면에 두 마리의 굉장히 웅장한 도마뱀이 그려져 있다. 그 중에 한 마리는 그 길이가 37cm이고, 넓이가 12cm다. 머리는 삼각형이며, 앞 발톱은 수평으로 뻗어 있고, 뒤 발톱은 위로 올려 기어 올라가는 형태를 하고 있으며 측면은 마름모 형태이다. 다른 한 마리의 도마뱀은 길이가 80cm이고 넓이가 24cm로 둥근 모양의 머리에는 뿔과 수염이 있으며, 마찬가지로 발을 뻗어 기어오르는 형태를 하고 있다. 이것의 좌측 하단의 몸체는 마름모 형태로 그려져 있다. 머리에는 여섯 개 직선으로 된 인물이 있는데 무당으로 보이며, 도마뱀과 그것의 신력으로부터 막대한 위력을 얻고자 하는 듯하다. 인물들은 비록 도마뱀과 직접적인 혼연일체를 이루고 있지는 않지만, 그 내용적인 측면에서 보면 오히려 인간과 도마뱀의 신력의 소통을 나타내고 있다. 하남성 복양시濮阳市 서쪽 제방의 앙소문화유적 제45호 무덤의 주인은 신장이 184cm의 건장한 남자인데, 그 양쪽 측면에는 조개껍데기를 이용하여 정성스럽게 용과 호랑이 도안으로 장식해 두었다. 우측에 있는 용은 머리가 북쪽을 향하고 있고, 등은 서쪽을 향하고 있으며, 전체 길이는 178cm이고 높이는 74cm이며, 머리는 쳐들고 목은 굽어 있다. 몸체는 활 모양으로 구부러져 있으며 꼬리는 길다. 앞 발톱은 할퀴는 모양을 하고 있고, 뒤 발톱은 뻗고 있다. 모양은 마치 날아오르는 듯하다. 좌측의 호랑이는 머리는 북쪽을 향하고 있고, 등은 동쪽을 향하고 있으며, 전체 길이는 139cm이고 높이는 63cm다. 눈 주위는 둥글고 눈을 뜨고 있으며, 입을 벌리고 이빨을 드러내고 있다. 네 개의 발은 교차되어 있어 마치 걷는 듯한 모양을 나타낸다. 인간은 용과 호랑이의 중간에 있으며, 사람이 용을 굴복시키고 범을 제압하는 능력을 나타내고 있다. 그러나 또한 이것은 용과 호랑이의 위력에 대해 일종의 긍정이며, 인간과 용과 호랑이 사이가 밀접한 관계임을 나타내

---

10) 楊天佑, 「雲南省元江它克崖畫」, 《文物》, 1986年 第 7期.

고 있다. 이 묘의 북쪽에는 또한 용과 호랑이의 합체된 형태가 빚어져 있다. 용과 호랑이는 하나의 몸을 이루고 있으며, 호랑이 등에는 한 마리의 사슴이 있다. 용의 머리 부분에는 한 마리의 거미가 있고 용의 앞에는 한 개의 둥근 공이 있다. 이 용과 호랑이가 합체된 조각물의 남쪽에는 또한 조개껍데기로 장식된 용이 있다. 이것의 머리는 동쪽을 향하고 있고, 등에는 사람이 타고 있다. 이 용의 북쪽 근처에는 호랑이가 있는데, 호랑이의 머리는 서쪽을 향하고 있으며, 달리는 듯한 모양을 하고 있다. 이들 동물 조각들은 아마도 당시 제사활동을 나타내는 흔적들일 것이다. 인간이 용과 호랑이 등의 동물들과 밀접한 관계임을 나타내고 있으며, 동물숭배의 상위급의 표현 형태이다.

앞서 언급한 바 있듯이 고대 문헌 기록에 있는 '인간 얼굴에 새의 몸(人面鳥身)'을 한 형상은 신석기 후기의 무늬장식에서도 나타났다. 양저문화의 많은 옥기에는 정밀한 꽃무늬가 새겨져 있는데 특히, 신인神人의 동물 얼굴을 주제로 한 무늬 장식이 더욱 특색이 있다. 신인은 역사다리꼴의 안면부에 눈은 여러 겹의 원형태이고, 양측 눈꼬리에는 마치 두 번 굽은 코너 몰딩과 같으며, 안면부의 중간에는 곡선으로 콧방울의 너비를 그었고, 코 아래에는 위아래가 비교적 날카로운 큰 입이 가득 차지하고 있다. 신인은 머리에 높이 솟은 넓은 우관羽冠을 쓰고 있으며, 관모의 아래에는 권운문卷雲紋이 빽빽이 장식된 평정모平

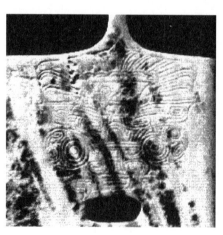

그림 4-4 양저문화 관상冠狀 옥장식 품의
신상문神像紋

頂帽가 있다 그의 이깨는 솟아 있으며, 팔꿈치를 굽혀 엄지와 나머지 네 손가락을 벌려 손을 허리에 대고 있다. 다리는 쪼그려 앉아 있으며, 발은 세 개의 발톱을 하고 있어 새의 발 모양을 나타내고 있다. 복부에는 얕은 부조로 큰 눈과 송곳니를 한 짐승의 얼굴 모양이 스케치되어 있다. 짐승의 얼굴형상은 아주 크고, 거대한 눈은 빛나고 생기가 넘친다. 위와 아래의 비슷하게 드러난 송곳니는 그것이 용맹하고 범상치 않음을 나타내는 듯하다. 그의 두 손은 야수의 두 눈을 가리키고 있는데, 이는 마치 살짝 건드리는 듯 하며 야수의 이미지의 무늬장식처럼 단지 두 눈과 코, 입만이 있으며, 몸체는 이미 신과 합쳐져 하나를 이루고 있다. 신과 짐승 이미지의 융합은 당시 사람들의 동물숭배에 대한 관념이 심화되고 변화되었음을 나타낸다.

2. 생식숭배

생식숭배의 기원은 생명을 낳고 기르는 기관을 생명 근원의 상징으로 삼고, 이에 존경과 숭배를 더한 것이다 요녕성辽宁省 객좌현喀左縣 동산취 東山嘴의 홍산문화유적 타원형의 제단 부근에서 일찍이 두 개의 임신부 나체의 도상陶像이 발견된 적이 있다. 잔존 부위는 각각 5cm와 5.8cm다. 도상의 복부는 불룩 솟아있고, 팔은 구부리고 있으며 오른 손은 상복부에 붙이고 있고, 음부에는 삼각형 형태의 부호가 있다. 연구에 의하면, 이 두 개의 도상은 당시의 생육여신이라고 한다. 청해성 악도樂都 유완柳灣에서 사람 형태의 채도 주전자 한 개가 출토됐는데, 이 기물에는 여인상이 조각되어 있었다. 머리 부분은 채도 주전자의 목 부분에 해당하고 몸체는 기물의 복부에 해당한다. 여인상의 유방, 배꼽, 음부와 사지는 모두 노출되어 있다. 유방은 풍만하고 또한 검정색으로 유두까지 표현되어 있다. 빚어 만든 여성의 음부는 과장되게 표현 되었으며, 또한 검정색으로 테두리를

그림 4-5 홍산문화의 여신 두상   **그림 4-6** 도소 여성인물상

그려넣었다. 이 채도 주전자에는 여성상 이외에도 개구리의 배와 개구리의 다리 무늬가 장식되어 있다. 여신이 개구리처럼 번식력이 강함을 비유적으로 나타낸 것이다. 앙소문화유적에서는 또 하나의 나체의 여인상이 발견됐다. 섬서성 부풍현扶風縣 안판案板유적에서 여덟 개의 도소陶塑 인물상이 발견됐는데, 이 중에서 일련번호 H2:41인 나체 여성은 상체가 완전한 형태 그대로 보존되어 있는데, 유방은 풍만하고 복부는 불룩 솟아 있으며 허리는 곡선으로 우아하고 아름답다. 자태가 풍만하고 조형 형태가 비교적 확실한 것으로 보아 이것은 임신부의 좌상이다. 앙소문화 시기의 도기에는 종종 어문魚紋 조각이나 그림이 그려져 있는데, 이러한 물고기 무늬의 의미에 대해 전문가들의 가장 유력한 의견은 여성 생식기의 상징이라는 것이다. 일부 추상적인 쌍어문雙魚紋과 여성의 음부의 윤곽이 유사하다. 이러한 물고기 무늬가 나타내는 것은 여성의 생식능력이 마치 물고기의 배에 알이 많은 것처럼 왕성함을 나타내는 것이다. 반파유적에서 발견된 도기에 굉장히 주목할 만한 무늬가 있는데, 바로 인면어문(人面魚紋: 사람얼굴의 물고기 무늬)이다. 이 무늬 장식은 깊이 생각하는 형태의 여인상과 물고기 무늬가 겹쳐져 하나를 이루고 있어 상당히 신비한 형태를 드러내고 있다. 이러한

그림 4-7 인면 어문魚紋의 채도분彩陶盆　　　　그림 4-8 홍산문화 여신상의 측면도

무늬장식이 나타내는 의미는 아마도 여성 생식에 대한 숭배를 예술적으로 표현한 것일 것이다. 1985년 운남성 원강元江에서 발견된 신석기시대 후기에 해당하는 암벽화(崖畫)[11] 중에서 7조 암벽화는 마름모형으로 구성된 기괴한 인물 12명이 있는데 각각 그림의 중심부와 위부분이 비교적 돌출되게 그려져 있다. 연구에 의하면, 이러한 마름형태의 형상은 아마도 여성생식 기관을 상징하는 것이라고 한다. 암벽화의 제4조에 제작된 마름모형은 크고 작은 마름모형의 무늬가 중첩되어 있는데, 원 형태의 정수리는 짧은 수염 모양이 그려져 있으며, 옆에는 두 개의 긴 팔이 나와 있고 각각 소인(小人: 작은 사람)을 들고 있는데, 출산의 형상을 나타내는 것이다. 제7조의 암벽화의 중간의 가장 높은 부분은 두 개의 마름모형으로 구성된 인물인데, 각각 네 개의 손과 두 개의 다리가 있다. 마름모형의 중간에는 바둑점(원점)이 있는데 이 또한 출산의 형상을 나타낸다. 이러한 마름모 형체들은 여성의 생식 숭배에 대한 수제를 나타내는 것이다.

---

11) 楊天佑, 「雲南省元江它克崖畫」,《文物》, 1986年 第7期.

요녕성 우하량牛河梁의 홍산문화유적의 '여신묘女神庙[12])'에서는 대여섯 개체의 여신에 해당하는 진흙으로 빚은 인물상의 잔존물이 나왔다. 이 인물상 어깨 부분의 잔존물의 표면은 잘 연마되어 매우 반들반들하다. 안색은 약간 옅은 붉은 색을 띠고, 선은 매끄럽고 거침이 없다. 아주 육감적인 전형적인 여성의 어깨이다. 또한 유방의 잔존물이 여러 개 발견됐는데 모두 뾰족한 유두가 돌출되어 있다. 이러한 채색 조형물의 가장 전형적인 것은 진짜 사람 크기에 가까운 채색된 여신상이다. 이것들의 사지는 비록 소실되었지만 머리 부분은 기본적으로 완전한 형태를 유지하고 있다. 그것의 귀밑머리는 가지런하고 귀는 길고 둥글며, 머리 부분은 약간 앞으로 기울어져 있다. 콧대는 낮고, 눈자위는 얕으며, 눈에는 원형의 옥으로 만든 눈동자가 박혀 있어 눈이 빛나고 생기 있어 보인다. 그것의 광대뼈는 높이 솟아 있고, 눈꼬리는 위로 치켜들려 있으며, 턱은 뾰족하고 풍만하며 앞으로 돌출되어 있다. 입 꼬리는 위로 올라가 있으며 입술 가장자리의 근육은 마치 무언가를 말하려는 듯 위로 들어올려져 있어 일종의 신비감이 드러난다. 이 두상頭像으로 상징되는 여신은 여러 신들 중의 하나임을 나타낼 뿐만 아니라, 중소형의 하나에 속함을 나타낸다. 이것은 주실主室의 서쪽편의 한쪽에 위치해 있다. 발견된 잔존물로부터 추측해 보면, 이 여신묘는 각양각색의 시리즈를 신상神像들로 구성한 것으로 적어도 6구가 있다. 게다가 이들은 모두 여신들이다. 주실의 중심부에서는 진짜 사람의 기관 크기의 3배에 해당하는 커다란 코와 귀가 출토됐는데, 이것으로 미루어 보면 중심부에는 더 큰 여신조각상이 있었을 것이다. 당시 사람들이 여신에게 기도하는 주요 내용은 출산과 번식에 관한 것으로 가문을 번성하게 하고자 함이었다. 즉, 이 여신묘는 생식 숭배와 아주 밀접한 상관관계

---

12) 遼寧省文物考古硏究所,「遼寧省牛河梁紅山文化'女神廟'與積石冢群發掘簡報」,《文物》, 1986年 第 8期.

가 있는 것이다.

남성의 생식 기관에 대한 숭배는 비교적 늦게 출현했다. 앙소문화에 속하는 일부 유적, 예를 들어 섬서성 동천시銅川市 이가구李家溝, 임동시臨潼市 강채姜寨 등에서 모두 도조(陶祖: 도제 남성생식기)가 발견된 적이 있다. 앙소문화 후기에 속하는 감숙성 진안秦安현 대지만大地灣 제 9구역 유적에서 도조가 발견된 적이 있다. 그것은 이질泥質 홍도紅陶이다.13) 마가요문화와 제가齊家 문화의 일부 유적에서도 도조가 발견된 적이 있다. 신강新疆 목루현木壘縣 사도구四道溝의 신석기시대 문화유적에서 현존하는 석조(石祖: 석기로 된 남성생식기)가 발견됐다. 대문구문화에 속하는 산동성 유방濰坊 나가구羅家口유적, 굴가령屈家岭문화에 속하는 호북성 경산京山 굴가령屈家岭유적, 용산문화龍山文化에 속하는 섬서성 화현華縣 천호촌泉護村유적, 장안長安 객가장客家莊유적, 하남성 신양시信陽市 삼리점三里店유적 등에서 모두 도조가 출토됐다. 1990년대 초 하남성 여주시汝州市 홍산묘

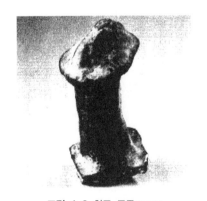

그림 4-9 회도 도조(灰陶祖)

그림 4-10 여성의 생식기를 상징하는 배엽문貝葉文 도관陶罐

13) 甘肅省博物館文物工作隊, 「甘肅省秦安大地灣第九區發掘簡報」, 《文物》, 1983年 第 11期.

洪山廟에서 발견된 앙소문화유적의 1호묘에서 출토된 옹관甕棺에는 남성의 생식기 이미지가 채색되어 조각되어 있다.[14) 그 전체 수량은 적어도 12개 이상이다. 예를 들어 일련번호 W39인 옹관의 도안은 인체를 나타내며 채색되어 있고 이 조각은 생식기를 나타낸다. 사람의 복부는 타원형이며, 사지는 비교적 거칠게 표현되어 있으며, 쭈그리고 앉아 있는 형태를 취하고 있다. 아랫배의 하부는 두 다리 사이에 진흙으로 거친 남성의 생식기가 빚어져 위치하고 있다. 생식기의 윗부분에는 붉은 색이 칠해져 있고, 중간에는 세로로 길게 홈을 파서 요도구尿道口를 나타내고 있다. 사람의 두 다리는 밖을 향해 분리되어 있고, 두 발은 밖으로 향해 있다. 주체의 형상은 빚어진 생식기를 전시하는 데 있다. 옹관의 생식기는 종종 과장하는 방법으로 채색되어 있는데, 예를 들어 일련번호 W10인 옹관의 생식기 도안은 길이가 20cm에 달하고, 넓이가 4cm다. 이것은 W116보다 더 굵고 단단하다. 주목할 만 점은 1호묘 안에는 남성의 생식기가 채색되거나 조각된 옹관이 모두 4개인데, 그 중 하나는 보관된 인골人骨이 너무 적어서 성별을 변별할 수 없었다. 그외 3개는 검증을 거친 결과 모두 성인 여성의 묘였으며 그들의 연령은 20~35세 사이였다. 1호묘 안에 매장된 남성 및 나이든 여성의 옹관에는 모두 채색되거나 조각된 남성의 생식기 형상이 없었다. 가임 연령 여성의 옹관에만 남성 생식기 형상이 있는 것을 통해 우리는 그들이 이를 숭배 함으로써 생식변성의 목적을 달성하고자 했음을 알 수 있다. '조祖'자는 갑골문과 금문에서는 '차且'로 썼는데 일반적으로 이것은 남근의 형상이라고 여기며, 도조, 석조 같은 실물은 그 예로 볼 수 있다. 이러한 인식에는 근거가 있다는 것을 증명한다. 신석기시대 후기 기물의 무늬장식에서 남근의 추상적인 도안이 출현했다. 산동성 일조시日照市 양성진兩城鎭의 용산문화유적에서 발견된 옥자귀(玉錛)에 두 종류의

14) 袁廣闊, 「洪山廟 1號墓男性生殖器圖像試析」, 《文物》, 1995年 第 4期.

남근 도안이 있었는데, 그 약간 아래쪽 부위가 남근으로 거기에는 마치 괴수의 두 눈 모양과 같은 불알이 두 개 있다. 신석기시대의 남성 생식 기관의 숭배 풍습과 사회의 남성 지위의 상승은 사람들의 출산 현상에 대한 인식의 진보와 직접적인 관련이 있다. 여성을 상징하는 신석기시대의 무늬장식으로는 조개 잎 무늬 도관陶罐이 가장 유명하다. 사람들이 물고기의 형상과 무늬 장식으로 여성의 생식 능력을 나타내는 것처럼, 신석기시대의 사람들은 남성의 생식 능력을 '새(鳥)' 이미지로 비유한 적이 있다. 조문鳥紋과 비조문飛鳥紋은 중국 신석기시대 문화유적에서 가장 많이 발견된 것이다. 섬서성 임동 강채의 채도기 호로병葫蘆瓶, 보계寶雞 북수령北首嶺의 채도호彩陶壺, 감숙성 천수天水 양가평楊家坪의 채도 도관陶罐 등에는 모두 조문과 비조문이 있다. 유명한 북수령의 유적에서 발견된 뼈 국자 자루(骨匕柄)와 상아 그릇에는 모두 두 마리의 새 무늬가 있다. 하남성 섬현陝縣의 묘저구廟底溝 앙소문화유적 및 그와 유사한 유형의 유적에서 발견된 채도에는 많은 종류의 조문이 그려져 있다. 이들 새 무늬는 그 '묘사-사의-추상' 도안의 발전 순서를 거쳐 왔다. 묘저구廟底溝유적에서는 또한 경부頸部에 나선형의 주름이 가득 있는 도소陶塑 새머리도 발견된 바 있다. 신석기시대의 많은 유적에서 새 이미지의 상아 입체조각, 새 대가리형 목기와 도기 뚜껑 단추가 발견되었으며, 섬서성 화현華縣 태평장太平莊에서는 도악정陶鶚鼎 등이 출토됐다. 요녕성 심양沈陽 신락新樂에서 발견된 신석기시대 유적의 집터에서 새 모양의 나무 조각이 출토됐는데, 그 길이는 약 40cm에 달한다. 새의 형상이 아주 추상적이며, 부리와 눈만이 식별 가능하다. 다른 부위는 구불구불 뒤엉켜 있으며 새의 꼬리는 나무 손잡이로 연장되어 있는데 그 길이가 전체 나무 조각의 2/3에 해당한다. 나무 손잡이의 끝 부분은 점점 가늘어지는데, 이것은 아마도 원래 어떤 물체에 삽입되어 있었던 것으로 보인다. 이 새 이미지의 나무 조각은 당시 사람들에 의해 제물로 바쳐진 신물神物이다. 북경시 평곡현平谷縣 상택上宅

의 신석기시대 문화 유물의 모든 유물은 자연의 산골짜기에 있었는데, 이곳은 당시 사람들의 생활 및 생산과는 직접적인 관련이 없으므로 제사 유물로 보는 것이 마땅하다. 산골짜기의 유물 가운데 가장 기이한 것은 도기와 유사한 다리를 투조한 도기인데, 외형은 원뿔대에 가깝고 정수리는 평평하며 내부는 비어있다. 벽면은 긴 홈을 파서 사등분으로 나누었다. 정수리 부분에는 새의 부리를 빚어두었으며, 새 부리의 뒷부분에는 두 개의 작은 구멍으로 두 눈을 나타내고, 정수리와 벽면의 외부에는 깃털 모양이 가득 장식되어 있거나 교차형 조각 무늬가 새겨져 있다. 이 새 이미지의 투조 도기는 당시 사람들이 제물로 바친 신물이다. 1980년대 초반 요녕성 동구현東溝縣 후와後窪에서는 5,6천년 전의 원시 문화유적이 발견됐는데[15], 거금 6000년 전의 지하층에서 활석인형 3개가 발견됐다. 그 중 일련번호 IT12①:59인 사람과 새가 하나를 이룬 양면 조각(人鳥同體)은 정면에는 사람의 머리 모양을 하고 있고, 이마와 광대뼈가 돌출되어 있으며, 이마에는 가로로 긴 호형弧形 꺾은 선이 있고, 위에는 두 개의 사선斜線이 있어 마치 머리를 휘감거나 비스듬히 산발한 머리카락 쪽으로 향하는 것을 나타내는 것 같다. 그 눈은 천부조淺浮雕로 새긴 것으로 버드나무 잎 모양을 나타낸다. 입을 벌리고 이빨을 드러내고 있으며, 입 주위에는 두 개의 평행한 가로선이 새겨져 있다. 인물 조각의 뒷면에는 우두머리 새의 형상이 정교하게 새겨져 있다. 새의 머리 부분은 돌기가 굽어져 있으며 몸체에 붙어 있고, 새의 머리 부분에는 부리가 있다. 원통형의 눈이 있고, 새 꼬리 부위의 원호는 약간 위로 치켜 올라가 있는데 이것의 위쪽에는 얕게 조각해서 만든 꼬리 깃털을 나타내는 가는 선이 있다. 새의 두 다리는 새의 몸체와 새 꼬리의 양측에 부착되어 있다. 새의 경부(목)에는

---

15) 許玉林·傅仁義·王傳普,「遼寧省東溝縣後窪遺址發掘簡報」,《文物》, 1989年 第 12 期.

깃털을 나타내는 가는 선이 새겨져 있다. 새의 형상은 거위나 기러기와 유사하다. 이러한 사람과 새가 한 몸을 이룬 조각상의 경우 전문가들은 당시의 토템조직(totemism)의 물건일 것이라고 여긴다. 그러나 조각상의 면적이 아주 작은데 그 길이는 4.1cm이고, 폭은 1.8cm에 불과하다. 이것은 토템으로 삼는 큰 성물聖物들과 비교하면 전혀 격에 맞지 않다. 저자는 이 또한 생식숭배의 하나의 예라고 간주한다. 이는 사람도 새와 같은 위력을 가지고 있고, 그러므로 생식번성을 할 수 있음을 나타내고 있는 것이다. 후와後洼의 하층문화에서 돌로 만든 새 6개와 활석으로 만든 매 이미지의 늘어뜨린 장식물 1개, 활석으로 만든 매미 이미지의 늘어뜨린 장식물 1개가 발견됐는데 이들은 아마도 당시 사람들의 남성 생식 숭배 관념과 관련이 있는 듯하다. 종합하자면, 원시시대 새와 관련된 도안과 조소품의 경우 일부는 예술품인 듯 하고, 일부는 아마도 남근숭배의 결과물로 보인다. 남근 숭배의 출현은 또한 인류의 출산에 대한 과학적인 인식의 비약적 발전이라 할 수 있다. 남근 숭배사상은 후세에 오랫동안 영향을 미쳤다.[16]

출산숭배에 관한 진일보된 발전은 바로 인류가 남녀의 결합이 출산 현상의 근원임을 인식하는 것을 기반으로 남녀 결합을 신성시 했던 것이다. 중국 한나라의 백화帛畫와 석각石刻에는 종종 사람 머리에 뱀의 몸체를 한 신상神像이 있는데, 두 개의 몸이 하나의 신체를 공유하고 있다. 일반적으로 두 개의 신이라고 하면, '복희伏羲'와 '여와女媧'라고 여기게 된다.

---

16) 후세의 민간 풍습에서 종종 '새'는 남근을 가리키는데, 『수호水滸』에서는 이규李逵가 사형장에서 송강宋江을 구하고 나서 하는 말이 "나와 너희들은 다시 죽어도 성으로 들어간다. 그 새와 채蔡나라의 9지부知府는 베여도 즐겁다!" 노지심魯智深의 말에 의하면, "두 명의 남자가 길에서 쉬고 있는데, 1~2천명의 병사와 군마가 와도 나는 두렵지 않다!"(『수호水滸』第40回, 第5回) 『서상기西廂記』 제 3본 제 3절에는 "혁혁, 그 새가 온다"라는 말이 있다. 근대 이후 지방의 속어에는 '참새(雀雀)', '닭(雞雞)', '오리(鴨子)' 등으로 남근을 비유하는 데 사용한다. 이러한 속어의 내원은 분명 아주 이른 시기부터 시작된 것이다.

사람 머리에 뱀의 몸을 한 신상은 두 개의 머리가 하나의 신체를 공유하고 있는 모습인데, 이는 옛 선인들에게 존재했던 '두 신이 혼합되어 만들어진 것(二神混生)[17]'이란 관념을 형상화한 것이다. 묘족苗族의 전설에 의하면, 복희와 여와는 본래 오빠와 여동생('누나와 남동생'이라고 하기도 한다.) 이었는데, 갑자기 홍수를 만나 인적이 끊기게 되었고 그 두 사람만 남게 되어 혼인하여 부부가 됐다. 이로 인해 인류는 유지될 수 있었다. 이 기원이 아주 오래된 전설과 '두 신이 혼합되어 만들어진 것'의 형상에 내포된 의미는 다양한 방면으로 해석을 할 수가 있다. 내몽고 지역에서 대량의 암벽화가 발견됐는데 그 중에는 생식숭배의 내용을 반영한 것들이 많이 있다. 이러한 암벽화에는 종종 과장의 방법을 사용하여 남녀 생식 기관의 형상을 새겼다. 오란찰포烏蘭察布 초원의 암벽화에는 여자 한 분이 그려져 있는데, 양팔을 밖으로 뻗고, 다섯 손가락이 분리되어 있으며 양다리는 약간 구부러져 있고 발끝은 밖을 향하고 있다. 또한 그것의 유방과 음호陰戶는 유난히 돌출되어 있다. 음호 밑에는 두 개의 원점이 새겨져 있는데 이것은 이 성기관의 중요성을 나타내는 것이다. 음산陰山의 서쪽에는 통고구通苦溝라고 불리는 산지의 거대한 바위에 수렵도狩獵圖 한 폭이 새겨져 있다. 활을 잡고 있는 남자는 건장하고 힘이 있으며 그의 남근은 우뚝 솟아 있어 마치 긴 추와 같다. 출산 숭배의 암벽화에는 성교하는 장면이 많이 새겨져 있는데, 성교하는 이들은 거꾸로 뒤집혀 대칭을 이루고 다리와 허벅지가 교차되어 합쳐져 있다. 그중 두 사람이 한 쌍을 이루는 것이 있으며, 여러 쌍이 성교하는 암벽화도 있다. 무도舞蹈를 주제로 묘사한 암벽화에서 일부는 출산을 기원하는 이미지를 내용으로 하고 있다. 암벽화의 이러한 여성 이미지들은 모두 역동적으로 춤추고 노래하는 모습이다. 일반적으로 모두 두 팔을 옆으로 뻗고, 두 다리는 밖으로 향해 벌리고

---

17) 「淮南子·精神訓」

그림 4-11 나체의 쌍성雙性 부조 채도호彩陶壺　　**그림 4-12** 쌍성雙性 사면인四面人 도호陶壺

있어 분만의 자세를 드러내고 있다. 또한 일부는 나체로 군무를 이루고
있는데, 분만을 하려고 하는 형태를 취하고 있다. 이러한 유형의 암벽화는
운남雲南, 신강新疆 등지에서도 발견됐다. 출산 숭배에 관한 암벽화는 주로
외진 지역으로, 그 절대적인 연대가 비록 늦지만 그 작가가 속한 사회의
발전 단계는 원시시대이다.

　국가박물관에 소장된 '쌍성 사면인 도호雙性四面人陶壺'와 청해靑海 악도
樂都 유만柳灣의 신석기시대 문화유적에서 발견된 '나체 쌍성 부조 채도호
裸體雙性浮雕彩陶壺' 등은 원시시대 사람들의 생식숭배에 관한 상황18)들을
나타내고 있는 것으로 이것은 고대의 '두 신의 혼합(二神混生)', 남녀동체
의 관념과 맞물려 있다.

　종합하자면, 원시시대 선조들은 음부숭배와 남근숭배, 남녀동체 등에
관한 관념을 가지고 있었고, 이와 관련하여 제사를 지내는 풍습도 있었다.
많이 낙후되고 미신을 믿는 지역에서는 후대까지 그러한 풍습이 여전히

---

18) 王曉田, 「雙性四面人陶壺初識」, 《中國歷史文物》, 2003年 第 6期.

존재했음을 알 수 있다. 그러나 본질적으로 보자면, 이들은 모두 당시의 사람들이 '종의 번식'을 중요한 문제로 사유했으며, 미신이라는 표면 속에 과학의 핵심이 감추어져 있었음을 알 수 있다.

제2절 ## 상대의 종교 신앙과 갑골복사

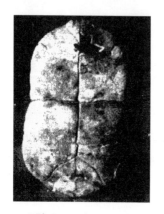

그림 4-13 각부刻符 귀갑

원시시대의 신앙과 종교미신은 하상시대에 상당히 큰 영향을 미쳤다. 사회 경제와 문화가 발전함에 따라, 하상시대의 종교 신앙은 비교적 정교한 형태를 갖추게 됐다. 특히 상대의 갑골복사는 바로 상고문화가 집적된 결합체로 아주 풍부한 내용을 함축하고 있는데 그 많은 수량의 복사는 상고문화의 소중한 보물이다. 우리는 상대의 갑골복사를 통해 당시 사회 풍습의 많은 중요한 상황들을 꿰뚫어 볼 수 있다.

점치는 풍습의 기원은 아주 이른 시기부터 시작됐다. 신석기시대에 해당하는 하남성 무양舞陽 가호賈湖유적에서 일찍이 부호가 새겨진 귀갑龜甲이 발견됐는데, 그 내용이 상당히 주목할 만하다. 은대에 이르러 점치는 풍습이 크게 성행했다. 상왕실과 귀족들은 거의 매일 반드시 점을 쳤으며, 모든 일을 점쳐보는 등 점치는 행위는 매우 빈번하였으며 점치는 준비와 과정 또한 상당히 신중하고 복잡했다. 이러한 모든 것들은 점치는 풍습의 시대적 특색을 드러낸다.

점치는 것이 성행하였기 때문에 상왕조 때 사용된 거북이의 수량 또한 상당했다. 전문가의 통계에 의하면, 은허殷墟에서 발견된 귀갑만 해도

160,030편이고, 귀갑 10조각(편)은 거북이 한 마리에 해당한다고 치고 계산해 보면, 적게 잡아도 16,003마리의 거북이가 사용됐다. 은허 갑골에는 봉헌된 거북이에 대해 아주 많은 내용들이 새겨져 있는데, 전해져 오는 기록에 의하면 봉헌된 거북이는 총 12,334마리[19]이고, 이 귀갑들은 대부분 남방지역에서 공수된 것들이다. 이에 비해 당시 점보는 데 사용된 복골卜骨은 오히려 현지에서 조달한 것이다. 상대商代에 가축을 사육한 수량 또한 상당하였는데, 대부분 점술가들에게 제공되었으며 비축된 소의 견갑골肩胛骨의 양이 상당히 많았다. 당시 점술가들에 의해 사용된 귀갑은 주로 거북이의 배딱지(龜腹甲)이며, 간혹 등껍질이 사용되기도 했다. 복골卜骨에 사용된 것은 주로 소의 견갑골이고, 간혹 소나 사슴의 머리뼈, 호랑이

뼈와 사람머리 뼈도 사용됐다. 그러나 이것들은 주로 기사記事문자의 글을 긁는 데 사용됐다.

고대의 귀갑을 다루는 상황에 대해서는 『주레周禮·구인龜人』에 기록되어 있다.

그림 4-14 복골卜骨과 청동 송곳

거북을 취하는 시기는 가을을 선택하고 거북을 다스리는 시기는 봄을 이용하여 각각 그 물건들이 귀실龜室로 들어가게 한다. 초봄에는 거북 피를 바르는 제사를 지내는데 제일 먼저 그 제삿날과 희생을 점친다. 만일 제사가 있으며 거북을 받들어 보내 점치는 데 도착하게 한다.

상왕조 때의 귀갑을 다루는 상황과 정확히 부합된다. 점치는 데 사용된

19) 胡厚宣,「殷代卜龜之來源」,『甲骨學商史論叢』初集第4冊.

거북이는 가을에 남쪽에서 운반된 것이다. 그 다음 해 봄에 의식이 거행되고, 산 제물을 죽여 피를 이용하여 거북이의 제를 지낸다. 제사를 지낸 후, 거북이는 죽이고 피와 살 그리고 내장을 제거한 후 다시 속이 빈 거북이 껍질을 저장하는데, 이를 '이비정치以備整治'라고 한다. 거북이 껍데기는 톱질로 벗겨내고, 갈아서 연마하는 등의 공정을 거쳐야 하며, 등껍질과 배딱지의 연결된 곳부터 톱질하여, 껍데기의 연결된 튀어나온 부분을 톱질하여 배딱지가 평평해지도록 한다. 면적이 비교적 넓은 등껍데기는 중간부분부터 톱질을 한다. 배딱지이든 등껍질이든 모두 반복적으로 칼로 벗겨내고, 연마 과정을 거쳐 거북이 판이 평평하고 광택이 나도록 한다. 소의 견갑골을 손질할 때는 그 뼈와 관골구(骨臼)의 반 또는 1/3정도를 벗겨내고 튀어나온 관절 모서리를 잘라내고, 마찬가지로 깎아내고 연마를 거쳐 평평하고 매끄럽게 만든다. 손질이 다 된 복귀卜龜와 복골卜骨은 묘당에서 구멍을 뚫는 작업을 진행한다. 갑골의 '착鑿'은 끌로 만든 것이 아니라, 칼로 도려내거나 돌 절굿공이를 회전시켜 만들어낸 것이다. 갑골의 '찬鑽'은 대부분 송곳을 이용하여 만든 것이다. 여기에 사용된 송곳은 일종의 속이 찬 작은 방망이다. 정주鄭州의 이리강二裏崗유적에서는 일찍이 청동 송곳이 출토된 적이 있는데, 이것을 회전시켜 갑골에 둥근 형태의 매끈한 홈을 만들었다. 이 밖에 바퀴를 이용하고 홈을 만들고 칼로 파는 방법을 결합하여 구멍을 만든 경우도 있다. '착鑿'과 '찬鑽'은 갑골에서 일반적으로 규칙적인 분포를 보이는데, 이것은 점칠 때 '복조卜兆'를 쉽게 만들기 위해서다.

「주례周禮·춘관春官」에 의하면, "귀갑을 태우는 데 쓰는 나무는 '초燋'라고 되어 있다. 즉, 땔감은 불에 그을린 후에 검게 변하게 되고 이것은 흔히 말하는 숯이다.[20] 점칠 때, 불은 갑골의 구멍에 두는데, 이는 이곳이

---

20) '초燋'에 관해서 한대 사람들은 일찍이 비교적 명확한 해석을 했다. 「사기史記·구책

비교적 얇기 때문이다. 그래서 불로 태운 후, 제일 먼저 균열된 갑골의 앞면에는 갈라진 모문兆紋이 나타나게 된다. 불로 내우는 순서와 시기 등 기원을 하는 상황에 대해서 한대 때의 사람들은 비교적 상세하게 다음과 같이 서술하고 있다.

점을 칠 때 먼저 떼어낸 귀갑을 아궁이에 구운 뒤 가운데에 구멍을 뚫는다. 다시 구운 뒤 거북 머리에 구멍을 뚫어 세 번 굽는다. 처음 구운 뒤 가운데 구멍을 뚫고 다시 굽는 것을 정신正身, 머리를 굽는 것을 정수正首, 발 쪽을 굽는 것을 정족正足이라고 한다. 각각 세 번씩 굽는다. 연후에 다시 아궁이에서 귀갑을 세 번 빙글빙글 돌리고 이같이 빈다. "그대 옥령부자玉靈夫子에게 빕니다. 옥령부자여, 싸리나무로 그대 가슴을 구워 그대가 먼저 알게 합니다. 그대는 위로 하늘까지 오르고, 아래로 못에 이릅니다. 신령한 수많은 것이 책策을 헤아려 점을 칠지라도 그대의 영험을 따르지 못합니다. 오늘은 길일吉日입니다. 행하는 것마다 순조롭습니다. 지금 어떤 일을 점치고자 합니다. 길조로 나타나면 기뻐할 것이고, 그렇지 못하면 뉘우칠 것입니다. 만일 제가 바라던 바를 얻을 것 같으면 일어나서 저를 보고 몸을 길게 하고, 손발은 모두 위를 향하십시오. 그것이 아니면 일어나서 저를 보고 몸을 굽혀 안팎이 서로 응하지 않게 하고, 목괴 사지를 안전히 오므리십시오." 신령스러운 영귀靈龜로 점을 칠 때는 이같이 빈다. "그대 영귀에게 빕니다. 역易의 오서五筮의 신령함도 사람의 생사를 아는 신귀의 신령에 미치지 못합니다. 지금 모인某人이 정성을 다 해 점을 쳐 어떤 물건을 얻고자 합니다. 만일 바라던 것을 얻을 수 있다면 머리를 내밀고 발을 펴 안팎이 서로 응하지 않게 하십시오. 그것이 아니면 머리를 쳐들고, 발을 오므려 안팎이 서로 응하지 않게 하며 각각 내리도록 하십시오. 이런 식으로 점을 칠 수 있게 해주십시오.[21]

「열귀책열전龜策列傳」의 기록에 의하면, 인두질한 귀갑의 끌(鑿)과 송곳(鉆)은 '굴싸리(荊)' 또는 '강목剛木'이라고 기록되어 있다. 사기색은史記索隱에는 "예전에 귀갑을 태우는 것은 생굴싸리와 생강목으로, 그것을 절단하여 귀갑을 태운다"고 했다.

여기서 말하는 '조造'는 싸리나무 불로 인두질하는 곳을 의미하고, '옥령부자玉灵靈夫子'는 점술가가 거북신에게 바치는 존칭이다. 거북을 불태울 때 점술가는 기도하면서 점치고자 하는 일들을 진술한다. 불이 다 타고 난 후, 갑골의 앞면에 나타난 조문兆紋을 근거로 길흉을 점친다. 일반적으로 왼쪽 귀갑의 조문은 모두 오른쪽을 향하고, 오른쪽 귀갑의 조문은 왼쪽으로 향한다. 소의 견갑골의 조문의 경우, 왼쪽 견갑골의 조문은 모두 왼쪽을 향하고, 오른쪽 견갑골의 조문은 모두 오른쪽으로 향한다. 소위 "머리를 내밀고. 발을 펴 안팎이 서로 응하지 않게 하십시오." "머리를 쳐들고, 발을 오므려 안팎이 서로 응하지 않게 하며 각각 내리도록 하십시오"는 모두 조문 형상에 대해 묘사한 것이다. 어떤 조문이 길하고 흉한지에 대해, 「사기·귀책열전」에 구체적인 설명이 기록되어 있다. 이는 비록 한대 사람들의 판단 기준이기는 하나, 그 시작은 훨씬 더 이른 시기로 올라가고 이것이 상대 점치기를 반영했다해도 과언이 아니다.

점칠 때는 같은 일에 대해 종종 여러 번 점을 쳐서 묻곤 하였는데, 긍정의 표현으로 물어본 후 다시 부정의 표현으로 묻곤 했다. 한번 점 쳐서 묻고 나서는 귀갑을 한번 태우는데, 일반적으로 거북이 배딱지(龜腹甲) 정면의 조문의 위쪽에 점친 횟수를 새긴다.

이러한 조문의 부근에 있는 점친 횟수를 '조서兆序'라 칭한다. 조서는 갑골에서는 일정한 규칙성이 있고, 귀갑의 경우 조서와 복사卜辭의 조각은 모두 좌우 대칭이다. 위에서 아래로, 안에서 밖으로 배열해 나간다. 소의 견갑골의 조서 또한 대부분 위에서 아래로 배열하는데, 일부 아래에서 위로 배열하는 경우도 있기는 하다. 어떤 경우에는 복사를 새길 자리를 비우기 위해, 새겨진 조서를 긁어내기도 한다. 은대의 사람들은 점칠 때, 하나의 일은 한번 점치는데 대부분은 하나의 일을 여러 번 점친 것이다.

---

21) 「史記·龜策列傳」

많을 때는 하나의 일을 반복적으로 18번 점을 쳐서 묻기도 했다. 이로 인해 복사卜辭가 세트를 이루는 상황이 출현하기도 하는 것이다. 세트를 이룬 복사는 반드시 하나의 갑골에 있는 것은 아니고, 다른 갑골에 기록을 추가하기도 했다. 은대의 갑골 중에는 하나의 갑골에 여러 줄의 복사가 있기도 하고, 또한 다른 갑골에서 보이기도 하는데 새겨진 것은 동일하다. 이것은 복사가 한 세트의 것이라는 증거다.

은대에는 점을 칠 때 세 마리의 거북이를 사용하는 풍습이 있었다.[22] 1971년 은허의 소둔서지小屯西地에서 21편의 완전한 형태의 소 견갑골로 만들어진 복골卜骨이 발견됐다. 이 21편의 복골은 각각 세트를 이루어 겹겹이 쌓여 있었는데 질서정연했다. 뼈 관절은 대부분 동쪽을 향하고 오직 3조각만이 북쪽을 향하고 있었다. 그 쌓여 있는 상황이 서남쪽 세트는 3개이고, 동남쪽의 것은 6개이며, 북쪽의 것은 12개다. 층층이 쌓여 있는 형태로 미루어 보아, 상대는 점칠 때 3개의 귀갑을 사용했다는 것을 증명해 주는 실례라 할 수 있다. 하북성 고성藁城 대서촌臺西村의 상대유적에서는 복골卜骨이 세 개의 상대고분에서 발견됐다. 각 고분마다 모두 3조각의 복골卜骨이 있다. 복골은 모두 고분의 2층대에서 출토되었다. 게다가 뼈들은 모두 한쪽 방향으로 향하고 있었는데 관찰한 바에 의하면, 처음에 3조각의 복골은 아마도 끈으로 단단히 묶여 한데 있었을 것이다. 이 또한 점을 칠 때 세 개의 뼈를 사용했다는 증거가 된다.

---

22) 「상서尚書·금등金縢」에 의하면 서주西周 원년 주공周公의 점복에 대해 다음과 같이 언급했다. "점을 칠 때 3마리의 거북이를 쓰는 것은 항상 길하다." 또한 「논형論衡·지실知實」 편에서는 주공이 "복삼구를 반복하여 처리하는 것은 ……, 점이 징조와 부합하게 하고, 징조는 마음을 정하게 하고 비로소 그것이 순종한다"라고 했다. 그리고 「논형論衡·사위死僞」편에서는 "복을 치는데 세 마리의 거북이를 사용해야 비로소 그 사실을 알 수 있다"라고 하였으며, 주대초기의 이러한 '복삼구卜三龜'는 상대의 풍습을 계승한 결과다.

이러한 '점칠 때 세 개의 귀갑을 사용하는 풍습'은 아마도 당시의 점복 제도와 관련이 있을 것이다. 상대는 '원복元卜', '좌복左卜'과 '우복右卜'이 있었다. 그 기록은 다음과 같다.

경신庚申날에 외출에 대하여 점을 쳤는데 £ 원복元卜을 사용하여 얻은 조문兆紋을 택하겠는가? 이월에 행한 일이다.

기유己酉 날에 대정(大貞: 나라의 거대한 계획을 묻는 일)에 대하여 점을 쳤는데 우복右卜을 사용하여 얻은 조문을 택하겠는가?

상읍으로 돌아가려는 일에 점을 쳤는데 좌복左卜을 사용하여 길하다고 해서 "상읍으로 가자고 했다."[23]

위의 첫 번째와 두 번째 예문은 2기의 복사이고, 세 번째 예문은 4기의 복사다. 사辭에서 언급하고 있는 '원복元卜'은 점칠 때 중간의 주요 위치를 차지하는 복골卜骨이나 복갑卜甲을 손에 들고 점치는 사람(혹은 상왕)이 되고, '좌복左卜'과 '우복右卜'은 왼쪽과 오른쪽의 양쪽에서 보조하는 무속인이다. 점치는 것이 진행될 때 세 명이 동시에 조작을 하게 되는데, 조문의 상황은 일반적으로 동일할 수가 없다. 위의 인용문 첫 번째 줄의 '-원복용元卜用'은 '원복元卜'이 들고 있는 귀갑이 예고하는 길흉의 조문을 채택할 것인가를 묻고 있는 것이다. 인용문 두 번째 줄의 '-우복용右卜用'은 '우복右卜'의 점친 결과를 채택할 것인가를 나타내는 것이고, 세 번째 줄은 사실을 사辭로 새긴 것으로 상왕이 상읍商邑로 돌아갈 때 무속인에게 점치는 상황을 기록한 것이다. '좌복左卜'의 점친 결과가 '길(吉利)'로 이를 채택한 것으로 보이며, '좌복'의 점의 결과는 상왕이 잠시 상商로 돌아가지 말라는 것을 보여주고 있다. '원복元卜', '좌복左卜', '우복右卜'에 관한 복사의 기록은 아주 희귀한데, 대개 상대의 점칠 때의 것들이 간혹 있으며 이는 결코

---

23) 『甲骨文合集』第23290片, 第25019片, 「小屯南地」第930片.

상용되는 결과는 아니다.

상대商代는 점칠 때 '습복習卜'의 현상이 있었는데, 복사의 기록에 의하면 다음과 같다.

기ε복,
습일복.
습이복.
습삼복.
습사복.

이는 1판 3기의 복갑卜甲 상의 기록이다. 이 기록 외에도 '습귀복習龜卜'24)이 있는데, 이 또한 동일한 형식이다. 고대문헌 중에서 '습習'은 '습襲'으로 통하며, '중복'과 '인습'의 의미가 있다. 위고문僞古文 「상서尚書·대우모大禹謨」에 의하면, "원귀元龜에게 명하는 것이오. 나의 뜻은 먼저 정해졌으며 물어서 의논하였으나 모두의 뜻이 같았고, 신령도 이에 따랐으며 거북의 점괘와 산가지의 점괘도 같이 따랐소, 점은 길한 것을 다시 쳐서 묻지 않는 법이오." 위공진僞孔傳에 의하면, "습習은 인因(따르다, 좇다)이다." 공영달의 소疏에 의하면, "습習과 습襲은 서로 통하고(習与襲同), 여러 겹의 옷을 '습襲'이라고 말하며(重衣謂之襲), '습習'은 후날이 앞날을 따른다(習是後因前)"라고 했다. 소위 '습약간차복習若干次卜'은 즉, 전에 진행한 점복은 다시 여러 차례 진행한다. 소위 '습귀복習龜卜'은 즉, 복갑卜甲을 중복 사용하여 점을 치는 것을 가리키며, 복골卜骨을 중복하여 사용하여 점을 치지 않는다. 이러한 점은 결코 새로운 복골卜骨 또는 복갑卜甲을 증가시키지 않으며, 원래 사용한 복골卜骨 또는 복갑卜甲을 이용하여 다시 점을 친다. 전문가의 추측에 의하면, "습복習卜은 각기 다른 시간에 동일한

---

24) 『甲骨文合集』 第31674片, 第26979片.

사건에 대해 다시 점치는 것으로, 같은 날 다른 시간에 하는 인습점복(因襲占卜: 전 번과 같이 그대로 하는 점복)도 있고 다른 날에 하는 인습점복도 있다"25)라고 하였으니, 이러한 견해가 정확한 것이다.

점이 보여주는 조문으로 길흉을 판단한 후, 물어보고자 하는 내용 및 그 판단 결과를 갑골에 새긴다. 새겨진 내용이 곧 '복사卜辭'이다. 은허에서 일찍이 상대의 청동 칼, 청동 송곳(錐) 및 옥 재질의 조각칼이 발견된 적이 있는데, 이것은 당시의 복사를 새기고 조각하기 위해 필요했던 도구들이다. 복사의 새김 과정을 거친 후에 갑골은 적당한 곳에 잘 보관하고 며칠이 지난 후에, 점을 쳐서 예측하고 또한 조문으로 길흉의 사건을 판단하고 결과가 나오는데, 이것은 점이 보여주는 조문이 나타내는 판단결과와 같거나 또는 일이 바라는 대로 되지 않기도 한다. 점술가는 이러한 상황을 관련 복사의 뒷면에 새겼는데, 이는 '험사驗辭'라고 칭한다. 이러한 보충 조각 성질의 험사는 사람들이 어떤 사건의 전모에 대해 이해하는데 도움을 준다. 이러한 특별히 중요한 '복사'와 '험사'는 문자를 새긴 후에 붉은 모래를 바르고 이것은 어떠한 특수한 함의를 나타내는 것으로 이것은 일정한 종교신앙 혹은 제사의식과 관련이 있음을 추측할 수 있다. 경우에 따라 사람이 글자를 새길 때 흰색의 필획이 쉽게 드러나게 하기 위해서, 혹은 글자를 새긴 곳과 글자를 아직 새기지 않은 곳을 구별하기 위해서 새기기 전에 갑골의 관련 부분에 숯검정을 칠하고, 복사에 새김이 끝난 후에 다시 검정색을 칠한다. 어떤 복사는 특수함을 나타내기 위해 붉은색을 칠하기도 했다.

복사로 사용된 갑골甲骨 중에서 일부가 특별히 보관됐다. 1936년 여름, 은허 제13차 발굴 시 일련번호 127호인 갱에서 10976개의 갑골이 집중적으로 발견된 적이 있다. 그 중에서 완전한 대귀판大龜板은 300여개 뿐이다.

---

25) 宋鎭豪, 「殷代'習卜'和有關占卜制度的研究」, 《中國史研究》, 1987年 第 4期.

127호 갱의 갱구坑口는 지면으
로부터 1.7m이고, 갱저坑底는
지면으로부터 6m다. 갱구에서
부터 갱저까지 모두 갑골로 가
득 저장되어 있고, 갱 가까운
북쪽 벽에는 사지를 구부린 형
태의 사람 뼈대가 하나 있었다.

그림 4-15 주사硃砂로 칠한 우골牛骨 각사刻辭

이 사람의 신체는 대부분 갑골 사이에 눌려 있었고 머리와 상체는 갑골층
밖으로 드러나 있었으며, 갑골을 묶어 저장한 후에 사람을 갱내에 묻은
것으로 보인다. 추측하건대, 이는 살아 생전에 갑골을 관리하는 사람이었
을 것이다. 127호 갱은 당시 의식적으로 갑골을 저장한 전형적인 사례이
다. 1973년 은허의 소둔小屯 남쪽에서 골재(骨料)들이 쌓인 땅굴이 발견됐
다. 예를 들어, 일련번호 62번인 갱에는 20개의 가공을 거치고 구멍이
뚫린 갑골이 매장되어 있었는데, 그러나 갑골 위에는 복사가 새겨진 것이
하나도 없었다. 또 다른 예로 일련번호 17번인 갱에서는 165개의 갑골이
출토됐는데 복골卜骨외 복갑卜甲이 층층이 쌓여 있었는데, 이를 통해 당시
에 의식적으로 갑골을 저장한 상황이었음을 알 수 있다. 상대말기 제을帝
乙, 제신帝辛은 일찍이 대군을 이끌고 인방人方, 우방盂方으로 원정을 떠난
적이 있다. 원정을 가면서 점친 갑골을 모두 가지고 돌아왔는데 이러한
사실을 통해, 당시에 의식적으로 갑골을 보존하고자 했음을 알 수 있다.

상 왕조의 점복풍습은 주변지역에 큰 영향을 끼쳤으며, 전문가들은 대
비연구를 통해 다음과 같은 사실을 지적했다. "촉蜀나라 사람들은 귀갑을
사용하여 점을 치는 풍습과 초기 복갑卜甲의 형제形制는 모두 상대 사람들
로부터 영향을 받은 결과이다. 최초의 복갑卜甲이 대략 상대중기부터 나타
났는데 유행시기가 비교적 길고 아마 춘추시대 초기까지 이어졌을 것이
다."26) 그러나 상대말기 상왕조와 촉蜀나라의 관계가 불안해짐에 따라

촉나라의 점복풍습에도 주대 사람의 영향을 받았다는 흔적이 여실히 드러
난다.

제3절 주대서법의 발전

사물 발전 규칙에 대한 인간들의 인식이 점점 깊어지고 체계를 이룸으
로써 상고시대를 거쳐 오랜 기간 동안 변화를 가진 서법筮法 또한 주대에
이르러 큰 발전을 이루었다. 서법과『주역』은 더 많은 지혜를 담게 되었고
이론적으로도 더욱 심화되어 주대의 민속 발전에 큰 영향을 가져다 주었
다. 아래 4 가지로 살펴보자. 첫째, 복서卜筮의 관계에 있어서 시초蓍草점,
즉 시서蓍筮가 점점 중요해졌다. 둘째, 숫자로 나타나는 역괘易卦가 완전한
그림부호로 변했다. 셋째,『주역』이론에 음양의 개념을 추가하기 시작하
였고 오행설五行說과도 연관성을 가지게 됐다. 넷째, 점괘 방법이 개선됐
다. 상술 네 가지를 기초로 구체적으로 설명해보자.

주대의 전통에 따르면 복卜은 서筮보다 중요하다.『주례周禮』에 적힌
귀복龜卜을 담당한 관리는 대복大卜, 복사卜師, 귀인龜人, 점인占人 등이 있
고 그 아래에 부하들도 많았다. 하지만 시초점을 담당한 관리는 오직 서인
筮人 한 가지 관직뿐이었다. 그 부하도 점복을 관장한 인원과는 비교할
수가 없는데 이는 서주시대 점복과 관련된 관리 제도를 반영했을 수도
있다. 후세의 예서禮書에 전문으로 점서占筮를 하는 관리들을 '역易'이라
불렀다.「예기禮記・제의祭義」편에는 아래와 같이 적혀 있다. "옛적 성인들
은 음양 천지의 정황을 파악하여 '역'을 만들었다. 역을 하는 자는 귀갑을
안고 남쪽에, 천자는 예복과 관을 한 채로 북쪽에 있다. 비록 명백한 생각

---

26) 羅二虎,「成都地區卜甲的逐步研究」,《考古》, 1988年 第 12期.

166 중국민속사

을 가지고 있지만 반드시 점서로 뜻을 묻고 감히 독단으로 결정하지 못하고 하늘을 높이 숭배했다." 정현鄭玄의 주注에 따르면, "역, 관직 명칭이다." '역'이라 하는 관리는 조정에서 영향이 커서 천자 또한 눈치를 봐야 했다. 문장에서 '옛적'의 일이라 하였는데 구체적으로 언제인지는 아직 자료가 없어 판단하기 어렵다.

복서卜筮의 선후 순서에 대해 「주례周禮·서인筮人」에서 말하기를 "무릇 나라에 큰 일이 있을 때, 선서先筮 그리고 후복後卜이다." '선서'라는 것은 서법이 점복보다 더 중요하다는 뜻이 아니라 반대로 서경귀중筮輕龜重을 반영한다. 정현의 주에 따르면, "귀복을 하는 자는 우선 시초점을 봐야 한다. 일에는 순서가 있어야 하기 때문이다. 시초점을 보고 흉조가 나오면 귀복을 멈춰야 한다." 가공언賈公彦의 소疏를 보면 "대사大事라는 것은 팔명八命, 대정大貞, 대제사大祭祀 등이다. 대복大卜이 점을 보는 것은 모두 대사大事이다, 모두 선서先筮 그리고 후복後卜이다. …… 서경귀중筮輕龜重, 지위 낮은 시초점이 먼저 임해서 한다. 다음에 귀복龜卜 순서대로 이루어진 과정이다"라 했다. 신령의 뜻을 알고자 하려면 과정을 거쳐야 하지 너무 급혜서는 안 된다. 그렇기에 먼저 그다지 중요치 않은 서법으로 묻는 데 마치 먼저 맥을 짚는 것과 같다. 만약 신의 뜻이 '흉兇'이면 점복을 진행할 수 없고 반대로 '길吉'이면 이어서 점복을 한다. 결론적으로 「서인筮人」의 설에 따르면, 마지막에 대사의 길흉을 결정하는 것은 결코 귀복으로 하며 귀복이 중요하기 때문에 시서 시초점 이후에 진행한다. 주대각각의 사회 계층에서 복卜, 서筮를 사용하는 상황도 같지 않다. 「예기禮記·표기表記」에 따르면, "천자는 서筮가 없고, 제후는 수서(守筮: 나라 안에 있어서 거수居守할 때 서筮를 쓴다는 말)가 있다. 천자는 도道 중에서 서筮를 한다" 라고 적혀 있다. 지존으로 불리는 주대천자가 대사에는 모두 귀복을 사용하고 오직 외출 등과 같은 소사小事에만 시서를 사용하였지만 제후諸侯는 천자보다 신분이 낮으므로 제후들이 나라를 지키는 일에도 시서를 사용할 수 있었다. 보통 주대에 "복서는 제삼 거듭 행하지 않다"고 했는데 이는 "대사에는 복을 하고, 소사에는 서를 한다"[27] 는 뜻으로 귀복이 시서보다 중요함을 시사한다.

춘추시대에 이르러 복이 서보다 중요하다는 전통은 보존되긴 하였지만 실제로 그때 그때 바뀌기도 했다. 춘추 초기 진헌공晉献公이 여희酈姬를 부인으로 택한 사건이 대표적이었다. 역사서에 기재된 내용을 보면,

> 일찍이 진晉나라 헌공献公이 여희酈姬를 부인으로 삼으려고 거북점을 쳤는데 불길한 점괘가 나오고, 산가지로 점을 치자 길한 점괘가 나왔다. 헌공이 산가지로 친 점을 따르겠다고 했다.
> 거북점을 친 사람이 말했다.
> "산가지로 친 점은 잘 맞지 않고 거북점이 잘 맞으니, 잘 맞는 점을 따르는 것이 좋습니다."
> ……헌공은 그말을 듣지 않고 여희를 부인으로 삼았다.[28]

진晉나라의 복관卜官은 '서단귀장筮短龜長'의 전통을 고집하며 이를 진헌공과 논쟁하는 근거로 삼았다. 하지만 실제 상황을 보면 복인卜人의 신분은 이미 수동적인 자리에 처했기에 고훈古训을 내세울 수 밖에 없었기 때문이다. 복인이 논쟁에 나섰다는 사실은 그때 당시 복과 서 어느 쪽이 중요한지에 대해 이미 사람들은 개의치 않았다는 뜻이다. 만약 '서단귀장'이라는 강력한 사회적 여론이 여전히 존재하였다면 진헌공이 스스럼없이 "서에 따르라, 즉 종서從筮"라는 말을 하지도 않았을 것이다. 복서의 순서를 보더라도, 먼저 서로 점을 보고 복점을 봐야 하는데 여기서는 먼저

---

27) 「禮記·表記」鄭注. 안어: "복서는 제삼 거듭 행하지 않다"는 설은 「예기禮記·곡예曲禮」 상편에서도 볼 수 있다.
28) 「左傳·僖公·4年」

복점을 하고 서를 했다. 이에 대해 진나라 복관들은 아무 말도 하지 않았다. 즉 '선서후복先筮後卜'의 전통은 이미 사라졌음을 알 수 있다. 진헌공이 여희를 부인으로 삼는 사실에 있어서 귀복龜卜이든, 서점筮占이든 모두 형식적일 뿐이었고 결국 군자의 말이 결정적이었다. 이번 사건에 있어서 신권神權은 군주의 패권만큼 힘이 세지 않았고 기세등등한 진헌군은 패왕의 자리를 꿰차고 싶었기에 복인들이 주장하는 전통은 안중에도 없었을 것이다. 그러므로 진헌공이 전통에 따라 복과 서로 점을 봤지만 사실은 전통을 파괴한 것이다. '축단귀장筮短龜長', '선책후복先策後卜' 등 전통은 새로운 국면에 이르러 그 힘을 잃게 되었고 변화를 꾀할 수 밖에 없었다. 노희공魯僖公15년(BC645년)에 진秦과 진晋 두 나라는 한원韓原에서 전쟁을 치렀다. 전쟁이 시작하기 전에 진秦나라는 "복도부卜徒父에게 시초점을 보게 하였는데 길吉이 나왔다."[29] 그리하여 진晋을 공격하기로 했다. 이러한 나라 대사를 오직 시서를 하고 귀복을 하지 않은 것은 『주례』에서 말한 "무릇 나라에 큰 일이 있을 때, 선서先筮 그리고 후복後卜이다"는 것과 완전 상반된다. 그런데 이번 전쟁에서 진혜공晋惠公은 오른쪽으로 공격하기로 하였는데 이런 작은 일에는 또 점복을 했다. "진나라 규주가 자기가 탄 수레의 오른 쪽에 탈 사람으로 누가 좋은가를 점 치게 했는데, 경정이 좋다고 나왔지만, 경정을 쓰지 않았다." 이 또한 "대사에는 복을 하고, 소사에는 서를 한다"는 전통과 맞지 않다. 노애공魯哀公 9년(BC 486년), 송宋나라가 정鄭을 토벌하였는데 진晋의 경卿 조앙趙鞅은 "정을 구할 것인지에 대해 귀복을 보고" 그리고 "양호는 주역으로 시초점을 보았다." 끝내 정나라를 도와주지 않기로 했다. 이 사건에서 '선복후서' 또한 전통에 맞지 않다.

『좌전』이 기재한 내용에 따르면, 춘추시대 큰 결정들은 보통 시서蓍筮

---

29) 「左傳·僖公·15年」

점괘를 많이 따랐다. 춘추시대의 큰 전쟁들도 시서를 본 후 일어난 것이다. 그 방증으로 앞서 언급한 진秦과 진晉의 한원전쟁 외에 또 노성공魯成公 16년(BC575년)의 진晉과 초楚의 언능鄢陵전쟁이 있었다. 언능전쟁이 일어날 때, 진여공晉厲公은 "시서를 보게 했다. 서사가 길이라 했다."[30] 그리하여 그는 초나라와 전쟁하기로 결심했다. 노희공魯僖公25년(BC 635년), 진문공晉文公은 왕을 섬긴다는 명목을 빌어 주양왕周襄王을 도움으로 모셔 "왕을 구하였다"는 '근왕勤王'의 명성을 얻고 싶었다. 이는 패업霸業과 관련된 일이기에 그는 우선 복언卜偃에게 점복을 명하고 또 점서占筮를 명했다. 진문공이 서법을 최소한 점복과 동등하게 생각하고 있었음을 알 수 있다.

시서의 중요성은 춘추시대에 상승세를 보였는데 이는 객관적인 요소에 의해 생긴 것이다. 『주례』에 기재된 내용으로 추측해보면, 서주시대 귀복은 보통 주대조정에서 잡고 있었고 많은 제후국에 점복을 하는 경우는 아주 적었다. 『상서尙書』의 여러 편에 주문왕周文王, 주무왕周武王, 주공周公 등이 점복을 하였다는 사실을 기재한 것이 바로 그 증거이다. 그러나 춘추에 이르러, 사회 구조에 큰 변화가 생겼다. 주왕조는 쇠락해진 반면, 제후국들의 세력은 커지면서 번갈아 패권을 차지하다 보니 주왕권은 지는 해와도 같았다. 이런 배경에서 점복 또한 각 제후국에서 보급되기 시작했다. 그리고 경대부卿大夫들의 세력이 커지면서 제후국 군주들도 예전에 주왕조가 동쪽으로 옮긴 후 곤경에 빠진 것처럼 어려움을 겪게 됐다. 귀복 범위가 넓어지고 귀갑龜甲을 구하기 어려운 상황은 춘추시대에 매우 보편적이었다. 귀갑이 적어서 제후국에서는 이를 보배로 삼고 '보귀寶龜', '원귀元龜'라 불렀다. 만약 귀족 가문에서 점복에 쓰이는 귀갑이 없어 급하게 필요할 경우에는 군주로부터 나라의 '보귀'로 점을 볼 수 있도록 허락을

---

30) 「左傳·成公·16年」

구했다. 노소공魯昭公19년(BC523년), 정鄭나라 귀족 사걸駟乞 측에서 "거북 등 구워 점을 쳐 후계자를 정했다."[31] 그런데 정鄭나리에서 집권을 하는 대신 자산子産에게 거절 당해 큰 코를 다친 것이 매우 대표적인 예다. 점복의 구체적인 진행 과정을 보더라도 큰 귀갑은 휴대하기 불편했다. 나가서 전쟁하거나 기타 임무를 완성할 때, 시서 점을 보는 시초蓍草는 휴대하기 훨씬 편하다. 그 외에, 거북의 점괘는 해석할 때도 제각각 일 때가 많았다. 거북 등에 나타난 복잡하고 변화가 많은 귀조龜兆는 믿음직 스러운 체계를 이루기 힘들었고 따라서 규칙도 별로 없었다. 반대로, 서주 후기부터 시서의 괘는 숫자에서 괘화卦画 부호로 바뀌면서 사람들이 모두 인정하는 규범이 생겼다. 또한 시초는 귀갑보다 쉽게 구할 수 있었다. 그러므로 춘추시대에 들어서서 귀복은 시서와 공존하고 또 사회적 영향력 도 컸지만 전체적으로 내리막길을 걷고 있었다. 반대로 시서는 점점 완성 되면서 이론적으로도 발전되어 철학적인 단계까지 오르면서 신비로운 특 징을 지니게 됐다. 공자, 노자, 손자 등 대사상가들이 모두 이 시대에 출현 한 것도 우연이 아닌 것 같다. 이는 오랜 역사를 거쳐 사상과 문화가 누적 된 성과이기도 하고 또한 그 당시 사람들의 사상이 예전보다 장족의 발전 을 이루었음을 시사한다. 이런 배경에서 귀복이든 시서든, 비록 미신에 불과하지만 사람들은 더욱 신기하고 정교한 것을 원하였고 '신의 뜻'에 더욱 부합되는 결과를 원했다. 춘추시대부터 시작해서 오랜 기간 동안 판에 박힌 귀복이 시서에 밀려 쇠락의 길에 접어든 것 또한 자연스러운 일이라 할 수 있다.

시서의 보급 상황을 보면, 춘추 후기에 이르러 이미 민간에 널리 퍼진 것으로 추측된다. 춘추 말기 묵자墨子는 "두 사람이 있는데 시서를 잘 한다. 한 명은 걸어다니면서 사람들에게 시서를 하고 또 한 명은 한 곳에 머물러

---

31) 「左傳·昭公·19年」

나가지 않고 시서를 한다. 걸어다니면서 시서를 보는 자와 나가지 않는 자 중에 누가 식량을 더 많이 얻을까?" 라고 물었다. 공우자公孟子는 묵자의 이러한 질문에 "점을 잘 친 사람은 다니면서 사람에게 점을 쳐주고 받는 복채가 많다"고 답하였고 또 "훌륭한 무당과 같으니 들어앉아 나가지 않아도 많은 복채를 법니다"[32]라 했다. 이 두 분의 말에서 알 수 있듯이, 그 때 사람들에게 점서占筮를 하면서 식량을 구하는 사람은 두 부류로 나눌 수 있는데 하나는 장소를 이동하면서 점을 보는 자, 또 한 부류는 한 곳에 머물러 점을 보는 자들이다. 이 두 부류의 사람들은 서법이 출중하기만 하면 모두 많은 여서(余糈: 점을 쳐주거나 푸닥거리를 해주고 받는 곡식)가 있다. 이런 점을 보는 사람들은 직위가 높고 명성이 대단한 사관史官과 같은 사람이 아닌 민간에서 활동하는 사람들로 보인다. 묵자와 공우자는 그들이 점서를 통해 식량을 얻는다는 사례를 들면서 자신의 생각을 표현하였는데 그 때 이런 사람들은 소수가 아닌 민간에서 자주 볼 수 있다는 사실을 알 수 있다. 이와 반대로 귀복을 하는 자는 민간에서 보기 굉장히 어렵고 널리 퍼지지도 않았을 것이다.

괘화卦畫 부호가 나타나면서 춘추시대의 시서는 중요한 발전단계에 들어섰다. 괘화부호가 훨씬 이전에 생겼다고 보는 전문가들도 있었다. 건乾, 곤坤, 이離, 감坎, 손巽, 진震, 간艮, 태兌 등 팔괘의 괘화는 포희씨包犧氏 시대에 이미 나타났고 명칭은 비교적 늦게 후대 사람들이 괘화에 따라 이름을 붙인 것으로 보고 있다. 하지만 최근 몇 년 간 전문가들이 상주商周 시대 숫자로 나타내는 「역」괘에 대한 연구를 통해, 이러한 설은 수정해야 마땅하다고 보았다. 괘화의 출현은 「역」괘의 괘사卦辭, 효사爻辭 이전이 아니라 훨씬 나중의 일이다. 대략 서주와 동주 사이에 나타나고 형성된 것으로 본다. 『좌전』에 기재된 가장 이른 괘화는 노장공魯莊公22년, 진완陳

32) 「孟子·公孟」. 여기서 '무巫'는 원래 '옥玉'이다. (孫詒讓 『墨子間詁』)

完 유년시대에 치른 시서에서 볼 수 있었다.

> 진陳나라 여공勵公은 채蔡나라 여자가 낳았다. 채나라 사람이 오보五父를 죽이고 그를 군주로 세우니, 여공이 경중敬仲을 낳았다. 경중이 어렸을 때, 주왕조의 대사大史가 주역을 점을 쳐 주겠다고 진나라 군주인 후작을 만났다. 진나라 군주인 후작이 그에게 점을 치게 하니 관觀☰☰이 비否☰☰로 변하다는 점괘가 나왔다. 그 점괘를 풀어 말했다. "'나라의 빛남을 보고, 천자의 빈객이 되기에 이롭다'고 할 수 있습니다."

주 왕조의 사관이 진여공의 아들을 위해 시서를 볼 때, 관觀괘가 나왔고 관괘에서 지괘인 비否괘로 변했다. 역사 기재에 따르면, 이 두 가지 괘는 모두 괘화부호가 있었다. 진여공은 노환공魯桓公6년(BC706년)에 왕위에 올랐다. 이 해에 기록된 『춘추春秋』를 보면 "채蔡나라 사람이 진陳나라 타佗를 죽였다"고 하였는데 진타陳佗는 오부五父다. 진완은 진여공의 아들로, 태어난 기간이 이 해 혹은 그 후일 것이다. 노장공魯莊公22년(BC672년), 진완陳完이 제齊나라로 향했는데 제환공齊桓公은 그를 경卿으로 시키려고 한 것을 보아 진완의 나이는 그리 어리지 않았을 것이다. 만약 『좌전』에 기록된 내용에 오류가 없다면 아무리 늦어도 BC706년 혹은 그 후에 이미 괘화 부호에 관한 명확한 기록이 있었다고 본다. 또한 그 당시의 괘화 부호는 이미 지금 우리가 본 『주역』의 64괘와 부합하다는 점에 특히 유의해야 한다. 관괘의 "나라의 빛남을 보고, 천자의 빈객이 되기에 이롭다"는 괘사 또한 현대 『주역』 판본에서 찾을 수 있다. 서주 후기부터 괘화부호가 점점 발전되면서 대략 서주와 동주 사이에 체계를 이룬 것으로 추측된다. 그러므로 춘추 초기에 이미 관觀, 비否 두 가지 괘화부호를 기록한 내용을 볼 수 있었다. 주평왕周平王이 도성을 동쪽으로 옮긴 후부터 진여공이 왕위에 오른 60여년 간, 괘화부호가 완전히 성숙되고 정형된 시대라 할 수 있다.

상술한 자료보다 조금 늦은 것은 진晉나라 대부大夫 필만畢萬과 관련된 기록이다. 『좌전』민공閔公 원년의 기록을 보면 "초년에 필만은 진晉에서 벼슬하는 문제로 시서를 봤다. 둔屯괘가 비比괘로 변했다. 신료辛廖가 점을 보고 '길하다'고 말했다. 둔屯괘와 비比괘의 뒤에는 모두 괘화부호가 그려 있다고 전해졌다. 필만이 진나라에 벼슬로 들어선 기간은 진헌공 초년일 것이다. 역사 자료에 따르면, 노장공鲁莊公18년(BC676년)에 진헌공이 왕위를 이어받았고 노민공鲁閔公원년(BC661년)에 필만이 군사를 이끌어 경耿, 곽霍, 위魏 3국을 제거하는데 공로가 커, 위나라 땅을 하사 받았고 대부가 됐다. 노희공鲁僖公23년(BC637년)에 진공자晉公子 중이重耳가 진을 떠나 망명할 때, 필만의 손자 위무자魏武子가 주요 대신 중 한 명으로, 나이 또한 적지 않았을 것이다. 그러므로 필만이 진에 벼슬로 있으면서 점서占筮를 한 시대는 아마도 진헌공이 왕위를 이어 받은 초년, 즉 BC 676년 혹은 약간 뒤일 것이다. 또한 필만이 점서를 하고 벼슬 한 기간과 진陳나라에서 진완陳完의 탄생을 위해 점서를 한 기간이 그리 차이가 나지 않았을 것이다. 그 괘화부호 또한 현대의 『주역』 판본과 동일하다.

앞서 괘화부호에 관한 두 가지 사례를 통해, 춘추 초기에 사람들은 이미 점복占卜에 쓰이는 괘화부호에 대해 널리 알고 있음을 알 수 있다. 시서를 보는 데 있어서 괘화부호의 출현과 체계화는 아주 중요한 의미를 지니고 있다. 첫째, 괘화부호는 많이 요약됐다. 괘화의 가장 기본적인 요소는 간단한 '— —'과 '—'로 구성됐다. 이 두 개의 부호를 통해 세상만물을 포괄하고 이 두 가지 부호로 구성된 8괘와 64괘로 모든 복잡한 현상들을 해석한다. 여기서 괘화부호와 거북 등에 나타난 흔적, 즉 귀조龜兆를 비교해보면, 우선 거북 등에도 물론 다양한 징조가 나타나지만 한 가지 징조로 한가지 현상(一兆一象)만 설명한다. 예를 들어 '황제黄帝가 판천阪泉에서 싸울 때에 쳤던 점괘와 같은 징조', '상림신桑林神이 붙었다는 징조' 등이 있다. 거북 등 징조는 쉽게 의미를 파악하고 개념이 비교적 구체적이고 명확하여 괘화부호처럼 광범위한 내용들을 망라할 수 없다. 두 번째, 사물을 분석하고 인지하는 데 있어서, 괘화부호는 사람들이 깊게 해석하고 하나를 보면 열을 알 수 있도록 한다. 반대로 거북 등에 나타난 징조들은 간단한 비교를 통해 길과 흉을 결정한다. 신의 뜻을 알고자 할 때, 거북 등 징조로 길흉을 판단할 수 있지만 춘추시대의 시서는 점괘 결과를 괘화부호로 바꾸고 또 괘상卦象을 형성하며 본괘本卦와 지괘之卦를 분석한 후에야 판단을 내릴 수 있었다. 괘화부호가 고정적인 부호이긴 하지만 그 상징적 의미는 수없이 변화할 수 있고 심지어 무궁무진하다고 할 수 있다. 괘화부호를 제치고 본괘와 지괘의 전환을 논할 수 없으며 시서의 신비로움이 인간에게 가져다 주는 상상력의 폭 또한 많이 줄어들 것이다. 괘화부호가 유입됨으로써 시서는 더욱 복잡해지고 아울러 더욱 이성적인 사고 체계를 갖게 됐다. '신의 뜻'을 알아가는 복잡한 과정이 객관적 사물이 가지고 있는 현실에도 부합하고 과거보다 더 향상된 인간의 인지능력에도 부합하게 됐다. 세 번째, 괘화부호는 사실 인간과 '신의 뜻' 사이의 매개이면서 반대로 장벽이기도 하다. 괘화부호가 나타나기 전에 귀복과 시서로 점을 볼 때, 거북 등의 징조와 괘사卦辭기 한 눈에 보이기에 사람들은 직관으로 신의 뜻을 파악할 수 있었고 신의 뜻과 접촉하는 데 있어서 많은 신경을 쓸 필요가 없었다. 하지만 괘화부호가 나타나면서 시서에 변화가 생겼다. 시서로 점을 본 후 사람들은 괘화부호를 대응되는 괘사卦辭, 효사爻辭로 바꿔야 했고 또 분석하고 연구하는 작업을 거처야 했다. 괘화부호는 인간과 신 사이의 이성적인 사고체계가 포함된 장벽이기도 하기에 맹목적이거나 미신이 포함된 요소들은 어느 정도 배제하였고 인간의 인식이 사회 현실에 더 가까워지도록 했다.

상대와 서주시대 「역」괘에서의 효사에는 음양오행의 관념이 포함되지 않았다. 음양오행의 기원은 아주 이르나 시서와의 결합은 비교적 늦은 시대다. 특히 철학적 범주로서, 체계적으로 「역」괘와 융합되고 사람들이 보편적으로 응용한 시대는 전국시대에 들어서서부터다. 물론 춘추시대부터 괘화부호가 시서에서 점점 중요해지면서 음양오행의 관념도 「역」괘에 융합하기 시작하였고 사람들은 이를 괘사, 효사 해석의 중요한 이론적 근거로 삼았다. 하지만 모두가 인정하고 정리된 체계는 이루지 못하고 비교적 복잡한 양상을 띠었다. 「역」괘에서는 8괘를 기초로 하고, 경괘經卦라 부른다. 곱하여 64괘를 이루는데 별괘別卦라 부른다. 별괘는 상괘上卦와 하괘下卦로 구성된다. 춘추시대의 서법筮法을 보면, 한 괘 당 6효爻, 괘화부호를 아래에서 위로 차례대로 배열하면 초효初爻, 이효二爻, 삼효三爻, 사효四爻, 오효五爻, 상효上爻가 있다. 초효, 이효, 삼효는 하괘이고 사효, 오효, 상효는 상괘이다. 춘추시대 사람들은 자연 속 사물로써 경괘와 별괘를 해석했다. 그 때 경괘는 이미 명확한 상징 대상이 있었고 많은 상징적인 의미에는 기본적인 개념이 그 중에 포함되어 있었다.

우선 건乾괘를 보자.

『좌전』장공莊公22년, "건乾은 천天이다"라고 하였고 아울러 하늘로써 건괘를 해석했다. 『좌전』민공閔公2년의 기록을 보면, 노魯나라 계우季友가 태어날 때, 노환공魯桓公은 또 점을 치게 하니, "대유大有☰☲ 괘가 건乾☰으로 변한 점괘가 나왔다. 점친 사람이 말하기를 '존귀함이 부친과 같아져 군주처럼 존경받을 것입니다.'"33) 대유는 본괘다. 괘상은 건괘가 아래에 있고 이離괘가 위에 있다. 건괘는 지괘之卦로 상괘와 하괘가 모두 건괘다. "존귀함이 부친과 같아져 군주처럼 존경받을 것입니다"라는 것은 시서로 점을 본 사람이 본괘 대유와 지괘 건의 괘상을 해석한 것이다. "존귀함이 부친과 같아진다(同復于父)"라는 것은 대유가 건을 하괘로 삼고, 지괘 건의 하괘도 건, 두 괘가 모두 건을 하괘로 삼았기에 같다는 뜻이다. 즉

---

33) 「左傳·閔公·2年」. 안어: 대유괘와 건괘의 뒤에 괘화부호가 그려져 있다고 전해졌다.

아들은 아비와 같다. 지괘로 바꿀 때, 대유의 상괘 이離괘가 건乾괘로 변하였는데 신하가 군주 쪽을 향한다는 뜻이다. 이러한 해석에 따르면, 시서를 한 자는 건괘를 하늘, 군주로 보고 있다는 것이다. 춘추시대 사람들은 지괘를 많이 사용했다. 다시 말해, 본괘를 해석할 때 지괘의 해석도 덧붙였다. 『좌전』소공昭公29년의 기록을 보면, 그 해 진晉나라 수도 외곽에 용이 나타났는데 사관史官 채묵蔡墨은 『주역』을 인용하여 용이 실제 존재함을 증명했다. "숨은 용은 사용하지 말라(潛龍勿用)"는 건괘 초구효初九爻의 효사다. "나타난 용이 밭에 있다(見龍在田)"는 건괘 구이효九二爻의 효사다. "나는 용이 하늘에 있다(飛龍在天)"는 건괘 구오효九五爻의 효사고 "꼭대기에 이른 용은 후회함이 있으리라(亢龍有悔)"는 건괘 상구효上九爻의 효사다. "떼지은 용이 우두머리가 없음을 보면 길하다(見群龍無首, 吉)"는 건괘 용구효用九爻의 효사다. 채묵이 이렇게 쉽게 인용하는 것을 보면 춘추시대 사람들은 건괘에 대해 잘 알고 있는 것으로 판단할 수 있다. 채묵이 인용한 효사를 보면, 춘추시대 사람들은 건을 용의 상징으로 보고 있는 듯하다. 채묵은 건괘의 효사를 직접 설명하지 않고 건괘를 본괘로 삼은 여러 지괘를 인용하여 설명했다. 채묵이 보기에, 여러 지괘는 사실 건괘의 영향을 받고 있고 건괘가 상징한 용 또한 영향력이 대단한 신적 존재다.34) 춘추시대 사람들은 건괘를 군주, 하늘로 생각하고, 용으로 생각하지만 사실은 하늘에 있는 신적인 존재로 여기고 있다. 춘추 말기,

---

34) 묵은 건괘에서 파생된 여러 지괘를 인용하였을 뿐만아니라 또 곤坤괘 상육上六의 효사 "용이 들에서 싸운다"를 인용했다. 채묵은 곤괘가 일반적인 괘와 다르다고 생각하며 여전히 건괘의 영향을 받고 있다고 생각한다. 곤괘의 상육 효사를 보면, "용이 들에서 싸우니 그 피가 검고 누르다." 양측이 모두 큰 피해를 봤다는 것을 의미하는 흉상凶象이다. 용은 원래 하늘에 있는데 황야로 내려와 전쟁을 치르면 결국 좋은 결과를 맞지 못할 것이다. 그러므로 이 효사는 용이 곤괘를 상징한다는 의미가 아니라 반대로 건괘의 영향을 받은 결과라 할 수 있다.

노소공은 삼환三桓에 의해 노나라로부터 쫓겨난 후 죽을 때까지 돌아가지 못했다. 진晉의 채묵은 "사직에 떠받들 주민이 없고 군과 신하도 변치 않는 자리가 있지 않다" 라는 개념으로 이를 해석하며 「역」을 인용하여 논증하였는데 말하기를 "'『주역』의 괘에 있기를, 뇌雷가 건乾을 타는 것을 대장大壯☳이라 한다'라고 했다. 그것은 천도天道인 것입니다." 대장 大壯의 괘상은 건하진상乾下震上으로, 진震은 천둥을 상징한다. 도예杜預의 주석을 보면, "건괘는 천자다. 진괘는 제후인데 건괘 위에 있다. 군과 신이 자리를 바꾼 것은 대신이 건장해지는 것과 같고 하늘에 천둥이 치는 것과 같다." 도예의 주석은 아주 적절하다. 채묵이 말한 '천지도야天之道也'는 군주와 신하가 자리를 바꾸는 것을 뜻하는데 하늘에 천둥이 치는 것은 하늘의 정상적인 현상으로서 이상하지 않다. 그러므로 노소공이 비록 군 주지만 신하 아래에 있을 수도 있어 이것은 특별한 것이 아니라는 뜻이다. 그는 건하진상乾下震上의 대장大壯괘로 해석함으로써 건괘를 하늘과 군주의 상징으로 보고 있음을 명확하게 보여주었다. 종합해보면, 춘추시대 사람들은 건괘를 하늘, 용, 군주 등 상징으로 보고 있다.

다음으로 곤坤괘를 보자.

『좌전』장공莊公22년, 주대 사관의 기록, 그리고 「국어國语·진어晉语」에 네 번이나 기록된 대부 사공계자司空季子의 말에 따르면, "곤坤은 토土이 다"라고 했다. 이는 곤괘를 상징하는 가장 집약된 설명이라 할 수 있는데 하늘을 상징하는 건괘와 호응한다. 이 해에 진경중陳敬仲이 어릴 때, 주대 사관은 그를 위해 시서를 본 적 있다고 기재 했다. "관觀괘☴가 비否괘 ☲괘로 변하는 것에는 '나라의 빛남을 볼 것이고 왕의 빈객 되기에 이롭 다'라 일렀다. 관괘는 곤하손상坤下巽上이고 비괘는 곤하건상坤下乾上이다. 손巽괘는 바람을 상징하고 건乾은 하늘, 곤坤은 땅을 상징한다. 그러므로 시서를 본 자는 "풍风이 천天으로 변화해서 토 위에 있다 (風為天于土上)"

라 해석했다. 즉 바람은 하늘에서 일고 땅 위에서 분다. 하늘과 가까운 땅은 산이기에 또 "풍风이 천天으로 변화해서 토 위에 산이 있는 격이옵니다. 그리고 산에는 재목이 있고, 하늘의 빛이 그것을 비치는 것이옵니다"고 했다. 즉 곤坤, 손巽, 건乾 등 점괘들을 같이 두고 분석하였고 각 괘가 상징한 의미는 분명했다. 춘추 초기에 필만畢萬은 진晉에서 벼슬하고 싶어 시서를 본 적이 있다. 본괘인 둔屯괘가 나오고 지괘인 비比괘로 변했다. 주대대부 신료辛廖는 괘상을 보고 말했다.

> 길하다. 둔屯은 위치가 곧고 편안함을 뜻하고 비比는 궁중에 들어가 군신君臣이 결속함을 뜻한다. 길함이 이보다 큰 것이 무엇이겠는가. 그는 반드시 번창하게 될 것이다.
> 진震이 변하여 토土가 되고 거마車馬를 따르고, 족足이 토土 위에 안정되고, 형兄이 장남長男으로 존재하고, 모母가 모든 사람을 싸 안으며, 대중이 그를 따른다. 둔屯이 변하여 비比가 되어도 6효六爻의 기본 뜻은 바뀌지 않으니, 대중의 힘이 모여서 능히 나라가 굳어지고, 지위는 안정되어 대중을 죽일 수 있는 권한을 가져, 공작公爵이나 후작侯爵이 될 괘卦다.[35]

둔屯괘의 괘상은 진하감상震下坎上이고 비比괘는 곤하감상坤下坎上이다. '진위토震爲土'라는 것은 점괘가 둔괘의 하괘, 다시 말해 진괘로부터 비괘의 하괘, 즉 곤괘로 변하였다는 뜻인데, 진괘는 흙이다. 그러므로 구름인 진괘가 흙으로 변했다. 진震괘는 또 마차를 상징하고 곤괘는 또 말을 상징하기에 진震이 곤坤으로 변한 것은 마치 수레가 말을 따르는 것과 같다(車從馬). 진은 또 발(足)을 상징하기에 진이 곤으로 변한 것은 마치 발을 땅에 딛는 것과 같아서 "편하게 산다"라는 뜻으로 해석할 수 도 있다. 그래서 '족거지足居之'라 한다. 진은 또 장남을 가리키기도 한다. 곤은 또

---

35) 「左傳·閔西·元年」

어미로 볼 수 있기에 진이 곤으로 변한 것은 마치 장남을 어미가 키우는 것과도 같다. 신료의 해석을 보면, 그는 곤괘를 토지, 말, 어미 등으로 보고 또 토지에서 파생된 산과 들로 해석했다. 『좌전』 소공昭公29년에 "곤坤괘가 박剝괘로 변화하는 것에는 '용이 들에서 싸운다'라고 적혀 있다. 곤괘의 육효六爻에서 음효陰爻가 양효陽爻로 바뀌어 곤하간상坤下艮上의 박剝괘로 변했다. 곤坤은 땅이고 간艮은 산으로, 산과 땅이 합쳐 산과 들이 된다. 춘추시대 사람들은 곤의 기본적인 상징적 의미에서 출발하여 또 중衆, 순順, 문덕文德의 품격도 담겨 있다고 생각했다. 춘추 초기, 진문공晉文公은 "준괘의 내괘 정둔貞屯䷂와 예괘의 외괘 회예悔豫䷏가 모두 팔八인 것을 얻었다"라는 시서 점괘를 얻은 적이 있다. 예豫괘의 괘상은 곤하진상坤下震上이다. 사공계자司空季子가 점을 보고 "대중들이 그를 따르고 문덕이 있는 격이옵니다"라고 하였는데 위소韋昭의 주를 보면 "곤坤은 중衆, 순順, 문文이고, 괘상은 문덕이 있는 것 같고, 대중들이 돌아오는 모습이다"라고 했다. 사공계자 또한 곤이 어미라는 뜻에서 출발하여 예괘의 의미를 파악하였는데 "곤은 어머니고, 진은 장남이다. 어머니가 연세가 드시면 아들이 강해진다. 그래서 예豫라고 한다"고 했다. 어머니가 연세가 드시면 아들은 이미 강하게 자라서 이는 즐거운 일이라는 것이다. 종합해 보면, 곤괘는 토지, 어미, 말, 산과 들 등을 상징하고 아울러 많다, 순종하다. 문덕 등의 품격도 가지고 있다.

다음으로 진震괘를 보자.

춘추시대 사람들은 진을 천둥이라 했다. 그러므로 「곡량전穀梁傳·은공隱公」 9년에 "진震은 뇌雷이다"라고 적었다. 그리고 「춘추·희공僖公」 15년에는 "이백夷伯의 사당에 벼락이 떨어졌다(震夷伯之廟)"라 적고, 『공양전公羊傳』에도 이 해에 "진이 무엇인가? 이백夷伯의 사당에 벼락이 떨어졌다"라 적었다. 춘추 초기 진헌공晉獻公은 진秦나라에 딸을 시집 보내려고 산가지로 점쳤는데 "귀매歸妹괘가 규睽괘로 변했다." 점괘에 대하여 사소史蘇가 말했다. "진震괘가 이離괘로 변하는 것은 또한 이괘가 진괘로 변하는 것으로 우레가 되고 불이 되며, 불길이 성해져서 영씨嬴氏가 희씨姬氏를 쳐부수고 수레바퀴 테를 떼어버리고 불이 깃발을 태워버리니, 군사를 출병하는 것이 이롭지 않다."36) 귀매歸妹의 괘상은 태하진상兌下震上이다. 그리고 바꾼 지괘 규睽는 태하이상兌下離上이다. 점괘가 바뀌면서 본괘인 진震은 지괘 이離로 변했다. 사소는 진괘가 이괘로 바뀐 것과 이괘가 진괘로 바뀐 것은 같다고 본다. 진은 천둥이고 이는 불이므로 천둥으로 벼락을 치든 불로 태우든 모두 파괴하고 손상시키는 의미를 가지고 있다. 그리하여 점괘가 바뀌면서 영嬴씨 집안의 진秦나라는 희姬씨의 진晉나라를 패배시킬 것이라 예언했다. 즉 "영씨가 희씨를 쳐부순다(嬴敗姬)". 진은 또 수레를 상징한다. 그런데 본괘인 귀매의 괘상은 태하진상兌下震上, 태괘는 파괴한 의미로, 진괘가 태괘 위에 위치하면 수레가 파손된다는 의미를 갖는다. 즉 "수레바퀴 테를 떼어버린다(車說其複: 설說자는 탈脫이라고 읽음)"는 것이다. 이 모두가 진晉의 출전이 불리할 거라는 예시다. 사소가 진을 천둥, 수레의 상징이라 본 것은 아마 이 두 가지 상징물 사이에 연관이 있기 때문인데 수레가 다니면서 요란한 소리가 나고 이는 천둥 소리와도 같기에 진을 마차의 상징이라 본 것 같다. 「국어國语・진어晉语・4 」에 대하여 위소韋昭는 "수레가 움직이는 소리가 벼락같이 들린다"라고 해석한 적이 있는데 진괘를 마차의 상징으로 보는 원인에 대해 설명했다. 서진西晉시대 유명한 시인 부현傅玄은 「잡언雜言」시에서 "천둥 소리가 나를 놀라게 해서 귀를 기울어 듣더니 수레가 다가온 소리가 아니었다"라 하였는데 천둥 소리가 마차 소리와 비슷하다는 의미로 해석할 수 있다.37) 사소

---

36) 「左傳・僖公・15年」
37) 「진」괘는 천둥이라는 상징물에서 출발하여 발(足)의 상징으로 파생하기도 한다.

史蘇는 진나라 출병이 실패할 것이라 예언하면서 또 '종기고從其姑'라 예측하였는데 바로 진震괘에서 이離괘로 바뀌는 데서 의미를 파악할 수 있었다. 자세한 원인에 대해 왕인지王引之는 아래와 같이 해석했다.

> 진은 양효陽爻를 위주로 하는데 아래에 위치한다. 이괘는 음효陰爻를 위주로 하는데 중간에 위치한다. 이괘의 음효가 진의 양효보다 한 단계 높다. 그러므로 진震은 남성인 조카, 이離는 여성인 고모, 즉 백희伯姬와 자어子圉는 고질姑姪의 관계를 나타낸다. 이는 효爻의 위아래로 서열을 정한 것이다.[38]

앞서 진震, 이離 두 경괘의 괘상을 비교하여 설명했다. 진괘의 삼효 중에 아래는 양효, 위는 두 개의 음효이고 이괘의 3효 중에 상하 각각 양효, 중간이 음효이다. 진괘는 양효 위주로, 남성을 나타내고 이괘는 음효 위주로 여성을 나타낸다. 위아래로 볼 때 이괘의 음효가 진괘의 양효보다 한 단계 높기 때문에 남녀에 비교해볼 때, 여자가 남자보다 한 연배가 더 많다는 뜻이다. 사소史蘇가 말한 "조카가 고모에게 의지한다(姪從其姑)"가 여기서 온 것이라 추측된다. 「국어國语·진어晉语」에 진나라 대부 사공계자는 "진震괘는 우레이고 수레이다.……수레는 움직이고 무武의 상징이다"라고 말하였는데 진이 용감하다는 의미도 포함된다는 뜻이다. 그는 또

「좌전·민공閔公」2년, 필만畢萬은 시서를 보아 "둔屯괘가 비比괘로 변한 점괘가 나왔다." 괘상을 "진震이 변하여 토土가 되고 거馬마馬를 따르고, 족足이 토土 위에 안정된다"로 해석하였는데 둔의 하괘는 원래 진인데 곤괘로 바뀌면서, 다시 말해 비괘로 바뀌었다. 진에서 곤, 즉 '진위토震為土'로 바뀐 것이다. 진은 수레를 상징하고 곤은 말을 상징하기에 '거종마車從馬'의 모습을 띤다. '족거지足居之'라는 것은 마치 발이 땅에 디뎌 안심하게 살 수 있다는 뜻과 같다. 그러므로 여기서 진은 또 발로 해석할 수 있다. 춘추시대 사람들이 진을 발로 본 것은 '쿵, 쿵'하는 발걸음 소리가 천둥소리와 같다는 데서 그 근거를 찾을 수 있는데 진괘에서 수레의 의미를 파생시키는 것과 동일하다.

38) 『經義述聞』 17卷.

곤하진상坤下震上인 예豫괘를 "곤은 어미고 진은 장남이다"라고 해석하였는데 진을 또 장남의 상징으로 본 것이다. 『좌전』민공2년에 주대대부 신료는 경괘經卦인 진의 괘상을 분석하면서 "형은 장남으로 존재한다(兄長之)"라 하였는데 신을 형의 상징으로 본 것이다. 이는 사공계자가 말한 '진이 장남이다'와 같다고 할 수 있다. 진괘는 주로 천둥을 비유하는데 천둥이 하늘에 있기에 진震도 하늘에 종속된다. 그러므로 춘추시대 사람들은 진으로 대신大臣, 춘추시대 각국의 군주와 경대부卿大夫의 관계를 나타내기도 했다. 춘추 후기 노소공魯昭公이 계씨季氏로 인해 쫓겨났는데, 진晉나라의 사묵史墨은 이를 정상적인 현상으로 보았다. 그는 "『주역』을 인용해 설명하기를, "『주역』의 괘에 있기를, 뇌雷가 건乾을 타는 것을 대장大壯☳이라 한다. 그것은 천도天道인 것입니다'라고 했다."[39] 대장大壯의 괘상은 건하진상乾上震下이다. 건은 하늘이고 진은 천둥이므로 "뇌雷가 건乾을 타다(雷乘乾)"라고 한다. '뇌'는 하늘에 종속되어 보통 하늘이 위에 자리잡고 천둥이 아래에 있다. 그런데 지금은 반대로 하늘이 아래에, 천둥이 위에 있어 마치 신하가 군주의 자리 위에 있는 듯하다. 종합해보면, 진괘는 천둥, 수레, 남성, 신하, 발, 장남 등을 상징하며 범간하는 이미도 가지고 있다.

다음으로 손巽괘를 보자.

『좌전』 장공莊公 22년에 주대 사관은 "손巽은 풍風이다"라고 말하였다고 적혀 있다. '손'은 이 해에 진경중陳敬仲과 관련된 점괘를 본 내용에 적혀 있었다. "관觀괘가 비否괘로 변한 점괘가 나왔다." 관觀의 괘상은 곤하손상坤下巽上이다. 주대 사관은 이를 근거로 "풍風은 천天으로 변화해서 토土 위에 있다(風爲天于土上)"라고 설명했다. 손은 바람이고 곤은 땅이다. 그러므로 관괘는 바람이 하늘에서 일고 땅에서 흩날리고 있음을 나타낸다.

---

39) 「左傳·昭公·32年」

『좌전』양공襄公25년의 기록을 보면, 제齊나라 최무자崔武子가 시서를 봤는데 "곤困괘가 대과大過괘로 변환 점괘가 나왔다." 제나라 대부는 이를 보고 "남편은 바람이고 바람이 아내를 떨어뜨린다"로 해석했다. 곤困괘(감하태상坎下兌上)의 하괘 감坎은 중남(차남)의 상을 띠고 있기에 부夫로 해석할 수 있다. 대과大過(손하태상)로 변한 후에, 감坎괘가 손괘로 변하여 "남편은 바람에 따른다(夫從風)"로 설명했다. 손괘가 바람을 상징하고 있음을 알 수 있다. 『좌전』소공 29년의 기록을 보면, "건乾괘의 상효가 변하여 구姤괘가 된 것에 '숨은 용은 사용하지 말라'"라고 적혀 있다. 공영달孔穎達의 해석을 보면, "손하건상巽下乾上, 구姤괘다. 건의 첫째 효(初九爻)가 변하여 구괘가 됐다. 「단象」에서 설명하기를, '구姤는 만남이고 유柔가 강剛을 만난다'는 것은 하늘이고 강하다는 뜻이다. 손은 바람이고 유柔하다는 뜻이다. 바람이 불면 반드시 무언가 만난다. 마치 여자가 길에서 남자를 만나는 것과 같다. 그러하여 이 괘를 '구姤'라 한다." 공영달은 손巽이 가진 바람의 뜻에서 출발하여 부드러울 유柔의 의미를 유추하기도 했다. 춘추시대 사람들은 이러한 생각을 가지고 있지는 않았던 것 같다.

이번은 감坎괘를 살펴보자.

감괘는 기본적으로 물을 상징한다. 춘추 초년에 진문공晉文公이 시초점을 보았는데 "둔屯괘의 내괘 정둔貞屯☳과 예괘의 외괘 회예悔豫☷가 모두 팔八인 것을 얻었다"라고 했다. 둔屯은 본괘, 예豫는 지괘다. 둔괘의 상괘는 감괘다. 진晉나라 대부인 사공계자는 "감坎괘는 물이다." 또한 "감坎괘는 만물이 귀의하는 것을 상징한다. 이는 물의 기세가 깨끗하고 도도하여 중망衆望이 모여드는 괘상이다"라 했다. 물은 유동적이고 순종적인 의미를 가지고 있다. 그리하여 사공계자는 또 "무위를 떨치는 수레가 위에 있으니 이는 무비가 충실함을 상징하고 호대浩大하며 순종하는 물이 아래에 있으니 이는 백성들의 귀의를 상징하다. 반드시 패제후霸諸侯를 칭할 것이다"

라 했다.[40] 그 근거는 예豫의 상괘가 진震으로 수레를 상징하고 둔괘의 상괘는 감으로 물을 상징하기 때문이다. 위소韋昭는 "수레가 위로 움직여 위威야, 물이 아래로 움직여 순順야, 위엄이 있어 사람들이 순종하기에 반드시 이긴다"라고 해석하였는데 이치에 맞는 듯하다. 감괘는 물에서 천川으로 의미가 확대됐다. 『좌전』 선공宣公12년의 기록을 누군가가 분석한 것을 보면, 『주역』 중에 "사師괘가 임臨괘로 변하다(師之臨)는 내용이 있다. 이 괘상을 "개울이 막혀 늪이 된다(川壅為澤)" 또한 "물이 가득 차도 말라 버리게 된다(盈而以竭)" 사師괘의 하괘는 감坎, 임臨괘의 하괘는 태兌다. 태는 늪, 즉 택澤을 상징하는데 감괘가 태괘로 바뀌면서 "개울이 막혀 늪이 된다." 감이 천川을 상징하고 있음을 알 수 있다. 천이 물의 흐름을 나타날 수 있기에 가득함의 의미도 가지고 있다. 그리하여 감괘가 태괘로 변하면서 "물이 가득 차도 말라 버리게 된다"는 의미도 가지게 됐다. 춘추시대 사람들은 또 '물'이라는 뜻에서 '대중'의 의미로 확장시켰다. 필만畢萬이 진晉에서 벼슬을 하기 위해 시서를 봤는데 "둔屯괘가 비比괘로 변한다는 점괘가 나왔다." 두 괘의 상괘가 모두 감괘로, 신료辛廖는 이 괘상을 "대중이 그를 따른다(眾歸之)"로 해석했다. 여기서 감괘는 '대중(眾)'을 상징한다. 춘추시대 사람들은 또 감으로 부夫를 상징했다. 위에서 인용한 제나라 최무자가 본 점에서 '부종풍夫從風'이라는 설이 있는데 '부夫'가 감괘의 상징이다. 종합해보면, 감괘는 물이고 천이고 부(夫: 중년 남자)를 상징하고 또 가득하다는 의미를 가지고 있다.

다음으로 이離괘를 보자.

이離괘는 보통 불을 상징한다. 춘추 후기에 노나라 삼환三桓의 숙손득신 叔孫得臣은 "『주역』으로 점을 치자 명이明夷괘가 겸謙괘로 변하는 점괘였

---

40) 「國語 · 晉語 · 4」

다. "명이明夷괘는 이하곤상離下坤上이고 겸謙괘는 간하곤상艮下坤上이다. 노나라 복관卜官 초구楚丘는 "이離는 화火이다"라고 해석하면서 불의 의미에서 태양의 의미로 확장시켰다. 명이의 괘상을 보면 이하곤상離下坤上, 즉 태양이 땅 아래에 있는 모습이다. 그리하여 초구는 "명이괘는 날(日)을 나타내고, 날의 수는 열(十)입니다. 하루는 열 때가 있는데, 이것은 또한 인간의 열등급의 신분에 해당 되기도 합니다. 첫째 천자이고, 둘째는 제후고, 셋째는 경卿입니다. 하루에서 일중日中을 맨 위로 삼아 천자의 때가 되고, 아침 식사 때가 중째인 제후의 때이며, 해가 솟아오를 때가 셋째인 경卿의 때입니다." 라고 설명했다. 춘추시대 사람들은 하늘에 열 개의 태양이 있고 태양이 지구를 에워싸서 돈다고 생각한다. 초구는 이로써 명이의 괘상을 해석하였는데 명이가 일日이라는 것은 사실 이괘가 태양을 상징한다는 것이다. 명이 초구初九의 양효陽爻가 음효陰爻로 변하여 간하곤상艮下坤上인 겸괘를 얻게 된다. 이 변괘變卦에서 곤은 변하지 않았고 이괘만 간괘로 바뀌었을 뿐이다. 초구는 이를 근거로 "이離는 화火에 해당하는데 간艮은 산山에 해당합니다. 이離가 불이 되어 불이 산을 태우면 산은 망가집니다"[41]라고 해석했다. 그러므로 이괘는 간언을 듣고 실패를 초래할 수 있는 징조를 가진 점괘이기도 하다. 『좌전』 희공25년의 기록을 보면, 진문공晉文公은 점을 보는 복언卜偃에게 '왕을 구하는 일(王之事)' 즉, 근왕勤王에 대해 시서를 보게 하였는데 "대유大有괘가 규睽괘로 변한다는 점괘입니다. 길합니다. 이 괘는 천天이 변하여 택澤이 되고 태양에 해당하는 것이다" 라 했다. 대유大有의 하괘는 하늘을 상징하는 건괘인데 택澤을 상징하는 태兌괘로 변했다. 그리하여 복언은 '천위택天爲澤'이라 했다. 괘가 변하는 과정에 두 괘의 상괘인 이離괘는 변하지 않았다. '이당일以當日'을 보면, 이괘는 일日을 상징하는데 천과 택의 위에 있다. 복언의 해석에서

---

41) 「左傳·昭公·5年」

그는 이離괘를 일(태양)의 상징으로 보고 있음을 알 수 있다. 노나라 복관 조子는 또 "순이가 소를 상징한다(純離為牛)"[42]라고 말한 적도 있다. 그리 하여 또 이괘로 소(牛)를 상징했다. 춘추 초년에 진헌공은 딸의 결혼 문제 로 시서를 보았는데 "귀매歸妹괘가 규睽괘로 변한다는 결과가 나왔다." 귀매는 태하진상兌下震上으로 상육음효上六陰爻가 상구양효上九陽爻로 변 했다. 즉 태하이상兌下離上의 규괘가 됐다. 이렇게 점괘가 변하는 과정에 두 괘 중의 하괘인 태괘는 사실 변하지 않고 상괘인 진괘만 이괘로 변했다. 진괘는 천둥을 상징하고 이괘는 불을 상징한다. 그리하여 사소史蘇는 점괘 를 "진震괘가 이離괘로 변하는 것은 또한 이괘가 진괘로 변하는 것으로 우레가 되고 불이 된다"고 설명했다. 또는 이는 불이 해당되기에 사소가 "불이 깃발을 태워버리고, 군사는 출병하여 이롭지 않다"고 했다. 불은 피해도 나타나기에 이괘는 재난의 뜻을 가지고도 있다. 춘추 초기에 정나

---

42) 『좌전』소공 5년의 기록에 나온 "순이위우純離為牛"의 해석에 대해 청나라 학자 초순 焦循은 『좌전보소左傳補疏』에서 "명이는 상곤하이上坤下離로서, 곤으로 이를 결합하 였기에 '순이純離'라 힌다. 純純은 우耦이고 이離와 결합하는 곤坤은 우牛이다 『주역』 에서 곤이 소를 상징한다는 초순의 해석은 논의할 여지가 남아 있다. 순은 원래 사絲의 의미를 가지고 있고, 전일專一, 크다, 착하다 등 의미로 확장했다. 「예기禮記 ·향사례鄕射禮」에서 "이산二算이 순純이다"라고 했다. 가공언賈公彦의 설명을 보면 "순, 전부(全)와 같다. 음과 양을 결합한 것이다"라 했다. 초순은 아마 이를 근거로 "순純은 우耦이다"라 한 것 같다. 하지만 순의 한자 의미를 볼때, 가공언의 해석은 분명하다. 즉 순의 의미는 '전全'이고 '우음양耦陰陽'이라는 것도 음양이 하나로 합친 것을 가리킨 것으로 여전히 '전全'의 의미를 나타내고 있다. 그러므로 순은 결합, 조합의 의미를 가지고 있지 않다. 『좌전』에 나타난 '순이純離'는 두예杜預의 주석과 공영달의 해석이 가장 알맞은 듯 하다. 두예의 주석을 보면 "『주역』 이상이하離上離 下, 이離 는 '암컷의 소를 키워서 길하다.' 그러므로 '순이위우純離為牛'라고 한다." 공영달은 "상체上體, 하체下體 모두 '이離'다"라고 했다. 중괘重卦인 이괘는 두 개의 경괘經卦인 이괘가 위 아래로 결합해서 만들어 진 것이다. '순이純離'는 중괘인 이괘 가 모두 단독으로 구성된 것을 의미한다. 여기서 '순純'은 하나라는 뜻이다. '소'로 설명된 것은 이괘가 소의 의미도 상징하기 때문이다.

라 귀공자 만만曼滿은 경卿이 되고 싶어했다. 정나라 대부 백료伯廖는 그를 "덕이 없고 탐욕스럽다"라고 질책하였고 또 점괘를 활용하여 그는 반드시 큰 화를 불러일으킬 것이라 하였면서 "『주역』으로 풍豐괘가 이離로 변한 것"43)과 같다고 했다. 그 결과 일 년이 지나서 만만曼滿은 정나라 사람에 의해 목숨을 잃었다. 백료의 말을 통해 이괘는 '환患'의 의미를 가지고 있음을 알 수 있다. 종합해보면, 춘추시대 사람들은 이괘를 불, 태양, 소 등의 상징으로 보고 있고 화를 일으키는 존재로도 생각했다.

다음으로 「간艮」괘를 살펴보자.

『좌전』소공 5년의 기록을 보면, "간艮은 산山이다"라고 적혀 있다. 이 해에 노나라 숙손씨叔孫氏가 시서를 봤는데 "명이明夷괘가 겸謙괘로 변하 는 점괘가 나왔다." 겸괘는 간하곤상艮下坤上으로 하괘인 간괘는 명이의 하괘 이離에서 변화된 것이다. 복관卜官은 이러한 변화를 "이離는 화火에 해당하는데 불이 산을 태우면 산은 망가진다"44)로 해석했다. 역사서에는 춘추시대 사람이 시서로 점을 보고 간괘가 나왔는데 그 변괘는 오효五爻가 모두 변하여 이룬 수隨괘였다는 기록도 있다. 노나라의 목강穆姜은 세력을 잃자 시서를 봤는데 그 내용은 아래와 같았다. "목강이 처음 동궁으로 가서 산가지로 점을 치자, 간艮괘가 팔八로 변한다는 점괘였다. 사관이 말하기를 '간艮괘가 수隨괘로 변하는 것이다.'"45) 두예의 해석에 따르면,

---

43) 「左傳·宣公·6年」

44) 「左傳·昭公·5年」

45) 『좌전』 양공 9년에 기록된 '우간지팔遇艮之八'에 대해 두예의 주석을 보면, 「주례周禮 ·대복大卜」의 기록을 근거로 할 때, 이는 아마도 「연산連山」 혹은 「귀장歸藏」을 활용한 것이라고 한다. 현대에 와서 많은 학자들은 『주역』을 사용해도 이러한 현상 이 나타날 수 있다고 한다. 고형高亨은 "이 영수營數가 44이고 55에서 44를 빼면 11이 남는다. 규칙에 따라 세어보면, 이효二爻까지 11이 다 세어지기에 이효는 변화 가 쉬운 효爻다. 그런데 이 효가 8일 때는 변하지 않는 효다. 그리하여 '우간지팔遇艮

사관은 아마도 「연산連山」의 「역」을 사용하여 해석한 것 같다. 「주례周禮
·태복太卜」에서 "삼「역」지법(三「易」之法), 첫째는 「연산」, 둘째는 「귀장歸
藏」, 셋째는 『주역』"이라 했다. 정현鄭玄의 해석을 보면 "「연산」이라 이름
을 지은 것은 마치 산에서 기氣를 들이고 내뿜는 것과 같다." 간괘가 산을
상징하는 것으로 볼 때, 노나라 사관이 「연산」으로 해석하였다는 점이
쉽게 이해가 간다. 산 외에 간괘는 또 나무(木)의 의미를 가지고 있다.
『좌전』 소공 원년에 "『주역』에서는, 여자가 남자를 홀리고 바람이 산에
있는 것을 떨어뜨리니, 그것을 고蠱라고 했다"고 적은 내용이 있다. 두예는
"산에 나무들이 바람이 불면서 넘어지다(山木得風而落)"로 해석했다. 고
蠱괘는 손하간상巽下艮上이다. 손은 바람이고 간괘는 나무이다. 그리하여
고는 바람이 불어 산에 나무들이 넘어지는 괘상을 보여주고 있다. 분명한
것은 간괘 중 '나무(木)'의 의미는 산의 의미에서 확장된 것이다. 『좌전』
희공 15년의 기록을 보면, 진목공秦穆公이 진晉나라를 공격하려고 복도부
卜徒父에게 시서를 명했다. 결국 고괘를 얻었는데 대길大吉의 징조라 했다.
그 이유는 "고蠱괘의 아랫부분은 풍風에 해당되고 그 위 부분은 산에 해당
됩니다. 이 해의 시절을 가을이 온데, 우리가 나무에 달린 열매를 떨어뜨리
고는 그 나무를 베는 격이 오니 우리가 싸워 이길 것이다"라고 했다. 사실
여기서 고蠱의 상괘인 간괘를 산과 나무를 합친 모습으로 보고 있다.

다음으로 태兌괘를 보자.
태兌괘는 보통 택澤을 상징한다. 『좌전』 희공 25년의 기록을 보면, 진문
공晉文公이 시서점을 보아 "대유大有괘가 규睽로 변한 점괘가 나왔다." 이

之八'은 간괘의 육이효六二爻가 변화하지 못하기에 간괘의 9를 6으로, 6을 9로 변화시
켜 수隨괘를 얻은 것이다. 그러므로 "간艮괘가 수隨괘로 변한다"라고 설명했다. 이
두 가지 해석 모두 일리가 있다고 본다. 그러나 목강의 "『주역』에 풀이하여 으르기
를(是于『周易』曰)"이라는 표현을 볼 때, 두예의 주석이 더 타당한 것 같다.

괘는 "천天이 변하여 택澤이 되고 태양에 해당하는 것이다(天爲澤以当日)"
로 해석된다. 대유大有(건하이상乾下離上)의 하괘는 하늘을 상징하는 건괘
로부터 변한 규睽(태하리상兑下離上)괘일 때, 건乾은 태兑로 변한다. '천위
택天爲澤'이라고 하는 것을 보아 그 당시 태兑를 택澤의 상징으로 보고
있음을 알 수 있다. 『좌전』소공 29년의 기록을 보면, 건乾괘의 상구효上九爻
는 양에서 음으로 변하여 쾌夬괘가 됐다. "쾌夬를 '꼭대기에 이른 용은
후회함이 있으리라(亢龍有悔)'라 한다." 쾌괘는 건하태상乾下兑上이다. 건
은 용을 상징하고 태는 늪, 즉 택을 상징한다. 그러므로 쾌괘는 용이 늪에
빠져있는 모습으로 보이는데 건괘의 상구효 '항룡유회亢龍有悔'와 부합된
다. 공영달의 해석을 보면 "쾌夬는 결決이다. 강剛이 유柔를 결단한다는
것이다. 쾌괘는 오양五陽이 일음一陰을 결단하는 것이다. 건乾은 하늘이고
강剛한 것이고 군건한 것이다. 태兑는 택澤이고 유柔한 것이고 즐거운 것이
다. 강으로 유를 결단하는 것이기에 이 괘를 쾌夬라고 한다." 이 해석은
춘추시대 사람들의 생각에 부합된다고 할 수 있다. 또한 태는 소녀를 상징
하기도 한다.

『좌전』 양공 25년의 기록을 보면, 제나라 최무자가 동곽언東郭偃의 누나
와 결혼하려고 시서를 보았는데 "곤困괘가 대과大過괘로 변하는 점괘가
나왔다. 시서들이 모두 길吉하다 하였다"고 기록되어 있다. 사관들의 근거
를 보면 곤困은 하감상태下坎上兑로, 감坎은 차남(中男)이고 태兑는 소녀다.
중남이 소녀와 결합하기에 길조이다. 소녀의 모습에서 춘추시대 사람들은
또 연약함의 의미를 얻게 됐다. 『좌전』 선공 12년의 기록에서 춘추 초기,
진晉나라의 지장자知莊子는 『주역』의 '사지임師之臨'의 괘상을 보고 "사람
들이 흩어지면 약해지고 강물이 막히면 택이 된다" 라고 했다. 그리고
또 "물이 가득 차도 말라 버리게 된다(盈而以竭)"고 했다. 사師괘는 하감상
곤下坎上坤으로, 임臨괘로 변할 때, 상곤上坤은 변하지 않고 하감下坎만 태兑
로 변한다. 춘추시대 사람들은 감괘가 군중의 의미를 가지고 있다고 보고

감坎괘가 변하면 사람들이 흩어진다는 뜻이다. 그리고 태兌는 소녀의 의미를 가지고 있기에 연약하다는 뜻도 포함된다. 그러므로 감坎이 태兌로 변할 때, "사람들이 흩어져서 약해진다(眾散為弱)는 개울이 막혀 늪이 된다(川壅為澤)"의 의미를 가지게 된다. 감坎은 물이라서 천川의 의미를 가지고 있는데 택澤을 상징하는 태兌괘로 변하면 '천옹위택川壅為澤'을 나타낸다. 그리고 늪에 물들은 쉽게 마르기에 강물이 저장되어 만든 늪은 '영이이갈盈而易竭'이라 해석된다. 이를 통해, 태兌괘는 택澤을 상징하기도 하고 마르다는 의미도 가지고 있다. 종합해 보면, 태兌괘는 늪과 소녀를 상징하기도 하고 마르다는 의미도 가지고 있다.

상술한 춘추시대 사람들이 기록한 여덟 가지 경괘經卦의 상징적인 의미는 거의 체계를 이루었다고 볼 수 있다. 또한 그 시대에는 관련 내용을 서술한 전문 저서들이 생겼을 수도 있다. 『좌전』 소공 2년에 춘추 후기에 진晉나라의 한선자韓宣子가 노나라를 방문하면서 "대사大史로부터 『역상易象』과 『노춘추魯春秋』를 보고 '주례는 노나라에서 최선으로 행해지구나'라고 말하였다"는 기록이 적혀 있다. 여기서 말한 『역상』에 대해 송나라의 왕응린王應麟은 『곤학기문困學紀聞』권에서 『역易』과 『상象』 두 권으로 따로 보고 있었다. 후세 사람들은 그 중의 『상象』을 『좌전』 애공 3년에 기록한 '『상위象魏』를 보관하게 하였다(命藏象魏)'의 『상위象魏』를 노나라 역대의 정책 강령으로 여긴다고 하는데 이러한 설명도 의심스러운 부분이 많다. 『좌전』에는 『상象』을 『상위』의 줄임 표현으로 쓰인 예를 찾을 수 없다. 반대로 춘추시대에 소위 말하는 '상'은 서축蓍筑과 관련이 많았다. 진晉나라의 한간韓簡은 "만물이 생긴 뒤에 모양이 나타나고 모양이 나타난 뒤에 크고 많아지며, 크고 많아진 뒤에 수가 있다"[46]고 했다. '상象'이 시서의 '수數'와 관계가 밀접하다는 것을 알 수 있다. 종합해 보면 『좌전』 소공

---

46) 「左傳·僖公·15年」

2년에 기록된 『역상易象』은 한 권의 책이다. 두예는 '상하경지상사上下經之象辭'거나 그것에 가깝다고 했다. 『역상』은 『역易』의 괘상과 효상을 적은 저서로 보인다. 전국시대에 펴낸 『역전易傳』에는 『상전象傳』 두 편이 있는데 괘상에 대해 집중적으로 설명하였고 효상爻象에 대해 설명한 내용들은 효상과 효위爻位를 근거로 했다. 『역전』에서의 『상전象傳』과 춘추시대의 『역상易象』 사이에 관계가 있는 지는 판단하기 어렵지만 내용이 비슷하거나 같다고 할 수 있다. 춘추시대 사람들이 시서로 점을 보면서 종합해 낸 경괘의 상징적인 의미는 아래 몇 가지 특징이 있다.

첫째. 지괘가 보편적으로 나왔다는 점은 그 당시 시서에 음양의 개념이 존재하였다는 뜻이다. 그 당시 시서로 점을 볼 때, 육효는 모두 변하지 않고 본괘로만 길흉吉兇을 결정하는 예도 있었지만 많지 않았다. 시서에서 가장 많이 보인 것은 지괘로, 특히 하나의 효爻가 변하여 지괘로 되는 경우가 다수다. 『좌전』에서 아래와 같이 기록했다.

> 관觀괘가 비否괘로 변한다는 점괘다.(遇觀之否)
> 둔屯괘가 비比로 변한다는 점괘다.(遇屯之比)
> 대유大有괘가 건乾괘로 변한다는 점괘다.(遇大有之乾)
> 귀매歸妹괘가 규睽로 변한다는 점괘다.(遇歸妹之睽)
> 대유大有괘가 규睽괘로 변한다는 점괘다.(遇大有之睽)
> 둔困괘가 대과大過로 변한다는 점괘다.(遇困之大過)
> 명이明夷괘가 겸謙괘로 변한다는 점괘다.(遇明夷之謙)
> 둔屯괘가 비比괘로 변한다는 점괘다.(遇屯之比)
> 곤坤괘가 비比괘로 변한다는 점괘다. (遇坤之比)
> 태泰가 수需괘로 변한다는 점괘다.(遇泰之需)

상술한 예를 보면, 본괘와 지괘는 다만 한 효爻가 다를 뿐이다. 괘가 바뀔 때 음효가 양효로 바뀌든지 양효가 음효로 변화한다. 한 효의 변화

외에도 삼효三爻 혹은 오효五爻가 바뀌어지는 예도 찾을 수 있었다. 예를 보면,

> 건乾괘가 비否괘로 변한다는 점괘다.[47]
> 둔괘의 내괘 정둔貞屯☳와 예괘의 외괘 회예悔豫☳가 나왔다.[48]
> 간艮☶괘가수隨☱로 변한다는 점괘다.[49]

첫째와 둘째는 삼효가 바뀌고 마지막은 오효가 바뀐 상황이다. 첫 예시로 건괘의 초효, 이효, 삼효는 모두 양효에서 음효로 변하여 비否괘가 됐다. 두 번째에서 '정둔貞屯'은 둔☳괘가 본괘라는 뜻이고 '회예悔豫'는 예豫☳괘가 지괘라는 뜻이다. 둔괘의 초효와 오효五爻는 양효에서 음효로 변하였고 사효四爻는 음효에서 양효로 변했다. 세 번째 예시에서 본괘의 초효, 사효, 오효는 음효에서 양효로 변하고 삼효와 상효는 양효에서 음효로 변하였고 오직 이효만 바뀌지 않았다. 춘추시대 자주 괘를 변화시키는 기초는 우선 '사영四營'을 정하는 것이다. 시서를 할 때, '사영'을 통해 괘가 이루어지고 또 괘가 변화한다. '사영'의 내용에 대해 고형高亨 선생이 아주 적절하게 설명하였는데 아래 내용을 보자.

> 서법筮法은 사영四營으로 사계를 나타낸다. 즉 7로 봄, 9로 여름, 8로 가을, 6으로 겨울의 상을 나타낸다. 봄은 양기가 점점 강해지기에 7을 소양少陽이라 한다. 여름은 양기가 점점 쇠퇴하기에 9를 노양老陽이라 한다. 가을은 음기가 점점 강해지기에 8을 소음少陰이라 하고 겨울은 음기가 쇠락한다고 하여 6을 노음老陰이라 한다. 봄에서 여름까지는 양에서 양으로, 시간이 변하

---

47) 「國語·周語 下」

48) 「國語·晉語 4」

49) 「左傳·襄公·9年」

였지만 양기는 여전하다. 7은 변화하지 않는 양효陽爻다. 여름에서 가을까지
는 양에서 음으로 바뀌어 시간도 변하였고 양기도 바뀌었다. 그러므로 9는
쉽게 변화하는 양효다. 가을에서 겨울까지는 음에서 음으로, 시간이 바뀌었
지만 음기는 변하지 않았다. 그러므로 8은 변하지 않는 음효고 겨울에서
봄은 음에서 양으로, 시간이 바뀌고 음기도 변화가 생겼기에 6은 쉽게 변하
는 음효다.[50]

시서를 볼 때, 괘가 변하는 근거는 쉽게 변하는 효에서 비롯됐다. 고형高
亨선생의 설명은 우리가 주대 점괘의 풍습을 이해하는 데 많은 깨달음을
주고 있다.

둘째. 춘추시대 사람들은 시서를 볼 때, 특히 건, 곤 두 괘를 중시하는데
이는 전국시대 「역전」의 관련 이론을 펴내는데 기초를 마련하였고 시작점
이 됐다. 춘추시대 사람들은 건괘가 하늘, 군주, 용 등을 상징한다고 본다.
그리고 곤괘는 땅, 어머니, 말, 산과 들판을 상징한다고 본다. 여기에서
상징한 것들은 모두 가장 기본적이고 중요한 것들이다. 전국시대 사람들
은 이러한 관념을 이어받아 아래와 같이 인식했다. "하늘은 높고 땅 땅이
낮으니 그것을 따라 건괘와 곤괘의 자리가 결정되고, 낮은 자리에서 높은
자리까지 여섯 줄이 배열되고, 이러한 차이에 맞추어 귀한 자리와 천한
자리가 설정된다. 움직임과 고요함에는 일정한 법칙이 있으니 이러한 법
칙에 호응하여 강건한 선과 유순한 선이 구별된다." "건의 규칙을 통해
남성을 이루고 곤의 규칙을 통해 여성을 이룬다." "건乾은 양陽을 대표하는
것이고 곤坤은 음陰을 대표하는 것이다."[51] 전국시대 사람들은 건, 곤 두
괘가 하늘과 땅, 귀와 천, 동動과 정靜, 강剛과 유柔, 남과 여, 음과 양 등
대립되는 사물을 상징한다고 분명하게 생각하는데 이는 춘추시대 사람과

---

50) 『周易古經今注』, 中華書局, 1984年, p.144.

51) 「周易 · 系辭」

비교해 볼 때, 불필요한 개념들, 예를 들면 말, 산과 들 등을 없앴기에 지칭이 더욱 명확해졌다. 춘추시대의 시서는 전국시대의 이론 체계를 이루는데 기초를 마련해주었다고 할 수 있다.

셋째. 춘추시대에 성행한 오행五行의 관념과 시서 또한 관련이 있다고 본다. 춘추 중기에 주왕조의 선양공單襄公이 진晉나라의 형세에 대해 논할 때 "하늘에는 6기氣, 땅에는 5행行이 있으니 이는 천지의 상수 이다. ……진晉나라 성공成公이 주왕조에서 진나라로 돌아와 군주가 되었을 때 진나라 사람이 점을 쳤다고 한다. 그 결과 건乾괘가 비否괘로 변하는 괘사가 얻었다."[52] 위소韋昭의 주석을 보면 "땅에는 오행이 있는데 금, 목, 수, 화, 토"라 했다. 선양공이 말한 '수數'에 오행의 내용이 포함되어 있다. 춘추초기, 진晉의 한간韓簡은 "거북껍질로 치는 점은 모양으로 나타나고, 산가지로 치는 점은 수數로 나타납니다. 만물이 생긴 뒤에 모양이 나타나고 모양이 나타난 뒤에 크고 많아지며, 크고 많아진 뒤에 수가 있다."[53] 춘추시대 사람들은 시서가 숫자를 통해 신의 뜻을 나타내고 있다고 생각하고 오행에는 천지의 수가 포함되어 있다고 생각한다. 춘추 후기 진晉의 채묵蔡墨은 노소공魯昭公이 계씨季氏로 인해 노나라로부터 쫓겨나고 밖에서 목숨을 거둔 일에 대해 아래와 같이 설명했다. "만물이 생겨 남에 둘이 있기도 하고 셋이 있기도 하고 다섯이 있기도 하고, 보좌하여 돕는 것이 있게 마련이다. 그러므로 하늘에는 삼신三辰이 있고, 땅에는 오행五行이 있고, 신체에는 좌우가 있어 각각의 짝이 있으며,……주역 괘에 있기를 '뇌雷가 건乾을 타는 것을 대장大壯이라 한다.' 그것은 천도天道입니다."[54] 양효가 음효로 변한다. 쉽게 변하는 효의 영수營數가 6이면 9로 변하는데 음효가

---

52) 「國語·周語·下」
53) 「左傳·僖公·15年」
54) 「左傳·昭公·32年」

양효로 변하는 것이다. 만약 쉽게 변하는 효의 영수가 7 혹은 8이면 이 효는 변하지 않고 그 대신 본괘에서의 모든 영수가 9와 6인 효를 바꿔야 하는데 다시 말해 양효를 음효로, 혹은 음효에서 양효로 바꿔야 한다. 앞서 인용한 『좌전』 양공 9년, '간지수艮之隨'가 바로 그 예 중 하나다. 종합해보면, 춘추시대의 시서를 통해 그 당시 사람들은 이미 음양의 개념을 「역」괘의 해석에 넣었고 이로써 본괘 각 효의 영수를 정하여 괘를 변화시켰다. 그렇지 않는 이상 변괘가 나타날 수 없다고 본다. 서주시대의 시서는 아직 변괘가 나타나지 않았다. 확실한 것은 그 때 당시 「역」괘는 아직 초기 단계의 음양 개념과 융합하지 않았다는 점이다. 그런데 춘추시대에 이르러 음양의 개념은 많은 발전됐다. 그러므로 점괘를 보는데 인용되었다는 점도 자연스러운 일이라 할 수 있다. 여기서 「역」괘와 오행설의 관계를 부정할 수는 없다. 구체적으로 시서를 볼 때, 춘추시대 사람들은 토, 수, 화 등 개념을 많이 인용했다. 예를 들면 '곤坤은 토土이다', '이離는 화火이다', '감坎은 수水이다' 등이 있다. 또한 간艮괘로 나무를 상징했다. 물론 금의 개념에 대해서는 언급이 거의 없었다. 그리고 춘추시대 사람들은 시서를 볼 때, 구체적인 사물들을 많이 활용하기도 했다. 예를 들면, 수레, 소, 말, 산, 늪 등이 있는데 체계적이지는 않았다. 다시 말해 그 때 당시 시서와 오행의 개념 사이에 관련은 있지만 통일된 이론 체계를 이루었다고는 할 수 없다. 그렇다 하더라도 춘추시대 이전에 「역」괘와 오행은 확실히 관련이 없는 것으로 보이고 「역」괘에 내포된 의미도 아니었다고 본다. 곤, 감, 이 등을 보면, 괘사와 효사에는 토, 수, 화 등 개념들이 포함되지 않았다. '곤坤은 토土이다', '이離는 화火이다', '감坎은 수水이다' 등은 모두 춘추시대 사람들이 창조한 것이다. 경괘의 그림부호를 봐도 춘추시대 사람들은 관련된 상징적인 의미들을 적절하게 잘 요약하였다고 본다. 예를 들어 위에 양효 하나에 아래 음효 두 개로 이루어진 간괘를 보면 위로 솟아오른 모습이 마치 산을 상징한 것 같았다. 그리고 위, 아래 각각 음효 하나에 가운데 양효 하나로 이루어진 감괘도 모양이 물과 비슷한데 가로로 생긴 고대 한자 '수水'와 유사하게 생겼기에 물을 상징한다. 요컨대, 전국시대 사람들이 요약한 건은 하늘이고 곤은 땅이다. 이는 불이고 감은 물이다. 손은 바람이고 진은 천둥이다. 그리고 간괘는 산이고 태는 늪이라는 이러한 체계적인 개념들은 춘추시대부터 그림부호가 나타나면서 오행의 개념과도 같이 발전하면서 기본적인 틀을 갖추었다고 할 수 있다.

넷째. 춘추시대 사람들이 시서를 볼 때, 괘사, 효사가 아닌 괘상卦象의 상징적 의미를 근거로 해석할 때도 있었다. 춘추 초기 노나라의 계우季友가 태어날 때, 노환공魯桓公은 복초구卜楚丘에게 점을 보도록 명했다. "대유大有괘가 건乾으로 변한 점괘가 나왔다. 점친 사람이 말하기를 '존귀함이 부친과 같아져 군주처럼 존경받을 것입니다.'"[55] 대유大有괘는 오효가 음효에서 양효로 바뀌어 건괘가 됐다. 여기서 '동복우부同復于父', '경여군소敬如君所'는 대유와 건괘의 괘사 혹은 효사가 아니라 괘상을 보고 복관 초구가 해석한 것이다. 건괘는 군주, 아비를 상징하기에 본괘 대유가 건괘로 변한 것이 마치 군주가 있는 곳으로 향해 군주를 보좌하는 신하가 되었다는 의미를 갖게 된다.

춘추시대 사람들은 시서를 볼 때, 괘상에 대한 분석을 중요시하는데 이는 철학적으로 깊이 파고들었을 뿐만 아니라 음양오행설과 시서를 연결시켰고 시서점을 보는 구체적인 방법들도 크게 발전시켰다. 그 중 괘를 변화시켜 지괘之卦를 탄생시킨 것이 뛰어난 성과다. 말 그대로 본괘本卦는 괘의 근본이고 지괘는 본괘에 종속되고 말단에 위치한다. 물론 춘추시대 사람들은 본괘와 지괘의 주종 혹은 본말本末의 관계에 구애 받지 않고 실제상황에 따라 자유롭게 활용했다. 대부분은 본괘로 길흉을 정하지만 본괘와 지괘를 같이 보거나 지괘로만 판단할 때도 있다. 우선 본괘만 사용

---

55) 「左傳·閔公·2年」

한 예를 보자. 춘추 후기 노나라의 남괴南蒯가 시서 점을 봤다. "곤坤괘가
비比괘로 변하는 점괘였다. 효사爻辭에 이르기를 '누런 치마는 크게 길하
다'라고 했다. 그는 크게 길할 것이라 여겼다."[56) 곤괘의 육오효六五爻가
변하여 비괘가 됐다. '황상원길黃裳元吉'은 곤괘 육오효의 효사다. 즉 본괘
의 효사로 길흉을 판단한 예다. 그리고 본괘와 지괘가 같이 사용된 예를
보자. 춘추 후기 위양공衛襄公이 세상을 떠나자 위경衛卿은 후계자에 대해
논하였는데 역사서에 기재한 내용은 아래와 같다.

　　공성자가 주역으로 점을 치면서 빌어 말했다."원元이 부디 위나라를 차지
하여 사직을 주관하게 해 주소서." 점괘에 둔屯괘가 나왔다. 그는 다시 빌어
말했다. "맹집孟摰을 군주로 세울 것을 원하오니, 부디 운이 좋게 하옵소서."
이에 둔屯괘가 비比괘로 변하는 점괘가 나왔다. 그는 점괘를 사조史朝에게
보였다. 점괘를 보고 사조가 말했다. "둔괘 풀이에 원元은 만사가 형통亨通한
다고 했습니다. 그런데 또 무엇이 의심스럽습니까?" 이에 공성자가 말하기
를 "점괘의 원元은 맏아들, 곧 윗사람을 두고 한 말이 아닐까요"라고 하자,
사조가 대답했다. "공실公室의 시조이신 강숙께서 태어나기도 전에 원元이라
이름 붙여주셨으니, 원元이야말로 윗사람이라 할 수 있습니다. 맹집은 온전
한 사람이 아니므로 종자宗子가 될 수 없으니, 윗사람이라 이를 수 없습니다.
또 둔괘 풀이에 '제후로 삼음에 이롭다'라고 했습니다. 맏아들이 좋다면 마
땅히 맏아들이 군주가 될 것인데, 어찌 특별히 군주로 세움이 이롭다고 하겠
습니까. 맏아들 이외의 아들을 군주로 세움을 말한 것입니다. 두점괘가 다
그런 뜻으로 말하고 있으니, 그대께서는 원元을 군주로 세우십시오. 강숙께
서 그렇게 명하셨고, 두 점괘가 그렇게 말하고 있습니다. 점이 꿈과 같음에
무왕武王께서도 그대로 하셨습니다. 꿈과 점괘를 따르지 않고 어찌 하시겠습
니까. 다리가 성하지 않은 이는 앉아 있는 것입니다. 군주는 사직을 주관하
고, 종묘에 제사 지내야 하고, 백성을 지켜야 하고, 귀신을 섬겨야 하고,
제후들의 회합에 나가야 하고, 천자님을 찾아뵈야 하는데, 어떻게 앉아 있기

---

56) 「左傳·昭公·12年」

만 해서 되겠습니까. 각기 이로운 데로 나가는 것이 좋지 않겠습니까."그러므로 공성자는 영공(靈公: 元)을 군주로 세웠다.[57]

위양공의 아들 맹집은 장자로서 발이 절뚝거린다. 그의 동생은 이름이 원元이다. 위경衛卿 공성자와 사조史朝가 모두 위조衛祖 강숙康叔이 원元을 군주로 세우라는 꿈을 꿨다. 공성자는 원元과 집繁 두 사람 중 누구를 후계자로 해야 하는 문제로 시초점을 봤는데 둔괘와 둔屯의 지괘인 비比괘가 나왔다. 후계를 정할 때 둔, 비 두 괘의 괘사 '원형元亨'을 근거로 삼았고 또 둔의 괘사 '이건후利建侯', 둔괘의 아홉 번째 괘사 "바른 데에 거함이 이롭다. 제후로 삼음에 이롭다(利居貞, 利建侯)"를 근거로 분석했다. 춘추 초기 진문공晉文公이 시서를 봤는데 "둔괘의 내괘 정둔貞屯☳와 예괘의 외괘 회예悔豫☷가 나왔다. 사공계자는 본괘와 지괘의 괘상, 그리고 요사繇辭를 같이 분석하여 해석했다. 상술 내용에 대해 '호체互體'를 논할 때 다시 자세하게 설명하도록 한다. 춘추 초기 진晉의 지장자知莊子가 『주역』의 '사지림師之臨'을 해석할 때도 본괘와 지괘를 함께 분석했다. 사괘의 초육初六의 음효가 양효로 바뀌면서 임괘가 됐다. 지장자는 우선 사괘의 초육 효사를 설명하고 그 다음 괘상을 분석한 뒤 "사람들이 흩어져서 약해진다(眾散為弱)", "개울이 막혀 늪이 된다(川壅為澤)"고 설명했다. 그는 또 "막혀 흐르지 않으니 임臨이라고 이른다(不行之謂臨)"라 했다. 비록 본괘를 분석한 듯 하지만 주로 지괘의 괘상과 의미를 근거로 했다.『좌전』양공 9년의 기록을 보면, 노나라 목강穆姜이 시서를 봤는데 '간艮괘가 팔괘로 변한다는 결과가 나왔다. 점을 친 사람이 말하기를, "이것은 간괘가 수隨괘로 변한다는 것입니다. 수隨는 밖으로 나간다는 뜻이오니 소군께서는 속히 동궁을 빠져 나가소서" 라고 했다. 수괘는 여기서 지괘다. 서사筮史는 지괘

57)「左傳·昭公·7年」

의 괘명卦名을 근거로 해석했다. 목강과 서사의 의견은 다르지만 목강 또한 수괘의 괘사에 대해 분석하였고 두 사람 모두 본괘에 대해 논하지 않았다. 이는 지괘를 판단 근거로 삼았다고 할 수 있다. 전반적으로 볼 때, 변괘의 출현은 사람들의 사고의 폭을 넓혔고 점을 보면서 더 많은 선택의 여지를 주었다. 본괘와 괘를 변화시켜 얻은 지괘 사이에는 일종의 변증법적 관계를 이루고 있다는 것이 춘추시대 사람들의 생각이다. 지괘의 출현은 관련 사물에 대해 더 많이 생각하게 하고 길흉을 판단할 때도 더 많은 과정을 거쳐서 얻을 수 있게 한다. 이는 점을 보는 사람이 좀 더 자유롭게 해석하는 데 유리하기도 하지만 사실 이러한 판단이 '신의 뜻'과 거리를 두게 하고 객관적 사실과 더 가까워지게 함으로써 시서가 더욱 이성적으로 변하게 했다.

변괘의 보편적인 사용 외에 괘상호체卦象互體 또한 춘추시대 서법筮法 발전의 중요한 부분이라 할 수 있다. 호체에 대해 기존에 많은 이견이 존재한다. 사실 춘추시대 사람들이 '호체互體'라는 단어를 사용하지는 않았지만 실제 점을 보는 과정에서 호체의 개념이 사용됐다. '호체'라는 것은 괘상을 분석할 때, 중괘重卦에 대해 상괘와 하괘 외에 2효에서 4효까지, 3효에서 5효까지를 각각 새로운 경괘 체계로 보고 있다는 것이다. 그럼 중괘는 4개의 경괘체經卦體를 이루게 되고 중괘에서의 육효에서 초효와 상효 외에 기타 효들은 각각 다른 경괘체에 반복적으로 출현하게 되고 아울러 각각의 경괘체는 서로 중첩된다는 것이다. 이런 괘상을 '호체'라 하는데 호체의 출현은 점을 해석하는 데 있어서 더 큰 여지를 마련함으로써 더 많은 선택을 할 수 있게 한다. 이는 역사서에 기재된 사실로 증명할 수 있다. 우선 기존에 많이 소개된 예로, 춘추 초기 진陳나라에서 점을 본 사례를 살펴보자. 진陳나라 경중敬仲이 어린 시기에 마침 주대 사관이 진陳에 머문 적이 있다.

진陳나라 여공勵公은 산가지로 점을 치자, 관觀이 비否로 변한다는 점괘가 나왔다. 그 점괘를 풀어 말했다. "나라의 빛남을 보고, 천자의 빈객賓客이 되기에 이롭다고 할 수 있습니다. 이분은 진나라 군주를 대신해 나라를 보유할 텐데 그 일은 이 나라가 아니라 다른 나라에서 있을 것이고, 이분 자신이 아니고 그 자손에게 있을 것입니다. 빛남은 멀리 그리고 다른 데에서 빛날 것입니다. 곤坤은 흙이고, 손巽은 바람이며, 건乾은 하늘입니다. 풍風이 천天으로 변하여 토土 위에 산山이 있는 형상입니다. 산에는 재목이 있고, 하늘에는 빛남을 보고 천자의 빈객이 되기 이롭습니다.[58]

관觀괘의 괘상은 곤하손상坤下巽上이고 비否괘는 곤하건상坤下乾上의 모습을 띠고 있다. 주대 사관이 언급한 "곤坤은 흙이고, 손巽은 바람이며, 건乾은 하늘이다"는 관, 비 두 괘의 상괘, 하괘의 괘상을 근거로 말한 것이다. 그러나 "풍風이 천天으로 변화해서 토土 위에 산이 있는 격이다. 그리고 산에는 재목이 있고 하늘의 빛이 그것을 비치는 것이다"라고 했는데 두 괘의 상괘와 하괘에서 근거를 찾을 수 없고 호체를 근거로 해석해야 가능하다. 관의 3효에서 5효까지, 그리고 비否의 2효에서 4효까지는 원래 모두 산을 상징하는 간괘다. 비否괘 안에 하늘을 상징하는 건은 가장 위에 있고 4효에서 6효까지 구성됐다. 그 아래는 손괘로서, 3효에서 5효까지 구성됐다. 그리고 3효와 5효는 건, 손 두 괘가 같이 쓴다. 그리하여 '풍기어천風起于天'의 상을 보인다고 한다. 관괘 안에 바람을 상징하는 손괘는 4효에서 6효까지고 땅을 상징하는 곤괘는 2효에서 4효까지다. 그리고 4효는 두 괘가 공동으로 사용한다. 그리하여 "풍風이 천天으로 변화해서 토 위에 산이 있는 격이다. 그리고 산에는 재목이 있고, 하늘의 빛이 그것을 비치는 것이다"라는 설명을 덧붙일 수 있었다. 주대 사관의 해석에는 호체에서 비롯된 간괘의 출현이 관건이라 할 수 있다.

---

58) 「左傳·莊公·23年」

춘추 초기 진문공晉文公이 시서를 보면서 호체로 해석한 예가 있다. 「국어國语·진어晉语4」의 기록을 보면 아래와 같다.

공자公子 중이重耳가 친히 시초로 점을 치며 기원했다. "위로 길한 괘를 얻으니 정차 진나라를 얻을 것이다." 그 결과 둔괘의 내괘 정둔貞屯와 예괘의 외괘 회예悔豫가 모두 팔인 것을 얻었다. 이는 둔괘의 아래 3효와 예괘의 위3효가 모두 같은 것임을 뜻했다. 시초점 담당 관원인 서사가 괘사를 풀이했다.

"불길합니다. 막혀 통하지않고, 효상에 따르면 장차 이루는 바가 없습니다." 사공계자가 말했다. "길합니다. 『주역』에서는 두 괘를 두고 모두 봉후건국에 유리하다고 했습니다. ……진震괘는 수레, 감坎괘는 물, 곤坤괘는 땅, 둔屯괘는 중후重厚, 예豫괘는 일락逸樂을 상징합니다. 진震괘가 내괘와 외괘에 모두 있으니 이는 병거의 우렁찬 소리를 상징합니다. 곤坤괘는 유연함을 상징하니 백성이 순종한다는 뜻입니다. 감괘는 물을 상징하니 이는 끊임없이 흘러내리는 재부를 뜻하고, 대지가 중후하니 백성들이 그 덕택으로 양육되고 안락하게 되는 것을 뜻합니다. 진나라를 얻지 못하면 어찌 이런 괘상이 나오겠습니까. 진震괘는 천둥과 수레를 상징합니다. 감坎괘는 만물이 귀의하는 것을 사징합니다. 이는 물의 기세가 깨끗하고 도도하여 중망眾望이 모여드는 괘상입니다. 내괘에 천둥과 수레가 있고, 외괘에 물과 백성이 있습니다. 수레바퀴가 지축을 흔드니 위무威武의 괘상입니다. 중망이 모여드는 것은 백성의 지지와 문덕이 있다는 것을 의미합니다. 문덕무비文德武備가 모두 갖춰져 있으니 매우 중후합니다. 그래서 둔괘로 칭하는 것입니다. 둔괘의 괘사에 이르기를 '대길대리大吉大利하니 길한 점복이다. 출문에 불리하고 건국봉후에 유리하다'고 했습니다. 그래서 대길이라 하는 것입니다. 백성들이 순종하여 귀의하니 이는 좋은 일이 거듭 생기는 것을 뜻합니다. 그래서 형통亨通이라 하는 것입니다. 내괘에 진뢰가 있어 길한 점복이라 하는 것입니다. 무위를 떨치는 수레가 위에 있으니 이는 무비가 충실함을 상징하고 호대浩大하며 순종하는 물이 아래에 있으니 이는 백성들의 귀의를 상징합니다. 반드시 패제후霸諸侯를 칭할 것입니다. 그러나 소인들이 하는 일은 성공을 거들 수 없습니다. 이는 꽉 막혀 통하지 않기 때문입니다. 그래서 '출문에 불리하다고 한 것입니다. 이는 한 사람의 행동을 지적한 것입니다. 백성들이 순종하고 옹호하며 무위가 진동하니 '봉후건국에 유리하다'고 한 것입니다.

곤坤괘는 모친을 뜻하고, 진震괘는 장자를 뜻합니다. 모친이 늙었을 때 장자가 장성하니 안락을 뜻하는 예豫괘를 얻은 것입니다. 그 괘사에 이르기를, '봉후건국에 유리하니 출병하여 교전한다'고 했습니다. 이는 바로 거처가 안락하고 밖으로 무위를 드러내는 것을 뜻하는 것입니다. 둔괘와 예괘 모두 장차 득국할 것을 예시한 길한 괘입니다.

시서로 얻은 점괘 둔屯은 하진상감下震上坎이고, 예豫는 하곤상진下坤上震이다. 서사들이 '불길하다'고 판단한 구체적인 이유에 대해서는 명시하지 않았다. 위소韋昭의 주석을 보면 "진은 움직인다. 움직여서 감을 만났다. 감은 막힘이다. 막혀서 통하지 않으므로 아무것도 하지 못한다"고 했다. 그는 둔괘가 진, 감 두 괘로 구성되었다는 점을 근거로 해석하였는데 이는 납득하기 힘들다. 괘상의 상징적 의미로 볼 때, 춘추시대 사람들은 감으로 물을 상징하였고 또 중衆, 부夫 등 의미를 가지고 있다고 본다. 하지만 그 때 당시 '막힘(좌절)'으로 해석하지는 않았다. 「역경易經·단전彖傳」을 보면 "어려움과 험난함이 거듭오다. 하늘의 험함은 오를 수 없고 땅의 험함은 산천과 구릉이다"라고 했다. 그러난 이러한 표현은 춘추가 아닌 전국시대 사람들이 감坎괘에 대한 이해였다. 춘추시대 감의 상징적 의미는 사공계자의 말에서 분명하게 알 수 있다. "감坎괘는 만물이 귀의하는 것을 상징한다. 이는 물의 기세가 깨끗하고 도도하여 중망衆望이 모여드는 괘상이다." 둔괘는 진하감상震下坎上의 모습을 띠고 있다. 사공계자의 해석에 따르면 "무위를 떨치는 수레가 위에 있으니 이는 무비가 충실함을 상징하고 호대浩大하며 순종하는 물이 아래에 있으니 이는 백성들의 귀의를 상징한다. 반드시 패제후霸諸侯를 칭할 것이다"로만 이해할 수 있고 서사들이 언급한 막혀서 통하지 않는다는 '폐이불통閉而不通'이라 해석할 수는 없다. 예괘는 곤하진상으로 어미가 늙고 아들이 강해지는 '모노자강母老子强'의 모습을 띠고 있다. 이는 페이불통과 관련이 없다. 그러므로 확실한 것은 서사筮史들이 동일하게 언급한 내용은 호체를 통해 괘상을 분석했을 것이다. 둔괘의 3효에서 5효까지, 예괘의 2효에서 4효까지가 각각 새로운 경괘체, 즉 간괘를 구성했다. 둔괘 안에서 간괘와 진괘는 둔의 육삼효六三爻를 같이 사용하고 예괘 안에서 간괘와 진괘는 예괘의 육사효六四爻를 같이 사용했다. 본괘든 지괘든 간괘와 진괘 사이에 모두 깊은 연관이 있다. 간은 산을 상징하고 진은 수레를 상징한다. 수레가 산을 마주하면 '페이불통'의 모습을 띠는데, 이는 호체를 통해서야 서사들의 해석을 이해할 수 있다. 사공계자가 동일한 점괘를 두고 완전 다르게 해석한 것 또한 평소 서사들이 사용한 일반적인 해석법을 따르지 않고 두 괘의 상괘와 하괘에 근거하여 해석하였기 때문이다. 이는 그 당시 서사들이 역괘의 호체를 근거로 해석하였다는 사실을 간접적으로 보여주고 있다.

춘추 초기 필만畢萬이 시서를 본 예도 호체를 활용하였다고 본다. 『좌전』 민공閔公 원년의 기록을 보면, 이번 점괘는 둔의 지괘 비괘가 나왔다. 괘사에는 "형장지兄長之, 모복지母覆之"라는 표현이 있는데 호체를 사용하지 않으면 그 중 '복覆'의 뜻을 해석하기 어렵다. 둔괘는 진하감상이고 비괘는 곤하감상이다. 진은 장남을 상징하고 곤은 어미다. 그런데 둔과 비 두 괘에서 진, 곤은 모두 하괘라 '복'과 관련이 없다. '복'은 원래 '덮다'라는 의미 항목이 있다. 「시경·백성을 살린다(生民)」에 나온 "태어나자 얼음 위에 버렸으니 새들이 깃털로 그를 덮었다"라는 대목이 그 예로 볼 수 있다. 동주시대 사람들 사이에는 "넓고 두터운 것은 만물을 싣기 위함이요, 높고 밝은 것은 만물을 덮기(覆物) 위함이다."[59] 여기서 '복覆' 또한 같은 의미다. '복覆'은 '덮다'라는 의미에서 '보호하다', '비호하다' 등 의미로 확대됐다. '모복지母覆之'가 바로 어머니가 그를 보호한다는 뜻

---

59) 「禮記·中庸」

으로 쓰였는데 앞에 쓰이는 '형장지兄長之'와 조화를 이루었다. 둔괘 안에서 진은 하괘로, 2효에서 4효까지가 곤괘를 이루었다. 진괘와 곤괘는 호체로서, 2효와 3효를 같이 사용하고 있다. 또한 곤괘는 위에, 진괘는 아래에 위치하였기에 '위에서 아래로 덮다'는 의미를 나타내는데 이로써 '모복지'를 표현하고 있다.

호체를 사용한 또 하나의 예는 진헌공晉獻公이 딸을 진秦나라로 시집보내기 전에 진행한 점서다. 귀매歸妹괘가 규睽괘로 변한다는 괘상이 나왔다. 사소史蘇는 이를 '불길하다'고 하였는데 여러 이유에서 판단한 듯하다. 그는 우선 본괘인 귀매괘의 효사를 근거로 했다. 그 중에 "병사가 양을 죽였는데 피가 없다. 여자가 바구니를 들었는데 바구니에 아무 것도 없다"라는 말이 있는데 이는 불길한 징조다. 본괘가 불길하다면 지괘는 어떠한가? 사소는 아래와 같이 말했다.

> 귀매歸妹괘가 규睽괘로 변하는 것은 도움이 없음과 같다, 진震괘가 이離괘로 변하는 것은 또한 이괘가 진괘로 변하는 것이다.[60]

지괘에 나온 '도움이 없음과 같다(猶無相也)'는 것도 불길하다는 결론을 바꿀 수 있는 근거가 될 수 없다. 귀매는 태하진상兌下震上이고 규는 태하이상兌下離上이다. 경괘經卦인 진괘의 가장 위에 위치한 효가 양효가 바뀌어 이괘가 됐다. 이괘의 가장 위에 위치한 효가 음효로 바뀌어 진괘가 됐다. 단지 이것으로만 판단하기에는 아직 의문점이 많다. 왜냐면 상괘上卦의 변화를 두고 보더라도 "진지이震之離, 역이지진亦離之震"이라는 사소의 말은 아무 소용도 없고 사람을 어리둥절하게 만들 뿐이다. 사실 사소의 해석에는 더 깊은 뜻이 있는 듯하다. 진괘가 이괘로 변하든 아니면 이괘가

---

60) 「左傳·僖公·15年」

진괘로 변하든 본괘와 지괘의 호체를 이룬 괘는 변하지 않았다. 귀매와 규는 모두 2효에서 4효까지 이괘를 이루고 3효에서 5효까지 감괘를 이루었다. 이괘는 불을, 감괘는 물을 상징한다. 그러므로 본괘든 지괘든 모두 "물과 불이 서로 용납되지 않다"는 '수화불용水火不容'의 의미를 포함하고 있다. '진지이震之離'도 그렇고 '이지진離之震'도 마찬가지다. 그러므로 본괘가 지괘로 변하든 지괘가 본괘로 변하든 모두 "도움이 안 된다"는 의미를 가진 '무상無相'으로 해석할 수 있다. 즉 "길조를 얻는데 도움을 줄 수 없다"는 뜻인데 이렇게 사소의 말을 이해하면 의혹이 많이 풀릴 것이다. 사소가 호체의 개념을 사용했다는 증거는 아래에서도 찾아볼 수 있다. 상괘, 즉 외괘外卦로서 진, 이 두 괘는 진秦나라를 상징한다. 사소는 "우레되고 불이된다(為雷為火), 영씨嬴氏가 희씨姬氏를 쳐부순다(為嬴敗姬)"라고 표현하였는데 천둥 그리고 불과 상대하는 것이 물이다. 진, 이 두 괘는 모두 감괘를 호체로 하고 있다. 감괘는 물을 상징하기에 괘상에는 '수화불용水火不容'의 의미도 포함되어 있다. 또한 호체의 괘상으로 볼 때, 두 괘에서 감괘는 모두 진과 이괘 아래에 위치하고 있기에 진晉이 나중에 진秦나라에 의해 패할 것이라는 의미를 보여주고 있다.

상술 내용을 통해 춘추시대 서법에는 호체의 개념이 들어있다는 사실을 알 수 있고 시서를 하는 사람들도 호체를 사용하여 괘상을 분석한다는 사실을 알 수 있다. 서법에서 호체의 출현과 사용은 점을 보는 사람들이 판단하는 데 있어서 더욱 설득력을 갖게 한다. 호체의 괘는 외부에서 억지로 추가된 것이 아니라 기존의 괘에서 만들어졌기에 견강부회牽強附會한 느낌을 주지 않는다. 비록 호체도 미신迷信이고 신의 뜻을 가늠하는 수단이라 하지만 객관적인 사물도 복잡한 상태를 보이고 있기에 호체, 이런 동적이고 복잡한 괘상을 근거로 점을 판단할 경우, 복잡한 외부세계와 더 많은 접점이 생기고 사람들의 인식도 객관세계에 더 가까워지면서 더욱 맞는 방향으로 이해하는 데 도움이 된다. 인류 인식의 발전사에 있어서 시서는 귀복龜卜보다 한 층 더 발전하였다고 할 수 있다. 진晉의 대부 한간韓簡이 언급한 "거북껍질로 치는 점은 모양으로 나타나고, 산가지로 치는 점은 수數로 나타나다. 만물이 생긴 뒤에 모양이 나타나고 모양이 나타난 뒤에 크고 많아지며, 크고 많아진 뒤에 수가 있다"도 앞서 내용에 대해 적절하게 설명한 대목이라 할 수 있다. 긍정적인 면에서 볼 때, 역괘는 인간이 이 세상의 다양한 발전 규칙들을 탐구했던 하나의 시도라고 할 수 있다. 또한 사물의 발전규칙을 활용하여 여러 가지 현상을 해석하려는 노력이기도 하다. 서법도 미신이라는 범주에 포함되지만 직접 신의 뜻을 구하는 행위와는 조금 다르다고 본다. 서법은 일련의 복잡한 분석, 변환, 연역, 귀납 등 과정을 통해서 결론을 도출한다. 이러한 과정에서 점을 보는 자는 더욱 자유롭게 표현할 수 있는 기회를 얻고 이로써 서법은 신의 뜻이 아닌, 인간의 주관적인 의지와 더 가까워졌다. 다시 말해 춘추시대 서법이 복잡해진 것은 사람들이 그 당시 복잡하고 다양한 객관적인 사회 및 그 발전 규칙을 더 깊게 인식하였다는 뜻이다.

춘추시대 서법을 언급하면서 그 시대 사람들이 생각하는 서법에 내포된 사회적 관념에 대해서도 논의할 필요가 있다.

전반적으로 볼 때, 춘추시대에 대다수 사람들은 시서를 일종의 미신이 불과하다 보고 있고 신을 숭배하는 표현 방식으로 보고 있다. 또한 일부 점 보는 자들은 권력에 잘 보이고자 해석을 다르게 하는 경우가 있다. 그리고 일부 권력자들도 자신의 뜻에 맞게 해석을 바꾸기도 하는데 이러한 행위들은 더욱 잘못된 것이라 할 수 있다. 예를 들어, 춘추 중기, 제齊나라의 대신 최무자崔武子는 과부 당강棠姜이 마음에 들었는데 부인으로 들일 수 있을 지에 대해 점을 봤다. '곤지대과困之大過'라는 점괘가 나왔다. 곤困괘의 세 번째 효, 즉 육삼효六三爻가 음효에서 양효로 바뀌어 대과가 나왔다. 점을 해석할 때는 곤괘 육삼효의 효사에 따라 해석해야 한다. "돌한테 고난을 받고 가시가 있는 질려蒺藜에 의지한다. 집에 들어가 아내를 보지 못하니 흉하다."61) 그러므로 이 괘는 흉상兇象이지만 서사들은 최무자에게 아첨하기 위해 모두 길하다고 했다. 제나라의 진문자陳文子가 이 괘를 보고는 솔직하게 흉상이라 하였지만 최무자는 이를 인정하지 않고 "과부다. 뭐가 해로운가? 그런 액운은 전 남편이 당했던 것이오"62)라고 제멋대로 말하면서 결국 당강을 부인으로 삼았다. 최무자를 위해 점을 보았고 불길하다 해도 최무자가 감당해야 하지만 그는 눈 가리고 아웅하듯 당강의 전 남편이 불운을 모두 막았다고 한다. 그는 미색 때문에 자신을 위한 시서라는 사실조차도 무시한 것이다. 또 한 가지는 서사들이 피해를 막기 위해 길흉을 솔직하게 말하지 않는 경우다. 예를 들면,『좌전』애공哀公 17년의 기록을 보면, 그 해(BC 478년) 위衛나라의 서사 서미사胥彌赦는 위장공衛莊公이 손수 본 시서를 두고 길흉을 판단해야 했다. 분명 흉조兇兆인지 알지만 화를 피하기 위해 '불해不害'라고 말했다. 그리고는 위장공이 하사한 성읍도 마다하고 송宋으로 도망갔다. 시서의 결과가 사실과 부합하는 지는 잠시 뒷전에 둔다 해도 서사들이 솔직히 말하지 않는다는 사실을 통해서도 그 당시 시서 오류의 비율이 클 것이라 판단된다.

또 한편으로 비교적 앞선 생각을 가진 사상가와 멀리 내다볼 수 있는 인물들은 서법을 단순한 미신으로만 생각하지 않았다. 그들은 서법을 세계를 인식하고 사물의 발전규칙을 탐구하는 도구로 삼았다. 서법은 심지어 그들에게 도구로만 쓰이는 형식일 뿐이었다. 그들의 손에서 미신의

---

61) 「左傳·襄公·25年」. 점을 본 서사筮史가 최무자에게 이 괘는 길하다고 하였는데 이는 단순히 곤困괘의 괘상을 보고 내린 결론이다. 곤괘는 감하태상坎下兌上으로, 태는 소녀를 상징하고 감은 차남을 상징한다. 서사들은 소녀와 차남의 조합이라 하여 길하다고 했다. 그러나 일반적인 괘상을 해석하는 규칙을 보면, 본괘를 근거로 해석할 경우, 본괘가 변한 효의 효사를 주요 판단 근거로 삼아야 한다. 서사들은 이를 무시했다. 사실 곤괘의 괘상으로 봐도 소녀가 남자의 위에 위치하기에 역시 불길하다고 할 수 있다. 서사들은 이러한 사실도 따지지 않았다.

62) 「左傳·襄公·25年」

도구로 쓰이는 서법은 허울일 뿐, 더 중요한 것은 과학적인 분석과 탐구였다. 그러므로 춘추시대 사람들은 가끔씩 시서로 일부 사실을 설명할 뿐, 점에서 보인 길흉이 현실세계에서 반드시 일어나거나 일어날 수 있다고 생각하지는 않았다. 많은 사람들은 길흉이 현실에서 실현되려면 필수 조건이 마련되어야 한다고 생각했다. 다시 말해, 서법에서 나타나는 신의 뜻은 일위가 아닌 부차적인 위치에 두고, 반대로 인간의 의지와 행위를 아주 중요한 위치에 두고 있다.

노양공의 할머니 목강穆姜은 노성공魯成公을 없애고 자신과 간통하는 숙손교여叔孫僑如를 왕위에 올리고 싶었다. 일이 실패하자 어쩔 수 없이 동궁東宮으로 거처를 옮겼는데 감금된 것과 마찬가지다. 동궁으로 가기 전에 목강은 시서를 봤는데 역사서에 기재된 내용은 아래와 같다.

> 간艮☶괘가 팔로 변한다는 점괘였다. 사관이 말하기를, "간艮괘가 수隨☳괘로 변하는 것으로 수隨는 밖으로 나간다는 것입니다. 소군께서는 이 동궁을 속히 나가소서"라고 하자. 목강이 말했다. "그럴 수 없다. 『주역』에 이르기를 '수隨괘는 원형이 정貞으로 잘못을 책망 받음이 없다"고 했다. 원元은 체體의 어른이고, 형亨은 아름다움이 모이는 것이고, 이利는 의義의 화합이며, 정貞은 일의 근간根幹이다. 인仁을 체에 갖추면 남의 윗사람 되기에 족하고, 아름다운 덕은 예禮에 맞게 하기에 족하며, 사물을 이용하면 의義를 고르게 하기에 족하며, 정貞이 굳으면 일의 근간이 확립된다. 이런 까닭에 속일 수 없다. 지금 나는 여자의 몸으로 난리에 가담했고 본디 아래 지위에 있었던데다 어질지 못하니 원元이라 이를 수 없고, 국가를 편안하게 하지 못했으니 형亨이라 이를수 없고, 나쁜 짓을 해서 몸을 해쳤으니 이利라 이를 수 없으며, 지위를 생각하지 않고 음淫한 행동을 했으니 정貞이라 이를 수 없다. 네 가지 덕德이 있는 자라야 수괘가 나오더라도 책망받는 일이 없거늘, 나는 네 가지 덕이 모두 없으니, 나에게 책망이 없을 수 있겠는가. 나는 반드시 여기서 죽을 것이다. 그러니 나갈 수 없다."[63]

목강의 점괘는 본괘가 간괘, 지괘가 수괘다. 괘사는 길吉하여 서사들이 수괘는 "사람을 따라 나간다"는 의미가 있기에 목강에게 빨리 국외로 도망가는 것을 권했다. 그런데 목강의 생각은 달랐다. 그녀의 말에 따르면, 수괘의 괘사는 '원元, 형亨, 이利, 정貞, 무구無咎'라서 길조지만 인간이 인仁, 예禮, 의義 등 미덕을 갖춰야만 수괘의 길조를 얻을 수 있다. 이러한 미덕들은 목강의 말에 따르면 바로 앞서 언급한 "인仁을 체에 갖추면 남의 윗사람 되기에 족한다, 아름다운 덕은 예禮에 맞게 하기에 족한다, 사물을 이용하면 의義를 고르게 하기에 족한다, 정貞이 굳으면 일의 근간이 확립된다"는 것들이다. 만약 이 네 가지 미덕을 갖추지 못한 상태에서 수괘의 길조를 얻는 다면 그것은 제멋대로 속이는 것이다. 목강은 시서를 제멋대로 해서는 안 된다고 했다. 그리하여 "네 가지 덕德이 있는 자라야 수괘가 나오더라도 책망받는 일이 없거늘, 나는 네 가지 덕이 모두 없으니, 나에게 책망이 없을 수 있겠는가"라고 말했다. 다시 말해서 목강은 점괘 외의 요소, 즉 네 가지 미덕을 더 중요하게 생각했다. 네 가지 미덕을 갖추지 못한다면 점괘가 길하다 하더라도 실제를 길조를 얻을 수 없다고 하면서 자신을 예로 들었다. 목강의 이러한 관점은 후세에 큰 영향을 가져다 주었다. 원元, 형亨, 이利, 정貞과 네 가지 덕에 대한 그녀의 해석은 전국시대 「역전易傳·문언文言」에 거의 모두 기록됐다. 목강은 비록 품행은 단정하지 않지만 문제를 이해하는 데 있어서 탁월한 생각을 가지고 있었다. 그녀는 역괘의 범주를 벗어나서 점을 보는 뛰어난 인물이라 할 수 있다.

그리고 목강처럼 뛰어난 식견을 가진 노나라의 대부 자복혜백子服惠伯의 말을 예로도 들 수 있다. 춘추 후기 노나라 계씨의 비읍재費邑宰를 맡은 남괴南蒯가 난을 일으켰다. 그는 비읍을 차지하여 제나라로 귀순하려 했다. 반란을 일으키기 전에 그는 시서를 봤는데 '곤지비坤之比'가 나왔다. 곤괘

---

63)「左傳·襄公·9年」

의 육오효가 음효에서 양효로 바뀌면서 비괘가 됐다. 그러므로 곤괘 육오효의 효사 '황상원길黃裳元吉'은 길흉을 판단하는 주요 근거다. 효사로 볼 때, 분명히 길조이기에 남괴는 득의양양하여 이를 자복혜백한테 가져다 보여주었다. 그는 효사에 따르면 이 반란은 순조로울 것이라 생각했다. 이에 대해 자복혜백은 아래와 같이 말했다.

> 내 일찍이 배우기를, 충忠과 신信이면 잘 되지만 그렇지 않으면 반드시 실패한다고 했습니다. 밖으로 강强하고 안으로 온화한 것이 충忠이고 화평을 근본으로 하여 곧은 길로 나가는 것이 신信입니다. 그러므로 효사에 이르기를 '누런 치마는 으뜸으로 길하다'라고 한 것이고, 황黃은 중심을 나타내는 빛깔이어서 충을 나타내고, 치마는 몸의 아래를 꾸미는 것이어서 신을 나타냅니다, 원元은 맨 위로 선善의 으뜸을 말하는 것입니다. 중심이 충하지 못하면 황색을 얻지 못하고, 아래 있는 자가 공손하지 못하면 치마가 되지 못하고, 하는 일이 선善하지 못하면 그 으뜸을 얻지 못하는 것입니다. 밖과 안이 화평해야 충이 되고 신으로써 일을 해야 공(共: 恭)이 되고, 세 가지 덕德이 갖추어져야 선善이 되는 것이니, 이 세 가지가 갖추어지지 않고는 길한 운수에 해당되지 않는 것입니다. 『주역』으로는 위험한 일을 점칠수 없는 것인데, 장차 무슨 일을 하려는 것인가. 자신의 몸을 닦아야 합니다. 중심이 아름다워야 황색에 해당되고, 위가 아름다워야 음뜸에 해당되며 아랫사람이 아름다워야 치마에 해당되어 이 세 가지가 이루어지며 점을 칠 수 있으니 무엇이라도 모자라면 점을 쳐서 비록 길하다 하더라도 안됩니다.[64]

자복혜백은 곤坤괘의 육오효가 '황상원길黃裳元吉'이라서 길조吉兆이긴 하지만 전제 조건이 있어야 한다고 했다. 바로 "충忠과 신信이면 잘 되지만 그렇지 않으면 반드시 실패한다"라는 것이다. '황상黃裳'의 뜻을 보면 '황黃'은 '충忠'의 색깔이다. 즉 사람은 충忠해야 황색에 어울린다. '상裳'은

---

64) 「左傳·昭公·20年」

옷의 아래 자락인데 신용을 지켜야 공경恭敬의 도道에 부합한다고 했다. 만약 점괘를 보는 일이 충과 신에 부합하면 '황상원길'에 맞게 순조로울 것이다. 그렇지 않으면 안된다고 말했다. 자복혜백은 그가 배웠던 『역』으로 점을 볼 때의 기본적인 규칙들을 그 근거로 들었는데 그 중에 "『역』, 점험占險해서는 안된다"가 있다. 여기서 '험'의 의미는 '사악하다'는 뜻이다. 주대에 자주 '험'으로 '사악하다'를 표현했다. 「시경詩經·권이卷耳」의 서序를 보면 "안으로는 진헌지지进賢之志가 있고 험파사알險坡私谒의 마음은 없다"라는 표현이 있다. 정전鄭箋은 최씨崔氏의 말을 인용하여 "험파險坡는 바르지 못하다"라고 해석했다. 『좌전』애공 16년에 "위험한 짓으로 요행을 바라는 자는 욕심부림이 한이 없다"라고 적혀 있는데 두예의 주석을 보면, "험險은 마치 악惡과 같다"고 해석했다. 「역易·계사系辭」 하편에 "착한 행실은 항상 모든 일을 평이하게 수행하니 험난한 상황도 깊이 이해하고 있다"고 하였는데 의侯의 주석을 보면 "험險은 악惡이다"라고 했다. 「예기禮記·중용中庸」에도 "소인은 위험한 짓을 하며 요행을 바란다"는 표현이 있는데 공서孔疏를 보면 "소인은 악으로 자처한다(小人以恶自居)"로 해석했다. 「설문說文」의 언부言部에 「상서尚書·입정立政」의 "정사를 세울 때 간사한 사람을 쓰지 말라(勿以憸人)"를 인용하였는데 서개전徐锴傳에서 "험憸은 마치 험險과 같다"고 해석했다. 여기서 '험인憸人'은 교활하고 사악한 사람을 가리킨다. 험險은 험憸과 통하며 '사악하다'는 뜻이다. 상술한 내용은 모두 좌전에 기록된 "『주역』으로는 위험한 일을 점칠수 없다"고 할 때 말한 '험險'과 동일한 것이다. 자복혜백은 『주역』은 아름답고 선한 일을 위한 점을 봐야지 사악한 일에 점을 보면 주역을 모욕하는 것이고 가령 길조가 나타나더라도 사실은 그렇지 않다고 했다. 그의 말은 겉으로 서법과 주역을 부정하지는 않았지만 구체적으로 실행할 때에는 전제조건, 즉 아름답고 선한 일을 위해 점을 봐야한다는 조건을 내세웠다. 그렇게 해야 점괘의 예언이 맞고 그렇지 않다면 "비록 길하다 하더라도 안된다"는 것이다. 자복혜백도 목강처럼 인간의 의지와 행위를 우선 순위에 두고 시서는 그 다음으로 물러나게 했다. 춘추 초기에 秦, 진晉 양국의 한원韓原 전쟁에서 진혜공晉惠公이 잡혔다. 그는 예전에 진헌공晉献公이 딸을 진秦으로 시집보내기 위해 시서를 본 사건을 상기시켰다. 그 때 진晉의 사소史蘇가 본 점은 길조가 아니라 진晉이 진秦나라에 의해 망할 것이라는 예언이었다. 하지만 진헌공은 사소의 말을 듣지 않고 결국 백희伯姬를 진秦으로 보냈다. 진혜공은 한간韓簡에게 "선군이 사소의 점을 쫓으시었다면 내 신세가 이에 이르지 않은 것이다"라고 말했다. 이에 한간은 "선군께서 덕을 허물어뜨린 것을 수로 미칠 수 있겠습니까? 사소가 점을 쳤다 한들, 무슨 보템이 되겠습니까? 『시경』에는 '백성이 받는 죄는 하늘에서 내린 것이 아니라 면전에서 칭찬하고 뒤에선 미워하는, 다투어 해치는 사람들 때문이다'라 하였다"[65]고 답했다. 한간의 요점을 보면, 시서로 점을 보지만 결국 인간의 영향력보다 크지 않다. 선인들이 언급한 '급가수호及可数乎'는 '수가급호数可及乎'로 해석할 수도 있는데 "진나라 선군이 한 패은망덕한 일이 너무 많아 시초점의 횟수로도 따라갈 수가 없다"라는 뜻이다. 다시 말해, 군주가 패은망덕하여 저지른 재난들을 시서로 바뀌어지지는 않는다는 뜻이다. 한간이 인용한 『시경』의 내용을 봐도 "인간이 일으킨 재앙은 하늘이 내린 것이 아니라 인간이 선하지 않아 생긴 것이다"고 했다. 다시 한 번 시서보다 인간의 영향이 더 크다는 사실을 보여준 것이다.

춘추시대 사람들은 사회에 대한 앞선 생각과 철학적인 사고들을 역괘의 해석에 넣기도 했다. 춘추 말기 주 왕조의 권력은 크게 몰락되고 주변 제후국들도 내리막길을 걸었다. 노소공이 삼환三桓에게 쫓겨 타향에서 목숨을 잃은 사건이 전형적인 예다. 보수파가 보기에 '천하무도天下無道'라 할 수 있지만 진보파는 이를 정상이라고 보았다. 『좌전』소공昭公 32년의

---

65) 「左傳·僖公·15年」

기록을 보자.

조간자가 대사大史 채묵蔡墨에게 묻기를 "노나라 계씨(季氏: 季孙意如)는 그의 군주를 나라 밖으로 나가게 했으나 노나라의 백성들은 그에게 복종하고, 제후들이 그를 편들어 주며 군주가 밖에서 죽었으나 그에게 죄가 있다고 하니, 어찌 된 것인가? 채묵이 대답했다. "만물이 생겨남에 둘이 있기도 하고 셋이 있기도 하고 다섯이 있기도 하고, 보좌하여 돕는 것이 있게 마련입니다. 그러므로 하늘에는 삼신三辰이 있고, 땅에는 오행五行이 있고, 신체에는 좌우가 있어 각각 짝이 있으며, 왕에게 공이 있고 제후에게 경이 있어 각각 모셔 돕는 자가 있습니다. 하늘이 노나라 계씨를 낳아 노나라 군주를 돕게 한지 오래 됩니다. 그러니 백성들이 그에게 복종하는 것은 마땅한 일이 아니겠습니다. 노나라 군주는 대대로 그 위신을 잃었고 계씨가문은 대대로 그 공을 닦아왔습니다. 백성이 군주의 존재를 잊고 있는데 군주가 비록 밖에서 죽었다 하더라도 그 누가 불쌍히 여길 것입니까. 사직社稷에 일정하게 만들 주인이 없고, 군신君臣 사이에 일정한 자리가 없다는 것은 예부터 그러한 것입니다. 그러므로 『시경』에 이르기를 '높은 언덕 골짜기 됐고, 깊은 골짜기가 큰 언덕이 되었네'라고 했습니다. 우虞와 하夏와 상商 세 왕조의 입금의 자손들이 오늘 날 서민이 되어있는 것은 어른께서도 잘 알고 계시는 바입니다. 『주역』괘에 있기를 '뇌雷가 건乾을 타는 것을 대장大壯☳이라 한다'라고 했습니다. 그것은 천도天道입니다."

체묵蔡墨의 말에는 변증법적 관점들이 가득하다. 그는 사물에는 모순이 있고 모순의 양면은 서로 전환할 수 있다고 했다. 그는 이런 진보적인 관점으로 춘추시대 군신君臣 관계의 변화에 대해 해석하였는데 이는 상고 시대 보기 어려운 이론이라 할 수 있다. 채묵은 주역의 대장大壯괘를 논거를 삼았다. 대장은 진상건하震上乾下로, 진은 천둥을 상징하고 건은 하늘을 상징한다. 그리하여 사묵은 '뇌승건雷乘乾'이라 해석했다. 그러나 일반적으로 건이 위에 있고 진이 아래에 있어야 정상이다. 건은 하늘이고 군주고 존경받아야 할 존재다. 그리고 진은 천둥이고 신하고 아들이다. 그런데 대장괘는 건이 아래, 진이 위에 있다. 이는 원래 일반적인 규칙에 맞지 않지만 채묵을 이를 '천지도天之道'라 하면서 이는 정상적이고 발전 법칙에 부합되는 현상으로 보고 있다. 이러한 결론은 그의 진보적인 변증법적 관념을 보여준 것으로 역괘 분석 또한 이러한 관념을 적용하여 도출한 결과다.

춘추시대의 시서와 역괘는 일반 사람들에게도 큰 영향력을 행사했다. 「시경詩經·한 남자(氓)」에는 한 여성이 비단 장사, 즉 "베를 안고 실을 바꾼다(抱布貿絲)"하는 남자와 결혼하는 이야기가 있는데 "그대 거북점 시초점 쳐서 점괘에 나쁘단 말 없으면 그대 수레 몰고와서 내 혼수감 옮겨 가세요" 라고 적혀 있다. 이를 통해 일반 서민들에게 시서와 점복은 길흉을 판단하는 수단임을 알 수 있다. 또한 서민뿐만 아니라 지식층의 사대부들에게도 많은 영향을 주고 있다. 전해진 말에 따르면 공자는 "늙어서 주역을 즐겼다, …… 주역을 많이 읽어 위편이 여러 번 끊어질 정도였다 (韋編三絶). 그가 말하기를 '나에게 몇 년을 주면 주역을 통달할 수 있을 것이다."[66] 공자는 노년에 노나라에 거주하면서 제자들을 가르치고 거느리면서 고대 문헌을 정리하는 대대적인 작업을 했다. 『주역』은 공자와 그의 제자들이 정리한 전적 중의 하나일 것이다. 후세의 문헌에 공자가 왜 시서와 귀복이 효과 있는 지를 언급한 내용이 적혀 있다.

> 자로子路가 공자에게 물었다. "돼지와 양의 견갑골로도 징조를 얻을 수 있고, 관의 위, 고의 모(蓲菭藁芼)로도 점을 칠 수 있는데 왜 시초와 귀갑을 쓰는지요?" 공자가 답하기를 "그렇지 않다. 아마 그 이름을 취했을 것이다.

---

66) 「史記·孔子世家」. 마왕퇴馬王堆의 한대 무덤에서 발견된 백서帛書 「요要」편에는 "공자는 늙어서 주역을 즐겼다. 집에 있을 때는 석상에 있고 나갈 때는 배낭에 넣었다" 라고 적혀 있었다. (陈松長·廖名春, 『道家文化研究』 第3集, 上海古籍出版社, 1993年, p.434.) 위편삼절韋編三絶의 방증으로 쓸 수 있다.

시초蓍草와 거북이는 수명이 길어서 모르는 일을 가지고 노인에게 해답을 구한 것과 같다."[67]

자로는 "다른 많은 물건들도 점서占筮나 점복占卜을 할 수 있는데 왜 반드시 시초와 귀갑을 사용해야 하는가?"라고 물었다. 공자는 그 글자 그대로 해석하였는데, 시蓍는 기耆와 같은데 '늙다'라는 뜻을 가지고 있고 귀龜는 구旧와 고음占音이 비슷하여 귀를 구로 불러 '오래되다'를 가리킨다. 시초와 귀갑으로 의혹을 풀면 오래된 사람한테 가르침을 구하는 듯하다고 말했다. 여기서 공자는 시초와 귀갑의 영적인 특징을 강조하기보다는 경험이 풍부한 나이가 있는 사람들의 역할에 대해 강조한 것이다. 그는 비록 시서와 귀복을 논하면서 역사적인 경험으로 현실과 미래의 행동들을 잘하도록 가르쳐야 한다고 분명하게 말하지는 않았지만 그러한 의미가 어느 정도 내포되어 있다. 또한 공자는 비록 시초와 귀갑을 사용해야 한다고 하였지만 그것에 구애받지 않았다. 관련 내용을 살펴보자.

노나라가 월越을 토벌하려고 시서를 보고 "솥의 발이 부러진다(鼎折足)"는 점을 얻었다. 자공子贡은 이를 흉하다고 하였는데 왜일까? 솥의 발이 부러졌는데 걸어갈 때 발을 쓰니까 고로 흉하다고 했다. 공자는 이를 길하다고 했다. "월나라 사람들이 물 위에 거주하니 배를 타고 외출하고 발로 걷지 않기 때문에 고로 길하다고 한다."[68]

노나라가 월나라를 토벌하려고 시서를 하였는데 아마 정鼎괘가 고蠱괘로 변한다는 점괘가 나왔을 것이다. 정괘의 구사효 양효가 음효로 바뀌어

---

67) 「論衡·卜筮」
68) 「論衡·卜筮」. 공자가 점서占筮를 논한 두 편의 기록이 실려있다. 한대 사람들이 적은 내용이기에 꼭 실제로 일어난 사건이라 할 수 없지만 공자의 사상으로부터 출발하여 그 연원을 따져볼 때, 믿을 만하다고 본다.

고괘가 됐다. 변괘는 정괘의 구사효九四爻가 바뀐 것이기에 구사효의 효사를 근거로 해석해야 한다. 효사에 "솥의 발이 부러진다.……흉凶하다"라는 표현이 있기에 자공 또한 흉조라고 판단했다. 시서와 점괘의 원칙으로 볼 때, 자공의 해석은 문제가 없다. 하지만 공자는 일반적인 원칙에 구애받지 않고 월나라는 주舟, 즉 배를 많이 쓰니 발을 쓸 필요가 없다고 했다. 그러므로 '정절족鼎折足'이라는 효사는 월나라를 토벌하는데 크게 문제가 되지 않는다는 뜻이다. 일반적인 서법과 완전히 다른 결론을 낼 수 있는 이유는 공자의 자유로운 사고체계와 직접적인 연관이 있다고 본다. 공자는 위편삼절韋編三絕의 정신으로 주역을 연마하였고 주역의 정수를 완전히 파악하였기에 이처럼 깊이 있는 견해를 보여줄 수 있었다. 공자의 제자 중에 주역을 깊이 연구한 사람이 또 있었는데 「사기·중니제자열전仲尼弟子列傳」을 보면 "공자가 『주역』을 구瞿에게 전하였다"라고 적혀 있다. 그 후 상구商瞿로부터 계속 전해내려가면서 한대 치천菑川에 사는 양하楊何한 테 전해지고 "『주역』을 다스려 한중대부에 올랐다"고 하는데 그 역사가 유구하다.

시서와 관련된 문제 하나를 더 논의해보자. 역사서에 따르면, 춘추시대 시서를 볼 때, 결과가 안 좋은 경우가 많았다. 또한 그 후에 점괘에서 보여준 대로 현실에서 적중된 일들이 많이 생겼다. 이는 후세의 사관들이 견강부회牽強附會로 지어낸 것인지 아니면 시서가 정말로 영검한 지에 대해 우리는 단순하게 판단할 수 없고 몇 가지 상황으로 나누어 자세하게 분석해야 할 것 같다.

한 가지 상황은 시서를 할 때, 확실하게 결론을 내리지 않았지만 후세에 일어난 일들과 맞아떨어지는 상황이다. 그 원인은 주로 점을 보는 자가 현실에서 일어난 상황에 대해 깊이있게 분석하고 연구하였고 그 기초에서 길흉을 판단하였기 때문이다. 이러한 경우는 후세사람들이 억지로 지어낸 것이라 할 수 없다. 아래 관련 기록을 살펴보자.

진목공秦穆公이 진晉나라를 정벌하려니 복도보ㅏ徒父가 산가지로 점을 치고 말했다. "길합니다. 황하를 건너서 군주의 전차가 부서집니다." 진秦나라 군주가 그 뜻을 추궁하니, 복도보가 대답했다. "이것은 크게 길합니다. 3번 물리치고 반드시 진晉나라 군주를 잡을 것입니다. 점괘는 고蠱괘䷑입니다. 이 괘는 말하기를 '천승千乘의 나라가 3번 싸워 물어가고 3번 물러간 뒤에는 그 숫여우를 잡게 된다'고 합니다. 여우는 속이는 데 능숙한 동물이니, 진晉나라 군주입니다. 고蠱괘의 내괘는 풍風에 해당하고, 그 외괘는 산山에 해당합니다. 시절은 가을인데, 우리가 나무 열매를 떨어뜨리고 그 나무를 베는 격이니 이기는 것입니다. 나무 열매가 떨어지면 그 나무는 베어 없어지는 것이니, 진晉나라는 패敗하지 않고 무엇을 기다리겠습니까." 진晉나라는 3번 싸워서 패하고는 한韓으로 물러났다. ……한원에서 싸웠다. ……진秦은 진후晉侯를 잡고 돌아갔다.[69]

전쟁 전에 시초점을 봤는데 길조였다. 그런데 진나라 군대가 먼 길을 고생해서 황하를 건너고 나니 진목공이 탄 수레가 고장나 복도부ㅏ徒父에게 따졌다. 복도부는 고蠱괘의 괘사를 들어서 설명했다. '천승千乘'은 원래 비교적 작은 제후국이나 군주를 뜻하기에 여기서는 진목공을 가리킨다. '삼거三去'에 대해서는 기존에 다양한 해석들이 있다. '막다' 혹은 '제거하다', '쫓아내다' 등으로 해석하는데 적절하지 않는 것 같다. '거去'의 원래 의미, 즉 '떠나다(離去)'로 해석하는 것이 맞는 듯하다. 수레가 고장나서 진목공이 원래 탔던 수레를 '떠났다'는 뜻이고 수레가 세 번 고장난 후에 군주를 뜻하는 '숫여우(雄狐)'를 잡을 수 있다. 그 후 일어난 일은 점괘에서 보여준 것과 같았다. 진목공이 탄 수레가 3번 고장나고서야 한韓에 도착하였고 한원韓原에서 전쟁을 치러 진혜공晉惠公을 생포했다. 처음에 시초점에는 길조만 보여주었고 수레가 세 번 고장나거나 진나라 군주를

---

69)「左傳·僖公·15年」

잡을 것이라는 내용은 없었다. 하지만 군대가 황하를 건너 진목공의 수레가 망가지자 복도부는 고괘의 괘사를 근거로 해석을 추가하면서 어려운 상황을 모면했다. 먼 길을 가다보면 수레가 고장나는 것은 당연지사이기에 '삼패三敗'라고 예언할 수 있었다. 그 당시 두 나라의 상황을 볼 때, 한원 전쟁 전에 승패는 이미 결정지었다고 할 수 있다. 진晉의 대부 한간韓簡이 진혜공에게 아래와 같이 그 실패 원인을 설명한 적이 있다. "군주께서 다른 나라로 나가 도망다니실 때 진秦의 도움을 받으셨고 들어와 그 은혜를 받으셨으며, 우리 나라가 기근이 들어서도 진의 곡식을 먹었는데 3번이나 은혜를 입고도 보답하지 않으셨기에 우리를 치러 왔습니다. 지금 군주님은 또 직접 공격하시니 아군은 해이하지만 진군은 격분할 수 밖에 없습니다."[70] 진晉이 진秦에게 예를 지키지 않고 내부 상황도 불안정했다. 반대로 진秦나라의 출격은 명분이 있었고 병사들도 기운이 넘쳤다. 이는 눈이 밝은 사람이라면 누구나 판단 가능한 일이라서 복도부 또한 진晉이 패할 것이라고 예언했다. 그는 고蠱 괘의 괘사와 손하간상巽下艮上이라는 괘상을 근거로 해석하였다고 하지만 사실 진秦이 진晉을 이길 것이라는 대세에서 출발한 것이다 복두부는 우선 두 나라 형세에 대한 분석과 판단이 있었고 그 다음 역괘를 해석하였다고 할 수 있다. 그는 역괘를 근거로 사건의 전망을 예언한 것이 아니라 반대로 현실에 대해 부가설명했다. 춘추 초기, 진晉과 초楚의 언능鄢陵전쟁 전에 진여공晉厲公이 점을 본 적 있다.

공이 점을 쳐보았다. 태사가 말했다. "길합니다. 그 괘가 복復☲☷괘를 만난 것이다. 말하기를 "남쪽 나라가 쪼그라들 것이며 활을 쏘면 그 눈에 맞는다" 라 하였습니다. 나라가 위축되고 왕이 다치는데, 패하지 않는다면, 무엇을

70) 「左傳·僖公·15年」

기다리겠습니까? 공이 그 말대로 했다.……싸우는 중에 공왕共王을 쏘아 눈을 맞혔다.……왕은 "하늘이 초나라를 망치는구나! 나는 앉아서 기다릴 수 없다" 하고는 밤을 도와 달아났다."71)

이 요사繇辭는 현존 『주역』에서 찾아볼 수 없다. 아마도 「연산連山」, 「귀장歸藏」 등 역서易書에 기록되었을 것이다. 사관은 이를 인용하였을 때, 초나라가 패하고 위축되며 군주가 해를 입는다는 '국축國蹙'과 '왕상王傷'을 적었을 뿐, 화살이 초나라 왕의 눈을 맞을 것이라는 내용은 언급하지 않았다. 언능전쟁 이전, 진晉과 초나라의 상황을 분석해보면, 비록 양국에 있어서 모두 피하고 싶지만 피할 수 없었던 전쟁이었는데, 진晉나라가 좀 더 우세를 차지하고 있었다. 그 당시 초나라는 전쟁을 그만두겠다는 약속을 어기고 북벌 전쟁을 일으켰다. 그러므로 도의적으로 볼 때, 이미 열세劣勢에 처했다. 진여공晉勵公은 진나라에 항복한 초나라 신하 묘분황苗賁皇의 의견을 받아들여 맞춤형 군사전략을 펼쳤다. 그리고 나서 시서를 봤기에 점괘를 판단하는 데 있어서 두 나라의 기본적인 형세 판단이 큰 영향력을 발휘했을 것이다. 요사繇辭에 왕의 눈을 화살로 맞출 것이라는 예언이 있는데도 서사는 이를 인용하지 않고 단지 '왕상王傷'이라 했다. 이는 서사가 신중하면서 근거없는 말은 하지 않았다는 뜻이다. 앞서 소개한 진목공秦穆公의 이야기와 이번 소개된 점서 역시 후세가 기록하면서 견강부회하지는 않은 듯하다.

자신의 점괘 해석의 정확도를 높이기 위하여 많은 서사들은 기본적인 판단을 거친 후 모호한 표현으로 해석할 때가 많은데 향후 문제가 생기더라도 둘러댈 수 있기 때문이다. 춘추 초기 주대사관이 진여공陳勵公의 아이를 위해 점을 본 사실을 예로 들 수 있다.

---

71) 「左傳·成公·16年」

진陳나라 여공厲公은 ……경중敬仲을 낳았는데, 그가 어렸을 때 주왕조의 태사로 주역을 가지고 진후를 뵈러 온자가 있었는데, 진후가 시초점을 치게 되었더니, 관觀▦이 비否▦로 변한다는 점괘가 나왔다. 그 점괘를 풀어 말했다. "나라의 빛남을 보고, 천자의 빈객賓客이 되기에 이롭다고 할 수 있습니다. 이분은 진나라 군주를 대신해 나라를 보유할 텐데 그 일은 이 나라가 아니라 다른 나라에서 있을 것이고, 이분 자신이 아니고 그 자손에게 있을 것입니다. 빛남은 멀리 그리고 다른 데에서 빛날 것입니다. 곤坤은 흙이 고, 손巽은 바람이며, 건乾은 하늘입니다. 풍風이 천天으로 변하여 토土 위에 산山이 있는 형상입니다. 산에는 재목이 있고, 하늘에는 빛남을 보고 천자의 빈객이 되기에 이롭습니다. 제후가 천자를 뵈러 가서 뜰 안에 바칠 온갖 물건을 늘어놓고, 옥백玉帛으로써 받들어 천지의 아름다움이 갖추어지는 것 입니다. 이에 천자의 빈객되기에 이롭다고 말하는 것이고, 나라의 빛남을 볼 수 있는 격입니다. 후손에 가서 있다는 것은 바람이 불어 흙에 닿는다는 것이고, 다른 나라에서 그렇다는 것입니다. 만약 다른 나라에서 그렇다면 반드시 강姜씨 성의 나라일 것입니다.[72]

주대 사관의 해석을 보면, 진경중陳敬仲은 제후의 아들로, 나중에도 제후 가 될 것이다. "이 나라가 아니라 다른 나라에서 있을 것이고, 이분 자신이 아니고 그 자손에게 있을 것이다." 즉 경중은 진陳나라에 있지 않고 다른 나라의 제후가 될 것이다. 본인이 제후가 되지 않으면 그의 후대라도 제후 가 될 것이다. 주대 사관이 언급한 내용에서 지역도 광범위하고 기간도 길다. 그리고 제후의 아들이 제후로 사는 것도 자주 일어나는 일이므로 사관은 아무런 중요한 내용도 말하지 않았다. 유일하게 "만약 다른 나라에 서 그렇다면 반드시 강姜씨 성의 나라일 것이다"라는 내용이 재미있는 대목이다. 진陳나라는 규嬀씨 나라다. 주대의 종법宗法제도를 보면, 진나라 군주의 자손이 희姬씨 제후국에서 장성할 가능성은 아주 적다. 그러므로

---

72) 「左傳 · 莊公 · 22年」

사관의 추측에 따르면 아마도 강姜씨 나라일 것이다. 춘추시대 사회의 전반적인 상황을 볼 때, 주대사관이 진陳에서 진여공의 뜻에 맞추려고 이렇게 해석했을 가능성이 아주 크다.

물론 춘추시대 시서 점괘를 후대가 억지로 해석하는 경우도 있지만 상황이 여러 가지로 복잡하여 자세히 분석해야 한다. 『좌전』희공 15년에 진헌공晉獻公이 백희伯姬를 진秦으로 시집 보내려고 점을 봤는데, 이를 예로 들 수 있다.

> 일찍이 진晉나라 헌공獻公이 딸 백희伯姬를 진秦나라로 시집보내야 산가지로 점쳤는데 귀매歸妹☳☱괘가 규睽☲☱괘로 변했다. 점괘에 대하여 사소史蘇가 말했다. "불길합니다.……군사는 출병하여 이롭지 않으며, 종구宗丘에서 패전한다는 것입니다. 귀매괘가 규괘로 변하여 고립되는 것은 적이 활을 당겨 보는 것이니 조카가 고모에게 의지하고 다음해에 고량의 언덕에서 죽을 것입니다."진晉나라 혜공이 진秦나라에 머물러 있게 되자 말했다."선대 군주께서 만약 사소의 점을 따르셨다면 내 신세가 이 지경에 이르지 않았으리라."[73]

이 요사繇辭에서 언급한 일들이 그 후에 모두 일어났다. "종구에서 패할 것이다"라는 뜻을 가진 '패우종구敗于宗丘'를 보면, 노희공 15년(BC 645년)에 진晉이 한원에서 패하고,[74] '기종고其從姑'를 보면, 진晉의 자어子圉가 진秦에서 인질로 잡혔는데 자어는 진목공의 부인 묵희穆姬, 즉 백희伯姬의 조카로, 묵희는 그의 고모다. 자어가 진秦, 즉 그의 고모가 있는 곳으로

---

73) '종구宗丘' 지역에 관해 왕인지王引之의 『경의술문經義述聞』권17에서 설명하기를 "「석명釋名·석구釋丘」에서 '종구宗丘은 읍邑의 종宗이다. 그러므로 종구 또한 구명丘名이다. 아마 한원韓原이라는 곳에 구丘가 있기에 '종구'라 이름을 붙였을 것이다. 고로 한원을 종구라고도 부른다'라고 했다."
74) 「左傳·僖公·15年」

갔다는 뜻이다. '육년기포六年其逋'는 자어가 진에서 6년 간, 다시 말해 노희공 17년에서 22년 동안 잡혀있었다는 뜻이다. 그 후 그는 晉진으로 도망쳐 오고 군주의 자리를 이어받아 진회공晉懷公이 됐다. 자어가 진으로 돌아간 다음 해에 중이重耳도 진으로 돌아와 진문공晉文公이 됐다. 진회공 자어는 고량高粱에서 피살됐는데 "다음해에 고량의 언덕에서 죽을 것이다"라는 예언이 적중됐다.『좌전』을 보면 노희공 15년에 이를 기록하였지만 진헌공이 백희 출가를 위해 점을 본 시대는 노희공 원년 혹은 그 조금 뒤의 일이다. 진목공秦穆公은 이 해에 군주의 자리를 이어받았고 노희공 15년에 진晉과 한원전쟁을 치를 때, 목희穆姬는 이미 2남 1녀를 두고 있었다. 그러므로 진혜공晉惠公이 진秦에 잡혔을 때, 백희 출가를 위해 점을 봤다는 것은 사실 10여 년전에 이미 일어난 일이다. 사소가 말한 "군사는 출병하여 이롭지 않으며, 종구宗丘에서 패전한다는 것이다"등 내용은 진혜공이 진秦에서 직접 본 것으로, 역사적 사실을 근거로 사관에게 추가로 넣으라고 명한 것 같다. 자어가 인질로 있다가 진晉으로 도망쳐 오고 또 마지막 피살까지는 모두 한원전쟁 이후에 일어난 일들이다. 진혜공이 진秦에 있을 때 사관들이 이렇게 자세히 알지는 못하므로 후세 사람들이 억지로 지어낸 것으로 판단된다. 진혜공이 "선군이 만약 사소의 점을 따랐다면"이라 한 말은 사실인 것 같다. 진헌공晉獻公이 백희를 출가시키려고 점을 본 사실도 실제로 있다고 보기 때문이다. 확실한 것은 사소가 진헌공의 점을 두고 불길하다고 하면서 반대했을 것이고, 진晉이 진秦에 의해 망할 수 도 있다고 예측했을 것이며 또한 진헌공이 사소의 말을 따르지 않았을 것이다. 그렇기 때문에 진혜공이 앞서 인용한 것처럼 말을 한 것으로 판단된다.

춘추시대 사람들은 새로 태어난 아들 혹은 어린 아들을 위해 점을 본다. 만약 역사서에 기재된 내용이 이도저도 가능하거나 모호하면 대부분 믿을 수 있는 내용이다. 하지만 요사繇辭에서 현실에 일어난 일들을 귀신같이 잘 맞추거나 후세에 똑같이 일이 아주 자세하게 일어났다면 대부분 후세 사람들이 추가로 넣은 내용으로 모두 믿어서는 안된다. 예를 들어 노나라 귀족 숙손목자叔孫穆子가 태어날 때, 그의 아비 숙손득신叔孫得臣은 『주역』 으로 시서를 보게 했다. '명이지겸明夷之謙'이라는 점괘가 나왔고 그는 이를 복초구卜楚丘에게 보였다. 그런데 『좌전』소공 5년에 기록된 복초구의 말에 수상한 구석이 있다.

> 이 아기가 장차 나라를 떠났다가 돌아와 가문을 계승하여 제사를 받들 것인데, 참인讒人을 데리고 들어올 것이며 그의 이름은 우牛라고 합니다. 마침에 굶주려 죽을 것입니다. ……이와 같은 셋째의 위치인 날이 밝는 시각의 운수이므로 사흘 동안 먹지 못하며 굶주린다고 말한 것입니다.…… 어른께서는 아경亞卿으로 계시니, 이 아기도 아경이 됩니다. 그러나 복이 적어 명대로 살지 못할 것입니다.

숙손목자가 제나라로 달아날 때, 바깥 자식을 낳는데 '수우豎牛'라 한다. 수우는 나중에 험담으로 숙손목자의 아들 맹병孟丙을 죽이고 또 다른 아들 중임仲壬을 쫓아냈다. 그 후 숙손목자도 병이 들고 수우가 사흘동안 굶겨서 죽였다. 숙손목자가 태어날 때, 복초구는 그가 사흘동안 굶어서 죽을 것이라 예언하고 이를 일으킨 자의 이름은 '우牛'라 했다. 하지만 이는 그 당시 예측 가능한 일들이 아니고 아마 후세 사람들이 명이괘와 겸괘를 근거로 내용을 추가한 것으로 보인다. 분명한 것은 이렇게 내용을 추가해서 설명한 시기가 그리 오래되지는 않았을 것이다. 상술한 내용을 보더라도 아마 숙손목자의 시대와 가까운 노나라의 귀족들이 추가했을 것이다. 그렇기 때문에 내용 속에 시서와 역괘 등의 해석에 아직 춘추시대 사람들의 사고방식이 들어있었다. 『좌전』 소공 5년에 기록된 복초구의 말에는 "이離는 화火에 해당하는데 간艮은 산山에 해당한다. 이離가 불이 되어 불이 산을 태우면 산은 망가진다"등의 표현들이 있는데 이는 춘추시대 사람들이 자주 쓰는 이괘와 간괘가 상징한 사물과 똑같다. 비록 앞서 한 말이 반드시 복초구의 말이라고 할 수는 없지만 시대는 확실하기에 춘추시대 서법을 연구하는 데 있어서 근거로 삼을 수 있다.

　다음으로 전국시대 서법에 대해 논의해보자.

　전국시대 서법의 발전은 첫째, 이론체계의 틀이 완성되었고 둘째, 서법과 무술巫術이 결합되었다는 점에서 잘 보여지고 있다. 그러므로 전국시대의 서법은 더 넓게 보급됐다.

　『주역』을 해석하고 서술한 일곱 종의 저서는 모두 전국시대에 만들어졌는데「단象」,「상象」,「문언文言」,「계사系辭」,「설괘說卦」,「서괘序卦」와「잡괘雜卦」가 있다.「단」,「상」,「계사」는 또 각각 상, 하 두 권으로 나누었기에 총 10편이다. 한대 사람들은 이를 '십익十翼'이라 불렀는데 '주역의 날개'라는 뜻이다. 저서들은 각각 편중이 달랐다.「단」은 64괘의 괘명, 괘사의 의미를 논하였고「상」은 괘상을 주요 근거로 64괘의 괘명과 괘의卦義를 설명했다.「문언」은 건괘와 곤괘를 모두 해석하였기에「건문언乾文言」,「곤문언坤文言」으로도 불린다.「계사」는『주역』의 통론通論으로 역의 기능, 팔괘의 기원, 주역의 서법 등에 대해 종합적으로 분석했다. 또한 주역의 많은 효사들을 해석하면서 아울러 역의 의미에 대해 설명했다.「설괘」는 건, 곤, 진, 손, 감, 이, 간, 태 등 8개의 괘가 상징한 사물을 소개하였고 또 8가지 경괘의 괘상을 설명했다.[75]「서괘」는 64괘의 순서에 대해 해석하

---

75) 「설괘」에서 경괘의 괘상에 대해 아래와 같이 설명한다. "진震은 첫째 줄에 이어진 선이 있으니 한 번 구하여 아들을 얻었다 하여 맏아들이라 하고, 손巽은 첫째 줄에 끊어진 선이 있으니 한 번 구하여 딸을 얻었다 하여 맏딸이라 한다. 감坎은 둘째 줄에 이어진 선이 있으니 두 번 구하여 아들을 얻었다고 하여 둘째 아들이라고 하고, 이離는 둘째 줄에 끊어진 선이 있으니 두 번 구하여 딸을 얻었다 하여 둘째딸이라 한다. 간艮은 윗줄에 이어진 선이 있으니 세 번 구하여 아들을 얻었다 하여 막내아들이라 하고, 태兌는 윗줄에 끊어진 선이 있으니 세 번 구하여 딸을 얻었다 하여 막내딸이라 한다." 여기서는 양효, 음효의 차이로 경괘의 남, 여의 상象을 소개하고 있다.

였고 「잡괘」는 64괘의 괘의 의미에 대해 설명하였는데 체계적이지 않고 섞어서 복잡하게 서술했다. 전국시대에 '십익'을 펴내면서 서법은 완전한 체계를 이루어 새로운 단계에 들어섰다. 이러한 이론체계가 구축되면서 서법은 더 보급되고 발전할 수 있었다. 사람들은 더 이상 역괘를 흩어져 있는 모습이 아닌 비교적 완전한 형태로 인식하게 됐다. 이는 점을 보는 자가 더 넓게, 더 깊이 있게 분석하고 판단할 수 있도록 도움을 주었다. 또한 전국시대의 이론체계는 『주역』과 서법의 신비로움을 한 층 더 강조했다. 예를 들어 「계사」상편을 보자.

주역은 천지와 대등하기 때문에 천지의 도를 망라할 수 있다. 위를 쳐다보며 천문을 관찰하고 아래를 내려다보며 지리를 관찰하기 때문에 은밀한 것과 분명한 것의 사유를 알게 된다. 사물의 처음을 생각하고 사물의 마지막을 헤아리기 때문에 삶과 죽음의 문제를 알게 된다. 알뜰한 기운으로 만물이 형성되었다가 혼백이 떠나면 만물이 소멸하기 때문에 이러한 사실을 통하여 밝은 기운과 어두운 기운의 정상을 알게 된다. 천지와 일치하기 때문에 도에 어긋나지 않는다. 지혜는 만물을 두루 포용하고 도는 온 세상을 바로 인도하기 때문에 과오를 범하지 않는다. 자연의 이치를 즐겁게 여기고 사회의 법칙을 기쁘게 따르기 때문에 근심하지 않는다. 환경을 편안하게 여기고 인자한 마음을 돈독하게 하기 때문에 사람을 실천할 수 있다. 천지의 변화를 규정하되 지나치거나 모자라지 않고 만물을 하나하나 다 완성하여 어느 것도 버리거나 남겨두지 않고 낮과 밤의 도를 꿰뚫어보고 음양의 이치를 환히 알기 때문에 기운에는 일정하게 머무르는 장소가 없고 역에는 일정하게 나타나는 형태가 없다. 한번은 음이 되고 한번은 양이 되는 것을 도라고 한다. 도를 쇄신하는 것이 선한 행동이고 도를 완성하는 것이 사람의 본성이다. 인자한 사람은 도를 보고 인자하다고 하고 지혜있는 사람은 도를 보고 지혜롭다고 한다. 일반 사람들은 날마다 도를 사용하면서도 그것이 무엇인지 알지 못한다. 그러므로 군자의 도를 실행하는 사람은 많지 않다.

상술 내용은 역괘의 기능이 극에 도달하였음을 보여준다. 삶과 죽음의 문제를 알 수 있고, 밝은 기운과 어두운 기운의 정상을 알수 있으며, 천지 간의 모든 변화를 포함한다. 역괘가 "지혜는 만물에 두루 미치고 도는 천하를 구제한다"고 할 수 있는 이유는 신비로운 특징을 지니고 있기 때문이다. 다시 말해서 역괘를 만들 때 "신명의 도움을 받아 시서가 생기고, 천지를 참고하고 수에 의지하며, 음양의 변화를 보면서 괘를 했다."[76] 이러한 서술에는 자연과 우주의 발전변화 법칙을 탐구하는 요소도 포함되지만 강한 신비로운 색채도 가미되었고 미신迷信의 요소도 포함됐다. 역괘의 이론체계는 선진先秦시대 제자諸子 사이에서도 영향력이 크다. 「장자莊子·천하天下」편에서는 "『역』은 음양陰陽이치를 논한다"라고 하고 「순자荀子·대략大略」편에서는 "『역』을 잘 아는 자는 점을 치지 않는다"라고 했다. 「관자管子·산권수山權數」편에도 "『역』으로써 흉길성패兇吉成敗를 지킨다"라고 하면서 역괘의 역할을 긍정적으로 표현했다. 앞서 소개한 내용으로 보아 역괘는 이미 전국시대 사대부 사이에 널리 퍼졌음을 알 수 있다.

상고上古시대에 역괘의 점서占筮법은 통일되지 않았고 춘추전국시대에 이르러 규범화되었다고 본다. 가장 이른 규범화된 서법은 「계사系辭」상편에서 찾아볼 수 있다.

점에 필요한 시초의 수는 50개이지만 사용하는 시초의 수는 49개이다. 49개의 시초를 둘로 나누어서 하늘과 땅을 상징하고 한 개를 따로 떼어내어 하늘과 땅 사이에 있는 사람을 상징하고 네 개씩 계산하여 네 철을 상징한다. 나머지 시초를 손가락 사이에 끼우는 일을 두 번 거듭한 후에야 이어진 선 또는 끊어진 선 하나를 얻게 된다. 하늘은 1이고 땅은 2이다. 하늘은 3이고 땅은 4이다. 하늘은 5이고 땅은 6이다. 하늘은 7이고 땅은 8이다. 하늘은 9이고 땅은 10이다. 1, 2, 3, 4, 5, 6, 7, 8, 9, 10 가운데 천수가 다섯이고 지수가 다섯이다. 다섯 자리의 수들이 서로 어울리면 천수는 천수대로 지수

---

76) 「周易大傳·說卦」

는 지수대로 각각 합계가 나온다. 천수의 합은 25이고 지수의 합은 30이고 천수와 지수의 합은 55이다. 이것이 변화를 완성하게 하고 귀신을 행동하게 하는 원인이다. 중천건을 산출하는 시초의 수는 36× 6=216이고, 중지곤을 산출하는 시초의 수는 24×6=144이니, 216+ 144=360은 한해의 날수에 해당한다. 주역 상경·하경의 64괘 384효를 산출하는 시초의 수는 이어진 선 192개에 192×36=6912와 끊어진 선 192×24=4608을 합하여 6912+4608= 11,520이니 만물의 수와 일치한다. 그러므로 네 번 경영하여 변화를 이루고 열여덟 번 변화하여 괘 하나를 이룬다.

상술 서법에 따라 추리연역(推演)하면 괘를 만들 수 있을 뿐만 아니라 변괘도 얻을 수 있다. 변괘의 형식은 춘추시대에 이미 존재하였지만 그것을 규범화시키고 요약한 것은 전국시대였다.

서법은 전국시대에 사회 각 계층 사람들에게 익숙한 존재다. 사람들이 많은 일을 결정할 때 시서를 통해 결정하였고 일반인들은 이것에는 신귀와 통하는 신비로운 힘이 있다고 생각하여 그 결과에 대해 의심하지 않았다. 「초사楚辭·초혼招魂」의 기록에서 천제天帝가 하늘의 신무神巫, 즉 무양巫陽에게 한 말을 보면 "저 아래 세상에 사람이 있는데 내가 그를 도와야겠구나. 혼백이 떠나가 흩어지려하니 점을 쳐 있는 곳을 알아내 그를 돌아오게 하라." 천제는 무양에게 인간세상에 내려가 시서로써 혼백이 사라진 어떤 사람을 도와주라고 했다. 그러나 사실 시서로써 해결할 수 없는 문제들도 있었다. 「초사楚辭·복거卜居」의 기록을 보면, 굴원屈原이 초나라로 향해 태복太卜 정첨윤鄭詹尹을 만난 적이 있다. 정첨윤은 굴원을 위해 단을 들고 귀갑을 털면서 복서를 하려고 했다. 그러나 굴원의 문제를 듣고는 책을 놓고 사절했다. 그는 아래와 같이 설명했다.

척은 짧은 것이 있고 치는 긴 것이 있다.
물은 부족한 것이 있고 지는 불명한 것이 있다.
수는 도달할 수 없는 것이 있고 신은 통하지 않는 것이 있다.

당신의 마음으로 당신의 뜻을 행하시오.

귀책은 이 일을 알 수 없다오.

복서를 관장하는 태복太卜 또한 귀책에는 한계가 있고 복서卜筮의 힘이 닿지 않는 곳도 있다고 인정한 셈이다.

전국시대 사람들은 『주역』과 사시四時의 흐름을 매칭하기도 하였는데 "변통하고 순환하는 것은 사시와 일치한다." "변통하는 것은 네 철보다 큰 것이 없다"[77] 라 했다. 주역의 변화와 사시의 변화가 상통하다고 생각했기에 후세 사람들은 "『주역』의 태泰, 대장大壯, 쾌夬 삼괘는 봄과 매칭되고 건乾, 구姤, 둔遯 삼괘는 여름과 매칭된다. 비否, 관觀, 박剝 삼괘는 가을과 매칭되고 곤坤, 복復, 임臨 삼괘는 겨울과 매칭된다"고 말했다. 이렇게 매칭되는 경우를 '십이소식十二消息'이라 하며 12개월을 역괘와 연관지었다. 장사 탄약고(長沙子弾庫)의 전국시대 초묘楚墓에서 출토된 백서帛書에 기록된 내용을 보면 12개월과 역괘의 연관성은 전국시대 후기에 이미 사회 곳곳에 널리 퍼졌다.

제4절 전국시대의 귀신신앙과 무술巫术의 표현

전국시대의 사회구조와 사회사상에 큰 변화가 발생함에 따라 귀신신앙에도 유례없는 국면이 나타났다. 만약 춘추시대가 주대의 종교 신앙을 많이 반영하였다고 말할 수 있다면, 전국시대의 신령숭배는 곧 도래한 새 시대에 천국으로부터 온 효시라고 말할 수 있다. 본 절에서는 이전 전문가들이 연구한 기초 위에 전국시대 귀신신앙의 몇몇 중요 문제에 대

---

77) 『易·辭』(上)

해 연구를 진행하였으며, 이것이 전국시대 사회사상 면모를 연구하는데 도움이 되기를 바란다.

1. 귀신신앙

전국시대의 귀신신앙은 여전히 서주, 춘추시대와 같으며 각 계층의 사람들이 숭경崇敬하고, 희구하는 대상으로 이미 많은 시대의 특색을 지니고 있다고 할 수 있다. 전국시대의 신神의 종류는 매우 복잡하며 대체로 천신天神, 자연신自然神, 조상신(祖先神) 등의 몇 종류가 있다. 그 중에서 천신이 가장 특색 있다.

'하늘(天)'은 전국시대 사람들의 마음 속에 여전히 숭고한 위치를 차지하고 있으므로 '하늘을 능가하는 신은 없다'[78]는 설이 있다. 그렇지만 전국시대의 사람들은 오히려 '제帝'에 더 많이 주목했다. 천국의 신령은 전국시대에 체계화되는 추세였다. 과거의 '제帝'가 만약 '상제上帝'라면 그것의 수행자와 보필하는 자가 많지 않으나 전국시대의 '제帝'는 천국의 핵심과 선도적 위치에 있어, 이미 방대한 영적 집단을 구성하였으며 많은 유명한 인물들도 인간에서 천국에 올라 '제帝'가 됐다. 춘추전국시대 상제上帝는 단지 천신궁전(天庭)의 주요 구성원일 뿐이며, 천신궁전의 대표가 되기에 부족했다. 고로 묵자墨子는 다음과 같이 말했다. "제사밥과 술과 단술을 깨끗하게 담아서 상제上帝와 귀신에게 제사를 올려 하늘에게 복을 빌고 구한다"[79]고 했다. 그러나 전국시대에 이르러 사람들은 종종 상제上帝 또는 황제黃帝의 신비한 위력을 강조하였으며, 하늘을 능가하는 일체의 지위에 두지 않았다.[80] 「여씨춘추呂氏春秋·중추기仲秋紀」는 중추달의 제사의

---

78) 「莊子·天道」
79) 「墨子·天志·上」

상황에 대하여 "이 달에 드디어 태재太宰와 태太축祝에게 명령하여 제사에 쓸 희생들을 돌아다니며 보게 되는데, 이때에 희생이 상처나지 않고 정상인가를 보고 소, 양, 개, 돼지들을 살펴되 살진 상태, 털 빛깔 등을 보고서 반드시 이들을 같은 것끼리 분류해 놓고, 크기를 헤아리고 길이를 살펴서 크기와 길이가 모두 표준에 맞도록 해야 한다. 상처나지 않고 온전한 상태, 살진 상태, 털 빛깔, 크기, 길이 등의 다섯 가지 조건이 표준에 맞게 구비되면 상제가 이를 길이 써서 흠향한다"라고 묘사했다. 이를 통해 상제에 대한 제사를 상당히 중시하고 있음을 알 수 있다. 제帝는 전국시대 '황천상제皇天上帝'라고도 불렀으며, 가장 성대하고 장중한 제사를 받았다. 「여씨춘추·계하기季夏紀」에는 여름의 달에 관해 다음과 같이 기록되어 있다. "이 달에는 사감대부(四監大夫: 군현郡縣을 맡는 직책의 대부)에게 명하여, 백현百县에서 돌아다니면서 공급하는 꼴을 모아서 희생에 쓸 짐승을 먹이

---

80) 춘추시대 말기부터 사람들의 사상관념에 '하늘(天)'이 이미 많은 자연적인 품격을 갖추어진다. 공자가 "하늘은 무슨 말을 하고 있으냐? 사시가 운행하고 만물이 생장하거니와 하늘이 무슨 말을 하고 있더냐?"(「論語·陽貨」)라고 했다. 즉, 4계절의 변화와 만물의 성장이 하늘의 내면이라고 여겼다. 맹자가 말하길, "어찌할 수 없이 그렇게 되는 것이 하늘이고, 그렇게 하려고 하지 않아도 되는 것이 명이다"(「孟子·萬章·上」)라고 했다. 이것은 하늘이 사람의 의지로 생각을 바뀌게 하는 요소가 되지 못함을 얼마나 가지고 있느냐를 설명한다. 전국시대 후기의 순자荀子는 이러한 사상이 극에 달했음을 다음과 같이 지적했다. "별이 하늘에서 떨어지고 사당에 있는 나무가 우는 이런 일은 하늘과 땅의 변화이며 음과 양의 조화이며 사물에서 드물게 일어나는 현상이다" "하늘은 사람들이 추위를 싫어하더라도 겨울을 멈추지 않고 땅은 사람들이 너무 먼 곳을 싫어하더라도 넓은 것을 멈추지 않는다." "하늘은 항상 떳떳한 도가 있고, 땅은 항상 떳떳한 수數가 있다" (「荀子·天論」)고 했다. 전국시대 사람들의 관념에서 '하늘(天)'은 하늘을 의미하고, 맹자가 말하길, "하늘에 구름이 뭉게뭉게 일어나 비가 줄기차게 내린다"(「孟子·梁惠王·上」)고 했다. 「예기禮記·공자한거孔子閑居」에 의하면, "하늘은 4계절이 있는데, 춘·하·추·동, 바람·비·서리·이슬이다"라고 했다. 「여씨춘추·중추기仲秋紀」에 의하면, "무릇 일들이 발생하는 것은 거스름이 없고 하늘의 뜻이며, 반드시 그 시기에 따라야 한다"고 했다. 이러한 것들이 모두 예시들이다.

게 한다. 이때 백성들로 하여금 힘을 다하지 않는 사람이 하나도 없도록 하는데, 이는 황천의 상제(皇天上帝)를 비롯한 명산대천名山大川 및 사방의 신에게 제사 지낸다." 「여씨춘추·계동기季冬紀」에서 겨울의 달에 대해 다음과 같이 기록되어 있다. "이에 태사에게 명령하여 제후국의 크고 작음에 따라 서열을 매겨서 바쳐야할 희생의 숫자를 부과함으로써 황천상제皇天上帝와 사직의 신에게 바치게 하고, ……무릇 천하 구주九州의 백성된 자들은 그 힘을 다하여 황천상제皇天上帝, 사직, 종묘와 산림, 명천名川의 제사에 이바지하지 않는 자가 없게 한다." 소위 '황천상제'는 천신 궁전의 상제를 가리키며 그것이 강조하는 것은 '상제上帝'이며 '하늘(天)'이 아니다. 전국 초기에 "진秦나라 영공靈公은 오양吳陽에 상치上畤를 설치하여 황제에게 제사를 지냈고, 하치下畤를 설치하여 염제炎帝에게 제사를 지냈다."81) 그 후 진헌공秦獻公 시절에 "스스로 오행 중에 금덕金德의 길조를 얻었다고 여겨 약양櫟陽에 휴치畦畤를 만들어 백제白帝에게 제사를 지냈다." 소위 '치(畤: 제터)'는 전해지는 말에 의하면 원래는 '우뚝 서다'는 뜻이며, 민간에서는 밭 한가운데 서 있는 돌에서 잡신에게 제사를 지내던 것으로, 그 후에 통치자도 그 제사 지내는 곳을 '치畤'라고 불렀다고 한다. 진秦나라 사람의 제터는 여섯 가지가 있었으며, 그 중 3개는 백제에게 제사를 지내는 것으로 진나라 사람들이 가장 중시하던 '제帝'이며 나머지 3개는 각각 청제靑帝, 황제黃帝와 염제炎帝에게 제사를 지냈다. 제사의 대상은 비록 일치하지 않으나 모두 천국의 '제帝'의 제례였다. 전국시대 중기 진秦나라 의 「저초문詛楚文」에서는 초나라 왕이 "황천의 상제 및 대침구추大沉久湫의 빛나는 위신威神을 두려워하지 않았다"고 했다. 그리고 진나라는 스스로 "반드시 위대한 황천상제 및 대침구추大沈久湫82)에게 덕德을 하사받아야

---

81) 「史記·封禪書」
82) '추연湫淵', 즉 '용연龍淵'의 하신河神으로 보는 의견이 대부분이다. (역자 주)

한다"고 하였을 것이다. 이를 통해 '황천 상제'는 진秦나라 사람들의 마음속에 가장 높은 위치를 차지하고 있는 신령이라는 것을 알 수 있다.

전국시대의 각 제후국의 군주들은 비록 참례僭禮로 '하늘'을 받드는 교제郊祭를 지냈지만 항상 보이는 것이 아니다.[83] 천자와 하늘의 관계는 전국시대에는 이미 비교적 명확한 관념이 있었다. 천자는 천신의 궁전의 주재자이다. 장사탄약고(長沙子彈庫)는 전국시대 초나라 무덤의 백서帛書에서 다음과 같이 말했다.

> 제帝가 말한다. "아! 신령들을 공경하라! 공경하지 않으면 안된다. 하늘은 복을 하사하면 신령이 도울 것이다. 하늘은 백성들에게 벌을 재앙을 내리며 벌을 준다면 신령은 은택을 더하며 그 피해를 덜어줄 것이다. 백성들이 신령을 공경하며 순종하고 오직 하늘의 뜻에만 따른다. ……백성들은 경계하여 오류를 범하지 말라!"

이것은 제帝가 백성들에게 경계하라는 언사이다. 백성들에게 신령을 받들게 하여 받들지 않는자가 없게 했다. 하늘이 만약 은총을 주신다면 신령은 강림하여 백성들을 도울 것이다. 하늘이 만약 백성들을 징벌하여 요괴가 내려오면 신도 은혜를 더하여 환난을 줄일 것이다. 백성은 반드시 신령을 흠복하여야 제帝에게 순종하고 오직 하늘의 뜻에만 따른다. 백성들은 모두 신중하고 온 마음을 기울이며 착오가 없기를 바랐다! '제帝'의 언사는 높은 곳에 임하고 '하늘'과 '신' 위에 기거하므로 비로소 백성들이 하늘의 이치를 따라 신을 경배했다.

전국시대의 천신은 이미 하나의 체계를 형성하였으며 그 중 각 분야를

---

83) 전국 초기 연기燕器(언후고이郾侯庫彝)의 명문에는 "제사를 공경하다(祗敬郊祀) ('교郊'는 가차자로 원자原字는 '시示'를 따르고 '교喬'를 따른다.)"라는 내용이 있는데, 이는 교제(郊祭: 고대 황제가국도의 교외에서 하늘 또는 땅을 받드는 제사를 말한다.)를 받드는 예라고 할 수 있다.

관장하는 신령이 있었다. 전국시대의 죽간 문자에는 이러한 부분의 기록이 기재되어 있다. 1970년대 후반에 호북성 천성성은 1호 초묘를 발견하였으며,[84] 시대는 전국시대 중기에 속하고 묘의 주인은 초나라 상경上卿이다. 묘에서 출토된 많은 기록은 점을 치는 상황의 죽간을 차지하고 있으며 그 중 기도하고 희구하는 신령에는 '사령司令' '사화司禍' '지우地宇' '운군雲君' '대수大水' '동성부인東城夫人' 등이 있고, 희구하는 조상 신령에는 '탁공卓公' '혜공惠公' 등이 있다. 1980년대 중반에 발굴한 감숙성 천수방마탄天水放馬灘 1호 주묘에서 출토된 죽간에서 기록하고 있는 지괴志怪 이야기에서[85] 사람을 죽이고 다시 살려낼 수 있는 신령을 '사명司命'이라고 한다. '사명'의 신하에는 많은 속관屬官들이 있으며 죽간에는 기재된 이름은 공손강公孫強이라는 '사명사司命史'가 그 중 하나이다. 공손강은 개를 시켜서 땅을 파내어 이미 죽은 단丹이라는 자를 묘지 위로 꺼내놓고 3일 동안 있다가 부활시켰다는 기록이 있다. 「예기禮記·제법祭法」에 기재된 천자나 제후가 모시는 오사五祀나 칠사七祀에서 모두 사명이 있다. 「초사楚辭·구가·九歌」에 실린 사명의 신은 '대사명大司命'과 '소사명小司命'의 2종으로 나뉘졌다. 전국시대의 제기齊器인 <원자맹강호洹子孟姜壺> 명문에 제사가 기재되어 있으며 '대사명에 사용되는 벽(於大司命用璧)'이라고 적혀 있다. 이것들은 모두 간문에 기재된 '사명'의 신과 서로 증명된다. 천신 중에 각종 직사를 가진 신령의 출현과 전국시대 관료 시스템의 완전함의 양자 사이에는 미묘한 관계가 있다.

전국시대 백가쟁명의 기초 위에서 사람들의 귀신에 대한 인식은 많은 차이가 있었다. 제자諸子가 귀신에 대해 부인하는 추세와는 달리 춘추전국시대 즈음 묵자는 귀신의 존재를 극력 변명했고 자신이 쓴 「명혼明鬼」편에

---

84) 湖北省荊州地區博物館, 「江陵天星觀1號楚墓」, 《考古學報》, 1982年 第 1期.
85) 李學勤, 「放馬灘簡中的志怪故事」, 《文物》, 1990年 第4期.

문헌 기재와 스스로의 논술을 통해 귀신의 섬세한 관찰력과 강대한 위력을 설명했다. "귀신의 밝음은 그윽한 산 속의 넓은 못이나 산림 속 깊은 골짜기라 해도 숨겨지는 데가 없다. 귀신의 밝음은 반드시 그것을 안다. 귀신의 벌은 부하고 귀하거나 사람이 많고 굳세거나 용맹하고 힘이 있거나 튼튼한 갑옷과 날카로운 무기로 막을 수가 없는 것이다. 귀신의 벌은 반드시 이것들을 이겨낸다. " 묵자는 귀신을 하층 민중과 약한 자의 정의의 화신으로 보고 귀신을 자신의 꿈을 이루는 조력자로 삼았다. "관리가 관청을 다스리면 청렴결백하지 않을 수 없고, 착한 것을 보고 상을 내리지 않을 수 없고, 포악한 것을 보고 죄를 내리지 않을 수 없다. 백성이 폭도에 물들고 도적들 때문에 문란해지고 병기와 독약과 물과 불로 길거리에서 죄없는 사람이 쫓기며 수레와 말과 의복을 빼앗아 스스로 이득을 얻는 것을 이것으로 중지시킨다." 「장자莊子・경상초庚桑楚」편에서 이르길 "뭇 사람들이 보는 앞에서 나쁜 짓을 하는자가 있다면 사람들이 그에게 제재를 가하지만 사람들이 볼 수 없는 곳에서 나쁜 짓을 한다면 귀신이 제재를 가하게 될 것이다. 사람들에게나 귀신에게나 광명정대한 자라야 비로소 초연히 홀로 행동할 수 있다." 이 말은 사람들이 자율적으로 제창하고 만약 불온한 일이 분명하게 보이면 사람은 그에게 벌을 내릴 수 있다. 어두운 곳에서 일어난 불온한 일은 귀신도 그에게 벌을 내릴 수 있다. 그래서 사람들은 반드시 사람에게 광명정대해야 할 뿐 아니라 귀신에게도 그렇게 해야 한다. 이 사상은 묵가墨家가 말하는 "산림 깊은 골짜기에 숨는다 하여도 귀신의 밝음은 반드시 그들을 찾아내고 만다"는 말과 완전히 일치한다.

전국시대의 일반 민중들의 입장에서 보면 귀신도 사람과 똑같이 여러 요구 사항이 있다고 여겼다. 수호지睡虎地 진간秦簡 「일서日書・힐구詰咎」편에서는 "귀신이 사람의 집으로 들어가면 어린아이가 죽어도 장사를 치르지 않는 것이다" 고 했다. 이러한 귀신은 알몸으로 사람의 방에 들어가

옷을 입혀 달라는 것이다. 어떤 귀신은 방안에 들어가서 '음식을 달라고(氣
我食: 기氣는 기餼와 같다.)' 한 것은 '아귀餓鬼'로 음식을 먹고 싶어 한다.
귀신이 그리고 '사람의 집을 빌리고(昔其宮: 석昔은 차藉와 같다.)' 입주까지
한 것은 거소를 달라는 것이다. 귀신아 "항상 사람을 불러 궁에서 나오게
하는 것으로 거귀遽鬼가 머물 곳이 없다"고 해서 거소를 찾는 것이다. 귀신
은 또 종종 "사람을 따라 돌아다닌다." "남녀를 따라 다닌다"는 것은 귀신
이 사람과 사귀고 싶은 것이다. "부인이나 첩 또한 친구가 죽으면 귀신으
로 돌아온다." 귀신이 옛정을 잊지 못하는 것을 설명한다. 귀신이 밤에
방에 들어와 "남편을 쥐고 여자를 희롱한다"는 것은 귀신이 성에 대한
욕구가 있는 것으로 본다. 귀신이 야간에 문을 두드리며 '노래하며 운다(以
歌若哭)'는 것은 귀신이 연기하고 싶은 욕망을 표현한 것이며 노래 실력만
안될 뿐이다. 귀신이 '항상 사람의 가축을 침탈한다'는 것은 귀신이 사람의
가축을 훔치려는 것으로 볼 수 있다. '길에서 귀신이 사람 앞에 서 있다"는
것은 귀신이 노상의 강도와 구별이 없어 보이는 것이다. 아무튼 전국시대
사람들의 입장에서 봤을 때 귀신도 의식주가 있으며 인간이 가진 각종
감정과 욕망을 가지고 있다고 여겼다.

　전국시대 사람들은 귀신의 세계 안에서 귀신이 군림하는 것은 영광이며
악한 신이 매우 적다고 했다. 귀신은 말썽을 일으키고 낮은 취급을 받게
되었으며 그것은 전염병과 질병을 일으켜 사람과 재산에 각종 위해를 가
할 수 있다고 여겼다. 귀신과 서로 비교하면 정괴精怪의 위력은 약하지만
사람들이 여전히 중히 여겼다. 「장자·달생達生」편에는 일찍이 '귀신이 있
다'는 일을 논의하였으며 전국시대 사람들은 "진흙 물에는 이履라는 귀신
이, 부뚜막에는 계髻라는 귀신이 있다. 집안의 쓰레기 더미에는 뇌정雷霆이
라는 귀신이 생기게 되고 집의 동북쪽 모퉁이에는 배아倍阿, 해룡鮭蠪이라
는 귀신이 날뛰고 서북쪽 모퉁이에는 일양泆陽이라는 귀신이 있기 마련이
다. 물에는 망상罔象이라는 귀신이 있고 언덕에는 행峷이라는 귀신이 있으

며 산에는 기夔라는 귀신이 있고 들에는 방황彷徨이라는 귀신이 있으며, 못에는 위사委蛇라는 귀신이 있다"고 여겼다. 여기서 말하는 '이履'는 귀신의 이름이다. 오염된 물에 가라앉아 있는 지역에는 '이履'라는 귀신이 존재한다. 모든 집의 부뚜막에는 부뚜막 귀신이 있다. '계髻'라는 부뚜막 귀신은 붉은색 옷을 입고 형상은 아름다운 여성의 모습을 한 신령이다. 집의 먼지가 쌓여있는 곳에는 '뇌정雷霆'이라는 귀신이 있다. '배아倍阿'의 동북쪽 아래에는 '해롱鮭蠪'이라는 신이 그곳에 뛰다 넘어져 있다. 이어서 해롱의 모습은 어린아이와 같으며 신장은 1척 4치으로 검은 옷을 입고 붉은 두건과 큰 모자를 쓰고 있으며 칼을 차고 있다. '배아'의 서북쪽 아래 쪽에서는 '일양泆陽'이라고 불리는 신령이 그곳에 있다. '일양'의 형태는 머리는 표범과 같으며 꼬리는 말과 같다. 물속에는 '망상罔象'이라는 신이 있으며 이러한 신은 그 형태가 어린아이와 같으며 검붉은 색이며 큰 귀와 긴 팔을 가지고 있다고 한다. 언덕 위에는 '행絳'이라는 요괴가 있는데 이러한 요괴의 형상은 개와 같으며 뿔이 있고 몸에 다채로운 빛깔의 문양이 있다. 산에는 '기夔'라고 불리는 외발의 괴수가 있다. 들에는 '방황彷徨'이라고 불린 두 마리 뱀이 있다. 큰 호수 안에는 '위사委蛇'라는 요괴가 있다. 위에 나열한 귀신 외에 또 몇몇 괴물이 있으며 이러한 정괴와 귀신의 성질은 서로 비슷하다. 예를 들면 '위사'는 본래 긴 뱀이었고 전국시대 사람들은 그것을 "굵기는 수레바퀴 통만 하고 길이는 수레의 끌채만 하고 자색 옷에 붉은 갓을 쓰고 나타난다. 위사의 성질은 우레 같은 수레 소리가 들리는 것을 싫어하는데 우레 같은 수레 소리를 듣게 되면 뱀 대가리 모양의 머리를 쳐들고 일어난다"라고 여겼다. 이러한 정괴는 '귀신'과 별 차이가 없다. 전국시대 사람들의 의식 속의 귀신은 민첩하고 능동적이며 위력이 크고 요괴도 막대한 위력과 영향을 가지고 있다고 여겼다. 예를 들면, 장사탄약고(長沙子彈庫) 전국시대 초묘의 백서帛書에 의하면, "만약 백성이 하늘의 상과 형벌을 위배하였다면 요사스러운 마귀는 황천에서 나와…… 지상의 가장 높은 곳인 공동산에 이른 후 높은 데서 인간 세상에 이르기까지 재난을 일으킬 것이다. 해와 달은 움직임이 혼란스럽고 별도 다시 밝아지지 않으며 이어서 연대와 계절이 어지러워 …… 바람과 비에도 이상이 생겨 기후가 비정상적이게 된다." 수호지 진간의 「일서·힐구」 편에 의하면 정괴精怪와 사람의 사이에 밀접한 관계를 지닌다고 한다. 예를 들어 "사람들이 자주 어린 아이를 잃게 된 것은 수괴(水亡傷)가 그들을 데리고 간 것이다." "이리는 자주 사람의 문 앞에서 '계오自吾'라고 부른다"는 것은 안으로 들어가고 잠을 자고 싶은 것이고 명백히 정괴에 속한다. 이 밖에 예를 들어 '대표풍大票(飄)風' '대매大魅' '여서포자女鼠抱子' 등은 모두 정괴이다. 이러한 정괴는 「일서·힐구」 편에서 아마도 '요天(妖)'라고 부르는 것이고 이에 대해 다음과 같이 언급하고 있는데, "새와 짐승이 말할 수 있다면 이는 요괴이다." 여기서 언급된 정괴精怪들은 후세의 요괴와 유사하다.

2. 물괴物怪 정령精炅의 신앙

제자백가에서의 몇몇 학파는 귀신의 존재를 믿지 않았다. 순자의 요괴에 대한 인식은 전형으로 삼을 수 있다. 만약 귀신과 비교하면 정괴精怪의 자연물의 성격은 더욱 두드러진다. 순자는 정괴가 평범하며 특별할 것이 없다고 여겼다. 그는 이렇게 말했다.

하늘에서 별이 떨어지거나 사당에 심어져 있는 나무가 울면 나라의 사람들이 다 두려워한다. 말하기를 "이것은 무엇 때문인가?"하는데 이는 아무 근심거리가 되지 않는다. 이러한 것은 하늘과 땅의 변화이며 음과 양의 조화이며 사물에서 드물게 일어나는 현상인데 괴이하다고 할 수 있으나 두려워할 필요는 없다. 대저 해와 달은 일식과 월식이 있고 바람이나 비는 아무때나 내리며 괴이한 별이 자주 나타나는 현상으로 이러한 것은 세상에 일찍부터 있지 않음이 없다. 군주가 명철하여 정치를 고르게 해서 평화로우면 비록 한 세상에 함께 일어난다 하더라도 아무런 해가 없을 것이다. 군주가 암울하여 정치를 잘못해서 위태로우면 비록 한 번도 이러나지 않더라도 이익됨이 없을 것이다. 별이 하늘에서 떨어지고 사당에 있는 나무가 우는 이런 일은 하늘과 땅의 변화이며 음과 양의 조화이며 사물에서 드물게 일어나는 현상으로 괴이하다 할 수 있지만 두려워할 필요는 없다.[86]

별의 낙하와 사수祠樹가 바람이 불기 때문에 소리가 울리는 것에 사람들이 모두가 공포를 느낀다. 순자는 이러한 것들을 천지, 음양 변화의 결과라고 여겼따. 이런 현상이 드물기 때문에 괴이하다고 여기는 것은 이해할 수 있지만 두려워 할 것까지 없다고 했다. 세상에 존재하는 요괴들은 대부분이 "하늘에서 별이 떨어지거나 사당에 심어져 있는 나무가 운다(星墜木鳴)"는 것과 같은 것이다. 순자의 이론에서 보면 모두 두려워할 만한 것이 아니다.

전국시대의 음양학자는 음과 양을 귀신화鬼神化 하면서 이론을 서술하는 것이지만 그들이 말한 '음양陰陽'은 오히려 귀신 관념과는 거리가 멀고 적지 않게 귀신의 존재를 부인하는 관념을 담고 있다. 「한서漢書 · 예문지藝文志」는 "음양가陰陽家는 옛날 천문天文을 관장하는 희씨羲氏와 화씨和氏라는 두 관직에서 생겼다. 삼가 하늘에 순종하고, 일월성신의 운행 규칙을 기록하며 백성들을 하여금 엄격히 절기의 변화에 따라 경작하고 제사한다. 이는 그들의 장점이라 할 수 있다. 그러나 만약 이들은 지나치게 방술方術로부터 구속되면 인사를 버리고 귀신에게 맡기게 할 것이다"라고 했다. 이것은 음양가가 원래 귀신을 믿지 않아 사람의 일을 중시하였는데 후세에 말단 음양가는 금기에 얽매어 있어 비로소 "사람의 일은 귀신에게 맡긴다"는 지경에 이르렀다. 「여씨춘추呂氏春秋 · 박지 · 博志」편에서 "무릇

---

86) 「荀子 · 天論」

듣기로는 공자와 묵자는 낮에는 배워야 할 일들을 읽고 외웠으며, 밤에는 꿈속에서 문왕과 주공 단을 직접 만나서 그들에게 물었다고 한다. 마음 씀이 이와 같이 치밀하고 깊었으니 어떤 일이더라도 통달하지 않았겠으며, 무엇을 하더라도 이루지 않았겠는가? 그러므로 '치밀하고 투철하게 익히면 귀신이 장차 일러준다'라고 말하는 것인데, 귀신이 일러주는 것이 아니라 치밀하고 투철하게 익힌 것이다"라고 했다. 이 편은 표면적으로 귀신이 공자, 묵자를 도우며 실제적으로 그들은 이미 수련해서 자신의 일에 정통하였으며, 귀신은 그들에 대해 어떠한 도움도 없다는 것이다. 전국시대는 음양가의 분지로 '형법가形法家'가 있었으며 「한서漢書·예문지藝文志」에서는 '형법形法 6가家, 122권'을 나열하였으며 그 중 전국시대 사람들이 저술한 것이 많았다. 반고班固는 "형법은 크게 구주九州의 지세를 보고 성곽이나 궁실을 세운다. 인간이나 가축 뼈의 생김새(骨法)와 뼈의 길이나 넓이(度數)를 관찰하고 기물器物의 생김새를 보고 그것에서 음성과 기운(聲氣)을 알아내어 귀천과 길흉을 구하는 것이다. 마치 율律의 장단이 있어 각기 그 소리를 나타냄이 있는 것과 같다. 귀신이 있는 것이 아니라 자연의 법칙에 의해 비롯된 것이다"라고 했다. 이것으로 형법가는 역시 귀신만 의지하지 않고 실제 상황에 따라 판단한 것이었다. 상앙商鞅 일파의 법가는 제사를 언급하지 않으며 귀신을 믿지 않았으니 그 귀신 관념은 매우 약한 것이다. 「장자莊子·도척盜蹠」 편에서 도척은 소위 "만약 나에게 귀신에 관한 일을 알리면 나는 알 수 없다"고 언급한 바 있다. 「전국책戰國策·중산책中山策」에는 진나라의 백기白起의 말을 기록하고 있는데, 자기 군대를 이끌고 승리 할 수 있는 원인에 대하여 "이는 모두가 형세의 이로운 점을 살핀 자연스러운 이치이지 어찌 신과 같은 능력이 있어서 그렇게 한 것이었겠습니까?" 라고 했으며, 귀신이 어떠한 역할을 한다고 믿지 않았다. 이것으로 전국시대 사회의 보통 사람들도 귀신을 믿지 않았다고 볼 수 있다. 수호지 진간의 「일서·힐구」는 귀신을 쫓고 귀신을 피하는 기술에 관한 전문 책이다. 하지만 그 중 내용을 보면 사람들이 '귀신'이라고 여긴 것들은 모두 귀신이 아니라고 말하고 있다. 예를 들어, "이리는 사람의 문 앞에서 '계오晵鼯'라고 부르는 것은 귀신이 아니다. 죽여서 요리해서 먹으면 맛있다"고 했다. 이리가 사람을 불러 문을 열고 실내로 들어가고자 하는 것은 이것이 어떠한 '귀신'이 아니고 그냥 이리인 것이다. 이러한 이리를 죽여서 요리하는 것은 오히려 별미가 될 수 있다. 이와 유사한 것으로 어떤 종류의 개가 종종 밤에 사람이 사는 곳에 들어가 "남편을 조종하여 여자를 희롱하려고 하지만 잡을 수가 없다"고 하며, 사람을 헷갈리게 하고 사람은 오히려 그를 잡을 수 없다. 「힐구」편의 이것도 '귀신'이 아니고 '신의 개가 귀신으로 위장한 것'이며 개로 가장한 '귀신'인 것이다. 대처 방안은 '볶아 먹는 것'이며, 개를 삶아 먹는 것으로도 상황을 끝낼 수 있다. 「힐구」편에는 또한 다음의 내용이 기록되어 있다.

> 많은 벌레가 실내에 들어오는 것은 들불이 벌레로 위장한 것이며 인화人火로 그것을 응해야만 끝이 난다. 조수충치鳥獸蟲豸가 매우 많고, 그것이 실내로 들어오며 만약 대나무 채찍으로 일격을 가하면 멈추는 것이다.

곤충이 한꺼번에 실내로 들어오는 상황은 결코 귀신이 말썽을 일으킨 상황이 아니며 '들불'이 곤충으로 위장하여 실내로 들어온 것이다. 사람이 불로 실내를 소독한다면, 수많은 곤충들이 실내에 들어오는 상황은 중지될 것이다. '들불이 곤충으로 위장한다'는 말은 비록 정확하지 않으나 '곤충들이 실내로 기습하는 것을' 귀신의 일로 삼지 않는다는 점은 수용할 만하며, 게다가 불로 실내를 태워 곤충을 쫓아내는 것 또한 과학적 이치에 부합한다. 한 사람이 혼자 집에 있을 때 만약 많은 새와 짐승들이 실내로 들어왔다면 이 때 신령에게 빌 것이 아니라, 대나무 채찍으로 세게 내려쳐야 한다. 귀신의 일을 기록한 「힐구」편은 실제로는 사람보고 '귀신'을 믿지 말라는 것이고, 또한 사람들에게 적지 않은 자연 현상들을 귀신의 일로 대하면 안 된다고 말해주고 있다. 예문은 다음과 같다.

자연발생적인 불이 사람과 집을 태우면, 반드시 다스려야 하는데, 모래로
써 그것을 구할 수 있으
그친다.
천둥이 사람을 태우면 그칠 수 없으며 인화人火로써 그것에 향해야 끝난다.
우레가 사람을 치면 그 나무로 공격하면 멈춘다.
안개가 사람의 집을 습격하면 인화로써 그것을 향하면 그친다.

천둥과 번개를 일으키는 화재는 반드시 각종 방법을 사용하여 구제해야
하며 귀신을 쫓는 기술로써 구해서는 안 된다. 천둥과 번개가 실내를 쳐서
불이 나면 흰 모래를 뿌려야 한다. 비록 실제로 반드시 백사를 사용할
필요는 없으며, 보통 사토沙土로도 불을 사그러 들게 할 수 있다. 그러나
백사를 사용해서 불을 끄는 것이 귀신에게 기도하는 것과 비교하면 더
유용함이 많다. '우레가 사람을 공격하는' 때에 나무를 사용하면 나무는
절연체가 되며 이것도 과학적 이치에 맞는 일이다. 소위 '안개가 사람의
집을 습격하는 것은' 실내가 습함을 가리키는 것으로 불을 태움으로써
습함을 막을 수 있다. 이는 반드시 필요한 방법이다. 「힐구」편에서는 또한
만약 비리고 퀴퀴한 물이 넘치면 '모래로 그것을 메운다'고 하여 모래는
물보다 무거우므로 우물 속에 가라앉아 여과 작용을 할 수 있으며 이렇게
우물을 청소하는 방법은 분명히 사람들의 경험이 누적된 것이다. 「힐구」편
에서 언급하는 이러한 방법은 비록 과학적인 입장에서 진행된 탐구가 아
니지만 그것의 착안점은 사람들의 실천 경험을 이용하여 자연 재해를 방
지하는 것이다. 「힐구」편에서 말하고 있는 이러한 내용은 「한서·예문지」
에서 나열한 '형법가形法家'의 이론과 매우 유사하다.

3. 천도天道 신앙

춘추시대와 비교하면 전국시대 귀신의 위력은 이미 예전만 못했다. 많은 사상가의 관념 속에서 귀신은 종종 어떠한 규율에 따르는 것이다. 장자가 말하길, "세상을 다스린 옛사람은 욕심이 없어도 천하가 만족했고, 하는 일이 없어도 만물이 자랐으며, 잠자코 있어도 백성은 안정되어 있다. 『기記』에도 "하나인 도에 능통하면 만사가 다 잘 되고, 무엇을 얻으려는 욕심이 없으면 신령도 탄복한다"[87]고 적혀 있다. 그들이 말하는 '하나'는 바로 '도'이며 모든 우주의 규율을 지배하는 것을 가리킨다. 장자는 군주가 반드시 무위無爲, 무욕無欲, 연정淵靜이 되어 '도'를 융회관통融會貫通해야 만물이 저절로 성장할 수 있다. 마음을 비어야 비로소 귀신이 복종하게 된다. '도'와 비교해 보면 귀신의 역량은 아주 미미하다고 했다. 여기서 이야기하는 『기記』, 『경전석문經典釋文』은 책 제목이며 노자가 지은 것이다. 만약 이 말이 사실이라면 "무엇을 얻으려는 욕심이 없으면 신령도 탄복한다(無心得而鬼神服)"는 것은 노자와 장자의 일관된 생각이다. 「역경易經·계사繫辭」에서 '신神'은 음, 양의 대립 전환 과정으로 이해하는데 바로 이것이 '도道'라는 것이다. 그러므로 "일음일양一陰一陽을 도라 한다." "음양을 헤아릴 수 없는 것을 신神이라 한다"라는 표현들이 있는데 이에 따르면, 신은 곧 '도道'를 가리킨다. 즉 음양 양자의 운동 변화는 매우 빠르며 미묘하며 일반 사람들은 관찰할 수 없으므로 신의 속도라고 말하고 신묘함이라고 말한다. 신과 도는 여기서 하나로 합치는 상태로 나타난다. 순자는 "음과 양은 크게 변화하며, 바람은 두루 불고 비는 널리 내린다. 만물은 각각 그 조화를 따라서 생겨나고, 각각 그러한 그 길러줌에 따라 이루어진다. 그런 일을 보이지 않고 그 공적만 드러내는 것을 일러 신묘하다고 한다.[88]

---

87) 「莊子·天地」

이것은 도가道家 이론에 기초하여 만들어낸 표현이며 실제로도 완전히 신神과 도道의 양자의 관계를 긍정하는 것이다. 그렇지만 전국시대의 보통 사람은 아직 철학자의 그러한 깊은 사유가 없으므로 귀신의 역할에 대해 여전히 매우 긍정적인 태도를 유지했으며 매우 중요시했다. 예를 들어 초나라 무당의 풍습이 흥성한 시기에 "초회왕이 귀신에게 성대한 제사를 드리며 복을 얻고자 했으며, 진秦나라의 군대를 물리치려고 했다."[89] 이것 으로 초회왕은 귀신의 위력을 추앙하는 군주라고 볼 수 있다.

불가지론不可知論 관념에 따라 도가의 후학은 '귀신'이 존재하는지의 문제에 대하여 분명하지 않다고 여겼다. 「장자·우언寓言」편에서 이르길, "우리의 눈, 코 정신 지혜는 사물에 따라 작용하는 점으로 보아 어찌 있다 고 하겠는가! 그런 우리의 작용도 필연적인 정확함이 없는 이상 영특한 것이 어디 있다고 하겠는가?"라고 했다. 죽은 자에 대해서 어떤 때는 그 사람을 볼 수 있으며 어떤 때는 그 소리를 듣고 서로 부를 수 있으면 이것은 혼이 있다고 말하지 않을 수 있겠는가? 그러나 모든 사람이 모든 죽은 자에 대해서 서로 부를 수 있는 것은 아니다. 그러니 어째서 혼이 반드시 존재한다고 긍정할 수 있는 것인가?"라고 했다. 이러한 관념에 따라 '귀신(鬼)'은 있는 듯 하기도 하고, 없는 듯 하기도 한 것으로 어떠한 긍정도 모두 맞는 것은 아니다. 도가道家 안에서 많은 신령은 '도道'의 결과 를 얻었으며 장자는 일찍이 "복희씨伏戱氏는 도를 터득하여 만물 생성의 기운 속에 들어갔다. 북두성은 도를 터득하여 영원히 변함이 없이 운행하 고, 해와 달은 도를 터득하여 영원히 꺼지지 않고 빛나며, 감배堪坏는 도를 터득하여 곤륜산에 들어가고, 풍이는 도를 터득하여 황하에 노닐며, 견오 는 도를 터득하여 태산에 살고 황제는 도를 터득하여 하늘에 오르며, 전욱

88) 「荀子·天論」
89) 「漢書·郊祀志·下」

顓頊은 도를 터득하여 현궁玄宮에 살고, 우강禺强은 도를 터득하여 북극에서 있다. 서왕모西王母는 도를 터득하여 소광少廣에 있었으나 늘 싱싱하게 태어난 때도 죽은 때도 알지 못한다. 팽조는 도를 터득하여 위로는 유우有虞 때부터 아래로는 오패五霸 때까지 살았고, 부열傅說은 도를 터득하여 무정武丁을 도와 천하를 차지하고, 죽은 후에 하늘에서 말을 타고 동유東維와 기미箕尾 사이에 왕래하면서 많은 성신星神과 나란히 있게 되었다"90)라고 언급한 바 있다. 이러한 신령들 중에 일부는 인간으로부터 신이 되었으며 나머지는 자연의 신이다. 장자는 복희씨가 도道를 터득하여 음양의 신인 '기모氣母'와 결합하게 됐다. 북두北斗는 도道를 터득하여 영원히 착오없이 나타나게 됐다. 해와 달은 도를 터득하여 영원히 쉬지 않고 운행하게 됐다. 감배라고 불리는 신은 도를 터득하여 곤륜산에 입주하여 곤륜의 신이 됐다. 하백 풍이는 도를 터득하여 큰 강과 호수를 관장한다. 견오肩吾라고 불리는 신은 도를 터득하여 태산에 위치하여 태산의 신이 됐다. 황제는 도를 터득하여 하늘에 올라 천신의 궁전을 주재하게 됐다. 전욱은 도를 터득하여 북방의 현궁에 위치하여 신이 됐다. 우강이라고 불리는 신은 도를 터득하여 북방에 거주하며 북해의 신이 됐다. 서왕모는 도를 터득하여 얻었으며 소광산少廣山에 기거하며 신이 되었고 그 신력은 생사를 알수 없으며 시작과 끝이 없는 경지에 달했다. 팽조는 도를 터득하여 장수하게 되었으며 위로는 우순虞舜의 시대부터 아래로는 춘추오패春秋五霸의시기까지 도달했다. 상왕 무정武丁의 신하 부열은 도를 터득하여 하늘에서 말을 타고 동유東維와 기미箕尾 사이에 왕래하면 열성列星과 나란히 있게됐다. 이것으로 장자 관념 속에서 신령은 상당히 광범위하게 존재하며 모두 도를 터득한 것을 밝히고 있다. 전국시대 이전의 신령들은 종종 위력이 무궁무진했다. 그러나 여기서 언급한 신령들은 비록 위력은 매우 크나,

---

90) 「莊子·大宗師」

도道와 분리된다면 신력은 즉시 사라질 것이다. 이 철학자의 관념 속에서 신의 영험함은 이미 많은 부분 지워져버렸으며, 신의 지위는 이미 예전과 비교할 수 없다. 이렇게 지난날의 혁혁한 신령들은 모든 것을 업신여길 수 있는 기세를 잃었고, 등급이 아래로 밀려났다고 할 수 있다. 도가道家의 학설에 따르면 "'도道'는 귀신, 상제를 영묘하게 하고, 하늘과 땅을 낳았다'91)고 할 수 있고, 도道가 있음으로써 비로소 혼(鬼)과 제帝로 하여금 모두 신령으로 변화될 수 있게 하는 것이다.

4. '지인至人'과 '신인神人'

신과 인간의 관계에 대하여 전국시대의 사상가들은 종종 깊이 생각했다. 몇몇 사상가는 사람이 귀신을 굴복시킬 역량이 있다고 여겼다. 만약 장자처럼 "귀나 눈을 안으로 통하게 하고 마음의 작용을 밖으로 향하게 하면 귀신도 찾아와 머문다"92)라고 하였는데, 자신의 청각, 시각을 체내로 향하고 사고력을 배제하는 작용을 해야만 할 것이며 그러면 귀신은 당신의 가슴에 와있을 것이며 당신의 지휘를 따를 것이다. 장자는 또한 "천명을 즐길 줄 아는 사람들은 하늘을 원망하지 않고 사람들의 비난을 듣지 않으며, 만물에 구속받지 않으며, 귀신의 벌을 받지 않는다. 자고로, '그가 움직일 때는 하늘과 같고, 그가 고요할 때는 땅과 같으며, 하나의 마음이 안정되어 천하의 왕자가 된다.' 그 육체는 손상되지 않고 그 정싱도 피로함이 없다"93)고 했다. 사람은 다만 하늘의 뜻을 안다면 '귀신(鬼)'이 해를 가할 수 없을 것이며, 다만 '마음의 평온함을 지킬 수 있을 것(守其幽)'94)이

---

91) 「莊子·大宗師」
92) 「人間世」
93) 「莊子·天道」

며, 그것은 성실하게 깊고 어두운 곳에서 머무른다. 귀신은 '도道'의 면전에서 위력이 순식간에 사라질 뿐만 아니라, 또한 음양이 조화를 해야만이 귀신이 해를 끼칠 수 없다. 즉, 소위 말해서 '음양이 조화로우면 귀신이 건들지 않는다.'[95] 「장자·대종사」편에 의하면 "신神을 말(馬)로 삼아, 내가 그것을 타겠다"고 했다. 신이 사람으로부터 부림당할 수 있다는 것을 볼 수 있을 것이다. 그 다음으로 사람은 신의 위력을 가질 수 있으며 이러한 사람을 '지인至人', '신인神人', '성인聖人'이라고 칭한다. '신인神人'에 관해 「장자·소요유」편에는 다음과 같이 기록하고 있는데, "막고야(藐姑射: 묘고야산)산에 신인神人이 살고 있었는데, '피부는 얼음이나 눈처럼 희고 몸매는 처녀와 같이 부드러우며 오곡을 먹지 않고 바람과 이슬을 마시며 구름을 타고 용을 몰아 천지 밖에서 노닌다"고 했다. 「장자·천지」편에는 또한 '신인神人'에 관해 설명하고 있는데, '신인'은 "빛을 타고 형체와 함께 사라지며 이를 일러 조광(照曠: 밝고 공허한 것)이라고 한다. 천명을 극진히 하고 자신의 성정을 다하면 천지자연의 질서가 즐겁게 보전되고 인간사회의 모든 재앙이나 불상사가 다 소멸되어 없어지며 만물이 본래의 모습으로 돌아가니 이것을 일러 혼명(混冥: 어둡고 걷잡을 수 없는 것)이라 한다"라 하였으며, 신인의 고상한 정신의 경지는 항상 빛을 비추고 있다고 여긴다. 비록 빛과 비추는 물체는 모두 허무로 돌아가지만 여전히 환하고 광활하다. 생명이 막바지에 달하였을 때, 신인도 천지와 함께 기뻐하고 만물과 마찬가지로 소멸한다. 신인의 사망과 만물이 자연으로 돌아가는 것은 같은 이치로, 또한 혼돈의 상태에 처할 것이다. 이렇게 태어남도 있고 죽음도 있는 '신인'은 그 사람으로써의 품격 또한 여전히 존재한다. '지인至人'에 관해 「장자·제물론齊物論」편에는 "지인은 신비한 존재다. 큰 연못을 태우

---

94) 「莊子·天運」
95) 「莊子·繕性」

는 불길도 그를 뜨겁게 하지 못하고 황하와 한수를 얼어붙게 하는 강추위
도 그를 춥게 하지는 못한다. 또한 격렬한 우뢰가 산을 쪼개고 큰 바람이
바다를 뒤흔들어도 그를 놀라게 하지는 못하는 것이다"라고 기록되어 있
으며, 도덕수양이 최고 경지에 다다른 '지인至人'은 큰 호수를 태울 때
뜨거움을 느끼지 못하고 황하黃河, 한수漢水가 모두 얼 때에 차가움을 느끼
지 못하며 산이 무너지는 지진과 바다에 파도를 일으키는 거대한 바람에
놀라지 않는다. 장자는 "지인至人은 나를 잊고 신인神人은 공功을 잊으며
성인聖人은 명예를 잊는다"[96]라고 여겼으며 그들은 사심이 없으며 공功을
구하지 않으며 명성을 구하지 않는 지경에 도달할 수 있으며, 비록 사람일
지라도 이미 신의 위력을 가지고 있다고 여겼다.

사상이 심오한 철학가들에게 '귀鬼', '신神'은 사람의 영혼에서 정신까지
이르는 의미를 지니고 있다. 이러한 점은 도가의 학설 중에서 매우 두드러
진 것이다.「장자·경상초庚桑楚」편에 의하면 "밖으로 작용할 뿐 자기의
본성으로 돌아오지 않으면 그는 죽음으로 가는 셈이다." "밖으로 작용하
여 얻었다고 함은 바로 죽음을 얻었음을 말한다" 라고 하였으며, 정신과
형체는 분리되어 있으며 밖으로 작용하여 본성으로 돌아오지 않으면 이러
한 사람은 귀신이 된다고 여긴다. 정신이 소멸되면 형체만 남게 되며 이것
은 귀鬼의 일종이다. 종합하자면, 정신과 형체의 분리는 귀신(鬼)이 출현하
게 되는 전제이다. 유명한 우화 '포정해우庖丁解牛'에는 장자는 "정신으로
소의 근육조직을 보고 눈으로 보지 않으며 조직에 따라 칼질을 멈추고
진행하는 것[97]"이라고 하였으며, 또한 "보려 하지도 들으려 하지도 말고
정신을 지켜서 고요함을 유지하면 몸도 저절로 바르게 될 것이다." 그리고
"당신의 정신이 몸을 지킬 수 있어야 몸이 비로소 성장할 수 있다"[98]라고

---

96)「莊子·逍遙遊」
97)「莊子·養生主」

도 했다. 또한 "신체가 신(神: 정신)을 보존하면, 각각 의식과 규칙이 있고 이를 성性이라고 한다."[99] 여기에서 언급하는 '신神'은 일반적인 신이 아니고 형체에 상대되는 정신활동을 말하는 것이다. 장자는 또한 일찍이 혜자惠子에게 다음과 같이 비판한 적이 있는데, "지금 자기의 정신(神)을 밖으로만 향해 그 정수(精)를 힘들게 할 따름이다"[100]라고 하였으며 여기서 말하는 '신神' '정精'은 실제로 하나이며 모두 정신을 가리키는 것이다. 그래서 이러한 '신神'은 사람의 영혼을 가리킬 뿐 아니라, 어떠한 신령의 품격 또한 갖추고 있는 것이다. 장자의 견해로 보면 사람의 정신은 형체에서 떨어져 전파될 수 있는 것이며[101], 이러한 신은 이미 신령의 품격을 갖추고 있다. 장자의 이러한 설법은 비록 모호한 점이 있으나 이미 상당한 정도로 인간의 형체와 정신의 관계가 중대한 문제임을 인식했다는 것을 알 수 있다. 이것은 선진시대 귀신鬼神 관념의 발전측면에서 본다면 상당한 비약이라고 할 수 있을 것이다.

5. 귀신 몰아내기(驅鬼)와 귀신 피하기(避鬼)에 관한 무술巫术

귀신 몰아내기(驅鬼)와 귀신 피하기(避鬼)에 관한 이론은 전국시대 귀신 관념의 중요한 내용이며, 아울러 전국시대 사람들이 자연을 정복하는 능력이 제고된 우여곡절이 반영된 것이다. 전국시대 사회에서 일반 민중의 사상 관념 속의 귀신의 지위는 춘추시대에 비해 급격히 시들해졌으며,

---

98) 「莊子·在宥」

99) 「莊子·天地」

100) 「莊子·德充符」

101) 장자는 일찍이 다음과 같이 언급한 바 있다. "장작에서 기름은 다 타지만 불을 계속 타고 결코 꺼질 줄 모른다" (「莊子·養生主」)고 했다. 그래서 정신은 이 불과 같이 형체를 떠나 '꺼질 줄 모른다'고 전파되어진다.

수호지睡虎地 진간秦简 일서日书 「힐구诘咎」편에서는 "귀신이 백성을 해치면 백성이 상서롭지 못하다"고 언급했으며, 이는 전국시대 사람들이 귀신을 혐오하는 정서가 집중적으로 표현된 것이라고 볼 수 있다. 진秦나라 때 고분은 굴지장屈肢葬이 크게 성행했는데, 전국시대는 여전히 이러한 장례풍속이 남아있다. 진나라 문화에서 굴지장의 장례풍속에 대한 의미는 전문가들마다 서로 다른 의견을 가지고 있는데, 예를 들어, "사지를 구부리는 것은 휴식 또는 수면 시의 자연적인 자세이다." "사지를 구부리는 것은 망자를 줄로 묶어 그 영혼이 해를 끼치는 것을 방지하기 위함이다." "사지를 구부리는 모양은 태아의 형상으로 굴지장은 망자가 다시 과거로 돌아가는 것을 의미한다." "굴지장은 무덤이 차지하는 면적을 줄일 수 있다." "사지를 구부리는 것은 연장자를 모시는 예이다" 등이 있다. 이러한 주장들은 모두 완벽하지 않으며 굴지장의 실질적 의미를 다 설명할 수 없다. 그 후에 전문가들은 운몽진간雲夢秦簡 「일서日書」의 기록을 연구한 바 있는데, 비로소 그것의 신비가 밝혀졌다. 이것은 일종의 귀신을 피하는 기술로서 귀신은 이러한 자세를 혐오하기 때문이라고 한다.[102] 「일서日書」의 기록에 의하면, "귀신이 백성을 해치면 백성이 상서롭지 못하다. 힐문하여 도를 명백히 하고 백성들로 하여금 재난과 흉악한 재앙을 당하게 해서는 안된다. 귀신에게 악행이란, "웅크리고 누워있는 것, 다리 뻗고 앉아 있은 것, 줄지어 가는 것, 한 발로 서 있는 것"이라 했다. 이것은 귀신에게 해를 당한 백성이 하고자 '일자日者'(음양가)를 향해 하소연할 때, '일자日者'는 그들에게 귀신을 피하는 기술을 가르쳐준 것이다. 귀신이 무서워하는 것은 "웅크리고 누워있는 것, 다리를 뻗고 앉아있는 것, 줄지어 가는 것, 한 발로 서 있는 것" 등이다. 만약 사람들이 이와 같은 자세를 취한다면 귀신을 피할 수 있다. 소위 '웅크리고 누워있는 것(窋臥)'은 즉,

102) 王子今, 「秦人屈肢葬仿象'窋臥'說」, 《考古》, 1987年 第12期.

토굴에 사지를 웅크려 누워있는 것이다. 진秦나라 사람들이 행하는 굴지장屈肢葬의 의미는 '웅크리고 눕는' 자세를 취하는 것은 '귀신에게 악이 되게 하기 위해서이며' 그리하여 귀신을 피하고자 하는데 그 목적이 있다. 고고학에서 발견된 전국시대의 진나라 사람들의 장례풍속은 이러한 인식에 대한 증거를 제공하는 것이라고 볼 수 있다. 1980년대 중기에 섬서성 남전藍田 설호洩湖에서 발견된 전국시대 중기의 고분의 일련번호 M10인 직사각형의 수혈묘竪穴墓[103]의 묘주는 고개를 꼿꼿하게 하고 사지를 굽힌 장사 형식을 취하고 있는데, 그 머리 부분의 한쪽은 크기에 따라 순서대로 7개의 석규石圭가 놓여 있는데, 규圭는 원래 귀신을 쫓는 도구로 아마도 상대의 '종규終葵'에서 기원했다. 상대의 주술사는 귀신을 쫓는 가면을 쓰는데 이를 '종규終葵'라고 부른다. '종규終葵'는 본래 주술사가 쓰는 사각형의 고깔로 귀신을 쫓는 가면이며, 이후에는 두드리는 뾰족한 형태의 공구를 사용하는 것을 '종규'라고 불렀으며, 그 합음이 '추椎'이다. 「주례周禮·옥인玉人」에서는 "대규圭의 길이는 3척이며, 베틀 위에(抒上), 몽치(終葵)가 있고 천자가 찬다"라고 하였는데, 정현의 주석에 의하면 "종규는 추椎이다." 「설문說文」에는 '추椎는 두드리는 것으로 가지런히 하는 것이 종규이다"라고 했다. 동한東漢의 마융馬融이 지은 「광성송廣成頌」에는 "종규를 날리고, 도끼를 날린다" 가 있는데 이미 종규를 찌르는 공구로 쓴 것으로 보인다. 종규는 주술사가 쓰는 사각형의 고깔 가면이며 또한 사각형 고깔의 옥조각 또는 돌조각(圭)이며 양자는 모두 귀신을 쫓는 것과 관련이 있다. 남전藍田 설호洩湖의 전국 묘지에는 4곳의 보존 상태가 좋은 고분이 있으며 그 장사 형식은 일련번호인 M10만이 굴지장屈肢葬이며, 나머지는 모두 직지장直肢葬인데, 규圭를 부장품으로 하는 것은 M10뿐이다. 이러한 상황

---

103) 中國社會科學院考古研究所陝西六隊, 「陝西藍田洩湖의戰國墓發掘簡報」, 《考古》, 1988年 第12期.

은 우연한 것이 아니다. M10의 묘주는은 아마도 생전에 일찍이 어려움을 당했고 귀신을 특히 무서워했을 것이다. 그래서 굴지장으로 장례를 치르고 또한 석규(石片圭)를 부장했다. 왜냐면 굴지장의 형식과 석규를 부장하는 것은 모두 귀신을 피하는데 필요한 것이기 때문이다.

수호지睡虎地 진간秦簡 일서日書 「힐구」는 귀신을 쫓고 귀신을 피하는 기술을 전문적으로 서술한 것으로 전국시대 사람들이 귀신을 쫓는데 사용하는 기구에는 여러 가지 재질과 모양을 갖추고 있음을 살펴 볼 수 있다. 「힐구」편에 기재되어 있는 것은 주로 이하 몇 가지가 있다. 첫 번째, 복숭아나무, 대추나무로 제작한 활, 화살, 막대기, 방망이, 칼 등의 물건들은 귀신을 쫓는 매우 큰 위력이 있다.[104] 두 번째, 진흙 인형(小泥人), 진흙 강아지는 귀신을 피할 수 있다. 세 번째, 뽕나무, 오동나무는 귀신을 피하는 작용을 한다. 뽕나무로 만든 방망이는 사람을 유혹하는 귀신을 대처하는데 전문적으로 사용하며 "뽕나무 방망이로 귀신을 공격한다." 네 번째, 사람의 일상 도구와 악기로 예를 들어, 신발, 참빗, 옷, 북, 우산, 채찍 등으로 귀신을 쫓는데 사용할 수 있다.[105] 다섯 번째, 돼지똥, 개똥, 더러운

---

104) 복숭아나무 활과 가시나무 화살은 불길한 일들을 쫓아내는 풍습은 춘추시대 후반에 이미 있었다. 『좌전』 소공昭公 4년에 노魯나라의 신봉申豐이 얼음을 숨긴 일에 대해 다음과 같이 언급했다. "얼음을 저장함에는, 검은색 숫염소와 검은 수수를 가지고 추위를 장악하는 신에게 제사를 지내고, 얼음을 꺼냄에는 복숭아나무 가지로 만든 활과 가시나무로 만든 화살로 제앙의 기운을 털어내는 것입니다"라고 했다. 복숭아 나무로 만든 활과 화살로 어떻게 재앙을 물리쳤는지에 대해서는 신봉申豐은 자세히 언급하지 않았다. 춘추시대 이를 이용하여 귀신을 피하는 것은 전국시대까지 이어졌다.

105) 「힐구」편에서는 개의 똥으로 몸을 씻으면 귀신의 일을 피할 수 있다고 하였는데, 이와 유사한 내용이 「한비자·내저설內儲說」 하편에 기록되어 있음을 지적했다. 그 내용은 다음과 같다. "연燕나라 사람들은 쉽게 미혹되면 개의 똥으로 몸을 씻었다. 연나라 사람 이계李季는 멀리 외출하는 것을 좋아했는데, 그의 아내는 그 사이에 은밀히 젊은 사내와 밀통하고 있었다. 어느날 이계가 돌연 집으로 돌아왔다.

구정물로 귀신을 쫓을 수 있다. 여섯 번째, 먼지, 모래, 황토, 백띠풀, 갈대, 쌀겨, 차돌, 물 등은 귀신을 쫓을 수 있다. '언덕 귀신(丘鬼)'에게는 '재를 뿌려'106) 대처할 수 있으며, 벌레에서 변한 귀신과 어린이가 죽은 후 변하는 귀신을 대처하는 것은 모두 먼지를 뿌려 그것의 위해를 제지할 수 있다. 각종 기구를 사용하는 것 이외 사람의 활동으로도 직접 귀신을 쫓을 수 있다. 예를 들어, '먼지를 뿌리고 키(箕)를 두드려서 시끄럽게' 하여 '언덕 귀신(丘鬼)'을 쫓아내는 것이 가장 일반적이다. 이 밖에 '북을 치며 방울을 흔드는 것'도 귀신을 놀라게 해 가까이 오지 못하게 할 수 있다. 만약 사람이 이유 없이 화를 낸다면 그것은 아마도 귀신이 피해를 가하는 것으로 "무일(戊日: 다섯 번째 날) 정오에 길에서 메기장을 먹고 재빨리 행동을 멈추어라"고 했다. 무일 정오에 길에서 메기장으로 간편하게 귀신을 피하는 기술이라 할 수 있다. 사람이 길을 때 '귀신이 길을 막고 서 있으면, 머리를 풀어 지나가면 곧 멈춘다.' 이러한 길을 막는 귀신들은

그 때 사내는 방안에 있었으므로 그 아내는 당황하여 어찌할 바를 몰랐다. 이에 몸종이 말하기를 '그분을 발가벗기고, 머리는 산발한 채로 곧바로 문밖으로 나가게 하시며 우리들은 보지 못하겠습니다' 라고 했다. 이에 사내는 몸종이 시키는대로 문밖으로 도망쳤다. 남편인 이계가 이 꼴을 보고 '저 사람은 누구인가?'고 물으니 집안 사람이 모두 한결같은 소리로 말하기를 '아무도 없습니다.'하고 대답하자 이계는 '그렇다면 내가 귀신을 보았다는 말인가?' 하니 그 아내가 말했다. '그런 것 같다.' 이계는 걱정이 되어 '어떻게 하면 되겠느냐?'고 묻자, 아내는 '오생의 똥오줌을 모아 목욕을 하면 좋다고 들었습니다'고 말하니 이계가 '좋다, 그렇게 하지' 하고 말하며 곧 똥물로 목욕을 했다. 또 일설에는 난초를 끓인 물(蘭湯)에 목욕을 했다는 말도 있다" 이 기록을 통해 전국시대 개통이나 혹은 오생五牲의 똥으로 몸을 씻어 귀신의 피한 사실을 알 수 있다. 똥으로 몸을 씻은 것은 우아하진 않다. 그래서 다른 해석으로는 "난탕蘭湯으로 목욕한다"고 한다. 향기 나는 '난탕'과 냄새나는 개의 똥을 비교하면, 천양지차의 차이가 있다. 그러나 이는 독은 독으로 공격한다는 뜻을 내포하고 있다. 「힐구」편의 '난으로 목욕한다'는 기록을 보면 이는 전국시대 결코 중요한 위치를 차지하지 못했다고 할 수 있다.

106) 劉樂賢, 「睡虎地秦簡日書-诘咎篇」, 《考古學報》, 1993年 第4期.

사람이 묶은 머리를 풀어 산발한 두발로 앞을 향해 달려가면 길을 막고 있던 귀신은 자연스럽게 물러설 것이다. 여기에서 분명하게 드러내는 것은 사람, 귀신이 서로 만났을 때 승리하는 도리이다.

전국시대의 청동기 무늬에서 발견된 신인神人의 형상은 아마도 귀신을 쫓는 것과 관련이 매우 깊을 것이다. 1970년대 후반, 강소성 회음시淮陰市 고장高莊에서 전국시대 중기에 속하는 고분이 발견되었으며[107] 그 곳에서 출토된 청동기의 무늬 중 이러한 신인이 있다. 일련번호 1:0146인 동반銅盤에는 그 아랫부분 중심에는 거북 모양(龜形) 도안이 새겨져 있으며 밖을 향해 차례대로 사문蛇紋한 바퀴, 기룡문夔龍紋 세 바퀴 새겨져 있고 얇게 승삭문(繩索紋: 밧줄 무늬)으로 경계를 그리고 있다. 기물의 벽 아래에 삼각문三角紋이 새겨져 있으며 중간에는 새와 짐승이 새겨져 있고 또한 사람의 양손에 뱀을 잡고 있는 모습이 새겨져 있다. 기물의 복부 내부에는 더 복잡한 무늬가 새겨져 있으며 그 사이에는 사람 하나가 양손에 비수(匕)를 쥐고 쌍뱀 귀고리를 하고, 발로 용을 밟고 있으며 날아오르는 모습을 하고 있다. 유사한 신인神人은 일련번호 1:0147인 동반銅盤에도 새겨져 있으며, 그 위에서 또한 두 신인을 볼 수 있는데, 한 명은 양손에 각각 새를 잡고 있으며 쌍뱀 귀고리를 하고, 머리 정수리에는 긴 막대기 형태의 물건이 있으며, 막대기에는 두 마리의 뱀이 휘감고 있는 모습이 새겨져 있다. 다른 신인神人도 이와 유사한데, 다만 양손에 뱀을 한 마리씩 잡고 있다. 두 신인의 주위에는 각종 괴수와 새들이 둘러싸고 있으며, 이는 아마도 신인이 만물을 움직이게 하는 신력을 가지고 있음을 표현한 것으로 보인다. 귀신의 형상은 비록 조각에 출현하지 않았으나 신인의 동작은 오히려 귀신을 쫓는 주술사의 형상에 대해 묘사한 것이다. 일련번호 1:114-1인 청동기에 새겨진 무늬들 중에서 그려져 있는 신인 가운데 한 명은 두

---

107) 淮陰市博物館,「淮陰高莊戰國墓」,《考古學報》, 1988年 第 2期.

마리의 용을 밟고 있으며, 손에는 두 마리의 용을 잡아당기고 있고, 머리에는 납작한 사각형의 가면을 쓰고 있는데, 가면에는 5개의 위는 가늘고 아래로 갈수록 점점 굵어지는 장식품이 달려 있으며 가면에는 둥근 눈과 큰 입의 모습이 나타나 있으며 코는 정수리까지 연결되어 있다. 이러한 청동기에 새겨진 무늬 중에 또 다른 신인도 이와 비슷한데 머리에 사각형의 가면을 쓴 형상을 하고 있다. 이러한 신인의 형상은 일련번호 1:114-2인 청동기 문양에서도 볼 수 있는데, 그 머리에는 쓴 사각형의 가면의 특징이 매우 뚜렷하게 드러난다. 일련번호가 1:0138인 무늬 청동기 주전자(匜)의 복부 내벽에는 가면을 쓴 신인이 있으며 한 손에는 창(戈)을 들고 한 손에는 뱀을 쥐고 있으며 달리는 모습을 하고 있다. 다른 신인의 머리에는 새 모양의 가면을 쓰고 있으며 또한 한 손에는 창을 들고 있고 다른 한 손에는 뱀을 쥐고 달리고 있다. 또 다른 신인의 머리에는 새 모양의 가면을 쓰고 허리에는 깃털을 달고 있으며 어깨에는 긴 막대기를 지고 있으며, 긴 막대기의 한쪽에는 4개의 산이 있고 다른 한쪽에는 5개의 산이 있으며 마찬가지로 달리는 모습을 하고 있다. 그 산을 지고 있는 상황을 보면, 산을 옮기는 강력한 법력法力이 있으며 귀매鬼魅는 그것의 적수가 못된다. 고장高莊 무덤의 청동기 무늬에는 사람의 머리와 두 개의 말의 몸을 가진 신인의 형상이 여러 번 나타나는데, 항상 두 마리 뱀 귀고리를 하고, 머리는 사각형이며 뿔이 있거나 머리에는 쭈뼛이 장식품이 씌워져 있다. 「주례周禮·방상씨方相氏」에 기록된 바에 의하면, 귀신을 쫓는 자는 '방상시方相氏'라고 칭하며 "나의儺儀를 주관하는 방상시는 곰의 가죽을 두르고, 황금사목黃金四目의 가면을 쓰고, 검은 웃옷에 붉은 치마를 입고서, 창을 잡고 방패를 흔들어 대며, 백관들을 거느리고 나의를 거행하는데, 집 안을 뒤지며 역귀를 쫓아냈다"고 했다. 고장高莊 청동기의 무늬 중에는 창을 든 '방상方相'의 신인이 아마도 귀신을 쫓는 주술사의 형상에 대해 묘사했을 가능성이 높다.

제 **5** 장
민간공예

민간공예는 학과 갈래상 전통공예라 할 수 있고 또는 민중의 성격을
가진 전통공예라 할 수 있다.

전통공예는 역사 발전과정 속에서 발생한 과학기술이다. 중국의 전통공
예는 유구한 역사와 다양한 종류, 숙련된 장인정신 및 풍부한 과학기술과
문화적 의미를 지니고 있다. 세상에 전해지고 출토된 수공예품과 고대
건물 모두 전통공예의 산물이다. 이를 통해 전통공예는 중국 민족의 물질
적·정신적 문명의 출현, 성장 및 발전에서 중요한 역사적 역할을 수행했다
는 것을 알 수 있다. 기원에 관한 몇 가지 예외를 제외하고 거의 모든
전통공예품은 민간 하층에서 나왔다고 할 수 있다. 예를 들어 악기 제작은
석조와 목공에서 파생됐다. 선조들의 돌과 목재 도구의 가공이 그 시작이
었다. 청동 주조는 도기의 제작과 천연 구리의 채굴과 가공 제작으로 시작
됐다. 심지어 궁중의 경태람景泰藍과 선덕로宣德爐, 민간 주조, 납땜, 표면
장식 등 금속가공 공예기술을 바탕으로 시작됐다. 그것들에 의해 사용된
장인은 역시 민간에서 많이 나왔다. 이런 까닭에 민간공예는 근원(源)이고
다른 전통공예는 류流라 말한다. 윗물이 맑아야 아랫물이 맑다라는 말이
있다. 뿌리 깊은 전통공예는 민간공예의 견고한 토양 위에서 튼튼하게
성장해 왔다. 민간공예는 관청에서 사용되었으며 민간공예의 기초로 관청

의 공업기술의 발전과 개선을 가져 왔다. 또 민간으로 반환되어 사람들에 의해 사용되어 풍부해지고 업그레이드 됐다. 예를 들어 세계에서 독자적으로 한 파를 형성한 한약(中草药)포제, 선지宣纸와 가공지加工纸 생산 등 바로 이러한 순환이 반복되는 가운데 끊임없이 풍부하고 완벽해진 것이다. 농기구, 수작업 공구, 칠보, 염직, 금박, 징과 요발 악기의 단조鍛造, 옻칠 공예, 양조, 흙 인형, 목조품 등 이러한 많은 전통공예는 여전히 사회생산과 사람들의 일상생활에서 널리 사용된다. 그것들의 강력한 생명력은 밑바닥 깊이 뿌리를 박아, 각 민족 사람들의 생활과 번영, 일과 휴식에 밀접한 연관이 있다. 또한 인간의 문화적 다양성을 보호하고 영적 창의력을 강화하며 인간의 가치와 자아의 정체성, 국가적, 사회적 응집력을 강화하는 데 중요한 역할을 해왔다.

실은 민간의 기예技藝 활동은 의복과 장신구 제작, 가구 만들기 기술 전수 및 보급 등으로 그 자체가 민속이라고 할 수 있다. 어떤 민속에는 미신이 포함되어 있다. 예를 들어 석박(錫箔: 표면에 얇은 주석을 입힌 종이) 제작은 명강(冥鏹: 저승 돈)을 만들기 위함이다. 하지만 그 안에 들어 있는 과학적 원리와 탁월한 솜씨, 장인 정신까지 생각없이 버리면 안된다. 수공 기술은 늘 있는 것이고, 사람이 있으면 손재주가 있고, 공예 민속이 있다. 따라서 민속공예는 민속학 연구에 없어서는 안될 부분이다. 아니, 민간공예의 조사 연구를 떠나 민속학의 학과 건설은 결코 완전무결한 것이 아니라고 말할 수 있다. 종경문鐘敬文 선생은 일찍이 민간공예를 중시하는 조사 연구를 진행하였고, 개혁 개방 이후 과학기술사계와 제휴하여 이 분야의 선구자적인 역할을 했다. 그가 편찬한 『민속학개론』에서 특별히 피력한 민간과학기술 부분은 탁월한 식견을 가지고 있다.

청나라 말기부터 중국은 여러 해 동안 사회적 혼란과 경제 변화의 격변을 겪어왔다. 현대화가 진행되고 공업화가 진행되면서 전통 수공업이 위축될 수 밖에 없었고, 따라서 많은 전통공예가 전해 내려오지 않거나 이미 명성이 묻혀 버렸다. 오랜 세월 동안 여러 가지 원인으로 인해 선통공예의 조사 연구와 구조 및 보호는 자유 방임의 상태에 있어, 이로 인해 위급한 상태로 더욱 심화시켰다. 사회 각계 인사와 학술단체, 연구기관들의 꾸준한 노력으로 2003년 초 문화부가 중국 민족 민간문화 보호 사업을 시작으로 전통공예 사업을 주요 항목 중의 하나로 선정했다. 이 같은 획기적인 조치는 민간공예 조사 연구와 구조 및 보호를 촉진하는 데 중요한 역할을 할 것이며 또한 민속학이라는 학문 분야의 건설과 발전을 촉진할 것이다.

전통공예의 분류는 종래로 명확하게 정의된 적이 없다. 2003년에 중국 전통공예 연구협회는 관련 전문가들을 초청하여 연구 토론하고 중국의 전통공예를 12부 범주로 나누었다. 즉, 기계 제작, 뜨개질, 조각, 조소, 도자기, 염색 자수, 금속 공예, 옻칠, 제지, 인쇄, 양조와 농업 및 축산물 가공, 한약포제 등이 있다. 그중에서 어떤 것은 실용품 제조에 편중되었는데 예를 들어 기계, 제지, 인쇄, 한약포제가 그러한 것이다. 어떤 것은 예술품 제작에 치중하는데 예로 조각, 조소가 그러한 것이다. 또 어떤 것은 두 가지 경향을 동시에 갖고 있다. 예로, 뜨개질, 도자기, 염색, 금속 공예와 옻칠이 그러한 것이나. 공예 미술계의 연구대상은 공예품 제작을 위한 다양한 전통공예에 집중돼 있다. 이에 비해 실용품을 만드는 전통공예는 관리자가 적고, 연구 기초가 부족하고, 가계 기반이 분명하지 않아 앞으로 지원을 강화할 필요가 있다고 여긴다.

이 책의 민간공예의 주제 선정은 국가 경제에 중대한 영향을 미칠 것이며, 선명한 민족 특색을 지니고 있다. 또한 풍부한 과학기술, 인문적 소양과 비교적 인지도가 높은 8가지 공예를 소개한다. 즉 도구와 기계 제작, 도자기, 방직 염색 자수, 금속 공예, 옻칠, 한약포제, 제지와 인쇄 각 장에 공예 부분별로 범주를 나눠 서술한다.

본 장에서는 선진시대의 민간공예를 논한다. 하夏, 상商, 전국시대에 이르기까지 역사 시기에 치중한다. 도구 제작, 도자기, 방직과 같은 일부

공예는 매우 일찍 시작되어 상고시대로 거슬러 올라가야 한다.

구석기시대 사회 발전 수준이 낮은 선조들은 맹수, 독충(蟲), 각종 자연재해와 싸워 생존을 도모하고, 야생 과일과 열매를 채취한 뒤 채집과 수렵을 병행하는 방식의 약탈 경제를 형성했다. 이러한 이유로 간단한 공구 제작, 뜨개질 등 원시 공예가 싹트기 시작했다. 생활이 매우 어렵고 고통스러울 때도, 배불리 먹을 수 있을 때에도 사람들은 자신의 삶을 표현, 기록, 기억하고 생활을 미화할 의지를 가지고 있었다. 그로 인해 조각, 조소 등의 원시 공예가 발아되었으며 그리고 오늘날까지도 그 미적 가치와 역사적 가치를 가지고 있다.

구석기시대에서 신석기시대로 넘어가면서 농업 및 도기陶器 기술의 발명 등 중대한 기술 발전을 보여준다. 그 중 석재 가공, 농기구 제작, 도기 제작 등은 공예기술의 중요한 역할을 했다.

신석기시대 초기부터 BC3500년경에 시작된 구리와 돌을 사용했던 시대를 거쳐 문명 사회로 접어 들기까지 중국에서 약 6000년이 걸렸다. 「주역周易・계사系辭」하편에는 "옛날에 포희씨包犧氏가 천하에서 임금 노릇을 할 때, 우러러서는 하늘에서 상象을 관찰하였고, 굽어서는 땅에서 법칙을 관찰하였으며, 새 짐승들의 무늬와 땅의 마땅함을 관찰하였고, 가까이는 몸에서 취하고 멀리는 물건에서 취했다. 여기서 팔괘를 지어 신명의 덕에 통하고, 만물의 정상情狀을 유발했다. 노끈을 매듭을 지어 맺어 그물을 만들어 새 사냥과 고기잡이를 하였으니 대개 이離괘에서 취했다. 포씨가 죽고 신농씨가 일어나서, 나무를 깎아 보습을 만들고 나무를 휘어 따비를 만들어 따비와 보습의 이익을 천하를 가르치니, 대개 익益괘에서 취했다. 신농씨 죽고 황제와 요씨堯氏, 순씨舜氏가 일어나서……황제와 요씨堯氏, 순씨舜氏 의상을 입고 천하를 다스렸으니, 대개 건괘乾卦와 곤坤괘에서 취했다. 나무를 쪼개어 배를 만들고 나무를 깎아서 돛대를 만들어, 배와 돛대의 이익을 통하지 못하는 데를 건너게 먼 데까지 가서 천하를 이롭게 하였으니, 대개 환渙괘에서 취했다. 소를 길들이고 말 타고서 무거운 것을 끌고 먼 데까지 가서 천하를 이롭게 했으니, 대개 수隨괘에서 취했다. ……
나무를 잘라 공이(杵)를 만들고 땅을 파서 확과 공이의 이익으로 만민이 편하게 지냈으니, 대개 소과괘小過卦에서 취했다. 나무를 구부려 활집을 만들어 활과 화살의 살의 이익으로 천하를 위압하니, 대개 규睽괘에서 취했다. 옛날에는 구멍에서 살았고 들에서 거처했다. 후세에 성인이 이것을 궁실로 바꾸었다. ……옛날에는 노끈마디를 맺어 다스렸다. 후세에 이것을 서계書契로 바꾸었다." 옛 사람들의 지역마다 각종 공예의 기원이 질서 정연했고, 그 기능은 사회 발전과 일치했다. 또한 순차적으로 발전하는 모습도 매우 명확했다. 이 텍스트는 천문학, 수학의 태동 및 활과 화살, 수레의 제작, 뜨개질, 염직, 건설, 정보 축적(結繩: 문자가 없던 시대에 새끼와 매듭을 지어 일을 기록함. 書契: 은대에 대나무·귀갑 따위에 새긴 문자를 가리킴.) 등의 공예를 포함한다. 선조들의 마음속에 이러한 공예가 매우 중요했으며, 사람들의 생존과 일상생활과 밀접한 관계가 있다.

문명의 발전과 도시의 생산으로 도기 제작, 방직, 채광과 야금 등 수공업 부분이 점차 형태를 이루면서 농업에서 분리되어 나왔다. 노동 형태 측면에서도 개인 노동에서 단순한 협업과 전문적 분업 형태로 발전했다. 그중에서도 특히 금속의 채굴 및 가공(금속 공예의 통칭)의 부상과 성장은 새로운 시대를 여는 획기적인 의미를 지니며, 문명 사회에 진입하는 큰 요인이 되고, 미개에서 문명으로의 경계 표지가 된다. 하대부터 동주의 춘추시대까지 중국의 청동시대, 청동 야주업冶鑄業 및 그 기술의 정형화, 성장과 전성기를 이루었으며, 이는 사회 경제 및 인문 발전에 주도적인 역할을 했다. 기계 제작, 도기 제작 및 원시 제도製陶, 염색, 옻칠, 식품과 농축산물 가공 등 모든 부분을 발전 했으며 후대에도 적지 않은 영향을 미쳤다. 자세한 내용은 아래 각 절을 참조하면 된다.

도구와 기계의 제작

　인류는 태어날 때부터 자신의 존재를 유지하고 보호하고 자신의 생산
조건과 생활 환경을 지속적으로 개선하기 위해 기술을 사용해 왔다. 기계
공예는 인류의 가장 오래된 기술이며, 역사는 인류사회의 역사와 같이
오래됐다. 석재 도구의 사용과 제조는 기계공예의 시작이다. 인류학과 고
고학에서 원시사회를 석기시대라고 부르는 것은 당시에 쓰인 주요 도구의
이름을 딴 것이다. 석기의 제작공예와 시대적 특징에 따라 석기시대는
구석기시기와 신석기시대로 세분화됐다. 석기시대는 근 300만년의 시간
을 거쳐 인류 전체의 90%를 차지한다. 중국의 석기시대는 BC180만년 전의
서후도西侯度문화로 거슬러 올라가고 하한선은 BC 21세기 전후이다. 중국
의 석기문화와 그 제작공예는 길고 긴 역사를 가지고 있으며, 후에 다양한
공예기술의 형성에 많은 영향을 주었다. 물질 민속 형성의 밑거름이 됐고,
중국 민간공예의 기원도 석기 시대로 거슬러 올라간다.

　석기는 인류 최초의 생산과 생활 영역의 도구이다. 역학원리상으로 초
기의 석기는 대부분 쐐기원리를 응용한 간단한 기계였기 때문에 석기는
인류 최초의 기계 발명품으로 간주된다. 인간은 천연 돌을 재료로 삼아
두들기거나 초보적인 정리로 날카로운 칼날이나 뾰족한 모서리를 만들어
생산과 생활에 없어서는 안될 도구로 만들어냈다. 이러한 공예 가공으로
만들어진 석기는 고고학자로부터 타제석기打制石器라고 불린다. 인류는
직립인直立人 단계에서부터 말기 지인智人단계의 긴 역사 과정에서 타제석
기는 줄곧 가장 중요한 도구였다. 그러므로 상고시대 인류문화의 가장
중요한 상징으로 자리 잡았으며 이 긴 시기를 구석기시대라고 불린다.
이 시기의 석기는 비교적 거칠었으며 대부분 얻기 쉬운 부싯돌, 석영,
석영암, 사암, 각혈암 등 단단한 자갈을 석재로 삼았다. 자갈을 적절한
형태로 만드는 석재 도구는 공정 규정을 따라야 한다. 대체로 하나의 자갈

로 다른 사갈을 치며 평면을 만
드는데 이 평면을 대면臺面이
라고 한다. 대면의 가장자리를
따라 수직 방향으로 조각조각
치며 석재(石料)를 얻는다. 얇
은 석재를 편석片石이라고 하
며 대면과 연결된 돌을 석핵石
核이라고 한다. 편석은 다듬기
를 통해 석기石器가 된다. 석핵

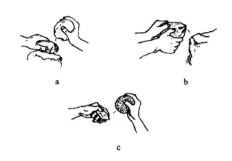

그림 5-1 직접 치기법 설명도: 송조린宋兆麟의
『중국원시사회사』 내용을 묘화한 것. a.
잡격법砸擊法 b. 팽격법碰擊法 C. 추격법鍾擊法)

도 좀 더 가공하면 석기石器가 될 수 있다. 석재에서 편석과 석기 가공의
주요 방법은 직접타편법直接打片法인데 잡격법砸擊法, 팽격법碰擊法, 추격법
鍾擊法으로 세분화 할 수 있다. 잡격법은 석재를 평평한 돌 위에 놓고 한
손으로 고정시키고 다른 한 손으로 대면의 가장자리를 치는 것을 말한다.
이를 통해 얇은 석편을 얻는다. 팽격법은 비교적 큰 석재에서 편석을 얻는
데 자주 사용된다. 양손으로 석재를 안아 다른 큰 돌(침석)에 내던지면
넓고 두꺼운 석편을 얻을 수 있다. 추격법은 양손에 각각 하나의 석재를
갖고 하나의 석재로 다른 석재를 치며 석편을 얻는 방법이다. 구석기시대
말기에 또 다른 석기 가공 방법이 생겨났는데 이를 간접타격법間接打擊法
이라고 한다. 단단한 나무 막대기나 뼈의 한쪽 끝을 뾰족한 모양으로 날카
롭게 만들어 뾰족한 끝을 대면의 가장자리의 특정 지점으로 향하게 하고
돌로 다른 쪽 끝을 쳐서 석편을 얻는 방법이다. 구석기 후기에 사용된
길고 얇은 석편은 대부분 간접타격법으로 얻은 것이다.

　고고학자들은 중국 각지의 구석기 유적에서 다량의 돌로 만든 도구를
발굴했다. 이러한 석기는 일반적으로 석편으로 만들어졌다. 석핵을 가공한
석기도 있지만, 줄곧 중국 구석기시대의 석기 유형의 주체가 되지 못했다.
석편석기를 주체로 하는 것은 중국 구석기문화의 주요 특징으로 이는 석핵

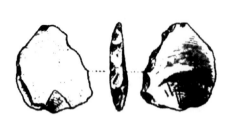

그림 5-2 서후도西侯度 문화 석기石器
(a. 감작기砍斫器 b. 삼릉대첨상기三棱大尖狀器)

그림 5-3 북경인이 사용한 석기

석기의 특징을 지닌 유럽 구석기시대 초기 문화와 뚜렷한 대조를 이루는 것이다. 산서성 예성현芮城縣에 위치한 서후도유적은 현재 중국에서 발견된 최초의 인류 문화유산이며, 서후도문화는 지금으로부터 180만년 전으로 측정된다. 서후도에서 출토된 석제품은 32점으로 석편, 석핵, 괄삭기刮削器, 감작기砍斫器와 삼릉대첨상기三棱大尖狀器 등이 있다. 그 중 석핵으로 만든 석편은 비교적 크고 석기는 주로 석편을 가공해서 썼다. 감작기砍斫器는 단면 가공과 양면 가공 두 종류가 있었는데 전자前者를 위주로 했다. 삼릉대첨상기三棱大尖狀器는 단 한 점만 발견됐다.[1] 서후도문화는 석편석기를 모티브로 하였으며, 제조 공법은 비교적 원시적이지만 추격법, 잡격

---

1) 賈蘭坡·王建, 『西侯度 ─山西更新世早期古文化遺址』, 文物出版社, 1978年.

법, 팽고법 등의 다른 방법을 사용했다. 이후 구석기시대의 문화유적은 기본특징, 유형과 제작기법이 모두 일치한다. 이는 중국 구석기문화 전통은 서후도문화 시기에 이미 형성됐음을 보여준다. 각 지역의 구석기문화 유적 중 북경 주구점周口店의 북경인 유적(구석기 초기 문화)에서 출토된 석조물이 가장 많았고 10만 건에 가깝게 되어 제조 공예가 대표적이다. 석재는 강가 모래톱의 자갈이다. 일반적으로 잡격법砸擊法, 팽격법碰擊法, 추격법錘擊法으로 석재에서 채취했다. 그 중에서 잡격법으로 만들어진 양극석편兩極石片과 양극석편으로 만든 양끝 칼날 도구가 가장 특색이 있다. 석편석기는 역시 북경인문화의 주체로 돌 망치(석추)와 침석으로서 모두 석기 제작에 중요한 도구다. 석기 도구의 유형에는 괄삭기(刮削器: 긁는 도구), 첨상기, 감작기(砍砸器: 찍는 도구), 조각기 등이 있다.

괄삭기는 석편의 한 면이나 여러 면을 이용하여 가공하는 것으로 가죽이나 나무, 뼈 등을 깎을 때 적합하다. 감작기는 원반모양 또는 다각형 모양으로 주로 나무를 찍거나 동물의 뼈를 내려 치거나 식물의 뿌리를 팔 때 사용했다. 첨상기는 찌르고 자를 때 사용하기 위해 돌의 인접 표면을 따라 다듬으면서 뾰족한 형태로 만들게 됐다. 조각기는 돌 조각의 끝부분에 수직으로 짧은 칼날을 묶어 뼈나 뿔에 조각하는 데 사용했다. 이는 북경인이 이미 불과 불씨를 보존할 수 있었다. 불의 사용은 인류와 사회 발전에 커다란 의미를 부여했다. 불이 있어 조리를 할 수 있었고 뿐만 아니라 추위와 맹수의 침범으로부터 막을 수 있었다. 많은 공예기술의 생산과 발전은 불의 사용과 관련이 있다.

구석기시대 중기에 타제석기打制石器의 기술이 향상됐다. 돌 도구의 모양이 비교적 규칙적이고, 유형이 더 확실해지며 종류도 증가했다. 구석기시대 말기는 중기보다 석기 제작 공정이 크게 개선된다. 예를 들어 석기 제작 과정에서 보편적으로 대면을 다듬어 많은 곳에서 세석기細石器가 출현되는데, 간접타격법으로 길쭉한 편석을 만들어 냈고, 압제법壓制法으로 석기를 가공할 수도 있다. 석기의 종류가 더욱 다양화되는 동시에 용도도 한층 더 세분화되어 각종 괄삭기, 청상기, 조각기, 송곳(錐), 드릴(鑽) 등이 있다. 그 중에 복합도구도 적지 않다. 이러한 석기 기술의 진보와 종류의 세분화는 생산이 한층 더 발전되었음을 보여준다. 이외에도 석구石 球, 석창(石矛), 석족石鏃이라는 도구나 무기도 있다. 지금으로부터 28000 년 전 치욕인峙峪人의 문화 유물에 석촉이 출현하였는데, 이 시기에 활과 화살의 발명으로, 수렵 경제가 빠르게 발전하는 데에 도움을 주었다. 활과 화살의 출현으로 이 시기에 기계 기술이 일정한 수준에 도달하였음을 보여준다. 구석기시대 중기에는 인공으로 불씨를 얻은 방법을 발명한 것 같다. 고대 문헌에 있는 기록에 따르면 "아득히 먼 옛날에는⋯⋯ 민중들은 나무 과실과 풀의 열매 또는 대합조개 같은 것을 먹었는데 비린내가 나는 날고기였다. 이 날고기는 고약한 냄새 때문에 위장을 상하게 하여 민중들 은 질병에 걸리는 예가 많았다. 여기에 한 성인이 있어 나무를 뚫고 비벼 불을 일으켜 비린내 나는 음식을 구워먹게 하여 해독을 없앴는데 민중들 이 이것을 기뻐하여 그를 추앙하여 세상을 통치하는 임금으로 삼고 수인 씨라 불렀다."[2] 하투인河套人의 유적에서 불에 탄 골격과 재를 발견한 적 이 있다. 당시의 불이 천연 불인지 인공 불인지 확인하기는 어렵지만 북경 인이 이미 불을 제어하는 방법을 파악하고 있었다는 점에서, 3, 40만년 후에 나타난 하투인은 인공 불을 제어할 가능성이 아주 높다. 구석기시대 말기에 이미 골기와 석제 장식품에 천공법을 사용하였으니, 나무에 구멍 을 내어 불씨를 얻는 기술이 이 시기에 출현하였다는 사실은 문제가 되지 않는다.

구석기시대의 도구는 주로 석재와 목재로 만들어 동시에 몇몇 골제(骨 制: 뼈로 만듦) 도구도 나타났다. 골기의 제작은 대체적으로 치기, 쪼기,

---

2) 「韓非子 · 五蠹」

깎기, 갈기 등 몇 차례 공정 과
정을 거쳤다. 이 단계 후기에
마제(磨制: 돌 따위를 갈아서
연장이나 기구를 만드는 일)
와 천공 공예가 생겨 도구의
용도가 더 확대됐으며, 모양
도 더 합리적으로 변했다. 이
때 나타난 또 다른 중요한 도

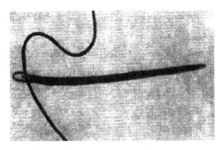

구로 나무방망이와 뼈바늘이 있다. 골각기骨角器 가공공예도 상당히 발전
된다. 마제와 천공 공예는 구석기시대 말기 공예기술의 비약飛躍이 된다.
북경 주구점 산정동인의 구석기 말기 유적에서 출토된 한 점의 붉은 사슴
뿔과 뼈바늘은 대표적인 마제골기磨制骨器다. 사슴 뿔은 잔가지가 잘렸고
표면이 깎이고 갈린 것이다. 뼈바늘은 길이가 8.2cm이며 아주 정교하게
만들어졌다. 바늘 표면이 잘 갈리고 끝이 날카로웠으며 바늘구멍도 있다.
구석기 말기 문화의 중요한 발전 중의 하나는 다양한 장식품이 나타난
것이다. 장식품이 제작은 대부분 마제와 천공 공예를 필요로 한다. 세석기
細石器 공예는 타제석기에서 마제석기로 이행하는 과도기의 석기 제작방
법이다. 이런 공법으로 만든 아주 얇은 세석엽(細石葉: 사각형의 얇은 석편)
이 나무나 골질의 손잡이를 끼어 넣어 복합도구로 만들어지게 된다. 칼날
이 날카롭고 쥐기 편하며, 가볍고 유연함이 특징이다. 신석기 문화는 중국
구석기시대 말기에 나타난 복합도구, 세석기 상감 기술, 마제, 천공 기술
등 새로운 공예기술을 이어받았으며 한층 더 발전된다. 구석기시대가 수
백 만년의 더딘 발전을 거쳐 중국 선민들은 약 만년 전에 새로운 역사시기,
즉 신석기시대에 접어들었다. 이때부터 원시적인 농업과 목축업이 나타나
기 시작했으며 따라서 원시적인 수공업도 역사 무대에 등장한다. 목축업
은 점차 채집과 수렵을 대체하여 생산 경제의 주요 부분이 되었으며 따라

서 정착 촌락, 즉 최초의 마을이 나타났다.

신석기시대의 석기제조는 마제 공예를 위주로 하는 동시에 완전한 제작 공예 과정을 보유한다. 석기의 선택, 절단, 마제와 천공 등에 일정한 기준을 세워서 석기 제작에 더욱 정교함을 더한다. 석기 제조 공예의 발전을 이루는 것은 두 가지 면에 있어 두드러진다. 하나는 모서리가 날카롭고 모양이 얇으며 전체적으로 광택을 내는 석제품이 나날이 많아지는 것이다. 또 하나는 단면에 구멍을 뚫는 기술이 나타나면서 널리 보급된 것이다. 석기 제작은 점점 전문적인 훈련을 받아야 배울 수 있는 기예가 된다. 이 단계에서 많은 생산도구가 나타났는데 따비(耒), 보습(耜), 호미, 삽, 자귀(錛), 도끼, 대패(鏟), 끌(鑿), 맷돌(磨盤), 맷돌 방망이(磨棒), 절구(杵臼), 송곳, 그물 추(網墜), 낚시바늘, 작살(漁叉), 낫(鎌), 칼, 쟁기, 제초기(耘田器) 등이 있다. 도구의 종류가 빠르게 증가하고, 복합도구도 눈에 띄게 늘어났으며 전용도구도 많이 등장한다. 이때는 원시적인 방직기구(가락바퀴, 방추紡墜, 북 등)와 도기를 만드는 물레가 나타났고 기계 공예기술의 수준이 확실히 발전했음을 보여준다.

신석기시대 유적은 전국 각지에 널리 퍼져 있고, 황하와 장강 유역에 가장 많다. 고고학자들은 황하의 중류, 하류 지역에서 자산磁山, 배리강裴李崗, 대지완大地灣, 북신北辛 등 신석기시대 초기 단계의 유적을 발견했으며 그들은 모두 BC6000~5000년 전기의 시대에 속한다. 출토된 각종 유물들은 당시 사람들이 이미 장악한 비교적 많은 생산분야를 반영한다. 농사를 짓는 것 외에도 사육, 어렵, 제도制陶, 방직, 편직編織 등도 비교적 중요한 생산 부분이다. 생산 도구는 여전히 석기 위주로, 석기 제작에 있어 이미 마제석기가 출현하였지만 타제석기가 여전히 큰 비중을 차지한다. 타제석기의 형태는 상당히 규범적이고, 표면도 비교적 평평하게 정돈되어 있다. 마제석기는 아직 거칠고 표면에 마제 흔적이 남아 있다. 많은 기물들은 날 부분을 약간 간 수준을 유지했으며, 전체적으로 간 수량이 비교적 적다.

마제를 거친 석기는 표면이 고른 편이고 기능에 따라 정한 형태가 있다. 이 단계에 천공穿孔 석기가 매우 드물다. 기물의 날을 갈거나 전체를 고르게 다듬어, 사용할 때 저항을 줄이고 효율을 높여 제작 공정에도 큰 진전이 있다. 석기는 농기구를 위주로 하여 주로 삽, 칼, 낫 등이 있다. 목공소 가공 도구로 망치와 끌 등이 있으며 석부(石斧: 돌도끼)는 이상의 두 가지 기능을 가진다. 이때 돌도끼 표면은 윗부분이 좁고 아랫부분이 넓은 사다리꼴 모양 위주로 대부분 반원형이다. 골질도구는 이 단계의 생산에서도 중요한 역할을 하며 주로 수렵, 어업, 방직, 재봉 등 부문에 사용된다. 종류별로 화살촉(鏃), 송곳(錐), 바늘(針), 어표魚鏢, 북(梭), 비수(匕手: 날이 예리하고 짧은 칼), 끌(鑿) 등으로 나뉜다. 이 시기에 유행하면서 가장 눈에 띄는 도구는 곡식 가공에 사용된 맷돌과 맷돌 방망이다. 맷돌 대부분은 돌을 갈아 만들고, 표면이 신발 바닥이나 타원형 모양을 띠고 길이는 0.5m 내외로, 어떤 것은 서너 개 낮은 받침대를 가진다. 표면에 자주 곡식 가공으로 남은 부식 흔적이 있고 가운데 부분이 양측보다 얇다. 어떤 맷돌과 방망이는 정교한 가공을 거쳐 표면이 아주 매끄럽게 가공된다. 맷돌과 방망이는 최초의 신석기시대 유적으로, 즉 하북성 서수현徐水縣 남장두南莊頭유적에서 발견됐는데 유적은 거금 9690~10815년 전에 생긴 것으로 추정된다. 배리강유적에서 출토된 톱니돌낫(鋸齒石鐮)은 아주 정교하게 만들어져서, 고도의 마제 수준을 보여준다. 돌낫은 초승달 모양으로 되어 있는데 보통7~18cm 길이로, 끝 부분에 손잡이를 위한 흠집이 있다. 돌낫은 전체적으로 매끈하고, 칼날의 톱니는 세밀하게 다듬어 칼날을 날카롭게 갈아 만든 것으로, 마치 정교한 석질 공예품과 같다. 배리강과 자산유적 모두 가락바퀴가 출토된 것에서 알 수 있듯이 원시적인 방직 도구가 이미 나타났다.

장강長江유역 신석기시대 초기 문화는 절강성 여요余姚의 하모도유적과 동향라가각桐鄕羅家角유적으로 제일 유명하다. 하모도문화의 연대는 약

그림 5-5 맷돌, 맷돌 방망이
(배리강문화유적에서 출토)

그림 5-6 돌낫(배리강문화유적에서 출토)

7000년이다. 하모도에서 출토된 생산 도구는 황하유역 신석기시대의 초기 문화와 다른 특징이 있다. 주로 석질石質, 목질木質, 골질骨質 세 가지로 크게 나눌 수 있는데, 석기 제작은 비교적 손색이 있지만, 반면에 골骨과 목기 도구의 양식은 참신하고 정밀하며 특색이 있다.3) 골기는 여기 생산 도구의 주체로서 양과 종류가 그 시대 유적의 으뜸이며 농경, 어업, 수공 도구에 분포된다. 가장 특색 있는 것은 우제류偶蹄類 포유 동물의 어깨뼈와 관골髖骨로 만든 경작용 농기구로서 170여 건이나 출토됐다. 이런 골질 경작용 농기구는 길이가 일반적으로 20cm정도이고 손잡이를 설치하기 위해 어깨 부위에 자주 사각 구멍을 뚫었는데, 골판骨板 한가운데에 갈아서 만든 단단한 작은 네모 모양의 홈이 있다. 골기에 수직으로 묶인 나무 손잡이가 출토됐다. 칼날의 모양은 두 갈퀴(兩齒), 네 갈퀴(四齒), 평인(平刀: 평평한 칼날), 호인(弧刀: 활 모양 칼날), 사인(斜刀: 비스듬한 칼날) 등이 있는데, 이것에서 알 수 있듯이 이런 골기가 보습, 호미, 삽 등 농구의 기능을 가졌으며 그 중에서 뼈로 만든 보습의 양이 제일 많다. 하모도유적은 땅의 형세가 움푹 패여 있어 비교적 많은 온전한 목기를 유지했다. 이곳의 선민들이 비교적 선진적인 목기 제작 공예를 파악했던 것으로 추

---

3) 浙江省文物管理委員會等,「河姆渡遺址第一期發掘報」,《考古學報》, 1984年 第 1期.

정된다. 목기에서 양이 가장 많은 것은 도구
인데 삽, 창(矛), 비匕, 망치(槌), 목노(木檽),
자루(器柄) 등이 있다. 이런 기물들의 표면을
다 매끄럽게 갈았으며, 어떤 곳에는 정교한
아름다운 꽃무늬가 새겨져 있다. 하모도의 석
기는 주도적 지위를 차지하지 않아 수량이
적을 뿐만 아니라 종류도 많지 않다. 도끼,
끌, 숫돌(砺石) 등으로 이들은 주로 목재 가공
에 사용되어 일반적으로 칼날만 갈고 몸통
부분은 손으로 만들거나 다듬어 만든 흔적이
남아있다.

그림 5-7 하모도에서 출토된
뼈로 만든 보습

하모도유적에서도 적지 않게 가락바퀴가
발견됐다. 1기에서 발굴된 뼈바늘은 15개가 있는데 짐승의 뼈로 얇게 잘라
서 연마한 것으로 형상이 정교하다. 또한 조류 사지의 뼈로 만든 관 모양의
바늘 12개가 가운데는 비고 한쪽 끝이 날카롭게 갈려 있으며 끝 부분에
구멍이 뚫렸다. 그리고 크기가 다른 뼈 비수가 발견됐다. 이러한 편직
도구는 당시의 편직 공예가 일정한 수준에 도달했음을 의미한다. 신석기
시대에 널리 쓰인 바둑판식 뜨개질 방법은 하모도 문화시기로 거슬러 올
라간다.

1975~1978년에 하모도 신석기시대 유적에서 몇 가지 중요한 목기가
출토됐다. 하나는 길이 430cm의 단단한 나무로 만든 목칼인데 칼날이
얇고 둥근 활 형태이고, 또 하나는 부러진 나무 막대기로 길이가 17cm,
끝이 잘려 나간 둥근 모서리에 직경 1.5cm이고, 내부에 규칙적인 홈이
하나 있다. 또, 길이가 40cm이고 직경이 1.5cm인 단단한 둥근 막대기 18개
가 있다. 이는 중국 운남과 광동 등의 소수민족이 사용한 요기의 말코
(卷布軸), 타위도打緯刀, 잉아대와 아주 비슷하고 원시적인 요기腰機의 부

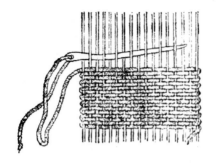

그림 5-8 신석기시대 바둑판식 뜨개질 방법
설명도

품일 것이었다. 이것으로 중국 신석기시대 초기에 이미 원시적인 요기가 출현했음을 증명할 수 있다.4)

약 BC5000년 전엽 후기부터 황하와 장강중류와 하류지역에서 신석기시대 중기의 문화가 많이 나타났다. 예를 들어 황하중상류의 앙소문화, 마가요문화, 황하하류의 대문구문화, 장강하류의 청련강青蓮崗문화, 장강중류의 대계문화와 굴가령문화, 동북요하東北遼河유역의 홍산문화 등이 그것이다. 그중에서도 가장 눈길을 끄는 것은 앙소문화다. 그것은 최초로 발굴된 하남성 민지현澠池縣 양소촌仰韶村유적으로 유명하다. 앙소문화는 중원 지역을 중심으로 북쪽으로 만리장성과 하투河套지역에 이르고 남쪽으로 호북의 서북에 이르며 동쪽으로 하남의 동부 일대에 이르고 서쪽으로 감숙성과 인접지대에 이른다. 발견된 유적은 약 천 개인데 그 중에서 규모가 비교적 큰 유적은 10여 개가 있으며 연대는 BC5000년~30000년이 된다.

앙소 전기는 각종 도구와 기계의 재료에 큰 변화가 없으며, 마제磨制는 여전히 당시 가장 선진적인 공예 수단이다. 연마는 이미 광범위적으로 석기와 뼈, 뿔, 조개, 상아 제품의 필요한 마지막 공예 부분이 된다. 하지만 소형의 석질과 골질의 화살촉, 작살, 삽, 바늘, 비녀 등은 전체적으로 연마의 공정을 거쳤는데, 돌도끼, 삽, 칼, 자귀(錛) 등 비교적 대형 석기와 상당수의 골기는 칼날만 갈고 대부분 대충대충 가공만 할 뿐이었다. 대부분의 석기는 손으로 거친 돌덩어리를 만들어서 다시 탁마(琢磨: 돌을 쪼다)방법

---

4) 陳維稷 主編, 『中國紡織科學技術史』(古代部分), 科學出版社, 1984年, p.25.

으로 가공하여 형태를 갖췄다. 석재의 톱질과 파이프 드릴 기술이 아직 발달되지 않았으며, 석기의 구멍은 모두 마주보는 양면에 뚫었다. 당시 아직 원시적인 경작 농업 단계에 있었기 때문에 생산 수준이 비교적 낮았다. 경작하고 땅을 갈아 엎는 데에 사용된 석기는 도끼, 호미, 삽 등이 있으며 농기구는 뾰족한 나무 방망이와 같은 목질 도구도 있다. 돌삽과 돌도끼 등 도구 대부분은 무거웠으며 얇은 외형과 각진 직각형의 모양을 갖추지 못 한 단점이 있다. 돌도끼의 단면은 타원형이어서 나무를 찍고 농경지를 개간하는 데에 적합했다. 수확은 양쪽에 흠집이 있는 직사각형의 돌칼과 도기칼(陶刀)을 사용했다. 식량 가공에 맷돌과 돌방망이, 그리고 돌절구를 사용했다.

앙소시대 중과 말기에 속한 묘저구廟底溝유적과 진왕채秦王寨유적에서 대형 혀형舌形이나 하트형(心形)의 돌삽이 출토됐는데 고르게 잘 연마되어 있다. 임여대장臨汝大張과 정주 대하촌鄭州大河村 등 유적에서도 대형의 전체적으로 연마된 길쭉한 모양에 어깨 끈이 달린 돌삽이 출토됐다. 후기의 돌삽은 부피와 무게가 적당하면서 사다리꼴 삽이든 어깨 끈이 있는 삽이든 쉽게 손잡이를 고정시킬 수 있다. 그 모양과 구조는 이미 합리적이고 안정되었으며, 후대에 청동 삽과 쇠 삽으로 모방, 계승됐다. 수확 도구는 주로 광을 낸 직사각형의 돌칼로, 여러 면에 구멍 하나를 뚫었는데 이러한 도구는 초기의 반파유형보다 진보적이며 효율성도 현저히 높아졌다.

앙소문화와 동 시대의 장강유역과 황하하류의 다른 문화는 발전수준이 황하 유적보다 낮지 않았으며, 심지어 석기 제작 기술은 앙소문화를 뛰어넘었다. 대문구 묘지에 부장된 175점의 공구와 206점의 장신구는 모두 마제된

그림 5-9 반파유적 돌도끼 복원도

것이며 심지어 어떤 것은 광택 처리가 되어 있다. 약 절반 가량의 도구에 구멍을 뚫었고 장식품은 거의 다 구멍을 뚫었는데 구멍은 주로 파이프 드릴을 사용했다. 대계문화 말기와 굴가령문화의 석기는 모두 정교한 마제품이다. 호북성 송자계화수松滋桂花樹에서 출토된 많은 대계문화 말기의 석기는 구멍을 뚫은 얇은 도끼, 자귀, 어깨가 있는 자귀, 끌, 각진 끌(圭形鑿) 등 거의 다 연마 과정을 거쳤으며, 절단과 파이프 드릴을 사용했다. 얇은 도끼는 파이프 드릴로 양면에 마주보게 구멍을 뚫었다. 굴가령문화의 석기도 거의 다 연마 공정을 거쳤으며, 어떤 석기는 아주 정교하게 만들어졌고, 송곳으로 구멍도 뚫었다.

제도업製陶業은 시종 신석기시대의 중요한 수공업이다. 앙소 전기에 이미 첩소범貼塑法, 니조반축법(泥條盤築法: 흙을 성형으로 만들어 둥글게 아래에서 위로 쌓아 올려가며 성형하는 방법)에서 만륜(慢輪: 느린 물레)을 사용한 가공 방식을 택했다. 대계문화 말기의 유적에서 쾌륜(快輪: 빠른 물레) 제작 제품도 출토됐다. 물레의 발명과 물레로 제작된 도기의 출현은 이 시기의 기계 공예기술의 발전을 구체적으로 보여준다.

옥기 가공은 석기 가공이 진일보 발전한 결과다. 대문구에 어떤 옥기 가공은 매우 정교하게 만들어진다. 예를 들어 10호 분묘에 구멍 뚫린 묵옥墨玉도끼가 부장되어 있다. 도끼는 길이가 19cm이고 윤곽이 반듯하고 두께가 고르고 파이프 드릴로 구멍 뚫려 있다. 마치 기계로 가공한 것처럼 보여 정제품이라고 할 만하다. BC3000~4000년에 홍산紅山문화는 중국 최초로 출현한 옥기문화 중심지다. 저룡豬龍을 비롯한 많은 양의 옥으로 만든 예기禮器 제품이 출토됐다. 이전에는 옥공예와 석공예를 나누기 힘들었는데 옥으로 만든 예기가 나타난 후에는 두 가지 공예와 기술 요구가 완전히 똑같지는 않고, 옥공예가 석공예보다 높은 것을 요구하기 때문에 석공 장인으로부터 전문적인 옥공 장인과 수공업으로 분화됐다.

신석기 중기에 이미 금속공예가 싹 텄다. 앙소 전기의 강채 반파유형유적에서 파손된 황동黃銅 조각이 발견됐다. 앙소문화 후기 즉 BC3500년 이후 원시의 청동기 제조 공정이 출현하여, 간단한 작은 동기銅器를 만들 수 있었다. 임가林家 마가요馬家窯문화유적의 제련을 거쳐 합법으로 주조된 청동칼, 홍산문화유적의 제련 유물 및 청동 제품을 통해 최소 BC3000년 초기까지 중국은 청동기 주조 기술을 기본적으로 보유했음을 알 수 있다. 그래서 어느 학자는 BC3500년경~BC21세기를 독립된 역사시대로, 즉 동석병용銅石並用 시대로 구분했다. 하지만 석기에 비해 동기의 역할은 여전히 부차적인 것으로 생산은 물론 일상생활에서도 중요한 위치를 차지하지 않았다. 신석기시대의 가장 중요한 지표인 마제석기가 이 시기에 비교적 성숙된 단계에 들어섰다.

신석기시대 말기 문화가 전국 각지에 광범위하게 분포했다. 주로 황하 중류와 하류의 용산문화, 황하상류의 제가문화, 장강하류의 양저문화 등이 있다. 이 시기의 석기는 거의 마제 처리를 통해 모서리가 날카롭고 외형이 얇아졌으며, 전체적으로 광택이 나는 정교한 석제품이 주체가 됐다. 절단법과 파이프 드릴을 사용하는 기술이 더 광범위하게 응용되고, 단면의 천공 기술노 섬차 말선뇌어 일반화됐다. 식기의 종류와 형데는 더욱 다양화되고, 도구의 형태는 더 규범적이고 뚜렷한 지역 특색을 보인다. 석기 제조 공예 및 응용이 이 시기에 비로소 정상에 이르렀다. 과거 광범위하게 사용되던 골각기, 방기(蚌器: 조개로 만든 도구), 도기의 역할이 대폭 줄었다. 석조 공예는 이 시기에도 전문 훈련을 받아야만 습득할 수 있는 직업 기능이 됐다. 신석기시대 말기에는 더 많은 옥기가 나타났을 뿐만 아니라 제작도 이전보다 훨씬 우수하고 정교해진다. 용산문화, 중원 용산문화, 양저문화, 석가하石家河문화유적에서 대량의 옥기가 출토됐다. 그 중 양저문화에서 가장 많이 출토되었으며, 종류도 더 다양하고 제작도 더 정교해진다.

황하유역의 경작 농기구는 여전히 돌보습이나 돌삽이다. 용산문화의 돌삽은 혀舌모양이 많았으며 중원용산문화의 돌삽은 대부분 직사각형에 가까운 사다리꼴형 또는 '쌍견형雙肩形'이다. 이들은 모두 얇고 가벼웠으며, 전체적으로 마모를 거쳤다. 날 부분의 너비가 10cm 이하로 매우 날카롭고 황토 지대의 땅을 갈아엎기에 적합한다. 이 시기에 수확 농기구는 주로 돌칼이며, 동시에 보편적으로 돌낫(石鎌)이 출현하였는데 양이 그리 많지 않다. 돌칼은 직사각형이 가장 많고 일반적으로 앙소 후기의 돌칼보다 길이가 길며 대부분 하나의 구멍을 뚫었고 구멍이 두 개인 것도 있다. 장강유역의 경작 기술의 진보가 더욱 현저하여, 더욱 선진적인 농기구의 종류를 증가시켰다. 예를 들면 양저문화에서 이미 보편적으로 보습, 파토기破土器, 제초기가 발견됐는데 그것들은 농경지 경작에 필요로 인해 발전한 것이다. 석쟁기(石犁)는 중국에서 최초로 발견된 것으로, 얇은 등변삼각형 형태로 보습 끝의 협각夾角이 약 40°~50°이고 허리 부분에 날이 있고 중부에 1~3개의 구멍이 있다. 작은 것은 길이가 15cm밖에 안되고, 큰 것은 길이가 50cm에 가깝고 뒷부분이 평평하거나 오목한 것이 있다. 엄밀히 말하면 쟁기의 작업 부분의 보습일 뿐이며, 반드시 쟁기의 몸에 고정시켜야 한다. 쟁기의 출현은 작업의 능률과 땅의 질을 높일 뿐만 아니라 가축 이용의 가능성을 제공했다.

쾌륜 제도공예는 용산시대에 이르러 황하와 장강유역에서 보편적으로 널리 보급됐다. 물레는 도륜陶輪 또는 도균陶鈞이라고도 불리며, 바퀴의 원리를 이용한 기계 장치로 그 상부는 원반형 작업대이며, 중축은 지면 아래에 투관套管을 삽입하여 손이나 발로 돌린다. 앙소시대에 이미 물레가 사용됐는데 그때는 주로 만륜을 사용했다. 항태를 만든 방법은 여전히 니조반축법으로 도공은 큰 기물을 만들 때만 물레를 이용하여 몸통이 흔들림을 피했다. 용산시대는 보편적으로 쾌륜 사용의 생산 방식을 채용하여 물레가 빠르게 회전하는 방식으로 항태를 만들어 몇 초 만에 하나의 기물이 되고, 몇 분의 정비 더 하면 완제품이 나와 작업의 효율을 크게 높였다.

신석기시대 교통 수단에서 아주 중요한 발명은 마상이이다. 절강성 여요余姚 하모도河姆渡 신석기시대 유적에서 6개의 목노(木槳)가 출토됐는데 이는 발견된 최초의 노櫓이다. 노 자루와 물갈퀴는 온전한 한 개의 목재로 만들었다. 보전이 비교적 좋은 건 하나에 길이 63cm, 너비 12.2cm, 두께 2.1cm, 노의 자루와 물갈퀴 연결 부분에 꽃무늬가 새겨졌다. 균형이 잘 잡히고 정교한 노는 이때 사람들이 이미 마상이를 사용했다는 것을 설명한다. 당시의 조건에서 마상이 제작은 매우 높은 기술적인 면이 요구되는 작업으로, 돌도끼와 돌끌로 파고 깎아내야 하는 등 작업량이 상당히 컸으며 난이도를 낮추기 위해 불을 겸용해야 했을 것 같다.

신석기시대 수공 도구로 사용된 석기는 여전히 도끼, 자귀, 끌이다. 끌의 수량이 전 시기보다 증가된 것은 순묘榫卯 기술이 새로운 발전을 이뤘다는 것을 의미할 수 있다. 돌자귀(石錛) 중에서 일반적인 것을 제외하면 양저문화에서 보편적으로 발견되는 단석자귀(段石錛)는 중국 동남지역의 전통 석기 중의 하나다.

고대에 신서기시대의 기계 발명을 반영한 전설이 많았다. 예를 들어 「역易·계사系辭」 하편의 기록에 따르면 "황제는……나무를 잘라 공이(杵)를 만들고 땅을 파서 확(臼)과 공이의 이익으로 만민이 편하게 지냈다"라고 했다. "나무를 쪼개어 배를 만들고 나무를 깎아서 돛대를 만들어, 배와 돛대의 이익을 통하지 못하는 데를 건너게 먼 데까지 가서 천하를 이롭게 하였다"라는 기록도 있다. 『한서』에 "황제가 배와 수레를 만들어 통하지 못하는 데를 건너게 한다. 천하를 서로 관통시켜서 방역方域 만리까지 통하게 되었다." 또한 "복희伏羲씨는 활과 화살을 만들었다." "황제는 활과 화살을 만들었다." "예羿가 활을 만들었다"이라는 것을 기록했다. 수많은 발명 창조의 공로를 황제나 소수의 성인聖人에 돌리는 것은 억지로 갖다 붙이는 부회附会적인 성분이 많다. 하지만 이런 발명 창조를 황제의 시대로 간주했다. (상당히 긴 시간 신석기시대에 해당) 민간 집단 지혜의 결정체는 사실과 대체적으로 부합한다. 이 전설들은 일정한 사실을 기초로 한 것이다.

하대 건립은 씨족 제도가 끝나고 원시사회에서 문명시대로 들어간다는 것을 상징한다. 사회 생산과 경제의 발전에 수반하여, 기계 기술과 제조 공예는 또 매우 커다란 진보를 이뤘다. 은대부터 이미 소로 밭을 갈기 시작했다. 쟁기가 점점 광범위하게 사용됐다. 농업 기계의 종류가 더욱 다양해지면서 두레박과 녹로轆轤 등의 복합 기구가 나타났다. 상대와 서주 시대에 청동 드릴의 비트(鑽頭), 칼, 톱, 끌 등 수공 공구가 잇따라 출현하였으며, 청동 기계도 비교적 광범위하게 응용되기 시작했다. 청동기의 출현은 새로운 기계 기술과 제조 공예의 탄생을 상징한다. 제조 공예 측면에서 석기 제조 공정에서 청동기와 기타 기계 공예로의 전환을 겪었다. 비록 청동 주조업은 후에 주로 국가와 관청이 직접 관장하였으나, 공예와 장인은 처음에 모두 민간에서 출발했다. 관청의 수공업 이외에, 농민 가정 부업에 속하는 민간 수공업은 주로 자급자족을 위해 생산되는데, 소수의 수공업 제품만 교환에 사용했다.

하·상·서주 시대에 따비와 보습이 여전히 보편적으로 사용됐는데, 모양과 구조에 새로운 발전을 이뤄 두 갈퀴 따비(雙齒耒)가 나타났다. 전설적 존재인 하우夏禹는 "임금이 되어 세상을 다스리게 되었을 때도, 몸소 따비와 가래를 들고 민중들의 앞장에 섰다."[5] 가래(甫)가 하대에 나타났을 것으로 추측할 수 있으며 이는 농경지에 도랑을 파기 위해 생긴 흙을 파내는 농기구다. 곰방메(耰)는 이 시기에서 나타난 또 다른 새로운 농업 생산 도구로 흙덩이를 부셔 땅을 평평하고 고르게 하는 농기구다. 이때의 농기구는 여전히 석재와 골재를 위주로 했다. 이후에 청동으로 주조한

---

5) 「韓非子·五蠹」

가래, 삽, 장, 누(耨: 논밭의 잡풀을 뽑아내다), 닛 등의 농기구가 나왔는데, 청동 농구가 목木, 석石, 골骨, 조개 농기구보다 가볍고 예리하고 경도가 높으며 노동 효율 향상에 중요한 역할을 했지만 그 수가 매우 적어서 석기를 완전히 대체할 수 없었다.

수레제작 기술의 출현과 빠른 발전은 기계제조 기술상의 중대한 진보였다. 고대 문헌에는 수레를 제조하는 기술의 기원에 관한 전설이 많이 전해지며, 흔히 황제가 수레를 만들었다는 것과 해중奚仲이 수레를 만들었다는 설이 있다. 유희劉熙의 『석명釋名』에서 "황제가 발명하였기 때문에 헌원씨軒轅氏라고 불렀다" 라고 기록됐다. 비슷한 기록으로 『역계사전易繫辭傳』과 「한서漢書·지리지地理誌」에서도 찾을 수 있다. 영향이 비교적 큰 전설은 해중이 수레를 만들었다는 것이다. 「좌전·정공定公·원년元年」에는 "설薛나라 군주의 조상이신 해중께서 설 땅에 계셔서, 하대의 수레를 관리하는 장관인 거정車正 관직을 맡았다"라고 기록했다. 설薛부락의 장長인 해중은 공예 제조에 능하고, 특히 수레를 만드는 데 뛰어나다고 전해지며, 하대의 '거정車正'으로 선발됐다. 또, 어느 학자는 해중의 이름을 고증하고 해석에 따라 해중이 중원 사람이 아니라 영하寧夏, 간숙甘肅 일대에 위치한 해족奚族 사람이라고 생각했다. 『산해경山海經』에 이르길 "번우番禹가 해중奚仲을 낳았고, 해중이 길광을 낳았으며, 길광吉光이 처음으로 나무를 사용하여 수레를 만들었다." 곽박郭璞이 "『세본世本』에서 해중奚仲이 수레를 만들었다는 말은 길광吉光을 말한 것이다. 그들 부자가 말들었다는 뜻이다"라고 주석했다. 이는 수레를 만드는 시간이 하대夏代였고, 2대를 거쳐 완성하였음을 설명한다. 전국 말기 「세본世本」, 「묵자墨子·비유非儒」(하), 「荀子순자·해비편解蔽篇」, 「여씨춘추呂氏春秋·군수편君守篇」, 「회남자淮南子·수무편修務篇」, 「논형論衡·대작편對作篇」, 『설문해자說文解字』 등의 문헌에서 해종이 수레를 만들었다는 기록이 있으며, 이는 황제가 수레를 만들었다는 설보다 더 이른 것 같다. 현재의 고고학에서 상商 이전에 수레를 보지 못했다는 정보를 발견했기 때문에 황제가 차를 만들었다는 전설은 사람들의 의심을 받았다. 여러 해 동안 중국의 안양 은허殷墟, 서안 노우파老牛坡, 등주滕州 전장대前掌大유적에서 수레가 발견되었으며, 이는 만상晩商에 속한다. 이 수레들은 이미 원시적인 형식에서 벗어나 제조 공예와 기술이 상당히 성숙했다. 이 때문에 많은 외국 학자들이 중국의 수레를 제조하는 기술은 일찍이 수레를 발명한 서아시아와 중앙아시아 지역에서 기원하였다고 주장하였는데 이는 중국 일부 학자의 찬성을 받았다. 1996~1997년 사회과학원 고고학팀이 하남성 언사偃師 성벽 안에서 상대 초기 남긴 이륜 수레 바퀴 자국이 발견되어 중국의 이륜수레 사용 시간을 상대초기로 앞당겼다. 이는 중국의 수레 제작 기술이 더 이른 하대에 나타난 것이 충분히 가능하다는 것을 보여준다. 그러나 중국의 차 제조 기술의 기원 문제를 진정으로 해결하려면 여전히 새로운 고고학 자료가 나와야 한다.

은대 수레와 주대수레 모두 네모(혹은 네모에 가까운) 거여車輿의 이륜 수레인데, 문이 뒤쪽에 있고 하나의 끌채와 긴 바퀴통을 가졌으며, 끌채의 앞부분에 가로장이 있고, 가라장에 멍에를 묶여져 있는데, 이것으로 다시 복마(服馬: 끌채 좌우에 있는 두 마리 말)를 묶인다. 이복(二服: 두 필의 말)만을 묶기도 하고 이참(二驂: 수레의 양쪽 바깥에 매는 말)을 같이 묶기도 했다. 은상 갑골문 '거車' 자字에 윤輪·원轅·형衡·액軛이 있다. 예를 들어 (⊕⊞여, ⊕⊓⊙, ⊕⌐⊙) 등등 금문金文 '거車' 글자에 (⊕⊞⊙) 있는데 고대의 전거戰車와 비슷하다. 이것들은 모두 고고학이 발굴한 고대 수레의 유적과 서로 비교하여 실증할 수 있다. 이 수레들은 바퀴의 직경이 비교적 큰데 일반적으로 120~140cm다. 현재의 재료에 따르면 전국시대에 이르러서야 직경이 110cm와 100cm 이하의 수레 바퀴가 나타났으며, 바퀴살은 일반적으로 18~28개다. 은대 수레 서주 수레, 그리고 춘추 수레와 전국 수레를 막론하고 모두 구조가 정교하고 장식이 화려하다. 바퀴살의 수는 고정되지 않으며 18개가 있는 것도 있고, 21개, 22개, 24개, 25개, 26개

등도 있다.[6]

춘추전국시대부터 전통 기계의 발전은 새로운 시기로 접어들었다. 철강 기술의 발생과 발전은 높은 생산 도구를 제조하는 조건으로 제공되었으며, 주조, 단조, 유화 처리 등의 기계 열 가공 기술은 이 시기에 급속히 발전했다. 춘추시대부터 이미 무쇠를 써서 농기구를 주조하였는데, 전국 초기에는 주철유화처리 기술이 나오기도 했다.

농업 경작의 수요와 재료 제작의 중대한 변화로 농기구의 종류와 형상과 구조에도 큰 발전이 있었다. 춘추전국시대 철 농기구는 괭이(钁), 낫, 가래(耒), 호미, 삽, 써레(마소에 끌게 하여, 판 흙덩이를 부수어 흙을 고르는 농구), 보습 등이 있었는데 개간, 땅 갈아엎기, 땅 고르기, 제초, 땅을 푹신푹신하게 다듬기, 수확 등의 경작 요구와 일치했다. 원래 위魏, 연燕, 조趙, 진秦 등 지역에서 모두 철 보습이 출토되어 소갈이가 이미 광범위하게 사용됐다.

춘추시대에 수공업 생산이 한층 더 발전하여 각종 수공업은 여전히 관청의 통제를 받았다. 대개 예기, 무기, 거기車器와 같은 생산은 공정工正, 공사工師, 공윤工尹 등 관리들이 관장하고 있으며, 일부 일상 생활 용품은 소위 '농업이나 상업에 종사하는 사람(工肆之人)[7]은 "모든 기술자는 공장에 머물면서 자기 일을 이룬다."[8] 민간 수공업자는 자가 판매를 했다. 공예기술을 장악한 농민은 관청의 수공업 관련 부서에 속박되어 '관청에 있는 공인(在官之工)'이 되었고 즉, 「국어國語·제어齊語」에서 언급한 "처공處工은 관청에 나아가게 한다"는 것이다. 관청에서 수공업으로 복무하는 장인은 전문적인 기능을 가지고 있을 뿐만 아니라 대대로 전해지면서 긴

---

6) 周世德,「'考工記'與我國古代造車技術」,《中國歷史博物館館刊》, 1989年 第12期.

7) 「墨子·尙賢·上」

8) 「論語·子張」

세월 동안 축적된 비방 절기도 적지 않았다. 장인이 부역을 한 다음에 자신을 위해 생산하거나 경영할 수도 있다. 민간 장인은 일반적으로 가정에서 작업장으로 일하며 이동의 자유도 있다. 그들은 만든 제품을 집이나 시장에서 판매했다. 시장은 관청의 직접적인 통제 하에, 시내에서 구역을 나눠 종류에 따라 배열하고 '사肆'라고 부른다. 「묵자墨子·상현尚賢」 상편에서 "옛날에 성왕들이 정치를 할 적에는 덕있는 분들을 벼슬자리에 앉히고 현명한 사람들을 존중했다. 비록 농업이나 상업에 종사하는 사람이라 하더라고 능력만 있으면 등용하였다"고 말했다. 여기의 '공사지인工肆之人'은 즉 가게에서 작업장을 여는 장인들이다. 그래서 "모든 기술자들이 최고의 기량을 발휘해서 작품을 만들어 내듯이, 학문에 뜻을 둔 사람들 또한 그렇게 道를 이룰 것이다"고 말했다.

당시의 수공업, 특히 관청의 생산 부서는 공예기술에 대한 요구가 매우 높고 분업이 매우 치밀했다. 「예기禮記·전예曲禮」 하편에서 "천자의 육공은 토공土工, 금공金工, 석공石工 목공木工수공獸工, 초공草工이며, 이들은 육부의 재료를 맡아서 다스린다." 천자의 여섯 가지 공工은 토공, 금공, 석공, 목공, 수공, 수공獸工, 초공을 제도의 여섯 가지 재주라고 했다. 「고공기考工記」에 '공목攻木' '공금攻金' '공피攻皮' '설색設色' '괄마刮摩' 등의 전문적인 작업장을 기록하여 "나무를 다스리는 장인은 7가지 직업이 있고, 쇠를 다스리는 장인은 6가지 직업이 있고, 가죽을 다스리는 장인은 5가지 직업이 있고, 색을 만드는 장인은 5가지 직업이 있고, 갈아서 윤이 나게 하는 장인은 5가지 직업이 있고, 찰흙을 짓이겨서 만드는 장인은 2가지 직업이 있다"고 했다. 각종의 수공업 내부는 또 여러 종류로 나누어져 있고, 간단한 협업의 효과를 발휘했다. 수레 제조업이 그 중의 한 전형인데 「고공기」에서 "하나의 기물에 장인들을 취합하는 일은 수레 만드는 일이 제일 많이 차지하는데 그것은 주왕조에서 높였기 때문이다. 수레에는 6등급의 수를 두었다" 고 했다. 이는 단지 수레 몸체를 만드는 것일 뿐, 완전한

수레를 제조하려면 유칠 공인, 채화 공인, 마구馬具 공인, 승대 공인 등이
필요했다. 규정된 기술 요구에 도달하기 위해서 모든 제품은 품질 검사를
통과해야 한다. 수레 바퀴의 제작에만 있어서「고공기」에서 10항목의 검사
표준을 규정했다. 또 활과 화살의 제작에 대해「고공기」의 '공인弓人' 과
'시인矢人' 편에는 재료의 선택, 원료의 가공, 부품의 제조, 조립 및 검사에
이르기까지 엄격한 기술 규정이 기재되어 있다.

　도구의 개선은 생산의 수요일 뿐만 아니라 기술 발전과 품질 향상의
수요이기도 하다. 춘추전국시대 드릴, 톱, 도끼, 송곳, 끌, 망치 등 철제
공구가 널리 사용됐다.「관자管子·경중을輕重乙」편에서 "수레를 만드는
장인도 반드시 도끼, 톱, 바퀴통새, 끌, 파는 끌, 구멍뚫는 끌, 굴대 하나가
있은 뒤에야 장인의 재능을 이룬다"라고 했다. 그리고「묵자墨子·비성문
備城門」편에서 "궐문闕門을 지키는 자는 모두 군사용 도끼(斧)·도끼(斤)
·끌(鑿)·톱(鋸)·쇠몽치(椎)를 가지고 있으면 안된다"고 기록했다. 이러
한 기록들은 당시의 철 드릴, 철 톱, 철 끌, 철 도끼 등과 같은 수공 도구가
광범위하게 활용되었던 상황을 대체적으로 반영했다.

　은대부터 전국시대까지 두레박, 도르래, 녹로, 권양기 등 몇 가지 기중
기계가 광범위하게 사용됐다.

　두레박(桔槹)은 가장 먼저 우물의 물을 길어 올리거나 채광 작업을 하는
데 사용되었고 강서성 서창瑞昌 동령銅嶺 채광유적에서 출토된 실물은 늦
어도 상대 중기까지는 두레박으로 광석을 끌어올렸다는 것을 증명한다.
도르래가 곧 활륜滑輪이다. 최초로 출현한 고정 도르래는 결코 힘을 절약
하지 못하였지만 받는 힘의 방향을 바꿔 사람의 조작을 비교적 자유롭게

그림 5-10 강서성 서창瑞昌 동령銅嶺 채광유적에서 출토된 서주시대의 두레박틀

할 수 있었다. BC 4세기에 쓰여진 「장자莊子·외편外篇·천지天地·12」에 두레박과 관련된 이야기가 기록되어 있다. "자공子貢이 남쪽 초나라를 여행하고 진晉나라로 돌아올 때 한수漢水의 남쪽을 지나다가 한 노인이 야채밭에서 막 밭일을 하고 있는 것을 보았다. 땅을 파서 길을 뚫고 우물에 들어가 항아리를 안고 나와 밭에 물을 데고 있었는데 끙끙대면서 힘은 많이 쓰지만 효과가 적었다. 자공이 노인에게 이렇게 말했다. '여기에 기계가 있는데 하루에 백 고랑이나 물을 댈 수 있습니다. 힘이 아주 조금 들이고도 효과는 크게 얻을 수 있으니 어르신은 그걸 원하지 않으십니까?' 밭일하던 노인이 얼굴을 들어 자공을 보고는 이렇게 말했다. '어떻게 하는 건데?' 자공이 대답했다. '나무에 구멍을 뚫어 기계를 만들되 뒤쪽은 무겁고 앞쪽은 가볍게 하면 잡아당기듯 물을 올리는데 콸콸 넘치듯이 빠릅니다. 그 이름은 두레박이라고 합니다.'" 여기의 두레박은 물을 끌어 올려 관개하는 데 사용됐는데 편리하고 수고롭지 않고 효율도 높아서 널리 사용됐다. 「묵자墨子·비혈備穴」에서 추정기錐井機로 쓰인 두레박을 기록했다. "공성의 늘 했던 자가 땅굴을 파고 들어간다." "귀가 밝은 자로 하여금 독 안에 들어가 듣게 하면 적이 파는 땅굴의 위치를 자세히 알 수 있다. 그때 이쪽에서 반대방향으로 땅굴을 파 들어간다." "땅굴이 서로 만날 때가 되면 큰 공이로 내리쳐 깨뜨린다." 『묵자』는 두레박틀을 군사 방면에서의 응용하고 있었다. 예를 들어 장벽 설치, 신호기 걸기 등 고대에 두레박틀에 관한 도상 자료가 많이 보존 되어 있어 한대의 화상석畵像石에서 그것의 구체적인 형상을 자주 볼 수 있다.

도르래는 간단한 기중 기계로 활륜, 지지대, 단축과 밧줄 등의 부재로 구성되었으며, 밧줄을 바퀴의 홈에 감아서 무거운 물건을 올리거나 끌기 위함이다. 그것은 힘의 작용방향을 바꿀 수 있어 힘을 쓰기 편하며, 마찰 저항을 줄일 수 있다. 1988년 강서성 서창瑞昌 동령銅嶺 고동광古銅礦유적에서 발견된 상대중기의 고정 도르래 장치는 현재 알려진 최초의 도르래

그림 5-11 소탕산小湯山 감실龕室의 화상석畵像石(일부)

그림 5-12 산동성 가상嘉祥 무량사武梁祠 동한東漢시대 석각도石刻圖

실물이다. 서안 장가파張家坡에서 서주 우물을 발견했는데 두 개의 두레박을 놓을 수 있고, 가운데에서 사람이 밟은 발자국은 이미 우물에서 도르래를 사용했음을 보여준다. 동령銅嶺 고동광古銅礦에서 춘추시대의 광산용 도르래 3개가 출토됐는데 그 중에서 1991년에 출토된 것은 반제품 한 대와 파손 된 한 대이며 1993년에 출토된 것은 완제품이고 연대가 춘추시대로 측정된다(지금으로부터 2615 ±80년).[9]

녹로에 관하여 『물원物原』은 "사일史佚이 녹로를 제작하기 시작하였다"고 말했다. 사일은 주대 초기의 사관인데 이것으로 추측하면 녹로의 출현은 대략 3000년전에나 되어야 한다. 녹로의 손잡이는 반경이 권통(卷筒: 두루마리)의 반경보다 현저하게 크기 때문에 힘이 비교적 덜 들고, 도르래보다 더 합리적이기 때문에 도르래 뒤에 나타났을 것이다.

비록 이 설은 하나의 전설이지만, 서주시대에 녹로가 나타나는 것은 가능하다. 전국시대에 녹로가 이미 유행했다. 1973년에 호북성 대야大冶

---

9) 盧本珊·張柏春·劉詩中, 「銅嶺商周礦用桔槹與滑車及其使用方法」, 《中國科技史料》, 1996年 第17期(2).

그림 5-13 상대도르래   그림 5-14 춘추시대의 도르래

동록산고광銅綠山古礦 유적에서 전국 녹로 부품을 발견했다. 두 개의 나무로 만든 녹로 축으로, 완제품이 하나, 반제품이 하나다. 축의 길이 250cm, 지름 26cm이며 양쪽 끝이 둥근 축목 있고 우물 입구 양쪽에 지지대를 설치할 수 있으며, 축에 드문 드문 뚫린 구멍과 밀집된 구멍이 각각 두 바퀴에 있다.10)

춘추전국시대에 기계 제작 공예와 밀접한 관계가 있는 민간 대발명가 노반魯班과 묵적墨翟이 나타났다. 노반(BC507~444년)은 두 자로 된 성姓 공수公輸, 이름이 반般인데, 노나라 사람은, '반般'과 '반班'이 동음이기 때문에 흔히 노반魯班이라고 불렀다. 그는 평범한 장인 집안 출신으로 긴 세월 동안의 기술 실천을 통해 뛰어난 기예를 습득했다. 그는 일생 동안 발명 창조가 매우 많았기 때문에 『맹자』는 그를 '교인巧人'의 모범으로 칭송했다. 노반의 기계 분야의 발명에 대해서 『묵자』는 "노반이 대나무를 깎아 까치 한 마리

그림 5-15 전국시대의 녹로의 축

---

10) 銅綠山考古發掘隊, 「湖北銅綠山春秋戰國古礦井遺址發掘簡報」, 《文物》, 1975年 第2期.

를 만들었다. 이 대나무로 만든 까치는 마치 살이 있는 것 같다"고 썼다.

문헌에는 그가 발명하고 개조한 많은 기계가 기록 되어 있다. 예를 들면, 『물원』에서 그가 목공 드릴을 발명했다고 하며, 『세본世本』에서는 그가 맷돌을 발명했다고 한다. 『고사고古史考』에서 그가 자귀를 발명했다고 하며, 『사물감주事物紺珠』에서는 그가 목공 대패를 발명했다고 한다. 또한 노반이 톱을 발명했다는 전설도 있다. 그는 자물쇠를 개조한 적이 있었는데, 원래의 자물쇠는 맹수의 모양으로 만들어 사람을 놀라게 하거나, 물고기 모양을 만들어 눈 한 번 깜박이지 않고 가문을 수호한다고 전해진다. 노반은 자물쇠에 '기관'을 두었는데, 반드시 전문적인 열쇠로만 열 수 있어, 당연히 더 안전하게 믿을 만했다. 많은 발명의 공헌을 노반 한 사람으로 돌리는 것은 중국의 고대 전통 사고방식의 영향을 반영하고, 어떤 설은 사실과 부합되지 않는다. 예를 들면 톱의 출현은 노반의 출현 이전인 신석기시대로 거슬러 올라갈 수 있으며 대패는 노반의 시기보다 더 먼 시기에 나타났다. 하지만 이러한 기록들은 노반이 뛰어난 재능과 창의력을 가졌다는 것을 반영하여, 대장과 종사로 모시게 됐고, 오랫동안 많은 수공업계에서 줄곧 그를 시조로 떠받들었다.

묵적墨翟은 묵자학파의 창시자로 춘추전국시대의 중요한 정치가, 사상가, 과학가, 발명가다. 묵자는 송나라 사람이라고 전해지만, BC468년~BC376년경까지 장기적으로 노나라에서 생활했다는 설로 미루어 볼 때, 장인匠人이었을 가능성도 있다. 그가 만든 각종 성을 지키는 기계는 노반이 만든 성을 공격하는 기계에 충분히 대응할 수 있었다. 묵자의 제자는 아주 많은데, 대부분이 사회 하층민으로서 "천하의 이익을 흥하고 천하의 해악을 제거한다"는 것을 자신의 소임으로 삼아, 과학기술에 많은 성과를 이뤘다. 「묵자墨子·備城門비성문」편에는 여러 종류의 전쟁 방어 기술과 기계가 기록되어 있는데, 당시 발달된 기계 기술의 업적을 대표한다.

제도製陶 **공예**

중국은 일찍부터 제도制陶 기술을 개발한 국가 중 하나로, 제도 공예의 시작은 신석기시대 초기로 거슬러 올라간다. 정착 생활은 제도의 발명과 보급에 유리한 조건을 제공해 주었다.

도기 제조는 조리기부터 시작된다. 청나라 주염朱琰은 『도설陶說』권2에서 『한비자韓非子』의 말을 인용하면서 "순임금은 식기를 만들었다"[11]고 했다. 문일다聞一多는 "옛날의 기물은 먼저 박(匏)부터 나타난 후에 고목刳木, 편직編織 도식陶埴, 주야가 생긴 것이었다"고 했다. 도기의 본래 모양은 어떤 견과류 식물의 과실이나 목재 용기에서 기인했을 가능성이 크다. "도기 제조의 발달로 신석기시대에 대량의 취사 도구와 식기가 쏟아져 나온다. 신석기시대 초기의 배리강문화 자산문화에서 발견된 도기는 발형정鉢型鼎, 주발(盂), 접시(盤), 쌍이호雙耳壺, 관管, 사형정斜形鼎, 권족발圈足鉢 등과 같은 여러 종류의 도기류를 가지고 있었다. 신석기시대 중기의 앙소문화시기에는 가마, 부뚜막, 대야, 그릇, 병, 두(豆: 제기로 쓰인 그릇), 첨저병尖底瓶, 술 주전자(盂), 옹기 등이 출현했다. 신석기시대 후기에는 도자기로 만든 컵, 제기, 솥, 항아리 등 그리고 밥을 짓기 위한 도기가 있었다. 구석기시대의 단순히 불에 굽는 조리에서 신석기시대 도기로 취사 도구를 만들어 조리한 것은 아주 큰 발전이라고 할 수 있다."[12]

은허殷墟에서 출토된 도기에서 대량으로 끓일 수 있는 '역鬲'과 '증甑'이 출현했다. 증은 아래 부분에 물을 넣고 중간 부분을 분리 시켜 놓고 윗부분에는 곡식을 놓고 찌는 기구다. 이는 은상시대의 음식 가공의 방법이 끓이기에서 찌기까지 발전했음을 보여준다. 도기로 만든 역鬲은 가장 주된

---

11) 『聞一多全集』(1) 「伏羲考」.

12) 晁福林, 『先秦民俗史』, 上海人民出版社, 2001年, p.8.

취사 도구로서, 바로 상문화의 가장 두드러진 특징이다. 두 번째로 도기로 만든 전甗 역시 보편적인 것으로, 역鬲에 버금가는 취사 도구였다.

초기 도기 제작 방법은 발전 순서에 따라 대략 수작업, 거푸집(주형), 물레 성형 세 가지로 나누어 볼 수 있으며, 수작업은 날소법捏塑法, 니편첩소법泥片貼塑法, 니조반축법泥條盤築法 세 가지 방법이 있다. 최초의 도기는 소도素陶이며, 소도는 다양한 종류의 도기의 원시 형식이다. 도기의 제작은 보통 쉽게 녹을 수 있는 침적성의 점토를 원료로 하고, 날소법이나 니조반축법으로 성형하여, 생바탕을 매끈하게 갈고 도의陶衣를 칠하는 등의 방법으로 처리했다. 도기는 평지의 언덕이나 간단한 동굴 형식의 가마에서 구워 만들었고, 연료는 완전히 연소되어 산화소성법으로 성형했는데, 도기 색상은 주로 노란색, 빨간색, 주황색 등이다. 성형물의 색의 차이는 원료의 성분과 소성燒成의 분위기로 결정되는 것이며, 자연스럽게 형성된 것이지 인위적인 제어가 아니다. 날소법, 니조반축법과 연마(磨光), 도의 입히기 등 성형물의 처리 방법은 신석기시대 중기, 말기에 더욱 보편적으로 사용됐다.

연마, 도의 입히기 등의 처리 방법은 도자기를 만드는 과정에서 성형물 자체에 손가락으로 누른 자국 또는 진흙 띠의 접착 흔적이 남아 있기 때문에 성형물에 남아 있는 틈과 흔적을 메우기 위해, 거친 질감을 개선하기 위해 성형물이 완전히 마르지 않을 때, 뼈 조각이나 자갈 등 단단하고 매끈한 도구를 사용하여 몸체를 매끄럽게 다듬어 부드럽고 평평하게 하여 은은한 빛을 발한다. 도의를 입히는 것은 세심하게 도기를 씻어 내는 과정으로, 침전된 세니細泥로 도기 표면을 코팅하여 구멍을 막아 거친 태질을 개선하는 것이다. 흔히 볼 수 있는 도의 색은 빨간색, 갈색, 흰색, 검은색 등이다. 연마하고 옷을 입히는 이러한 공법은 본래 실용적인 기능에 기반을 두고 있지만 모르는 사이에 사람들의 미적 감각을 키웠다.

도기 표면을 연마해서 평평하게 하고, 광을 내고 깨끗하게 다듬는 과정은 나중에 채도彩陶를 만드는 데 필요한 조건을 마련하였으며, 도의 입히기는 유약 생성에 긍정적인 영향을 주었다.

신석기시대 중기 대표적인 도기 품종은 채도다. 채도의 성형은 일반적으로 점토 띠를 쌓는 공법을 사용하였으며, 대개 만륜을 사용하여 정리했기 때문에 모양이 규칙적이며 측벽의 두께가 균일하다. 황하상류지역은 채도의 제작 공법이 가장 발달한 곳이다. 채도는 선조들의 미적 관념과 신앙, 사상 감정과 민족의 특징을 충분히 반영하고 있으며, 선조들 마음속에 특별하게 자리하고 있었다. 생전에는 대량으로 사용하였으며, 사후에는 대량 매장 시켰다. 이 시기에 쾌륜 제작이 출현했다. 도기의 소성에서는 가마의 구조 개선과 굽기의 기술이 향상됐다. 소성 온도가 적절하게 높아지고 소성 분위기 조절이 비교적 잘됐다. 도기의 경도가 향상되고, 색상이 더욱 순수해지고 홍도, 황도, 외에도 회도, 회색과 흑도가 나타났다.

생활 방식과 기능의 요구 사항에 따라 기물의 모양이 결정되며 기물의 모양은 기물의 장식과 밀접한 관련이 있다. 첨저평, 평저병 같은 몸통이 길고 호리호리한 병은 도기의 전체 모양이 명확하게 나타난다. 일반적으로 도기 전체에 채색을 한다. 밑바닥과 입구가 작고 몸통이 납작한 원형 조형은 내벽을 내려다 보는 것이 쉬워 내벽의 채색 도안이 복잡하고 외벽의 채색 도안이 간단하다. 채도는 채색 도안의 구도와 배열을 매우 중시한다. 채도는 조형 예술과 장식 예술의 유기적 결합이다. 먼저 만륜을 이용하여 돌려가며 테두리에 평행하게 줄무늬를 그린다. 위 아래 도안 선 사이의 간격을 이용하여 장식의 범위를 결정한다. 그런 다음 도안 안에 똑같이 나눈 지점에 위치를 정하고 그 지점을 서로 연결해서 주요 라인을 그려 장식의 골격을 만든다. 마지막으로 만들어진 골격에 다른 보조 라인이나 컬러를 넣어 다양한 패턴을 만든다. 채도는 조형 예술과 장식 예술의 유기적 결합이다.

채도 장식에 가장 일반적인 색상은 검은색, 갈색, 자주색, 빨간색, 하얀색

등이다. 검은색의 착색제는 철이
며, 갈색의 착색제도 철과 망간이
지만 망간의 함량은 검은색보다
적으므로 갈색으로 보인다. 자주
색 착색제는 철이며 미량의 망간
을 함유하고 있다. 붉은색의 착색
제도 철이며 대부분은 황토에 존
재하며 망간은 없다. 흰색 안료는
주로 고령토로 되어 있고, 마그네
시아 점토와 함께 사용할 수 있다.

그림 5-16 채도(신석기시대 마가요문화
반산半山유형)

채도의 성공적인 소성은 그 당시 공정 과정에서 세 가지 중요한 기술
조건을 갖추었음을 보여준다. 즉 색의 사용 지식을 파악하고 있었다. 봉쇄
상태가 좋고 온도가 비교적 높은 가마를 사용했다. 비교적 부드럽고 매끄
러운 점토를 사용하여 표면이 매끄럽고 광이 나게 했다. 마가요문화 후기
의 채도의 제작 과정은 고도로 발달했다.

신석기시대 말기의 노기 세삭은 변함없이 일반적으로 사용한 가용 짐도
를 원료로 했다. 쾌륜 제도 기술은 이 기간 동안 황하하류지역에서 빠르게
성장하고 성숙되어 첫 번째 절정기를 보여준다. 산동 용산문화의 단각흑
도蛋殼黑陶는 쾌륜으로 그릇을 성형한 후 다시 손질한 것이었다. 사용한
일반적인 가용 점토는 미세한 정제질을 통해 부드럽고 매끄러운 재질로,
어떠한 불순물도 함유되어 있지 않았다. 용산문화의 단각도蛋殼陶는 손잡
이가 높은 컵(高柄杯)으로 쾌륜 도기 제조 기술의 최고 수준을 보여준다.

도기 소성燒成은 환원還原 분위기가 성행하여 회도와 흑도가 주를 이룬
다. 산동 용산문화의 삼탄滲碳 공예가 발달하여 칠흑 같은 검은 빛의 흑도
가 구어졌다. 양저문화 회도灰陶가 유행했다. 회도는 상商·주周·진秦·한
漢 시대의 여러 지역에서 나타났다.

그림 5-17 흑도 박태
고병배黑陶薄胎高柄杯(신석기시대
용산문화)

회도와 흑도 모두 환원소성법으로 완성했다. 만약 삼탄의 방법을 사용한다면 성형물은 더욱 검은 흑도로 보일 것이다. 삼탄은 가마 안의 삼탄과 가마 밖의 삼탄으로 나눌 수 있다. 가마 안의 삼탄은 환원소성 후 또는 산화소성 후에 진행된다. 환원 분위기와 삼탄 공법의 활용은 도자기의 강도를 높였다. 도기의 구멍 안에 다량의 탄소 입자를 채워 넣어 기벽의 밀도를 높여 액체가 투과하지 못하도록 한다. 회도와 흑도의 소성은 인위적으로 소성 분위기를 제어함으로써 만들어지며 회도와 흑도는 홍도紅陶의 발전과 변형의 결과라고 할 수 있다. 환원소성법 즉, 가마를 봉쇄하고 불의 세기와 시간을 파악하는 것은 도기 소성 공정의 큰 발전이며 특히 후대 자기 소성에 매우 큰 영향을 끼쳤다.

이 시기에 채색 도기(彩繪陶)가 이미 생겼다. 채색 도기는 구운 도기 위에 한가지 혹은 여러 종류의 광물 안료를 간단하게 또는 복잡한 패턴으로 장식되어 있는 도기다. 채색 도기의 도안에는 단채單彩와 복채復彩 두 종류가 있다. 용산시대에 등장한 채회용반彩繪龍盤의 도안은 매우 깊은 의미를 지니고 있으며, 보기 드문 예술 보

그림 5-18 반용문蟠龍紋 채색 도반陶盤(중원
용산문화)

물로서 채색공예의 최고 수준을 대표하는 것이다.

몇몇 민속은 사회 문화 관념과 관계가 있다. 선진시대의 도기 중에는 상당 부분 예기와 명기明器가 등장했다. 많은 도기들은 사람들이 일상에서 음식을 담는 그릇이자, 제사 또는 기타 의식을 위한 예기다. 생활 속에서 실제로 예기, 명기를 쓰는 관습은 신석기시대에 이미 존재하였고, 채색 도기는 전문적으로 만들어진 예기와 명기다.

채색 도기의 특징은 먼저 도기를 구운 후에 채색을 하고 그 후에는 다시 굽지 않는다. 안료顔料를 고를 수 있는 범위가 넓어 각종 무기無機 안료는 거의 사용 가능하고 심지어 유기 안료(잉크 등)도 사용할 수 있어 색이 다양하고 조합이 복잡하고 대비가 강하다. 다만 채색된 광물 안료가 도기 표면의 유기 부분이 되지 않기 때문에 안료는 물과의 마찰에 약하고 심지어 공기의 습도가 변할 때 쉽게 벗겨질 수 있다. 따라서 채색 도기는 실용 도기로 쓰이는 것이 아니라, 일종의 예기 또는 명기의 모습으로 나타나거나 단지 명기로만 쓰였다. 많은 수의 채색 도기의 출현은 상商·주周 시대의 성대한 장례 의식의 유행과 관련 있다.

용산문화 시기에 전문적으로 제작된 명기는 주로 저온에서 만들었다. "제작상 조금도 빈틈이 없고 주거지에서 출토된 도기와 별 차이가 없지만 소성상 보면 대개 저온(600~700℃)이며, 재질이 부드러워 기계 강도가 낮고 흡수율이 높아 물에 닿으면 파손되므로 실용성이 좋지 않다."[13] 전체적으로 살펴보면, 주거지 안의 도기 소성 온도는 비교적 높고 고분 안의 도기 소성 온도는 낮다. 이는 실제 사용되는 도기와 명기 간의 주된 차이점이다.

명기 중 일부는 불을 땐 흔적이 있다. 이는 묘제 풍속과 관련이 있을 수 있다. "무덤에서 출토된 도기, 격鬲 중 실용적인 도구로 사용된 것은

---

13) 李文傑, 『中國古代製陶工藝硏究』, 科學出版社, 1996年, p.115. p.300.

불과 몇 가지뿐이고, 대다수는 죽은 자를 위해 만들어진 명기다. 눈길을 끄는 것은 이 명기 중 절반 정도가 단기간 사용된 것으로 그을음이 남아 있고, 어떤 것은 숯검댕이로 변한 음식물이 남아 있다. 이는 주족周族이 고인을 위해 장례풍속을 가졌음을 나타내며 죽은 자를 묻기 전에 명기를 이용해 상징적인 취사 행사를 거행했다는 것을 보여준다. 이처럼 드러난 것은 명기의 사용 흔적 뒤에 중요한 사회 현상이 숨어 있다는 점이다."14)

「예기禮記·예운禮運」편에서 "예라는 것의 시초는 음식에서 비롯된다"고 했다. 상주시대에 사회 계급 제도를 반영한 의례적인 예는 모두 갖춰졌고 각종 예절과 의식은 제도화 된다. 음식도 단순히 배를 채우기 위해 필요한 것이 아니라 사회 예의와 풍속의 중요한 부분이다. 음식과 예절의 결합은 식기 조형에 큰 영향을 미친다. 선진시대에 예와 관습은 밀접하게 연관되어 있었으며, 때로는 분리할 수 없는 정도다. 어떠한 관습은 바로 예禮이고, 예禮는 바로 관습이다.15)

상주와 춘추전국시대에 사람들 대부분이 귀복龜卜과 시초점을 치는 풍습을 나날이 신성시했다. 귀신의 이론은 원시인이 만물에 영혼이 있다는 관념에서 춘추전국시대에는 이미 강력한 세력이 되어, 지배 계급이 통치를 강화하는 수단으로 사용했다. 그러므로 각종 다양한 제사 행사는 매우 성대하게 진행됐고, 제사용 그릇도 매우 많아서 많은 유사한 구리로 만들어진 예기가 출현했다. 예로 고(觚: 주기酒器의 한가지), 작(爵: 청동으로 만든 다리가 세 개 달린 술잔), 화(盉: 그릇), 규(鬹: 세발 그릇), 가(斝: 술잔) 등 주기가 있었다. "일반적으로 동기銅器나 도기陶器가 매장된 묘에는 자주 사용했던 고觚, 작爵, 가斝를 부장품으로 묻었다. 이를 통해 죽은 자의 사회적 신분을 알려준다."16)

---

14) 晁福林, 『先秦民俗史』, 上海人民出版社, 2001年, p.2.
15) 李文傑, 『中國古代製陶工藝硏究』, 科學出版社, 1996年, p.115. p.300.

은상시내의 백도白陶도 대표적인 도기 품종이다. 일찍이 신석기시대부터 선조들은 채도의 제작 과정에서 이미 백색의 점토를 발견하여 사용했으며 앙소문화 말기, 대문구문화大汶口文化와 용산문화 시기에 이미 백도가 출현했다. 백도는 겉과 속, 초벌구이 한 상태가 모두 흰색을 띤 유약이 없는 도기로 소성 온도가 보통 홍도紅陶와 흑도黑陶보다 약간 높은 온도이며 1000도 정도 도달할 수 있다. 백도에 사용된 원료 성분과 나중에 자기瓷器 중의 고령토와 유사해 이는 당시 재료를 선택하는 기술이 크게 발전했으며, 자기의 출현 조짐을 보여 준다. 상대후기, 백도의 제작 공예의 발전이 절정을 이루었다. 당시 도성이 있던 곳과 인근 지역에서는 백도를 대량으로 구워 냈고, 재질은 보드랍고 매끄러웠고 소성 온도는 회도灰陶보다 높다. 모양과 장식은 같은 시기의 청동기 예기禮器와 유사한 점이 많다. 상대의 백도는 주로 예기였고, 사회적 기능은 "신神을 섬기고 부자가 된다"는 원시적 숭배와 관련이 있는 중국 최초의 예기다.[17]

쾌륜 도기 제작 기술은 신석기시대 말에 처음 나타났고, 특히 산동山東 용산문화에 쾌륜 도기 제작 기술이 고도로 발달했다. 그러나 하夏 춘추시대 쾌륜 제작 기술이 저조 했던 것은 당시 사람들이 청동기 생산에 진중하고 청동기 주조에 최고의 기술력을 집중 시켰던 것과 관련이 있다.

신석기시대 말기와 상주시대에 인문도印紋陶, 승문도繩紋陶가 대량으로 출현했다. 도기 제작 공예 발전의 관점에서 무늬를 새기는 장식은 신석기시대 초기에 나온 것이다. 초기 도기는 진흙 띠를 둘러 만들어졌으며 성형 과정에서 점토의 띠가 달라 붙은 흔적이 남아 있어, 틈을 메우고 층간의 결합을 강화하기 위하여, 도기를 더 조밀하게 만들기 위해, 도공들은 밧줄

---

16) 鄒衡, 『夏商周考古學論文集』, 文物出版社, 1980年, p.147.
17) 牟永抗, 「試論我國史前單色陶器的藝術成就及社會意義」, 『中國陶瓷全集』(1), 上海美術出版社, 2000年, p.48.

그림 5-19 인문도印紋陶
(신석기시대 대지완 1기)

로 감은 나무 막대기를 굴려 누르거나 오목한 나무 채로 두드린다. 나무 막대기와 채를 이용해 고르지 않은 살결을 고르게 메운다. 생바탕에 굴린 자국과 채로 두드린 자국이 남게 되어 인문도印紋陶가 생겨난 것이다. 그러나 역사상 인문도기는 채도, 흑도 이후의 상주시대에 대량으로 출현했다.

승문도, 인문도는 취사 도기 표면에서 많이 보이는 것으로 도기 표면에 무늬를 더하여 도기의 마찰력을 증가시켜 사용 상 편리하게 쿠션 역할을 해 주고 잡았을 때 미끄럼 방지 역할을 한다. 이 외에도 도기 표면에 움푹 팬 살결은 도기 표면의 면적을 늘려 열을 빨리 흡수하게 하는 특징이 있다. 인문도印紋陶는 장식적 효과도 겸하고 있다.

상주시대부터 소성 온도가 높아지고 도기의 재질이 더욱 단단해졌다. 인문도는 비교적 높은 수준의 무늬가 있는 도기로 발전됐으며, 도기의 품질이 같은 시기의 백도와 같으며, 춘추시대까지 전성기를 누렸다. 인문도 소성에 사용된 가마와 높은 온도는 원시 자기瓷器 소성에 필요한 기반을 확립했다. "소수의 인문도의 표면에는 가마 내 고온에서 녹아 내려 만들어진 광택을 띤다. 엷은 유약을 입힌 듯, 원시 자기 종류와 같은 금석金石의 소리를 낸다."[18] 기하도형이 세겨진 인문경도印紋硬陶를 성공적으로 구워낸 것은 제도 공예에 창조적 혁신을 일으켰다. 인문경도와 백도白陶의 재도 공예의 결합으로 원시 자기가 만들어졌다.

하·상·주시대 중원中原지역에서 거푸집(주형) 성형이 유행했다. 거푸

---

18) 安金槐,「夏商周陶瓷槪論」,『中國陶瓷全集』(2), 上海美術出版社, 2000年, p.2.

집 성형 공정은 보다 원시적 주형 방식에서 진화됐다. 더 성숙된 거푸집 성형 공예는 묘저구廟底溝 2기 문화에서 출현했다. 중원 용산문화에 보급 됐다. 보통 대족기袋足器(가鬲, 규鬹, 화盉, 역鬲, 언甗) 하반신의 성형에 사용 하고, 상반신은 수작업과 물레성형을 했다. 나중에 사용된 외부형 거푸집 (주형)은 단형(單模), 합형(合模)으로 나뉘고, 이전에 사용된 내부형 거푸 집의 제작 방법과 분명히 다른 점이 있다. 또 진흙을 거꾸로 쌓아 만든 공법으로 성형한 도기도 있다. 예를 들어, 권족기圈足器, 삼족기三足器, 원저 기圓底器, 이형도기異型陶器, 몸이 뾰족한 병 등 어떤 도기들의 제작은 흔히 물레성형과 기타 제조법을 결합하여 사용한다. 이것은 도공 간에 분업이 있었음을 보여준다. 시간을 아끼고 효율성과 제품의 품질을 향상 시키기 위해, 협업을 통해 마침내 완벽한 도기의 생산 방식이 출현했다.

전국시대부터 제도업은 상품으로 생산이 됐고, 물레 성형이 보편화 되 면서 쾌륜성형 기술로 새로운 절정을 맞이하게 됐다. 선진시대는 중국의 도기 발전이 번성하는 시기이며, 많은 도기 품종들이 이 시기에 출현했다. 동시에, 이 시기에 등장한 원시 자기는 나중에 자기 출현을 위한 기반을 미련했다.

신선기 시대의 도기는 협사도夾砂陶, 협운모도夾雲母陶, 협탄도夾炭陶, 협 방도夾蚌陶, 협도말도夾陶末陶 등을 흔히 볼 수 있다. 이 도기는 진흙 재료에 혼합 물질을 첨가하여 만든 것이다. 진흙에 고운 모래, 운모雲母, 조개 가루, 도자기 가루 등을 첨가한다. 이는 진흙의 소성塑性을 조절하기 위해서다. 성형할 때, 진흙의 점성을 줄여 성형을 쉽게 하고, 진흙의 입성立性을 높여 대형 기물器物을 만드는 데 편리하게 하고, 성형물의 건조 수축을 줄여 건조 속도를 높이고, 건조 시간을 단축하고, 측벽의 강도를 높이고, 급속 냉각과 열에 대한 저항력을 높여 균열을 방지한다. 이러한 종류의 도기는 물건을 담아 저장할 수 있는 그릇이나 취사 할 수 있는 그릇으로 적합하고, 일반적으로 컵이나 술잔으로는 적합하지 않다.

그림 5-20 이질협사泥质夾砂 채색
도기 (신석기시대 말기의
신점辛店문화)

가마가 출현하기 전에 무요소성無窯燒
成 시기, 즉 평지에 불을 짚힌 다음에 도기
를 구운 방식을 취한 시기, 그리고 이질박
각요泥質薄殼窯 시기가 있었다. 그 후에 간
단한 구덩이 가마(穴式窯)가 생겼다. 발견
된 옛 가마 터에서 상대 이전의 가마는
대개 직염식 가마(直焰窯)에 속하는데, 소
성되어 만들어진 것이 도기였기 때문에
직염식 가마는 기본적으로 그 온도를 만
족시킬 수 있다. 산서성, 하북성 등지의 주
대유적에서는 이미 온전한 반도염식 가마
(半倒焰窯)가 발견됐다. 즉 최초의 찜빵
형태의 가마로 이전의 승염식 가마(升焰窯)보다 훨씬 더 발전 되었으며
더 높은 연소 온도를 가지고 있다.

도기의 발명은 인류 사회 발전의 역사에서 획기적인 의의를 지닌 위대
한 발명품이다. 또한 발명 기술인의 추적도 이 산업이 사회 생활에서 중요
한 역할을 반영한다.

도기의 발명은 기록에 없지만, 고대 문헌에서 도기 제작에 관해 전해져
내려오는 말은 어느 정도 고대 도기의 제작 상황을 반영한다. 예를 들면
청나라 마기馬驌의 『역사繹史』권4에 『주서周書』을 인용하며, "신농 때 하늘
에서 곡물이 비처럼 내려 신농은 곧 밭을 갈아 이들을 심었다. 그리고
그가 도기를 빚으며 크고 작은 도끼를 주조하였다" 고 했다. "청나라 주염
淸朱琰의 『도설陶說』권2에 또한 『주서周書』에서 "신농이 와기瓦器를 만들었
다"는 말을 인용했다. 와기는 바로 도기이며 『설문說文』 단옥재段玉裁씨가
"무릇 토기는 굽기 전에 소태素胎라고 하고 구운 다음에는 와기瓦器라고
한다." 송나라 유서類書 『태평어람太平御覽』권833에도 『주서周書』의 "신농

이 밭을 갈고 도기를 빚었다"는 말을 인용했다. 신농 도기의 전설은 인간의 농경 사회 이후의 상황과 수공예와 농업의 상호 관계를 반영한다.

순舜은 도기 제조에 관한 문헌 「묵자墨子·상현尚賢」하편에서 "옛날에 순은 역산歷山에서 밭갈고 하빈에서 옹기를 굽고 뇌택에서 고기를 잡았다"고 했다. 「사기·오제본기五帝本紀」에도 "역산에서 밭갈고, 뇌택에서 고기 잡고 하빈에서 옹기를 굽고, 수구壽丘에서 집기를 만들고, 부하에서 장사를 했다"는 기록이 있다. 나중에 북방의 도공은 심지어 그를 도기 시작의 신으로 본다.

또한 고대 제도에 대한 전설과 기록에서 중국은 고대부터 부락, 씨족의 집단 수공예 전문화의 전통을 가지고 있음을 볼 수 있다. 예를 들면 「여씨춘추呂氏春秋·군수편君守篇」에서 "곤오昆吾가 도기를 빚었다"는 기록이 있다." 고유高誘가 "곤오昆吾……우禹임금을 위해 진흙을 이겨서 그릇을 만들었다"고 해석했다. 그래서 곤오가 만든 도기를 하대 사람의 도기로 간주할 수 있다.[19]

제도업의 분업은 오랜 역사를 가지고 있다. 「고공기」에서는 점토를 빚는 공工, 도인陶人과 방인旊人. ……도인은 언甗, 분盆, 증甑, 역鬲, 유庾를 만들고 방인은 궤簋, 두豆를 ……만든다."[20] 「예기禮記·곡례曲禮」에서 "천자의 육공六宮은 육부六府의 재료를 맡아서 다스린다. 도기를 만든 기술자를 토공土工이라고 한다." 은殷 왕조 시기 백공(장인)의 분업이 대대로 지켜 내려왔다. 그래서 벽돌, 동이, 시루, 솥, 유庾 만드는 도인陶人이 있었고, 궤簋, 두豆 장인이 있었다. 도인이 만들어 내는 것은 모두 조리기이고,

---

19) 鄒衡, 『夏商周考古學論文集』, 文物出版社, 1980年, p.142.

20) 안어: 도인陶人과 방인旊人의 직책은 나누어져 있으며, 도인이 취사 도구만 만들고 유庾만 측정기다. 방인旊人이 예기만 만든다. 이들은 만든 기준이나 제도에 따라 상세함과 조잡함이 구별이 있으니 후세에 와서 가마도 따로 하고 작업도 따로 한다.

유庾만 측정기이다. 방인瓶人이 만드는 것은 모두 예기다. 주대도 이러한 분업을 계수하는 제도를 취했다. 은대殷代에는 사람마다 제각기 전공이 있어 기술 향상이 쉬웠다. 이는 후세에 와서 가마따로, 제작따로 하게 한 원천이다.[21] 이 시기에 야금업이 발전하면서 금속 도구를 사용하여 도기의 생산율이 높아졌다. 이에 따라 사회적 분업이 생겼고, 수공업이 점차 농업에서 분화되어 나왔다.

제3절 방직, 염색 및 자수

1. 방직

직조 기술의 기원은 생각보다 빠를 수 있다. 절강성 여요 하모도문화유적, 오산 전산양吳山錢山漾 등 신석기시대 문화유적에서 출토된 직물 조각과 직조 도구는 지금으로부터 5000년 가까이 되었지만 직조 기술의 기원으로 볼 수 없으니, 당연히 직조 기술 발전의 결과가 되어야 한다. 이 문물들은 다만 '이미 발견된 최초의 방직 기술의 실물'이다. 시작 시간은 더 일찍, 더 멀게 해야 한다. 서한 유안劉安은 『회남자』에서 초기 제복의 상황을 언급했다. "백여伯余가 처음으로 의복을 만들었을 때 삼을 짜고 실을 뽑고 손가락에 걸어 천을 짰기 때문에 완성품은 그물과 같았다. 후세에는 길쌈하는 도구가 생겨나서 의복을 만드는 데도 더욱 편리해졌으므로 민중은 외복을 몸에 걸쳐 추위를 막을 수 있게 된 것이다." 유안의 이 말은 오늘날 사람들에게 알려지지 않은 또 다른 근거가 있을 수 있다.

사실 유안의 기록을 읽지 않아도 직기織機가 없을 때까지 손으로 엮는

---

21) 傅振倫, 『陶說』譯註, 輕工業出版社, 1984年, p.58.

단계가 있어야 한다고 추정할 수 있다. 신석기시대의 채도彩陶 밑바닥에서 이미 대량의 결박물의 흔적을 발견했다. 도기 성형 후, 진흙이 마르지 않을 때, 편직물 위에 널어 놓으면, 편물 조직이 도기에 찍혀서 구운 후에 도기의 바탕이 되어 오늘날까지 남아 있다. 이런 흔적에서 남문籃紋, 엽맥문葉脈紋, 방격문方格紋, 굴절문曲折紋, 회문回紋 등으로 된 조직의 구성을 볼 수 있다. 서안西安 반파半坡문화유적에서 또한 털실(線繩)로 짠 직물의 흔적이 찍힌 도기가 출토되어 수공 편직 기술이 이미 상당히 발달된 단계에 도달했다고 할 수 있다. 그러니까 직기가 생기기 전에 수공 편직은 방직 기술의 남상濫觴이었다.

하모도와 전산양 유물에 이어 신강 위구르족 자치구에서 거금 3000년이 된 색채가 화려한 털실 직물이 발견되고, 강서성江西省에서 거금 2000년의 세트 직조 공구가 발견되었으며, 운남성 석채산石寨山에서 주동鑄銅 조개로 만든 도구(貝器)가 발견됐다. 그 뚜껑 위에 부녀자가 방직할 때 사용하는 요기腰機의 입체 조형이 새겨져 있다.

제일 원시적인 직조는 모두 맨 손부터 시작했다. 수공으로 날줄을 나열하고 한 올씩 끼워 가로 씨줄과 엮어 만들었다. 직물의 길이와 너비가 처음에 모두 다 제한적이었다가 나중에 공구들이 직조에 쓰이게 되어 효율도 높아졌다. 먼저 홀수와 짝수 날줄 사이에 틈이 벌어지게 하고 나무 막대기를 짚어놓는데, 이는 오늘날에 말하는 '비거미(分絞棒)'이다. 날실을 위와 아래 2층으로 나누어놓은 사이에 있는 것을 사구梭口나 직구(織口: 날실 개구)'라고 부른다. 그리고 나서 다른 수직선으로 아래 층의 날실을 한 올씩 횡목 나무 막대기에 걸어 놓고 위로 올리면 직구織口 하나가 더 생기게 되고 씨실 한 올을 끼운다. 이 막대기를 '잉아대(綜杆)' 라고 하며 이때 목제 칼로 친다. 날실 한 끝을 나무나 고정된 기둥, 나무판에 걸어놓고 두 발로 밟으며 다른 한 끝이 이미 짠 직물을 나무 막대기(부티)에 감고 양끝(말코)을 직조자의 허리에 묶어놓는데, 이는 바로 원시 요기腰機

라고 한다. 하모도문화유적에서 출토된 목제칼, 비거미(分絞棒), 부티(卷布棍) 등의 원시 요기의 부품들의 조형은 현재까지 소수민족이 보존하고 있는 옛 방식 직조 부품과 아주 유사하다.

은상시대의 직물 중에 이미 제화提花 직물이 생겼다. 주왕조와 진나라 고적인 『관자管子』, 『태공육도太公六韜』 등 책에서 모두 종상種桑 양잠養蠶과 관련된 사직絲織 기록이 있다. 갑골문을 고증한 결과도 상대의 사직과 관련된 상황을 제공해 주었다. 문일다聞一多가 '잠蠶' 자를 고증했고 곽말약郭沫若이 '백帛' 자를 확인했다. 은대에 이미 상당한 수준의 사직업이 있었다는 대표적인 의견을 제시했다.

누조嫘祖는 전설 속의 인물인데 최초로 양잠한 사람이라고 전해져왔다. 「사기史記·오제기五帝紀」에는 "황제는 헌원의 언덕에 살며 서릉지녀西陵之女 누조를 아내로 맞이했다. 누조는 황제의 정비正妃로 아들 둘을 낳았다. 두 아들의 후손은 모두 천하를 차지하였다……" 실은 사마천은 누조의 양잠 이야기를 기록하지 않았다. 남조南朝 송원가宋元嘉 이후 민간에서 누조를 최초로 양잠하고 사직한 사람이라고 여겼다. 역대 왕조에 모두 농단農壇을 만들어 누조를 '선잠先蠶'의 신으로 삼아 제사했다. 누조는 '누조累祖', '뇌조雷祖'라고도 한다. 실제로 있었던 사람인지 따로 이야기 할 일인데 민중들이 양잠 창시인으로 그녀를 형상화하고 신단神壇에 모시게 되었다는 점은 쉽게 간과하면 안된다. 신화를 통해 양잠과 사직의 기술에 대하여 숭고한 경의를 표현했다고 할 수 있다.

은상 사직 제화 보물의 발견에 있어 한 외국사람에게 공로를 돌려드려야 한다. 1930년대, 스웨덴의 견직물 학자 실완(Vivi Sylwan)은 1937년 『원동박물관 관간遠東博物館館刊』 제 9 호에 은대 청동기 술잔에 부착된 실크 잔편에 대한 연구 논문을 발표했다. "직물 두 조각을 분석한 결과 이들은 확실히 비단이었고 중국의 가잠사家蠶絲로 직조하였다"고 밝혔다. 이 비단들은 사문斜紋 제화 직물이고 동심 격자 기하문인 마름모꼴을 여러 개

겹쳐 돌아오는 회문回紋을 비단의 무늬로 삼았다. 실완은 또한 "기술 구성을 보면 이는 결코 원시 상태가 아니라는 것을 충분히 증명할 수 있다"고 말했다.

중국 고고 종사자들의 이어진 고고 연구 중에서 실완의 결론이 입증됐다. 하남 안양 은대 두 고분에서 각각 은대 석각인상 1점이 출토됐다. 이들 석상石像의 몸에 입힌 옷의 무늬가 위에서 언급된 비단의 회문 장식과 같다는 연구 결과가 나왔다. 1965년 하북성에서 출토된 한 은대 청동잔(青銅爵) 위에서와, 1976년 하남성 은허 '부호묘婦好墓'에서도 각각 사직물의 흔적과 잔편이 발견됐고, 이들은 모두 위에서 언급된 비단과 같은 종류의 제화 회문 직물이다. 직수織繡 전문가 진연연陳娟娟 여사가 현존 북경 고궁박물관 은대 동꺾창(銅戈)의 자루와 옥꺾창(玉戈) 위에 비단 흔적을 조사하고 기존 자료까지 종합해서 얻은 결과를 1979년『문물文物』지에 발표했다. "중국 은대에 기문綺紋 조직은 이미 흔한 직법織法이었다"고 거기서 명확히 밝혔다.

서주시대 방직 기술의 중요한 성과는 바로 '금錦'을 만든 것이다. 은대 소색素色 제화 문상을 넣어 짠 기綺가 점전 양색 문양 기綺로 바꿨다. 금錦은 두 가지 이상의 염색된 색사色絲로 제화 문양을 넣은 다중 직물이다. 경위사經緯絲의 조직 변화와 색채 변화를 이용해서 한꺼번에 문양이 나타나게 되었다는 점은 직물 품종의 발전에 있어서 아주 중대한 돌파였다고 할 수 있다. 금錦은 요녕遼寧, 산동山東, 섬서陝西 등의 지방과 주대 고분에서도 각각 발견됐다. 1970년 요녕 조양朝陽 서주 초기 고분에서 '경금經錦'이 발견됐는데 이는 이중 직물이다. 1976년 산동 임치 낭가장臨淄郎家莊 1호 동주묘에서도 경금經錦의 잔편이 발견됐는데 이 또한 이중 직물이다. 두 종류 경금의 조직 구성이 같으며 경사經絲가 두 조로 나뉘어 한 조는 현화顯花의 '문경紋經'이고 다른 한 조는 '협경夾經'이다. 위사緯絲도 두 조로 나뉘어 한 조는 교직위交織緯이고 정면과 뒷면 모두 경사經絲와 삼상일하三上一下의 방식으로 엮은 것이다. 다른 한 조는 '협위夾緯'이고, 이런 조직 구성이 이미 상당한 수준에 이르렀다. 현대의 다중 조직 직물도 이와 유사한 조직 구성에서 발전한 결과라고 할 수 있다.

금錦의 탄생은 사직사상 중요한 이정표였다. 금은 탄생할 때부터 화려하고 진귀한 특색으로 주목을 받았다. '금錦' 자의 뜻은 황금과 같은 백帛이다. 「석명釋名·석채백釋采帛」에서 "금錦은 황금이다. 만들 때 손이 많이 가고 값은 황금과 같이 비싸기 때문에 백帛과 금金으로 합해서 금錦이 된다"고 한다. 이들 사료들을 통해 중국 편직 기술은 주대에 이미 상당히 성숙한 수준에 달하였으며 세계적으로 앞장 서 있었다는 것을 입증해 준다. 이런 지위가 명나라 말년까지 유지되고 지속됐다.

재미있는 것은 비록 방직업의 전면적인 발전을 통해 찬란한 성과를 창조하고 직기織機 설비와 직조 기술의 발전 수준도 전 세계적으로 앞장서 있었지만, 원시 직조 방법, 예를 들면 요기腰機 기술은 민간에 지속적으로 사용되었으며, 천년 후인 오늘에도 여전히 중요한 역할을 하고 있다. 민간 직조 기술은 중국 방직업의 중요한 구성 요소이고 아름답고 생동감 넘치고 깔끔하고 개성 강한 직종 품종들은 모두 민간 기술로 완성됐다.

2. 염색

염색공예의 역사는 구석기시대 말기인 거금 10000년 전까지로 거슬러 올라간다. 북경 산정동인문화유적에서 발견된 석제 목걸이는 이미 광물 염료로 짙은 빨간색 염색되어 거금 14000여년이나 됐다. 전체 신석기시대를 거친 채도彩陶도 광물질이나 식물즙의 색깔과 무늬로 만들었다. 이렇게 발라서 염색하는 방법은 염색공예의 기초를 다졌다고 할 수 있다. 전산양錢山漾문화유적에서 출토된 사견絲絹 파편과 사승絲繩 파편은 모두 빨간색이 잔존됐는데 이들이 지금까지 발견된 최초의 염색 직물 실물이다.

염료를 조제한 공구는 이미 여러 점 발견됐다. 1958년 섬서성 보계시 북수령 앙소문화유적에서 회화 색칠 공구 1점이 발견됐는데, 돌로 만들어져 있고 사다리 형으로 한 쪽이 약간 크고 다른 한 쪽이 약간 작고 반원형으로 되어 있으며, 중간이 두 칸으로 나눠 '쌍격석연마반雙格石研磨盤'이라고 불린다. 출토된 염료는 자주색과 빨간색 두 가지의 덩어리 형태다. 이 연마판은 두 가지 염료를 연마했던 공구이고 외형 디자인은 정교하고 사용하는 데 간편하고 실용적이어서 누구나 놀랍고 감탄을 금할 수 없다. 이와 비슷한 공구가 또한 1953년 감숙성 난주시 마가요문화유적에서 출토된 '쌍격조색합雙格調色盒'이 있는데, 도질陶質이고 높이 6.5cm, 원형으로 중간을 막아서 두 부분으로 나누어 두 가지 염료를 담거나 연마할 수 있다.

채도彩陶 기물 위의 채색 문식에 의하면 당시 이미 새 깃털이나 수모獸毛, 식물 섬유 묶음으로 만든 원시적 색칠 붓을 사용하였다는 것은 틀림없다. 염료로 삶을 아름답게 꾸미는 행위를 통해 인류의 공예기술과 예술 심미 수준은 이미 새로운 단계로 진입했다.

하·싱·주 심대를 기쳐 시회 분공 확대에 따라 염지 기술도 크게 발전했다. 수공업의 구성 부분으로서 직염공예는 점점 전문화 단계에 이르렀다. 하대 말년에는 상인들의 척박한 땅이 직염품의 도읍이 됐다. 『시경』에 나온 "포목을 안고 와서 실사겠다(抱布貿絲)"는 구절이 있는 것으로 보아 민간 직염품이 시장에 유통됐음을 알 수 있다.

색채에 대한 민속적 의미를 말하면 제일 두드러진 두 가지가 하나는 심미적인 것이며, 다른 하나는 신앙적인 것이라고 말할 수 있다.

색채의 심미 의미는 염색공예 발전에 있어서 제일 원시적인 동력이다. 색채에서 받은 시각적 자극은 여러 정감의 공감대를 이루어 색채의 심미적 감각은 실은 인간성의 감각적, 감정적 반영이다. 색채의 심미적 욕구는 인공 색채가 많아짐에 따라 끊임없이 높아지면서 최종적으로 특정한 심미

방식이 형성됐다. 음색陰色, 양색陽色, 길색吉色, 요색妖色 등의 특별한 의미로 지정된 색채 개념이 늦어도 서주시대에 이미 형성됐다.

「시경詩經·패풍邶風·녹의綠衣」에서 "녹색 저고리여, 녹색 저고리에 노란색 치마"라고 색채의 혼란을 질책했다. 당시 풍속에 따르면 저고리는 정색正色을 택하면 치마는 간색間色을 택해야 했는데, 노란색은 정색이고 녹색은 간색이어서 녹색 저고리에다 노란색 치마를 입는 것은 풍속에 맞지 않기 때문에 질책을 받게 된다. 이는 기준 색채 규범에 대한 도전으로서의 변화이다. 이런 색채 욕구의 변화가 또한 염색공예의 발전동력이 되어준다.

색채 신앙적 의미가 담긴 전형적인 사례는 '오색五色' 관념의 형성이라 할 수 있다. 늦어도 주대에 오색으로 오방五方을 상징하는 관념이 이미 보편적이었다. 진秦나라 이후 나타난 '사신四神'의 이미지도 오색이 오방을 상징한다는 관념의 영향 아래서 발전된다. 청青은 동방, 적赤은 남방, 황黃은 중앙, 백白은 서방, 흑黑은 북방으로 정한 것은 옛 사람이 자연계의 본질적 특징을 파악해 형성된 관념이다. 동방에 날이 밝기 전에 종종 푸른 색이나 녹색으로 보이고 해서 동방의 상징색을 청색으로 정했다. 남방은 뜨겁기 때문에 상징색을 빨간색으로 정했다. 서방은 낮에 색깔이 없기 때문에 상징색을 백색으로 정했다. 북방은 빛이 밝은 태양과 관련이 없어서 상징색이 흑색으로 정했다. 이후 이런 상징 의미가 점점 숭배 대상물이 되어 풍부한 신앙적 의미까지 담겨진다. 색채 장식의 의미든 신앙적 의미든 모두 색채 발전과 염색 기술 발전에 커다란 영향을 끼쳤다.

주대의 염색 공예는 영사染絲, 염우染羽, 염마染麻, 염백染帛으로 나뉜다. 즉, 원료 염색과 완성품 염색 두 가지 종류가 있다. 당대의 염색은 여전히 이와 같은 두 가지 방법으로, 아직 염색 안된 원료를 '생화生貨'라고 하고 이미 염색된 원료를 '숙화熟貨'라고 불린다.

「예기禮記·월령月令」에서 "이 달에 부관婦官에게 명하여 누에를 쳐서 얻은 비단을 오색으로 물들이게 하여 보불문장補黻文章을 만든다." 「주례周禮·천관天官」에서 "염인染人은 명주와 비단을 염색하는 일을 관장한다." 「주례周禮·고공기考工記」에서 "종씨鐘氏는 우羽를 물들이는 일을 한다." 이들은 모두 원료 염색에 대한 기록이다. 염사染絲는 비단 백帛이나 자수를 위해 재료를 공급하는 작업이다. 염우染羽는 금조禽鳥 깃털을 염색한 것으로 정기旌旗나 거여車輿의 의장 장식에 쓰이고 색깔 있는 깃털은 나무판이나 사백絲帛에 부착하여 문양을 만든다.

"염인染人은 명주와 비단을 염색하는 일을 관장한다." 이는 서주시대에 이미 전문적으로 염색 방직품을 책임지는 관리가 설치됐음을 설명해 준다. 이들은 '염인染人'이라고 불린다. 『시경』에서는 방직품과 옷의 색깔에 대한 기록으로 나온 색깔은, 짙은 빨간 색·빨간색·노란색·짙은 푸른 색·엷은 빨간색(非紅)·하얀색·검은 노란색(玄黃) 등이 있다. 이들 색깔의 나타남은 염색기술이 발전된 징표라고 할 수 있다.

춘추전국시대에 방직 염색업이 급속히 발전하고 있었다. 방직품 유통업의 발전에 따라 제로齊魯지방은 비단 생산 무역 중심이 되어 온 들판에 뽕나무를 심고 누에를 기르고, 무역 교류가 활발해진 국면에 이르렀다. 당시 현지의 부녀자들이 대부분은 방직과 자수에 능해 명성을 떨쳤다. 제나라의 "의관과 신발은 매우 유명하다(冠帶衣履天下)"는 말이 있다. 훌륭하고 아름다운 명예를 얻는 만큼 전문적으로 염료를 경영하는 상인이 나타나서 그들의 재산은 천호후千戶侯에 봉해지고 '소봉素封'이라고 부르게 됐다.

옛부터 오방오색五方五色이 정색이라는 관념이 이때 도전을 받기 시작했다. 제환공은 패주霸主의 신분으로서 먼저 자주색 포복袍服을 선도했다. 자주색 비단은 흰 비단보다 값이 열 곱으로 뛰었는데 온나라 사람들은 모두 그것을 흉내냈다. 한 동안 자주색 옷감의 가격은 다른 색깔의 값보다 열 배까지 치솟게 됐다. 최종적으로 자주색은 부귀의 상징이 됐다. 이런 색채 관념의 변혁은 비록 군주 개인적인 희호 요소를 포함했지만, 민속 변모 과정 속에서 복식 색채에 대한 호오好惡를 명백히 보인다.

이때 전문적으로 염색을 하는 염방染坊이 많이 나타나 여러 종류의 식물성 염료를 발명하게 됐고, 이중에서 남초藍草가 많이 쓰였다. 사람들은 대량으로 남초藍草를 심고 요람蓼藍을 발효시켜 전람靛藍 염료로 만들어 방직물 염색에 사용했다. 『순자荀子』에서 "청색青色 물감은 쪽에서 나오지만 쪽보다 더 푸르다"는 말에서, "남藍"은 전람靛藍을 만드는 남초를 의미한다. 전람이 이미 보편적으로 쓰였다는 설명이다. 이 저술에서 또한 자주색, 청색, 자색赭色, 흑색의 염료와 이들의 염색 효과를 비교하면서 새로운 공예 기술을 통해 다양한 염색 결과를 조성할 수 있다고 설명했다. 이는 바로 「이아爾雅·석기釋器」에서 말한 "첫 번째 염색은 원(縓: 분홍빛)이라고 하고 두 번째 염색은 정(赬: 붉은빛)이라고 하고 세 번째 염색은 훈(纁: 분홍빛)이라고 한다"는 것과 일치했다. 또한 「주례周禮·종씨鐘氏」에서 말한 "3번을 담그면 훈(纁: 분홍빛)이 되고 5번을 담그면 추(緅: 보라빛)가 되고 7번을 담그면 치(緇: 검은색)가 된다"는 것과 유사하다.

춘추전국시대의 염색 실물이 호북성 강릉 마산江陵馬山 벽돌공장 1호 초묘, 호남성 장사 좌가당長沙左家塘 4호 초묘, 하남성 신양 장대관信陽長臺關 초묘에서 대거 출토됐다. 이런 염직물들은 여전히 재료 염색과 완성품 염색 두 종류로 나뉜다. 호북성 강릉 마산 벽돌공장 1호 초묘에서 출토된 완성품 염색 실물은 '엷은 노란색 비단 면포 원단' 두 종류가 있다. 또한 자홍색 비단 1종, 홍종紅棕색 비단 2종이 있다. 다른 한 종류는 사선絲線을 염색한 다음에 경위선經緯線이나 수선綉線으로 직수織綉에 쓰인다. 마산 벽동공장 1호 초묘 출토된 직물에서는 20여 가지의 색깔이 있는데, 짙은 노란색 홍종색, 짙은 갈색, 주홍색, 엷은 갈색, 짙은 빨간색, 토황색, 황록색, 짙은 남색, 흑색, 갈색, 황금색, 귤홍색 등 다양하다.

경험에서 얻은 지식은 점차 이론이 되었다. 염색 기술의 발달을 배경으

로 하여 인화印花 공예가 생기게 됐고, 철판凸版 인화에 대한 성공적인
실험까지 완성되었다.

3. 자수

자수는 명사로서는 바늘을 공구로 삼고 실을 재료로 삼으며 방직품
위에 문양을 넣는 수공예품이고, 동사로서는 이같은 수공예품의 제작과정
을 가리킨다.

자수 공예 최 원시적인 기능으로서는 옷을 장식하는 역할을 담당했다.
옷이 생기기 전에 사람들이 경면黥面, 문신, 채회彩繪 등의 방법으로 몸을
장식하고 자신의 신분, 지위를 알리고 부락, 진영, 성별의 소속을 드러내
보고, 몸에 입힌 색깔과 문양이 생산, 전쟁, 제사, 구우求偶 등의 여러 사회
활동에서 중요한 역할을 부여 했다. 옷이 생긴 후 원래 신체에 색칠한
문양들을 직화織花, 채회彩繪, 자수 등의 수공예 방법으로 옷에 전이시켜
원래의 역할을 지속적으로 해왔다.

중국 자수는 4000여년의 역사를 갖고 있는 셈이다. 기록된 최초의 자수
활동은 옷과 밀접한 관계가 있는데, 이는 바로 「상서尚書 · 우서虞書」에서
말한 순임금은 우임금에게 명령하고 장복章服을 만든 이야기다. 순임금이
"내가 옛사람이 자연을 본받는 방식을 관찰하여 해와 달과 별과 산과
용과 꽃과 곤충들을 그리며, 술 담는 그릇과 수초와 불과 쌀과 도끼모양의
무늬와 아亞 모양의 무늬인 불黻을 바느질하고 수놓아 다섯 가지 채색으로
오색의 비단에 곱게 꾸며 옷을 만들려 한다"고 했다. 후세의 천자 곤복袞服
십이장十二章이 바로 여기서 나온 것이다. 십이장은 "상의에는 그림을 그
리고 치마에는 수를 놓는다(衣繪而裳綉)"는 것을 원칙으로 삼고 그리기와
수놓기를 겸용했다. 「주례 · 고공기」에서 "회화는 오채를 갖춘 것을 수綉
라고 한다"는 말과 일치하다. 십이장은 천자의 복식 문양으로 자수와 회화

그림 5-21 서주시대 변수 흔적

를 복장으로 형상화하고 천자의 지위와 권력, 책임을 과시하는 수단이 됐다. 그만큼 복식의 역할에 대하여 중히 여겼다.

복식으로부터 시작하는 자수의 탄생 연대는 우리의 상상보다 더 일찍 생겼을 가능성이 크다. 섬서성 보계시 여가장茹家莊 서주묘에서 출토된 진흙 위에 남은 자수 흔적이 최초의 자수 실물이다. 흙에 남은 흔적이 뚜렷하게 보이고 모두 변수법(辮法)으로 완성되어 있으며, 먼저 노란 사선으로 염색된 비단에 문양을 수놓은 다음에 홍紅·황黃·갈褐·종棕 네 가지 염료로 문양을 색칠한 것이다. 이같은 발견을 통해 초기 자수는 회염繪染과 결합돼 있었다는 서실을 알 수 있다. 「고공기」에서 말한 '수궤에 대한 일(繪繢之事)'과도 맞아 떨어진다. 그러나 이렇게 성숙하고 정미한 자수 공예는 최초의 자수품이 아니고, 그 이전에 더 초급적인 자수가 있었을 것이다.

춘추전국시대의 자수는 여전히 복식 위주로 쓰인다. 가공 원가가 높고 판매 가격이 비싸기 때문에 고귀한 신분의 표시가 될 수 밖에 없다. 이들 자수는 비록 노동하는 백성들의 손으로 완성했지만 귀족이나 수령에게만 공급되고 민간 미술은 궁전에서 사용하는 객관적 규율에 부합되는 것이다. 『시경』에서는 자수 복식을 여러 번 언급했다. 예를 들면, 「당풍唐風·솟구치는 물결(揚之水)」에서 "흰 돌이 씻긴다, 흰 옷에 붉은 수를 놓은 옷으로……흰 돌이 희고 희도다, 흰 옷에 붉은 수를 놓은 옷으로……" 「진풍秦風·종남산終南山」에서 "불 무늬 저고리에 수놓은 바지 입으셨네." 「빈풍豳風·아홉 구머니 그물(九罭)」에서 "용 그린 웃옷에 수놓은 바지 입으셨네." 이들 모두 귀족들이 잘 차려 입은 것에 대한 묘사다. 이 시기에 제후국 사이에 교류가 많아지고 금수錦繡로 서로 바치는 선물을 삼기도 했다. 「사기史記·소진열전蘇秦列傳」에는 조趙나라 왕은 "멋지게 꾸민 수레 백 승乘과 황금 천 일鎰과 흰 벽옥 백 쌍과 수놓은 비단 천 순純 등의 선물을 주어 제후들과 맹약을 서두르게 했다"는 것도 선물용의 실제 사례다.

귀족 복식의 화려하고 정미함은 이미 발견된 유물을 통해 입증됐다. 초기의 실물은 1958년 호남성 장사 열사공원長沙烈

그림 5-22 전국시대 초나라 변수

士公園 3호 목곽木槨 초묘와 하남성 신양 광산信陽光山 춘추 황국묘黃國墓에서 출토됐다. 장사長沙에서 출토된 자수는 견絹바탕 위에 완성된 것으로 관곽棺槨 뚜껑에 부착돼 있는데, 심하게 오염되거나 훼손된 상태였다. 비교적 잘 보존된 두 조각에 수놓은 용봉龍鳳, 학록鶴鹿과 만초蔓草가 보이는데 모두 쇄수鎖繡방식으로 완성했으며, 강릉 마산 벽돌 공장에서 출토된 용봉 문양과 아주 닮아서 유창하고 아름답다. 하남 신양 광산 춘추 초기 황국묘黃國墓에서 출토된 파편도 쇄수방식으로 완성했다. 누에 조형으로 공심수空心繡와 구변鉤邊 기법도 사용해서 '절곡문竊曲紋'이라는 이름까지 얻었다. 옛 소련 시베리아 파지릭(Pazyryk)에서도 춘추전국시대의 자수 안욕鞍褥 1점이 출토됐다. 봉조천화鳳鳥串花의 문양으로 대칭적 구성 양식이 보이고, 수놓은 그림이 생생하고 채색 사선 쇄수 방식으로 완성했다.

전국 중기나 말기의 대표적인 자수품은 1982년 호북성 강릉 마산 벽돌 공장 1호 초묘에서 출토되었다. 출토 된 자수 실물은 수량이 많고 보존도 잘 돼 있으며 정미한 문양과 화려한 색채에 누구나 감탄을 금할 수 없다. 품종은 면금面衾, 수의 繡衣, 수포繡袍, 수고繡褲, 협복(夾袱) 등 모두 21점이 있다. 수지繡地의 재료는 견絹이 대부분이고 나지羅地는 1점만 있다. 품종이 매우 풍부한 것으로 보아 전국시대 자수는 일상생활에서 이미 보편적으로 쓰였음을 알 수 있다. 용봉이나 호랑이, 꽃을 주제로 하여 무늬 넣은 것이 대다수다. 이 중 '용봉호문수龍鳳虎紋繡' 홑옷은 용과 봉이 바람에 흔들리는 꽃잎사이에 자유자재로 나닐고 있는 모습을 수 놓았으며, 정마름모 모양으로 뼈대를 잡고, 작은 단원으로 나누어 마름모 마다 반듯하고 대칭되게 수 놓아져 있다. 이는 주로 번잡하고 변화막측한 이미지를 수 놓을 때 사용하는 방법인데, 뼈대가 있음으로써 구체적인 이미지들은 뼈대를 기준으로 더욱 능숙히 표현될 수 있다. 연노랑 견지絹地에는 '대룡대봉문對龍對鳳紋'을 수놓은 면금(面衾: 이불 겉감)이 있다. 정사각형 안에 삼각형을 겹친 구조로 뼈대를 잡고, 용과 봉은 모두 엄격한 대칭 규칙을 따라 짝지어 있으며, 쾌적함과 균등함의 특징이 매우 돋보이는 작품이다. '용봉합체상반문龍鳳合體相蟠紋'은 직금織錦의 구성 방식을 사용한 흔적이 뚜렷하다. 마름모형을 단원으로 하여 뼈대를 잡고, 반 겹친 마름모 모양으로 연속적인 방형方形 문양이 포진鋪陳되어 있으며, 교차점마다 원을 배포하여 리듬감을 부여했다. '반룡비봉문蟠龍飛鳳紋은 괴면塊面을 위주로 표현하는 방식을 택하는 동시 문양은 유동이 있으면서도 대칭에 어긋나지 않았다. 용이 힘차게 하늘을 날고 봉이 완곡히 떠있는 모습이 아름다운 조화와 대칭을 이루었다.

마산 벽돌 공장 1호 초묘 묘주의 사회 지위가 '사士'보다 약간 높은 것으로 추정된다. 그러나 앞서 말한 것처럼 고분에서 호화스럽고 정미한 부장품이 놀라울 만큼 많이 발견됐다. 이것으로 당시 자수품이 쓰인 범위는 이미 귀족만 누릴 수 특권이 아니라, 더 넓게 쓰였을 가능성이 크다. 이들 자수품의 총체적인 특징은 앞장 선 기술과 정교한 자수 기법이 담겨 있다고 할 수 있다. 대칭적이고 균형있는 구성과 기하도형 구성을 통해 디자이너의 풍부한 경험과 심미적 관념을 드러낸다. 풍부하고 유동적인 소재들을 교묘한 구상으로 현란한 문양에 질서감을 보여준다. 튼튼한 다자인 기초가 없으면 이룰 수 없는 수준이다. 이들은 모두 변수법 방식만 고집하면서 화궤(畵繢: 5가지 색깔 혼합한 일) 작업으로 색칠하지 않았다. 모두 염색된 실로 색깔을 표현한 것은 자수와 화궤 작업이 서로 의지하는 국면이 이미 끝났다고 할 수 있다.

제4절 ## 금속 공예[22]

일반적으로 예상되는 것과 달리, 금속 기술의 역사는 야금술의 발명으로 시작되는 것이 아니라 금속 공예로 시작되는 것이다. 즉 천연 구리, 천연 금속, 천연 금속의 가공에 대한 제작이었다.

사람들은 자연을 변화시키는 행위는 자재적인 것으로부터 자각적

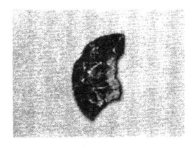

그림 5-23 원시 황동黃銅 잔편, 섬서 임동臨潼 줄토, 앙소분화 초기

인 것으로 변화하는 과정을 거쳤다. 최초에 자각하지 못하거나 반자각적으로 쉽게 얻을 수 있는 자연물과 자연 조건을 이용하다가, 반자각적이나 자각적으로 물질이나 조건을 창조하게 됐다. 석기시대부터 금속시대로, 석료의 가공부터 금속 공예로 이행하는 과정도 그렇다.

고고 발굴을 통해 중국 원고 시대에 벌써 금속 기술이 싹 텄다는 사실을 알 수 있다. 서안 앙소문화 반파 유형 1기(약 BC7세기 중엽)에서 출토된 원시 황동 재질 원형 파편과 관管을 통해 이를 입증해 준다. BC3세기 후반

---

22) 華覺明, 『中國古代金屬技術 - 銅和鐵造就的文明』, 大象出版社, 1999年, p.15.

그림 5-24 하대작鬲 하남성 언사偃師 출토

기 용산문화에 속한 중원 및 감숙甘肅, 청해靑海, 산동山東 등 지방에서 이미 칼, 송곳, 끌(鑿), 드릴(鑽) 등의 소형 인구刃具와 장식품을 만들기 시작했는데, 홍동기紅銅器가 많고 일부 재료만 원시 청동靑銅이나 원시 황동黃銅을 사용하고 단조鍛造나 주조 방식으로 만들었다. 일부는 풀림 처리 과정을 거쳤다. 일찍 구리와 돌을 겸용하는 시대에 화하華夏 선민 및 일부 소수민족은 이미 야동冶銅 수공업을 창설했다. 중국의 금속기술은 민간에 뿌리를 내려 다원일체가 된 중화문명 변화 과정서 생기고 발전하고 성장했다.

하대에 이미 청동시대에 들어섰다. 하남 언사 이리두 하대 문화유적의 야주冶鑄 수공업 공장을 궁실 근처에 세웠다. 만들어진 청동기는 작爵과 정鼎 등이 있으며 병기는 꺾창(戈), 모(矛), 척(戚: 악무에 사용된 도끼), 족(鏃: 화살촉) 등이 있고, 수공 공구는 칼, 송곳, 끌, 자귀(錛) 등이 있다. 또한 녹송석이 박힌 수면문獸面紋 패식牌飾도 있다. 이때 주조로 주요 수단을 삼은 금속 성형 가공업은 이미 확립되어 주로 상층 귀족을 위해 서비스를 제공했다.

최초의 성형 주물품은 오픈식 주물이고 이후에 단범과 쌍범 및 합범도 나타났다. 석기 제작의 기술 전통을 계승하면서 청동 주조는 처음에서 석질石質 금형을 사용했다. 내몽고 적봉內蒙古赤峰, 하북성 당산河北唐山, 강서성 청강淸江 요녕성 요양遼陽 등 지방에서 출토된 석형石型은 창, 자귀, 화살촉 등이 있다. 일부는 석심石芯이나 도심陶芯을 내부에 넣는 경우도 있다. 신석기 말기부터 전국초기나 더 늦은 시기로 추정된다.

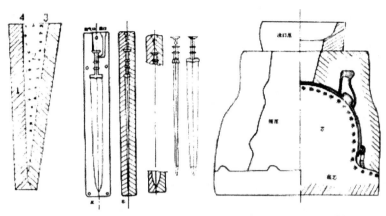

그림 5-25
자규鐍의 주형鑄型

그림 5-26 검과 검용범劍范

그림 5-27 동정銅鼎 주형鑄型

복합 도범陶範 주조는 상주 청동기 성형의
주류가 됐다. 일직 하대 이리두二裏頭 3, 4기
에 이미 초기 형태를 갖추었다. 합금 유형은
석청동錫靑銅과 납의 함량이 낮은 납석청동
鉛錫靑銅이 있다. 상대 중기 이리강二裏岡문
화에서 이미 높이 1m, 무게 86.4kg의 대형
방정方鼎을 주조할 수 있었다. 합금은 주석
함량이 낮은 납청동을 사용했다. 안양 은허
는 은대 후기 중요한 야주冶鑄 중심지였다.
이료泥料 정제精製 기술, 대형 용광로의 사용,
분리형 금형 및 금형 용접 처리 기술의 발달

그림 5-28 상대 말기의
방유方卣(강서성 신간新幹 출토)

로 정교한 예기, 병기, 거마기, 일상 기물들을 만들 수 있게 됐고, 더욱
기형이 복잡하고 문양이 다양하고 수량도 많아졌다. 중국 청동 문명은
바야흐로 가장 융성해지고 세계적으로 앞장서게 됐다. 제량유提梁卣로 예
를 들면, 유卣의 몸체와 뚜껑을 따로 주조한 다음에 몸체에 몰딩 작업하고

제량(提梁: 손잡이)을 더해서 주조한 것이다. 그리고 나서 여러 차례 용접 작업을 통해 부품들을 접착시켜 유의 몸체와 뚜껑까지 일체로 이르렀다. 존尊, 굉觥, 이彝 등의 대형 예기의 수두獸頭와 부차적인 장식품도 이런 선주법先鑄法 아니면 후주법後鑄法으로 완성했다. 서주초대에 은대 기물 성형 법을 계승하여 중기에 와서 자신의 특성을 갖추게 됐다. 새로운 기형과 문식紋飾의 탄생, 동질銅質 코어그립의 사용, 장편 명문銘文의 주조, 부물付物 조형과 금형의 제작 등 여러 분야에서 큰 발전을 이뤘다.

중국은 상고시대부터 이미 부락과 씨족을 집단으로 삼아 수공업을 전문화하는 전통이 있었다. 예를 들면, 곤오昆吾는 쇠붙이를 제련하는 것, 설씨薛氏는 수레를 잘 만든 것으로 유명하다. 「좌전左傳·정공定公·4년」에서는 상대의 장작씨長勺氏, 미작씨尾勺氏, 도씨陶氏, 기씨錡氏 등의 8족은 주왕조로 오게 됐다. 이들은 모두 직업을 성씨로 삼는 수공예 군락이다. 선진시대 서적에서 종종 제도업制陶業과 야금업을 같이 언급했는데 청동 주조업은 제도업에서 비롯된다고 할 수 있다. 이들은 처음에 모두 민간에서 기원했지만 나중에 청동 예기와 병기를 귀족 통치에 지극히 중히 여긴 바람에 청동 주조업도 왕실로 넘어간다. 이른바 "나라의 큰일이 제사와 전쟁의 일이다."[23] 서주시대에 들어서며 왕실이 직접 관장하게 되어 '공상식관工商食官' 제도까지 정했다. 「예기禮記·왕제王制」에서 "모든 기능을 가지고 관직에 있는 자라고 하면 축祝·사史·사射·어禦·의醫·복卜 및 백관百官들을 말한다. 무릇 관직에 있는 자는 다른 일을 맡지 않으며, 벼슬을 옮기지도 않는다"고 했다. 여기서 '백관'은 바로 '백공'이고 관청의 수공업을 주관하는 관리官吏다. 공실公室에서 복역한 장인匠人은 장적匠籍을 가지고 있어서 종속적 신분 때문에 다른 업종을 하면 안되고, 형도刑徒, 노복奴僕들이 공방에서 일을 했다. 『좌전』은공隱公 5년에서는 "기물 만드는 데 쓰는

---

23) 「左傳·成公·13年」

물자에 관한 일은 조예(皁隸, 하급 관노)의 일이다"라고 했다. 민간 신재
수공업자 및 농촌 가정 부업이 가능한 수공업자의 숫자가 점점 많아진다.
한편으로 이들은 관청의 공업 장역匠役의 내원이 되기도 한다. 「맹자孟子
·등문공滕文公」 상평에서 "여러 공인들의 일은 본시 농사를 지으면서 할
수 없는 일이다." "한 사람의 몸인데도 여러 공인들이 만드는 것을 다
써야만 하니, 만약 반드시 모든 것을 자기가 만들어서 써야만 한다면,
그것을 온 천하 사람들은 뭍과 길 위를 분주히 뛰게 할 것이다." 여기서
일정한 발전 단계에서 사회적인 분공의 필요성을 주장한 것이다. 「묵자墨
子·상현尚賢」 상편에서 '공사지인工肆之人', 「논어論語·자장子張」에서 "모
든 기술자들이 최고의 기량을 발휘해서 작품을 만들어 내듯이 한다"는
것은 모두 좌증佐證이라고 말할 수 있다. 춘추 전국시대에 상품경제가 빠
르게 발달한 바람에 대구帶鉤 같은 일상용품은 이미 민간 수공업자의 생산
을 통해 판매하게 됐다. 그러나 청동기 예기, 병기의 제작은 여전히 관청이
주관했다.

하대에서 춘추 전기까지 거의 모든 금속 기물은 청동으로 주조했다.
춘추 말기부터 단동鍛銅 기물이 점점 많아지는 것은 큰 변모가 아닐 수
없다. 실납법失蠟法·납땜(錫焊)·주석땜(銅焊)·리벳 연결(鉚接)·동착(錯
銅)·금은착(錯金銀)·도금塗金·각루刻鏤 등의 새로운 공예법이 잇따라 나
타났다. 예전 단일 주조 위주의 성형 방식은 새로운 종합적인 금속 가공공
예 체계로 대체하면서 청동 제작의 새로운 국면에 접어들게 됐다. 실납법
으로 예를 들면, 이를 도범 주조와 비교하면 성형이념과 기예방식이 완전
히 다르고, 열에 약한 납으로 본을 뜰 수 있어서 기형의 풍부함과 문식의
정교함 사이에 멋진 균형을 이뤘다. 이것은 도범과 비교할 수 없는 가능성
을 열었다. 기술뿐만 아니라 예술 면에서도 역사상 유례가 없는 수준에
달했다. 지금까지 최초의 실납법으로 만든 주조물은 현재 뉴욕 메트로폴
리탄 박물관에 소장돼 있는 초나라 왕의 암심잔盦審盞이라고 알려졌다.

제작 연대는 BC560년이나 더 이를 수도 있다고 본다. 하남성 석천淅川 하사령下寺令의 윤자경尹子庚 묘 출토된 동금銅禁은 선진시대 체형이 제일 큰 실납 주조물로 이미 알려져 있다. 고분의 연대는 BC552년이나 더 늦을 수도 있다고 본다. 유명한 증후을曾侯乙 존반尊盤의 주조 연대는 아마도 이보다 더 이른 BC433년으로 추정된다. 존尊과 반盤은 모두 혼주渾鑄·분리 주조(分鑄)·실랍법·정땜(釬焊)·주석땜(銅焊)·각루刻鏤 등의 여러 공예 방식으로 여러 절차와 단계를 거친 다음에 합성시켰다. 특히 실납법으로 완성된 존尊과 반盤의 부차적인 장식품은 번작하고 정교한 투공문透空紋으로 구성되어 아주 높은 기예수준에 달하며 상주商周 청동기의 정품 중의 정품이다.

전국시대는 이미 철기시대에 진입했다. 중국 야철술冶鐵術은 야동술冶銅 術로부터 비롯된 것이다. 일찍 BC6세기에 생철야주술生鐵冶鑄術이 이미 주사鑄師로부터 발명됐다. 이는 고도로 발달된 청동야주술과 박자를 맞췄다. 이는 장기적인 저온 환경에서 낮은 수로豎爐로 먼저 해면철海綿鐵을 만들고, 다시 탄소를 제거해 강 소재를 생산하는 서양 기술과 다르다. 중국의 야철술은 거의 처음부터 참신한 길을 걸어왔다. 즉 고온 환경에서

그림 5-29 자귀(鑼)과 요형凹形 가래(錇)

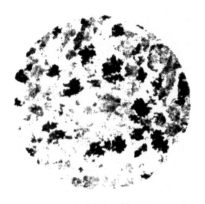

그림 5-30 백심가단白心可鍛 주철의 미세 조직

그림 5-31 백심가단 주철의 미세 조직

높은 수로竪爐로 액체 생철을 만든 다음에 여러 단계를 거치고 강 소재를 만들었다. 이런 고온 환원 야철법은 노동 절약과 고효율이라는 장점을 갖고 있으며, 원가를 낮출 수 있고 사회 수요와 맞게끔 짧은 기간에 많은 양의 생철을 생산할 수 있었다. 전국시대 공업 생산 및 사회 면모가 크게 발전

그림 5-32 흥륭興隆 주부鑄斧의 철범(내부 철심鐵芯을 넣음)

한 것도 앞장선 야철술 기술 기반에서 이루어졌다.

생철은 쉽게 부러지는 특성을 갖고 있다. 전국시대에 철기를 능작 공구와 수공공구로 널리 쓰였다. 이는 주철유화술鑄鐵柔化術의 발명과 보급이 가져온 결과다. 실물 검측을 통해 늦어도 전국 중기까지 주철유화술은 이미 철제 농기구 및 수공 공구에 널리 쓰이게 됐고, 생철의 성질을 변화시

켜 백심가단주철白心可鍛鑄鐵과 흑심가단주철黑心可鍛鑄鐵 두 가지 고강도 고품질 철재를 생산할 수 있었다. 전자는 산화 환경에서 성형 주조물을 고온 탄소 제거 처리를 통해 탄소강과 유사한 조직을 얻을 수 있다. 후자는 중성이나 환완성 환경에서 성형 주조물을 고온 흑연화黑鉛化 처리를 통해 탈탄시켜서 동그란 형태의 서상絮狀 석묵石墨을 얻고 제품의 끈기와 강도를 크게 높인 효과를 보았다.

철범鐵範의 주조는 또한 이 시기 야철술의 큰 발전이라고 아니할 수 없다. 주철로 모형을 만들어 요주澆鑄한 철기 제품은 유럽에서는 늦으면 BC15세기에야 겨우 나타났다. 흥륭철범興隆鐵範으로 대표되는 금형 주조 기술을 일찍 발명할 수 있었던 것은 중국 초기 야금술의 특성으로 결정되고, 주철유화술에 대한 박벽건薄壁件의 수요와도 관련된 것으로 보인다. 이렇게 해야 풀림 처리에 유리하기 때문이다.

전국 중기 이후에 철범을 얇은 철편으로 주조한 다음에 유화처리와 탈탄 처리를 통해 강 소재를 만들었다. 이로 '주철탈탄성강鑄鐵脫碳成鋼'이라는 특종 제강 공예가 생기게 됐다. 이와 동시에 탈탄철(滲碳鋼)과 쇠화淬火 기술도 많이 응용되어 생철주술 및 주철유화술, 철범주조와 함께 중국 초기 강철 야련 성형 공예의 기술 체계가 마련된 셈이다.

야금이나 야철은 모두 민간으로부터 기원했다. 역사상 제일 유명한 주사鑄師 구야자歐冶子, 간장干將, 막사莫邪는 원래 민간 공장이었다가 나중에 왕실로 모시게 되어 왕실 검을 만들었다. 「고공기考工記」에서 "월粵나라 시장에는 호미가 없고……월나라 시장에 호미가 없다는 말은 실제로 호미가 없다는 말이 아니라 남자들이 모두 호미를 직접 만들어 쓰기 때문에 특별히 기술자가 만들어 시장에 내다 팔지 않는다는 말이다." 정현鄭玄은 "남편들이 각자 다 호미를 만들고 있기에 국공이 필요없다는 뜻이다." 「고공기」에서 또한 "연燕나라 시장에 갑옷이 없고 진秦나라 시장에 창자루가 없고 호胡나라 시장에는 활과 수레가 없다고 한다." 함函이 피갑皮甲이고 간干은 창자루이다. 월粤·연燕·진秦·호胡 등 지방에서 박博·힘函·긴干·궁弓의 제작을 전문적으로 주관하는 '국공國工'을 설치하지 않는 것은 바로 민간에서 이런 제작 기술이 이미 보급되었기 때문이다. 「맹자孟子·등문공滕文公」 상편에서 맹가孟軻가 진상陳相에게 초나라에 거주하고 있는 허행許行의 상황을 물어보았는데, "허자는 가마와 시루로 밥을 지으면 쇠붙이로 만든 농기구를 가지고 밭을 가느냐"고 했다. 그렇다고 답을 들은 후에 또한 "곡식을 가지고 기계나 용기와 바꾸는 것이 옹기장이와 대장장이를 해치는 것이 아니다"고 했다. 이것으로 맹자 시대 민간에서 철기로 농경하고, 야철 및 제철이 전문화 되어 철기품과 농산품의 교환은 이미 흔한 일이었다. 더 앞으로 거슬러 가면 「시詩·대아大雅·공류公劉」에서 "숫돌과 쇠를 취한다(取厲取鍛)"는 싯구절이 있는데 '여厲'는 숫돌이고, '단鍛'은 '단碫'과 통해 '단석碫石'을 가리킨다. 공영달孔穎達은 "단금鍛金할 때 반드시 산석山石으로 침질椹質을 삼아야 하기 때문에 이름을 얻었다"라고 해석했다. 포브스(Forbes)지에는 고대 유럽에서 농민들은 논밭에 침석으로 낫을 수리했다는 기사를 실었다. 중국 상고시대의 상황과 마땅히 유사하다. 이는 민간공예이 보급 및 주조를 위주료 한 금속공예이 발달한가 동시에 단조鍛造도 끊임없이 사용했던 또 하나의 증거라고 할 수 있다.

가족 계승은 중국 공장工匠 및 수공예의 전통이고 큰 장점이다. 「고공기」에서 "대를 이어 기술을 지켜온 일을 공장이라고 이른다." 정현은 "대를 이어 아버지가 아들을 가르치다"라고 해석했다. 「관자管子·소광小匡」에서도 "장인들을 함께 모여 살게 하여 뛰어난 재주를 관찰하고……아침저녁으로 여기에 종사하며 자식을 가르치면 어려서부터 익혀서 마음에 편안하게 여기니, 다른 것을 보고도 그것으로 옮겨가지 않는다. 그러므로 부형의 가르침이 엄격하지 않아도 이루어지고, 자식들이 배우려고 애쓰지 않아도 능하게 된다. 그러므로 장인의 아들은 항상 장인이 된다." 「예기禮記·학기學記」에서 "활장인 아들은 아버지가 단단한 나무를 구부려서 활을 만드는 것을 보고, 잘 휘는 버들가지를 구부려서 키를 만든다"고 했다. '극소기구克紹箕裘'라는 고사성어가 바로 여기서 나온 것이다. 예전 해석을 의하면 야공冶工의 자식은 수피獸皮를 구의裘衣로 꿰맬 수 있어야 그들의 부모 형제처럼 철기를 수선할 수 있다고 했다. 이는 올바른 해석이 아니고 '구裘' 자는 여기서 송풍 가죽 주머니를 뜻한다. 송풍 장치가 제련의 성패와 직결되기 때문에 야주冶鑄 공장은 반드시 품질 좋은 가죽 주머니를 직접 만들어야 한다. 이것이야 극소기구克紹箕裘의 진짜 의미다. 공장의 솜씨는 대대로 이어가기 때문에 어릴 때부터 배우며 연습한다. 비록 이들이 지위가 낮고 일자무식 하지만 그들의 기예가 매우 뛰어난 천재로서 일반 사람이 상상할 수 없는 수준에 이른다. 「전국책戰國策·제책齊策」에서 "옛날에 함야씨函冶氏가 제나라 태공을 위해 좋은 검을 하나 사주었다. 태공은 그 칼이 얼마나 좋은 것인지 모르고 되돌려 주면서 대신 그 값을 금으로 달라고 했다." 고유高誘는 "함函은 성姓씨고 야冶는 관직명이어서 성씨로 삼게 된 것이다. 주야鑄冶와 철리鐵理를 잘 알고 있으며 도검刀劍 종류를 검증하는 일을 한다"고 해석했다. 함야씨는 제나라의 야관冶官이어서 함函을 성씨로 삼았다. 이것으로 그의 조상이 원래 피혁으로 낭탁을 만들 줄 아는 함인函人이었음을 알 수 있다. 주야업과 통하기 때문에 야주술과 철리鐵理를 알고 있어서 야관을 맡게 된다. 이른바 '철리鐵理'는 아마도 근세 눈으로 금속 조직을 측정하는 기술과 유사한 것이다. 즉, 생철의 외형과 색깔로 재질과 성능을 판단한다(예를 들어 흑심가단주철의 단면에 발흑發黑 현상이 나타나 끈기 있어서 쉽게 부러지지 않는 것, 백심가단주철의 단면에 발백發白 현상이 나타난 것 등). 바로 그들이 철리를 알기 때문에 상검相劍을 할 줄 알고 있었다. 역사 서적 기록에 의하면 탁씨卓氏, 공씨孔氏, 병씨邴氏 등인 민간 유명한 야금사들은 맨 처음에도 이런 기예가 였다.

공자가 "군자君子는 일정한 용도用途로 쓰이는 그릇과 같은 것이 아니다.(君子不器)"라고 했다. 중국 고대 철학자들이 성리 인륜 및 치국治國 평천하平天下의 대도大道만 탐색했고 기예와 공교工巧 같은 형이하의 일에는 별 관심이 없었다. 선진시대의 기예 성과가 비록 휘황찬란하게 빛나는 성과를 얻었지만 전적典籍에 기록된 일은 아주 드물다. 주철유화술, 철범주조 같은 획기적이고 해당시대와 후세 사회 경제발전에 중대한 영향을 끼친 발명도 고적에서 기록된 일이 드물다. 다만 1950년대부터 고고 발굴과 실물 검증을 통해 점점 세상에 알려지게 됐다. 이는 정말로 민족의 비애라 아니할 수가 없다. 그럼에도 불구하고 금속 공예, 특히 구리와 생철 야주 기술의 큰 발전과 광범위의 영향으로 선진시대 제자백가 저술의 여러 곳에서 언급됐다. 앞에도 언급했지만 중국 고대 문헌에서 도야陶冶와 도주陶鑄를 항상 같이 언급했다. 예를 들면「장자莊子·소요유逍遙遊」에는 "그는 티끌이나 때, 또는 곡식의 쭉정이와 겨 같은 것으로도 도기 또는 주물을 만든 것(陶鑄)처럼 요임금이나 순임금을 양성했다." 이를 통해 야주업冶鑄業과 제도업製陶業 사이의 긴밀한 관계를 알 수가 있다. 중국 초기 문헌에도 야금과 주조를 같이 논하고 주조로 야금을 대체 시킨 일도 있었다. 이는 고대 중국 사람이 특유한 기술 관념 및 주조 위주로 한 초기 기술전통의 반영이라고 할 수 있다. 선민들의 마음 속에 주조와 야금을 분리할 수 없다고 여겼다. '주鑄'의 뜻은 현대인이 통상 이해한 것보다 더 넓다. 만약 성형 공예만 말하면 '주鑄'는 '대야大冶'이고 '단鍛'은 '소야小冶'다. 그 이외에「예기禮記·예운편禮運篇」에서는 '범금範金'으로 초기 금속 기술을 요약했다. 진호陳澔의『집설集說』에서 "범금은 모형으로 금기를 주조하는 일이다."「장자莊子·대종사大宗師」에서 "천지를 큰 용광로라고 생각하고 조화를 주물사라 생각한다"고 했다. 철학자들이 보기에는 우주가 큰 용광로처럼 세상 만물의 조화로 주조된 것이다.『도덕경道德經』에서는 우주를 한 송풍기로 비유하여 "우주는 풀무와 같아서 비어 있음으로 다함이 없고, 움직일 수록 더욱 나온다"고 했다.

다시 범주範疇 기예로 예를 들면, 『설문해자說文解字』에서 단옥재가 '형型'자를 "나무로 만든 것은 모模이고 대나무로 만든 것은 범範이고 흙으로 만든 것은 형型이고 이런 본의를 확대해서 전형典型이라고 한다"고 했다. 이같은 인식은 늦어도 서주 초기부터 시작했다. <사장반史牆盤> 에서 '정사우회井師宇誨'라는 명문이 있는데 '정井은 형型이다. 즉 형범型範을 본보기로 하여 가르치고 후세에 완만하게 나간다는 뜻이다. 양자揚子의『법언法言』에서 "선생은 사람의 모범이다"고 했다. "공자는 주물사처럼 안회顏回를 만들었다." 「진서陳書・고조본기高祖本記」에서 "세상의 모범이 된다. (為世鎔範)" 피일휴皮日休의 「방도양상국房杜兩相國」에서 "후세 사람들로 하여금 인재를 양성함에 끊임없이 도야를 받는다." 이들은 모두 같은 맥락으로 쓰인 것이다. 현대 중국 사람이 일상에 말하는 '모범模範'・'도야陶冶'・'범위範圍'・'범주範疇'・'규모規模'・'해모楷模'는 원래 다 야주와 관련된 술어이고 나중에 관용어가 되어 보편적인 함의를 얻고 '사범師範'・'모호模糊'・'행소行銷'・'소수銷售' 등의 단어로 전환됐다. 민간에서 나오고 다시 민간으로 돌아간 것인데, 기예나 술어 관용어는 모두 같은 경로를 거쳤으니, 과학기술과 보통 백성 민속 사이에 다리를 이어준 것 같다. 사회는 원래 일체로 된 것이다.

제5절 한약 포제

의약 지식은 인류가 장기적인 노동, 생산, 생활 실천 과정에서 점차적으로 형성, 생산, 축적된 것이다. 한약이 있고 한약 포제가 있다. 원시사회에서 사람들은 무리를 지어 생활했다. 원시인이 불을 사용할 줄 모를 때 짐승을 잡아 털과 피까지 날것으로 먹었으며, 배가 고프면 먹을 것을 가리지 않았다. 간혹 독이 든 식물이나 동물을 잘못 먹어 구토, 설사 또는 의식불명 상태 등의 중독 반응을 일으켰으며 심할 경우 사망까지 초래했다. 예를 들어 대황大黃을 잘못 먹으면 설사할 수 있고, 여로藜蘆를 먹으면 구토를 유발할 수 있다. 물론, 때로는 효과가 있는 동식물을 섭취하여 자신의 원래 질병을 완화시키거나 낫게 할 수도 있었다. 대대손손 시도와 체험을 통해 이러한 감성적 인식이 점차 이성적 인식으로 상승하여, 의식적인 행동이 되어 최초의 한약 정제 지식과 실천을 형성했다.

의医와 식食은 뿌리가 같고, 의약도 같이 한다. 선민들은 먹이를 찾아다니며 노동하면서 동시에 약물 가공 기술을 창조했다. 예를 들어 채취한 천연 약물의 흙 모래를 제거하고 깨끗이 씻고, 석칼이나 돌도끼로 잘게 부수거나 말린 후에 돌방망이나 나무방망이로 빻아 거친 가루를 만들었는데 이는 바로 한약 포제의 시작이다.

「한비자韓非子·오두편五蠹篇」에서 아득히 먼 옛날에 "민중들은 나무 과실과 풀의 열매 또는 대합조개 같은 것을 먹었는데 비린내가 나는 날고기였다. 이 날고기는 고약한 냄새 때문에 위장을 상하게 하여 민중들이 질병에 걸리는 예가 많았다. 여기에 한 성인이 있어 나무를 뚫고 비벼 불을 일으켜 비린내 나는 음식을 구워먹게 하여 독을 없앴는데 민중들이 이것을 기뻐하여 그를 추앙하여 세상을 통치하는 임금으로 상고 수인씨라 불렀다." 날 것을 익혀 먹으면 소화에 도움을 주고, 소독 살균 작용이 있다. 동물성 육류 음식물은 익혀서 먹으면 소화가 잘 되고, 동물성 단백질의 영양을 보충하여, 사람의 인체 발육과 뇌 성장을 위한 영양 물질을 공급한다. '끓이기', '삶기' 등과 같은 음식물을 익히는 방법은 약물 가공 처리에 차용됐다. 생약은 탕약이 되고, 독성이 있는 약은 이로운 약으로 됐다. 이는 한약 포제의 초기 모습이다.

'포제炮制'는 옛 명칭으로 '포자炮炙'라고 한다. 『설문해자說文解字』에 의하면 "포炮는 털을 벗겨내고 고기를 굽는 것이다." 단옥재段玉裁는 "모자육毛炙肉, 이른바 털을 제거하지 않고 통째로 굽는다"라고 했다. 「예기禮記

·내측內則」에서 "찰흙으로 겉을 발라서 굽는다"고 했다. 정현鄭玄은 "포炮는 무엇을 발라서 굽는다고 해서 이름을 얻었다." 손희단孫希旦의 집해集解에서 "무엇으로 싸서 굽는다고 포炮라고 한다." 『설문說文』에서 "자炙는 구운 고기다. 육부肉部를 따르며 불 화火자 위에 있다." 「시경詩經·소아小雅·박잎(瓠葉)」에서 "온돌 불은 자炙라고 한다"고 했는데 한약 포제의 기원은 불의 발견 및 사용과 밀접한 관계가 있음을 보여준다. 술은 중국에서 기원한 지 아주 오래 됐다. 고고학적 발견에 따르면 신석기시대 중기의 앙소문화 시대(지금으로부터 약 5, 6천년전)에 사람들은 술을 빚기 시작했다. 신석기시대 말기인 용산문화시기(지금으로부터 4,5천년 전)에 전용 도제 주기酒器가 있었다. 이는 사람들이 이미 더 많은 술을 만들었음을 알 수 있다. 은허에서 출토된 갑골 문자에 '창기주鬯其酒' 란 기록이 있고, 동한東漢 반고班固는 『백호통의』고출편考黜篇에서 이를 설명한 바 있다. "'창鬯'은 온갖 풀의 꽃과 울금鬱金을 섞어 빚어 만든 울창주를 뜻한 것이다." 울금은 현재 치료에 자주 사용하는 약용 식물이며, 그 뿌리와 술의 색은 노랑이고 금과 같다. '창기주鬯其酒'는 일종의 향기로운 약주를 만들어 내는 것으로, 술로 약물을 포제炮制하는 역사가 아주 오래 전으로 거슬러 올라간다는 것을 보여준다.

문자가 생성되기 전, 이러한 약 사용의 경험과 제약 실천은 사람들의 입과 귀에 의해 전수되고, 스승과 학문으로 전수 받으며, 대대로 보존될 수 있을 뿐이었다. 문자가 생긴 후부터 사람들은 그것을 기록하고, 점차 풍부한 의약 제조 문헌 자료가 형성됐다. 호난성馬王堆三號漢墓 창사長沙 마왕퇴馬王堆 3호 한묘漢墓에서 백서帛書 『52병방病方』이 출토됐는데, 이는 춘추전국시대부터 전해져 내려왔다. 이 책은 283개의 처방전(못 맞춘 잔편 제외), 유명 한약재 247종과 그에 대한 포제 방법이 상세히 기록되어 있다. 그 내용에는 손질, 썰기, 수제水製, 화제火制, 물과 불 다스리기 등이 있다. 예를 들어 손질에 대하여 불순물 제거하기, 껍질 벗기기, 가죽 벗기기 등이 있다. "강랑蜣螂 1말의 빌톱을 없앤다." "술근術根의 껍질을 벗긴다." 썰기와 분쇄에 대하여 잘게 썰기, 벗기기, 깎기, 쪼개기, 씹기, 부스러기, 빻기, 두드리기, 쌓기, 치기, 쪼개기, 깨기, 불리기, 갈기 등이 있다. 예를 들면, "길이 1척, 굵기가 손가락만큼의 기근杞根을 깎다." "작약芍藥을 깎다." "복령伏苓을 ……절구질을 한다." "질이 좋은 숙애, 뇌환雷丸을 ……두드린다." "우슬牛膝을 분쇄한다." "경석고 1냥兩을 갈다" 등에 대한 기록도 있다. 수제水制에 대하여 담그기, 술 담그기, 식초 담그기, 즙액 담그기, 물에 적시기, 물 뿌리기 등이 있다. "규경葵莖을 물에 담그다. 여름에는 담그지 않는다." "여로茹蘆 뿌리를…… 술에다 담그다." "상륙商陸을 식초에 담그다. 붓기 나는 곳에 찜질한다." "어린 아이의 오줌으로 능기菱芰를 담그다." 화제火制에 대하여 가열하기, 볶기, 불에 굽기, 끓이기, 쬐기, 말리기 등이 있다. 예를 들면, "수년이 된 쑥을 볶다." "모발을 태워 그 재로 지혈할 수 있다." "노란 암탉에게 된장을 먹이고 스스로 죽게 되면 골풀로 감싸고 다시 그 위에 흙을 발라서 굽는다." "고삼苦參 반 말(1/2말)을 불에 굽는다." "타원형 폄석砭石 조각을 불에 구운 다음에 식초를 찍어서 찜질한다." "대숙人菽 1 말을 물로 삶아 익힌다." "누에 알을 구워서 누렇게 된 다음에 분쇄한다." "금조(金銚: 한약 끓일 때 쓴 탕관)로 뽕나무를 태운 가루(桑炭)를 말린다." 수화공제水火共制에 대하여 찌기, 끓이기, 물에 푹 잠겨 삶기, 술 식초를 넣고 끓이기, 쌀뜨물로 끓이기, 삶기, 지지기 등이 있다, 예를 들면, "3년 된 콩잎을 찐 다음에 즙을 짠다." "양고기를 찐다." "물 1말로 교膠 1삼參[24]을 끓인다." "지하수 3말에 도롱이풀 한 다발을 같이 끓인다." "물로 적당한 량의 자두핵을 끓인다." "식초와 술에 메기장과 찰기장을 3번 끓인 후에 즙을 떠서 마신다." "아이 오줌 5말에다 개사철쑥 두 다발을 삶는다." "규경葵莖을 삶아서 즙을 먹는다." "황금黃芩을 분쇄

---

24) 진한秦漢 시기의 용량단위. 1삼參=1/3말. (역자 주).

해서 감초를 같이 넣고, 체고膪膏[25] 적당한 양을 넣고 충분히 끓인다."
건조하기는 그늘에서 말리기, 강한 햇볕에 말리기 등이 있다. 예를 들면,
"독 제비를 그늘에서 말린다." "딸기 줄기를 강한 햇볕에 말린다." 상술
내용은 춘추전국시대에 이미 한약 제조의 형태를 갖췄음을 보여준다.

---

25) 멧돼지 지방 주원료로 다른 약초를 섞어서 만든 고약.(역자 주)

제6장
민간가무

가무예술은 민속의 중요한 형식 중의 하나다. 오랜 세월을 거쳐 발전해 온 선진시대의 가무 예술이 민속생활에서 차지하는 비중은 헤아릴 수 없을 만큼 크다. 자료 및 현행 연구 성과의 제한성으로 인해 우리가 지금까지 선진시대의 가무 예술에 대해 아는 바는 매우 적다. 이 장에서 가무 예술의 매우 중요한 몇 가지 측면에 대해서 서술함으로써 당시 민속의 한 단면을 드러내고자 한다.[1]

제1절 원시시대의 가무와 음악

원시시대 사람들에게 가무는 아주 중요한 오락의 방식 중의 하나다. 낭산狼山 암각화는 원시시대 사람들의 가무 즐기는 장면을 매우 생동하게 보여준다. 무도에 참가하는 사람은 남녀노소 거의 다 포함되어 있으며

---

1) 『시경』의 '국풍國風'에는 서주 시대의 수 많은 민가들이 수록되어 있다. 사관이나 민가 채집자들에 의해 가공 정리된 이 민가들은 당시 민가 예술의 매우 소중한 자료다. 본서는 『시경』 연구 전문 저서가 아니며 또한 지면의 제한으로 이 부분에 대해 따로 서술하지 않겠다.

무도 자세가 매우 자연스럽고 힘차다. 한 무도자가 심지어 공주 제비를 돌며 높은 기교를 자랑하고 있다. 무도자 전원이 의복을 전혀 걸치지 않았다는 점을 미루어보아 이 암각화는 매우 오래 전 시대의 것임을 알 수 있다.

그림 6-1 낭산狼山 암각화 〈무용도〉

신석기시대의 채문도기 대야에 그려져 있는 무용 도안은 매우 역동적으로 표현된 현실감이 넘치는 자료다. 몇 명의 젊은 여성들이 서로 어깨를 걸치고 나란히 서서 조화롭게 춤을 추고 있다. 그들의 변발辮髮은 일제히 같은 방향을 향하며 좌우로 흔들면서 무용의 리듬감을 생동하게 보여준다. 이 정교하고 아름다운 그림을 볼 때 저절로 『여씨춘추·고악』편의 다음과 같은 구절이 떠오른다.

> 옛날 갈천씨 때의 음악은 세 사람이 소의 꼬리를 잡고 스텝을 밟으면서 부르는 여덟 장의 노래였다. 첫째는 '백성을 싣다'라고 하고, 둘째는 '제비'라고 하고, 셋째는 '초목을 기르다'라 하고, 넷째는 '다섯 곡식을 이야기한다'라고 하고, 다섯째는 하늘의 도리를 공경한다'라고 하고, 여섯째는 '상제의 공덕을 터득하다'라고 하고, 일곱째는 '땅의 덕에 의지하다'라고 하고, 여덟째는 '만물의 도리를 꿰뚫다'라고 했다.

이 구절은 원고시대의 씨족 갈천씨葛天氏가 가무를 즐기는 장면을 묘사하고 있다. '투족이가投足以歌'[2)]는 바로 무용 도안 속 안무가들의 경쾌한

---

2) '투족投足'에 대해서 고유高誘에 의하면 "발을 구른다는 것과 같다.(猶蹀足)" 즉, 지금

그림 6-2 낭산狼山 암각화 〈무용도〉 1

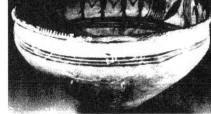

그림 6-3 무용 채도분彩陶盆

스텝을 가리키고 있다. '초우
미操牛尾'는 도안 속의 인물들
의 허리 뒤 부분에 찬 장식물
을 의미할 가능성도 있고 무
도자가 소 꼬리를 쥐고 춤을
춘다는 의미로 이해할 수도
있다. '갈천씨'는 연구자들에
의하면 바로 '삼황'의 군호君
號일 가능성 있다는 점을 미루

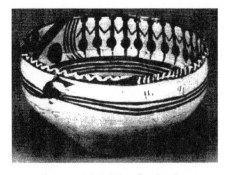

그림 6-4 신석기시대 무용 채도분彩陶盆

어 매우 오랜 옛날의 씨족임을 우리가 알 수 있다. 여기에 기록된 노래의
내용이 전해 내려오지 않았지만 이들 제목을 근거로 해서 대략 다음과

도 흔히 볼 수 있는 발을 내딛는 무용 동작을 의미한다. 왕리기王利器선생에 의하면
"여기의 '투족이가投足以歌'는 이백이 「왕륜에게 드림(贈汪伦)」에서 "갑자기 언덕에
서 발을 구르며 부르는 노래 소리 들리네.(忽聞岸上踏歌聲)"의 '타가踏歌'와 같다.
유우석劉禹錫의 「양산절에서 제사 행사를 보며(陽山廟觀賽神)」에는 '사람들이 삼삼
오오 리듬에 맞춰 춤 추고'죽지사'를 부르며 집으로 돌아간다(幾人連踏竹枝還)'라는
구절이 있는데 이백은 노래를 이야기하고 있지만 유우석은 춤을 이야기하고 있다."
(『呂氏春秋註疏』, 巴蜀書社, 2002年, p.537.)

같이 추론할 수 있다. '재(대)민載(戴)民'은 아마도 씨족 수령에 대한 찬양이며, '현조玄鳥'는 아마도 고대 선민의 역사에 대한 회고와 칭송일 것이다. '수초목遂草木'은 '육초목育草木'으로 칭하기도 하고 나무와 풀의 번식 즉 자연이 인간에 베푼 은혜를 칭송하고 있다. '분오곡奮五穀'의 '분奮'은 '성장하다'의 의미로 곡식이 무성하게 성장한다는 것을 의미한다. 이러한 내용을 통해서 우리가 그 당시 이미 원시 농업이 존재했다는 것을 알 수 있다. '경천상敬天常'은 아마도 천도天道 운행의 규칙에 대한 칭송이며 '달제공達帝功'의 '달達'은 '위에서 아래로 전하다, 관철하다'는 의미로 상제의 공덕을 인간 세상에 관철한다는 것을 의미한다. '의지덕依地德'의 '의依'는 '순종하다, 따르다'는 의미로 지신地神이 인간에게 하사한 모든 것에 따르겠다는 것을 의미한다. '총만물지극總萬物之極'은 아마도 총체적으로 만물이 인간에게 준 은혜를 노래하고 있다. 매 구절의 가사가 그 다지 길지 않지만 당시 사람들의 소망과 즐거운 마음을 표현하고 있다. 이러한 기록들을 통해서 우리는 원시시대 노래 가사의 내용은 대부분 천지신령 및 씨족 수령에 대한 찬양에 집중되었다는 것을 알 수 있다. '투족이가投足以歌'의 방식으로 찬양의 마음을 표현하고 반복해서 노래하면서 춤을 추고 모든 씨족 구성원들이 한 곳에 모여 가무의 참여자인 동시에 감상자이기도 하다. 씨족 전체가 화기애애하여 혈연에 대한 끝없는 사랑과 분투의 정신을 절실히 담고 있다. 청해성青海省 종일宗日 문화에서 발굴된 무용 채문도기 대야에 그려져 있는 도안 속의 무도자는 발끝을 착지하여 춤을 추고 있으며 나란히 선 무도자들의 발끝 부분 모두 원추형으로 그려져 있다. 이점에 근거해서 우리가 그 당시 이미 후세 발레의 입족立足과 비슷한 동작이 있었다는 것을 알 수 있다.

지금까지 발견된 원시시대 거주 유적의 상황을 살펴 보면 가장 큰 집(예를 들어 반파유적)이나 중심 관장(예를 들어 강재姜寨유적)이 왕왕 그 구역의 중심이었다. 보도에 의하면 최근 발굴된 안휘성 맹성蒙城 위지사尉迟寺

신석기시대 부락 유적[3]의 중심에 원래 1300㎡의 대형 활동 광상이 존재했다. 광장의 바닥에 인공으로 가공된 붉은색 소토燒土가 깔려 있고 표면은 매우 깔끔하고 매끈매끈하며 튼튼하다. 특히 흥미로운 것은 광장의 중심에 직경 4m 정도의 불 더미 흔적이 발견됐는데 이곳은 바로 당시 씨족 구성원들이 모닥불을 피우고 파티를 즐기거나 제사를 치렀던 장소였음을 알 수 있다. 그리고 당시 경축의 의미로 하는 가무는 바로 이러한 장소에서 행했을 가능성이 크다.

전설에 의하면 음률은 바로 황제에 의해서 제정됐다. 『여씨춘추·고악』편에 다음과 같은 내용이 수록되어 있다. 황제는 영론伶倫에게 곤륜산 북쪽의 대나무를 구해오도록 명했다. 그리고 "가운데 구멍이 크고 두께가 균일한 것을 고른 뒤 두 마디 사이를 3치 9푼의 길이로 자르고 그것을 부른다"고 했다. 이렇게 해서 얻은 소리가 바로 '황종률의 궁음(黃鐘之宮)'으로 삼았는데 이로 근거해서 12율을 제정했다. 황제가 또한 영론과 영장榮將이라는 사람에게 명령해서 "12개의 종을 주조하여 5음의 조화를 이룸으로써 「영소英韶」를 밝혀보게 했다. 그리고 중춘의 달 을묘일에 해가 규圭 별자리에 있을 때 그것을 처음 연주하였는데 이름 붙이기를 「함지咸池」라 했다." 전한 바에 의하면 「영소」 및 「함지」는 모두 황제 시대 처음으로 제작된 음악의 이름이다. 이상의 기록에 근거하면 우리는 황제 시대에 이미 음률 체계가 존재했다는 사실을 알 수 있다. 그리고 길이가 서로 다른 대나무를 부를 때 나온 소리로 음의 높낮이를 정하는 기준으로 삼는다는 사실로 미루어 볼 때, 당시 사람들은 이미 음률에 대해 상당히 조예를 가지고 있었다는 것을 보여준다. 대나무는 오랫동안 보관하기 어렵기 때문에 현재까지 대나무 피리가 발견된 바는 없지만 그 대신 하모도유적

---

3) 王吉懷, 「尉遲寺聚落遺址第二階段發掘獲多項重要成果」, 《中國文物報》, 2004年 1月 21日.

그림 6-5 야수 유인용 뼈 호루라기

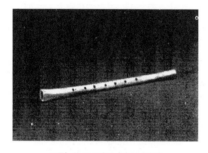

그림 6-6 뼈로 만든 피리

에서 원시시대의 **뼈** 호루라기가 출토된 바 있다. 길이가 서로 다른 7개의 호루라기가 나란히 놓여 있으며 길이의 차이로 인해서 부를 때 소리의 높낮이가 역시 다르다. 이점은 고문헌의 "가운데 구멍이 크고 두께가 균일한 것을 고른 뒤 두 마디 사이를 3치 9푼의 길이로 자르고 그것을 부른다"라는 기록과 매우 가깝다. 차이점은 하나는 대나무로 제작된 것이고 하나는 **뼈**로 제작된 것뿐이다. 1987년 하남성 무양舞陽 앙소문화유적에서 발굴된 7공 **뼈** 피리 가장 끝부분의 구멍 옆에 작은 구멍이 하나 더 뚫려 있어 부를 때 소리가 매우 아름다운 보기 드문 예술품이다. '12개의 종을 주조한다'라는 기록에 의하면 황제 시대에 이미 구리로 주조한 종과 비슷한 악기가 존재했다는 것을 알 수 있다. 그래서 황제보다 약간 늦은 전욱시대의 음악에 대해서 이미 "획획, 칙칙, 뎅뎅"과 같은 형용사가 나타났으며, "전욱顓頊은 그 소리를 좋아해서 비룡飛龍이라는 신하에게 여덟 가지 바람을 본뜬 음악을 만들게 하였는데 「구름을 따른다(承雲)」라고 이름짓고 이로써 상제께 제사 지내도록 하였다"[4]라고 기록했다.

그리고 고문헌은 전욱시대의 제천 무용에 대해 생생한 기록을 남겼다.

---

4) 「呂氏春秋·古樂」

악어 모양으로 변장한 고수鼓手가 신도가 되어 음악을 리드하였는데 위를 보고 드러누워 꼬리 부분으로 배 사이에 둔 북을 두르리니 그 소리가 '방방' 하고 났다.5)

'선선蟬先'은 악어 모양으로 변장한 군무를 리더하는 무용수의 이름이며 공연을 시작할 때 땅에 엎드려 허리에 찬 북(지금의 장구와 유사함)을 친다. 그 모습이 마치 악어가 꼬리로 자신의 배를 치는 것과 같다. 허리에 찬 이러한 북은 비교적 작아서 '방방'과 비슷한 작은 소리를 낼 수 밖에 없다. 기타 무도자들이 바로 이러한 북소리의 리듬에 맞추어 춤을 추기 시작했다.6) 이러한 춤은 암각화에 그려져 있는 동작이 매우 호방한 춤보다 상당히 발전된 것으로 볼 수 있다.

그림 6-7 경파족景頗族의 순패무盾牌舞

무도자들이 동물 모양으로 변장하고 높이 뛰거나 달리기 등 동물늘의 농삭을 모방하는 것은 원시 무용의 특징이다. 앞에서 말한 '선선蟬先'이 바로 이러한 예이며, 『여씨춘추·고악』편에 나온 '영봉조무지令鳳鳥舞之'7) 역시

<hr>

5) 「呂氏春秋·古樂」
6) 이 부분의 내용에 대해서 여러 가지 설이 있지만 이 중에서 진기유陳奇猷의 의견이 가장 타당하다고 여긴다. 그에 의하면 "북은 리듬을 알려주는 악기이므로 음악을 연주할 때 제일 먼저 치게 된다. 여기서 선선蟬先이 북을 치면서 음악을 이끄는 것은 북의 역할을 설명하고 있다. 그리고 선蟬이 꼬리로 자신의 복부를 친다는 구절을 통해서 우리가 이 공연에서 사람이 동물로 변장하여 공연하고 있다는 사실을 알 수 있다. 공연자가 악어로 변장하여 북을 허리에 차고 음악이 시작되자 마자 위를 보고 드러누워 북을 치면서 기타 악기를 이끌어간다."(『呂氏春秋校釋』, 上海古籍出版社, 1984年, p.537.)

봉황새로 변장하는 예다. 이러한 사실은 당시 호랑이나 늑대 같은 야수로 변장했을 가능성이 존재한다는 것을 판단할 수 있다. 이는 『상서尚書·요전堯典』에 나온 '백 가지 야수가 다 함께 춤을 춘다(百獸率舞)'라는 구절을 통해 뒷받침된다. 이후에 무도자들이 방패를 들고 춤을 추는 경우도 있는데 방패에는 왕왕 용맹함을 상징하는 동물상이 그려져 있다.

원시 가무가 동물들의 형상이나 동작을 모방할 뿐만 아니라 일상 생활 속의 일들을 모방하는 경우도 있다. 수렵의 장면을 재현하는 무용이 그 좋은 예다. 『화양국지華陽國志·파지巴志』에 그에 관한 기사가 있다.

> 주무왕이 상대 주왕紂王을 공격하기 위해 파촉巴蜀지역에서 군사를 일으켰다. 이러한 내용이 『상서』에 기록되어 있다. 파촉지역의 군사가 매우 용맹하고 노래와 춤으로 적군을 짓눌러 은대 사람들이 반란이 일으켰다. 고로 세간에서 "주무왕이 상대 주왕紂王을 공격하여 군사들이 노래하고 춤을 추었다"는 말이 전해지고 있다.

소위 '가무이릉歌舞以凌'의 '가歌'는 매우 큰 소리로 울부짖는 군가이며 '무舞'는 수렵 시 찌르거나 돌격하는 동작을 모방하는 춤이다.8) 따라서 '가무이릉歌舞以凌'은 이러한 노래와 춤의 기세로 적군을 압도한다는 뜻이

---

7) 「여씨춘추呂氏春秋·고악古樂」의 원문은 "영봉조令鳳鳥, 천적무지天翟舞之"로 되어 있다. 전에 이 구절에 대한 해석한 바가 없었다. 유독 진기유陳奇猷가 이에 대해 해석했다. 『설문』에서 '적翟'을 '긴 꼬리를 가진 꿩'으로 해석하고 있다." 『설문』에 근거해서 '적翟'의 의미를 해석하는 것은 타당해 보이지만 이를 근거해서 '천적天翟'의 의미를 해석하는 것은 마땅치 않다고 여긴다. 필자는 천적天翟은 高씨가 단 주석이 본문에 씌인 것으로 생각한다. '천적天翟'은 바로 '대적大翟'이며 (고문에서 천天'과 '대大' 두 글자가 호환해서 쓰는 경우가 많다.) 즉, 큰 꿩을 가리킨다. 그리고 원문에 '봉조鳳鳥'와 대적大翟'을 나열해서 쓰는 것은 타당하지 않으며 '천(대)적天(大)翟'은 바로 '봉조鳳鳥'에 대한 해석이다.

8) 汪寧生, 『古俗新研』, 敦煌文藝出版社, 2001年, p.98.

다. 수대부왕 시대의 '전가후무前歌後舞'는 원시시대의 '가무이릉歌舞以凌'의 계승으로 볼 수 있다.

고고 발견의 귀갑기龜甲器는 아마도 원시시대 무용할 때 박자를 치는 악기일 가능성이 크다. 신석기시대 무덤의 부장품 속에서 모양이 완전히 그대로 보존된 귀갑이 발견된 적이 있다. 귀갑 속에 작은 돌멩이와 모래가 담아 있고 등과 아랫배 부분의 끝을 잘라 내어 그 가장 자리에는 나란히 몇 개의 구멍을 뚫었다. 전문가들은 이러한 귀갑의 용도가 캐나다 이로쿼이(Iroquois) 지역 인디언들이 사용하는 귀갑 타악기와 유사하다고 본다. 인류학자 모건에 의하면 이와 같은 타악기의 제작 방법은 다음과 같다. 우선 거북이의 내장과 사지를 제거한 다음 완전히 말린 후에 가죽을 봉합하여 귀갑 안에 딱딱한 옥수수 알을 넣는다. 그 다음에 머리 부분으로부터 손잡이로 쓰일 나무 막대기를 집어넣고 끈을 귀갑 가장 자리에 있는 구멍으로 꿰어 나무 막대기를 고정시킨다. 그럼 손잡이를 가볍게 흔들어도 구슬이 구르는 것 같은 아름다운 소리를 낼 수 있어 귀갑 향기響器라고 부른다. 이로쿼이 지역의 인디언들은 종교 의식을 올리거나 춤출 때 모두 이러힌 디악기로 리듬을 친다. "이것으로 무두자들의 스텝을 일치하도록 지휘하며 빈도는 보통 1초에 2번 혹은 3번이며 음악 한 곡이 종료되면 리듬이 느려지고 휴식을 표시한다."[9] 중국 고대 귀갑 향기로 리듬을 표시하는 무용도 이와 흡사하다.

북은 아마도 원시 가무 반주용 악기로 가장 널리 쓰일 것이었다. 감숙성 난주蘭州에서 일종의 채문도기 북이 출토한 바가 있었는데 이 북의 높이는 약 30cm, 나팔 끝 부분의 직경이 약 22.5cm였다. 이 부분의 가장자리에는 북면에 씌우는 야수 가죽을 고정시키는 작은 단추들이 박혀있다. 북의 몸통은 통 모양으로 되어 있으며 양쪽 끝 부분에 고리가 있어 끈으로

---

9) 汪寧生, 『古俗新研』, 敦煌文藝出版社, 2001年, p.355.

허리에 매어서 연주할 수 있으며 걸어놓고 연주할 수도 있다. 북 전체가 나선형으로 되어 있는 톱날 모양의 문양으로 장식되어 있고 이 문양은 마가요문화의 반산유형에 속한다. 이에 근거하여 우리가 이 북은 약 6000년전 신석기시대의 유물이라는 것을 판단할 수 있다. 북면에는 짐승 가죽이 쓰였고 손바닥으로 가볍게 치거나 두드리면 여전히 매우 고요하고 아름다운 소리를 낼 수 있다. 우리는 당시 사람들이 북소리를 들으면서 함께 춤을 추는 장면을 상상할 수 있다.

선사시대 악기의 종류는 매우 다양하다. 지금까지 발굴된 원시시대의 악기에는 뼈피리, 훈塤, 경磬, 종, 요발(鐃), 북 등이 있다. 예를 들어 강소성 오강吳江 매언梅堰 신석기시대유적에서 뼈피리가 출토된 바가 있으며 하남성 신정新鄭 배리강문화유적에서 10여개의 뼈피리가 발굴됐는데, 길이가 약 10~20cm 정도다. 이 뼈 피리의 대부분은 이미 파손되었지만 이 중에서 하나가 손상되지 않고 완전한 형태로 보존되어 있다. 이 뼈피리에 8개의 구멍이 뚫려있고 음의 정확도가 매우 높다. 피리의 한 쪽 끝을 마우스피스로 부르며 현대 민요도 연주할 수 있다. 하남성 무양가호舞陽賈湖의 신석기시대유적에서 16개의 뼈피리가 발굴됐는데, 이 피리들이 모두 양쪽 끝부분을 잘린 야수의 날개 뼈를 갈고 구멍을 뚫는 방식으로 만든 것이다. 이 뼈피리들의 모양이 거의 비슷하고 양쪽 끝부분에 구멍이 있고 대부분 7개의 구멍이 있으며 세로로 부르는 피리에 속한다. 그리고 이 피리들은 음계 체계를 갖추고 있으며 멜로디를 연주할 수 있으며 그 음은 아주 정확하다. 이러한 뼈 피리가 전형적인 원시시대의 악기인 동시에 중국 피리 및 소 종류 악기의 효시다.

훈은 후세에 널리 전해지고 사용되는 중국 원시시대의 전형적인 취주악기다. 하모도유적에서 발굴된 도훈에는 취공吹孔이 하나만 있다. 이 악기는 현재까지 발굴된 훈 중에서 가장 오랜된 것이다. 서안 반파촌半坡村 앙소문화유적에서 발견된 훈은 지공이 하나만 있으며 단3도의 두 개 음을 낼

수 있다. 산서성 만천현萬泉縣(현재 만용현萬
榮縣에 속함) 형촌荊村에서 신석기시대의 도
훈陶塤 3개가 출토된 바가 있다. 하나는 지공
이 없고 관 모양으로 되어 있으며 다른 하나
는 지공이 2개이며 타원형으로 되어 있다.
나머지 하나는 두 개의 지공이 공 모양으로
되어 있다. 감숙성 옥문 화소구玉門火燒溝문
화유적에서 20건의 도훈이 출토됐는데 아마
도 신석기시대 말기 혹은 하대夏代의 유물일
것이다. 이 도훈의 대부분이 채문도기 제품

그림 6-8 이리강二裏崗
상대유적에서 발견된 도훈陶塤

이며 10몇 개는 이미 파손되고 9개만 손상없이 보존됐다. 길이가 약 8~
10cm 정도되며 대부분 납작한 물고기 모양이며 물고기 머리 끝 부분에
취공이 있고 양쪽 지느러미 부분에 지공 하나씩 있으며 복부 왼쪽 하단에
역시 지공 하나가 있다. 몸통은 거물 혹은 줄무늬 채문으로 장식되어 있고
서로 다른 손가락을 열다 닫는 6가지 지법으로 4개의 음을 낼 수 있고
4성의 음계를 구성된다. 산동성 유방濰坊 요관장姚官莊 용신문화 유적에서
역시 신석기시대 말기의 도기 공 모양의 훈이 출토된 바가 있으며 길이는
약 3.3cm 매우 깜찍하고 정교하다. 끝 부분에 돌출한 취공 옆에 지공 하나
씩 있으며 단3도 음정의 음 2개를 낼 수 있다. 대문구문화에 속한 강소성
북부 비현邳縣 소둔자小墩子에서 같은 시기의 도훈이 발굴된 바가 있다.
상대에 여러 가지 모양의 훈이 존재했지만 대부분 바닥이 평평하고 계란
모양이다. 사용하는 재료는 도기, 돌, 상아, 동물 뼈 등이 있다. 예를 들어서
하남성 정주鄭州 이리강二里崗 상대 초기 유적에서 타원형 모양, 지공이
3개인 도훈이 발굴되었으며 하남성 안양 은허 부후가장婦侯家莊 일련번호
1001인 묘에서 뼈로 만든 훈塤이 발견됐는데, 몸체는 올리브 모양 앞뒷면
에 짐승 얼굴 문양이 새겨져 있고 5개의 지공이 있으며 매우 정교하다.

하남성 휘현輝縣 유리각琉璃閣 일련번호150인 도훈陶塤을 발견됐는데 바닥이 평평하고 계란 모양의 크기가 서로 다르고 각각 5개의 지공이 있으며 8개의 연속 반음을 낼 수 있다. 후세의 훈塤이 대부분 바닥이 평평하고 계란모양이라는 점에 근거하여 우리는 훈의 제작이 상대 말기에 이미 규격화 되었다는 사실을 짐작할 수 있다.

경磬은 타악기이며 연구자들에 의하면 경은 아마도 돌로 만든 납작한 모양의 생산 도구(예를 들어 돌삽)를 모방해서 만든 것으로 본다. 원시시대의 선민들이 생산 활동 속에서 석제 도구가 매우 아름다운 소리를 낼 수 있다는 사실을 발견하여 이를 반주에 쓰게 되고 이로써 경이 나타나게 됐다. 산서성 하현夏縣 동하빙東下馮에서 발굴된 초기 원시시대의 석경은 타제 방식으로 만들어져 있으며 약간 거칠어 보인다. 산서성 양분도사襄汾陶寺유적에서 발견된 석경은 역시 타제 방식으로 제작된 것이다. 상대 석경의 모양은 매우 다양하다. 하남성 언사偃師 이리두二里头유적에서 출토된 조상早商시대의 석경이 마제 방식으로 제작되었으며 동하빙유적 및 도사유적에서 발굴된 것보다 훨씬 발전된 것이다. 나진옥罗振玉이 편찬한 『은허고기물도록殷墟古器物图录』에 6건의 석경을 기록한 바가 있는데, 그 모양은 아직 규격화되어 있지 않고 어떤 경에 무늬가 새겨져 있다. 안양 은허安阳殷墟 서구西區 고분에서 발굴된 6개의 경은 불규칙한 긴 5각형 모양이며 가장 자리에 1~2개의 구명이 뚫려 있고 어떤 경의 표면에는 새와 짐승 모양의 문양이 새겨져 있다. 안양 상대 부호묘婦好墓에서 발굴된 2개의 석경은 무정武丁 말기의 유물이다. 그 중의 하나가 긴 네모 모양이며 위쪽 부분이 약 8.5cm 비교적 좁고 아래 부분이 약 12cm 상대적으로 넓다. 위쪽 부분에 매달 때 쓰이는 구명이 하나가 있으며 한쪽에 '임염입석妊冉入石(冉: '죽竹'으로 해석하기도 함)'이라는 글자가 새겨져 있다. '임염妊冉이 씨족 혹은 사람의 이름이며 '입入'은 공물을 바친다는 의미이고 즉 '임염妊冉'이 바친 석경"이라는 뜻이다. 또 하나 납작한 네모 모양의 석경은 검은

그림 6-9 안양 은허
부호고분에서 발견된 석경石磬

그림 6-10 은허 무관촌武官村에서 발견된 석경石磬

색이며 한 쪽은 궁형으로 되어 있고 길이 25.6cm, 넓이 6.7~8.7cm 정도다. 이 석경의 표면에는 매우 정교하고 아름다운 올빼미 문양이 새겨져 있다. 올빼미는 서 있는 자세에서 부리가 구부러져 있으며 눈이 크고 날개와 볏이 아주 짧다. 긴 꼬리는 안 쪽으로 구부러져 있으며 발이 힘차고 날카롭다. 그리고 경의 위쪽 끝부분에 매달 때 쓰는 용도로 구멍 하나를 뚫어 놓았다. 하남성 안양安陽 무관촌武官村 만상晚商 고분에서 출토된 대리석으로 만든 석경에는 호랑이 문양이 새겨져 있으며 길이 84cm, 높이 42cm다. 호랑이의 모습이 위풍당당하며 웅건하고 마제 방식으로 만든 이 석경의 제작이 매우 정교하여 위쪽 부분에 매달 때 쓰일 구멍 하나를 뚫어 놓았다. 이 석경이 출토 당시 왼쪽 즉 이 묘실의 서쪽에서 순장자로 보이는 여성 시체 24구가 발견됐는데 수장품 속에 작은 동과銅戈(무용 도구로도 사용함) 3개가 있었다. 아마도 이들 순장자 중에서 음악연주자나 가무를 잘하는 사람이 있었기 때문일 것이다. 표면에 각종 아름다운 동물 문양이 새겨져 있는 석경이 상대 고분에서 가끔 발견된다. 예를 들어 하남성 안양 소돈촌安陽小屯村북쪽, 원수洹水 남쪽에서 출토된 길이 88cm 높이 28cm의 석경은 전체가 회색이고 양쪽에 용 문양이 새겨져 있으며 용이 입을 크게 벌려 무엇을 삼키려는 형상이다. 용의 뒷다리는 안쪽으로 구부러져 있으며 앞다리와 뒷다리 사이에 원형의 누에 문양이 있다. 황준黃濬의 『업편우鄴片羽』 2집에 상대 물고기 문양의 석경이 기록되어 있는데 물고기 모양으로 만든 이 석경의 표면에는 물고기 문양이 새겨져 있다. 위에서 언급된 석경들은 제작이 완벽하고 조각 문양이 정교하고 아름다우며 선이 유창하고 능란하여 조기의 석경보다 발전했다. 이 석경들은 제사용이나 오락용으로 보인다. 예를 들어 『시경詩經·상송商頌』에서 은대 사람들이 제사 악무를 즐기는 장면에 대해서 다음과 같이 묘사하고 있다.

자루 달린 큰 북 덩덩 울리고 빼빼 관악기 소리나네.
조화되고 고르게 경소리를 따르네.

춘추시대의 작품인 이 시 속에는 은대의 가무 민속에 대한 추억이 담겨 있다. 이 시는 당시 사람들이 노래하고 춤추는 장면을 묘사하고 있으며 '경 소리를 따르네'라는 구절을 통해서 경은 당시 매우 중요한 악기였다는 사실을 확인할 수 있다. 그리고 윗부분 매달릴 때 쓰이는 구멍 주변에 남아있는 마모의 흔적과 표면의 두드린 흔적을 통해서 이 경들은 오래동안 썼던 것이라는 점도 알 수 있다. 이 중에서 호랑이 및 용 문양의 석경은 지금도 연주할 수 있으며 소리가 매우 낮고 힘차며 은은하다. 이처럼 1개를 매달아 연주하는 석경은 후세에 '특경特磬'이라 부른다. 지금까지 출토된 상대의 경 중에서 음정의 높낮이에 의해서 조합한 경도 있는데 보통 3개가 한 조組를 이루어 '편경編磬'이라고 부른다. 예를 들자면 하남성 안양安陽 은대 고분에서 출토된 편경에는 각각 '영계永啓', '영여永餘', '요여夭餘'라는 명문이 새겨져 있다. 연구자에 의하면 명문 속의 '영永'은 바로 '읊을 영詠'이며 노래한다는 의미다. '계啓'는 『설문해자』 및 『옥편』에서 '깨우치다'는 의미로 해석하고 있다. '여餘'는 『설문해자』에서 '느리게 말하다'로 해석하고 있으며 '서徐'및 '서舒'자의 초문初文으로 보인다. '요㐅'는 무도자가 머리를 한쪽으로 돌려 춤을 추는 자태를 묘사하고 있다. 이로써 명문으로 새겨진 '영계永啓'는 노래 시작할 때의 리듬, 영여永餘는 느리게 노래할 때의 리듬, '요여㐅餘'는 느리게 춤을 출 때의 리듬을 의미하고 있으며, 경의 반주에 사람들이 명쾌한 리듬에 따라 춤을 추는 상황을 표현하고 있다.

훈塤과 경보다 비교적 늦게 출현한 종鐘은 전형적인 타악기다. 섬서성 장안현 객성장客省莊 용산문화유적 및 하남성 삼문협 묘저구三門峽廟底溝에서 출토된 도종陶鐘은 신석기시대의 유물이다. 현재까지 발굴된 가장 오래된 종 형태의 악기이며 동종銅鐘의 전신일 가능성이 크다. 특히 장안 객성장에서 출토된 긴 네모 모양의 도종은 형태가 완전히 보존되어 있으며 윗부분에 실심 곧은 손잡이가 달려있다. 이 도종이 은상시대의 동요발(銅鐃)과 매우 비슷해서 '도요발(陶鐃)'이라고 부르기도 한다. 상대의 동요발은 두 가지 유형이 있으며 소형의 동요발은 모두 하남성에서 발견됐다. 예를 들어서 고궁박물관에 수장된 것과 안양 대사공촌安陽大司空村 312호 은대 부호묘에서 발굴된 3기기 한 조로 이루어진 동요발과 5개가 한 주로 이루어진 동요발이 있는데, 이들 요발의 몸체와 손잡이는 매우 짧고 구멍 윗쪽에 있고 잡이가 아래 부분에 있다. 받침대에 놓고 하는 '식명植鳴' 연주법과 손에 들고 연주하는 '지명持鳴' 연주법이 있다. 상대에 또한 무게가 몇 십 킬로그램에 달하는 큰 요발이 있는데 이러한 요발은 받침대에 놓고 연주할 수 밖에 없다. 이와 같은 대형 요발은 '용鏞'이라고 부르기도 하고 소형 요발은 '정鉦', '탁鐸' 혹은 '집종執鐘'이라고 부르며 나중에 나타난 종의 전신이다. 초기의 동종 실물은 대부분 섬서성 지역에서 발굴됐다. 예를 들어 장안 보도촌長安普渡村에서 출토된 3개가 1조로 이루어져 있는 편종은 서주 중기 목왕穆王 시대의 유물이다. 그 이후로 서안 장가파張家坡, 부풍장백扶風莊白, 보계죽원구寶雞竹園溝, 여가장茹家莊 그리고 난전藍田에서 발굴된 적이 있다. 종의 손잡이가 윗부분에 있고 아래 부분이 오픈된 편종은 보통 매단 상태로 연주하는 '현명懸鳴' 방식을 택한다. 용종甬鐘 및 뉴종紐鐘이 역시 마찬가지다. 일정한 음정에 의해서 조합된 종은 편종編鐘이라고 한다. 서주 중기의 편종은 지금까지 발굴된 편종 중에서 가장 오래된 것이다. 섬서성 장안長安 보도촌普渡村에서 출토된 3개 1조의 편종, 하남성 신양信陽 장대관長檯關 1호 초나라 고분에서 출토된 13개의 편종은 모두 이 시대의 유물이다. 요鐃도 역시 동으로 제작된 타악기다. 하남성 안양 은허에서 발굴된 3개가 1조를 이루고 있는 편요編鐃와 대사공촌大司空村 허에서 발굴된 편요, 은허 부호婦好(비신妣辛) 묘에서 출토된 5개가 1조를 이루고 있는 편요가 좋은 예다. 하남성 남녕향南寧鄉, 절강성 장흥長興, 여항餘杭, 강소성 강녕江寧 등 지역에서 큰 요발이 출토된 바가 있는데 고정된 위치에 놓고 연주해야 한다. 이 중에서 하남성 남녕향南寧鄉 행촌만杏村灣 사고채師古寨에서 출토된 코끼리 무늬 큰 요발의 무게는 무려 65.5kg 나 된다. 상주 이후 여러 가지 형태의 북이 출현했다. 북면은 대부분 뱀이나 구렁이 등 인갑 동물의 가죽으로 제작됐다. 최근 몇 년 사이 호북성 강릉 망산江陵望山, 우대산雨臺山 초나라 고분과 갈피사葛陂寺, 박마산拍馬山 초묘에서 매우 정교롭게 제작된 호좌조가고虎座鳥架鼓를 발굴했다. 호랑이

그림 6-11 전국시대의 타배橢杯 악무 문각도

모양 받침대의 경우 두 마리의 호랑이가 등장한다. 호랑이 꼬리는 서로 연결되어 있지 않는 체 땅에 엎드려 있다. 새 모양 북 받침대의 경우 두 마리의 새가 서로 등지고 받침대 위에 서 있으며 나무 북은 두 마리 새 사이에 매달려

있는데, 조가고鳥架鼓를 악무 활동에 사용하고 있는 생동감 넘친 화면을
보여준다. 전국시대 연회 장면을 묘사하는 문양이 새겨져 있는 타원형
잔을 살펴보면, 한 사람은 무릎을 꿇은 체 북채를 쥐고 있으며 그 옆에
북이 하나 있고 북이 서로 등지고 서 있는 새 두 마리 모양의 북틀에
걸려있다. 고금古琴은 역시 비교적 일찍 출현했다. 전국시대로부터 전해져
내려오는 순舜 임금님이 "금琴을 타며, 그의 곁에서 시종이 들었다"10) 라
는 전설은 당시 고금을 연주하고 가무를 감상하는 장면을 묘사하고 있다.

제2절 **춘추시대의 악무민속**

하·상·주 삼대의 발전을 거쳐 춘추시대에 중국 상고시대 악무민속의
번영기에 들어섰다. 이 시기에는 상고시대 각 시기의 악무를 계승하고
발전시켰으며, 한편으로는 사회적 수요를 적용하기 위해 새로운 악무가
나타났다. 각 제후국이 날로 강성해짐에 따라 악무도 서주시대보다 더
큰 범위에서 보급되고, 사회 민속에 끼친 영향도 전례없이 확대됐다. 특히
경卿과 사士 계층의 세력이 날로 강대해지면서 악무의 전통적 규정과 예의
규정이 대부분 무너지고 등급 차이가 그리 분명하지 않았다. 춘추시대에는
악무에 관한 체계적인 이론이 나타났다. 사람들은 시, 노래, 음악, 춤 등의

---

10) 「孟子·盡心·下」. 안어: 조기趙岐는 '과果'에 대해 '시侍'로 해석하고 있으며 후세의
사람들은 대부분 이 해석을 답습하고 있다. 하지만 『설문』 '여女' 부에서 '과果'를
자태가 유연하고 아름답다의 '와㛂'로 확대 해석한다. 이러한 의미로 '이녀과二女果'
를 해석하는 것은 조기趙岐의 주석보다 타당성이 있다고 본다. 필자의 생각으로는
여기서의 '과果' 는 '나裸'로 읽어도 무방하다. 즉 마침 암각화에 그려 있는 무도
장면과 같이 두 명의 여자가 알몸으로 춤을 추고 있다는 뜻이다. 요임금은 성현이므
로 당연히 이러한 춤을 감상하지 않고 굳은 자세로 앉아 있을 뿐이다.

상호 관계를 더 깊이 이해하게 됐다. 춘추 후기에 와서 '정위지음鄭衛之音'
이 발전하기 시작한 것은 상고시대 악무 문화에 있어서 한 줄기 참신한
기풍이었다. 그것은 악무 문화의 더 큰 번영 시기가 곧 다가올 예시였다.

1. 춘추시대에 전송된 상고시대 악무

하·상·주 시대의 악무 문화는 상당히 발달되었다. 춘추시대 사람들은
상고시대 음악 상황에 대해 자주 이야기 했다. 춘추시대 사람은 「하서夏書」
의 말을 인용하면서 "선행이 있는 자에게는 은혜로운 상을 주어周語로
격려하고, 잘못된 자를 바르게 함에는 형벌을 가하여 구가九歌를 부르게
하여 권장하여, 그의 공을 무너뜨리지 않게 할지니라" 11)라고 했다. 이른
바 '구가'는 여러 가지 노래와 춤을 가리킨다. 하대 통치자들이 이를 상벌
賞罰과 병렬시킨 것을 보면 중히 여긴 것을 알 수 있다. 묵자墨子는 상탕商湯
이 "선왕先王의 음악에 따라 새로운 음악을 썼다. 호護로 명명했다. 또한
구초九招를 수정했다. 주무왕周武王은 상왕조를 승전하고 주紂를 죽였다.
그리고 천하를 둘러보고 스스로 왕위에 올렸다. 나라가 평안하고 뒷걱정
이 없어서 선왕의 음악에 따라 새로운 음악을 썼고 「상象」이라고 했다.
주성왕周成王은 선왕의 음악에 따라 새로운 음악을 썼고 「추우騶虞」로 명
명했다"12)고 했으며, 상주시대 음악 창작 상황을 요약 했다. 또한, 상대의
노래와 춤에 대해 묵자는 「탕지관형湯之觀刑」의 기록을 인용하면서 "관료
들이 하루 종일 퇴폐적인 생활에 집중하면 무풍巫風이 된다"13)고 설명했
다. 그리고 하대의 노래와 춤 상황을 묵자는 「무관武觀」을 인용하면서 "하

---

11) 「左傳·文公·7年」
12) 「墨子·三辯」
13) 「墨子·非樂·上」

계夏啟는 하루 중일 환락에 집중하고 야외에서 머고 마셨고 만萬의 장면이 너무 성대하다. 이 소리는 하늘나라에 갈 수 있지만 하느님이 이 소리를 법식이 아니라고 생각한다"14)라고 했다. 여기서 묵자는 음악이 해害가 될 수 있다고 주장하면서 그의 '비악非樂' 관점을 세우기 위해 이유와 근거를 뒷받침하는 자료로 마련했다. 그럼에도 불구하고 그의 주장을 통해 하·상·주 삼대 노래와 춤의 상황을 여러 각도로 파악할 수 있다. 춘추시대에 사람들은 『하서』에서 언급된 "선행이 있는 자에게는 은혜로운 상을 주어로 격려하고, 잘못된 자를 바르게 함에는 형벌을 가하여 구가九歌를 부르게 하여 권장하여, 그의 공을 무너뜨리지 않게 할지니라"는 말은, 하대夏代에 '구가'는 백성의 교화하는 대책으로 내세울 만한 것이었다는 설명이다. 옛사람은 음악과 악기가 모두 성인聖人들이 만들었다고 생각한다. 예로 들면 "옛날 순舜이 오현금을 만들고 이것으로 「남풍南風」의 시를 노래했다. 순의 신하인 기夔는 순의 명령대로 처음으로 악곡을 만들어 이를 제후의 공에 상으로 주었다"15)라고 했다. 춘추시대에 자공子貢은 당시 유명한 악사樂士 사을師乙에게 가르침을 청했다. 사을은 "「상商」이라는 것은 오제五帝가 남긴 소리인데, 상대 사람들이 이를 기록하였기 때문에 「상商」이라고 이름했다. 「제齊」는 삼대(三代: 삼황)가 남긴 소리인데 제나라 사람들이 이를 기록하였기 때문에 「제齊」라고 이름하였다"16)라고 하면서 춘추시대 널리 전파된 음악도 '오제五帝' '삼대'에 귀결시켰다. 어떤 성인 때문에 음악이 발전했다는 것은 부당한 주장이다. 이는 긴 세월을 거쳐 많은 사람들이 함께 노력한 결과이고 어느 누구 한 사람에 의해 떠오르는 영감이 아니다. 그럼에도 불구하고 음악의 기원에 대한 춘추시

---

14) 「墨子·非樂·上」
15) 「禮記·樂記」
16) 「史記·樂書」

대 사람의 주장은 전혀 이치에 맞지 않는 것도 아니다.

춘추시대는 전대의 악무를 많이 보존하고 있었다. 제후국 중 노魯나라의 보존된 악무가 가장 많다. 주왕실이 즐긴 우虞·하·상·주 사대의 악무는 노나라가 전부 받아들인 셈이다. 노양공魯襄公29년(BC554년)에 오吳나라의 공자 계찰季劄은 노나라 방문 때 악공樂工의 공연을 보았다. 그때 관람 상황에 대하여 「좌전·양공襄公·29년」에서 이렇게 기록했다.

> 그는 문왕의 덕을 상징한 「상소象簫」와 「남약南籥」의 무악을 듣고 말하기를, "아름답습니다. 그러나 문왕께서는 유감의 마음으로 지니시었던 것 같습니다"라고 했다. 무왕의 덕을 상징한 「대무大武」의 무악을 듣고는, "아름답습니다. 주왕조가 한창 왕성했었을 때에 무악이 이리도 훌륭했습니까?"라고 말했다. 이어 은殷 탕왕湯王의 무악인 「소호韶濩」를 듣고는, "성인 탕왕의 큰 덕이 나타나 있으니, 역시 덕에 부족함이 있어 부끄러워하는 게 있는 듯 하니, 성인이 되기는 어려운 것입니다"라고 말했다. 그리고 우禹임금의 무악 「대하大夏」를 듣고는, "아름답습니다. 백성들을 위하여 힘을 쓰고도 덕으로 차지 않았으니, 우임금이 아니고서는 그 누가 그런 덕을 쌓을 것입니까?"라고 말했다. 그리고 또, 순임금의 무악인 「소소韶簫」를 듣고는, "덕의 지극함이 나타나 있고, 위대합니다. 그 덕은 하늘이 가리어 주지 않음이 없는 것과 같고, 땅이 울려놓아 주지 않음이 없는 것과 같습니다. 비록 아주 큰 덕이라 하더라도, 순임금의 덕보다 더 크지는 못합니다. 저는 더 보기를 그만두겠습니다. 다른 음악이 또 있다 하더라도, 저는 더 이상 감히 요청하지 않겠습니다."

이른바 「상소象簫」는 소소簫로 반주하고 상무象舞 춘춘다는 것이다. 「남약南籥」은 남음南音으로 반주하고 약籥을 손에 잡으면서 춤추는 것이다. 「상소」와 「남약」은 주문왕을 칭송하는 악무다. 「소소韶簫」는 순舜임금 시대의 악무이고 「대하大夏」는 우禹임금 시대의 악무이고 「대무大武」는 주무왕 시대의 악무다. 이들이 오랜 전통을 지닌 악무여서 춘추 후기 노나라 공실

公室에서 여전히 볼 수 있었다. 계찰 공자의 평가를 보면 이들 악무는 감동적이고 감화력이 넘친다는 것을 알 수 있다. 계찰은 악무와 시대적인 배경을 긴밀하게 결합시켜 평론했다. 주문왕을 칭송하는 악무에 계찰은 '아름답다' 하면서도 악무 속에 문왕에 대한 아쉬운 마음이 담겨 있다고 했다. 이는 문왕이 천하공주天下共主 되지 못했기 때문이다. 상탕商湯을 찬송하는 악무에 계찰은 성인의 위대한 공적을 기대했지만 그 속에 신하의 신분으로 인군을 쳤다(以臣伐君)는 점은 '부끄러운 덕'이 아닐 수 없다고 했다. 계찰은 주문왕, 순임금, 우임금을 찬송하는 악무에 대해서는 비판이 없다. 다만 감탄을 금지 못하는 예술의 즐거움을 느꼈다고 설명했다. 계찰의 이와 같은 악무의 의미에 대한 평가는 꼭 악무가 탄생하는 시기에 이미 부여된 것이 아니다. 마땅히 계찰은 자기의 역사 인식과 전통 악무를 결합시켜 내린 결론이다. 공자孔子는「소韶」를 평가할 때 "사물이 완전무결 하다"라고 했다. 여기서 공자 자신의 순임금에 대한 평가도 담겨 있다고 본다.

춘추시대에 전대 악무를 시리즈 식으로 공연했다. 이렇게 하기 위해서는 많은 인력과 시간이 필요하다. 주왕실과 노나라에 전대 악무기 집중적으로 보존돼 있었다. 앞서 거론된 오吳 공자 계찰이 노나라 악무를 관람하는 기록이 이를 뒷받침해준다. 또한, 춘추 초기 주왕실에서도 이와 비슷한 사례가 있었다. 주혜왕周惠王 때 왕자 퇴頹가 대부大夫 5명과 같이 반란을 일으켜 참위僭位해서 권력을 남용했다. 노장공魯莊公20년(BC674년)에 "왕자 퇴頹는 다섯 대부를 대접하여 주악周樂을 하되, 예부터 모든 무악을 다 연주하게 했다(遍舞). 정나라 군주가 그 음악을 듣고는, 괵숙虢叔을 보고 말했다. '나는 슬퍼하고 즐거워함이 제때를 잃으면, 재앙이 반드시 온다'는 말을 들었습니다. 이제 왕자 퇴가 노래와 춤을 멈추게 할 줄 모르는 것은, 오는 화禍를 즐거워하고 있는 것입니다' 라고 말했다. '편무遍舞'는 육대六代 악무를 일일이 다 연출하는 뜻이고 '육대지악六代之樂'이라고도 한다. 「주례周禮·대사악大司樂」에서 "음악과 춤으로 국자國子를 가르치는 데 「운문雲門」과 「대권大卷」과 「대함大咸」과 「대경大磬」과 「대하大夏」와 「대호大濩」와 「대무大武」17)를 춤추게 한다"고 했다. 정현은 다음과 같이 해석을 했다.

이들은 주대 보존된 육대지악六代之樂이다. 「운문雲門」과 「대권大卷」은 황제黃帝의 음악이다. 황제는 능히 온갖 사물을 위해 이름을 지어주고, 백성들로 하여금 도리를 알게 하고, 국가에 필요한 재원財源을 공급한다. 그의 덕德은 하늘의 상서로운 구름과 같고 백성들로 하여금 족류族類가 생겼음을 말한 것이다. 「대함大咸」과 「함지咸池」는 요堯임금의 음악이다. 요임금은 제위를 선양하고 형법을 공평히 적용해 백성들로 하여금 형법을 행동 준칙으로 삼게 한다. 그의 덕은 베풀지 않는 바 없음을 말한 것이다. 「대경大磬」은 순舜임금의 음악이다. 그의 덕은 요임금의 대도를 이어 천하를 계승한다. 「대경大夏」은 우禹임금의 음악이다. 그가 치수에 성공해서 영토를 개척하여 그의 덕은 중국을 크게 했음을 말한 것이다. 「대호大濩」는 탕湯의 음악이다. 그가 너그러움으로 백성을 다스려 그의 덕은 천하에 삶을 얻게 했음을 말한 것이다. 「대무大武」는 무왕의 음악이다. 상대 주紂를 쳐서 없애버리고 그의 덕은 무공을 이룸을 말한 것이다.

왕자 퇴는 참위해서 스스로 왕위에 올랐다. 그리고 '육대지악'을 연주해서 함께 반란한 5명 대부를 대접했고 주천자가 되어서야 직성이 풀리는 듯했다. 이런 '육대지악'은 주대 의례에 따르면 주천자만 누릴 수 있었다. 역사적 원인으로 인해 이들 악무는 노魯나라에만 보존될 수 있었다. 그런

---

17) 원고시대의 악무에 대하여 「회남자淮南子·제속훈齊俗訓」에서 우씨虞氏之의 음악은 「함지咸池」, 「승운承云」, 「구소九韶」, 하후씨夏后氏의 음악은 「하약夏籥」, 「수성九成」, 「육일六佾」, 「육열六列」, 「육영六英」, 은대 사람의 음악은 「대호大濩」, 「신로晨露」, 주대 사람의 음악은 「대무大武」, 「삼상三象」, 「극하棘下」가 있었다고 했다. 이는 「주례·대사악」의 서술과 차이가 있다.

데 계찰季劄에 관한 기록을 보면 노나라에 보존된 육대지악은 이미 본모습을 잃었고 일부 악무는 실전됐다.

이른바 '육대지악'은 제사나 연회 때만 사용했지만 구체적으로 말하자면 주대에 이들에 부여된 의미와 역할은 각각 다르다. 「주예周禮·대사악大司樂」에는,

> 황종黃鐘을 연주하고 대려大呂로 노래하며 「운문雲門」의 춤을 추어서 천신天神에게 제사를 지낸다.
>
> 태주太蔟를 연주하고 응종應鐘으로 노래하며 「함지咸池」의 춤을 추어서 지시地示에게 제사를 지낸다. 고선姑洗을 연주하고 남려南呂로 노래하며 「대경大磬」의 춤을 추어서 사망四望에게 제사 지낸다.
>
> 유빈蕤賓을 연주하고 함종函鐘으로 노래하며 「대하大夏」의 춤을 추어서 산천山川에게 제사를 지낸다. 이칙夷則을 연주하고 소려小呂로 노래하며 「대호大濩」의 춤을 추어서 선비先妣에게 제사 지낸다.
>
> 무역無射을 연주하고 협종夾鐘으로 노래하며 「대무大武」의 춤을 추어서 선조先祖에게 제사 지낸다.

「운문」을 비롯한 육대 악무는 여기서 다른 용도로 쓰이고 악무마다 사용 악기도 각각 다르다. 춘추시대에 이처럼 구별했는지 알 수가 없지만 왕자 퇴頹가 모든 무악을 다 연주하게 했다 점을 미루어 볼 때, 이런 차이는 대부분 존재하지 않았을 것이다. 상고 악무에 대한 보존 상황에 의하면 가무민속의 영향이 심원한 것으로 추측된다.

2. 「상림 무악(桑林之舞)」과 「대무大武」

춘추시대의 악무민속 중에서 「상림 무악」과 「대무」는 영향력이 큰 악무로 알려진다. 「상림 무악」은 또한 춘추시대에 전해진 전대 악무다. 이는

상대商代에 비롯되어 상탕商湯이 신령께 제사 지낼 때 쓰인 악무였을 가능성이 크다.[18] 춘추시대에 상왕조의 후손 나라 송宋은 '상림 무악'를 독점했다. 춤추는 사람이 탈을 쓰고 깃발 같은 장식품을 들고 연기했을 가능성이 크다. 그만큼 매력적이고 장면을 웅장하게 표현했다. 그러나 관람객에 무서운 느낌을 줄 때도 없지 않았다. 『좌전』노상공魯襄公 10년(BC563년)에 송편공宋平公은 상림 무악으로 진도공晉悼公을 접대하는 상황을 기재했다.

송나라 군주가 초구楚丘에서 진나라 군주에게 잔치를 베풀었는데, 당시에 상림桑林 무악을 연주하게 해달라고 청하니, 순앵荀罃이 사절했다. 그랬더니 순언荀偃과 사개士匄가 말하기를, "제후국 중에서는 송나라와 노나라만이 옛날 예악을 전해 지니고 있으니, 여기에서 그 예악을 볼 수 있습니다. 노나라에는 체악禘樂이라는 것이 있어, 외국에서 간 국빈을 대접할 때나, 조상에게 제사 지낼 때에 연주합니다. 그런데 상림 무악을 연주하여 우리 군주를 대접한다는 것 또한 좋은 일이 아닙니까?"라고 했다. 그래서 상림 무악을 연주하게 됐는데, 송나라의 악사장樂師長이 큰 깃발을 들고 선두에 서서 무인들을 데리고 나타나니, 진晉나라 군주는 그 큰 깃발은 천자를 모시는 자리

---

18) 상탕이 상림에서 기도한 기록은 고대 문헌에서 종종 발견했다. 「여씨춘추呂氏春秋·순민順民」에서 "탕왕이 하왕조를 타도하고 천하를 잡았을 때 하늘에 크게 가뭄이 들어 5년 동안 수확을 제대로 거두지 못했다. 그러자 탕왕은 상림에서 자신의 몸으로써 기도를 올렸다." 고유高誘가 "상림은 상산의 나무숲이어서 구름을 일으키고 비를 내릴 수 있게 할 수 있다." 「회남자淮南子·수무훈修務訓」의 기록에 의하면 "탕이 가뭄으로 괴로워할 때는 몸을 바쳐 상림에 빌었던 것이다"라고 했다. 춘추시대에 송나라에서 '상림지문桑林之門'(「左傳·昭公·21年」)이라는 장소도 있었다. 아마도 문 밖에 상산桑山 숲이 있어서 이름으로 정했다. 주대 초기에 "무왕이 은에 승리한 뒤에 상탕의 후손을 송 땅에 제후로 세워서 상림의 제사를 받들게 했다."(「呂氏春秋·慎大」) 전한 바에 의하면 미자微子가 나라를 세울 때 소공召公은 "때로 제후의 우두머리 자리에 있고 은대의 일상적인 제사를 보존하고 상림을 받들게 했다."(「呂氏春秋·誠廉」)이른바 '상림을 대대로 지킨다'는 것은 상림에서 제사 지낼 뿐만 아니라 상림지무桑林之舞도 마땅히 포함돼 있었다. 상림지무가 아마도 은대 천자가 쓴 악무였다.

에서나 드는 것이라고, 두려워하며 방으로 피해 들어갔다. 그래서 큰 깃발은 치우고, 상림 무악을 연주하고, 그 자리를 마치고서 돌아갔다. 그랬는데 저옹 著雍에 이르러, 진나라 군주가 병이 났다. 거북 등을 불에 구워 점을 치니, 상림신桑林神이 붙었다는 것이었다. 그래서 순언과 사개士匃는 송나라로 달려가, 상림신에게 기도를 드리려 하니, 순앵은 안된다며 말하기를, "우리가 상림 무악을 사절했는데, 저편에서 그 무악을 연주했다. 귀신이 붙는 일이 있다면, 송나라 사람에게 붙을 것이다"라고 했다.

'정제旌題'는 오색의 새깃을 막대기에 묶고 장식한다. 사람들은 이를 보기만해도 두려워했을 것이다. 흥얼흥얼하는 소리에 따라 춤추는 사람이 이 막대기를 들고 등장하면 진도공은 무서워서 얼른 방으로 피했다. 이런 상림 무악은 감각적 자극성이 크기 때문에 일반 사람의 사랑을 받았을 것이다. 춘추 말기에 묵자墨子는 "연나라에서 조祖에 제사지내는 것은 제나라에서 사직의 제사를 지내고, 송나라에서 상림桑林의 제사를 지내고, 초나라에서 운몽雲夢의 제사를 지내는 것과 같았다. 그것은 남녀들이 모두 모여서 구경하는 일이었다"[19]고 했다. 송나라의 '상림'은 제齊·연燕·초楚 등 나리의 민간 악무처럼 남녀노소 모두 모여서 구경할 수 있었다. 춘추 후기에 상림 무악은 이미 예절의 속박을 벗어나 민간으로 퍼졌다. 다른 가능성도 있다고 하면, 송나라는 상왕조의 후손이기 때문에 처음부터 주대 예절의 제약을 받지 않았고 상림 무악에 대한 제한도 처음부터 별로 없었다. 적어도 송나라에서 누구든지 구경할 수 있고 심지어 민중 간에도 이런 무악을 연출할 수 있었다. 전국시대 장자의 포정해우庖丁解牛라는 우화 속에서 언급된 포정은 대단히 소를 잘 바르는 솜씨를 일컬어 그 동작은 "상림 무악에 부합된다"고 했다. 이런 것을 보면 민중들에게 이 춤은 아주 익숙해졌던 것 같다. 그렇지 않다면 장자가 포정 소를 바르는

---

19)「墨子·明鬼」

자태를 상림지무로 비유하지 않았을 것이다.

각 제후국간 가장 유행하는 악무가 바로 주대의 「대무」였다. 「대무」에는 음악이 있고 노래가 있고 춤 연출까지 있다. 「대무」의 노래에 대하여 춘추시대의 초장왕楚莊王은 조리있게 이야기했다. "주대 무왕께서 상왕조를 쳐 이기고 성공을 기리어, ……또 '무武'의 시를 지어 그 끝장에 이르기를, '당신의 뜻대로 공을 세워 천하를 평정했다'라 했고, 그 제 3장에는 이르기를, '공업을 넓히었도다. 내 군대 이끌고 출동한 것은 천하 안정을 위해서였다'라고 했으며, 그 제 6장에는 이르기를, '모든 나라를 편안케 했고, 연년 풍년이로세'라고 했다"[20] 이는 초장왕은 진晉나라를 물리치며 무공武功인 '칠독七德'을 언급할 때 말한 것이다. 「대무」 악장을 전문적으로 논한 것이 아니고 무공과 밀접한 관계를 지닌 몇 장章만을 단독으로 논했다. 이것으로 초장왕은 「대무」 음악을 잘 알기에 당당하고 차분하게 말할 수 있었던 것이다. 「대무」는 육성(六成: 6단계를 지닌다)[21]이라고 전해진다. 이 육성을 대해 「禮記예기·악기樂記」에는,

> 이 무악에서 무인은 최초에 북쪽으로 나아가고, 제 2단계에 있어서 다시 북쪽으로 나아가는 것은 무왕이 북쪽을 정벌하여 주紂를 친 것을 상징한다. 그리고 제 3단계에 남쪽으로 향하고, 제4단계에 있어서 다시 북쪽으로 나아가는 것은 남방南方을 평정한 것을 상징한다. 제5단계에 있어서 무인의 대열이 둘로 갈아지는 것은 주공周公이 천자의 왼쪽에 있고 소공召公이 오른쪽에서 보좌하여 천하를 다스리게 된 것을 상징하는 것이고 되돌아오는 것은

---

20) 「左傳·宣公·12年」
21) 「예기禮記·악기樂記」에 대하여 정현이 "성成은 연주다, 「무武」로 한 곡을 연주하고 나서 일성一成이라고 한다." 여기서 성成은 악장을 일컬어서 악장 한 장은 일성이다. 「상서尚書·익직益稷」에서 "소소簫韶를 아홉 번 연주하자, 봉황이 와서 춤을 춘다"라고 했다. 구성九成은 아홉 개 악장이다. 통상적으로 악무樂舞에 있어 노래를 일성一成은 한 장이고 춤도 일성一成은 한 단락이다.

천하가 하나로 통일되어 모두 전자를 존경한다는 것을 상징하는 것이다.

육성六成의 뜻이 무엇인지에 대하여 한대 경학가 정현鄭玄은 "첫번째 연주는 '맹진관병盟津觀兵'을 뜻하고, 두번째 연주는 은왕조를 이길 때를 뜻하고, 셋번째 연주는 은왕조를 이기고 나서 아직 남아 있는 힘으로 돌아온다는 것을 뜻하고, 네번째 연주는 남방 형만荊蠻 땅의 침략자를 항복시킨 일을 뜻하고, 다섯번째 연주는 주공周公과 소공召公이 나라를 나누어 통치한 것을 뜻하고, 여섯번째는 병사들이 돌아와서 정돈한다는 일을 뜻한다. 복철複綴에 초성初聲으로 되돌아와서 멈춘다. 숭崇은 충充이어서 여섯 차례 연주로 무악武樂을 채운다는 것이다"[22]라고 했다. 이런 설명을 보면 「대무」의 6개 악장은 현대 사시교향악처럼 노래와 춤으로 주무왕周武王이 주紂를 토벌했던 일과 주대 초기에 나라의 안정을 되찾고 웅장한 분위기를 재현했다. 이 6개 악장 중 초장왕이 말하는 3개 악장은 모두 「시경詩經·주송周頌」에서 기재된 시편이다. 「시경·주송·무武」의 첫시작은 '대무를 연주한다(奏大武也)'라고 했으니, 「대무」의 한 악장이다. 사학자史學者 왕국유王國維의 연구에 의하면 앞서 4개 악장 이외에 남은 두 악장은 바로 「시경·주송」의 「하늘이 정하신 명(昊天有成命)」과 「반般」이다. 왕국유는 '육성'의 상징적인 의미, 무용舞容, 무시舞詩의 편명과 무시의 내용을 정리했다. 또한 육성의 무시를 위해 순서를 정해봤다. 「대무」를 구체적으로 이해하기 위해 「관당집임觀堂集林」2권에서 나온 표를 보자.

---

22) 「禮記·樂記」注

	일성一成	제성再成	삼성三成	사성四成	오성五成	육성六成
뜻한 일	북출北出	멸상滅商		남방 국경 평정	주공周公은 좌左로 소공召公은 우右로	복철復綴에 숭崇으로 되돌아옴
무용舞容	총간입산總干立山23)	발양도려發揚蹈厲24)			분협이진分夾而進25)	무란개좌武亂皆坐26)
무시舞詩의 편명	무숙야武宿夜	무武	작酌	환桓	뢰賚	반般
무시舞詩	넓은 하늘에 밝은 명을 문왕과 무왕께서 받으셨네 성왕께선 감히 편안히 쉬시지 못하시고 천명 다지려 밤낮으로 애쓰셨네27)	아아, 위대한 무왕은 비길 데 없이 공 많으시네 진실로 문덕 많으신 문왕은 후손들에게 길 열러주셨네 맏아들 무왕이 그것을 받아 은대를 이겨 포악한 정치 막으시어 이러한 공을 세우셨네28)	아아, 아름다운 임금님의 용병이여! 다스림이 어두웠던 세상을 크게 빛내시어 위대하고 훌륭하게 하셨네 우리는 이러한 은혜 입었으니 용맹스런 임금님의 업적이시네 우리가 선인들의 유업 계승함은 실로 그분의 공이니 진실로 본받아야 할 분일세.29)	온 세상 평화롭게 하시니 풍년이 거듭들고 하늘의 명 게을리 하지 않고 받드네 용감한 무왕께서는 신하들을 보살피시어 세상을 다스리게 하심으로써 나라를 안정시키시니 아아, 하늘에 밝게 알려져 하느님은 은대 명을 대신케 하셨네.30)	문왕께서 수고하여 이루신 업적을 우리 무왕이 물려받았으니 이 문왕의 공덕 널리 펴며 잘 궁리해야 하리 우리 무왕이 가셔서 은대를 친 것은 오직 세상을 안정시키기 위해서였네 이것은 주왕조가 받은 천명이니 아아, 잘 궁리해야 하리.31)	아아, 위대한 이 주왕조여! 높은 산들에 올라서 보니 긴 산줄기며 높은 산들이 순조로이 물들이 황하로 합쳐지게 하네 온 세상의 산들이 모여서 마주 대하고 있으니 주왕조의 명을 상징하는 듯하네.32)

......

23) 방패를 들고 있으며 산처럼 높이 솟아있음.

24) 일어서서 제자리걸음을 함.

25) 각 부서로 나누어지고 방울을 울리는 자가 이들을 끼고 앞으로 나감.

26) 종장에 모두 꿇어앉음.

27) 「詩經·昊天有成命」

28) 「詩經·武」

29) 「詩經·酌」

위 표를 통해서 『시경』에서 보존된 '송頌'의 일부 작품들이 당시 아무의 가사라는 것을 밝혔다. 이들은 비교적 짧고 마땅히 악무 중에 반복적으로 노래로 불렀다. 「대무」의 내용이 집중적으로 주무왕의 위대한 공적과 위업을 기린 것을 보면, 아마도 주공周公은 제례작락製禮作樂할 때 완성했을 가능성이 크다.33) 주왕실의 전통 악무로서의 「대무」는 기세가 웅장하고 춘추시대 오吳나라 공자 계찰季劄이 "아름답습니다, 주왕조가 한창 왕성했었을 때의 무악이니 어찌 훌륭하지 않겠습니까?"34)라고 하면서 「대무」의 장면을 설명했다. 「대무」는 주왕조 때 시대적인 특색이 가장 잘 들어난 대형 악무였다.

3. 소무小舞와 만무萬舞

「대무」란 악무는 기세가 드높지만 주왕실의 대형 의식에서만 공연할 수 있고 일반적인 귀족 무용으로는 어울리지 않았다. 주대 귀족의 무용은 통상적으로 「대무」란 대형 춤과 대응하는 소무小舞였다. 「예기禮記·내칙內

---

30) 「詩經·桓」
31) 「詩經·賚」
32) 「詩經·般」
33) 「대무大武」가 완성된 시기에 대하여 「여씨춘추呂氏春秋·고악古樂」편에서 "무왕이 즉위하여 6사師으로 병력을 가지고 은왕조를 정벌하였는데 6사가 모두 도착하기 전에 병사들만으로 목야牧野에서 은 군대를 격파했다. 돌아와 도읍에 있는 태묘 태실에서 노획한 포로 수급들을 바치고 주공에게 명령하여 '대무大武'라는 음악을 짓게 했다." 이에 의하면 「대무大武」는 아마도 무왕이 주紂를 치고 나서 얼마 안되는 시기에 천하의 평온을 미처 되찾지 못하고 세상을 떠났다. 마침 이 때 삼감지란三監之亂이 일어나 주공周公은 병사를 이끌고 3년동안 반란을 평정했다. 그러니까 전쟁 속에 「대무大武」를 완성했을 가능성이 없다고 본다. 그래서 「대무大武」라는 작품은 아마도 낙읍洛邑을 짓고 나서 주공이 예악을 만들 무렵에 완성했을 가능성이 크다.
34) 「左傳·襄公·29年」

則」의 말로 이런 소무는 바로 「작勺」과 「상象」이다. 「내칙」에서 "남자로서 13세가 되면 음악을 배우고 시가를 읊으며 작무勺舞를 배운다. 15세 이상이 되면 상무象舞를 배우고 활쏘기 및 말 다루는 법을 배운다. 남자로서 20세에 이르면 곧 관을 쓰고 성인이 된다. 이때에 이르러 비로소 예를 배우며 또한 갖옷과 비단옷을 입을 수 있고 대하大夏의 무악을 배운다" 정현은 "먼저 「작勺」을 배우고, 그 다음에 「상象」을 배우고, 문무文舞와 무무武舞를 다음으로 배운다." "「대하大夏」는 문文과 무武를 겸비한 음악이다"라고 주해했다. 13세의 어린이가 배우는 악무는 「작勺」이다. 그리고 나이가 좀 더 많으면 13~15세 청소년은 「상象」을 연습해야 한다. 정현의 "문무와 무무를 다음으로 배운다"는 말을 보면 아마도 「작」이 온화하고 「상」이 비교적 힘이 넘친 악무였을 것이다. 「작」, 「상」 그리고 「대하」등 악무들은 마땅히 '육대지악'에 속한다. 「예기禮記·악기樂記」에 대하여 웅안생熊安生은 "「작勺」은 「호濩」다. 13세 때 호濩라는 문무文舞를 배운다"고 했다. 계찰季札은 노아라에서 악무를 구경할 때 먼저 「상소象簫」, 「남호南濩」를 보고 '성대하다', '웅장하다'는 평을 하지 않았고 '아름답다'라고 감탄했다. 이런 점을 미루어 볼 때 이들 악무가 온화하다는 것을 알 수 있다. 퉁소와 남부지방 악기 반주곡은 마땅히 온화한 악곡이었다. 「예기·내칙」에서 말한 13~15세 청소년이 배운 이 같은 악무는 반주가 쉽고 동작이 느리기 때문에 어린이에게 어울린다.

왕국유가 「작무勺舞와 상무象舞에 대하여」(『관당집觀堂集林』)에서 전문적으로 두 악무를 논했다. "「무武」의 육성六成은 원래 대무大舞였다. 주대 사람은 다 쓰지 않고 제이성第二成을 「무武」로 명명하고 쓴다. 제삼성第三成을 「작勺」이라고 명명하고 쓴다. 그리고 사성四成·오성五成·육성六成을 「상상三象」이라고 명명하고 쓴다"고 했다. 주대 어린이가 연습하는 「작」과 「상」은 「대무」의 토막이고, 오늘의 중국 전통 단막극과 비슷하다. 하지만 「대무」는 기세가 드높아서 사람이 많지 않으면 연습할 수가 없다. 또한,

「여씨춘추呂氏春秋·고악古樂」에서 '삼상三象'에 대하여 "성왕成王이 즉위한 뒤 은殷의 유민들이 반란을 일으키자 성왕이 주공에게 명령하여 토벌시켰다. 상商 사람이 코끼리를 부리며 동이東夷들을 위협하기도 했으나 주공이 군대를 거느리고 가서 그들을 축출하여 장강 이남까지 이르렀다. 그리고 '삼상三象'이라는 음악을 만들어 그의 공덕을 기렸다" 라고 했다. 「삼상三象」은 주공周公을 찬양한 악무였고 주무왕周武王을 찬양한 「대무」와는 다른 것이다. 「삼상三象」을 「대무」의 제삼성, 제오성, 제육성으로 지정한 것은 근거가 없다고 본다. 「여씨춘추·고악」에서 「대무」와 「삼상」을 병렬시키는 것을 보면 「삼상」은 「대무」의 일부가 될 수 없다. 「주례周禮·악사樂師」에서 "국자들에게 소무를 가르친다"라고 했고, 정현은 "13세에 「작勺」을 배운다"고 설명했다. 그리고 손이양孫詒讓의 『주례정의周禮正義』 권44에서 "계찰季劄은 먼저 「상소象簫」, 「남약南籥」을 보고 나서 「대무大武」을 보았다. 이들이 사대四代의 대무大舞다. 「상象」은 바로 소무小舞의 「상象」이고, 「약籥」은 바로 소무의 「작勺」이다." 그러면서 그가 정현이 말한 「약籥」이 바로 「대무」의 「작酌」이라는 견해가 설득력이 있다고 하였으며, 이 두 가지 의견에 대하여 어느 것이 맞는지 판정을 못하겠다고 했다. 앞의 분석을 종합하면 「작」과 「상」을 「대무」에 포함 시키지 않는 견해가 실제 상황과 더 가깝다고 할 수 있다.

『주례』에 따르면 소무小舞는 연출 항목으로써 종류가 많다. 「주례·악사」에서 "무무에는 불무帗舞와 우무羽舞와 황무皇舞와 모무旄舞와 간무干舞와 인무人舞가 있다" 고 했다. 이 여섯 종류의 무용은 주대에 연출한 소무라고 한다. '불무帗舞'는 무용자가 깃털 내지는 오채 증繒을 가지고 춤추는 것이다. '우무羽舞'는 무용자가 깃털을 가지고 춤추는 것이다. '황무皇舞'는 무용자가 머리의 깃털로 만든 모자를 쓰고 비취와 깃털로 만든 옷을 입고 춤추는 것이다. '모무旄舞'는 무용자가 모우牦牛 꼬리를 가지고 춤추는 것이다. '간무干舞'는 무용자가 방패를 들고 춤추는 것이다. '인무人舞'는 무용자가 맨 손으로 춤추는 것이다. 전례에 따라서 소무의 종류도 다르다. 한대漢代 사람은 "불무는 오채 비단을 들고 사직社稷에서 추는 춤, 우무는 깃을 들고 종묘에서 추는 춤, 황무는 사방에 제사 지낼 때 추는 춤, 모무는 벽옹辟雍에서 제사를 지낼 때 추는 춤, 간무는 군막에서 추는 춤, 인무는 성신星辰에게 제사할 때 추는 춤"[35]이라고 말했다. 그래서 전례 소무는 제사 상대자에 의해 달라질 수 있다는 것을 알 수 있다.

방패를 들고 춤추는 '간무'에 대하여 고고 자료에서 증거를 찾을 수 있다. 1970년대 중기 북경 방산房山 유리하琉璃河에서 출토된 방패를 장식한 동포銅泡 뒤에 '언郾(연燕)후무侯舞□'란 명문이 새겨져 있다. '□'에 대하여 문헌에서 '석錫'이라는 해석이 있다. 「예기禮記·교특생郊特牲」에 따르면 "붉은 칠에 금 장식을 한 방패를 가지며 면복冕服을 입고 대무大武의 춤을 춘다"고 했다. 정현은 "간干은 방패이고 석錫은 거북이의 등 모양으로 전해진다"고 했다. "언郾(연燕)후무侯舞□"란 명문에서 알 수 있듯이 문헌 중의 '석錫'은, 방패 장식 동포銅泡로 두드러진 모양으로 방패 정면에 붙여져 있으며 방패를 거북이 등처럼 두드리게 한 것이었다. 그래서 정현鄭玄은 "거북이 등 모양으로 전해진다"고 해석했다. 명문 중의 '무舞□'란 춤출 때 무용 도구로 쓰인 방패다. 하남성 준현浚縣 신촌辛村 서주묘에서 발견된 동포銅泡 뒤에 '위사衛師□'란 명문이 새겨져 있는데, 위衛나라 군대 중에 쓰인 방패다. 이런 '위사衛師□'란 방패는 전쟁 때 무기로 쓰기도 하고 춤출 때 무용 도구로 쓰기도 한다. 방패를 가지고 춤추는 것은 소무에 뿐만 아니라 대형 무용에도 쓰인다. 동주東周 고분에서 발견된 피나무로 만든 일부 방패는 아주 아름답다. 장사 오리패長沙五裏牌 전국 초묘에서 일련번호 406인 채색으로 그린 칠순漆盾 두 개가 출토됐는데, 높이 각각 62.5cm, 63.5cm, 가죽에 옻칠한 피태皮胎로 돼 있으며 검은색을 칠해서

---

35) 「周禮·樂師」鄭注

거울만큼 반짝거린다. 그 위에 자석赭石과 등황藤黃 두 가지 색깔로 용과 봉황 무늬를 그려져 있고, 그림이 화려하고 색깔이 예쁘고 아주 섬세히게 만들었다. 1970년대 중기에 호북성 강릉 이가대江陵李家臺에서 출토된 칠한 목순木盾은 높이 94.2cm이고 , 너비 54.5cm로 몸통 부분에 검은 휴칠을 사용하고 붉은색, 노란색, 초록색, 푸른색으로 공작, 나무, 인물, 용 무늬와 기하학적 도안을 그려져 있어서 아주 생생하고 아름답다. 유명한 증후을 묘지에서 출토된 칠순漆盾은 높이 93cm, 너비 54.5cm다. 방패 표면에 각양 각색의 기하학적 도안이 채색으로 그려져 있는데, 부드러운 선조線條로 필력筆力이 힘차고 도안 구성하는데 있어서 소밀疏密의 변화가 조화롭다. 이 같은 진귀한 칠순漆盾 예술품은 당시 전쟁터에서 사용하는 실용 기물이 아닌 것 같고 무용도구로 쓰인 무기舞器였을 가능성이 더 크다.

춘추시대에 종묘나 산천 제사로 쓰인 악무를 '만무萬舞'라고 칭한다. '만萬'이라고 부르는 이유는 그중에 포괄된 악무의 종류가 너무 많다는 뜻이다.36) 「일주서逸周書·세부世俘」에서 "약인籥人은 「무武」를 연주하고

---

36) '만무萬舞'에 관하여 「시경詩經·성대힌 춤을(簡兮)」 공소孔疏에서 하휴何休이 맡을 빌려 "무왕이 만명 사람을 이끌어 천하를 정하고 민중들이 기뻐서 이름으로 정한 것이다"고 했다. 그러나 「시경詩經·상송商頌」에서 또한 "갖 가지 춤 성대하게 춘다"라는 싯구절이 있다. 그래서 공소孔疏에서 "만무라는 이름이 꼭 무왕부터 시작한 것이 아니다"고 했다. 이것으로 하휴何休의 의견은 실수라고 볼 수 있다. '만무萬舞'라는 명칭에 관하여 모전毛傳에서 "방패춤과 깃털춤이 만무이다"고 했다. 정현은 "만무는 방패와 깃털이다"(「<毛詩傳>箋」)고 했으며 비교적 설득력이 있다고 본다. 청淸나라 학자 마단신馬端辰은 "만무는 소무를 상대로 말한 것이고 문과 무 두 가지 악무의 총칭이다."(「毛詩傳筆通釋」卷4) 이는 또한 신빙성이 있다고 본다. 옛사람이 '만무萬舞'는 방패 춤이라고 했는데 정확하지 않다고 여긴다. 「시경詩經·성대한 춤을 (簡兮)」속에서 만무 추는 장면을 보면 무용자가 "오른 손에 꿩털채 잡는다"고 해서 우무羽舞도 포함돼 있다. 노은공魯隱公 5년(BC718년)에 노나라 제사 지낼 때 "무악을 행하려고, 공이 중중眾仲에게 꿩의 꼬리를 단 기를 가지고 춤추는 사람 수를 물었다"고 하였는데 이는 또한 증거로 삼을 수 있다. '만무萬舞'라는 명칭의 유래는 아주 오래되어 「하소정夏小正」에서도 2월 정해丁亥 날에 "학생들이 입학할 때 만무를 연

왕이 들어오면서 「만萬」을 바친다"고 했다. 공조孔晁가 "방패춤과 깃털춤이 만무이다"라고 해석했다. 이 해석은 춘추시대 사람의 생각과 가깝다. 「시경詩經·성대한 춤을(簡兮)」에서 춘추 '만무'에 관한 기록이 있다.

성대하고 성대하게
만무를 추려하네
해가 중천에 뜬 한낮
궁전 마당 앞에서

키가 훤칠한 그 사람
궁전 마당에서 대무를 추네
힘은 호랑이 같고

왼손에 피리를 쥐고
오른 손에 꿩털채 잡고서
그 얼굴 물들은 양 붉어
임금님은 술잔 내리라 하시네

작품에서 정오를 앞 두고 만무를 연출한 장면을 서술하고 있다. 연출자가 키가 무척 크고 몸이 튼튼하다. 그들은 궁전에서 만무를 연출할 때 모두 힘이 강해 맹호처럼 장하다. 손에 강비韁轡를 휘두르면서 베를 짜고 있는 것 같다. 어떤 연출자가 왼손에 여섯 개 구멍의 피리를 가지고 오른손에 꿩털로 만든 깃발을 들고 있으며, 환한 얼굴 빛이 불그레하고 부드러워 자석赭石 가루를 바른다는 듯하다. 공후公侯들은 본 후 아주 기뻐서 맛있는 술을 그들에게 상을 내렸다. 이 작품에서 묘사한 '만무'는 '공정公庭'에서 진행된 춤이다. 즉, 제후 종묘 뜰에서 선조 제사하기 위해 연출한

출한다"는 기록이 있다.

악무이고 예제에 따라 참가지는 제한적이었다. 『춘추』은공 5년 기록에 의하여 노은공魯隱公 5년(BC718년)에 노니리 혜공惠公 부인 종자仲子의 신주神主가 종묘에 들어가는 행사에서 "처음으로 육우六羽의 춤을 바친다." "무악을 행하려고, 공이 중중眾仲에게 꿩의 꼬리를 단 깃발을 가지고 춤추는 사람 수를 물었다"[37]고 했다. 여기서 '만무'는 '육우六羽'란 뜻이다. 노은공은 무엇을 '육우六羽'로 쓰는지 몰라서 종종眾仲에게 물었다. 고대의 대형 악무는 일반적으로 8명으로 한 열, '일일一佾'(佾: 일은 무법의 단위)이라고 불린다. 무용자는 문무文舞이면 손에 꿩털을 들고 해서 '일일一佾'은 '일우一羽'라고 부를 수도 있다. '육우六羽'는 즉 '육일六佾'의 무용자가 만무에 참가했다. 제사 때 만무를 연출할 뿐만 아니라 춘추시대에 일부 귀족이 자기의 특이한 의도로 만무를 추기도 했다. 『좌전』노장공 28년 (BC666년)에 초나라 영윤令尹 자원子元에 관한 기록이 있다.

초나라의 영윤 자원이 문왕의 부인을 유혹하려, 부인이 거처하는 궁전 옆에 거처를 마련하여, 만무를 추게 했다. 부인이 이 일을 듣고는 울며 말하기를, "선대 군주께서 만무를 추게 하셨던 것은, 군비軍備에 대한 일을 습득하기 위해서였다. 그런데 이제 영윤令尹은 원수에 신성을 쓰지 않고, 남편 없는 사람 옆에서 그런 짓을 하니, 이상하지 않은가"?라고 했다. 부인을 모시고 있던 사람이 이 말을 자원에게 이르니 자원은, "부인으로서 원수를 치는 것을 잊지 않고 있는데도, 내가 도리어 그것을 잊고 있었구나"라고 말했다.

여기서 말한 문부인은 바로 초문왕楚文王 부인 식규息嬀다. 초문왕은 노장공 19년(BC 675년)에 세상을 떠났다. 영윤 자원은 초문왕의 동생이다. 문부인을 유혹하고 음사淫事를 하려고 싶어서 문부인 거처 옆에 관사를

---

37) 「左傳·隱公·5年」

지었다. 관사 안에서 방울을 흔들면서 만무를 추고 문부인을 꼬시고 싶어 했다. 문부인은 당시 초문왕이 살아있을 때 만무 연출로 군비를 습득하고 적을 칠 준비를 위한 것이라고 기억하고 있다. 하지만 이제 영윤 자원이 이것을 통해 여인을 유혹했기 때문에 그래서 울었다. 문부인이 말한 '군비 軍備에 대한 일을 습득하기'와 영윤 자원이 말한 '원수를 치는 것을 잊지 않기' 라는 말을 통해서 만무는 간척(干戚: 방패와 도끼)을 가지고 추는 무무武舞였다. 이는 깃털을 들고 추는 문무文舞와 다르다. 만무를 출 때 약(籥: 피리와 비슷한 고대 악기) 이란 악기로 반주한다. 만약 연주할 때 의외 상황이 있으면 약籥을 빼도 된다. 노선공魯宣公 8년(BC601년) 6월 신사辛巳 날에 노나라 태조 묘에서 성대한 체제禘祭를 치르고 만무를 추었 다. 하지만 이 날에 노나라 경卿인 중수仲遂가 갑자기 죽었다. 그 다음 날에 "임오壬午 일에 오히려 뒤풀이 제사를 지내고 만무를 춤추고 약籥을 부는 악사는 제외했다."38) '역繹'이란 제사를 하고 그 다음 날도 제사한 다는 뜻이다. '유역猶繹'이란 비록 경卿이 갑자기 죽는 일이 생겼지만 노나 라는 여전이 체제禘祭의 그 다음 날에 제사를 지냈다. 전해오는 바에 의하 면 공자孔子는 "예의에 맞지 않다. 경이 죽으면 역제를 지내면 안된다"39) 고 이를 꾸짖었다. 노나라 역제 상황에 관해 한대 사람은 이렇게 말했다.

> 약籥이란 무엇인가? 약무다. "역제繹祭를 거행하여 만무萬舞를 베풀되 약 籥을 연주하지 않았다"는 것은 무엇인가? 그 소리가 나는 것은 제거하고 그 소리가 없는 것은 두어서 그 마음에 이를 보존시킨 것이다. 그 마음 속에 이를 보존시켰다고 한 것은 무엇인가? 그것이 불가하다는 것을 알게 하기 위한 것이었다. 유猶는 무슨 뜻인가? 통상적으로 중지해야 한다는 뜻이다.40)

---

38) 「春秋·宣公·8年」

39) 「禮記·檀弓·下」

40) 「公羊傳·宣公·8年」

약篇은 만무 반주의 필요로 부르는 것이다. "역세繹祭를 거행하여 민무萬舞를 베풀되 약篇을 연주하지 않았다"고 했는데, 그 목적은 연출할 때 더 이상 소리가 나지 않고 구경하는 사람 마음 속에서만 가락을 묵독하는 것이다. 모두들 "그것이 불가하다는 것을 알게 하기 위한 것이었다." 당시 사람들이 체제禘祭 때, 만무 연출을 볼 것을 많이 기대했던 모양이다. 그래서 예절에 따라 더 이상 역제하면 안되는 상황에서도 그렇게 했다. 사람들은 약篇 반주가 없어도 만무 연출을 보고 싶었다. 춘추시대 백성 마음 속에 만무는 매우 중요한 위치를 차지했음을 시사한다. 노소공魯昭公 25년 (BC517년)에 노나라는 체제를 하려고 했다. "양공襄公의 사당에서 제사를 지내려는데, 만무를 추는 자가 두 사람뿐이었고, 다른 무인들은 계씨季氏 집에서 만무를 추고 있었다"[41]고 했다. 노경魯卿 계씨季氏도 같은 날에 조상 제사를 할 것이었다. 그래서 사람들을 모으고 집에서 만무를 연출했다. 이때 노나라 부족들은 이미 많이 쇠약해진 상황에 처했다. 만무에 필요한 무용자도 잘 모이지 못해 "만무를 추는 자가 두 사람뿐이었다"고 했다. 다른 사람들은 다 만무를 추기 위해 계평자季平子 집에 갔다. 노나라의 귀족은 이에 대해 아주 분노해서 "이는 선대 군주의 사당에서 예악를 갖추어 행할 수 없는 일이다"[42]라고 꾸짖었다. 노나라 군주가 아버지 양공襄公의 체제禘祭를 지내지 못하게 된 것은 군주에게 불공경한 것이고, 그것이 계씨 집안 만무 때문이라고 비판했다. 그 후 공자도 계씨의 "팔일八佾을 뜰에서 춤춘다"[43]는 일에 분개했다. 그리하여 춘추 후기에 만무는 이미 권세가 있는 귀족 집안서 하고 있었다는 것을 알 수 있다.

---

41) 「左傳·昭公·25年」
42) 「左傳·襄公25年」
43) 「論語·八佾」

4. 일반적인 전례典禮의 악무

춘추시대 각 등급의 귀족 사이에 같은 종족끼리는 다양한 전례가 있고 전국 각지 각 계층도 참가했는데 일종의 민속 명절 행사로 이뤄진 셈이다. 악무는 당시 이런 전례에 필수적이었다. 각 등급의 귀족은 전례 내용에 따라 과정이나 악무연출 상황도 다르게 했다. 당시 예절에 의하면 등급이 다른 귀족 간에 전례 악무도 서로 다른 것이 많았다. 왕국유王國維가 『관당집림觀堂集林』 권2에서 고대 예서禮書 기록에 따라 「천자天子, 제후諸侯, 대부大夫, 사士의 용악표用樂表」를 만들었는데, 춘추시대 귀족 예악 문화를 이해하기에 도움이 된다.

	금주 金奏	승가 升歌	관籥	생笙	간가間歌		합악合乐	무舞	금주金奏
					가歌	생笙			
대부와사향 음주례	없음	녹명鹿鳴, 사모四牡, 황황자화皇皇者华	무	남해南陔, 백화白華, 화서華黍	어려鱼丽, 남유가어 南有嘉鱼, 남산유대 南山有台	유경由庚, 숭구崇邱, 유의由仪	주남周南, 관저关雎, 갈담葛覃, 권이卷耳, 소남召南, 작소鹊巢, 채번采蘩, 채평采苹	없음	해하陔夏
대부와사 향사례	없음	없음	없음	없음	없음	없음	관저, 갈담, 권이, 작소, 채번, 채평빈	없음	해하
제후연례 (갑)「거연례경据燕 礼经」	없음	鹿鳴四 牡皇皇 者华	없음	남해南陔, 백화白華, 화서華黍	어려鱼丽, 남유가어 南有嘉鱼, 남산유대 南山 有台	유경, 수구, 유의	주남, 관저, 갈담, 권이, 소남, 작소, 채번, 채빈	없음	해하
제후연례 (을)「거연 예기据燕记」	사하肆夏사하	녹명鹿鳴	「신궁新宫」	「생입삼성 笙入三成」			향악乡乐	작勺	해하
제후대사의 诸侯大射仪	사하, 사하	녹명삼종鹿 鳴三终	신궁삼종新 宫三终						해하, 오하骜夏

	금주 金奏	승가 升歌	관管	생笙	긴가間歌		합악合乐	무舞	금주金奏
					가歌	생笙			
양군상견兩君相見		문왕지삼 文王之三				녹명지삼 鹿鳴之三			
		청묘清庙	상象			무하약武夏篇			
노제魯褅		청묘	상					대무大武, 대大夏	
천자대사天子大射	왕하 (사하)	(청묘)	(상)				궁시무 弓矢舞	(사하) 왕하	
천자대향天子大饗	왕하, 사하	(청묘)	(상)						사하肆夏, 왕하王夏
천자시학양로天子視学养老	(왕하, 사하)	청묘	상					대무	(사하) 왕하
천자대제사天子大祭祀	왕하, 사하, 소하昭夏	청묘	상					대무, 대하	사하, 왕하

「 」, ( )표시한 것은 모두 뜻으로 추정된 것. ( )표시한 것은 실제 상황과 더 가까운 것.

각 등급의 귀족 사이에 구별된 악무 사용은 그들의 신분과 사회지위의 표시이고 사람들은 이를 아주 중히 여겼다. 예를 들면, 경대부가 조상과 아버지의 묘당에서 제사 지낼 때 북과 종만으로 음악을 연주했고 가무는 없었다. 「시경詩經·더부룩한 가시나무(楚茨)」에서 이런 예절에 대한 기록 이 다음과 같이 나온다.

예의 다 갖추고
악기도 모두 갖추어 연주하며
효성스런 자손 자리에 드니
축관이 기도를 드리네
산들이 모두 취하여

신주가 자리에서 일어나자
조상들의 신도 마침내 돌아가시네

작품에서 각종 예절 의식이 끝날 때가 되면 종북지악鐘鼓之樂 연주도
끝마친다고 했다. 그 때 효순孝孫은 원래의 위치로 돌아가고, 제사의 사회
자가 예절의 의식이 끝난다는 것을 전하면 신령이 다 취한 것 같다. 신령을
상징하는 '시屍'가 일어나서 돌아갈 때도 종을 치고 예절로 배웅해야 한다.
이런 전례에서 쓰인 악기는 종과 북만으로 제한되어 있었다.
악무가 많이 쓰인 전례에는 주로 빈객을 초대하는 경례覲禮와 빙례聘禮
등이 있다. 「시경詩經·잔치에 오신 손님(賓之初筵)」에서 "종과 북이 걸려
있고 술잔 들고 왔다 갔다 한다." "피리 춤에 생황과 북 풍악이 합주한다"
라는 싯구절로 개괄적인 묘사를 했다. 이런 전례에서 음악을 연주하는
성황盛況에 대하여, 우리가 지금도 「시경詩經·장님 악공(有瞽)」편에서도
찾아볼 수 있다.

장님 악공이
주대종묘 뜰에 있네
종틀 경틀 앞세우고
종과 경 매다는 판에
오색 깃을 꽂았네

작은 북 큰 북 달아매고
소고와 경쇠와 축祝과 어圉고
다 갖추어 연주하니
퉁소와 피리도 이에 갖추어 응하네
덩덩 음악 소리가
엄숙하고 조화되게 울리니
선조들께서 들으시고

손님들노 악곡을 즐기시리라.

　작품 속에서 맹인 악사가 이미 주왕조 태묘 정상庭上에 앉았다. 정상庭上
에 또한 악기틀, 대판大板과 세워진 기둥이 있고, 섬세하게 새긴 숭아崇牙에
아름다운 깃털을 꽂았다. 악기는 소북小鼓 · 대북大鼓 · 현북懸鼓 · 요북搖鼓과
옥경玉磬이 있고, 이들 악기를 잘 배치한 후에 종경 연주를 시작한다. 그
후에 배소排簫와 대관大管을 같이 연주하면 온 묘당에 음악 소리가 넘친다.
합주로 연주된 장중하고 조화로운 음악소리를 통해 화목한 분위기를 만들
어 마치 선조도 듣고 있는 것 같다. 귀족들은 더 말할 것도 없이 악곡을
즐기면서 전례를 마친다. 「시경詩經 · 종소리(鼓鐘)」에서도 귀족 악무의 장
면을 묘사했다. "쇠북소리 드높은데 금슬이 어울리네, 생과 경도 가락 맞
춰 아雅와 남南을 연주하고, 피리 잡고 추는 춤 의젓하네." 이는 다양한
악기와 활발한 악무 장면에 대한 설명이다. 악무 연출에 슬과 금이 있을뿐
더러 생황과 경磬도 있다. "아雅와 남南을 연주한다"는 말이 있는데 아악雅
樂이 있기도 하고 깃발을 휘날리는 무용자44)가 기도 한다. 그리고 약무

---

44) 이아이남以雅以南'의 '남南'자의 뜻에 대하여 옛부터 여러 가지 이설이 있는데, 『시
　경』의 「주남周南」, 「소남召南」이라는 의견, 악기 한가지라는 의견, 또한 표준말로
　삼은 아雅와 대조된 남쪽 사투리라는 의견, 춘추시대에 주족周族의 음악과 합주할
　수 있는 남방 지역의 음악이라는 의견 등이 있다. 「시경詩經 · 북과 종(鼓鐘)」의 '이아
　이남以雅以南'과 서舒나라 편종編鐘 명문의 '이하이남以夏以南'을 근거로 삼을 수 있
　다. 「후한서後漢書 · 진선전陳禪傳」 주注에서 "「시경 · 북과 종(鼓鐘)」에 나온 '이아이남
　以雅以南 이약불참以籥不僭'에 대하여 설군薛君의 주석을 빌려 '남이南夷의 동쪽이
　「남南」이라고 해서 사이四夷의 음악 중에서 「남南」만 「아雅」와 합주할 수 있었는데,
　이는 그 소리가 분수에 어그러지지 않기 때문이다'라고 설명한다. 남악이 주악과
　어울리진 것은 마땅히 주악이 오랜 동안 남쪽으로 발전하고 서로간 영향을 끼친
　결과로 봐야 한다. 안언: 여기서의 '남南'은 깃발의 명칭이다. 1965년 봄에 낙양洛陽
　북요北窯 서주묘 일련번호 M453인 고분에서 삼차형三叉形 청동기 하나가 출토됐다.
　연구에 의하면 이는 "깃발 막대기 끝에 꽂는 동간수銅干首였다."(蔡運章, 「銅干首
　考」, 『考古』, 1987年 第8期.) 이 동간수의 위쪽 중간 부분은 창(矛)모양의 장봉長鋒과

簫舞에 참가자는 이 아름다운 음악에 따라 나풀나풀 춤춘다. 이런 장중하고 웅장한 장면은 풍부한 예악 문화의 표현이라 할 수 있다. 「논어論語·팔일八佾」편에서 공자가 노나라의 악사에게 음악연주의 오묘함에 대해 얘기해 본 적이 있다. "음악이란 알 수 있는 것이다. 처음 시작할 때 잘 맞고, 이어 본 가락에 들어가서 잘 조화되고 리듬이 분명하며, 서로 이어 끊어지지 않음으로써 한 단락이 끝나는 것이다" 라고 악곡 연주 과정을 묘사했다. 연주 시작할 때 열렬한 분위기가 조금씩 나타나고 계속하면서 청순하고 조화롭게 되며 내왕이 빈번해진 다음에 끝마무리 짓는다. 공자가 들어본 악곡은 웅장한 부분이 있을 뿐만 아니라 청순하고 은은한 악장도 있었을 것이다.

일반적으로 내빈 초대용으로 쓰인 악무는 다음 두 부분으로 나뉜다.

먼저, 빈객을 맞이하는 '금주金奏'다. 내빈이 오고 갈 때에 종이나 박鎛 등 악기로 연주하고 북이나 경磬으로 가락을 맞춘다. 내빈의 걸음에 맞추기 위해 곡조가 비교적 온화하다. 그래서 이것을 '금주'라고 부른다. 노양공 4년(BC596년) 노경魯卿 목숙穆叔이 진晉에 빙문聘問하게 됐는데 진도공

비슷하고 양측에 위로 구부러진 바늘이 있고, 아래는 짧은 자루가 있으며 자루 끝에 긴 자루를 박을 수 있는 원형 도기 구멍처럼 생긴 장부 구멍가 있다. 구멍 지름 2.3cm, 무게 0.85kg. 동간수의 정면에 명문 '남南'자가 음각으로 새겨져 있다. 필자는 '남南'자는 깃발의 명칭, 자기 이름을 알린 역할을 하고 있다고 생각한다. 「시경·북과 종」편에서 "쇠북소리 쟁쟁울리고 회수는 넘실거리네"라는 싯구절이 있는데 회수淮水 위의 배 속에서 연주한 것은 분명하다. 배 위에 깃발이 있고 악무할 때 아악에 따라 기발을 흔들고 춤추는 것은 '이아이남以雅以南'의 뜻이다. 주대 일반 악무에도 음악 박자를 맞추어 깃발을 흔들고 춤추는 경우가 있다. 고문헌에 기록된 악무 도구로 쓰인 '깃틸(羽)', '꿩의 깃틸(翟)'들은 깃틸로 장식한 깃발의 가능성이 크다. '정旌', '전旃'이라고 부르기도 하고 '남南'이라고 부르기도 했다. 춘추 시대 전쟁터에 장군들이 대부분이 깃발로 군대를 지휘하고 악무 할 때도 깃발을 도구로 삼아 용맹스럽고 위세가 넘친다는 뜻을 드러내기 위해서다. 아무튼 '남南'자의 해석은 여전히 문제점이 많아 더 많은 자료들을 확보해서 논할 필요가 있다.

晉悼公이 향례享禮를 거행했다. "금속 악기로 사하肆夏 이하의 세 곡을 연주한다"45)고 했다. 연주한 「사하肆夏」는 바로 빈객을 맞이하는 악곡이다.46) 『좌전』 기록에 따르면 노성공 12년(BC579년)에 진경晉卿 극지郤至를 초나라에 빙문할 때, 초나라 사람이 "지하실을 만들어 그곳에 종과 경磬을 걸어놓았다. 극지가 당상堂上에 오르려고 할 때 갑자기 당堂 밑에서 쇠로 만든 악기를 치는 소리가 우렁차게 난다"라고 했다. 여기서 '현縣'은 종북 같은 악기를 걸고 초빙 사자가 당상에 오를 때에 종북이 갑자기 소리 난다는 뜻이다. 설령 이 행동이 일부러 진나라 사자를 놀리는 장난이지만 그 중의 '금주金奏'는 빈객을 맞이하는 시작 단계의 음악이라는 것을 알 수 있다. 공자는 "문에 들어갈 때는 종鐘과 경磬의 음악을 연주한다"47)는 것을 빈객을 맞이하는 예절의 중요한 내용으로 삼았다. 춘추시대 귀족 예절은 확실히 이렇다. 「의례儀禮 · 연례燕禮」의 기록을 의하면 "만약 음악을 연주하여 빈이 들어오게 할 때에는 빈이 뜰에 이르면 「사하肆夏」를 연주한다. 빈이 술을 받고 절하면 주인이 답하여 절을 하는데 이때 음악연주를 끝마친다. 공이 절하고 작爵을 받으면 사하를 연주한다. 공이 작을 다 비우면 주인이 낭으로 올라서 작을 빋아 딩 아래로 내려오는데 이때에 맞추어 연주를 끝마친다." 제후와 경, 대부의 연례燕禮에서 '금주'의 시간은 내빈이 문으로 들어오고 당상에 오를 때부터 음주 끝날 때까지 연주를

---

45) 「左傳 · 襄公 · 4年」
46) 「예기禮記 · 교특생郊特牲」에서 "빈객은 대문에 들어올 때 먼저 「사하肆夏」의 곡을 연주하는 것은 화이한 것을 보여서 공경하는 것이다." 「사하肆夏」를 연주하는 의도는 화기와 존경한 마음을 표하는 데에 있다. 「의례儀禮 · 대사大射」에서 "빈이 뜰에 이르면 공이 한 계단 내려가서 빈에게 읍하고 빈은 공의 예를 피한다. 공이 당으로 올라서 자리에 임한다. 이에 「사하」를 연주한다." 이는 「예기禮記 · 교특생郊特牲」의 주장과 비슷하다. 모두 「사하肆夏」가 영빈곡이라는 의견이다. 「사하肆夏」의 내용은 「국어國語 · 노어魯語」하편에 나온 「번樊」 · 「알謁」 · 「거渠」 세 곡은 이미 실전된다.
47) 「禮記 · 仲尼燕居」

끝마친다. 주천자周天子는 일반 귀족과 달리 각종 전례에 진입할 때, 「사하肆夏」가 아닌 「왕하王夏」를 연주한다[48]고 했다. 『주례』에 따르면 전례에서 '금주'를 맡은 사람을 '종사鐘師'라고 한다. "종사鐘師는 종을 연주하는 일을 관장한다. 악사樂事에서 종鐘과 고고鼓로써 「구하九夏」의 곡을 연주한다"[49]고 했다. 왕하王夏는 즉, 구하九夏의 첫 편장이다. 예절에 따라 '금주'는 천자와 제후가 문으로 들어와 당상까지 오를 때 모든 종鐘·고고鼓·경경磬 등으로 악곡을 합주 연주하는데 경, 대부와 사가 문으로 들어와 당상까지 오를 때에, 당 앞의 조계阼階 서남쪽에 있는 북을 치고 그의 걸음에 가락을 맞춘다.

다음으로 '금주' 이후 주빈 회견, 승석升席, 헌수(獻酬: 잔을 올림), 음악연주, 노래연창 등의 전례 전과정이 진행된다. 이들은 각 '승가升歌', '간가間歌', '합악合樂' 등으로 부른다. 예절에 따라 악무 항목도 차이가 있지만 일반적으로 "당으로 오를 때에는 「녹명鹿鳴」을 노래 부르고 당에서 내려올 때에는 「신궁新宮」을 피리로 불고 생황이 들어와 세 번을 연주한다. 그리고 향악鄕樂을 합주하는데 만약 춤을 추게 되면 「작勺」을 연주해 준다."[50] '승가升歌'란 '등가登歌'라고 부르기도 했는데 악공이 당상에 오를 때 음악을 연주하는 것이다. '승가'에서 제일 많이 연출하는 시는 「시경詩經·소아小雅」의 「녹명鹿鳴」이다. '하관下管'이란 악공이 당 아래에서 관현악을 부르는 것이다. '하관'에서 제일 많이 연출하는 악곡은 「신궁新宮」이다. 「신궁」

---

48) 「주례周禮·대사악大司樂」에서 "왕이 출입할 때는 왕하王夏를 연주하라 명령하고 시동尸童이 출입할 때는 사하肆夏를 연주하라 명령하고, 희생을 들고 드나들 때는 소하昭夏를 연주하라 명령한다." 정현이 "삼하三夏는 모두 악장의 명칭이다"라고 해석했다. '출입出入'에 대하여 가공언賈公彦이 "왕이 제사하러 사당에 들어올 때, 그리고 제사를 마치고 사당에서 나올 때에 모두 「왕하王夏」를 연주하라고 명령한다"고 해석했다. 「왕하王夏」는 「사하肆夏」와 같이 또한 '금주金奏'의 영빈곡이다.

49) 「周禮·鐘師」

50) 「儀禮·燕禮」

은 「시경詩經·소아小雅」의 일편佚篇이다.51) '승기'와 '히관'의 노래와 반주가 번갈아 진행된다. 그 후 생황을 부는 악사가 실내에 들어와 3편의 악곡을 연주한다. 이어서 당상의 악공과 아래에 있는 악공이 같이 '향악鄕樂' 즉, 『시경』의 「주남周南」와 「소남召南」 등 시를 연창한다. 무용이 있으면 「작勺」무 즉, '육대지악'인 「남호南濩」를 연출한다. 규모가 큰 연례의 악무는 이것보다 더 많이 복잡하다. 「의례儀禮·연례燕禮」에서 "악공이 「녹명鹿鳴」, 「사모四牡」, 「황황자화皇皇者華」를 연주하고 노래한다"고 했다. 노래 이외에 또한 "「남해南陔」·「백화白華」·「화서華黍」도 연주한다." 그리고 「어려魚麗」·「남유가어南有嘉魚」·「남산유대南山有臺」·「관저關雎」·「갈담葛覃」·「권이卷耳」·「작소鵲巢」·「채번采蘩」·「채빈采蘋」 등 시도 부르고, 생황으로 「유경由庚」·「숭구崇丘」·「유의由儀」 등의 곡도 부른다. 주인과 내빈이 노래 소리와 음악 소리 사이에 서로 술을 올린다. 모든 음악과 악곡이 끝난 후, "대사大師로부터 악정樂正에게 알려준다." 그리고 다시 주인에게 알려준다. 음악과 노래를 연출하는 방식은 '간가間歌'와 '합악合樂'이 있다. 예를 들어 「의례儀禮·향음주례鄕飮酒禮」와 「순자荀子·악혼樂論」의 기록에 따르면 향음주례에 대한 내용은 다음과 같다

> 「어려魚麗」를 연주하고 노래하면 「유경由庚」을 분다. 「남유가어南有嘉魚」를 연주하고 노래하면 「숭구崇丘」를 분다. 「남산유대南山有臺」를 노래하고 연주하면 「유의由儀」를 분다. 그런 후에 당 위에서는 노래를 부르고 슬을 뜯으면, 당 아래에서는 생황을 불고 경을 치며 함께 연주한다. 연주곡목은 「주남周南」의 「관저關雎」, 「갈담葛覃」, 「권이卷耳」와 「소남召南」의 「작소鵲巢」, 「채번采蘩」, 「채빈采蘋」 등이다.

---

51) 「의례儀禮·연례燕禮」 정주鄭注에서 "「신궁新宮」이 「소아小雅」의 일편逸篇이다." 여기서 「신궁新宮」과 「녹명鹿鳴」을 병렬시킨 상황을 보면, 이들의 성격이 비슷하다고 할 수 있다. 정주鄭注의 의견은 믿을 만하다.

악정樂正이 들어와 당에 올라가 노래 3편을 마치면 주인이 그에게 술잔을 올리며 생황을 부는 사람이 들어와 당 아래에서 3편의 곡조 불기를 마치면 주인이 또 술잔을 올린다. 당 위와 당 아래에서 교대로 3편의 곡을 마치고 노래와 반주가 합하여 3번을 마치면 악정이 음악이 갖추어졌음을 알리고 드디어 나간다. 그러면 두 사람이 술잔을 들어 이에 사정司正을 세우니, 능히 화락하여 예를 잃지 않음을 알 수 있다.

이른바 '간가間歌'는 생황악과 교체하면서 노래하는 것이다. 당상 악공은 「어려魚麗」 연창 끝에 당 아래 악공은 생황으로 「유경由庚」을 부른다. 노래 하고 악기를 불면서 이렇게 가락에 맞추어 연출하니 분위기가 활발해지고 나서 악공에게 좀 쉴 시간도 준다. '간가' 후의 '합악'은 당상과 아래의 악공은 반주를 동반해 「주남」과 「소남」 속에 있는 가곡을 같이 연창한다. 이런 가곡을 또한 '향악'이라고 칭한다. 이들은 경, 대부를 초대하는 음악인 데 주천자는 제후를 불러서 만나거나 제후끼리 서로 만나면 「문왕文王」, 「대명大明」, 「면綿」, 「청묘清廟」 등 노래를 연창한다. 간가에도 한 사람이 먼저 노래하고 여러 사람이 보조하는 형식으로 진행했는데, 한 사람이 연창하는 과정에서 음악이 고조에 이룬 후 다른 사람이 예성曳聲으로 보조 해 준다. 이런 보조 소리를 '탄歎'이라고 칭한다. "종묘에 제사를 지낼 때 「청묘清廟」 곡을 연주하면 한 사람이 부르고 세 사람이 화답한다."[52] "종묘 에 제사의 시가를 연주될 때 그 슬瑟의 현弦은 주색朱色이며 바닥에 실구명 이 있어 기氣를 통하여 혼자 노래하고 세 사람이 탄상歎賞할 정도의 것이 다"[53]라고 하였는데, 모두 이같은 상황을 가리킨다. 간가는 음악을 생동하 게 다채스럽게 하여 음악의 격양과 온화를 서로 교체시켜 각종 전례 분위 기를 조절해 준 좋은 방식이다.

---

52) 「荀子·禮論」
53) 「禮記·樂記」

고대 학자가 『시경』 각 편이 음악에 쓰인 상황에 대하여 "음악으로 쓰일 때 국군은 「소아小雅」로 하고 천자는 「대아大雅」로 한다"고 했는데, 「송頌」도 천자의 음악이라고 여겼다. 융통적인 상황이 당연히 있기 했는데 즉, "향례 때에 단계를 높일 수 있고 연례 때에는 단계를 낮출 수 있다"[54] 는 것이다. 융통성과 차이성이 없으면 안된다. 공자 이전에 『시경』의 아雅 와 송頌에 악곡을 붙인 후 각종 행사에 쓰인 악무의 차이는 엄격하지 않았 다. 공자는 "내가 위나라에서 노나라로 돌아온 후에 음악이 바로 잡혔고 아송雅頌이 바르게 정리되었다"[55]고 말했다. 공자가 「아雅」와 「송頌」에 대한 정리는 편장뿐만 아니라 관련된 악곡도 정리하고 전례에 사용하는 데 더 적합하게 했다. 각종 전례의 악무 예절에 따라 주천자는 최고자로서

---

54) 정현鄭玄은 「시소대아포詩小大雅譜」에서 "향례 때에 단계를 높일 수 있고 연례 때에 는 단계를 낮출 수 있다"라고 주장했다. 이에 대하여 왕국유王國維가 다음과 같이 해석했다. "천자가 원후元侯를 대접할 때 「사하肆夏」를 노래하고 「문왕文王」과 합악 한다, 제후諸侯를 대접할 때는 「문왕文王」을 노래하고 「녹명鹿鳴」과 합악한다. 제 후가 이웃나라의 군주를 대접한 것은 천자가 제후를 대접한 것과 같다. 천자가 여러 내신이나 빙문聘問 사절을 대접할 때에는 모두 「녹명鹿鳴」을 노래하고 향악鄕樂 과 합악한다. 정현이 향음주례鄕飲酒禮 및 연례燕禮에 대한 주석에도 '「소나小雅」는 제후의 음악이고 「대아大雅」와 「송頌」은 천자의 음악이다'고 했다. 「향례鄕飲酒」에 서는 '승가升歌할 때 예물이 많으면 더 높은 단계의 음악을 택할 수 있다.' 「연燕」에 서는 '향악鄕樂을 합해서 예물이 가벼운 자에게는 낮은 단계 음악을 해도 상관없다.' 「춘추전春秋傳」에서는 '먼저 「사하肆夏」인 「번樊」・「알遏」・「거渠」 등의 곡을 연주하 며 이는 천자가 제후의 우두머리를 대접할 때 연주한 것이다. 이어 악공이 「문왕文 王」・「대명大明」・「면綿」 등의 곡을 연주하니 이는 두 나라 군주가 상견할 때 연주하 는 것이다'라고 했다. 그런데 제후간 연례에서 승가할 때 「대아大雅」를 노래하고 「소나小雅」와 합악한다. 천자가 이웃나라나 약한 나라 군주를 대접할 때도 똑같이 한다. 큰 나라의 국군을 대접할 때 「송頌」로 승가하고 「대아大雅」로 합악한다. 생황 악이 있는지는 알 수가 없다. 이 두 가지 설은 비슷하다. 정현이 향음주례鄕飲酒禮 때 단계를 높이고 연례燕禮 때 단계를 낮출 수 있다고 했으니, 천자가 원후와 제후를 대접할 때도 똑같이 추론한 것으로 추정된다."(「觀堂集林」2卷).

55) 「論語・子罕」

다른 등급의 귀족과 큰 차별이 있다. 예를 들면, 주천자는 학교를 시찰할 때 "당상에 올라가서 제사의 시를 노래하며 풍악으로 연주한다. 노래가 끝나면 선도善道를 이야기한다.……당하에서는 관악으로 모두 상무象舞의 곡을 취주하며 대무大武의 춤을 춘다"56)고 했다. 노나라 태묘에서 주천자와 같은 규격인 주공周公 제사를 지낼 때, "이 제사에서 악사가 묘당으로 올라가 청묘淸廟의 시편을 노래하고 이어서 당하에서는 상무象舞의 곡이 연주되며, 무인舞人은 곤면袞冕 차림으로 손에 주간朱干과 옥척玉戚을 잡고 대무大武를 춤추고 피변복皮弁服에 흰 주름이 있는 것을 입으며 그 위에 석의裼衣를 걸치고 대하大夏를 춤춘다"57)라고 했다. 이 모든 것은 천자의 존엄성을 과시한 것이다.

전례의 악무는 모두 당시 '예禮'와 밀접한 관계를 맺었다. 악공이 연창하는 노래는 다양한 의미와 등급의 차이가 있는데 내빈이 잘 듣고 적당한 반응을 해야 한다. 노양공 4년(BC569년)에 노경魯卿 목숙穆叔이 진晉나라에 빙문聘問했는데 절차를 알맞게 끝냈다. 향례에서 진나라의 악공은 "금속 악기로 사하肆夏 이하의 3곡을 연주했으나, 그는 감사드리는 절을 올리지 않고, 악관이 문왕편 이하의 3편의 시를 노래부르자, 한 편의 시를 노래 부를 때마다 감사드리는 절을 했다."58) 목숙穆叔은 왜 「사하肆夏」 3편의 악곡과 「문왕」 3편의 악곡을 부를 때 감사드리지 않고 「녹명鹿鳴」 등 3편의 노래를 부를 때 별별 감사를 드리는가? 이에 대한 목숙穆叔 자신의 설명은 다음과 같다.

과군이 나를 귀국에 출사토록 하여 선군의 우호관계를 다지게 했다. 귀국

---

56) 「禮記·文王世子」
57) 「禮記·明堂位」
58) 「左傳·襄公·4年」

의 군주는 세후들 간의 교호를 위해 대례로써 나를 대접했다. 먼저 종박鍾鎛을 이용해「사하肆夏」의「번樊」과「알遏」·「거渠」등의 3곡을 연주케 했다. 이는 천자가 제후의 우두머리를 대접할 때 연주하는 것이오. 이어 악공이「문왕文王」·「대명大明」·「면綿」등의 3곡을 연주하니 이는 두 나라 군주가 상견할 때 연주하는 것이다. 이들은 모두 미덕을 밝게 하여 두 나라의 우호를 밝히는 것으로 나와 같은 사자가 감히 들을 수 있는 것이 아니오. 나는 악공들이 연습차 이 곡들을 연주했다고 생각했다. 그래서 감히 답배치 않은 것이오. 그러나 지금 악공들이 생황 반주에 맞춰「녹명鹿鳴」3곡을 연주했다. 이는 군주가 사자에게 상을 내릴 때 연주하는 것이오. 그러니 내가 어찌 감히 답배하지 않을 수 있겠다. 「녹명」은 군주가 선군의 우호관계를 기릴 때 사용하는 것이오. 그러니 어찌 답배하지 않을 수 있겠다. 「사모四牡」는 군주가 왕사王事를 근면히 수행한 사자를 표창할 때 연주하는 것이다. 그러니 어찌 답배하지 않을 수 있겠소. 「황황자화皇皇者華」는 군주가 사자에게 가르침을 내리면서 '각자 사심私心을 품으면 정차 목적을 이룰 수 없다'고 이를 때 하는 것이다. 자문과 모략, 책략, 순문詢問 반드시 충성스런 사람에게 묻는 것이다. 그러니 어찌 답배하지 않을 수 있겠다.59)

목숙穆叔은 군주간 서로 만날 때 사용하는 악곡과 가곡을 듣고 감사를 표하지 않은 이유는 자기가 이런 대례를 감당하지 못했기 때문이다. 「녹명」등 3편의 노래는 사자의 신분에 알맞는 노래에만 감사드렸다. 묵숙穆叔의 말에서 춘추시대에 악곡과 가곡 사용 법칙에 맞게 반응하여 행동해야 한다는 것을 알 수 있다. 그것을 모르면 예의를 위반하고 남에게 웃음거리가 된다.

춘추시대 귀족 전례의 악무 상황에 관하여 1950년대 후기, 하남성 신양信陽 장대관長臺關 초묘 출토 칠화에 그려진 이미지에서 찾아볼 수 있다.60)

---

59)「國語·魯語·下」

60) 곽말약郭沫若은 장대관長臺關 초묘를 춘추묘라고 주장했다. (「信陽墓的年代和國別」《文物》, 1958年 第1期)다른 연구자가 전국묘라는 의견도 제시한 적이 있다. 고분에

이 휴칠된 채색 소슬小瑟의 이마 위치에 악무 장면을 생생하게 표현하고 있는데, 두 줄로 늘어선 악공이 있으며, 윗줄 제일 오른쪽 사람이 무릎을 꿇고 생황을 분다. 생두笙斗가 매우 작고 취구吹口가 매우 길다. 생관笙管을 붉은색과 갈색으로 칠했고 그리고 위가 흩어지고 아래가 집합한 양상으로 보인다. 한사람이 북채 한 쌍을 가지고 두드리는 척 한다. 그 왼쪽에 위 부분에 우보(羽葆: 새 깃으로 만든 의장)와 벽삽(璧翣: 악기 걸이틀 위의 꾸미개)으로 장식된 건고建鼓가 그려져 있다. 아랫 줄의 악공 중에 한사람이 슬을 뜯고 한사람이 손뼉을 치면서 노래하고 있는 것 같고, 또 한 사람이 종과 경의 횟대 밑에 무릎이 꿇고 치는 척 한다. 그림에 있는 무용자는 붉은색과 노란색 방울이 그려진 옷을 입고 있는데 팔 동작이 우아하고 소매가 길며 보기 아름답다.

이상으로 두 가지 상황을 종합하면 춘추시대의 귀족 예악문화가 많이 발달한 양상이다. 각종 전례에서 "종과 북 둥둥 울리고 경과 피리 연주한다"고 해서 상서롭고 평온한 분위기를 자주 볼 수 있었다. 이런 악무는 춘추시대 예절과 민속문화 간의 축소판이라 할 수 있겠다.

5. 시詩·가歌·악樂·무舞와 민요

옛사람은 시와 악무의 관계에 대하여 일찍부터 깊이 있게 논의했다. 「상서尚書·요전堯典」에서 "시는 마음에 있는 생각을 말한 것이요, 노래는 그 말을 길게 읊조리는 것이며, 음악의 소리는 가사를 길게 늘여 생기는

서 발견된 종 위에 '진인구융어초경晋人救戎于楚境'이라는 명문이 새겨져 있는데, 아마도 초나라가 '융만戎蠻'을 치려고 해서 진나라 사람이 융만을 구하러 왔다는 이야기다.(「左傳·哀公·4年」) 이래서 종의 연대는 춘추시대에 속한다고 하고 슬瑟의 연대는 이와 가깝다고 추정됐다. 장대관 초묘의 연대는 전국시대와 가깝다는 결론을 지어 종와 슬의 연대도 춘추시대로 반단됐다.

것이요, 음률은 그 소리를 조회히는 것인데, 팔음八音이 잘 어울려서 서로 어지러이 흐트러지지 않고……경을 치고 두드리니 여러 짐승들도 다 같이 춤춘다"61)라고 했다. 이는 상고시대 역사 연구 이론에 대한 총정리로 볼 수 있다. 춘추시대에 예악문화의 발전에 따라 시와 악무의 관계는 갈 수록 긴밀해졌다. 공자가 『시경』으로 제자를 교육할 뿐만 아니라 "이렇게 정리한 305편의 시에 공자는 모두 곡조를 붙여 노래로 부름으로써 「소韶」·「무武」·「아雅」·「송頌」의 음악에 맞추려고 했다."62) 만약 이 말을 믿을 수 있다면『시경』의 시편은 모두 악가이고 늦어도 공자의 시대부터 음악에 맞춰 연창했다고 볼 수 있다. 공자의 제자인 자간子贛은 사을師乙에게 무슨 노래가 자기에 맞는가 가르침을 청했다고 들었다. 사을은 "마음이 넓고, 온화하고, 다투지 않고, 정직한 사람은 「송頌」을 노래함이 좋습니다. 도량이 크고, 온화하고, 어떤 일에 구애받지 않고, 거기에 신의가 두터운 사람은 「대아大雅」를 노래함이 좋습니다. 솔직하고 거기에 침착하며, 청렴하고 겸허한 사람은 「풍風」을 노래함이 좋습니다"63)라고 대답했다. 그래서『시경』중의 「송」, 「대아」, 「소아」, 「풍」이 다 연창할 수 있는 것이다. '강강하고 또랑또랑한 시를 '송'이라고 부른다.『시경』에서 "길보吉甫가 노래를 지으니 사람들은 그가 빨리 돌아오기 바라네"64)란 구절이 있는데, 이는 윤길보尹吉甫가 송을 지었다는 뜻이다. 「주례周禮·대사악大司樂」에서 "음악과 가사로써 국자國子를 가르치는데 좋은 일로 인도하고 가사를 외우고 소리 높여 창하며 질문하고 대답한 것을 기술하게 한다"고 기록했다. 정현은 "소리내어 읽는 것을 송誦이라 한다"고 했는데, 소위 "소리 내어

---

61)「尚書·堯典」
62)「史記·孔子世家」
63)「禮記·樂記」
64)「詩經·烝民」

읽는다(以聲節之)"는 것은 낭송할 때의 성조에 고저장단이 있는 것이다. 송이 더 발전하게 되면 시와 악을 합하여 노래가 된다. 노래로 감정을 다 표현하지 못할 때에 악기로 반주해 주고, 더 발전하면 수무족도한다. 그래서 춤이 생기게 된 것이다. 시·가·악·무의 관계에 관해 「예기·악기」에서 아주 알찬 표현이 있다. "시는 사람의 지향의 표현이고, 노래는 음성을 곡조에 실은 것이고, 또 무용은 마음을 동작으로 표현한 것으로 이 3자가 사람의 심정에서 출발했을 때에 가지가지의 악기가 그 표현에 쓰이는 것이다." "따라서 말한 것만으로 부족하기 때문에 길게 말하는 것이고, 길게 말해도 부족하면 거기서 '아아!'하고 차탄嗟歎하게 되며, 차탄해도 아직 부족하면 손과 발을 자기도 모르게 흔들며 춤추게 된다." 하지만 춘추시대에 모든 시가 다 배경음악이 있었던 것은 아니다. 『시경』에 모은 것들은 당시 시작품의 전부가 아니다. 묵자의 말에 따르면 당시 사회에는 "송시誦詩 3백편이요, 현시弦詩가 3백 편이요. 가시歌詩 3백 편이요. 무시舞詩 3백편이 있었다"[65]고 했을 정도로 다양했다. 『시경』에 수집된 것은 단지 '가시歌詩'와 '무시舞詩' 중의 일부분이다.

춘추시대 사람들은 가무 음률을 종합적으로 고찰하곤 했다. 제나라의 안자晏子는 '화和'와 '동同'의 관계를 이야기할 때 음악을 맛 조절하는 것에 비유해 논했다.

> 음악 소리 또한 맛을 갖춤과 같은 것이다. 한 원기元气, 음과 양의 두 성질, 상·중·하의 세 소리 구분, 사방에서 모은 기악기 만드는 재료, 궁宮·상商·각角·치徵·우羽의 다섯 가락, 황종黃鐘·태주太蔟·고선姑洗·유빈蕤賓·이칙夷則·무역無射 등의 여섯 가지 음률과 다섯 가락에 변궁變宮과 변치變徵를 더 넣은 일곱 가락, 금金·석石·사絲·죽竹·포(匏: 바가지)·토土·혁革·목木 등의 여덟 종류의 악기, 수水·화火·금金·목木·토土·곡穀 등의 육부

---

65) 「墨子·公孟」

六府와 정덕正德·이용利用·후생厚生 등의 삼사三事를 찬양한 노래로써 이루어지는 것이고, 맑음·흐림·작음·큼·짧음·길음·긴장·완화, 슬픔·즐거움, 굳셈·부드러움·늦음·빠름·높음·낮음·숨의 내쉼·숨의 들이마심 기교 등으로 조화되는데, 윗분은 그것을 들어 마음을 평온하게 하고, 마음이 평온하면 인품이 온화하게 된다. 그러므로 시에 이르기를, '덕 있는 음성에는 티가 없네' 라고 했다.[66]

옛사람의 해석에 의하면 소위 '일기一氣'란 가무자가 다 '기'로 인해 행동하는 것이다. '이체二體'란 깃털을 가지고 춤추는 문무와 무기를 가지고 춤추는 무무武舞다. '이류二類'란 풍·아·송 세 가지의 시작품이다. '사물四物'이란 사방의 물건으로 만든 악기를 이용하여 반주하는 것이다. '오성五聲'이란 궁宮·상商·각角·치徵·우羽 다섯 가지의 음조다. '육률六律'은 황종黃鐘·태주太簇·고선姑洗·유빈蕤賓·이칙夷則·무역無射 등 여섯 가지의 악률이다. '칠음七音'은 7종의 음계다. '팔풍八風'은 팔방의 바람이다. '구가九歌'는 구공九功에 관한 노래다. 아무튼 '일기一氣'에서 '구가九歌'까지의 배열은 악·가·무에 불과하다. 안자晏子는 이런 순서는 간단하고 단순한 배열이 아니고 시로 이올리면서 합리적인 조합이라고 여겼다. 음악의 높음과 낮음, 큼과 작음, 노래의 속도, 맑음과 혼탁함 그리고 무용의 굳셈과 부드러움, 속도 등을 어울리게 맞춘 것이다. 안자는 "만약 금琴과 슬瑟의 어느 한 가지만을 똑같은 소리로 탄다면, 그 소리를 누가 좋게 들을 수 있겠는가?"[67]라고 되묻기도 했다. 금슬은 만약 같은 음조만을 연주하면 청중이 없을 것이다. 안자가 말했 듯이 음악은 평화스러워야 한다. 이는 춘추시대 사회에서 일반 민중들의 바람이다. 춘추 후기에 주경왕周景王은 무역無射 음률에 맞는 큰 종을 만들었다. 종소리가 굵고 크고

---

66) 「左傳·昭公·20年」
67) 「左傳·昭公·20年」

시끄러워서 듣기가 좋지 않다. 『좌전』 소공 21년 기록에 의하면 주대 악관 인 냉주구冷州鳩가 이 같은 큰 종은 신심 건강에 나쁘다는 의견을 건넸다

> 천자이신 왕께서는 마음의 병으로 돌아가실 것이다. 음악은 천자께서 장악하시는 것이다. 그리고 소리는 곧 음악을 싣는 것이고, 종은 곧 악기인 것이다. 천자께서는 세상의 풍속을 헤아리시어, 음악을 짓고, 악기로써 그 음악 소리를 갖추고, 그 소리들에 그 음악을 실어 연주하는 것이다. 작은 소리가 들리지 않게 희미하지 않고, 큰 소리가 너무 시끄럽지 않으면 악기 소리가 조화되어진다. 악기 소리는 사람들의 귀에 들어가 마음에 아름답게 담아지는 것이다. 마음이 편안하게 되면 즐거운 것인데, 소리가 들리지 않게 희미하면 듣는 사람의 마음에 맞지 않고, 소리가 너무 커 시끄러우면 그 음악은 마음에 용납되어지지 않는다. 마음이 이 때문에 나쁜 자극을 받는데, 나쁜 자극은 실로 병이 생기게 한다. 이제 너무나도 시끄러운 소리를 내는 종을 만드신다면 천자의 마음은 그 소리를 견디지 못하실 것인데, 오래 사실 수가 있으랴?

음악 소리가 너무 가늘어서 잘 듣기가 부족하고 소리가 너무 커서 참을 수가 없다. 냉주구冷州鳩는 '화성和聲'을 제창하고 있는데 화성은 평화로운 소리다. 이런 음악만 사람에게 즐거움을 줄 수 있다. 주왕은 소리가 너무 큰 대종의 연주를 참지 못해서 '심질心疾'에 걸려 단명할 것이라고 판단했다. 주왕조 경卿인 선목공單穆公도 주경왕의 큰 종에 대하여 "만일 음악이 귀를 쫑긋하게 만들고 미색이 눈을 현란하게 만들면 이보다 더 큰 해악은 없습니다"[68]라고 평했다. 주경왕은 냉주구冷州鳩 및 선목공의 충고를 듣지 않고 과연 이듬 해 세상을 떠났다. 안자, 냉주구, 선목공 등의 말을 통해 춘추시대의 사람은 이미 음악과 가무, 그리고 사람의 관계를 상당히 깊게 이해했다는 것을 알 수 있다.

----

68) 「國語·周語·下」

『시경』을 수집한 것처럼 춘추시대의 시는 작품마다 자기의 독특한 곡조를 지닌 것이 아니었다. 아마도 어느 한 종류의 시에 대략적인 곡조를 붙여 연창가는 이에 따라 다양한 시편을 불렀을 것이다. 『시경』 중의 풍·아·송의 의미에 대해 이전 사람은 다양한 의견을 제시했는데, 그 중에서 믿을 수 있는 것은 모두가 악기, 악조와 관련된 설이다. 『시경』 속의 '국풍' 부분은 기본적으로 황하 유역 각 제후국의 민간 악조다. 어떤 자는 그 중의 '주남'과 '소남'을 따로 분리시킬 수 있다고 생각했다. 이전 사람은 '남南'이 악기의 형태를 가리키며 원래 주종鑄鐘과 같고 나중에 방울로 변형된 것이라고 말했다. 「예기禮記·문왕세자文王世子」에서 '서고남序鼓南'이라는 기록이 있는데 정현이 "남은 남이南夷의 음악이다" 라고 해석했다. 이것으로 '남南'은 악기이고 남방의 악기로써 세상에 전하는 것 같다. '아雅'도 악기이고 주대의 생황사인 악관이 가르치는 악기 중에 '아雅'가 있다. 우竽·생笙·약籥·관管 등 악기와 병렬한다.[69] 한대 학문가는 "아雅는 칠한 대나무같이 생긴 것이다"[70]고 했다. 칠관漆管은 굉장히 오래된 대나무 통 모양의 악기다. 서쪽 지역에서 비롯된 것이고 '아雅'는 그것과 비슷하다. 「예기·악기」에서 '고악'을 얘기할 때 "상相을 가지고 그릇된 것을 바르게 하고, 완급의 조절은 아雅로 한다"고 했다. 정현이 "아雅, 또한 악기의 이름이다. 칠한 대나무 통같이 생기고 중간에 추椎가 있다"[71]고 했다. 그래서 한대까지 '아雅'란 악기가 있다는 것을 알 수 있다. '아'는 악기이고, 아雅

69) 「周禮·笙師」
70) 「周禮·笙師」注引鄭司農說.
71) 「한서漢書·율력지律曆志」에서 "황제黃帝가 악공樂工 영륜冷綸을 시켜 대하大夏의 서쪽 곤륜산崑崙山 북편에 있는 해곡解谷에서 둥글고 속이 비어 구멍 두께가 고른 대나무를 가져다가, 두 마디 사이를 끊어서 황종黃鐘의 궁宮 소리를 정하고, 또 통 열두 개를 만들어 봉황鳳凰의 울음소리를 본떠 만들었다." 이것으로 '아雅'는 상고시대 서부 지역에서 생긴 죽제 관악기였다는 것을 짐작할 수 있다.

반주에 부르는 노래는 '아雅'라고 하고, 이를 시의 이름으로 한 것은 이런 시가 생긴 지역과 관련이 있다. 아雅는 하夏의 고자古字로 서로 통通한다. 주대 사람은 스스로 하족夏族의 후예라고 여겨 '하夏'의 후예가 부른 노래가 '아雅'가 된다. 춘추시대 서舒나라 고분에서 출토된 편종 명문은 "좋은 청동으로 종을 주조하고 하夏와 남南을 연주하며 조화로운 음악 소리를 내어 내 마음을 즐겁게 한다"라고 적혀 있다. 그 중에서 '이하이남以夏以南'은 「시경·고종鼓鐘」의 '이아이남以雅以南'과 일치하니 '아雅'는 바로 '하夏'의 증거다. 아무튼 하족의 후예인 주대 사람은 처음부터 '아雅' 반주에 부르는 노래를 '아雅'라고 불렀다.[72] 남쪽에 주로 '남南' 반주에 부르는 노래를 '남南'이라고 불렀다. '아雅'는 '대아大雅'와 '소아小雅'로 나뉘어지고 악조로 구분하기도 한다. 『주례』 기록에 따르면 주대의 악관은 '대서大胥'와 '소서小胥'라고 부른 자가 있다. 대서大胥는 "봄에 학사學舍에 들어올 때는 채(采: 폐백)를 가지고 무(舞: 무용단)에 합류한다. 가을에 골고루 배우도록 성(聲: 창법)에 합류하게 한다. 6가지 음악(六樂)을 알게 하여 무위舞

---

72) 전국 진한秦漢시대에 '아雅'로 칭한 노래들은 『시경』의 '대아大雅'와 '소아小雅'에만 국한되지 않고 심지어 『시경』에만 국한되지 않았다. 「대대례기大戴禮記·투호投壺」의 기록에 의하면 "'아雅'라고 칭한 노래는 모두 26편, 그중에서 「녹명鹿鳴」·「이수貍首」·「작소鵲巢」·「채번采蘩」·「체빈采蘋」·「벌단伐檀」·「백구白駒」·「추우騶虞」 등의 8 편을 노래로 부를 수 있다. 노래로 부를 수 없는 8 편이 있고, 「상商」·「齊」에 속한 7 편은 노래로 부를 수 있고 다른 3 편은 간가間歌다. 이외에 또한 「사벽史辟」·「사의史義」·「사견史見」·「사동史童」·「사방史謗」·「사빈史賓」·「십성拾聲」·「예협睿挾」 등이 있다." 여기서 '아雅'에 속한 26편 중에서 노래로 부를 수 있는 8편은 현재 『시경』의 풍風과 아雅 두 부분에서 찾을 수 있다. 「상商」과 「제齊」에 속한 다른 7 편도 있다. "상商의 노래는 오제가 남긴 소리이며, 상대 사람이 이를 전했기 때문에 상의 노래라고 부르고 있다. 또 제齊나라 노래는 하·상·주 3대가 남긴 것이고 제나라 사람이 이를 전했기 때문에 제의 노래라고 부르고 있다."(「禮記·樂記」) 이들이 모두 송나라와 제나라에서 전해진 원고시대의 시작품이다. '아雅'에 속한 26편 이외에 또한 「사벽史辟」 등의 8편이 있고 이들은 다른 음조의 노래다.

位를 올바르게 한다." 소서小胥는 "춤추는 줄을 돌아다니며 순찰히여 테만한 자는 종아리를 친다. 악기들을 다는 위치를 바로잡아 주는데 왕궁에서는 사면에 달고 제후들은 삼면에 달고 경이나 대부는 이면만 달고 그 소리를 판단한다." 둘은 다 악무에 관련돼 있는데, '대아'와 '소아'는 '대서'와 '소서'의 구별에서 생긴 것으로 연주하는 악조가 다르기 때문에 이름도 다르게 했다는 의견도 있다. 전문가의 고증에 의하면 『시경』의 '송頌'도 악기와 관련이 있다고 본다. '송頌'은 '용鏞'의 고자로 서로 통한다. 용鏞은 대종大鐘을 가리킨다. 용鏞 반주에 부르는 노래는 통상적으로 엄숙하고 온화하기에73) '송頌'이란 이름으로 부르게 된다.

춘추시대 일부 귀족의 전례에서 그들은 악공이 연출한 악무를 즐길 뿐만 아니라 본인도 "노래를 부르고 춤을 춘다"74)는 식으로 흥을 돋운다. 귀족의 연출은 일반적으로 악기 반주와 함께 노래하고 춤춘다. 부른 노래는 바로 묵자가 얘기한 '시 300편'에 속한다. 『좌전』 양공襄公 16년에 이에 관한 기록이 다음과 같다.

> 진晉나라 군주는 온지溫地에서 제후들과 잔치를 열고, 각국의 대부들에게 춤을 추게 하며 말하기를, "춤을 추면 시를 노래 부르되, 반드시 서로 의미가 통하는 것을 골라서 노래 불러라"라고 했다. 그런데 제나라 대부 고후高厚가 노래 부른 시는 의미가 같은 것이 아니었다. 그러자 진나라 순언荀偃이 화를 내며, "제후 중에는 다른 마음을 지니고 있는 분이 있습니다"라고 말했다.

---

73) 전대 사람은 '송頌'을 무용舞容나 성덕盛德에서 유래된다고 했는데 모두 설득력이 없다. 왕국유王國維가 '송頌'의 특징에 대하여 그 음성이 "'풍風', '아雅'보다 느린다." "'풍風'과 '아雅'는 음성이 다급해서 운율에 맞춰진다. 대부분 '송頌'은 음성이 느리고 운율에 맞추기가 적합하지 않기 때문이다"라고 의견을 제시했다. 운율이 없는 것 이외에 '송頌'은 연으로 나뉘지 않고 짧다. 이는 모두 "음성이 느리기 때문이다." (『觀堂集林』卷2) 이 설은 설득력이 있다고 본다.

74) 「詩經·車轄」

그리고 각국 대부들에게 제나라 고후와 맹서를 하게 했는데, 고후는 그만 도망쳐 돌아가고 말았다. 이에 노나라 숙손표叔孫豹·진나라 순언·송나라 상술向戌·위나라 영식甯殖·정나라 공손채公孫蠆·소주小邾의 대부가 맹서하여 말하기를, "우리는 같이 불충不忠한 자를 칩시다"라고 했다.

진평공晉平公이 즉위한 후 노양공16년(BC557년)에 제후들을 모이게 하고 다시 맹주 지위를 확인하려고 했다. 진晉나라 밑에 있는 노魯·송宋·위衛·정鄭·조曹·거莒·주邾·설薛·기杞·소주小邾 등 제후국은 제빨리 오고 모임에 참가했는데, 제영공齊靈公은 진나라에 따르지 않고 대부인 고후高厚를 보내어 이번 모임에 참가했다. 진나라는 제나라에 대한 불만을 '노래로 부르는 시(歌詩)' 속의 사유로 폭발시켰다. 온지溫地 연회에서 제후를 따라 모임에 참가하는 대부들은 춤을 추면서 노래 불러야 한다. 시의 내용은 춤과 맞춰 자신의 생각을 표현하고 맹주에게 존경을 보내야 한다. 고후는 아마도 준비없이 노래로 부르는 시는 '의미가 같은 것이 아니다(不類)'고 해서, 진晉 순언荀偃한테 '다른 마음(異志)'이 있다는 의심을 받았다. 손언은 곧 각국의 대부를 시켜 고후와 맹세를 하게 하려는데 고후는 무서워서 도망갔다. 제후들은 맹세하여 같이 '불정(不庭: 속국이 종주국에게 예물을 바치지 아니함)'을 토벌하려했다. 즉 맹주국을 존경하지 않은 제나라를 토벌할 것이었다. 노양공 18년(BC555년) 진晉나라는 제후국 군대를 거느리고 제나라를 공격했다. 여기서 고후의 '노래와 시는 짝이 맞지 않다'는 행동으로 인해 제나라가 공격받게 되었다. 이는 진晉, 제齊 두 나라간의 작은 에피소드이고 양국 관계를 좌우하지는 못했지만, 고후의 문화수양 부족으로 인해 그가 '노래와 시는 짝이 맞지 않다'고 해서 상대방에게 전쟁 핑계를 제공해 준 사례로 당시 외교활동에서 매우 중요한 사건이었다.

춘추시대 일반 귀족은 높은 문화수양을 갖추고 있어서 시편을 읊으며 외교활동을 하는 사례를 쉽게 찾을 수 있고 제나라 귀족 또한 그랬다. 고후는 예외였고 그가 이번 맹회의 긴장된 분위기에 잘 적응하지 못한 것도 간과하면 안된다.『좌전』애공哀公21년 기록에 따르면 준추 말년 제나라 귀족들이 말재주가 뛰어났다는 기록은 하나의 증거로 삼을 수 있다.

가을 8월에, 우리 노나라 애공이 제나라 군주인 후작, 주邾나라 군주인 자작과 고顧에서 맹약을 맺었다. 제나라 사람들은 전의 제나라 군주가 땅에 머리를 조아리면서 인사를 한데 대해서, 우리의 군주가 다만 절만 받던 일을 가지고 노래를 지어 불렀는데 노래는, "노나라 사람 죄가 있건만 몇 해가 되어도 깨닫지 못하고, 우리를 화나게 하고 있네. 노나라 유가儒家의 글만 존중하여 두 나라 분쟁을 일으켰네"라고 한 것이다.

노애공 17년(BC478년)에 노나라와 제나라의 군주가 맹약을 맺었는데, 제평공은 노애공에게 머리를 땅에 조아리면서 인사했으나 평공 자신은 절만 받았다. 제나라 사람들은 분했지만 말 못할 손해를 입었다. 예절에 따르면 계수稽首 인사를 주천자만 받을 수 있고 제후 간에는 필요없었다. 제나라 사람은 예절에 능통하지 못해서 손해를 입고 외교적 망신까지 당하게 되어 항상 마음에 두고 있었다. 노애공21년(BC473년)에 제후들이 냉세할 때 세나라 사람들은 어진히 "자신의 군주가 땅에 머리를 조아리면서 인사했던 것에 대하여 불만을 품고 있다(責稽首)"고 해서 묵은 일을 꺼냈다. 제나라 사람이 읊은 시에서 자국 군주의 계수稽首 인사에 응답이 없는 잘못과 몇 년이 지나고도 스스로 잘못을 반성하지 않는다고 해서 자신들을 다시 화나게 한다고 했다. 이는 노나라 사람은 유서儒書에 구애 받고 두 나라를 모두 우환에 빠뜨린다는 것이다.[75] 제나라 사람 시의 내용을 보면 적절한 어휘 사용으로 꾸짖는 정서를 잘 표현하면서도 이번 맹약의 분위기를 훼손하지 않았다. 그냥 말하는 대로 시를 지었지만 좋은 작품이라는 평을 받을 만한다. 제나라 사람이 이 시를 부를 때 아마도 짝이

---

75) 王引之,『經義述聞』卷19.

맞는 음악 반주가 있었을 것이다. 이것을 아악 혹은 제나라 지방 민풍 곡조로 노래했는지 알 수가 없다. 한편으로 제장공도 말 나오는 대로 노래로 부를 수 있는 인물이다. 역사 기록을 의하면 그는 최씨 집에 가서 당강棠 姜과 사통하려고 했다가 최저崔杼 때문에 방에 갇혔다. 그는 즉시 "기둥을 치며 노래를 부르고 있었다."76) 이는 기둥을 가볍게 치면서 그 박자대로 노래하고 자신의 회한을 표현한 것이다. 노나라 귀족인 성백聲伯도 노래를 잘 짓는 사람이다. 그는 원수洹水를 건널 때 어떤 사람이 건낸 옥구슬을 먹고 울 때 눈물도 옥구슬이 됐다는 꿈을 꾸었는데 그것을 곧 노래로 만들었다. "원수洹水를 건너려니까, 어느 분이 나에게 구슬을 주었네, 돌아 가세, 어서 돌아가세, 구슬이 내 가슴 속에 가득하네."77) 이 노래는 자기가 옥구슬을 먹는 과정을 썼는데, 이것으로 성백이 평소에도 말하는 것이 그대로 노래가 될 수 있는 사람임을 알 수 있다.

춘추시대 민속에 이미 애가哀歌와 장가葬歌가 나타났다. 「시경·사월」에 서 주왕조 하층 귀족의 쓰라린 마음을 이야기할 때 "군자가 여기에 노래지어서 이 내 설움 애타게 호소한다네"라고 했다. 노래 짓기는 즐거울 때뿐만 아니라 슬플 때도 노래하면서 정서를 읊었다. 『좌전』 기록에 따르면 춘추 말년 제나라가 오나라와 전쟁을 했다. 전방에 있는 제나라의 장군 공순하公孫夏는 "그 무리에게 우빈虞殯을 노래하도록 명했다."78) 두예杜預 의 해석을 의하면 소위 「우빈虞殯」은 '장송葬送의 노래'라고 했는데 옳은 생각이다. 공순하는 자기가 거느리고 있는 사람에게 「우빈虞殯」을 부르라 해서 죽어도 싸울 결심을 보여준다. 애가, 장가 이외에 춘추시대 시로 유서를 쓰는 사람도 있었다. 안자가 죽음에 이를 적에 기둥을 뚫고 유서를

---

76) 「左傳·襄公·25年」
77) 「左傳·成公·17年」
78) 「左傳·哀公11年」

숨겼다. 그의 아들은 이른이 된 후에 기둥에서 발견하여 "옷감이 궁하지 않도록 준비할 것, 옷이 궁해지면 치장을 힐 수 없다. 우마를 궁하게 히지 말 것, 우마가 궁하면 일을 할 수 없다. 선비를 궁하게 하지 말 것, 선비가 궁하면 임무를 맡길 수 없다. 나라를 궁하게 하지 말 것, 나라가 궁하면 보존시켜 나갈 수 없다"[79]라고 적혀 있다. 이 말의 뜻은 포백과 소, 말은 다 필수적인 물품이고, 사士와 나라는 가난에 빠지게 되면 안된다. 사는 가난하면 임용하지 말고, 나라가 빈곤하면 그 나라에 가지 말라는 것이다. 어휘 사용에서 식飾·궁窮·복服·절竊 네 글자로 운을 맞춘 유서 노래라고 할 수 있다.

춘추시대 귀족 전례에서 시를 노래로 하는 기록이 있다. 오나라 공자인 계찰季劄이 중원 각 제후국에 빙문聘問할 때 노나라에서 음악을 즐기는 상황이 제일 전형적이다. 『좌전』 양공29년의 기록은 다음과 같다.

노나라 군주에게 주대음악을 들어주기를 요청했다. 그래서 악공을 시켜 주남周南과 소남召南의 민요시를 노래 부르게 했더니 말하기를, "아름답습니다. 이것은 주왕조가 터전으로 삼았던 곳의 노래군요. 시의 내용으로는, 백성들이 아직 흡족하지 못한 점이 있으나 힘을 쓰고 윗문을 원망하지 않음이 나타나 있습니다"라고 했다. 그를 위하여 패邶나라 용鄘나라 위衛나라의 민요시를 노래 부르게 했더니, 그는 말하기를, "아름답습니다. 뜻이 깊어, 걱정은 하지만 괴로워하지 않는 마음이 나타나 있습니다. 저는 들었는데, 위나라의 강숙康叔과 무공武公의 덕이 이와 같다 합니다. 이것은 위나라의 민요겠지요"라고 했다. 그를 위하여 천자 직할지直轄地의 민요를 노래 부르게 했더니 그는, "아름답습니다. 지난 날을 생각하면서 두려워하지 않는 마음이 나타나 있습니다. 주왕조가 도읍을 동쪽으로 옮긴 뒤의 노래겠지요"라고 말했다. 그를 위해서 정나라의 민요시를 노래 부르게 하니 그는 "아름답습니다. 그러나 섬세하기가 너무 심합니다. 그 땅의 백성들은 곤란을 감내하지 못할 것이

---

79) 「晏子春秋·內篇·雜下」

고. 이 나라는 다른 나라보다 먼저 망할 것입니다"라고 말했다. 그를 위해서 제齊나라 민요시를 노래 부르게 하니 말하기를 "아름답습니다. 넓고 넓어, 큰 풍도가 나타나 있습니다. 동해 지방의 제후들을 대표하는 강태공 후손 나라의 노래겠지요. 그 나라의 운수는 헤아릴 수 없습니다"라고 했다. 그를 위하여 빈豳나라의 민요시를 노래 부르게 하니 그는, "아름답습니다. 즐거워 하면서도 음탕하지 않는 마음이 나타나 있습니다, 주공周公이 동방을 평정했을 때의 노래겠지요"라고 말했다. 그를 위해서 진秦나라의 민요시를 노래 부르게 하니 그는, "이것은 하夏왕조 땅의 노래라 이르는 것이겠지요. 이런 하왕조 땅의 노래를 지을 수 있었기에 크게 됐고, 앞으로 지극히 크게 될 것입니다. 이야말로 주왕조 옛 고장의 노래겠지요"라고 말했다. 그를 위하여 위魏나라의 민요시를 노래 부르게 하니 말하기를, "아름답습니다. 풍류적이어서, 웅장하면서도 간들거리는 맛이 있고, 까다로운 것 같으면서도 순한 마음이 나타나 있습니다. 이에다 덕을 쌓아 보충한다면 다른 나라를 이끌 현명한 군주국이 될 것입니다"라고 했다. 그를 위하여 당唐나라의 민요시를 노래 부르게 하니 그는, "생각한 것이 깊습니다. 도당씨陶唐氏, 즉 요堯임금의 후손국의 노래겠지요. 그렇지 않고서는 어떻게 이렇게 먼 날을 근심했겠습니까?" 훌륭한 덕이 있었던 분의 후손들이 아니면, 어느 누가 이런 노래를 지었겠습니까?"라고 말했다. 그를 위하여 진陳나라 민요시를 노래 부르게 하니 그는 말하기를, "이 노래를 지은 나라에는 군주가 없게 될 것이니, 오래갈 수가 있겠습니까?"라고 했다. 그리고 회鄶나라 이하의 민요시를 노래 부르게 했건만, 그는 비평하지 않았다. 이어, 그를 위해 소아小雅시를 노래 부르게 했더니 말하기를, "아름답습니다. 생각함에 배반심이 없고, 원망하면서도 노골적으로 말하고 있지 않으니, 주왕조의 덕이 쇠퇴해져 간 때의 노래겠지요. 그러나 안에는 역시 옛날의 어진 임금이 가르치신 백성의 미풍이 남아있습니다"라고 했다. 그를 위하여 대아大雅 시를 노래 부르게 했더니 그는, "뜻이 넓습니다. 넓고 넓어서 완곡하면서도 강직한 본심을 나타내고 있으니, 문왕의 덕을 노래한 것이겠지요"라고 말했다. 그를 위하여 송頌 시를 노래 부르게 했더니, 그는 말했다. "지극히 좋습니다. 강직하면서도 거만하지 않고, 완곡하면서도 비굴하지 않으며, 친근하면서도 아주 가까이 하지 않고, 먼 듯하면서도 떨어지지 않으며, 다른 곳에 가 있어도 도를 벗어나지 않고, 세나라에 돌아가도 싫어하지 않으며, 서러우면서도 근심을 나타내지 않고, 즐거워하면서도 지나치지 않으며, 쓰되 다 쓰지 않고, 속마음이 넓어도 떠벌리지 않으며, 남에게 혜택을 베풀면서도 낭비하지 않고, 손에 넣더라도 탐욕부리지 않으며, 편안히 거처하더라도 그것에만 멈추어 있지 않고, 앞으로 향해 나가더라도 떨려 나가지 않으며, 궁宮·상商·각角·치徵·우羽의 다섯 가지 음조가 조화됐고, 여덟 가지 악기의 소리가 고르며, 가락에 법도가 있고, 음악의 원칙 지킴에 순서가 완연하여, 노래의 대상이 된 어른의 어진 큰 덕과 부합됩니다.

노나라 악공들이 현악 반주로 각 나라와 지방 가곡을 연출했다. 오나라 공자인 계찰이 이들 노래의 평가에 우리가 관심을 둬야 할 점은 다음과 같다. 첫째, 노나라 악공이 연창한 노래의 순서는 오늘날의 『시경』과 같은 것으로 「주남」부터 「제齊」까지 모두 일치하고, '국풍' 이후 배열된 「소아」, 「대아」, 「송」의 질서도 같다. 둘째, 노나라 악공들은 연창 내용은 아주 풍부하여 각 나라와 지방의 노래를 모두 다 부르지 못하지만 대표적인 작품들은 마땅히 다 포함돼 있다. 만약 그렇지 않으면 계찰은 이렇게 알맞게 평기히지 못했을 것이다. 셋째, 당시 가 나라 혹은 지방의 노래는 두루 지역 문화 정신을 잘 표현했다. 계찰의 적합한 평가는 그의 높은 문화소양과 관계가 있지만, 악곡의 정확하고 풍부한 표현력도 중요한 요소라 아니할 수 없다. 예를 들면, 계찰은 「제」풍은 강대한 대국의 기세가 넓고 큰 풍도가 나타난다고 했고. 「당」풍은 도당씨陶唐氏의 후손국의 노래라고 했다. 이들은 악곡은 풍부하고 정확한 운율이 있기에 이런 적당한 평가를 내릴 수 있었다. 넷째 춘추시대의 악곡은 이미 상당히 강렬한 표현력과 감화력을 갖췄다. 계찰의 평론도 이미 언급했다. 「위」풍 악곡이 '풍류적이다'라고 했는데 이는 악곡의 흔들거리는 음악 이미지를 표현했다. 「대아」가 "뜻이 넓습니다. 넓고 넓어서 완곡하면서도 강직한 본심을 나타내고 있습니다"라고 했는데, 이는 악곡으로 통해 붐비고 평화로운 장면을 표현

했을 뿐만 아니라 악곡의 높낮이와 곡절이 새밀히 조화롭고 음률미까지
보여준다. 총괄하면 계찰은 음악을 즐겼으며 이에 대한 평가는 춘추시대
음악사에 있어서 대단한 일이 아닐 수가 없다. 당시 이미 춘추 후기에
이르러서 시와 음악의 결합은 완벽한 지경에 도달 했다. 계찰의 말을 빌면
"다섯 가지 음조가 조화됐고, 여덟 가지 악기의 소리가 고르게 되었다."
아름답고 온화한 악곡으로 깊이 있게 시의 사상 내용을 표현했다.

춘추시대 한 무리의 은사隱士가 살고 있었다. 그들은 자주 시로 자신들
의 사회에 대한 비판을 전했다. 공자가 이런 분을 만난 적이 있다. 「논어論
語·미자微子」편에 이르기를,

> 초나라의 미치광이 접여接興가 노래를 부르며 공자 곁을 자나갔다. "봉황
> 새야, 봉황새야, 어찌하여 덕이 쇠하였는가, 지난 일은 어쩔 수 없지만, 오는
> 일은 따를 수 있나니. 그만 두어라, 그만 두어라. 지금의 벼슬길을 따른다면
> 위태롭구나." 공자께서 내려서서 그와 말하려 하셨으나 그가 빨리 달아나
> 피해버려 함께 대화하지 못했다.

접여接興라는 사람은 초나라 광인이고 은사다. 공자가 탄 수레가 지나갈
때 노래를 불렀다. 가사는 봉황을 영탄한 것부터 시흥詩興이 저절로 일어
나 지나간 일을 다시 되찾지 못하고 미래의 일에 더 이상 미치지 않아도
된다고 했다. 이 얘기는 원래 사회에 뛰어드는 적극적인 태도를 취했는데
그 다음에 접여接興가 김새는 말을 이어 붙었다. '그만 두어라, 그만 두어
라'라고 말했다. 현재 정권을 쥔 경대부들은 자기도 위태롭다고 했다. 중국
고대 역사상 노래를 지어 자신 포부나 의지를 표현하는 은사가 적지 않았
는데 근본을 규명하면 춘추시대 초나라 은사인 접여接興가 최초의 몇 사람
에 속한다고 볼 수 있다.

통상적으로 말하자면 곡이 악을 맞추어 반주하는 것을 '가歌'라고 부르
고, 입에 익어 바로 튀어나온다는 말로 노래하는 것을 '요謠'라고 부른다.

하지만 둘 간에 구별이 그리 분명하지 않다. 「시경詩經·동산의 복숭아나무 (園有桃)」편에는 "마음속 근심에 나는 노래나 불러 본다" 라고 했는데, 여기서 가와 요는 대체로 합친 셈이다. 춘추시대에 민간 가요는 아주 성행했다. 『시경』의 '국풍' 부분에 각 나라의 민간 가요를 수집하여 기록한 것 이외에 역사 문헌 속에도 당시 민간 가요를 찾아볼 수 있다. 예를 들면, 춘추 후기 노나라 계평자季平子의 가신이자 비읍費邑의 읍재邑宰를 맡고 있는 남괴南蒯가 계씨를 배반하고 싶어했다. 그가 "같은 마을 사람들에게 술대접을 했다. 그 때 마을 사람 중에 어느 사람이 노래불러 말했다. '내게 채소밭 있는데, 그 중에 구기나무가 있네, 우리와 같이 있는 이는 좋은 사람이여, 우리를 버리고 떠나는 자는 천박한 사람이여, 이웃 사람들을 배반하는 것은 부끄러운 짓이어라, 그만두자, 그만두자, 그대 우리와 친한 사士 아닌가?'"라고 했다. 마을 사람은 남괴南蒯가 계씨를 배반하는 것에 동의하지 않아서 노래를 만들어 권계했다. 노래의 줄거리는 채소밭에 채소가 나지 않고 구기나무가 났는데 원래의 목적에 위반한다는 것이다. 나의 권계를 들은 자는 진정한 남자이고 어긴 자는 추악한 소인이다. 가신으로시 주인을 배반하는 자는 파렴치한이다. 그냥 두어라 너는 우리와 한 마음 한 뜻이 되지 않은 사람이야. 향인의 권계 속에 분개한 말을 잔뜩 했으나 무쇠가 강철이 되지 못함을 안타까워한다는 뜻이 더 뚜렷하다. 춘추시대의 민간가요는 통치자의 무치한 짓을 빈정거리는 내용이 많다. 춘추 후기에 위영공衛靈公은 남자南子를 총애했는데 남자가 송나라 공자인 송조宋朝와 사통했다. 위령공은 남자南子의 환심을 얻기 위해 송조를 불러오고 남자南子와 만나게 했다. 위영공의 태자 괴외蒯聵가 제나라에 출사하는 도중에 송나라 뜰에 건넜는데 거기에 '야인野人'이 즉시 노래를 만들었다. "이미 그대의 암퇘지 자리 잡혔는데, 어찌 우리의 수퇘지 돌려주지 않는가?[80]라고 해서 괴외蒯聵에게 부끄러워하게끔 했다. '누저婁豬'는 암퇘지이고 남자를 비유하고, '애가艾豭'는 아직 거세하지 않은 수컷돼지이고 송조를 비유한다. 야인은 이렇게 노래했다. '애가艾豭는 이미 위나라에 가서 '누저婁豬'를 만족시켰는데 언제 '애가艾豭'를 송나라에 돌려주는가? '야인'의 노래는 비유가 적합하고 풍자도 신랄하다. 어쩐지 괴외蒯聵가 들은 후에 남자南子를 죽이려고 결정했다. 노선공魯宣公 2년(BC607년) 송 경宋卿 화원華元이 전쟁에서 정나라에 잡혔다가 도망쳤다. 그 해 송나라는 성읍을 건축했는 민중과 화원 및 그의 참승驂乘이 서로 구가謳歌했던 역사 기록이 남겨져 있다.

> 송나라가 성을 쌓았는데, 화원華元이 주장관이 되어 공사의 순시를 했다. 그때 성을 쌓는 사람들이, "눈알은 툭 솟았고, 배는 크기도 한데 갑옷 버리고 돌아왔다네. 수염많은 털보여, 갑옷을 내던지고 돌아왔다네"라고 노래했다. 그러자 화원은 자기 수레에 같이 타고 있는 사람을 시켜, "소가 있다면 가죽이 있고, 우리 송나라는 무소와 외뿔소의 가죽이 아직도 많이 있는데, 한벌의 갑옷을 버린 것쯤이야 무슨 문제가 되는가?라고 말하게 했다. 그랬더니 일꾼이 말하기를, "비록 갑옷 만들 가죽이야 있다 하더라도, 갑옷에 칠할 붉은 칠, 검은 칠은 어찌한단 말이오?"라고 했다. 그러자 화원은, "어서 가자. 저사람들의 입은 많지만, 우리의 입은 적다"고 했다.[81]

성읍 공사 감독인 화원은 눈알이 툭 튀어나와 큰 배를 내밀어 훌륭한 사람처럼 보이지만 전쟁터에서 도망친 포로에 불과하다. 수염 많은 털보이면서 너처럼 투구와 갑옷을 버린 실패한 장군이 감히 뻔뻔스럽게 감독하여 위풍을 떨게 하려는가. 화원 밑에 있는 사람도 노래가 입에 익어 바로 튀어나온다는 말로 노래를 만들었다. 소가죽이 부족한 것도 없고 투구와 갑옷으로 만든 수컷 코뿔소의 가죽도 많이 있다. 투구와 갑옷을 버리는 게 무슨 못하는 일인가? 부역 노동자는 이어서 노래했다. 네가

---

80) 「左傳·定公·14年」
81) 「左傳·宣公·2年」

말한 것처럼 가죽이 부족하지 않아도 투구와 갑옷을 만든 붉은색 칠은 어디서 찾는가? 화원은 중과부적을 알고 실패한 장군으로 스스로 창피를 당하기 마련이라서 몰래 달아났다. 현대 전설인 유삼저劉三姐가 투가鬥歌로 지주와 수재들을 도주하게 했는데, 실은 이런 장면은 춘추시대 송나라 성읍 공사터에서 이미 시작됐다.

춘추시대 민요에 관하여 제나라의 몇 가지 예를 들어 설명할 수 있다. 전한 바에 의하면 제환공이 관을 잃기에 조회할 면목이 없다고 여겼다. 이때 관중은 그에게 정사에 힘을 기울여서 이 치욕을 씻도록 권했다. 그래서 제환공은 "나라의 창고를 열고 가난한 사람들에게 곡식을 나누어 주었으며, 감옥에 갇힌 죄수들의 죄를 다시 조사하여 가벼운 사람은 모두 풀어 주었다. 이러한 일이 있는 사흘 뒤에 민중들은 '임금이시어 임금이시어! 어찌 다시 관을 잃지 않으십니까?'하고 노래를 불렀다"[82]고 했다. 민중들은 관을 잃은 일을 노래하고 선한 정치를 기대하는 마음을 표현했다. 노애공 5년(BC490년)에 제경공은 세상을 따나기 전에 제나라 공자들을 동쪽에 있는 내읍萊邑에 함께 연금했다. 그가 총애하는 연희燕姬의 아들을 임금으로 이어 세웠다. 그가 죽은 후에 내읍에 갇힌 제경공의 공자들은 재앙을 피하려고 잇달아 위나라와 노나라로 도망갔다. 그래서 내萊 지역의 사람은 노래했다. "경공 돌아가시니 장사지냄에 참여 못하고, 나라 삼군 일에 관여도 못하는 신세로써, 아아, 우리들이! 그 누구를 따라야 할 건가?"[83] 노래의 주제는 여러 공자가 제나라 내부 갈등이 첨예화되기 때문에 위험 지경에 빠지게 된다는 것이다. 아버지의 장례에 참석하지 못하게 하고, 삼군三軍의 일에 관여하지 못하는 것을 불쌍히 여겼다. 제경공은 거대한 대사臺榭를 건축하기 위해 사람들을 몰아 세웠는데, 추운 겨울까지 완공하

---

82) 「韓非子·難二」
83) 「左傳·哀公·5年」

지 못한 바람에 복역자들로 하여금 추위와 굶주림에 시달리게 했다. 민중들은 즉시 노래를 만들었다. "언물이 나를 씻어 내리네, 어쩌면 좋을꼬? 임금께선 우리를 풀어주지도 않네, 어쩌면 좋을꼬?"[84] 통치자가 민중 고통에 관심을 두지 않는다는 것에 대하여 질책했다. 춘추 후기 제나라 전성자田成子가 전씨의 탄탄한 기반으로 민중에게 은혜를 베풀었다. 제나라 민중은 노래하기를 "아하, 채기采芑의 노래를 부르세, 우리 모두 전자田子에게 의탁하러 가세.'[85] 앞서 언급한 예를 통해 알 수 있듯이 민중들이 만든 가요는 통상적으로 아주 적당한 비유로 자기의 뜻을 표현하는 특색이 담겨 있다. 또한 통치자에게 아부하는 추태를 취하지 않고 신랄하게 비판하고 풍자하는 태도를 취했다. 이런 민요에 대하여 공자는 "선진先進은 예악에 있어 야인野人이고, 추진後進은 예악에 있어 君子이다. 만약 예악을 쓴다면 나는 선진을 따르겠다"[86]라고 찬성했다. 여기서 언급된 촌사람에는 비야鄙野 주민도 마땅히 포함시켜야 한다.

---

84) 「晏子春秋·內篇·諫下」

85) 「韓非子·外儲說右·上」. 안어: 제나라 민중 전씨田氏을 찬양한 가요에 대하여 「사기史記·전경중세가田敬仲完世家」에도 기록이 있다. "제나라 사람들이 이를 노래를 부르기를, '할머니 뜯어온 나물들은 모두 전성자에게 보내주리!'" 이와 다소 차이가 있다.

86) 「論語·先進」. 안어: 이에 대하여 여러 가지 이설이 있다. 하안何晏의 『논의집해論語集解』에서 "선진과 후진은 사진仕進한 선후배를 이른다. 예악은 시대에 따라 순익損益해야 한다. 후진은 예악에 있어 모두 시중時中을 얻었으니 군자이고, 선진은 고풍이 있으니 야인野人이다"라고 했다. 여기서 선진과 후진에 대하여 '선비의 선후배 관계'라고 해석했는데 타당하지 않을 수도 있다. '선진' 중에도 고풍이 있고 야인野人 속에도 많은 고대 민풍 예악을 보존하고 있기 때문이다. 송나라 형병邢昺은 이를 더 인신引申시켜서 야인을 '박야지인樸野之人'이라고 했는데 질박한다는 입의立義가 옳지 않다. 『시경詩經』 '국풍'에는 많은 민가와 민요를 휘집한 것으로 공자께서 학생을 가르친 교재로 삼았다. 이는 "선진은 예악에 있어 야인다"에 대해 간접적인 해석 증거를 제시했다.

6. '악무'와 사회풍속

'악樂'은 광의적으로 보면 악곡, 창가, 무용 등 여러 항목을 포함한다.[87] 그리고 '악樂'은 사회정치, 경제, 민속 등과 밀접한 관계가 있다. 이에 후자는 악樂의 필수한 기초이기 때문이다. 춘추시대 사람은 "나라가 다스려지면 예의와 음악을 행한다." "나라가 부해지면 예의와 음악을 행한다"[88]라고 했는데, 어느 정도 이치에 맞는 말이다. 정치 분야에서 '악樂'의 긍정적인 역할에 대해 진경晉卿 위강魏絳은 통찰력이 있게 말했다.

> 음악으로 덕을 몸에 붙이고, 정의를 지키어 처사하며, 예의를 지키어 행동하고, 신의를 지키어 몸을 수호하며, 인仁의 마음으로 몸을 닦고 나서야 나라를 안정케 할 수 있고, 복福과 녹祿을 한꺼번에 누리고, 먼 곳의 사람들이 따라돼 곧 이것이 즐거움이 옵니다.[89]

위강魏絳에게 음악의 역할은 '안덕安德'이다. 사람의 사상 의지를 단단히 다져야 예禮, 의義, 신信, 인仁 등의 도덕 규범을 지킬 수 있다. 통치자는 예악의 두야를 얻으면서 나라를 더 잘 다스릴 수 있다. 이에 사람들과 함께 복록福祿을 누리며 먼 곳의 사람들도 와서 따르게 할 것이다. 위강魏絳의 마음 속에 음악의 역할은 단지 사람을 가볍게 휴식할 정도로 조절한

---

87) 「사기史記·악서樂書」에서 "무릇 음이 생기는 것은 사람 마음의 움직임으로 말미암은 것이다. 사람 마음이 움직이는 것은 물物이 그렇게 만들기 때문이다. 사람의 마음이 외물의 영향을 받아서 움직이게 되므로 소리로써 표현되고, 소리가 서로 상응함으로써 변화가 생기는 것이며, 변화가 일정한 규칙을 가지게 됨으로써 음이라고 일컫는 것이다. 음을 배열하여 연주하고 간척幹戚과 우모羽旄로써 춤을 추게 되면 이를 악이라고 일컫는다"라고 했는데, '악樂'의 발생과 범위에 대한 정확한 설명이다.

88) 「墨子·公孟」

89) 「左傳·襄公·11年」

것이 아니고, 사람의 정서를 도야하고 나라를 잘 다스려 안정시키는 수단이다. 「예기·악기」에서 "선왕이 예악禮樂을 마련함은 그에 의해 입이나 눈이나 귀 등의 욕망을 만족시키려는 것이 아니라 정차 인민에게 호오好惡를 공평하게 하는 일을 가르쳐서 인도人道의 바른 데로 돌아오게 하려는 것이다" 고 했다. 통치자의 '악'에 대한 기대 중에 하나는 그들의 공덕을 찬양한 일이다. 공자의 제자인 자유子遊는 무성武城의 장승이었다. 현가弦歌로 백성을 가르쳐서 "공자께서 무성에 가서 현악에 맞추어 부르는 노래 소리를 들었다."[90] 이는 당시 유가는 이미 음악으로 나라를 잘 다스려 안정시키는 생각을 실천으로 옮겼음을 시사한다.

춘추시대 사람은 「하서夏書」의 말을 인용하면서 "선행이 있는 자에게는 은혜로운 상을 「주어」로 격려하고, 잘못된 자를 바르게 함에는 형벌을 가하여 구가九歌를 부르게 하여 권장하여, 그의 공을 무너뜨리지 않게 할지니라"[91]라고 했다. 진경晉卿 극결郤缺은 이를 근거로 삼아 "구공九功의 덕은, 사람들이 다 노래 부를 수 있는 것입니다. 그 구공의 덕을 노래 부르는 그것을 구가라 이르는 것입니다. 육부六府와 삼사三事를 구공이라 이르는 것으로, 수水·화火·금金·목木·토土·곡穀의 여섯 가지가 나오는 것을 육부六府라고, 백성의 덕을 빠르게 하는 정덕正德과 백성들이 쓰고 하는데 편리하게 하는 이용과, 백성들의 생활을 풍부하게 하는 후생厚生, 이것을 삼사三事라 이르는 것입니다"[92]라고 했다. 극결郤缺이 언급한 '육부六府, 삼사三事'는 통치자가 나라를 잘 다스려 안정시키는 조치와 직결되어 있다. 그는 진나라의 정경正卿이 일을 잘 하면 「구가」로 칭찬할 수 있고, 반면에 "윗사람에게 예가 없으면, 백성들이 즐거워하지 못한다(無禮不樂)"[93]고

---

90) 「論語·陽貨」
91) 「左傳·文公·7年」
92) 「左傳·文公·7年」

했고, 윗사람에세 덕정이 없으면 사람들이 칭찬할 리 없다고 생각한다. 이로부터 알 수 있듯이 극결郤缺에게 「구가」는 바로 덕정에 대한 찬미가이고 정치와 긴밀한 관계를 유지하고 있다고 여긴다. 춘추시대 사람에게 무용도 이런 역할을 담당하고 있다고 본다. 노나라 대부 중중眾仲은 "대체 무악이라는 것은 여덟 가지 악기 소리를 조화시키고, 팔방의 풍류에 알맞게 하는 것입니다"[94]라고 말한 적이 있다. 소위 '팔풍'은 팔방지풍八方之風을 가리키고 이는 자연계 팔방의 바람을 뿐만 아니라 더 중요한 것은 각 지방의 민풍을 가리킨다. 전국시대 순자는 국가를 다스리는 완벽한 방안에 다하여 "그러므로 국풍이 방탕으로 흐르지 않은 까닭은 이 유학을 취하여 절제시켰기 때문이다"[95]라고 말했다. 풍風은 『시경』 중의 15국풍國風를 가리킨 것이고 「사기史記·악서樂書」에서도 언급했다.

> 팔풍이 성률을 따르면서 간사하지 않으며, ……그러므로 음악이 행해지면 인륜의 도리가 많아지고, 귀와 눈이 맑고 밝아지며 혈기가 화평해지고 풍속을 개량하여 천하가 모두 편안해진다. 『사기정의史記正義』에는 '역易'은 바꾸다는 뜻이다. 문왕文王의 나라에서 당연히 문왕의 풍風이 있고, 걸주桀紂의 나라에서 걸수의 풍風이 있고, 걸주 후에 문왕의 풍은 싱대민중들에게 영향을 끼친다. 전의 악속惡俗을 바꾸고 현재의 선속善俗을 따른다. 윗사람이 모범을 보이면 풍風이라고 하고 사회적 지위가 낮은 사람들의 풍습이 속俗이라고 한다."

중중眾仲이 언급한 '행팔풍行八風'은 나름 이풍역속하는 기능을 지닌다. 춘추시대 각 제후국의 악관과 악공은 각 지방의 민요를 수집하고 정리하는 직책을 맡고 그의 목적은 '행팔풍'을 통해 풍속을 개량하고 세상을

---

93) 「左傳·文公·7年」
94) 「左傳·隱公·5年」
95) 「荀子·儒效」

좋게 한다는 데 두었다.

춘추시대 각 제후국 간에 전쟁이 여전히 빈번한 상황에서 사람들은 '악樂'을 나라의 다스림, 안전과 연결시킨 이외에 '전戰'과도 연결시켰다. 전쟁터에서 북을 치어 진군하고 징을 울려 군사를 철수시켜 전투를 끝마치는 방식은 춘추시대에 이미 관례가 됐다. 노장공10년(BC684년)에 제나라와 노나라는 장작지전長勺之戰 때 조귀曹劌가 "제나라 사람이 세 차례 북을 울렸다" 하고 나서야 노나라 군대가 진공進攻을 실시했다. 춘추 후기 제나라와 오나라가 애릉艾陵에서 싸우기 전에 제나라의 장군 진서陳書가 결심을 내어 "이번 싸움에서 나는 진군의 북소리만 들을 따름이지, 퇴각하라고 치는 징소리는 듣지 않을 것이다"[96]고 했다. 이것으로 '고鼓'와 '금金'이란 악기는 모두 전쟁터에서 사용했음을 알 수 있다. 춘추시대 사람들은 실용적인 관점에서 '악樂'이 '전戰'에 미친 영향을 중히 여기며 "예를 잘 지키고 즐겁게 하며 예뻐하고 사랑함은, 곧 싸울 힘을 저축하는 곳이 된다"[97]고 했다. '악樂'에 신경 안쓰면 군비에 나쁜 영향을 끼칠 것이다. 춘추시대 진목공이 패권을 잡기에 매우 큰 장애물은 강대한 '서융西戎'이었다. '융왕戎王'은 현명한 신하인 유여由餘의 도움을 받아 마치 호랑이에게 날개를 달아주는 격으로 진목공에게는 큰 어려움을 겪게 했다. 진목공이 내사內史 왕료王廖의 계책을 택해 '악樂'을 무기로 삼아 유여由餘를 진秦에 환류케 하였으며 마침내 승리했다. 역사 기록은 다음과 같다.

이에 목공은 물러나 내사 왕료에게 물었다.
"나는 이웃 나라에 성인이 있으며 적대 국가의 걱정거리라고 들었다. 지금 유여의 현명함이 나의 해가 되니 정차 이찌했으면 좋겠는가?"
그러자. 내사 왕료가 이렇게 대답했다.

---

96) 「左傳·哀公·11年」
97) 「左傳·莊公·27年」

"왕료는 궁벽한 곳에 살고 있어 중원지방의 음악을 들어보지 못했습니다. 왕께서 시험 삼으시어 미색이 뛰어난 아사를 보내 그의 뜻을 꺾어 놓으십시오. 그런 뒤 유여를 더 머물다 귀국하도록 융왕께서 청한다면 그들의 관계는 멀어질 것입니다. 그를 붙잡아 두고 돌아갈 때를 놓치게 하십시오. 그러면 융왕이 괴이하게 여겨 틀림없이 유여를 의심할 것입니다. 군주와 신하 사이에 틈이 생기면 포로로 삼을 수 있습니다. 또 융왕이 음악을 좋아하게 되면 분명 정치를 게을리할 것입니다."

그러자 목공은 말했다. "좋다."

이에 목공은 유여와 자리를 잇대어 앉아 그릇을 건네 먹으며, 융족의 지형과 병력에 대해 물어보았다. 그 후 내사 왕료에게 가무하는 기녀 16명을 융왕에게 보내도록 했다. 융왕은 받고 기뻐하며 그 해가 다 가도록 돌려보내지 않았다. 이때 진나라에서 유여由餘를 돌려보냈다. 유여가 여러 차례 간언했으나 융왕이 듣지 않았다. 또 목공이 여러 번 사람을 보내 몰래 유여를 초빙하니, 유여는 마침내 떠나서 진나라에 몸을 맡겼다.[98]

이는 춘추시대 '악樂'은 '싸울 힘을 저축하는 곳'이 된다는 아주 전형적인 예증이다. 진秦은 '가무하는 기녀 16명'만으로 '융왕戎王'의 의지를 와해시키고 그를 정치에 게을리게 하고, 그의 현명한 신하인 유여由餘와의 관계까지 이간시켰다. 이로부터 알 수 있듯이 '악樂'은 전쟁의 특수한 무기이고 대단한 위력을 발휘할 수 있다는 것이다. 공자는 노나라 사구司寇를 맡을 때 나라를 다스리는데 방책이 있기에 노나라가 강성한 기세로 발전했다. 이로 인해 가까이 있는 제나라가 아주 불안했다. "그래서 제나라는 미녀 80명을 뽑아 모두 아름다운 옷을 입히고 강락무康樂舞를 가르쳐서 무늬 있는 말 120필과 함께 노나라 군주에게 보냈다. 무녀들과 아름다운 수레들을 우선 노나라의 도성 남쪽 높은 문 밖에 늘어놓았다. ……환자桓子는 결국 제나라의 무녀들을 받아들이고는 사흘 동안 정사를 돌보지 않았

---

98) 「史記·秦本紀」

으며, 교제郊祭를 지내고도 그 희생 제물을 대부들에게 나누어주지 않았다. 공자는 드디어 노나라를 떠났다."99) 여기서 언급된 '환자'는 노나라 정권을 잡은 경卿 계환자季桓子다. 이번 일은 여악으로 적국의 어진 신하를 내쫓은 사례 중에 하나로 '여악'의 대단한 위력을 보여준 것이다.

악무는 항상 외교 투쟁의 수단이 된다. 춘추 후기 진평공晉平公은 제나라를 토벌하기 위해 범소范昭를 제나라로 보내고 동정을 살폈다. 연회서 범소는 악무를 통해 제나라의 예절 지키는 상황을 관찰했다. 역사는 이렇게 기록했다.

> 술잔이 갖추어지자 범소는 거짓으로 취한 채하며, 불쾌한 표정으로 일어서 춤을 추면서 태사太師에게 이런 요구를 했다. "나를 위해 성주成周의 음악을 연주해 줄 수 있소? 내 그대를 위해 춤을 추겠습니다." 이번에는 태사가 거부했다. "어리석은 저는 그 음악을 익히지 못하였습니다." 범소가 급히 나가버리자 경공이 안자에게 물었다. ……경공이 다시 태사에게 물었다. "그대는 어찌하여 그를 위해 성주의 음악을 연주해 주지 않았소?" 태사도 역시 이렇게 대답했다. "무릇 성주의 음악이란 천자만이 누릴 수 있는 것입니다. 이를 연주하면 임금이어야 반드시 그에 맞추어 춤을 추는 것입니다. 지금 범소는 남의 나라로서 천자의 음악에 맞추어 춤을 추겠다니 저는 그 때문에 거절한 것입니다." 범소는 돌아가 평공에게 이렇게 보고 했다. "제나라는 칠 수 없습니다. 제가 그 임금을 시험해 보고자 하였더니 안자가 알아차렸고, 그 음악을 범하고자 하였더니 태사가 알아차렸습니다."100)

'성주成周의 음악'은 주천자의 음악인데 진晉나라 사자는 술에 취한 척하며 제나라의 악사를 연주시켜 자기가 '성주의 음악'에 따라 춤출 마음을 보였다. 악사는 연습한 적이 없다고 완곡하게 거절하고 진평공에게 자신

---

99) 「史記·孔子世家」
100) 「晏子春秋·內篇·雜上」

의 생각을 알렸다. 즉, 만약 '성주의 음악'을 연주하면 천하공주天下共主의 악무를 연주한 것이 된다. 제후국 신하인 범소가 이에 따라 춤을 주면 천하공주라고 자처할 것이다. 제나라 왕 위에 군림하기 마련이고 왕은 모욕을 당할 것이다. 제나라 악사가 예의를 무기로 삼아 범소의 음모를 이겼다. 진나라에 돌아온 후 범소는 진평공에게 "제나라는 칠 수 없습니다"라고 보고했다. 제나라 악사는 악무 예절에 관한 다툼으로 실제로 자기 나라의 존엄을 지켰다.[101]

음악은 민중 통치에 직접적인 영향을 미친다. "종鐘·고鼓·간幹·척戚을

---

101) 춘추시대의 악무는 종종 일종의 외교 수단으로 사용했다. 전국시대에 이르러 정치 투쟁이 첨예해짐에 따라 일부 악무 속에 이미 살기殺機를 은밀히 감추고 있었다. 전국 초기 조나라에서 벌어진 일을 증거로 삼을 수 있다. 조양자趙襄子가 대代나라를 토벌하려고 할 때 "하옥산에 올라가 대나라 땅의 풍속을 살폈더니 안락한 데다 매우 아름다웠다. 이리하여 양자는 '선군께서는 반드시 이 때문에 나를 가르치셨을 것이다.'……춤을 추는 자들로 하여금 무기를 깃털 속에 넣어두게 하였는데 수백 명이었다. 또 미리 대형의 금속 주기를 준비해 놓게 했다. 대나라 군주가 도착해서 술이 취하자 주기를 거꾸로 들어서 그를 쳤는데 단번에 성공하여 뇌가 쏟아져 깔렸다. 춤추는 자들은 무기를 꺼내서 결투를 벌여 따라온 자들을 모누 숙여 버렸다" (「呂氏春秋·長攻」). 조양자의 악무자들이 각각 깃털 속에 병기를 감추어 살기도 가슴에 품고 있었다. 물론 전국시대에 악무를 외교수단으로 삼는 경우도 있었다. 전국 후기에 조혜왕이 진소왕와 민지澠池에서 회견했다. "진나라 왕이 술자리가 한창 무르익어가자. "과인은 조나라 왕께서 음악을 좋아한다는 말을 들었습니다. 거문고를 좀 연주해 보십시오"라고 말했다. 조나라 왕이 거문고를 타자, 진나라 어사御史가 앞으로 나와 "모년 모월 모일에, 진나라 왕은 조나라 왕을 만나 술을 마시며 조나라왕에게 거문고 타게 하였다"라고 기록했다. 그러자 임상여가 한 걸음 나와 "우리 조나라 왕께서도 대왕께서 진나라 음악에 능하다고 들으셨습니다. 대왕께 분부盆缶를 올릴 테니 함께 즐길 수 있도록 연주해 주십시오"라고 말했다. 그러나 진나라 왕이 노여워하며 승낙하지 않았다.……진나라 왕이 마지못해 분부를 한 번 두드렸고, 그러자 상여는 뒤를 돌아보며 조나라의 어사를 불러 "모년 모월 모일, 진나라 왕이 조나라 왕을 위해서 분주를 쳤다"라고 기록하게 했다. 민지지회澠池之會에서 슬을 뜯거나 분부盆缶를 친 것은 이미 단순한 오락이 아니고 외교 투쟁의 초점이 됐다.

사용하는 악곡은 안락을 고르게 하는 것이다." "예는 민심을 규제하고 악樂은 민성民聲을 조화시키며, 정치는 도道를 행하는 수단이고 형벌은 부정을 방지하는 방법이다. 이리하여 예악형정禮樂刑政의 네 가지 일이 바르게 행하여져서 잘못이 없으면 왕자의 치도治道가 만족하게 실현되는 것이다."[102] '악樂'은 정부의 세 가지 대표적인 법령인 예禮·형刑·정政과 함께 통치자에게 잠시라도 없으면 안될 최상의 보물이다. 춘추시대 사람의 마음 속에서 음악은 민중을 안정시키는 데 있어 매우 중요한 역할을 한다는 생각을 가지고 있다. 바로 진나라 조문자趙文子가 말한 "음악으로써 백성을 편하게 한다."[103] "음악의 화합의 힘이 작용하면 상하가 서로 친하게 된다."[104] 그 때문에 음악은 통치자와 피지배자의 관계를 조절하고 사회 각 계층 간의 관계를 조절하는 데에 아주 중요한 역할을 갖게 된다. "음악을 이를 종묘 안에서 군신상하가 함께 들을 때는 사람들이 모두 화합하고 경애하는 마음이 생기는 것이며, 같은 마을 사람들이 모여서 들을 때는 모두가 화합하여 온순한 기분이 되는 것이며, 또 가정에서 부모 형제들이 들을 때는 모두 화합하여 친애의 정이 강해지는 것이다. 그러므로 음악은 일정한 기준을 명시해서 여러 성음聲音의 조화를 도모하고 여러 악기를 연주해서 조화를 생각하여 하나하나의 소절小節이 잘 연합해서 하나의 악곡을 만드는 것이다. 그러므로 음악이 부자나 군신을 화합하도록 하나의 악곡을 만든 것이다. 그러므로 음악으로 부자나 군신을 화합케 하고 만민을 군주와 더불어 친하고 복종케 하는 것으로, 이것이 곧 선왕이 음악을 만든 목적인 것이다."[105] 음악과 무용이 사회 민속에 끼친 엄청난

---

102) 「禮記·樂記」
103) 「左傳·襄公·27年」
104) 「禮記·樂記」
105) 「禮記·樂記」

영향은 이것으로 짐작할 수 있다. 춘추시대 현명한 신하는 가무로 간언하기도 했다. 세나라 안자는 가무를 통해 제경공齊景公에게 진언했는데 여사기록은 다음과 같다.

경공이 장래대長庲臺를 축성하면서 술자리를 열었다. 안자가 곁에서 모시고 있다가 술잔 세 번 들자, 안자가 일어나 춤추면서 이렇게 노래 했다. "올해도 저물어 가는데 벼는 수확할 것이 없네, 빠르고 빠른 세월 어찌하면 좋을까? 날은 점점 추워지는데 노역은 아직 끝나지 않았네. 슬프고 슬프니 어찌하면 좋을까?" 이렇게 세 번 춤을 추고는 흐르는 눈물로 옷깃을 적셨다. 경공이 부끄럽게 여겨 장래대 짓는 노역을 그만두게 했다.106)

---

106) 「晏子春秋・外篇」. 안자가 춤추면서 제경공에게 간언을 올리는 일에 대하여 「안자춘추晏子春秋」 다른 편장에서는 '경공이 장래長庲라는 누대를 짓고 이를 아름답게 꾸미고자 하였다'는 비슷한 기록도 있다. "경공이 장래長庲라는 누대를 짓고 이를 아름답게 꾸미고자 했다. 마침 비바람이 몰아치고 있을 때 경공은 안자와 함께 앉아 술을 마시면서 당상의 음악을 즐기고 있었다. 술이 어느 정도 취하자 안자가 노래를 지이 불렀다. '이삭이여! 패어도 수확할 게 없구나. 가을 바람이 불어오도다, 모든 것을 영락하게 죽어누나! 풍우의 흔들리고 숙살하지만 우리 임금은 끄덕도 없네.' 노래를 끝내고 돌아보며 눈물을 흘렸다. 그리고는 몸을 펴서 춤을 추는 것이었다. 경공은 나가 안자를 저지하며 달랬다. '오늘 선생께서 가르침을 내려주시어 과인을 경계시켜 주었소 이는 과인의 죄요.' 그리고 술자리를 치우고 노역을 그치게 했다. 장래 누대의 일도 그만두고 말았다" 여기서는 안자가 먼저 노래를 짓고 그 다음에 춤을 추었다고 기록했다. 그리고 '장궁이무張躬而舞'라고 했는데 『태평어람太平御覽』에서는 '장액이무張掖而舞'라고 했다. 왕념손王念孫의 『독서잡지讀書雜誌』에서 "'장궁張躬'은 바로 '장굉肱'이다. 그래서 『좌전』에 기록된 정공鄭公 손흑굉孫黑肱의 자字는 자장子張이라고 한다. 초본鈔本「어람御覽」에서 '궁躬' 자를 없애고 각본刻本에는 '장액張掖'이라고 했는데 모두 후세 사람이 뜻에 의하여 고친 것이고 따를 수가 없다." 또한 "'궁躬' 자는 옛날에 '굉肱' 자로 읽고 '괴肱'과 통가하다. 한漢나라 사례교위司隸校尉 양환楊渙의 「석문송石門頌」에서 '천택고궁川澤股躬'의 '궁躬'은 바로 '굉肱'이다." 안어: 왕념손의 의견을 따를 수 있다고 여긴다. '장궁이무張躬而舞'라는 것은 팔을 올리면서 춤춘다는 뜻이다.

안자는 풍부한 감정을 춤으로 드러내고 있다. 춤에 너무 빠지게 되어 흐르는 눈물로 옷깃을 적신다. 이 기록을 따르면 안자는 춤을 추면서 노래도 불렀다. 가사에는 시령時令이 이미 늦었는데 민중들이 곡식을 아직 거두지 못해서 정말 걱정스럽다. 날씨가 이미 추워져서 민중들의 노역은 아직 끝나지 않고 정말 걱정스럽고 방법이 없다고 했다. 안자의 노래를 들은 제경공은 창피하고 장래대長麻臺 공사를 그만 두었다. 안자가 악무로 진언을 올리는 것은 효과적이었다.

춘추시대 유가 학파는 "화목이 귀중한 것(和為貴)"[107]임을 강조했다. '화和'는 춘추시대 사회 안정 보장의 중요한 요소였다. 음악은 '和화'에 있어서 필수적인 윤활제였다. 이에 관하여 춘추시대 주왕실 악관인 냉주구泠州鳩가 예리한 견해를 제시했다.

정치는 음악연주와 흡사합니다. 음악은 화음을 필요로 하고, 화음은 정치를 평온케 만듭니다. 5성聲으로 악곡을 조화시키고, 12율로 5성의 음을 고르게 만듭니다. 종경鐘磬의 금석 악기로 악곡을 인도하고, 금슬소관琴瑟簫管으로 연주를 진행시키고, 서로 마음을 표현하고, 노랫소리로 시를 영창하고, 생우笙竽로 악곡을 드러내고, 와훈瓦塤으로 연주를 보조하고, 고축高築으로 마디와 종지를 알립니다. 각종 악기가 제 소리를 내며 화음을 이루는 것을 적중이라고 하고, 적중하여 모인 음조를 정성正聲이라 하고, 악조와 음률이 서로 안배된 것을 화和라고 하고, 세성細聲과 대성大聲이 서로 넘지 않는 것을 평平이라고 합니다. 금석을 야금하고 주조하여 종박을 만들고, 돌덩이를 깨고 갈아 경磬을 만들고, 실을 나무에 얹어 금슬을 만들고, 포죽飽竹에 구멍을 뚫어 생소生簫를 만들고, 대소장단의 피혁을 잘라 고도鼓鼗를 만듭니다. 이런 악기로 합주하며 8방의 풍성風聲에 순응해야 합니다. 그리하면 여름에 적체된 한기寒氣가 없게 되고, 겨울에 습윤한 난기暖氣가 없게 됩니다. 이에 천지만물이 모두 차서가 있고, 춘하추동에 풍우風雨가 순조롭고, 곡물

---

107) 「論語·學而」

이 생장하고, 인구가 번성하고, 백성의 생활이 화목하며 순조롭고, 물자가 구비되어 음악이 조화롭고, 군신상기 모두 제 역할을 수행해 조금도 피로하지 않게 됩니다. 그래서 정성正聲이라고 하는 것입니다.[108]

냉주구冷州鳩는 시詩·가歌·성聲·악樂의 바른 발전방향을 같은 궤도에 설정하고 이들 간의 조화로운 관계 형성을 아주 중히 여겼다. 이는 사회뿐만 아니라 자연계도 포함되어 있으며 소위 "천지만물이 모두 차서가 있고, 춘하추동에 풍우風雨가 순조롭고, 곡물이 생장하고, 인구가 번성한다"는 것이다. 여기서 냉주구는 이들의 관계를 전도시켜 지나치게 절대화했다. 음악과 자연계는 아무 관계도 없는 것이 아니지만 냉주구가 말한 것처럼 그렇게 직결된 관계는 없다고 본다. 중요한 것은 자연계의 변화는 음악에 영향을 주는 것이지만 반대로 말하면 안된다. 냉주구가 음악과 자연계의 관계에 관하여 자신의 의견을 제시할 수 있었다는 것은 춘추시대 사람의 사상의식 발전 수준에서 보면 적극적인 의미가 있다고 본다. 냉주구가 "정치는 음악연주와 흡사합니다. 음악은 화음을 필요로 합니다"라고 한 논의는 식견이 있다고 본다. 상고시대 사람은 악과 사회의 관계에 대한 논의가 많았고 냉주구는 노소공魯昭公 21년(BC521년)[109]에 이와 같은 의견을 제시했는데, 시기상으로 보면 비교적 이른 편이고 깊이가 있으며 중요시할 가치가 있다고 판단된다.

악은 성정性情 도야와 도덕을 배양하는 데 대체할 수 없는 큰 역할을 했기 때문에 춘추시대 사람들이 악을 특별히 중요시했다. 고대 예서에서

---

108) 「國語·周語·下」

109) 『좌전』 노소공魯昭公 21년에 기록된 '냉주구冷州鳩'는 「국어國語·주어周語」 하편에는 '영주구伶州鳩'라고 했다. 그가 주경왕周景王에게 '악樂'을 논술한 시간에 관하여 『좌전』의 기록에 의하면 노소공魯昭公 21년이다. 그러나 「주어周語」에는 주경왕周景王 23년으로 했다. 여기서 『좌전』의 기록된 노소공魯昭公 22년이라는 기록을 따른 것이다.

종종 '악'과 '덕'의 관련을 강조한다. "음악은 덕의 아름다운 발현이다. 또 금석사죽金石絲竹은 악기를 만들기 위한 중요한 재질이다. ……그러므로 음악의 방출을 위해서는 깊은 정감이 필요하고, 그것에 의해서 명확한 음악이 만들어지며, 거기에는 사람의 마음이나 기분이 생생하게 움직이고 있어서 듣는 자를 감동시키는 힘이 신묘하다. 즉, 음악은 그 내부에 화합하고 온순한 정신이 축적되어 그것이 힘차게 외부로 발출해서 아름다운 곡조를 이루는 것이다. 음악만은 허위로는 만들 수가 없는 것이다."110) 이는 위강魏絳의 "음악으로 덕을 몸에 붙인다"111) 는 견해와 완전히 일치한다. 품성 수양 문제에 대하여 공자는 "시로 감흥을 일으키며, 예로 규범을 세우며, 음악으로 정서를 완성시킨다"112)라고 했다. 『시경』은 사람을 진작振作시키고, 예는 사람을 사회에 발 붙이게 하고, 악은 사람을 학업에 성과 있게 해 준다고 여긴다. 이런 측면으로 보면 악은 『시경』, 예와 비하면 그의 역할이 전혀 손색이 없다. 공자는 장무중臧武仲, 공작公綽, 변장자卞莊子, 염구冉求 네 사람을 칭찬했지만 그들이 지닌 성품은 여전히 완벽하지 못하다고 '예'와 '악'을 도야할 필요성을 강조한다. 그래서 공자는 "장무중의 지知와 맹공작孟公綽의 청렴과 변장자의 용기와 염구의 재주에 예악으로 꾸미면 또한 성인이 될 수 있다"113)고 했다. 춘추시대 일부 귀족들이 이미 스스로 음악淫樂의 해로움을 인식하였는데 진晉나라의 중행문자中行文子는 그 중 하나다. "중행문자中行文子라는 사람이 죄를 짓고 달아나 어느 마을을 지나가게 됐다. 그때 시종하는 사람이 말하기를, '이 마을을 돌보는 관리는 공公과 지난날부터 잘 알고 지내던 사람인데 어찌 객사에서 좀

---

110) 「禮記·樂記」
111) 「左傳·襄公·12年」
112) 「論語·泰伯」
113) 「論語·憲問」

쉬어가시지 않습니까? 좀 기다리다가 다음 수레가 오거든 가심이 좋을 듯합니다'라고 했다. 문자文子가 대답하기를, '나는 일찍이 음익을 즐겼는데 그는 나에게 거문고를 보내주었고, 또 내가 장식하는 패옥을 좋아하는 것을 알고 그는 나에게 옥환을 보내주었다. 어러한 일로 미루어 생각하면 그는 나의 허물을 충고한 것이 아니라 내 비위를 맞추어 자기의 영달을 꾀하고자 한 사람이다. 그래서 이번에는 그가 나를 잡아들임으로써 남의 비위를 맞추려 할 것이니 나는 그것이 두렵다' 하고 이내 그곳을 떠나버렸다. 그런데 과연 그곳 관리는 문자가 예상했던대로 문자를 잡으려고 뒤쫓았으나 놓치고, 그의 짐을 싣고 뒤따르던 수레만을 몰수하여 임금에게 바쳤다."[114] 이 쩨쩨한 자는 중행문자의 비위를 맞추어 거문고를 보냈다. 중행문자는 여기서 자신이 '음악을 즐긴' 잘못을 깨달았다.

춘추시대 사람은 "예와 악은 덕의 규범이 된다"[115]는 것을 강조했다. 도덕수양을 돋우고 즐거운 방식으로 가르치는 것은 춘추시대 음악의 중요한 시대적 특색이다. 「주례周禮·대사악大司樂」에서 "음악과 덕으로써 국자國子를 가르치는데 충성하고 온화하며 공경하고 떳떳하며 부모에게 효도하고 형제에게 우애히게 한다"고 했는데, 명확하게 '악덕樂德'의 여섯 가지 내용을 제시했다. 여기서 말한 악중육덕樂中六德은 「주례周禮·대사大師」에서 말한 "6가지 덕으로써 근본을 삼고 6가지 율律로써 음音을 삼는다"는 것과 일치한다. 춘추시대 사람의 관점에 따르면 일부 악곡은 덕이 있는 사람이야 즐길 수 있고, 그렇지 않으면. 나쁜 결과를 초래할 것이다. 진평공은 '청치淸徵'한 음악을 듣고 싶어했는데 진晉나라 악관인 사광師曠은 즉시 "그것은 들려드릴 수 없습니다. 옛날 이 청치의 가락을 들은 사람은 모두 도덕과 의리를 완전하게 갖춘 임금들이었습니다. 지금 우리가 임금

---

114) 「韓非子·說林·下」
115) 「左傳·僖公·27年」

께서 덕이 엷어 그 가락을 듣기에는 모자란 듯합니다"라고 말했다. 진평공은 '청각清角' 음악을 듣고 싶어하는데 사광은 "지금 임금께서 덕이 엷으므로 그 가락을 들으시기에는 모자람이 많습니다. 이 가락을 군이 들으시면 반드시 재앙이 있을 것입니다"[116)]라고 말렸다. 진평공은 꼭 듣고 싶어했다. 전해진 바에 의하면 진평공이 '청치'와 '청각' 음악을 듣는 상황은 다음과 같다.

> 사광이 마지못해 거문고를 당겨 청치清徵를 연주하기 시작했다. 첫째 곡을 연주하니 검은 학이 여덟 마리씩 두 줄을 지어 남쪽에서 날아와 복도에 모여 앉았다가 두 번째 곡이 시작되니 나란히 줄을 지었고 세 번째 곡이 연주되니 검은 학들은 목을 길게 뽑고 울면서 나래를 펴고 춤을 추었는데 그 소리는 궁상각치우宮商角徵羽의 가락에 맞추어 하늘에까지 미치는 듯했다. 이에 평공이 크게 기뻐하니 한 자리에 있던 모두가 즐거워했다. 평공은 술잔을 높이 들고 일어나 사광의 장수를 축수하는 자리로 돌아와 묻기를, "청치보다 더 슬픈 가락이 없는가?"고 말하자 사광이 말하기를, "청치가 슬프기는 하지만 청각에는 미치지 못합니다"고 대답했다. 그러자 평공은 말하기를 "이번에는 청각의 가락을 들려줄 수 없겠는가?"하니 사광이 말하기를, "그것은 불가능합니다."……사광이 부득이 거문고를 연주했는데, 첫째 곡의 연주가 시작되자 검은 구름이 서북방에서 일어나 모여들었다. 다시 연주가 계속되자 큰 바람이 불면서 큰 비가 쏟아져 휘장이 찢어지고 술잔이 깨어졌으며 기왓장이 부서져 낭하에 떨어지니 자리에 앉았던 사람들이 모두 달아나고 말았다. 이에 평공도 겁이 나고 두려워 궁궐 내실로 피하여 엎드렸다. 이러한 일이 있은 뒤 진나라에는 큰 가뭄이 닥쳐 3년 동안 초목이 자라지 않았다. 평공은 전신이 굽어 곱사둥이가 되어 죽음을 면치 못했다.[117)]

이 전설은 지나치게 과장된 요소가 있지만 춘추시대 사람들은 음악을

---

116) 「韓非子·十過」
117) 「韓非子·十過」

딕의와 관련시켰다는 사실을 믿을 만하다. 이에 따르면 진평공의 '덕'은 가까스로 '청치淸徵' 음악을 들을 수 있는 정도였고 '청각淸角' 음악을 들으면 심각한 결과를 초래하게 됐다.

춘추시대 일반 귀족과 민중의 일상생활에 있어서 악무는 중요한 내용이었다. 「시경·나무를 벤다(伐木)」에는 귀족은 친구에게 술과 음식을 대접했다. 그 중 "둥둥 북치고 더덩실 춤춘다" 란 싯구절이 있다. 연회에 참가한 자는 동동 동동 북을 치어 흥을 돋울 뿐만 아니라 북소리에 맞추어 더덩실 춤추고 태연자약하니 아주 멋스럽다. 이는 사람은 스스로 즐겨 춤을 추는 것이다. 「시경·저이는 누구인가(何人斯)」에서 "맏이는 흙피리 불고 둘째는 대피리 분다"는 싯구절이 있다. 훈塤·지篪는 다 일반 귀족들이 스스로 즐기는 악기다. 유명한 「시경·관저關雎」편에는 "아리따운 아가씨를 거문고를 타며 친한다." "아리따운 아가씨를 종 치고 북 치며 즐긴다" 란 싯구절이 있다. 이 작품은 연가戀歌라고 할 수 있으며 혼례의 찬가讚歌라고도 할 수 있다. 어쨋든간에 금슬종북 음악은 귀족 남녀 생활에 많은 영향을 끼쳤다. 당시의 악무는 사람들이 보편적으로 구경할 것이 있고 귀족이나 사士들이 스스로 즐기는 것도 있다. 「관저關雎」 편에서 언급한 금슬종북은 아마도 귀족이 스스로 즐기는 악기였을 것이다. 그들은 서로 악기를 주고 받는 방식으로 우정을 표시하기도 했다. 춘추 말년 제齊나라와 오吳나라 사이의 애릉지전艾陵之戰에 제나라의 장군 동곽서東郭書는 "현다弦多에게 사람을 시켜 금琴을 보내고 말하게 하기를 '나는 이후로 다시는 당신을 만나지 못할 것이오' 라고 했다."[118] 현다弦多는 제나라 신하이자 노나라로 달아난 사람으로서 동곽서와 친분이 있어서 금琴을 주며 깊은 우정을 표했다. '현다弦多'는 현弦 씨인데 그의 족族은 아마 관현악과 어느 정도 관련이 있었을 것이다. 「시경·얌전한 아가씨(靜女)」에서 남녀 한

118) 「左傳·哀公·11年」

쌍의 연애를 그렸는데 그 중에 아가씨가 목장에서 가져온 한 다발의 띠풀
의 순을 건넨 것을 보면 높은 신분이 아닌 것 같다. 시에서 이렇게 말했다.

> 어여쁜 아가씨
> 내게 빨간 피리를 주었네
> 빨간 피리 빛 나게 고운 것은
> 아기씨의 아름다움 좋아하기 때문이네.

아가씨가 선물로 한 '동관彤管'은 옅은 빨간색의 피리 종류의 악기다.[119)
설령 고귀하지 않아도 아가씨의 부드럽고 아름다움을 부각시켰다. 총각에
게 '동관彤管'은 그야말로 매력적인 빛을 방사하고 아가씨의 종애鍾愛를
상징하는 선물이다. 일반 민중이 악기를 가진 경우는 별로 많지 않고,
어떤 때는 특별한 목반木盤을 치며 노래를 반주하기도 했다. 「시경 · 반을
두드리며 노래한다(考槃)」에는,

> 산골짝 개울가에 반槃을 두드리며 노래한다
> 크고 훌륭한 분 마음 한가롭다

---

119) 「시경 · 얌전한 아가씨(靜女)」에 나온 '동관彤管'에 대하여 여라 가지 이설이 있는
데, 빨간색의 풋 자루, 빨갛고 연한 띠풀 순, 패옥 등 해석이 있지만 피리 종류의
악기라는 의견이 더 적합한다고 여긴다. 「주례周禮 · 소사小師」에서 언급된 각종
소형 악기 중에서 '관管'이 있는데 정사농鄭司農은 "관管은 지篪 같고 6개 구멍이
있다"라고 해석했다. 이런 악기에 대하여 「이아爾雅 · 석악釋樂」에서 "지篪는 대나
무로 만들어 길이은 1척 4치이고 둘레는 3치이고, 한 구멍은 위로 향하여 1치
3분分이고 교翹라고 부른다. 새로 잡고 부르며 작은 것은 1척 2치이다"라고 했다.
『광아廣雅』에서 '구멍 8개'라는 기록이 있다. 동관彤管은 지篪와 형제가 비슷하고
다만 구멍의 개수가 다를 뿐이다. 『풍속통風俗通』에서 『예악기禮樂記』를 인용하면
서 "관管은 칠죽漆竹으로 길이 1척이고 7 개 구멍이 있다"라고 했다. 「시경詩經
· 얌전한 아가씨(靜女)」에서는 아가씨가 목장에서 돌아온 장면을 서술했는데 그녀
가 남자에게 건네준 목적牧笛이다.

혼자서 자나 깨나 하는 말이
영원히 맹세코 잊지 않으리

......

혼자서 자나 깨나 하는 말이
영원히 맹세코 떠나지 않으리[120]

　시작품에서 산골짜기의 개울가에서 반槃을 치고 노래하며 스스로 잠잘
때도 노래를 통해 사랑하는 마음을 표한다고 말했다. 춘추 후기 제나라
진씨陳氏는 넓게 은택을 베풀고 민심을 많이 얻었다. 안영晏嬰은 진씨가
제나라에서 환영을 얻은 상황을 말할 때 "시에 이르기를, '당신에게 큰
덕 없다고 하나, 노래불러 주고 춤추어 주리! 라고 하였나이다. 진씨가
혜택을 베풂에 대하여 백성들은 그를 기리어 노래 부르고 춤춘다"[121]고
했다. 민중은 노래하고 춤추면서 진씨에 대한 사랑을 표했다. 정나라 경卿
인 유길遊吉은 "슬픔에는 소리 내어 울고 눈물 흘리는 울음이 있고, 즐거움
에는 노래와 춤이 있게 된다"[122]고 민중들을 평가했다.
　『시경』의 많은 편장은 통치자에 대한 민중들의 칠책이나 풍자에서 비롯
된다. 그중 「진풍秦風·꾀꼬리(黃鳥)」와 「위풍魏風·박달나무 베어(伐檀)」
가 전형적이다. 진목공秦穆公은 세상을 떠날 때 "따라 죽은 사람이 177명이
었는데, 그 중에 진나라의 충신인 자여子輿씨의 엄식奄息, 중행仲行, 침호鍼

---

120) 「시詩經·考槃」. 통상적으로 이 작품은 스스로 노래하며 즐긴다는 뜻으로 해석했다.
　　주희朱熹의 『시집전詩集傳』에서 진부량陳傅良의 설을 인용하면서 "고考는 구扣라고
　　해석할 수 있고 반槃은 악기명이다. 이것을 두드려 노래에 맞추어 즐긴다. 이는
　　고鼓를 쳐서 울리게 하고 질장구를 두드리며 연주한 것과 같다." 안어: 이 설은
　　따를 수 있다. 반槃은 나무의 의미를 따르며 즉, 목제 반盤이다. 「주례周禮·능인凌
　　人」에서 "이반(夷槃: 시체를 올려놓는 평상)에 얼음을 제거한다"라고 했는데 반槃은
　　얼음을 담은 용기가 반盤이다.
121) 「左傳·昭公·26年」
122) 「左傳·昭公·25年」

虎 세 사람이 있었다. 진나라 사람들은 그들을 애도하여 「꾀꼬리」라는
시를 지어 노래했다."123) 「꾀꼬리」라는 시는 진나라 민중들이 진목공 시절
에 유능한 신하 3사람을 순장시킨 일에 대해 꾸짖는 민가에서 생긴 작품이
다. 전체 시는 모두 3장이고 각각 엄식奄息, 중행仲行, 침호針虎를 순장시킨
상황을 진술했다. 각 장의 형식은 같다. 첫 장은 "꾀꼴꾀꼴 지저귀는 꾀꼬
리, 대추나무에 내려앉는다. 누가 목공을 따라 죽는가? 자거子車씨 아들
엄식. 이 엄식이야말로 백 사람이라도 당할 훌륭한 분, 그 무덤에 들어갈
적에 두려워 부르르 떨었다. 저 푸르른 하늘이여 우리의 어지신 분을 죽이
려는가. 그 몸 바꿀 수만 있다면 백 사람이라도 대신 죽으련만"이라고
말했다. 노래를 짓는 자는 진나라의 '국인國人'이다. 역사 기록을 의하면
"진나라 사람들이 그들의 죽음을 슬퍼하여, 그들을 위하여 「꾀꼬리」를
읊었다."124) 국인國人은 순장 상황을 묘사하면서 엄식을 비롯한 '삼량三良'
을 진목공 묘에 순장시킬 때 "그 무덤에 들어갈 적에 두려워 부르르 떨었
다." 그 참혹한 상황은 몹시 천인공노할 만한 것이다. 어쩐지 민중들은
"저 푸르른 하늘이여 우리의 어지신 분을 죽이려는가"라고 했으며, 하늘
을 욕함을 통해 통치자를 꾸짖는데 나무 위에 있는 꾀꼬리도 '삼량'을
위해 불공평함을 호소한 것 같다. 「꾀꼬리」가 민중의 정의로운 호성이라면
「박달나무 베어(伐檀)」는 민중들이 귀족을 비웃는 노래다. 그런 "쾅쾅 박
달나무 수레 재목 벤다"는 것은 민중들이 귀족을 질책하며 "농사도 짓지
않고서 어이 3백 창고 곡식을 거둬들이는가"라고 물었다. 민중은 이런
상황을 욕하지 않고 해학적인 말투로 말했다. "저 진정한 군자는 하는
일이 없이 남의 밥 먹지 않는다네"라고 했다. 춘추 전기에 노나라의 조귀曹
劌는 "고기를 먹는 자들은 안목이 짧다"125)라는 명언을 남겼다. 「박달나무

---

123) 「史記·秦本紀」
124) 「左傳·文公·6年」

베어(伐檀)」에서 말한 '불소식不素食'이란 노동하지 않고 수확한 '육식자肉食者'이고 '군자'는 반어의 의미를 나타낸다. 이것으로 춘추시대의 가무는 민중들이 자기의 소원과 정서를 표현함에 아주 중요한 방식이었다는 것을 알 수 있다.

춘추시대 일반 민중들은 귀족 전당에 연출한 대형 가무를 볼 자격이 없기 마련이다. 하지만 민중도 자기의 악무로 스스로 즐길 수 있었다. 「시경·동문의 느릅나무(東門之枌)」에는 진나라 젊은 남녀가 민간에서 가무 활동을 하면서 서로 사랑을 토로한 장면이 있다.

> 동문의 느릅나무와
> 완구宛丘의 도토리나무
> 자중씨子仲氏의 따님이
> 그 아래서 덩실덩실
>
> 길일을 골라
> 남쪽 들에서
> 삼베 길쌈 아니하고
> 모여서 덩실덩실

시의 뜻은 동문의 하얀 느릅나무 밑에서 완구의 도토리나무 숲 밖에서 자중子仲씨의 딸은 아름답게 너울너울 춤을 춘다. 진陳나라의 젊은 남녀는 성읍 밖에서 좋은 시간을 정하여 남교南郊 들판에 노래하며 춤을 춘다. 그 아가씨들은 마를 짜는 여유도 없고 사람이 모여 사는 곳에 나와서 하늘하늘 우아하게 춤을 춘다. 가무를 하는 장소가 아주 많다는 것을 보면 당시의 가무 열풍은 엄청나게 성행했을 것이다. 전해진 바에 의하면 공자가 "제자들과 함께 여량呂梁에 노닐며 유람하였는데 떨어지는 폭포의 높

---

125) 「左傳·莊公·10年」

이가 30길이 되고, 물보라 치는 급류는 40리裏를 흘러가는데 큰 거북이, 악어, 물고기, 자라들도 헤엄칠 수 없는 곳이었다. 한 사나이가 헤엄치고 있는 것을 보고, 공자가 무엇인가 괴로움이 있어 죽으려고 뛰어든 것이라 생각하여 제자들로 하여금 물길과 나란히 따라가면서 그를 건지게 하였는데, 사나이는 몇 백 걸음의 거리를 헤엄쳐 내려간 뒤 물에서 나와 머리를 풀어헤친 채로 걷다가 노래하면서 방죽 아래를 왔다 갔다 하고 있다."126) 이 "걷다가 노래하면서 방죽 아래를 왔다 갔다 하고 있는 자"는 생활의 무거운 스트레스를 참지 못해서 자살하려는 사람이라고 오인 받았다. 그래서 그의 사회 위치가 그리 높지 않고 하층의 일반 민중이었을 가능성이 크다.

민간 악무에서 종교 신앙과 결합한 나무(儺舞: 역귀 쫓을 무용)는 춘추시대에 흥성했다. 나儺는 원래 상고시대 신을 맞이하여 역귀를 쫓는 관습이고, 주대에 와서 더 성대해졌다.127) 주대에 '방상씨方相氏'란 직업이 있었다고 전해왔는데 이들은 "곰 가죽을 뒤집어 쓰고 황금으로 된 4개의 눈을 하고 현의玄衣와 주상朱裳을 입으며 창을 잡고 방패를 쳐들며 100명의 노예를 인솔하고, 계절마다 어려움이 있을 때면 허수아비를 만들어서 집안을 수색하고 역질을 몰아낸다"128)는 일을 관장한다. 이와 같은 악귀를 쫓는

---

126) 「莊子·達生」

127) 「후한서後漢書·예의지禮儀志」에서 「한구의漢舊儀」를 인용하면서 "전욱씨顓頊氏의 아들 세 명이 요절해서 역귀疫鬼가 되었다고 한다. 하나가 학귀虐鬼로 변해 강수에서 살았고, 또 하나는 망량罔兩이라고 하고 약수若水가에 살았고, 또 하나는 궁실 구석에 살면서 어린애를 놀라게 한다고 했다." "방상씨方相가 백례百隸 및 동자童子 백명을 거느리면서 토고土鼓를 두드리며 도호(桃弧: 복숭아나무로 만든 활이)로 극시(棘矢: 가시나무로 만든 화살)을 쏘고 적환赤丸과 오곡을 뿌리기도 했다"고 했다. 만약에 이 설에 관한 근원이 유래가 있다고 하면 난儺이라는 귀신을 쫓는 의식은 전욱씨顓頊氏 때에 이미 생겼다.

128) 「周禮·方相氏」

의식은 악기 소리에 맞추어 무당이 춤추고 노래하면서 진행했다. 춘추시대에 이미 귀속부터 일반 민중까지 모두 구경할 수 있는 나무儺舞로 발전됐다. 공자는 나무를 구경하기 좋아해서 "향인鄕人들이 악귀를 쫓는 의식을 지낼 때면, 대부의 복을 입고 서 있었다."[129] 소위 '향인'은 일반 민중도 포함되어 있으며 '향인'의 나무는 마땅히 민간 무용의 성질을 지녔다. 나무儺舞 행렬이 오면서 공자는 조복을 입고 공손히 조계阼階에 서서 구경하고 있으며 나무에 대해 경중을 표시했다. 이런 나무는 역사가 오랜되었으며[130] 영향이 매우 클 수 밖에 없다.

굉장히 높은 문화수양을 지닌 사士 계층은 춘추 후기에 세력이 강해졌다. 음악은 사에게 필수적이고 많은 악기가 사士들의 책상에서 필수적인 물건이 됐다. 시詩·가歌·악樂·무舞는 거의 사士들에게 매일 필수적인 수업이 됐다. 공자는 "시로 감흥을 일으키며, 예로 규범을 세우며, 음악으로 정서를 완성시킨다"[131]라고 했다. 공자는 이느날 제자들에게 인생의 목표를 말하라고 했는데 증석曾晳을 불러 의견을 내라고 했다. 증석은 "거문고

---

129) 「論語・鄕黨」
130) 한대에 나무儺舞 유행했던 상황을 대하여 「후한서後漢書・예의지禮儀志」에 의하면 "납일臘日 하루 전에 축역逐疫하는 큰 나례儺禮 행사가 있었는데, 황문(黃門: 내시)자제 중에서 10세에서 12세까지의 120명을 뽑아 ……이들은 모두 빨간 색 두건과 검은색 옷을 착용해 도고鼗鼓를 들고 있으며, 방상씨方相氏가 황금으로 만든 4개의 눈을 붙인 가면을 쓰고, 곰의 가죽을 뒤집어 쓰며 검은 옷에 붉은 치마를 입고 사 창을 잡고 방패를 흔들어 댔다. 십이수十二獸로 꾸미며 털옷을 입고 뿔모자를 쓰며 내시들이 맡아서 진행했는데, 용종복야冗從僕射들은 뒤에서 따르고 악귀들을 쫓아낸 것이었다. ……이런 방식으로 방상시와 십이수 무가를 연출하고 주변이 떠들썩하면서 모두 세 번이나 반복했다" 이는 한대 궁전 내에 구역逐疫에 대한 설명인데 근대까지 여전히 유존돼 있다. "호남성湖南省 해방 전에도 만약 집안 누구 아프면 무당에게 역귀를 쫓아낸 미신이 여전히 있었는데 '충나冲儺'라고 불렀다. (楊伯峻, 『論語譯注』, 中華書局, 1980年, p.105.)
131) 「論語・泰伯」

를 간간이 타다가 덜그렁 소리 나게 거문고를 놓으며 일어나 대답을 했다." 공자가 제자들과 담화하고 있을 때 증석은 계속 슬을 뜯고 있으며, 공자가 그에게 묻자 마침 끝자락을 뜯고 있고 그래서 더 힘차게 연주하고 시원스럽게 끝냈다. 증석의 꿈은 "기수沂水에서 목욕하고 무우舞雩 언덕에서 바람이나 쏘이고 글이나 읊으면서 돌아오는 것"132) 이었다. 전해진 바에 의하면 공자는 노래하기를 무척 좋아하고 "공자께서는 남과 같이 노래부를 때 남이 잘 부르면 다시 부르게 한 뒤에 화합하였다"133)라는 기록이 있다. 공자도 '노래 팬'이었고 그가 남과 같이 노래하고 남이 잘 부르면 그는 꼭 한 번 더 불러달라고 하고, 또한 자기는 따라서 한 번 더 부르기도 했다. 좋은 음악에 대해 정말 취한 듯 홀린 듯한 지경까지 빠졌다. 일반 사士들의 악기는 금슬생황 등이 차지했다. 그래서 『시경』에는 "금琴과 슬瑟 곁에 있어 즐겁고 행복하지 않은 일 없네." "훌륭하신 분을 뵙고 나란히 앉아 생황 탄다." "처와 자식들이 잘 어울림이 마치 금슬을 연주하듯 하더라" 등의 싯구절이 있다. 일부 사들은 설령 생활이 가난했어도 노래는 그의 생활에 필수적이었다. 공자의 제자 증자曾子가 이런 분이다. 「장자莊子·양왕讓王」편에 다음과 같은 이야기가 있다.

공자의 제가 증자曾子가 위衛나라에 살고 있었다. 입고 있던 솜옷은 겉이 다 닳아 떨어져 속이 보일 정도였으며, 얼굴색은 종기가 곪아 터져 푸석푸석한데다 야위고 까칠하며, 손발은 트고 갈아지고 굳은 살이 박혀 있었다. 사흘 동안이나 불로 익힌 식사를 하지 못하였고 10년 동안이나 옷을 새로 만들어 입지 못했다. 또 갓을 바로 쓰려 하면 갓끈이 끊어지고 옷깃을 여미려 하면 옷이 찢어져 팔꿈치가 드러나고 신을 신으려 하면 뒤축이 터져버릴 지경이었다. 그런데도 뒤축 터진 신발을 질질 끌면서 「상송商頌」 노래하면

---

132) 「論語·先進」
133) 「論語·述而」

그 노랫소리는 천지 사이에 가득 차고 마치 금속 악기와 석제 악기를 연주한 것처럼 맑게 메아리 쳤다.

증자는 위나라에서 살았을 때 지극히 가난했다. 난마로 솜을 한 낡은 옷을 입고 덧옷도 없었다. 얼굴에는 부종한 병색이 뚜렷했다. 손과 발이 자주 일하기 때문에 변지가 생겼다. 가난해서 사흘도 불을 때서 밥 한 끼를 하지 못했다. 10년에도 새 옷을 만들지 못했다. 증자의 단장도 너무 불쌍했다. 모자를 좀 정리하면 끈이 끊어지고 옷깃을 여미면 옷이 찢어져 팔꿈치가 드러나고 신을 신으면 이미 망가졌기 때문에 뒤축이 터져버렸다. 이 지경으로 가난해도 증자는 「상송商頌」을 노래하고 또 아주 잘 불렀다. 목소리가 커서 하늘과 땅 간을 차인 것 같고 목소리가 맑아 금속을 치는 것 같다. 사士들의 노래에 대한 사랑을 여기서 볼 수 있다. 음악을 좋아하는 게 공자와 그의 제자들이 함께 한 습관이었다. 공자는 여러 나라를 두루 돌아다닐 때 진陳나라와 채蔡나라 사이에 갇혔다. "7일 따뜻한 음식을 먹지 못하고 명아주 국에 쌀을 섞어 넣지도 못하는 형편이었다. 안색이 몹시 고달팠다." 그러나 여전히 "음악 소리가 그친 적이 없다." 그의 제자인 자로子路는 "씩씩한 모습으로 손에 방패를 잡고 춤을 추었다"[134]고 했다. 공자 자신도 "왼쪽으로 말라버린 나무에 기대어 오른쪽으로 마른 나뭇가지를 치면서 염제 신농씨 노래를 부른다"[135]고 했다. 공자는 제자를 거느리고 광지匡地에 갇혔을 때 "송나라 사람들이 그를 겹겹으로 포위하였는데도 공자는 금과 슬를 타고 노래를 부르면서 전혀 그치려 하지 않았다."[136] 묵자는 "공자는 겉모습을 굉장히 수식하여 세상 사람을 미혹케 하고, 금琴을 타며 춤을 춤으로써 제자를 모으려 하였다"[137]고

---

134) 「莊子·讓王」
135) 「莊子·山木」
136) 「莊子·秋水」

공자를 꾸짖었다. '현가고무弦歌鼓舞'는 확실히 공자가 제자를 교육하는데 아주 중요한 내용이었다는 것을 밝혔다. 공자는 "자로는 왜 여기 와서 슬연주를 하느냐?"138)라고 말한 적이 있다. 공자는 자로가 친 슬의 곡조는 아직 높은 수준에 이루어지지 못하고 자기가 그를 가르치려는 마음을 표했다. 「예기·악기」는 "육률을 정하여 오성을 조화시키며, 이에 시와 송을 현에 맞추어 노래한다"라고 했다. 당시 사士들의 실제 생활에 있어 중요한 내용이었을 것이다.

사士 계층을 제외하고 춘추시대의 악공과 악관은 높은 문화수양을 지닌 사람이 적지 않았다. 그들은 악과 예의 관계를 더 깊이 있는 견해로 제시했다. 춘추 중기에 진晉나라에 갇힌 초나라 '냉인伶人'은 악관 중의鐘儀다. 그는 예를 잘 안다고 유명했다. 진경공은 그의 족族을 묻자 그는 냉인伶人이라고 대답했다. 그에게 악을 부르라고 했는데 중의는 금琴으로 남음南音만 연주했다.139) 초나라 군왕에 대하여 묻자 중의는 자기가 소인이라서 모른다고 했다. 진나라 군주가 캐물었더니 중의는 "저희 군주께서 태자로 계셨을 때, 태자의 스승인 사보師保가 태자를 받들어 보시고, 아침에는 공자公子영제嬰齊에게로 찾아보고, 저녁에는 공자 측側에게로 가 찾는 것입니다. 그 밖의 일은 알지 못합니다"140)라고 했다. 초나라 왕이 태자였을

---

137) 「墨子·非儒」
138) 「論語·先進」
139) 「좌전左傳·성공成公·9년」에 진도공晉悼公이 "그에게 금을 내어주게 했더니, 종의鐘儀는 남방의 음악을 탔다"라는 기록이 있다. 종의가 탄 '남음南音'은 남방의 음악을 가리킨다. 춘추 중기에 진晉나라의 사광師曠은 진晉의 군대가 초나라와 싸운 일에 대하여 "나는 가끔 북방의 노래를 부르고, 또 남방의 노래를 부르지만, 남방의 노래는 활기가 없어 죽어가는 소리가 많으니, 초나라 군사는 반드시 아무 공 이룸이 없을 것이다"라고 했다. 여기서 '남풍南風'은 바로 초楚나라의 음악을 가리킨다. 종의鐘儀가 탄 '남음南音'은 '남풍南風'과 같은 음악이다.
140) 「左傳·成公·9年」

때 공손히 선생님인 두 경사卿士에게 가르침을 청하는 일만 말했고 다른 것을 언급하지 않았다. 진경晉卿은 종의鐘儀에게 매우 높은 평가를 하고 그는 '군자'라고 했으며 "선대의 직업을 말해 내세운 것은, 그의 가문가업의 근본을 어기지 않은 것이고, 자기의 고장의 음악을 탄 것은, 자신의 고국을 잊지 않고 있는 것이며, 군주에 대해서 말하되 태자 시절에 대한 일을 말한 것은, 도대체가 그에겐 자기의 이익을 구하는 사심이 없는 것이고, 자기 나라 두 경卿의 이름을 직접 불러 말한 것은, 우리 군주를 높인 것이다. 가업의 근본을 배반하지 않음은 어짊이고, 고국을 잊지 않는 것은 신의가 있음이고, 사심이 없는 것은 충성스러움이고, 우리 군주를 높임은 기민함이다"141)라고 했고, 아무튼 예의 수양이 아주 훌륭한 사람이다. 춘추시대 일부 제후의 악사들은 종종 깊이 있고 통찰력을 지닌 말로 유명했다. 진晉나라의 사광은 위衛나라 사람이 자신의 군주를 내쫓는 일에 대해 논의했고, 정나라의 사혜師慧는 송나라 조정이 비어있다고 논의142)했는데, 이는 모두 잘 알려진 악사 이야기로써 좋은 예다. 춘추시대의 악사는 훌륭한 기예를 갖추고 있었지만 통치자에게 물품처럼 선물로 쓰였다. 노양공 11년(BC562년)에 진나라는 제후국을 거느리면서 정나라를 토벌했다. 정나라가 화해를 해달라고 뇌물을 드렸는데 사리師悝·시촉師觸·사촉師鐲143) 같은 악사 3명, '여악女樂은 16명'144)도 포함돼 있었다. 고대의 악무는 8인으로 한 열이 되어 '일일一佾'이라 하고, 가무를 한 무녀가 16명이면 '이일二佾'라고 한다. 노양공 15년(BC558년)에 정나라의 난당은 송나라로 도망했는데, 정나라는 "말 160필을 송나라에게 선사했다."145) 그리고 사혜師慧

141) 「左傳·成公·9年」
142) 『左傳』襄公14年, 襄公15年
143) 「左傳·襄公·11年」
144) 「國語·晉語·7」
145) 「左傳·襄公·15年」

등 두 명 악사를 송에 바치는 조건으로 난당을 돌려 받았다. 춘추 후기에
일부 대귀족은 많은 '여악'을 가지고 선물로 하기도 했다. 노조공 20년
(BC514년)에 진晉나라 경양梗陽 지역의 귀족은 소송을 일으켰는데 이 귀족
의 '대종大宗'은 "여자 악인을 뇌물로 바친다"[146]고 했으며 진경晉卿 위헌
자魏獻子에게 '여악'을 선물했다.

7. '악樂'과 예속

시대 발전 순서로 보면 서주시대는 "예악과 정벌은 천자에게서 나온다"
는 시대였다. 그러나 춘추시대는 "예악과 정벌은 제후에게서 나온다"는
시대가 되었고 또는 "예악과 정벌은 경대부에게서 나온다"는 시대까지
이르렀다. 춘추시대의 '악樂'은 예禮처럼 사회 각급 귀족들로부터 주목을
받았다. 예제는 춘추시대에 많은 변화를 겪으면서 비록 주천자와 각국
제후들을 위한 예제가 점점 몰락했지만 전체 귀족 계층에게는 더욱 강화
되었다. 악무는 춘추시대에 주천자로부터 제후에게 옮겼을 뿐더러 한 층
더 하락되어 경대부, 심지어 민간에서도 상당한 악무 활동이 생겼다. 이런
현상은 '악樂'에 대한 강화이고 발전이라 할 수 있다. 주천자에게 '악樂'은
춘추시대 옛날의 겉치레와 위풍을 잃었다. 하지만 그는 '악'이 나타낸 등급
관계를 연연불망케 했다. 춘추 전기에 진목공은 '서융西戎'에서 맹주를
칭하여 "천자는 소공과召公過를 보내 목공에게 금으로 된 북(金鼓)으로
축하했다."[147] 이 '금으로 된 북'은 설령 한 악기이지만 당시에는 주천자가
진목공의 패권을 인정해준다는 상징이었다. 노소공魯昭公 15년(BC527년)
에 진晉나라 신하가 주왕조로 갔는데 주경왕周景王은 진晉이 주周에 바친

---

146) 「左傳·昭公·28年」
147) 「史記·秦本紀」

선물이 없다고 해서 꾸짖었다. 그리고 마치 집안의 보물을 세듯이 주왕이 진을 책봉했을 때 하사한 선물들을 나열해서 이야기했는데, 그 중에서 "밀수密須나라에서 얻은 북"[148]이 포함돼 있다. 노정공 4년(BC506년)에 위나라의 축타祝佗는 주왕조 초년에 위나라 시조 강숙康叔을 책봉했을 때 그가 받던 물품 중에 '대려大呂'[149]라는 큰 종을 언급했는데, 이는 주왕조 가 위나라에 대해 베푼 특별한 은택이라고 여겼다. 이것으로 악기와 분봉 예속 간에 긴밀한 관계가 있다는 것을 알 수 있다.

춘추시대의 귀족이 악무를 중요시 여긴 것은 그들이 '예'를 중시한 것과 완전히 일치된다고 할 수 있다. 춘추시대에 큰 종을 주조하게 되면 일단 조상에게 제사를 지내야 하고, 그렇지 않고 먼저 연악燕樂으로 쓰면 '비례 非禮'이고 대종도 깨어질 것이다.[150] 춘추시대 사람은 항상 '예'와 '악'을 같이 논했다. 예를 들어 진나라의 조쇠趙衰는 "예와 악을 좋아하고, 시詩와 서書에 능통한다"[151]는 것을 높은 도덕 표준으로 삼았다. 많은 상황에서 '악樂'이 예禮에 중요한 역할을 하고 있었고 '악이 없으면 예라고 할 수 없다'는 지경에 이르렀다. 노양공 9년(BC64년)에 양공은 진晉나라를 방문 하고 돌아오는 길에서 진도공晉悼公은 그를 위해 관례를 거행하려고 했다.

---

148) 「左傳·昭公·15年」

149) 「左傳·定公·4年」

150) 「안자춘추晏子春秋·외편外篇」의 기록에 의하면 "경공이 거다란 종을 만들어 장차 이를 걸어 두려 했다. 그런데 안자와 중니, 백상 세 사람이 입조하여 모두 이렇게 말했다. '종이 장차 무너질 것입니다.' 두드려 보니 과연 깨어지고 마는 것이었다. 경공이 세 사람 불러 물어보았다. 먼저 안자가 이렇게 대답했다. "종이 이렇게 큰데 선군들께 제사도 지내지 않고 잔치부터 벌이려하니 이는 예에 어긋납니다. 그래서 종이 장차 깨어질 것이라고 한 것입니다." 여기서 안가晏子, 중니仲尼, 백상 세 사람이 같이 입조한 일은 믿기 어렵지만, 안자가 새로 만든 큰 종이 잔치부터 벌이려하니 장차 깨어질 것이라고 한 말을 통해 춘추시대 악樂과 예禮의 관계에 대한 인식을 엿볼 수 있다.

151) 「左傳·僖公·27年」

진晉나라 경대부인 계무자季武子는 즉시 예악이 부족하다고 거절했다. 그는 "군주의 관례는 반드시 간신하여 흠향하는 예를 행하고, 금석金石으로 된 악기로 음악을 연주하면서 선대 군주의 사당에서 하는 것입니다. 현재 저희 군주께서는 길을 가는 중이라, 그 준비를 할 수 없습니다. 청컨대 형제의 나라에 도착하여 필요한 것들을 하도록 하게 해주십시오" 152)라고 말했다. 귀족이 관례를 거행하면 각종 예의가 필요할뿐더러 '금석으로 된 악기로 연주하는 음악(金石之樂)'도 필요했다. 후세 사람들이 고대 각종 예에 대한 기록을 종합해보면 폐백·관례·혼례·향음주례·사례射禮·연례·근례覲禮 등 모두 악무가 있었다. 그런 아름다운 노래와 무용 연출은 행사의 분위기를 돋우고 관련된 전례 내용을 표현하는 한가지 형식이 되기도 했다. 전례의 적지 않은 의식은 악곡 속에 융합되어 계무자가 "금석으로 된 악기로 음악을 연주하면서 선대 군주의 사당에서 제례를 하는 것입니다"라고 말한 것은 이런 상황에 대한 설명이다.

　　예악 문화가 발달한 춘추시대에 악무와 예절은 갈라놓을 수 없게 됐다. 각종 예절 연회에는 거의 악무가 필요했다. 제후들이 주천자를 뵐 때 "제후들에게 잔치를 베풀어 즐기고, 그 자리에서 스스로 음악연주도 했다."153) 제후가 연회를 준비하여 주천자를 초대할 때 "모든 음악을 다 연주하였다(樂備)"154)고 했는데 육대대악六代大樂을 연주하고 노래해야 했다. 각 국의 제후와 일반 경대부들 사이에 자주 악무로 전례에 흥을 돋우는 것이 아주 중요한 부분이 되기도 했다. '향음주례鄕飮酒禮'로 예를 들어 말하자면 설령 그것이 주대 귀족이 일반 술잔치를 거행하는 보통 예절이지만 그의 악무 부분은 여전히 중요한 위치를 차지했다. 대체적으로 말하자면 "악정

---

152) 「左傳·襄公·9年」
153) 「左傳·文公·4年」
154) 「左傳·莊公·21年」

樂正이 들어와 당에 올라가 노래 3편을 마치면 주인이 그에게 술잔을 올리며 생황을 부는 사람이 들어와 당 아래에서 3편의 곡조 불기를 마치면 주인이 또 술잔을 올린다. 당 위와 당 아래에서 교대로 3편의 곡을 마치고 노래와 반주가 합하여 3번을 마치면 악정은 음악이 다 갖추어졌음을 알려준다"[155]는 항목들이 있었는데 주요 악무 의례가 거의 다 갖추어진 것이다. 이런 예절은 춘추시대에 쉽게 볼 수 있었다. 노양공 23년(BC550년)에 진晉나라 대부인 서오胥午는 "곡오曲沃의 사람들을 불러 술을 먹였다(觴曲沃人)." "술자리에서 음악이 시작된다(樂作)"[156]고 나서 술을 취한 다음에, 비로서 곡오의 사람들과 중요한 일에 대하여 의논했다. 전례에서 악무를 할 때 구경하는 사람은 점잖고 예의를 갖추어 정신을 집중하고 악무 연출을 즐겨야 한다. 이상한 행동이 있으면 비례로 간주된다. 예를 들어 『좌전』 환공9년 기록을 의하면 노환공 9년(BC703년)에 조曹나라의 태자인 역고射姑가 알현하러 노나라에 갔는데 노나라가 그에게 향례享禮를 거행했다. "조나라 태자를 대접함에 처음 잔을 올리고 음악을 연주하니, 그는 탄식했다." 그러자 노나라 대부인 시보施父가 이것을 보고 즉시 평론했다. "조나라 태자는 근심이 있는 건가? 탄식할 경우가 아닌데도, 탄식하더군!" 조나라 태자가 기뻐해야 할 자리에 탄식하니 예의없는 행동으로 낙인 찍혔으며 재앙이 곧 온다고 예측했다. 이것으로 춘추시대 사람은 악무를 관람하는 자세에 관심을 많이 뒀다는 것을 알 수 있다. 이 또한 예절과 관련 있기 때문이다.

공자와 유가 학파는 선왕의 악, 아송雅頌의 노래, 「주남」, 「소남」 등 악가에 착안하여 악무의 중요한 역할을 긍정적으로 평가했다.[157] 그는 구습에

---

155) 「禮記·鄕飮酒義」

156) 「左傳·襄公·23年」

157) 「논어論語·양화陽貨」편의 기록에 의하면 "공자께서 백어伯魚에게 일러 주셨다. '너

얽매인 사람과 같이 정위鄭衛 지역의 민간 악무를 크게 꾸짖었다. "정나라의 소리가 아악雅樂을 어지럽힌다"158)고 하면서, 정위 지역의 음악은 '망국지음亡國之音'159)이라고 여겼다. 「논의論語·위영공衛靈公」에서는 이렇게 말했다.

는 「주남」과 「소남」을 공부하였느냐? 사람으로서 주남과 소남을 공부하지 않으면 마치 담에 맞대고 서 있는 거나 같으니라." 「주남」, 「소남」은 『시경』 중의 일부 작품을 가리킬 뿐만 아니라 전대 사람들이 말한 듯이, 더 중요한 것은 악무를 가리킨 것이다. 공자는 "악사 지摯가 사시四始를 연주하였는데 「관저」의 마지막 장은 마치 넘쳐 흐르 듯 귀에 가득하게 들렸느니라."(『論語·泰伯』) 「관저關雎」는 「주남」의 첫 장이고 공자가 음악을 감상하면서 노나라 악관 태사가 지摯로 첫 장을 연주한 것을 아주 잘했다고 칭찬했다. 악관이 「관저」를 연주할 때 공자가 아름다운 음악 소리로 귀가 가득찬다는 느낌이라고 했다. '난亂'은 악곡의 결말을 가리키며 「관저關雎의 난亂'이란 말을 통해 「주남」에 속한 「관저關雎」는 틀림없이 악곡이다.

158) 「論語·陽貨」

159) 「한비자韓非子·십과十過」에서 "위영공이 진나라에 가다가 복수라는 강가에 이르러 하룻밤 묵어 가려고 수레에서 말을 풀고 임시로 막사를 지어 쉬고 있었다. 한밤이 되자 어디선가 북소리에 맞추어 새로운 노래소리가 들렸다. 영공은 매우 즐거워 사람을 시켜 이웃에게 물어보았으나 아무도 들은 사람이 없다는 보고였다. 영공은 악관인 연을 불러 말하기를, '지금 새로운 곡으로 음악을 연주하는 사람이 있었는데 사람을 시켜 이웃에게 물었으나 아무도 그 소리를 듣지 못했다 하오. 그대는 나를 위해 그 소리를 듣고 악보에 옮겨주오'라고 했다. 악관인 연涓은 '좋습니다' 하고 말했다. 이에 영공은 조용히 앉아 거문고를 연주했다.……일행은 마침내 진나라로 떠났다. 진나라 평공은 위나라 영공을 위하여 시이施夷의 누각에서 주연을 배풀었는데 주연이 무르익자 영공이 일어나 말하기를, '이곳으로 오는 길에 새로운 음악을 들었는데 원컨대 한번 연주해 봄이 어떻겠습니까?' 하니 평공이 말했다. '좋습니다.' 영공은 곧 불러 사광師曠의 옆에 앉으라고 명령한 뒤 거문고로 새로운 곡을 연주하게 했다. 그런데 아직 연주가 끝나기도 전에 옆에 앉았던 진나라의 악관이 연의 손을 잡으면서 말하기를 '이것은 나라를 망하게 하는 곡이니 끝까지 연주해서는 안됩니다.'" 진晉나라 악관인 사광師曠이 위나라 복수濮水가의 '신성新聲'을 '망국지성亡國之聲'이라고 했는데, 사광은 음악 발전사에 있어 구습에 얽매인 인물이었다는 것을 알 수 있다.

안연이 나라 다스리는 방법을 물으니, 공자께서 "하대의 역법을 행하여, 은대의 수레를 타며, 주대의 면류관을 쓰며, 순임금의 소무韶舞라는 음악을 쓰고, 정나라의 음악을 버리며, 아첨배를 멀리 할 것이니, 정나라 음악은 음탕하고, 아첨배는 위태로우니라"고 말씀하셨다.

소위 「소韶」는 순舜 시대의 음악을 가리킨다. 「무舞」는 '무武'를 가리키며 주대의 「대무大武」다. '정성鄭聲'은 정나라 지역의 민간 곡조다. 공자는 '정성'이 퇴폐적이고 음탕한 음악이라고 여겼다. 그래서 나라 통치자보고 그것을 버려야 한다고 했다. 「예기·악기」는 "정나라 위나라의 음악은 난세의 것이다" 라고 말했으며 그것을 대역부도로 여겼다. 공자와 유가의 이런 관점에 대하여 긍정적인 면과 부정적인 면을 두루 관찰하며 파악해야 한다. 음탕한 음악과 통치자의 음악淫樂을 비판하는 점이 긍정적이라고 평가 할 수 있지만, 민간 악무로서의 정위지음의 존재 가치를 완전히 부정하면 안된다. "위문후가 자하子夏에게 물었다. '나는 예장禮裝을 하고 고악古樂을 들으면 자꾸만 졸음이 와서 난처하고, 정나라 위나라의 음악을 들으면 싫증나는 일이 없다'"160)고 했다. 춘추전국시대에 정위지음은 이미 '고악'과 대등하게 되었으며 환영받는 '신악'이 됐다. 아무 발전사적 관점에서 보면 정위지음은 바로 '고악'에 대한 지양이라고 할 수 있다. 공자의 "정나라 음악을 몰아낸다"는 관점은 그가 주례를 옹호하는 입장과 일치되어 완강하게 전통문화의 진지陣地를 지키는 것이다.

'상사가 있으면 음악을 연주하지 않는다(哀不擧樂)'는 것은 춘추시대 악무와 예절의 관계에 관한 중요한 내용이었다. 노양공 23년(BC550년) 기효공杞孝公이 세상을 떠났다. 진평공의 어머니는 그의 동생인 기효공을 위해 상복을 입었지만 "평공은 음악을 거두지 않았다"고 하니, 예에 맞지

---

160) 「禮記·樂記」

않는 행동으로 취급을 받았다. 예절에 따르면 "이웃나라에 궂은 일이 있으면 음악을 연주하지 않는 것이다."161) 특히 기효공은 진평공의 삼촌이고 비록 진평공은 상복을 입지 않아도 되지만 악무를 거두어 애도해야 한다. 그래서 그에게 악무를 거두지 않는 행동에 대해 '비례非禮'라고 꾸짖은 것이다. 춘추시대의 예절에 따라 "이웃나라에 궂은 일이 있으면 음악을 연주하지 않는 것이다"는 것을 지킬 뿐만 아니라 본국의 경대부가 상사 당하면 제후도 음악을 거두어야 한다. 노조공 9년(BC533년)에 진경晉卿 순영荀盈은 출사 길에 죽었다. 진평공은 여전히 악무로 술잔치를 보조하고 있었다. 진나라 선재膳宰 도괴屠蒯는 즉시 진나라의 악공을 나무랐다.

그대는 군주의 귀가 되어 곧 진행되는 일을 잘 들으시도록 하는 일을 맡고 있네. 일신日辰이 자子와 묘卯가 되면, 운이 나쁜 날이라 일러, 군주는 음악을 폐하여 듣지 않으시고, 음악을 배우는 사람은 학업을 중지하는 것이니, 그것은 운이 나쁜 날이기 때문일세. 군주의 경卿이나 그 보좌역은 군주의 고굉(股肱: 팔다리)이라 이르네, 팔다리의 한쪽이 혹 없어지게 된다면 어느 아픔이 그와 같을 건가? 그대는 순영이 세상을 떠난 사실을 듣지 못하고 음악을 연주하고 있으니, 군주께서 세상일을 잘 들으시도록 돕는 책무를 다하지 못하고 있는 걸세.162)

---

161) 「左傳·襄公·23年」
162) 「左傳·昭公·9年」. 안어: 「예기禮記·단궁檀弓」하편에서도 이를 기록도 있는데, 도괴屠蒯를 '두궤杜蕢'라고 했으며 내용도 차이가 있다. "진나라의 지도자知悼子가 죽어서 아직 장사를 마치지 못하고 있었는데 진군 평공이 술을 마시니, 사광과 이조李調가 모시고 있으면서 주악을 연주하고 있었다. 이때 두궤杜蕢가 밖으로부터 들어와서 주악 소리를 듣고, '음악 소리는 어디서 나는가?'하고 물으니 궁인이 답하기를, '연침燕寢에서 납니다'라고 했다. 두궤가 연침에 들어가 술을 부어 들고 '광曠아, 이것을 마셔라'라고 했다. 또 잔에 술을 부어 들고 '조調아, 이것을 마셔라'라고 했다. 그리고 또 다시 술을 부어 들고 마루 위에서 북향하여 앉아서 자신이 마시고 계단을 내려와 빠른 걸음으로 나가려고 했다. 그러자 평공이 가까이 불러들여 말했다. '두궤야, 아까 네가 나에게 무엇인가 일깨워주려는 것으로 생각되어

도괴屠蒯는 직접 진나라 군주를 꾸짖지 못해서 악공을 나무라면서 음악 연주를 말렸다. 상주商紂는 갑자甲子 일에 죽고 하걸夏桀은 을묘乙卯 일에 죽었는데 이들이 기일忌日이다. "일신日辰이 자子와 묘卯가 되면, 운이 나쁜 날이라 일러, 군주는 음악을 폐하여 듣지 않는다"는 말은, 춘추시대 사회에서 기일에 음악 연주를 하지 않는다는 전통이 존재했음을 밝혔다. 진晉나라에 비하면 노나라는 이 점에서 더 잘 지켰다. 노소공15년(BC527년) 노나라가 체제禘祭를 했다. 노나라 경卿인 숙궁叔弓이 "피리 부는 무악의 악인이 들어서자마자 죽으니, 음악을 중지하고서 제사를 끝마쳤다."163) 제사는 설령 여전히 진행하더라도 악무를 거두어 죽은 자에 대한 애도를 표현한 것이다. 한대 경학자는 이 같은 예의를 말하면서 "군주가 제사에 참여하여 음악이 연주되고 있는데 대부의 상사가 있다고 들으면 계속 진행하는 것이 합당한 것인가? 대부는 국가의 몸체다. 옛날 사람들은 사람

아무 말도 하지 않았다. 너는 왜 광에게 벌주를 먹였는가?' 그래서 두궤는 평공에게 말했다. '주紂임금 죽은 자일子日과 걸桀임금이 죽은 묘일卯日에는 음악을 연주하지 않는 것이 습속입니다. 그런데 지금 지도자의 시체가 빈소에 있으니, 이것은 폭군 걸주桀紂의 상보다 큰 신하의 죽음입니다. 그런데 광은 태사의 신분이면서 긴언히 지 않으므로 벌주를 마시게 하였습니다.' '네가 이조에게 술을 마시게 하는 까닭은 무엇인가?' 두궤가 말하였습니다. '조는 임금의 측근에서 모시는 신하입니다. 한번 마시고 한번 먹는 일을 위하고 임금의 잘못을 잊고 있으므로 벌주를 마시게 한 것입니다.' '네 자신이 마신 것은 무슨 까닭이냐?' '두궤는 재부宰夫일 따름입니다. 도비刀匕를 공급하는 직사職事는 하지 않고 감히 간쟁諫爭하여 임금의 잘못을 방지하는 일에 참여했습니다. 그래서 벌주를 마신 것입니다.' 평공이 말했다. '과인도 또한 허물이 있으니 술을 부어서 과인에게 마시게 하라.' 두궤가 잔을 씻은 뒤에 잔을 들어 올리니 공公이 시자에게 말했다. '만약 내가 죽은 뒤에라도 반드시 이 잔을 버리지 말라.'" 여기서 특별히 주목해야 할 것은 두궤가 말한 "그런데 지금 지도자의 시체가 빈소에 있으니, 이것은 폭군 걸주桀紂의 상보다 큰 신하의 죽음입니다"는 것이다. 진晉나라 경卿인 지도가知悼子(순영荀盈)의 죽음은 상대 주紂, 하대 걸桀의 기일忌日보다 중요시했다. 이것으로 경卿이 죽으면 국군이 음악을 하지 않다는 것은 춘추시대 각나라에서 꼭 유의할 사항이 됐음을 알 수 있다.

163) 「左傳・昭公・15年」

이 사망한 것을 중대하게 여겼다. 그렇지만 이때라도 군주의 명령이란 통하지 않는 곳이 없는 것이다"¹⁶⁴⁾고 했다. 대부가 '국가의 몸체(國體)', 즉 군주가 가장 신임信任하는 중신重臣이어서 제악祭樂이 끝나기 전에도 군주에게 통보하고 즉시 제악을 끝냈다.¹⁶⁵⁾ 왜 상사를 당하면 음악을 행하지 않는 예절과 풍속이 있었던가? 이는 죽은 자에게 애도를 표할 뿐만 아니라 미신의 원인도 있다고 본다. 춘추시대에 "오락을 취하기만 하면 반드시 그 오락 중에서 죽는다(祭樂)"는 설이 있었다. 노소공15년(BC527년) 주경왕의 목후穆後와 태자수太子壽가 이어서 세상을 떠났다. 하지만 주경왕은 여전히 연회 음악으로 내빈을 초대했다. 그래서 진나라 신하는 "지금은 천자께서 근심하고 슬퍼할 처지에 오락을 취하고 계신다. 만일 근심하고 슬퍼할 입장에서 세상을 떠난다면 그것은 편히 죽는 것이라고 말할 수 없는 것이다"라고 평론했으며, 주경왕도 근심 때문에 세상을 떠날 것이라고 예측했다. "오락을 취하기만 하면 반드시 그 오락 중에서 죽는다"¹⁶⁶⁾는 사상의 영향 밑에 군주는 '애불거악哀不擧樂'을 실천하는 것이

---

164) 「穀梁傳·昭公·15年」

165) 춘추시대의 예제에 따르면 각 제후국 경대부의 상사가 있다고 들으면 국군이 제악祭樂 그칠 뿐만 아니라 그다음의 제사도 그만 두어야 한다. 노선공魯宣公 8년 (BC601년) 노나라 조묘에 체제禘祭할 때 경좌卿佐 중수仲遂가 죽었다고 듣고 다음 날에 "임오날에, 지내지 말아야 할 역제를 그대로 지내, 만무를 태묘 안에서 행했으되, 소리가 밖으로 나갈 것을 두려워하여 피리 부는 것을 뺐다." (「春秋·宣公·8年」) 다음날에 피리 부는 것만 뺐고 체제禘祭와 만무萬舞를 그대로 진행했다. 『곡량전穀梁傳』에서 『춘추春秋』에 대한 해석에 의하면 '유역猶繹'이라는 말의 뜻은 다음과 같다. "선공을 책망한 것이다. 그 선공의 어떤 것을 책망하려 했는가? 배부의 상을 듣고는 음악을 중지하고 만무萬舞를 마친 일을 말한 것이다. 임오일에 지내지 말아야 할 역제繹祭를 지냈다. 유猶란 가히 중지해야 한다는 말이다. 역繹이란 제사 지낸 아침에 제사에 참여한 손님을 접대하는 것이다. 만무를 태묘 안에서 행했으되, 피리는 불지 않았다. 이를 기록한 상례가 변화된 것을 책망한 것이다." 노선공魯宣公은 경좌가 죽은 소식을 듣고 변통變通한 방법으로 취했기 때문에 비웃음을 초래하게 됐다.

아주 자연스러운 일이었다. '애불거악'의 지속 기간에 대하여 춘추시대에는 통일된 규칙이 없었다. 원칙적으로 상사 당하는 동안 음악을 연주하면 안된다. 상복을 입은 기간을 지나서도 너무 빠르게 악무를 시작하면 안된다. 주경왕은 목후와 태자 상을 당하게 되어 설령 3년에 상복을 입을 필요 없지만 너무 빠르게 연악宴樂을 하면 안된다. 주경왕은 상사 끝에 즉시 연악을 시작하여 진나라 신하의 비난을 받던 것이다. "왕이 비록 상을 마치지 않았다 해도 주연을 베풀어 즐기는 일은 너무 빠르다"[167]는 비난이다. 그러나 언제 다시 연악宴樂을 시작할 수 있는지에 대하여는 구체적인 규정이 없었다. 아마도 사람에 따라 자기 스스로 융통성있게 했을 것이다.

'애불거악'은 각국의 군주뿐만 아니라 일반 민중 사이에도 이런 풍속이 있었다. 「주례禮記·곡례曲禮」에서 "이웃에 상사가 있으면 방아 찧는 노래로 장단을 맞추지 않으며, 마을에 빈소가 있으면 거리에서 노래하지 않는다"[168]고 했다. 공자는 "상가에 가서 곡하신 날에는 노래를 부르지 않았다"[169]고 들었다. 공자는 노래하기를 무척 좋아하는 사람이지만 이날에 그는 울었겠고 노래하지 않았겠다. 「예기·곡례」상편에서 "무덤에 가서

---

166) 「左傳·昭公·15年」

167) 「左傳·昭公·15年」

168) 「예기禮記·단궁檀弓」편에서도 비슷한 기록을 찾아볼 수 있다. 정현鄭玄은 "상相은 방아 찧는 사람이 노래를 주고 받아 장단을 맞추는 것이다." "상相은 음성으로 권유한다"라고 해석했는데, (『禮記正義』) 두 설이 모두 명확하지 않다. 실은 '상相'은 민간의 가요이고 전국시대에 순자荀子가 '상'이라는 갈래의 「성상成相」편을 지었는데 모두 짧은 운율을 지닌 문장으로 구성돼 있다. '용불상상舂不相'을 통해 고대 민중들이 방아 찧으면서 서로 입으로 가요를 부르는 풍습이 있었다는 것을 알 수 있다. 이는 후세의 디딜방아 노래와 같다. 「염철론鹽鐵論·산부족散不足」에서 "고대 사람은 이웃에 상사가 있으면 다듬이질하는 소리를 보내지 않고 골목에 노래를 하지 않는다." 여기서 '상저相杵'로 '용불상상舂不相'의 '상相'자를 해석한다는 것은 적합하지 않다고 여긴다.

169) 「論語·述而」

노래하지 않으며 곡일에는 노래하지 아니한다"고 했다. 공자의 '곡한 날'
은 장례날에 참가하는 사람의 울음을 뜻한 것이다.

'애불거악'은 상사가 있을 때 음악을 연주하지 않다는 것 인데, 거기에
는 큰 자연 변화와 재해 발생도 포함한다. 「주례周禮·대사악大司樂」에서
"일식이나 월식이 있거나, 사진四鎮이나 오악五嶽이 무너졌거나, 크게 괴리
한 일이나 재앙이 있을 때에는, 제후가 사망했을 때 음악을 중지하도록
명령한다." 소위 '사진四鎮'이란 오악처럼 중요한 산맥을 가리킨다. '대괴
이멸大傀異滅'에 대하여 정현이 "천지天地의 큰 재앙에 대해, 예를 들어
성신星辰의 분운奔隕과 지진地震, 지열地裂로 피해를 입힌다"는 상황을 가
리킨다. 아무튼 중요한 자연 변화와 재해 발생 시, 제후가 죽었다는 소식을
들은 것처럼 '거악去樂'을 해야 한다. 춘추 후기 노나라 대사大史는 "해,
달 대지의 삼신三辰 간에 재앙이 있게 됐다. 이에는 조정의 백관은 복장의
장식을 떼고, 군주는 풍성한 음식을 들지 마셔야 한다" 라고 말했는데,
앞서 언급한 「주례周禮·대사악大司樂」에서 나온 말을 뒷받침해준다. 노성
공 5년(BC586년)에 진나라 양산梁山이 무너졌다. 진나라 강지絳地의 사람
은 이전에 이런 재해에 적합한 예절을 말했다. "산이 무너지고 흐르는
물이 마르게 되면, 군주는 고량진미를 들지 않고(不擧), 화려한 옷을 입지
말며, 잘 꾸미지 않은 수레를 타고, 음악을 폐하며, 궁전에서 나가 지내고,
제관은 산천의 신에게 폐백을 드리며, 사관史官은 제문祭文을 지어 제사를
올리는 것이다."[170] 소위 '불거不擧'란 두 가지 측면으로 말할 수 있는데,
하나는 가축을 죽이지 않고 요리를 간단하게 하는 것이고 다른 하나는
음악으로 음식을 보조하지 않는 것이다.

'애불거악'과 유사한 관습은 '형불거악刑不擧樂'이다. 춘추 전기에 정여
공鄭厲公은 "형벌을 담당하는 관리인 사구司寇가 처형을 행하는 날에는

---

170) 「左傳·成公·5年」

임금은 이로 인해 음악을 듣지 않는다"[171]라고 말했다. 이른바 '불거不擧'
란 풍성하게 차리거나 음악으로 음식을 보조하지 않는다는 것이다. 군주
가 이렇게 한 목적은 자신이 상 주기를 권하고(勸賞) 형벌을 사용하기를
두려워하는(畏刑) 입장을 표명하기 위해서였다. 그리고 상을 즐겨 행하는
것과 형벌 쓰기를 꺼리는 것은 서로 모순된 일이 아니라 두가지를 병행해
야 한다고 여겼다. 춘추시대 사람은 이 같은 역사적인 교훈을 제시했다.
초나라 대부인 성자聲子가 "옛날의 치민자治民者는 상 주기를 좋아하고
형벌 가하기를 두려워했으며, 형벌은 추동秋冬에 행했다. 그래서 포상을
내림에는 음식상을 푸짐하게 차렸던 것이다. 밥상에 먹을 것을 많이 올려
놓으면, 그 남은 것을 남에게 나누어 먹일 수가 있는 것이다. 이것으로
그는 포상하기를 좋아했음을 알 수 있는 것이다. 그리고 형벌을 가하려
함에는 먹을 것을 제대로 차려 먹지 않았다. 먹을 것을 제대로 들지 않았으
니, 음악도 폐했던 것이다. 이것으로 그가 형벌 가하기를 두려워했음을
알 수 있는 것이다"[172]라고 말한 적이 있다. '형불거악刑不擧樂'을 통해
통치자는 신중하게 형벌을 사용하고 민중에 대해 동정하는 입장을 표명했
다. 비록 이중에 적지 않은 거짓 성분도 포함돼 있지만 사회 민속을 중히
여긴 점이 어느 정도 드러났다고 할 수 있다.

8. 귀족의 '음악淫樂'과 사회의 '비악非樂' 사상

'악樂'은 사회 정치와 풍속에 커다란 영향을 끼친다. 통치자가 이것을
잘 활용하면 안정된 사회를 만드는 데 중요한 역할을 발휘할 수 있다.
귀족 사이에는 '악樂'이 각 계층 간의 윤활제로 쓰일 수 있고, 일반 민중도

---

171) 「左傳·莊公·20年」
172) 「左傳·襄公·26年」

자기의 원망과 정서를 표현하는 수단으로 쓸 수 있다. 하지만 춘추시대 통치자는 항상 안일을 추구하고 악무를 자기의 사치한 생활의 일부분으로 삼았다. 「시경詩經·잔치에 오신 손님(賓之初筵)」에서 귀족의 술잔치와 악무 상황을 묘사했다. 연회 시작하면 "손님이 처음 자리에 앉을 때는 좌우 모두 질서 있네." "종과 북은 걸려 있고 술잔 들고 왔다 갔다 한다." "피리 품에 생황과 북 풍악이 합주한다." "모든 예절 다 갖추니 장엄하고 풍성하네." 모두 질서 있고 엄숙한 장면이다. 귀족은 "술 취하기 전까지는 위의를 갖추더니." 술 취한 후에 "위의가 무너진다." 예의없는 행동이 점점 나타나는데 이와 같았다.

> 자리를 떠나 옮겨 다니며
> 너울너울 춤까지 추네
> 술 취하기 전까지는
> 위의가 빈틈없더니
> 술 취한 뒤엔
> 위의가 허술하고 방자해지네
> 이래서 술 취하면
> 질서 없다 말했었지
> 손님들 취하여
> 떠들고 소리치네
> 음식 그릇 어수선해지고
> 뒤뚱뒤뚱 춤을 추네
> 이래서 술 취하면
> 제 잘못도 모른다고 했다네
> 관을 비스듬히 쓰고
> 비틀비틀 춤 추네

귀족들은 술 취하면 더이상 악공이나 여악들의 춤과 음악 연출을 보지 않고 좌석을 뜨고 춤을 춘다. 이럴 때면 처음에 보이던 그런 신중한 위의는 점차 깨끗이 잊어버려 경박해지고 장유長幼의 질서까지 무너뜨린다. 귀빈들도 술에 많이 취하게 되면 울부짖고 떠들썩해진다. 이들은 여러 차례 미치게 춤추고 나서 이리저리 비틀거리며, 죽변竹籩을 망가뜨리고 목두木豆를 뒤엎는다. 엉망으로 취한 귀족들은 자기가 얼마나 황당하고 웃기는지 전혀 모르고, 비뚤게 쓴 모자는 웃기게 한쪽으로 기울이고 누차 춤을 추며 떠들어댄다. 악무가 이런 지경에 이르면 예술적 가치가 거의 없고 귀족들의 취생몽사하고 퇴폐한 모습만을 드러낼 뿐이다.

예악 참월僭越 행위는 춘추시대에 자주 발생했다. 주례를 지킴으로 유명한 노나라의 두 사건을 예로 들 수 있다. 노은공 5년(BC718년)에 노나라는 노혜공 부인 중자仲子의 신주를 종묘로 옮기는 전례에서 "중자의 신주가 종묘에 들어갈 때 육우六羽의 악무를 바친다"[173]고 했다. 한대 사람은 이에 대하여 비례행위라고 비난했다. "예에 서자가 임금이 되면 그 어머니를 위하여 궁을 쌓고 공자公子로 하여금 그 제사를 주관하게 한다. 자식이 제사 지내고 손자가 중지한다"[174]고 했다. 노은공은 노혜공의 서자이며 중지의 손자다. 예절에 따라 중지가 제사하면 안되는데 노은공은 그를 위해 제사 지냈을뿐만 아니라 육일六佾 무용도 연출했다. 그래서 '음악을 참란한 것(僭樂)'이라는 지적을 받았다. 또한 춘추 후기 노나라는 삼환三桓의 강한 세력 때문에 노소공은 할 수 없이 다른 지역에 생활하게 됐다. 그는 노나라의 계씨季氏를 "도리에 벗어나 공실을 참란한 행동"이라고 꾸짖었다. 노소공을 따른 대부 자가구子家駒가 소공 자신도 참월 행위가 있다고 말했다. 예를 들어 "제후들이 양관兩觀의 문을 설치하고 대로大路를 타고 주간朱干을 하고 옥척玉戚을 하여 대하大夏의 춤을 추게 하고 팔일八佾

---

173) 「春秋·隱公·5年」
174) 「穀梁傳·隱公·5年」

로써 대무大武를 추게 하는데, 이것들은 모두 천자가 행하는 예다"175)라고 하면서 해서는 안되는 것을 지적 했다. 이젠 노나라 군주도 「대하」, 「대무」 등 천자 악무를 사용하여 참월이자 비례이기 마련이다. 「예기禮記·교특생郊特牲」 편에서 "객을 송영할 때 사하肆夏의 악곡을 연주하는 것은 제후의 예이지만 지금은 대부도 그것을 연주한다. 이는 진나라의 조문자趙文子로부터 시작됐다." 조문자는 "음악으로써 백성을 편하게 한다"176)는 것을 제창하고 예를 지킨 사람인데 그도 참월한 행위가 있었다. 춘추시대 제후는 '대사례大射禮'를 거행할 때, "공이 당으로 올라서 자리에 임한다. 「사하肆夏」의 음악을 연주한다."177) 제후는 '연례燕禮'를 거행할 때, "만약 음악을 연주하여 빈이 들어오게 할 때에는 빈이 뜰에 이르면 「사하肆夏」를 연주한다"178)고 했다. 「예기禮記·교특생郊特牲」 공소孔疏에는 대사례와 연례의 의례에 의해 "이는 빈이 들어올 때 연주한 음악이다. 등가登歌하면 관악으로 아악을 연주하고 천자는 '삼하三夏'로 원후元侯들을 대접하고 원후 사이에도 사용할 수 있다. 『주례周禮』의 '구하九夏' 중의 '왕하王夏'는 천자만 사용할 수 있고 여타 '팔하八夏'는 제후들이 다 사용할 수 있다"고 주장한다. 음악을 사용하는 등급 규정에 따르면 「사하肆夏」는 당연히 천자와 제후가 사용하는 것이고, 조문자는 진晉나라의 경卿인데 그 악을 사용한 것은 참월한 행동이다. 이런 '참월僭越'은 서주부터 시작한 사회 등급 제도에 대한 충격이고 역사 발전에 적극적인 역할에 임했지만, 한편으로 귀족의 사치스러운 향락에 적용하면 비난 대상이 될 수밖에 없다.

춘추시대 귀족은 악무를 자신의 사치스러운 향락의 중요한 내용으로

---

175) 「公羊傳·昭公·25年」
176) 「左傳·襄公·27年」
177) 「儀禮·大射」
178) 「儀禮·燕禮」

삼아 민중에게 큰 부담을 지웠다. 춘추 후기 안자晏子는 '음군淫君' 상황을 말하면서 "욕심을 마음대로 부려 사욕을 마음껏 채우고, 높은 집을 짓고 깊은 못을 파오며, 악기를 울려 음악을 연주하고, 무녀舞女가 춤추고, 민력民力을 약화시키오며, 사람들의 것을 강탈하여서 비위非違 행위를 하여 뒷사람들을 생각하지 않고, 포악스럽고 음탕스러워 법에 어긋나는 짓을 자행한다"[179]라고 했다. 음일淫逸한 군주의 폭행 속에 '무녀와 음악에 빠진 다'는 일은 아주 중요한 항목이다. 춘추 전기 주왕자 퇴頹가 난을 일으켰다. "음악과 육대六代 춤으로 이를 축하한다"고 했다. 정여공鄭厲公은 이를 근거하여 왕자 퇴頹는 곧 패멸할 것이라고 판단했다. "슬퍼하고 즐거워함이 제 때를 잃으면, 재앙이 반드시 온다. 이제 왕자 퇴가 노래와 춤을 멈추게 할 줄 모르는 것은, 오는 화를 즐거워하고 있는 것이다. 형벌을 담당하는 관리인 사구司寇가 처형을 행하는 날에 임금은 이로 인해 음악을 듣지 않는다. 하물며 감히 화를 즐긴단 말인가? 천자 자리를 빼앗는다는 것은, 어느 것이 이보다 더 큰 재화일까요? 화를 눈앞에 두고는 근심을 잊고 있으니, 근심은 반드시 오고야 말 것이다"[180]라고 말했다. 가무에 빠지면 정사政事를 소홀하게 되어 군주에게는 패멸의 전주前奏다. 춘추 말년에 오나라 왕인 부차夫差가 패업 전성기 때 음악淫樂에 빠졌다. 이에 초나라 사람에게 더이상 오나라를 두려워할 필요가 없다고 생각했다. 초나라 영윤 자서子西는 부차夫差가 향락을 탐내고 대사피지臺榭陂池 사이에도 "놀잇감이나 좋은 물건을 신변에 반드시 준비하며, 진귀한 먹을 것을 되는대로 가져오게 하고, 기분을 즐겁게 하는 것을 보기에 힘쓴다"[181]고 꼬집었으며, 부차夫差의 이런 행동은 패망의 길을 스스로 선택하는 것이라고 예측

179) 「左傳·昭公·20年」
180) 「左傳·莊公·20年」
181) 「左傳·哀公·元年」

했다. 춘추 후기 주경왕은 큰 종을 만들었다. 주왕조의 악관 영주구伶州鳩
가 이런 행동은 "종을 주조하여 재용을 결핍하게 만들고, 민력을 소진케
하여 자신의 음욕을 채움으로써 하게 된다." "지금 종 만들기 위해 민력을
민폐케 만들었다. 이에 이를 원망치 않는 자가 없다." "교화에 소용이 없고
민심 이반을 부추키게 되어 신경이 노하게 한다"182)는 결과를 초래할 것
이라고 판단했다.

춘추시대 일부 폭군은 '악樂'을 자신의 사치스러운 향락 수단으로 쓸
뿐만 아니라 폐물로 취급해서 마음대로 모독하기도 했다. 예컨대 앞에서
언급한 진晉나라 경卿인 극지郤至가 초나라에 빙문聘問 때 일어난 일은
아주 전형적이다. 초나라 사람은 진경을 희롱하기 위해 전당 밑에 지하실
을 파서 악대를 그 속에 숨겼다. 극지가 들어서자마자 갑자기 소리가 우렁
차게 나서 그는 깜짝 놀라 집 밖으로 달려나갔다. 하지만 초나라 영윤
자반子反은 오히려 "날이 이제 저물었고, 우리 군주께서 기다리고 계시니,
어서 들어가십시오."183)라고 예의 바른 척했다. 초나라 군신에게 '금주金奏'
는 그들의 장난스런 수단이 됐다. 노양공 14년(BC559년)에 위헌공은 신하
에게 예의없이 대하여 손문자孫文子가 노해서 뛰쳐나가고 황하가의 척읍戚
邑(현재 하남성 복양濮陽 북쪽)에서 살게 됐다. 손문자의 아들은 위헌공을
뵐 때 "군주는 그에게 술을 먹이고 태사에게 「교언巧言」 편의 시 끝장을
노래 부르게 하니, 태사는 사절했다"184)는 일이 벌어졌다. 「시경詩經·巧言
교언」 마지막 장에서는 "저 사람 누구인가? 황하가에 살며 주먹도 용기도
없으면서 재난 일으키기를 일삼는다" 라는 구절이 있다. 위헌공이 이 장을
부르는 목적은 손문자가 반란하기 위해 척읍戚邑에 머물고 있다는 것을

---

182) 「國語·周語·下」
183) 「左傳·成公·12年」
184) 「左傳·襄公·14年」

꾸짖기 위해서였다. 위나라 태사는 위헌공의 마음을 알아차리고 만약 이 장을 부르면 손문자에게 난을 일으키는 데 자극을 줄 까봐 해서 사절했다. 위헌자에게는 '악'은 이미 신하에게 무례를 범하는 도구가 됐다.

춘추시대의 유식한 사람은 '악樂'을 절제하는 사상을 제창한 적이 있다. 당시의 싯구절은 이렇게 말했다. "즐거워도 지나치지 않도록 훌륭한 선비는 두려워하고 조심한다네." "즐거워도 지나치지 않도록 훌륭한 선비는 부지런하고 분발한다네." "즐거워도 지나치지 않도록 훌륭한 선비는 분발하고 조심한다네."[185] 음악을 제창해야 한다고 생각하여 이를 너무 과도하게끔 하면 안된다고 여겼다. 적당한 '악'이야 착하고 훌륭한 사土로 하여금 종합적 사고력을 갖추어 일에 부지런하고, 한가하고 편하게 삶을 즐길 수 있게 했다. 노양공 27년(BC546년)에 정간공鄭簡公은 잔치를 열어 진晉나라 경卿인 조무趙武를 초대했다. 조무趙武가 정나라의 경대부에게 그 자리에서 시를 지어 뜻을 표하도록 했다. 정나라 대부 인단印段이 음악을 절제해야 한다는 시를 읊었다. 이 후 조무는 정나라 인씨 집안이 오래 흥성할 수 있다고 판단했다. 그 이유는 "음악을 즐기면서 허황되지 않고 음악으로 백성을 안정시키고, 괴롭히지 않게 부리니 타인보다 늦게 망하는 것이 옳은 일이 아니겠는가?"[186]라는 것이다. 인단印段이 읊은 시를 보면 그가 악무를 지나치게 하면 안되는 문제에 대해 이미 유심히 생각했음을 알 수 있다. 그래서 '음악으로 백성을 안정시킨다(樂以安民)'는 판단으로 인씨도 오랜 동안 자신의 위치를 보유할 수 있다고 전망했다. 통치자의 음악淫樂에 대해 묵자는 엄한 비판을 했다. 그는 여러 측면으로 '악'의 해害를 설명했다. "음악을 연주하는 것은 잘못이다. 옛날에 제나라 강공康公은 음악과 춤을 부흥시켜 악공들은 험한 옷을 입혀서는 안되고 허한 음식을

---

185) 「詩經 · 蟋蟀」
186) 「左傳 · 襄公 · 27年」

먹어서도 안된다." "지금 왕공과 귀족들이 오직 즐김을 위하여 백성들의 입고 먹는 재물을 손상시키고 빼앗으면서, 이처럼 많은 음악을 연주하고 있는 것이다." "반드시 많은 세금을 만백성들에게서 거두어서 큰 종이나 울리는 북이나 금琴과 슬瑟과 우竽와 생笙 같은 악기를 만든다"[187]고 지적했다. 묵자는 큰 소리로 외쳤다.

> 그러니 만약 큰 종을 두드리고 울린 북을 치며 금琴과 슬瑟을 뜯으며 우竽와 생笙을 불면서 방패나 도끼를 들고 춤을 춘다면 백성들이 입고 먹을 재물이 어디서 얻어질 수 있겠는가?[188]

묵자는 절대적으로 음악을 부정했다.[189] 당연히 편파적인 것도 있지만, 그는 일반 민중의 입장에서 출발하여 통치자가 민중의 '입고 먹을 재물(衣食之財)'을 착취해서 그들의 악무 욕심을 채우는 것에 대해 비판한 것은 옳은 것이다. 공자는 예제를 보호하는 입장에서 귀족이 마음대로 악무에

---

187) 「墨子·非樂」

188) 「墨子·非樂」

189) 묵자墨子는 문제를 설명하기 위해 융통성 있는 태도를 취했다. 예를 들면, 그가 초나라에 가서 왕에게 자신의 주장을 제시했을 때 "비단옷을 입고 생황을 불었다"고 했다.(「呂氏春秋·貴因」) 이에 대하여 진기유陳奇猷의 『여씨춘추교석呂氏春秋校釋』 권15에서 「묵자墨子·공수公輸」에서 공수반이 운제라는 기계를 만들어서 송나라 공격하려고 했지만, 묵자가 초나라 왕을 설득해서 송나라를 구했다." 손이양孫詒讓의 『간고間詁』에서는 묵자가 초혜왕楚惠王을 만난 사실을 고증했다. "『여씨춘추呂氏春秋』에서 '묵자가 형왕荊王을 만나 비단옷을 입고 생황을 불었다'고 했는데, 바로 묵자가 송나라를 구하러 초나라에 가게 된다는 결론이 설득력이 있다고 본다. 고본考本 『우합遇合』에서는 초혜왕楚惠王은 진陳나라 민공湣公의 사자使者인 돈흡수미敦洽讐糜의 모습이 추악해서 진나라를 멸망시켰다는 일을 통해, 초혜왕이 외모를 아주 중요시한 사람이라는 것을 알 수 있다고 주장했다. 그래서 묵자가 비록 비악非樂을 주장하면서도 비단옷을 입고 생황을 불고 혜왕을 만났다. 이 고증을 따를 수 있다고 여긴다. 묵자가 "비단옷을 입고 생황을 불었다"는 행동은 권의지계權宜之計였고 그의 '비악非樂'의 주장과 모순된 일이 아니다.

빠지는 것을 비판하는 태도를 취했다. 계季씨가 '팔일八佾로 뜰에서 춤추게 한 것'190)을 공자는 엄하게 비판했다. 「논어論語·미자微子」에서는 "제나라 사람이 여자 악사들을 보내왔다. 계환자季桓子가 이것을 받고 사흘 동안이나 조회를 보지 않았다. 그래서 공자께서 떠나갔다" 라고 했다. 계환자는 노나라 정경正卿으로서 제나라로부터 받은 여악에 빠져서 '삼일불조三日不朝' 해서 공자는 그만 떠났고 그에 대한 자신의 분노를 표했다.

전국시대의 악무민속

전국시대는 중국 상고시대 악무민속의 절정기였다. 상주시대의 발전과 춘추시대 악무문화의 광범위한 보급 과정을 거쳐 전국시대의 악무민속은 다채로운 번영의 길을 걷게 됐다. 이런 변화는 전국시대 사회 정치의 거대한 변동 및 정신문화의 활약에 부합하는 결과였다.

1. 전국시대의 악무이념

춘추시대처럼 전국시대에 사람들은 여전히 악무문화의 교육 역할을 강조했다. 악무는 "단지 귀와 눈을 즐겁게 하거나 입과 배에서 바라는 것을 채우기 위해서 만이 아니었다. 이로써 백성들을 가르쳐 호오好惡를 적절하게 하며 이치와 의리를 실행하게 하려고 한 것이다."191) 순자는 "음악이란 즐거운 것이며 사람의 정에서 반드시 벗어나지 아니하는 것이므로 사람에게는 음악이 없을 수 없는 것이다. 그러므로 음악이란 천하를

---

190) 「論語·八佾」
191) 「呂氏春秋·適音」

크게 가지런히 하는 것이요, 중용으로 화합시키는 기강이며 사람의 정에서 반드시 벗어나지 않는 것이다"[192]라고 주장했으며, 음악을 사람의 성정의 필요와 연결시켜서 분석해야 한다고 했다. 음악은 사람들의 행위를 정연하고 일관성 있게 하는 가장 주된 방법이라고 여겼다. 악무문화의 역할에 대한 인식 측면에서 전국시대 사람들은 악무가 풍속에 끼친 영향을 강조했다.

> 모름지기 음악은 정치와 통하여 기풍을 바꾸고 습속을 바로잡는 것으로써 풍속이 안정되려면 음악으로 교화시켜야 한다. 그러므로 도가 행해지는 세상에서는 그 나라의 음악을 보면 곧 풍속이 어떠한지 알 수 있다.[193]

이른바 '이풍평속移風平俗'은 바로 후날에 통용하는 '이풍역속'이다. 최초로 악무를 이풍역속과 긴밀히 관련시킨 사람은 순자다.

> 음악이 연주되면 사람의 마음이 맑아지고 예의가 닦여지면 행동이 이루어져 귀와 눈이 총명해지고 혈기가 화평해지고 풍속이 옮겨지고 세속이 바뀌어지며 천하가 다 편안해지고 아름답고 선하게 되어 서로 즐겁게 되는 것이다."[194]

여기서 악무를 '이풍역속'을 위한 이기로 생각하는 뛰어난 통찰력을 보여준다. 악무와 사회 민중의 덕의德義 간의 관계에 대해 「순자荀子·악론樂論」편에서 다음과 같이 언급했다. "군자는 종이나 북으로써 뜻을 이끌고 금琴와 슬瑟로써 마음을 즐겁게 하며 방패와 도끼로써 춤추고 꿩깃과 소꼬리로써 장식하며 생황과 피리로써 함께 하는 것이다. ……금석사죽金石絲

---

192) 「荀子·樂論」
193) 「呂氏春秋·適音」
194) 「荀子·樂論」

竹은 도덕으로써 하는 것이다. 음악이 행해지면 백성들은 방향을 찾아간다." 순자는 '악樂'과 '예禮'를 긴밀히 관련시켜 "음악이란 아무것으로도 변화시킬 수 없는 조화로 이루어지는 것이며, 예란 아무것으로도 바꿀 수 없는 조리로 이루어지는 것이다. 음악이란 민중이 함께 합하는 것이며, 예는 모든 것을 따로따로 구별한다. 예와 음악이 함께하여 사람의 마음을 관리하는 것이다. 근본을 다하고 변화가 지극한 것은 음악의 정이고, 진실을 나타내고 거짓을 버리는 것은 예의 도리이다"라고 분석했다. 그는 '악'과 '예'가 사람을 규제하고 교육시키는 가장 중요한 두 가지 수단으로 여겼다. 「여씨춘추呂氏春秋·음초音初」에는 역시 "도덕을 바로잡아 음악을 만들며, 음악의 조화를 이루어 순화의 기능을 완성한다. 음악이 조화를 이루면 백성들은 올바름을 추구할 것이다"라고 주장했다. 이는 또한 악무가 사람들의 도덕적 수양과 성정을 도야하는 데 중요한 역할을 한다고 강조한 것이다.

전국시대에 사람들은 여전히 음악이 사회에 끼치는 영향과 국가를 다스리는 데에 대한 중요한 역할을 강조했다. 예를 들면, 제나라의 추기자鄒忌了는 군신관계, 정령政令 등을 음악과 연결시키고 "금琴의 음이 다스려지면 천하가 다스려지는 것이다. 대저 나라가 다스려지고 백성들이 무고한 것은 바로 5음을 다스리는 이치와 같지 않느냐?"[195]라고 말하며, 음악의 역할을 극치로 밀고나갔다. '악'이 어떻게 '이풍역속 천하개녕(移風易俗, 天下皆寧)'이라는 목표에 달할 수 있는가? 이 문제에 대해 「순자荀子·악론樂論」은 악의 '도道'와 '욕欲' 간의 구별을 가리면서 "군자는 음악에서 그의 도를 얻고 소인은 음악에서 그의 욕심을 얻는 것이다. 도로써 욕심을 제재하면 즐겁고 어지럽지 않으면, 욕심으로써 도를 잊으면 의혹되어 즐겁지 않다. 그러므로 음악이란 도로써 즐기는 것이다. 금석사죽은 도덕으로써

---

195) 「史記·田敬仲完世家」

하는 것이다. 음악이 행해지면 백성들은 방향을 찾아간다"라고 주장했다.
음악은 개인 소원을 만족시키는 데만 그치지 않고 사람의 도덕수양을 높
일 수 있는 역할을 해야한다. 그래서야 민중들이 '향방鄕(向)方'을 찾을
수 있다. 즉 바른 방향으로 나아갈 수 있다는 주장이다. 이는 통치자에게
나라 다스리는 데 아주 유리하다는 점을 쉽게 발견할 수 있다. 이는 또한
순자가 말하는 "내 향음주례를 보고 교화와 근본을 어진 사람을 높이고
어른을 숭상하는 것임을 알겠다"는 주장의 근거다. 향음주례는 많은 음악
과 관련된 예절이 있기 때문이다.

　'악'과 사회정치 간의 관계를 말하자면, 전국시대에 대부분 사람의 관념
속에서는 오직 정치가 청렴할 때 좋은 '악'이 나타날 수 있다고 여겼다.
즉 "최고의 음악을 보려면 반드시 최고의 통치에서 찾아야 한다. 통치가
후덕하면 음악도 후덕할 것이고 통치가 각박하면 음악도 각박할 것이며
어지러운 세상에서는 멋대로 음악을 만들어 즐길 것이다."196) 어떤 사회든
오직 '최고의 통치(至治)' 국면이 나타나면 가장 좋은 음악이 나타날 수
있다. "천하가 태평하면 만물이 편안해지고 모두 위로부터 감화를 받아
음악이 완성된다."197) 이와 반대로 사회 정치가 어두우면 좋은 음악이
있을 수 없다. "어지러운 세상의 음악은 원한과 분노로 가득 차 정치도
그르치게 된다. 망국의 음악은 비탄하고 애달퍼 정치도 험난하게 된다."198)
난세 때 음악이 있긴 있는데 진짜로 사람을 기쁘게 하는 음악은 없다.
「여씨춘추呂氏春秋·명리明理」편에 "나라를 어지럽힌 군주들은 애초부터
음악을 이해한 적이 없다." "난세의 군주가 어떻게 최고의 음악을 들을
수가 있겠는가? 그러하니 음악이 즐거울 리가 없는 것이다"라고 했는데

---

196) 「呂氏春秋·制樂」
197) 「呂氏春秋·大樂」
198) 「呂氏春秋·適音」

바로 이런 도리다. 그런데 도가 학설에서는 '악樂'이 사회 발전의 산물이 아닌데다 오히려 사회가 후퇴하는 결과뿐이라고 주장한다. "질펀하게 음악을 연주하고 번거롭게 예를 시행함에 이르러 천하가 비로서 나누어졌다. ……타고난 성정性情을 떠나지 않고서 어떻게 예악을 쓸 수 있으며, 오색五色을 어지럽히지 않고 누가 육률六律에 맞출 수 있겠는가?" 방종하고 세세한 일상 속에 악과 예가 생긴 것은 바로 천하 사람들의 도덕 차이가 생길 때다. 만약에 사람의 도덕 성정이 다르지 않으면 어떻게 예악을 쓸 수 있을까? 만약에 오색이 어지럽히지 않으면 어떻게 구별이 있을까? 만약에 오음이 어지럽히지 않으면 어떻게 음악의 육율이 있을까? 도가 학파는 근본적으로 악과 예에 대한 생성적의 합리성을 부정하고, 더 나아가 악과 예의 사회역할을 철저히 부정했다. 도가는 "성인이 예악에 따라 몸을 구부리고 꺾게 천하 사람의 몸가짐을 바로 잡으려 하며 인의를 내걸고 천하 사람들의 마음을 달램에 이르러서는 백성들이 비로소 발돋움하여 지혜를 좋아해서 다투어 이익을 추구하여 멈출 수 없게 되었으니 이 또한 성인의 과실이다."[199] "예악에만 치우쳐 행하면 천하가 어지러워질 것이다."[200] 예악이 세상을 어지럽게 하는 근원이고 예악을 만드는 것이 성인이 잘못이라고 여겼다. 이점에서 도가의 마음속에 여긴 '성인聖人'과 「여씨춘추·명리」 편에서 언급한 '난세지주亂世之主'는 별 차이가 없다.

전국시대에도 춘추시대와 유사한 상황으로 통치자들의 '치악侈樂' 행위에 대하여 비판의 목소리가 나오곤 했다. 맹자는 "이제 국가가 태평하면 이런 때에 이르러 크게 방탕해지고 오만해지게 되는데 이는 스스로 화를 자초하는 것이다"[201]라고 했다. 그는 귀족들이 "놀면서 즐기고 술 마시고

---

199) 「莊子·馬蹄」

200) 「莊子·繕性」

201) 「孟子·公孫醜·上」

말달려 사냥한다"[202])는 행위에 대하여 비판하는 태도를 취했다. 「여씨춘추呂氏春秋 · 치악侈樂」에는 전문적으로 이런 문제를 다루었다.

세상의 군주된 자들은 대개 주옥珠玉이나 창, 칼 따위를 보물로 여기지만 이러한 것들이 많으면 많을 수록 백성들은 더욱더 원망하고 나라와 몸은 더욱더 위태로워질 것이니 이렇게 되면 보물의 본뜻을 잃어버리는 것이다. 난세의 음악은 이와 같다. 나무와 가죽으로 만든 악기로 소리를 내면 우레나 같게 되고, 쇠와 돌로 만든 악기로 소리를 내면 벼락이나 같게 되며, 실과 대나무로 만든 악기를 연주하거나 가무歌舞를 하면 그 소리는 시끄러운 소음이나 같아진다. 이렇게 하여 심기를 놀라게 하거나 이목을 동요시키거나 생기를 흔들어 놓으려 한다면 그것은 가능하겠지만, 즐거움으로 삼으려 한다면 결코 즐겁지 못하게 될 것이다. 그러므로 음악이 사치스러워지면 사치스러워질 수록 백성들은 더욱 울적해지고 나라는 더욱 어지러워지며 군주의 신세는 더욱 비천해진다. 이러하면 음악의 본뜻을 잃어버리는 것이다.

여기서 비판한 것은 이미 묵자의 주장과 구별됐다. 「치악侈樂」편에서 일반적인 '악'을 반대한 것이 아니고 단지 그런 '난세지악亂世之樂'을 반대한 것이다. 이런 '치악'은 진정한 음악이 아니고 '음악의 본뜻을 잃어버린 것(失樂之情)'이고, 오직 민중의 원망을 일으킬 수 있다. 이런 '악'은 「치악」편의 예를 들면 "송나라가 쇠약해지자 천종千鍾을 만들고 제나라가 쇠약해지자 대려大呂를 만들었으며 초나라가 쇠약해지자 무음巫音을 만들었다"는 것들이다. 이들 나라의 통치자는 "음악의 본뜻을 알지 못하고 사치스러움에만 힘쓴다." 그래서 수천의 종을 주조하고 아주 무거운 대려大呂도 만들게 되고 무당과 무녀가 악무를 연출한다. 「치악」편의 작자는 이런 것이 모두 '악'에 대한 지나친 추구라고 생각한다. 순자는 음악에 대해 전체적으로 부정적 태도를 취하지 않고, '악'이 순수해야 한다고 생각

---

202) 「孟子 · 盡心 · 下」

했다. "제사 때 종 하나만 걸어놓고 박부금슬博附琴瑟을 울리며 붉은 실로 슬에 줄을 매고, 밑에 구멍을 뚫어 탁한 소리가 나도록 하는 일 등, 모두 옛날 제도를 따르는 데에 한결 같은 것이다"203)고 했다. 이는 간소하지만 음악을 연주하는 목적에 달할 수 있다고 주장했다.

주의할 만한 것은 당시 사상계의 변화다. 전국시대에 일부 사상가는 사회현실에 끼친 악무의 영향을 이미 객관적으로 평가할 수 있었다. 악무의 역할에 대하여 더 이상 나라를 부강시키거나 멸망시킬 수 있는 지경에 이르게 한다고 말하지 않았다. 한비자는 "임금된 자 신하의 말을 명료하게 이해하고 참되게 받아들인다면 비록 활을 쏘아 사냥을 하면서 말을 달려 즐기고, 종을 울리면서 무희들로 하여금 춤을 추게 하여 향락에 빠지더라도 그 나라는 안전하게 존립할 수 있다."204) 반대로 연나라 왕 쾌噲와 같은 경우에는, 비록 "미소년, 소녀와의 향락에 안주하지 않았으며 종이나 경같은 악기로 음악을 들으려 하지 않았다"205)고 했는데도 "죽임을 당하고 나라가 망했다"206)는 결과를 초래했다. 한비자는 또한 시대의 변화 때문에 악무의 역할이 달라졌다고 지적했다. 그는 순임금과 우임금이 삼묘三苗를 모벌할 때 "3년을 교화에 힘쓰 나머지 창과 도끼로 춤을 추기만 했는데도 유묘족은 마침내 복종했다."207) 그런데 이런 방법이 전국시대에 통하지 않고 "창과 도끼는 옛날에는 쓸모가 있었지만 지금에 와서는 아무 쓸모가 없는 것이다"208) 라고 했다. 고대 사회에 "형벌을 담당하는 관리인 사구司寇가 처형을 행하면 임금은 좋은 음악을 듣지 않는다"209)는 풍속이

203) 「荀子·禮論」
204) 「韓非子·說疑」
205) 「韓非子·說疑」
206) 「韓非子·說疑」
207) 「韓非子·五蠹」
208) 「韓非子·五蠹」

전국시대에는 적용되지 않았다. 왜냐하면 "옛날과 지금은 삶의 방식이 다르기에, 새로운 시대와 옛날은 그 대비책이 달라야 한다"[210]는 것이다. 맹자는 통치자가 악무를 오락으로 삼는 것이야 있을 수 있지만 반드시 전제가 있어야 한다. 그것은 바로 민중과 같이 즐기는 것이다. 그가 양혜왕梁惠王에게 "왕께서 백성과 함께 즐기시면 왕노릇 할 수 있습니다"[211]라고 했다. 맹자는 사람들이 우환의식이 있어야 하고 향락을 탐내면 안 된다고 말했다. 그는 한 걸음을 더 나아가 "우환속에 생존이 있고 안락 속에 죽음이 있다"[212]는 유명한 관점을 제시하였다.

도가는 치악에 대한 비판을 다른 각도에서 진행했다. 도가는 최고의 '악'이 천지와 서로 맞고 만물과 조화된 천악이라고 생각한다. "종치고 북치는 음악과 새깃이나 짐승의 털로 장식한 화려한 춤은 악 중에서도 말절에 해당한다"라고 주장하면서 이들이 진정한 '악'이 아니라고 했다. 도가는 "인의를 물리치고 예악의 속박을 물리친다"[213]고 하며 통치자의 예악을 철저히 부정하는 태도를 취했다.

전국시대에 악무문화의 이론은 춘추시대를 바탕으로 해서 어느정도 발전했다. 당시의 악무이론이 종종 제자백가諸子百家의 학설과 융합됐다. 제자諸子들은 자기의 악무이론은 해석하기도 했다. 예를 들면, 음양가는 악무이론을 음양학설과 융합시켜 논의했다. "태일太一은 양의兩儀를 낳고 양의는 음양을 낳았으며, 음양은 변화하여 올라가고 내려오는 것을 반복하면서 합쳐져 사물의 형체를 완성한다." "모름지기 음악이라는 것은 천지天地의 화합과 음양의 조화에 따른 것이다."[214] 이는 악과 음양을 일체로

---

209) 「韓非子·五蠹」
210) 「韓非子·五蠹」
211) 「孟子·梁惠王·下」
212) 「孟子·告子·下」
213) 「莊子·天道」

긴밀히 관련시킨 것이다. 감숙성甘肅省 천수 방마탄天水放馬灘 진묘秦墓에서 출토된 전국시대의 「일서日書」 을종乙種의 「율서律書」에서, 음율과 오행을 일체로 함께 해석했다. 예를 들면 "병칠화丙七火, 인칠화寅七火, 모식暮食의 각음角音이 화火이요 야반夜半의 후명後鳴이 오五다. 남려南呂는 고선姑洗을 낳고 협종夾鐘의 수數는 68이다. 참아參阿." "정육화丁六火, 묘육수卯六水, 동중오東中五……토土, 일출日出과 일질日昳이 8이다. 고선姑洗의 수는 64로써 그 아래 응종應鐘을 낳는다. 양곡陽穀."[215] 악무의 기원에 대하여 전국시대 음양가는 음양설을 끌어놓고 해석했다. 예를 들어 「여씨춘추呂氏春秋·고악古樂」에 이르길, "아주 옛날 주양씨朱襄氏가 천하를 다스릴 때는 바람이 많고 양기가 축적되어 만물이 흩어지고 과실이 익지 않았다. 그러므로 사달士達이라는 신하가 현이 다섯 개인 금琴을 만들어 음기를 불러일으켜 많은 생명들을 안정시켰다". 오현금五弦琴은 음기를 불러일으켜 음양을 균형있게 하는 도구로 사용했다. 도가는 음악을 '도'의 재체載體로 여긴다. 「장자莊子·천운天運」에는 황제黃帝의 말을 빌며, "나는 인간 세상의 규율에 따라 연주하고, 자연의 흐름에 따라 소리가 울리게 하고, 예의의 질서를 깃추고 연주를 진행했으며, 대청大淸의 맑고 맑은 무위자연의 경지에 맞게 그것을 맺어 나갔다. 그리하여 사계절이 교대로 일어나면 만물이 그에 따라 생겨나듯이 혹은 성대해지고 혹은 쇠퇴하는 가운데 문文의 부드러운 음색과 무武의 강직한 음색이 차례대로 정돈되며, 소리가 맑아졌다

---

214) 「呂氏春秋·大樂」

215) 丙七火, 寅七火, 暮食六角火, 夜半後鳴五, 南呂生姑洗, 夾鐘六十八, 參阿", "丁六火, 卯六水, 東中五……土, 日出日失八, 姑洗生應鐘, 姑洗六十四, 陽穀.(何雙全,「關於天水放馬灘秦簡」,《文物》, 1989年 第2期.) (모식暮食에 대하여 '정식廷食', '막식莫食'이라는 해석이 있고, '참아參阿', '양곡陽穀', '후명後鳴'을 악률명이나 지명으로 해석한 의견도 있다. 여기서 나온 악률명은 「사기史記·율서律書」에서 기술한 것과 일치하지 않다.-역자 주)

탁해졌다 하는 가운데 마치 음양의 기처럼 잘 조화된다. 그리하여 잘 조화된 음악 소리가 널리 흘러 퍼진다." "나는 권태로움이 없는 소리로 연주하고 대자연의 생명력으로써 조화시켰다." "함지咸池의 음악은 처음에는 듣는 자에게 두려움의 감정을 갖게 하니, 두려워하게 되기에 불안감이 생긴다. 나는 다음으로 또 듣는 자를 나른하게 하는 음악을 연주하니 나른해지기에 멀리 도망치게 된다. 마지막으로 듣는 자를 어지럽게 하는 음악을 연주하니 어지러워지기에 어리석게 된다. 어리석어지기에 도道와 하나가 될 수 있으니 도에 내 몸을 싣고 도와 함께할 수 있는 것이다"216)고 했다. 도가는 천도天道를 강조하는 입장에서 출발하여 음악으로 사람과 사물의 주제를 표현할 수 있다고 주장하면서 이를 자연 현상의 이치로 밝히고, 예절로 실행시키고, 최종적으로 천도로 돌아간다. 사람이 우둔하고 무식하면 도의 경계에 들어갈 수 있고 이렇게 하면 천도와 사람이 일체로 연결될 수 있다. 도가는 "종 치고 북 치는 음악과 새깃이나 짐승의 털로 장식한 화려한 춤"에 대하여 부정적인 태도를 취하지만 도의 운반체인 '천악天樂'에 대하여 여전히 선호하는 태도를 취했다.

음악은 듣는 사람에게 맞아야 유익하게 들을 수 있지만 아니면 해를 끼칠 수 있다. 그럼 어떤 음악이 맞는 것인가? 「여씨춘추呂氏春秋·적음適音」편에서 이렇게 논했다.

모름지기 소리에도 적절한 정도가 있다. 너무 크면 심지心志가 부대낀다. 부대끼는 상태로 큰 소리를 들으면 귀가 견뎌내지 못하고 귀가 견뎌내지 못하면 속이 꽉 막히게 된다. 속이 꽉 막히면 마음이 요동하게 된다. 너무 작으면 심지가 껄끄러워진다. 껄끄러워진 상태로 작은 소리를 들으면 귀는 채워지지 않고 귀가 채워지지 않으면 여유가 없게 된다. 여유가 없으면 마음이 침울해진다. 너무 맑으면 심지가 위태로워진다. 위태로워진 상태로 맑은

---

216) 「莊子·天道」

소리를 들으면 귀는 극도로 공허해지고 귀가 극도로 공허해지면 사물을 식별하지 못하게 된다. 사물을 식별하지 못하게 되면 마음이 텅 비게 된다. 너무 탁하면 심지가 꺾인다. 꺾인 상태로 탁한 소리를 들으면 귀는 받아들이지 못하고 귀가 받아들이지 못하면 일관성을 유지할 수 없게 된다. 일관성을 유지할 수 없게 되면 분노의 감정이 일어난다. 그러므로 너무 크거나 너무 작거나 너무 맑거나 너무 탁한 소리 모두 적절한 것이 아니다.

만약에 음악소리가 너무 크면 사람의 심지가 흔들릴 수 있고 사람의 귀가 견디지 못한다. 그리고 음악의 소리가 너무 작으면 듣는 사람의 원대한 지향이 결핍되어 듣기 어렵다. 만약에 음악소리가 너무 높으면 위험하고 무서운 분위기가 든다. 높고 날카로운 소리는 사람의 귀가 참아내기 어렵다. 만약 음악소리가 낮고 혼탁하면 듣는 사람의 지향이 우중충하게 보일 수 있고 들을 때 집중하지 못한다. 아무튼 너무 크고 작고 높고 낮은 음악은 모두 적당하지 않다. 그럼 어떤 음악이 알맞은 것인가?「여씨춘추 呂氏春秋·적음適音」편에서 "무엇을 가지고 적절하다고 하는가? 소리의 균형을 잡는 것을 말한다(衷音). 무엇을 가지고 균형을 잡는다고 하는가? 소리의 크기는 한 균鈞을 초과하지 않고 악기의 무게는 한 석石을 넘지 않아야 대소와 경중이 알맞게 된다."[217] 이른바 '충음衷音'은 즉, 적당한 소리다. '균'은 종의 음률 크기를 측량하는 기물이다. 종의 음률이 '균'의 율도를 초과하면 안되고, 종의 중량이 1석의 무게를 초과하면 안된다. 전국시대 사람의 이런 설법은 춘추시대 사람이 강조했던 음악의 평화적인

---

217) 국어國語·주어周語」하편에서 "성왕이 만든 종은 음률이 크더라도 7척의 나무에 줄을 멘 뒤 이를 당길 때 나는 음률의 크기인 1균鈞에 불과하고 종의 중량도 120근인 1석石 넘지 않는 것이다." 위소韋昭가 "균鈞은 음률을 조절한 방법으로써 길이 7척의 나무에 줄을 멘 것은 균법鈞法이라고 하고 120근은 1석이다." 이에 따르면 7척의 나무에 현줄을 멘 뒤 이를 당길 때 나는 음률로 종소리의 율도를 정한다. 이른바 '중불과석重不過石'은 종의 무게가 120근, 즉 1석에 초과하지 않음을 가리킨다.

원칙과 완전히 일치한다.

　음악과 사회 등급과의 관계에 대하여 전국시대 사람의 인식은 춘추시대와 비교하면 차이가 보인다. 전국시대에는 음악의 상징 의미에 대해 군신관계를 강조했지만 여타 등급에 관한 분류는 없었다. 「여씨춘추呂氏春秋·대악大樂」 편에서 "군주와 신하가 제 자리를 잃고 아버지와 자식이 제 위치를 잃으며 남편과 아내의 관계가 바르지 않아 백성들이 신음하는 데 음악을 만든다. 어떻게 되겠는가?"라고 했는데, 군신간의 관계를 제 1위에 두고 "정대한 음악이라면 군신君臣이나 부자父子나 장유長幼 구별없이 모두 즐거워하고 기뻐한다"고 특별히 강조했다. 춘추시대처럼 주천자와 제후국 사이에 국군 간의 등급 관계를 더 이상 현저한 위치에 두지 않았다. 제위왕齊威王 때 제나라의 대신인 추기자騶忌子는 금琴소리를 가지고 군신관계에 대해 논하며 간언한 적이 있다. 역사에 이렇게 기록했다.

　　추기자騶忌子가 금琴을 가지고서 위왕威王을 만나니, 위왕이 그를 기쁘게 궁내 우실右室에 머물게 했다. 얼마 있지 않아서, 왕이 금琴을 타니, 추기자가 문을 열고 들어와서 말하기를 "금琴을 정말 잘 타십니다"라고 했다. 왕이 불끈 화를 내면서, 금琴 놓고, 배검을 잡고 말하기를 "대저 그대는 들어온 지 얼마 되지도 않았는데, 어찌 잘 타는 줄 아시오?"라고 하니, 추기자가 말하기를 "대저 대현大弦은 넓으면서도 봄과 같이 온화하여 군君에 비유되며, 소현小弦은 청렴하고 맑으니 재상에 비유됩니다. 잡을 때에는 깊게 잡고 놓을 때에는 서서히 풀어주니 법령에 비유되고, 모두 함께 소리를 내지만 대현과 소현이 서로 잘 어울어져 거문고 소리가 돌고 돌면서도 서로의 음을 해치지 않음이 사계절과 같으니, 제가 이로써 훌륭한 것을 알았습니다"라고 했다. 왕이 말하기를 "그대는 음률을 잘 구별하는 구려"라고 했다.[218]

　제위왕은 이치吏治 정돈으로 이름났다. 백성들을 열심히 다스리는 묵대

---

218) 「史記·田敬仲完世家」

부묵大夫를 크게 장려한 적이 있고, 아첨하고 명예를 추구하는 아대부阿大夫를 삶아 죽였다. 추기자는 금琴을 잘 탄 제위왕을 칭찬했지만 왕의 환심을 얻지 못했다. 그런데 그가 금琴 소리를 군신관계로 비유할 때 제위왕은 아주 마음에 들었다. 추기자는 금의 대현이 군이고 소현이 신이라고 강조하면서 '대현과 소현이 서로 잘 어울린다'고 해서 제나라의 군신관계의 조화에 비유했다. 제위왕은 추기자보고 '음률을 잘 구별한다'라고 평했는데, 왕 자신도 금琴을 타면서 가슴 속에 대현은 군이고 소현은 신이라는 생각을 하고 있었을 것이다. 그래서 추기자의 말과 한 박자로 들어맞았다. 추기자의 '대현은 군'이라는 설과 달리 순자는 북소리를 '군'이라고 했다. "북은 음악의 군주로다! 그러므로 북은 하늘과 같고 종은 땅과 같다, 경쇠는 물과 같고 우竽·생笙·관管·약籥은 뭇별들과 해와 달과 같다."[219] 음악 연주는 북으로 절제하고 북소리가 바로 악대의 통수統帥가 된다. 그래서 순자는 북이 '악지군樂之君'이라고 하고 하늘의 상象이라고 말했는데, 만약 인사人事로 비유하면 군주다. 전국시대의 유학자는 슬瑟을 좋아하지 않았는데 그 이유는 "무릇 슬이란 작은 현弦이 큰 소리를 내고 큰 줄이 작은 소리를 내는데, 이것은 크고 작은 순서가 뒤바뀐 셈이고, 귀하고 천한 지위가 바뀐 것이다." 대현大弦은 마땅히 군주의 상징인데 작은 소리만 낼 수 있고 반대로 소현小弦은 마땅히 신하의 상징인데 오히려 큰 소리를 내고 있다. 군신관계에만 얽매인 유학자들이 이런 "크고 작은 순서가 뒤바뀐 셈이고, 귀하고 천한 지위가 바뀐 것"에 눈이 거슬려서 "이것을 도리에 어긋난 것으로 생각하기 때문에 슬을 타지 않습니다."[220]

---

219) 「荀子·樂論」
220) 「韓非子·外儲說左·下」. 안어: 한대에 여전히 '대현', '소현'을 군신관계에 비유했다. 「회남자淮南子·태족훈泰族訓」에서는 "슬瑟을 뜯을 때에는 소현은 강하게, 대현은 약하게 하는데, 이와 마찬가지로 일을 할 때에는 비천한 자는 힘을 들이고 고귀한 자는 편안히 안일하게 해나갈 수가 있는 것이다. 순舜이 천자였을 때 오현五

전국시대에는 예禮의 관념이 춘추시대와 어느 정도 차이가 있었으나 악樂과 예와의 관계를 강조하는 점은 별로 구별이 없었다. 순자는 "음악이란 아무것으로도 변화시킬 수 없는 조화로 이루어지는 것이며, 예란 아무것으로도 바꿀 수 없는 조리로 이루어지는 것이다. 음악이란 민중이 함께합하는 것이며, 예는 모든 것을 따로따로 구별한다. 예와 음악이 함께하여 사람의 마음을 관리하는 것이다"라고 주장했다. 그는 예와 악의 통일을 사람의 생각을 규제하는 중요한 방법이라고 생각했다. 전국시대에 사람들은 여전히 악무를 '덕'과 연결시켰다. "모름지기 음악이라는 것은 사람들의 마음으로부터 만들어진다. 마음에 감동함이 있으면 음악으로 표현되어 나오고, 음악이 외부에서 완성되면 내부에서는 감화가 이루어진다. 그러므로 어떤 나라의 음악 소리를 들으면 그들의 풍속을 알 수 있고, 그들의 풍속을 관찰하면 그들이 추구하는 바를 알 수 있으며, 그들이 추구하는 바를 보면 그들의 덕행을 알게 되는 법이다. 성함과 쇠함, 현명함과 불초함, 군자와 소인의 구별이 모두 음악에 드러나 감출 수 없다. 그러므로 '음악을 통해 관찰할 수 있는 것이 참으로 심원하구나'라고 말하는 것이다."[221] '악'을 통해 표현된 사람의 '덕'은 매우 전면적이고 그것을 '은닉하지 못한다'고 했다. 이 같은 설은 과장되지만 도리가 없을 수 없다.

2. 전국시대의 악무와 사회민속

일반 민중의 사회지위가 높아짐에 따라 전국시대에 통찰력을 갖춘 사람은 통치자가 민중과 함께 즐거움을 해야 한다고 거듭 강조했다. 맹자는

弦의 금을 타며 남풍南風의 시를 노래하니 천하는 잘 다스려졌다." 여기서는 '대현'을 순舜과 같은 '귀한 자'에 비유하고 '소현'은 천한 자에 비유한다.
221) 「呂氏春秋·音初」

제왕이 음악을 좋아하는 것이 좋은 일이라고 했으며, "왕께서 음악을 아주 좋아하시면 제나라는 아마도 아주 잘 다스려질 것입니다"[222]라고 했다. 그런데 이 가운데 결정적인 문제는 바로 왕이 민중과 함께 즐거움을 같이 한다는 것이다. 역사에 이렇게 기록했다.

> 장폭莊暴이 맹자를 뵙고 여쭙다.
> "제가 왕을 뵈오니, 왕께서 음악을 좋아한다는 말을 하나 대답을 할 수가 없었습니다. 음악을 좋아함이 어떠해야 하나요" 하니, 맹자 이르시되, 왕이 음악을 좋아함이 심하면 제나라는 거의 잘될 것이다" 하시고는……지금은 왕께서 여기서 음악을 연주하면, 백성들이 종소리나 북, 관管, 약籥소리를 듣고는 모두 즐겁고 기뻐하는 얼굴 빛으로 서로 말하되, '우리 임금이 거의 병환이 없으신가 봐, 어떻게 음악을 연주할 수가 있지'하거나, ……이는 다름이 아니라 백성들과 함께 즐긴 것입니다. 이제 왕께서 백성과 함께 즐기시면 왕 노릇 할 수 있습니다.[223]

맹자는 묵자처럼 음악을 질책하지 않고 오히려 통치자들의 '호악好樂'에 대하여 긍정적인 태도를 취했다. 종소리나 북, 관管, 약籥소리는 결코 나쁜 것이 아니고, 다만 민중과 함께 즐기면 정보를 제공할 수 있고, 국군과 민중간의 관계를 증진할 수 있다고 여겼다. 전국 후기에 순자는 맹자의 국군이 민중과 함께 즐기는 생각을 진일보적으로 논술했다.

> 음악은 종묘의 가운데에 있어 군주와 신하의 위와 아래가 함께 들으면 화합하며 공경하지 않음이 없고, 한 가정 안에 있어서 아버지와 아들과 형과 아우가 함께 들으면 화목하여 친하지 않음이 없으며, 고을이나 마을의 어른들 사이에 있어서 어른이나 젊은이가 함께 들으면 화하여 따르지 않음이

---

222) 「孟子·梁惠王·下」
223) 「孟子·梁惠王·下」

없는 것이다. 음악이란 하나를 살펴서 조화로운 것을 정하고 사물에 친하게
하여 음절을 만들고 여러 가지를 합하여 악보를 이루어 족히 하나의 도를
이끌어 만가지 변화를 다스리는 것이다.[224]

순자가 보기에는 '악樂'이 바로 군신, 부자형제, 향리 족인 등 사람간
일종의 윤활제라고 생각한다. 군신이 함께 들으면 화합하며 부자형제가
함께 들으면 화순할 수 있다. 아무튼 악이 각양각색 사람들이 화목하게
지낼 수 있게 한다. 순자는 이런 곡이 중음中音을 바탕으로 하고 음조의
화합을 유지해야 한다고 여긴다. 이렇게 하면 화합할 수 있어 각종 악기들
을 함께 사용해서 아름다운 악곡을 연주할 수 있다. 이는 바로 군신, 부자
형제, 향리 족인 간에 화목하게 지내는 상징이다. 순자는 '악'의 민중에
대한 교화 역할을 매우 강조했는데, "음악이란 사람에게 들어가는 것이
아주 깊고 그 사람을 변화시키는 것도 신속한다." "음악이 중용에 맞아
평화로우면 백성이 감화되어 음탕한 데로 흐르지 않고 음악이 엄숙하고 장중
하면 백성이 가지런하여 혼란스럽지 않다."[225] 대중들의 마음 속에 깊이
자리잡고 교화하는 데 있어 '악'은 대체할 수 없는 중요한 역할을 한다고
했다.

민간의 노래꾼과 보통 노동자 사이에 아주 가깝게 지냈다. 힘든 막노동
중에서 노래꾼의 가창은 노동자에게 피로를 감소시키고 노동 효율을 높일
수 있다. 「한비자韓非子·외저설좌상外儲說左上」편에 아래와 같은 일을 기
록했다.

송나라 임금이 제나라 임금과 싸우기 위해 무궁武宮을 지었다. 이때 노래
꾼인 계癸라는 사람이 가락을 뽑자 지나가는 사람은 그 소리에 발걸음을

---

224) 「荀子·樂論」
225) 「荀子·樂論」

멈추었고, 일하는 사람들은 피로를 느끼지 않았다. 임금이 이 말을 듣고 계를 불러 상을 내리니 계가 말했다. "저의 스승인 사계射稽의 노래는 저보다 훨씬 뛰어납니다." 이에 임금은 사계를 불러 노래를 부르게 했는데 길가는 사람은 걸음을 멈추지 않았고, 일하는 사람들은 피로를 느끼는 것 같았다. 이를 본 임금이 말하기를 "길가는 사람이 멈추지 않고, 일하는 사람도 피로해 보이니 그렇다는 그의 노래는 계보다 못한 것 같은데 어찌 된 까닭인가?" 하고 묻자 계가 대답했다. "임금께서는 두 사람이 노래를 부르는 동안 일꾼들이 일한 실적을 조사해 보십시오." 이에 실적을 살펴보니 계가 노래를 부르는 동안에는 담장을 네 판을 쌓았는데, 사계가 부르는 동안에 그 배가 되는 여덟 판을 쌓았다. "견고함을 살펴보십시오." 하여 쌓은 담장을 찔러보았더니 계가 노래를 할 때 쌓은 담장은 5치나 구멍이 뚫렸는데, 사계가 노래할 때 쌓은 담장은 겨우 2치밖에 뚫지 않았다.

송나라 강왕 언偃은 무궁武宮을 지어서 무예를 강습하고 제나라와 대항을 도모했다. 공사 중 계癸라고 부른 노래꾼이 옆에서 노래 부르고 있는데 노래를 잘 불러서 걷고 있는 사람들이 멈추게 했다. 일하고 있는 사람들이 피곤할 줄 몰랐다. 구계謳癸의 선생님인 사계射稽는 노래를 더 잘하고 그가 노래할 때에는 노동 효율이 많이 높아졌다. 계가 노래할 때 사람들이 단지 담장 4판을 쌓았는데 사계가 노래할 때 8판을 쌓았다. 이렇게 하면 노동효율이 배가 되었을 뿐만 아니라 질이 훨씬 더 좋아지게 됐다. 계가 노래할 때 건축하는 벽이 5치나 구멍이 뚫렸는데 사계가 노래할 때 쌓은 벽이 더욱 단단하고 단지 2치밖에 안됐다. 노래하는 계와 사계는 당시에는 아주 유명한 민간 노래꾼이다. 한비자는 노동과 관련 있는 노래를 말해본 적이 있다. 이름은 자정茲鄭이라는 사람이 수레를 이끌고 다리를 건너며 전력을 다하고 나서 수레를 다리 위에 올려놓지 못했다. 그래서 자정이 끌채에 앉아 노래를 불렀다. 그가 노래를 잘하기 때문에 앞뒤 있는 사람들이 모두 몰려들어 그를 도왔다. 이렇게 해서 앞의 사람이 끌고 뒤의 사람이 밀어서 수레가 순조롭게 다리에 올라갔다. 한비자는 이 일을 "만약 자정자茲鄭子

에게 사람을 끌어들이는 술수가 없었더라면 그가 비록 있는 힘을 다해 죽음에 이르렀어도 손수레를 다리에 올려놓지 못했을 것이다."226) 한비자가 이 일을 빌려 자신의 의견을 제시하기 위해서지만, 민간 노래꾼들은 아주 환영을 받았던 것이 분명하다. 민간 노래꾼이 노래할 때 악기의 반주가 없었는데 이런 가창방식을 '구謳'라고 불렀다.「맹자孟子·고자告子」하편에는 "옛날에 왕표王豹가 기수淇水에 처하자 하서河西 사람들이 구謳를 잘 불렀다.' '구謳'는 대중의 노래였다.227)

전국시대에 일반 선비들이 벼슬을 얻기 위해 각 제후국 사이에 분주하고 지칠줄 몰랐다. 춘추 후기의 선비와 비해 시원스럽지 않고 실리를 더욱 중요시했다. 전해진 바에 의해 이름이 왕수王壽라고 불린 사士는 책을 짊어지고 벼슬을 얻기 위해 분주했다. 도가 학설을 잘하는 서풍徐馮이 길에서 왕수를 만나고 그에게 "옳게 아는 사람은 책 따위를 간직할 필요가 없다"고 했다. "왕수는 곧 짊어졌던 책을 모두 불살라 버리고 기뻐서 덩실덩실 춤을 추었다."228) 왕수는 책을 짊어지고 가기 때문에 녹봉祿俸을 구해야 된다는 압력을 느낄 수 밖에 없었다. 책을 태운 다음에 비로서 춤을 춘 듯 자유롭게 갈 수 있었다.「장자莊子·대종자大宗師」편에서 자상호子桑戶·맹지반盟之反·자금장子琴張 세 사람이 아주 친했다. 자상호가 죽자 맹

---

226)「韓非子·外儲說右·下」

227) '구謳'는 그 뜻은 언룸을 따르고 구區를 따른다는 것으로 분석해 볼 수 있다. 청나라 경학자 초순焦循은 "구謳는 여러 의미가 있다.『설문說文』의 구區는 품품을 따르고 '튼입구몸(匸)' 안에 있으며 품품은 많다는 뜻이다.「이아爾雅·석기釋器」에서는 '10개의 구슬이 1구區라고 한다.'「고공기考工記」의 율씨栗氏에서 '4 두豆가 1 구區다.' 모두 여럿이 모이다는 뜻이다. 유희劉熙의「석명釋名·석형체釋形體」에서는 '구謳는 구區다. 여러 의미를 모으면 마치 한 구역區域이 같다.' 여러 소리를 모으면 구謳라고 한다."(『孟子正義』24卷) 안어: 설득력이 있는 의견이다. 이른바 하서선구河西善謳'는 하서 지역의 민중들은 구謳를 잘 부른다는 뜻이다.

228)「韓非子·喻老」

자반과 자금장은 "혹은 곡을 만들고 혹은 금琴을 타며 노래하고 있었다. '아하 상호여! 너는 이미 참으로 돌아갔는데 우리는 아직도 사람으로 있구나!'" 죽은 친구의 시체 앞에서 노래한 자는 아마도 도가뿐일 것이다. 왕수, 맹자반, 자금장과 같은 노래와 춤을 통해 자신의 마음을 표현하는 자가 전국시대에는 단지 소수였다. 노래와 춤으로 자신의 풍류를 선보인 사람이라면 전국시대의 선비들 중에서 장자가 손꼽힐 수 있다. "장자의 아내가 죽자 혜자가 조상을 갔는데, 장자는 다리를 뻗고 앉아서 질그릇을 두드리며 노래하고 있었다."229) 아내가 죽은 후에 장자는 질그릇을 치고 노래하고 생사를 완전히 자연의 변화과정으로 보았다. 장자의 노래는 바로 자연 변화의 노래다.

　일반 민중과 비해 선비들은 비교적으로 높은 문화수양을 갖췄다. 그래서 적지 않은 선비들은 부르는 대로 노래를 창작하고 수시로 자기의 감정을 표현했다. 전국시대에 비의被衣라는 선비가 있는데 제자가 도를 터득한 것을 보고 크게 기뻐하면서 "노래를 부르며 그곳을 떠났다." 그의 노래에 이르기를 "몸이 마른 나무, 마음이 죽은 새. 슬기를 버리고 참으로 돌아간다. 망연히, 그저 황홀히 텅 비어 밑바닥도 모르고, 사람이면서 또 사람이 아니다."230) 그가 길을 가면서 노래하는 광경을 보면 비의는 운치가 있고 호방한 인물이다. 선비의 노래는 종종 보통 민중의 노래와 서로 융합됐다. 「초사楚辭 · 어부漁父」에서 굴원이 어부를 만날 때 "창랑수의 물이 맑으면, 내 갓끈을 씻으려만, 창랑수의 물이 흐리니, 내 발이나 씻을 수 있으리"라는 노래를 불렀다. 이 '어부'는 아마도 당시 사회의 은사였을 것이다. 이 어부사는 「맹자 · 이루」 상편에도 기재가 있는데 "동요에, '창랑의 물이 맑으면 나의 갓 끈을 빨만하고, 창랑의 물이 흐리면 나의 발을 씻을 만하

---

229) 「莊子 · 至樂」
230) 「莊子 · 知北遊」

다' 하니 공자가 이르시되, '여보게 들어보라, 맑으면 곧 갓 끈을 빨고 흐리면 발을 씻는다 하니 스스로 취한 것이다'고 했다." 이것으로 보아 공자, 맹자의 시대에 이런 노래가 유전流傳되어 그 내용을 보면 선비들이 창작했지만 사회 방방곡곡 널리 퍼졌을 것이다.

3. '신악新樂'의 발전

전통적인 '악樂'은 전국시대 귀족 사회에서 여전히 중요한 지위를 유지하고 있었다. 전국후기에 순자는 당시 향음주례를 관찰한 적이 있다. 이런 귀족 간의 모임에서 악공의 연주와 가창이 춘추시대와 별로 구별이 없었다. 순자의 관찰에 의하면 음악을 연주하고 노래하는 과정은 다음과 같다. "악정이 들어와 당에 올라가 노래 3편을 마치면 주인이 그에게 술잔을 올린다. 그러면 생황을 부는 사람이 들어와 당 아래에서 3편의 곡조 불기를 마치고 주인이 또 술잔을 올린다. 당 위와 당 아래에서 교대로 3편의 곡을 마치고 노래와 반주가 합하여 3번을 마치면 악정이 음악이 갖추어졌음을 알리고 드디어 나간다." 이런 과정은 여전히 주대 이후의 전통방식이다. 순자는 "『시경』의 아雅·송頌을 들으면 마음이 광대해지고 춤출 때 방패와 도끼를 잡아서 엎드리고 우러러보고 굽히고 펴는 무무武舞를 익히면 용모가 장중해진다"고 했다. 그가 즐겨본 것은 여전히 전통적인 '아송지성雅頌之聲'과 '간척지무干戚之舞'였다.

음악의 발전사를 보면 전국시대에 '신악'이 대량적으로 나타나고 시대적 특색이 짙었다. 전국초기에 위문후魏文侯는 '신악'을 매우 좋아하는 인물이다. 「예기·악기」에서 이렇게 기재했다.

위문후가 자하子夏에게 물었다. "나는 예장禮裝을 하고 고악을 들으면 자꾸만 졸음이 와서 난처하고, 정나라의 음악을 들으면 싫증나는 일이 없다.

감히 묻나니, 어찌하여 고악이 그처럼 싫증이 나고 신악이 재미있는 것은 무슨 까닭인가?" 자하가 답하여 말하기를, "이제 고악은 앞으로 나가는 것도 무리로 하고 뒤로 물러가는 것도 무리로 하며, 그 소리가 화和하고 바르면서도 넓습니다. 현弦, 포匏, 생笙, 황簧 등 악기를 한데 모으고 부고拊鼓를 준비하고서 북을 울려 연주를 시작하고 징을 울려서 연주를 끝냅니다. 상相을 가지고 그릇된 것을 바로잡고, 빠른 것을 바로잡는 것은 아雅로써 합니다. 그러므로 군자들은 고악의 그러한 성질에 대해서 말하고 혹은 고대의 학예를 설명하며 다시 나아가서 일신一身의 수양, 일가의 처리에 대해서 말하고 다시 나아가서 천하를 공평하게 다스리기에 노력합니다. 이상이 고악의 작용입니다"라고 했다. "다음으로 그 신악에 있어서는 그것이 무악이면 춤추는 사람들은 앞으로 나아가고 물러가는 데도 몸을 구부려 흔들므로 전체의 움직임이 맞지 않고, 주악奏樂에는 불순한 음이 이끌면서 걷잡을 수 없게 됩니다. 또 신악에는 배우俳優와 주유侏儒가 부인이나 어린이 속에 섞여들어 마침내 부자 형제간의 윤리 질서도 알지 못하며, 한 곡이 끝나도 선미善美를 논할 곳이 없고 고악에 비해서 논할 것이 못 됩니다. 이상이 신악의 작용입니다."

위문후는 '고악古樂'을 들으면서 졸음을 물리칠 수 없고 '신악'인 정위지음鄭衛之音을 듣고 피곤한 줄 모른다는 이유를 자하가 분석했다. 고악이 주로 음악의 형식을 통해 사람들에게 수신 제가 치국 평천하의 도리를 가르치는데 당시 따분한 '정치' 과목과 비슷하다. 고악은 정연하지만 특이한 점이 없기 때문에 사람들이 듣기에 흥미 없다. 그런데 '신악'은 고악과 큰 차이가 있다. 신악의 곡조는 고악처럼 정연하지 않는데 감미롭고 여음이 이어지며 사람들을 즐겁게 하고 공허한 설교에 머물지 않는다. 게다가 연출자에 배우, 주유侏儒 및 묘령의 아가씨가 참가하게 되어 관중들의 흥미를 일으킨다. 자하는 고악을 칭찬하고 신악을 비판하는 각도로 위문후의 질문을 대답했지만 그의 말을 통해 신악의 일부 특색을 엿볼 수 있다. 자하는 "정鄭나라의 음악은 음란淫亂한 뜻이 넘치기 쉽게 하고, 송宋나라의 음악은 주연과 여색에 마음을 빠지게 하며, 위衛나라의 음악은 속도가

빨라 뜻을 번거롭게 하고, 제齊나라의 음악은 오만하고 편벽되어 뜻을
교만하게 만든다"231)고 했다. '신악新樂'에 속한 각 지방의 음악은 모두
'지志'에 해를 끼칠 수 있고 '덕에 해를 끼친다'고 생각했다. 이것은 일면적
이고 독단적인 관점이다. 춘추 후기부터 공자와 유가 제자들의 '신악'에
대한 비판이 끊이지 않았다. 그런데 '신악'이 전국시대에 와서 진일보적으
로 발전하였고 영향이 더욱 커졌으며 그의 생명력이 얼마나 강한지를 엿
볼 수 있다. 전국 중기에 들어 유가는 이미 '신악'에 대한 태도를 바꾸고,
더 이상 질책하지 않고 그의 존재를 인정했다. 맹자는 제나라 왕에게 '호악
好樂'의 일을 말할 때 제나라 왕이 "선왕의 음악을 즐길 정도는 못되고,
그저 세속 음악을 즐길 뿐이다"라고 했으며, 또한 제나라 왕이 '세속적인
악(世俗之樂)'을 좋아한다고 해서 나무라지 않고 오히려 "오늘의 세속적
인 음악이 옛 선왕의 음악에서 유래한 것이다"232) 라고 말했다. 맹자의
말을 통해 당시 '세속적인 악'의 흥성이 이미 역전될 수 없는 일이 됐다.
　전국시대의 신악은 민간의 악무와 밀접한 관계가 있다고 본다. 귀족

---

231) 「禮記·樂記」
232) 「孟子·梁惠王·下」. 안어: 전국시대 유가 이론에 의하면 세속적인 음악이 정나라
　　의 음악과 같은 것이 아니었다. 전국시대 유가와 여타 일부 학파가 여전히 정나라
　　의 음악을 비난하고 이를 '음성淫聲'이라고 꾸짖었다. 순자가 "정·위나라의 음악은
　　사람의 마음을 음탕하게 한다……, 군자는 귀로는 음란한 소리를 듣지 않다."(「荀
　　子·樂論」) 그가 '예악禮樂'과 '사음邪音'을 대립 시켜서 "예와 음악이 폐지되어
　　사특한 소리가 일어나게 되는 것은 위태하고 삭감당하고 무시당하고 치욕스러운
　　근본이 되는 것이다. 그러므로 선왕은 예의와 음악을 귀하게 여기고 사특한 소리를
　　천하게 여겼다."(「荀子·樂論」) 이와 같은 순자의 이론은 비교적 보수적인 부분이
　　다. 「여씨춘추呂氏春秋·음초音初」편에서는 "세상이 혼탁하면 예절이 번잡해지고
　　음악이 음란해진다. 정·위나라의 음악이나 상간桑間의 음악은 혼란한 나라에서나
　　좋아하고 덕이 쇠퇴한 뒤에나 즐기는 것들이다"라고 했다. 이런 주장은 합리적인
　　부분이 있지만 정나라와 위나라의 음악에 대하여 세부적인 분석이 부족한 것으로
　　보인다.

전당에서 연출한 악무는 대부분 민간에서 나오고, 다만 예술적 가공을 더 했을 뿐이었다. 사천성 성도成都 백화단百花潭에서 출토된 전국시대 동호銅壺의 목 부분에 여러 폭의 부녀채상무도婦女采桑舞圖가 있는데, 화면을 보면 무성한 뽕나무 숲에서 많은 부녀자가 뽕잎을 따고 있다. 그중에서 몸체가 비교적으로 큰 여자가 허리를 흔들며 춤추고 있다. 그녀는 왼쪽의 옆구리를 내밀며 양팔을 높이 올리고 소매를 흔들고 있는데 매우 아름답다. 춤추고 있는 여자의 오른쪽에 다른 여자가 있는데 뽕잎을 딴 바구니를 바닥에 두고 춤추는 사람을 향해 손뼉을 치며 분위기를 돋우고 있다. 왼쪽에 한 여자가 바구니를 머리에 이고 춤을 추는 사람을 향해 손뼉을 치고 있다. 화면의 인물들이 서로 호응하며 기쁘고 즐거운 감정이 넘친다. 이는 채상녀들이 야외에서 춤추고 있는 것이 아니고 귀족 전당에서 연출한 화면이다. 화면 왼쪽 아래 부분에 좌석에 앉고 있는 세 명의 연주자가 있다. 춤을 추고 있는 사람의 오른쪽에 두 여자가 서 있는데, 한 명은 피리를 부는 악기 연주자이고, 다른 한 명은 북을 치는 연주자다. 귀족 전당에서 연출된 이와 같은 무용이 먼저 민간에서 생겼지만 연주와 예술가공을 더 하고 진일보적으로 발전시킨 춤이다. 하남성 휘현輝縣에서 비슷한 채상무도가 출토됐다. 현지에서 발견된 전국시대 동호 뚜껑에 새긴 화면에는 7명의 채상녀가 있다. 그중에서 한 명은 허리와 팔을 흔들고 춤추고 있으며, 왼쪽에 있는 여자와 서로 호응하고 춤춘다. 오른쪽에 무릎을 꿇고 피리를 부는 한 여자가 있고, 다른 몇 명의 여자가 뽕잎을 따면서 춤을 추거나 두 손을 위와 아래로 올려내린 것도 있고, 두 팔을 합하여 채집한 것도 있고, 두 사람이 서로 마주치며 춤추는 것도 있는데, 전체 무용장면이 생동감 넘친다. 하남 낙양에서 출토된 전국시대의 타원형 컵에 귀족전당의 무용도가 새겨져 있다. 화면에는 머리 위에 높은 산형山形 모자를 쓴 무용수 두 명이 서로 마주치며 춤추고 있다. 수수水袖는 무용 자세에 따라 휘둘리고 옆구리 내밀며 허리를 흔들고 몰입하는 자세가 눈에 띈다. 무용수의 뒤편에 편종編鐘을 두드리는 악공이 있는데 왼쪽에서 북을 치고 슬을 뜯는 악공이다. 무용수의 발 아래에 나무 두 그루가 있고 왼쪽에 따로 큰 나무 하나가 있는데 채상악무采桑樂舞의 표시인 것 같다.

간단한 반주에 따라 가창하는 노래형식이 있었는데 전국시대에 이를 '상相'이라고 불렀다. 전국후기의 순자는 '상가相歌'의 체례體例에 의하여 「성상成相」을 만들었다. 모두 세 부분으로 나눠 부분마다 '청성상請成相'이라는 세 자로 시작한다. 이른바 '성상成相'의 '성成' 자는 끝난다는 뜻이고, 한 악곡을 연주하거나 한 노래를 가창할 때 마무리한다는 의미를 뜻한다. '성상成相'의 '상相' 자는 민간에서 나온 노래 장르다. 이런 장르를 '상'이라고 부른 이유는 악기로써의 '상相'과 관련되기 때문이다. 상相은 악기로 할 때는 작은 북233)이고 손으로 두드리면 콩콩 소리가 난다. 음악대가 연주할 때 이것으로 연주의 속도를 억제할 수 있다. 민간에서 노래할 때는 이것을 치면서 반주했다. 전국시대에 민간의 '상相' 노래는 후세의 대고서 大鼓書 따위의 가창과 비슷하다. 이른바 '청성상'은 내가 상가相歌 한 곡을 가창하는 것을 들어주시길 바라고, 후세 쾌반서快板書 배우가 연출 시작할 때 먼저 "죽판竹板을 치고 내 얘기를 들어라……와 비슷하다. 「순자荀子·성상成相」의 세 부분은 56절이 포함되어 각 절의 글자의 수가 기본적으로 일치하고 매절이 간단명료하고 압운 형식의 문장이다. 「순자·성상」 세 부분의 시작하는 절은 아래와 같다.

233) 「예기禮記·악기樂記」에서 자하子夏의 말에 관한 기록이 있다. "상相을 가지고 그릇된 것을 바로잡는다.(治亂以相)" 정현은 "상相이 박부搏拊로 풀이되어 있는데 또한 절악節樂으로 쓰인다. 박부는 가죽 속에 쌀겨(糠)를 채운다. 쌀겨는 또한 상相이라고 해서 이름으로 불리게 된다. 지금도 제나라 사람은 쌀겨를 상相이라고 했을 것이다." 부拊는 또한 '부박拊搏'이라고 한다. 「예기禮記·명당위明堂位」에서 고대 악기를 나열할 때 '박부拍拊'는 그중 한 가지다. 정현은 "박부는 가죽 속에 쌀겨를 채운 작은 북처럼 생긴 악기다"라고 해석했다. 아무튼 '상相'은 악기고 부拊이나 부박拊搏과 같다.

청컨대 상곡을 부르리다. 세상의 재앙은, 어리석고 도리에 어두워서 매우 어리석고 도리에 어두운 자들이 어진 인재를 무너뜨리는 것이네.

청컨대 상곡을 아뢰리다. 성왕을 말하노니, 요임금과 순임금은 어진 이를 숭상하고 몸소 사양하였네. 허유許由나 선권善卷 등은 의를 중하게 여기고 이익을 가벼이 여겨 밝게 드러내어 행했네.

청컨대 상곡을 아뢰어 다스리는 방법을 말하리다. 군주의 도가 다섯 가지 있는데 간략하고 명백하다. 군주가 삼가 지키면 아래가 모두 평화롭고 바르며, 나라가 이에 번창하네.

순자가 만든 상가지사相歌之辭의 의미는 매우 명확하다. 1부에는 사회의 재난은 그런 우둔한 사람들이 도덕과 재능있는 사람을 무너뜨린 결과다. 그래서 국군이 현량賢良을 임용해야 한다. 2부에는 요임금과 순임금이 당대 군주의 모범이 될 수 있으니, 의리를 중시하는 사회 풍조를 제창해야 한다. 3부에서는 군주가 제시한 국가의 이론과 원칙을 군신들은 신중하게 지켜야 한다. 상술 내용을 보면 상가相歌는 특색 있는 노래 형식이라는 것을 알 수 있다. 상가와 귀족의 굿 당 애창곡 간의 차이는 바로 상가는 낭랑하고 명쾌하고 반주가 매우 간단해서 언제든지 부를 수 있다는 점이다. 이와 같은 민간에서 유래된 노래는 한대 민요의 발전을 위해 길을 열어주는 역할을 했다.

4. 전국시대의 악기

악기의 제작은 전국시대에 매우 높은 수준을 이루었다. 고고학 연구에 의하면 전국 초기 증후을曾侯乙 묘 출토 기물들이 가장 유명하다. 묘에서 완전한 편종編鐘, 편경編磬을 발견했고, 매달려 있는 원래 모습이 잘 보존돼 있는 것도 있는데 아주 드문 일이다. 편종은 65개로 구성되어 중량이 3500Kg을 넘는다. 그리고 초혜왕이 주조한 큰 종(大鎛)도 모두 구리 부재와 나무로 조립된 곡척형 종틀에 걸려 있다. 3층 종틀의 길이는 10m 이상, 높이 2.73m, 6명의 검劍을 찬 청동 무사武士와 몇 개 원기둥으로 받치고 있다. 발견된 경磬은 4조 32점, 동질銅質 경틀의 길이는 2.15m, 높이 1.09m, 두 마리 학 모양의 괴수怪獸가 지탱하고 있다. 편종, 종틀, 편경, 나무 경갑磬匣 위에 모두 착금 명문이 새겨져 있으며, 글자 수가 서로 다르고 합치면 4000여 자가 되어 종에 새긴 명문만 2800자가 있다. 종틀 중간 층과 아래층에 걸려 있는 종 위에는 표음 명문뿐만 아니라, 비교적 긴 악률 명문도 새겨져 있다. 이것으로 종이 해당된 율명과 계명, 변화 음명을 상세히 기록하였으며, 또한 증曾나라와 초楚나라, 진晉나라 간에 악율 명칭의 대응 관계가 새겨져 있다. 종들의 종뉴鐘鈕 부위에 율명과 음계명이 새겨져 있으니, 마땅히 음성 조율을 위한 표시다. 정면에 있는 수隧와 고鼓(구연부과 두 각角 부위의 명칭) 위에 음계명이 새겨져 있으며, 이는 종의 표준음이고 정확하게 두드리면 음계에 맞는 악음樂音을 낼 수 있다. 종마다 두 개의 악음이 있고 서로 맞춰서 연주할 수 있다. 실측 결과로 대다수의 종의 음이 모두 명문으로 표기된 음명과 서로 부합된다는 사실이 밝혀졌다. 연주에 쓰이는 전체 5조 종의 베이스는 모두 현대 C장조에 속하며, 총 음역은 5옥타브이고 피아노 음역의 양 끝에 비해 평균 1개 음계 구조가 적으며, 그 중심 부위는 12개의 반음半音이 모두 갖춰져 있고, 전체 음역은 5성, 6성, 7성까지의 음계 구조가 갖춰져 있다. 전문가들은 선궁旋宮과 전조轉調 등인 이조법移調法으로 동서고금 여러 악곡을 연주해 봤는데, 모두 음색이 정확하고 아름다워서 좋은 연주 효과를 얻을 수 있다고 평가했다. 이 편종으로 화성和聲과 복조複調, 변조變調의 기법을 택해서 악곡을 연주할 수 있을 정도로 표현력이 매우 풍부하다.

전국시대의 귀족으로서 주천자와 제후국 군주를 제외한 일반 경대부는 모두 편종, 편경을 보유하고 있었지만 과거에는 고급 귀족만 가질 수 있는 악기였다. 이는 고고학 발견에서 누차 확인됐다. 예를 들어 산서성 장치 분수령長治分水嶺234)에서 발견된 일련번호 M269인 춘추전국시대 묘에서 편종 18점이 출토됐는데, 이중에서 용종甬鐘 9점, 뉴종紐鐘 9점, 모두 크기가 서로 다르고 형제는 똑같이 제작됐다. 종마다 선旋 부위에 짐승 머리 장식, 간干 부위에 뇌문雷紋 장식, 정鉦 부위에 전대篆帶 장식, 무舞 부위에 반리문蟠螭紋 장식, 두 개의 고鼓 부위에 상수문象首紋 장식이 있고, 중간 부위에 두 마리의 반리蟠螭로, 뉴종에는 주로 반훼문蟠虺紋과 뇌문雷紋으로 장식했다. 같은 묘에서 또한 편경 10점 출토되기도 했다. M269호 묘와 같은 자리에 있는 M270호 묘에서 편종 17점, 편경 11점이 출토되어 아마도 부부가 합장한 무덤이다. 두 무덤에서 희생犧牲을 담는 총 5종류 1조組로 된 동정銅鼎이 출토됐다. 묘주의 신분은 일반 사대부로 추측되는데 모두 자신의 신분과 어울리지 않는 종경鐘磬 악기 갖춘 것을 보면 주대 사회에서 예악제도가 이미 통제력이 약해졌다는 것을 알 수 있다.

증후을 묘에서는 또 탄발彈撥 악기 취주吹奏 악기에 속한 사죽絲竹 악기 (관현악기) 5종류 총23점이 발견됐는데, 이 중 25현의 슬瑟 12점은 강체腔體가 잘 보존되고 곱게 채색되어 있다. 이 밖에 5현과 10현의 금琴, 횡적橫笛, 배소排簫, 생황笙簧도 발견됐다. 7공孔으로 된 횡적이 5개 구멍이 나란히 배치돼 있고, 1개의 취구는 위로 향한다. 손가락으로 지공을 여닫며 12개 반음까지도 연주할 수 있다. 전문가들은 이런 횡적橫笛은 훈塤과 밀접한 관계가 있다고 본다. 발견된 배소는 13개의 관으로, 길이는 서로 다르게 차례대로 배열되어 있는데, 그중 하나는 대부분의 관이 발견 당시에도 소리 낼 수 있었다. 이 배소는 적어도 6성 음계 구조로 되어 있는데, 그 외관이 비교적 독특해서 후대 아악의 배소와는 전혀 다르다. 발견된 생황은 관의 수량이 다르며 12관, 14관, 18관 각각 있다. 생황의 관이 뚫인

---

234) 山西省文物工作委員會晉東南工作組·長治市博物館, 「長治分水嶺269, 270 號東周墓」, 《考古學報》, 1974年, 第2期.

상태로 죽황竹簧도 있다. 증후을 묘에서 발견된 악기들은 종경 악기와 관현악기가 모두 갖춰져 있고, 다 같이 연주하게 되면 규모가 방대한 악대가 된 셈이다. 증나라가 원래 초나라 주변의 작은 나라였는데, 그 나라의 군주는 이미 이와 같은 훌륭한 악기를 가지고 있는 것을 보면 당시에는 일반 국가의 밴드 규모가 증나라보다 더 훌륭했을지도 모른다.

그림 6-12 전국시대의 팬파이프(排簫)

전국시대의 악대 중에서 북은 상당히 중요한 것이었다.[235] 증후을 묘에서 형제形製가 다른 4가지 북이 발견됐는데, 이 중에서 보기 드문 동반용좌건고銅盤龍座建鼓와 동립학가현고銅立鶴架懸鼓도 포함돼 있다. 시대는 전국 중기에 속한 호북성 강릉 천성관 1호 초묘[236]에서 호좌봉조현고虎座鳳鳥懸鼓가 발견됐는데 호랑이 한쌍, 새 한쌍, 북 하나로 구성된다. 호랑이 두 마리가 서로 등대고 머리를 쳐들어 엎드리며 꼬리를

235) 북이라는 악기는 이미 오래 전에 생겼다. 하남 안양 은허 후가장侯家莊 일련번호 1217인 고분에서 북 실물이 출토됐으며, 드럼통의 중허리 지름은 68cm, 두 개 타면의 구경은 약 60cm다. 발굴자는 타면을 구렁이나 악어 가죽으로 만들었다고 추정하다가 전문가의 연구 결과는 악어 가죽이다. 그래서 '본신악피고本身鰮皮鼓' 혹은 '타고鼉鼓'라고 불러야 된다는 주장도 나왔다.(周本雄,「山東兗州王因 新石器時代遺址揚子鰮遺骸」,《考古學報》, 1982年 第1期.) 서주 시대에 이런 타고가 여전히 존재했다.「시경·영대靈臺」에서는 "타고가 둥둥 울린다"는 싯구절이 있다. 춘추전국시대에 악어가 점차 감소되어 북 타면에 구렁이 가죽이나 기타 수피를 많이 사용했다.

236) 湖北省주荆州地區博物館,「江陵天星觀 1號楚墓」,《考古學報》, 1982年 第1期.

아래로 휘감는 자세로 취하고 있다. 그리고 호랑이 두 마리 등에 각각 새 한 마리가 서 있으며, 호랑이와 같은 방향으로 향하고 있고, 긴 목을 쳐들고 꼬리를 위로 치켜들고 있다. 북을 두 마리 새의 새 관冠 위에 매달아 놓는다. 호랑이와 새는 온몸이 검게 칠해져 있으며 붉은색과 노랑색, 금색 세 가지 색깔로 호랑이의 얼룩 무늬와 새 깃털 무늬를 그려냈다. 양쪽 끝단에 타면(鼓皮)을 고정시킨 대나무 못 및 간격이 같은 3개의 동제 함환 포수銜環鋪首가 있고, 주변은 붉은, 노랑, 금 3색으로 마름모 무늬를 그려넣는다. 북은 높이 139.5cm, 직경은 75cm다. 같은 묘에서는 두 개의 북채도 발견됐는데 방망이는 납작한 모양, 자루는 원기둥 모양이고 통째로 휴칠이 돼 있다. 이 호좌봉조현고는 확실히 전국시대 악기 중의 정미한 작품이다. 이와 같은 대형 현고懸鼓 외에 천성관 초묘에서 작은 북 한 점이 발견됐는데 북 길이가 28.3cm 된다. 악대가 연주할 때 큰 북과 작은 북이 서로 호응하여 음향 효과를 높일 수 있다.

전국시대에 몇몇 큰 나라의 군주가 가지고 있던 악대 규모는 상당히 크다는 추측을 할 수 있다. 증나라 문화는 초나라의 영향을 많이 받았으므로 초나라의 악기 제작이 더 높은 수준임을 짐작할 수 있다. 문헌에는 "오나라 왕 합려闔閭는 초나라를 치고 구룡九龍의 종을 부순다"[237]고 했는데 초나라가 만든 종 위에 구룡이 그려져 있는 것을 보면 매우 아름다운 작품이다. 호북 강릉 기남성에서 전국시대 초나라 채화 편경 25점이 발견됐는데, 석경石磬은 구부러진 모양으로 그 양쪽의 협각夾角이 각각 둔각이고 아래는 미호형이며 청회색 돌로 만든 것이다. 제일 큰 것은 통고 97cm, 높이 32cm, 무게 24.2kg, 제일 작은 것은 길이 36cm, 높이 14cm, 무게 2.3kg다. 석경들의 정면과 뒤면 및 등에는 모두 빨강, 노랑, 파랑, 푸른색으로 번잡한 무늬 장식이 있으며, 가운데는 봉황새로 장식하고 악기의 제작

---

237) 「淮南子·泰族訓」

은 이미 매우 높은 수준에 이르렀다. 하남 신양 장대관 부근에서는 일찍이 전국시대 초나라의 편종 1조 13점이 출토됐다. 편종은 길이 242cm의 종틀에 걸려 있는데 제일 큰 것은 명문 12자가 새겨져 있다. 편종의 음성 밝고 음율이 명확하여 지금까지도 악곡을 연주할 수 있다. 전국시대 악기 실물로 1979년 발견된 강서 귀계암貴溪岩 묘군238)에서도 발견됐다. 일련번호 M2인 관목 위에 두 개의 목금木琴이 있으며 금琴의 겉면이 정연하고, 머리 부분은 물고기 꼬리모양으로 구부러진 호형이며, 폭 17.5cm, 금琴의 끝에 모서리 부분에 돌출된 '철凸'자형으로 돼 있다. 아래 현공弦孔이 13개가 있으며 위 부분에 구부러진 곳부터 두 줄의 현공이 있고 줄 간격이 3cm, 앞줄에 7공孔, 뒷줄에 6공, 공孔 사이에 간격이 서로 일치하지 않다. 금琴의 뒤면은 오목한 모양을 띠고 있다. 앞뒤 두 개 직사각형 스피커로 만들어진다. 연구에 의하면 귀계 애묘는 춘추전국시대 간월족干越族에 속하는 것으로 당시 변두리 지역의 여러 소수민족들도 금슬류 악기로 음악을 연주했다고 볼 수 있다.

편경이라는 오래된 악기는 전국시대 기악 연주에 있어서도 여전히 보편적이었다. 급현汲縣 산표진山彪鎮, 휘현輝縣의 유리각琉璃閣, 섬현陝縣의 후천後川, 장치 분수령長治分水嶺, 만영 묘천촌萬榮廟前村, 역현易縣 연하도燕下都 등의 전국 유적에서 각각 석편경石編磬이 출토됐다. 하남성 신양 장대관信陽長臺關 2호 묘에서 목제 편경 2조가 출토됐는데 구부러진 모양으로 아래 부분은 미호형微弧形이다. 1970년대 초반 호북성 강릉江陵 기남고성紀南古城 부근에서 전국시대 편경239)의 우수품인 초나라의 채색 석편경 25점

---

238) 江西省歷史博物館·貴溪縣文化館,「江西貴溪崖墓發掘簡報」,《文物》, 1980年 第 11 期.

239) 湖北省博物館,「湖北江陵發現的出國彩繪石編磬及其相關問題」,《考古》, 1972年 第3期.

이 발견됐다. 이들이 크기와 두께에 따라 음성이 다르며 크고 얇을 수록 음이 낮아지며, 작고 두꺼울 수록 음이 높아진다. 이 25점의 석경은 당시 실용 음악으로 적어도 3옥타브 음계를 갖추어 음질이 좋고 음역도 넓으며 악곡을 아주 즐겁게 연주할 수 있다.

각종 악기에 대한 인식은 전국시대에 크게 발전했다. 순자는 일찍이 각종 악기의 정확하고 아름다운 소리와 가무의 기준에 대하여 논한 적이 있다. 그는 "음악이나 노래의 형태를 보자. 북은 소리가 커서 모든 것과 짝을 짓고, 종은 여러 가지 소리를 거느려서 실상을 이루고 경쇠는 소리가 날카로워서 딱딱 끊어지고, 우竽와 생笙은 엄숙하고도 화락하고, 관管과 약籥 소리가 맹렬하게 발동하고, 질 나팔과 지篪는 소리가 안개 피어 오르는 듯하며, 슬은 소리가 즐겁고 평이하며, 금은 소리가 부드러우면서도 완만하고, 노래는 소리가 아주 청명함을 다하고 춤은 마음에 하늘의 도를 겸한 것과 같다"[240]고 했다.

순자는 각종 성악이 도달할 경지를 가리키며, 북소리는 크고 높고 무게감이 있어야 하며, 종소리는 맑고도 웅장해야 하며, 경 소리는 또렷하고 리듬이 있이야 히며, 우竽와 생笙은 조화롭게 되어야 하며, 관管과 약籥의 소리는 분발하고 격앙되야 하고, 슬瑟 소리는 평이되어야 하고, 금琴 소리는 부드러우면서도 완만되어야 하고, 노래소리는 맑고 아름다워야 하고, 춤은 풍부한 표현력이 있어야 한다고 했다. 순자의 각종 악기의 아름다운 소리에 대한 분석은 매우 정확하고, 제시된 기준도 도달할 수 있으며 또는 꼭 도달해야 할 것이었다.

---

240) 「荀子·樂論」

5. 악무 연출

전국시대에 수준 높은 음악공연은 대부분 귀족들의 전당에서 집중적으로 진행됐다. 이는 고고학 자료를 통해 여러 차례 밝혀지며, 사천성 성도 백화담成都百花潭에서 출토된 전국시대의 착금 청동 주전자에 새겨진 무늬는 동기銅器 문식의 대표적인 자료로 삼을 수 있다. 주전자 목 부분에 부녀자의 채상무采桑舞가 있고, 복부의 위쪽, 귀족들이 향락에 빠진 그림으로 장식되어 있다. 이 그림의 윗부분은 귀족이 당堂 위에서 연회가 열리고 있는데, 당 아래 왼쪽에 종, 오른쪽에 경이 달려 있다. 편종, 편경 달린 틀 아래에 건고建鼓가 있고 북채를 들고 있는 악공이 북을 치고 있다. 편경 아래에는 허리가 가늘고 긴 치마차림 여자들이 춤추며, 양손에 북채를 들고 허리를 흔들리면서 팔을 위로 올려놓은 모습은 마치 경을 치면서 춤추고 있는 것처럼 매우 아름답다. 하남 휘현에서 출토된 전국 동감銅鑒 위에 음연악무도飮宴樂舞圖는 백화담 동호銅壺에 그려진 연악도宴樂圖와 비슷하고, 위 부분에 귀족이 당 위에서 연회를 하는 장면으로, 중간에 악무 장면으로 왼쪽에서 편종 5개가 있으며 바로 아래 두 사람이 방망이를 들고 종을 치면서 유연한 자세로 춤추고 있다. 오른쪽에 종 5개가 달려 있으며 두 사람이 종을 치고 있다. 한 사람이 긴 소매가 낮게 밑드리워 종을 치면서 춤춘 것 같다. 또 다른 한 점은 대대로 전한 귀족 연악호宴樂壺이다. 그 위에 새겨진 그림의 두 번째 구역의 오른 쪽에는, 귀족이 손님을 초대한 술자리 모습을 묘사하고 있는데, 한 무녀가 팔을 치켜들고 허리를 흔들며 춤추고 있다. 무녀 양 측에는 악대 반주가 있고, 3 명의 악공은 편경과 편종을 두드리고, 한악공은 우竽를 불고, 한 악공은 북을 치고, 한 악공은 슬瑟을 뜯고 있다. 화면 오른쪽 아래 귀퉁이에는 개 한 마리가 있고 음악 소리에 맞추어 서서히 일어서며 춤추는 모습을 연출하고 있는데, 이로 인해서 흥겹게 춤추는 듯한 분위기를 띄웠다는 느낌이 들게 한다.

화면으로 종과 경을 받친 나무틀의 제작은 아주 정미하고, 틀의 양쪽에
용머리가 조각되어 있는데, 그 아래에는 봉황 모양의 받침대[241] 있다.
이러한 몇 가지 자료들을 통해 당시 귀족 악무는 연회와 함께 진행된다는
사실을 알 수 있다. 당 위에서 음연하고 당 아래에는 악무하며 귀족들이
향연을 즐기면서 악무를 감상한다는 것을 당시 고정된 형식인 것 같다.

전국시대 귀족 악무의 상황에 관하여 「초사·초혼」에서 비교적 상세하
게 기록되어 있다. 이 작품은 귀족 생활의 즐거움과 연회의 풍성함, 귀신을
집으로 불러들임을 구체적으로 묘사했다. 그중 귀족이 평일 음연 시작한
후의 상황은 다음과 같다.

> 온갖 안주 들여오지 않는 것이 없고
> 여악사들은 당 아래 늘어서서
> 종과 북을 천천히 울리니
> 새로운 곡이어늘
> 섭강涉江이며 채릉采菱이며 양하揚荷를 뽑아대며
> 미인들은 이미 취해서
> 붉은 기운 얼굴에 두는데
> 장난스레 흘겨보는 그 눈빛
> 그 눈빛에는 아름다움이 담겨 있어라
> 아름다운 수 놓인 비단 옷차림에
> 아름답고도 드문 모습이네.
> 긴 머리칼에 윤기 나는 귀밑머리
> 눈부시도록 아름답구나.
>
> 두 줄로 늘어서 있다가
> 모두 일어나 정나라 춤을 추네.

---

241) 楊宗榮, 「戰國漆器花紋與戰國繪畫」, 《文物》, 1957年 第7期.

낚시대 엇갈리듯 옷깃을 돌리다가
옷가락 어루만지며 천천이 움직이네.
우竽와 슬瑟 한데 어울리고
북소리 크게 울리니
궁전 뜰 안이 진동하고
청아한 소리 울리니
오나라와 채蔡나라의 노래 들리고
대려악大呂樂이 울려 퍼지네.
남자와 여자가 어지러이 섞여 앉아
분별을 잃고서
저고리 끈, 갓끈을 풀어헤치고
서로 마구 얽어서 돌아가네.
정나라와 위나라의 사랑스런 여인들 와서 뒤섞여 있는데
청아한 모습의 쪽찐 여인
유독 눈에 띄게 고와라.

   여기는 맛있는 음식을 아직 다 먹지 못하는데, 악대 무녀들의 공연을
시작하여 종과 북을 모두 안착시킨고, 새로 공연할 노래도 준비가 다 된다.
처음에 '섭강涉江'과 '채릉采菱'을 먼저 부른 후, 모두들 다시 일제히 목청을
높여 부른다. 미녀들은 술에 취해서 더욱 얼굴이 벌겋게 질린다. 그녀들의
그렁그렁한 눈망울은 자주 추파를 보낸다. 수놓은 비단 옷차림은 색채가
화려하고 디자인이 우아하다. 그녀들의 긴 머리에다 귀밑머리도 잘 단장
하고 하나하나가 요염한 자태를 취하고 있다. 닮은 꼴의 두 줄로 서 있는
무녀들이 정나라 춤을 추고 소매자락이 뒤엉켜 비틀며 팔이 서서히 흔들
어 박자를 맞춘다. 악대의 우竽와 슬瑟이 함께 합주하고, 큰 북도 다급하게
울리자 궁전은 마치 음악 소리에 흔들리는 것 같다. 초나라의 민요가 격앙
하고, 오나라와 채나라의 노래는 대려조大呂調로 울린다. 악무를 볼 때
남녀가 엇갈려 앉고 난립하며, 벗은 옷고름과 모자가 마구 놓여있어 사람

들의 좌석도 뒤죽박죽이 된다. 정나라, 위나라의 요염한 미녀들도 함께 앉아서 즐겁게 놀고 있다. 춤 끝에 초나라 노래를 힘차게 부르자, 전체 악무의 분위기를 흥겹게 띄운다. 초나라 귀족 악무에 쓰인 악기들은 종과 북과 우竽와 슬을 모두 갖추고 있는데, 부르는 노래는 초나라 고유 노래가 있는가 하면, '오유채구吳歈蔡謳' 즉, 오나라와 채나라의 노래도 있다. 춤을 추는 중에 귀족은 항상 단정하고 위엄 있는 모습이 아니라, 술이 좋을 때 정나라, 위나라 지역의 요염한 미녀와 마주 대하며, 후대 귀족의 매춘풍을 일으키기도 했다. 당시 악무의 등급을 보면 '이팔二八'의 여악女樂을 쓴다. 왕일王逸은 "이팔二八(16명)은 두 줄이다. 대부가 두 줄로 늘어선 악무를 사용할 수 있다. 그래서 진도공晉悼公은 위강魏絳한테 여악 16명(二八), 종 32점(二肆)을 하사하였다"라고 주석했다. 이처럼 「초혼」에 기록된 악무 상황은 초나라의 고급 귀족의 규격이 아니라, 일반 대부大夫 급에 불과하다. 전국시대 초나라 군주와 고급 귀족의 악무는 더욱 화려했다고 짐작할 수 있다.

전국시대에 일부 대귀족들은 종종 자신의 악대와 무녀를 두고 있었다. 1940년대 초빈 호남 장사長沙 황토령黃土嶺 전구 초묘에서 채색학 인물 그림이 있는 칠기 칠렴漆奩242)이 출토됐다. 그림 한 가운데에 소매 넓고 허리 가늘며 몸매 가벼운 두 여인이 춤추고 있는데, 그들 옆에 세 여인은 춤추기 위해 가만히 서있는 듯하다. 소매자락을 걷고 채찍을 든 다른 여자 한 명이 마치 무녀의 지휘 역할을 맡은 것 같다. 또 다섯 명의 여인이 두 방에 앉아서 춤을 감상하는데 시선을 집중하고 있다. 전체 화면 상에 나온 여인들은 당시 귀족의 한 무용대가 리허설을 하는 것 같다.

전국시대 일부 귀족이 악무에 중독되어, 생전에 극성스럽게 즐기고 죽

---

242) 隨縣擂鼓墩 1號墓考古發掘隊,「湖北隨縣曾侯乙墓發掘簡報」,《文物》, 1979年 第7期.

어서도 종종 악기를 부장하곤 했는데, 증후을 묘 출토된 수많은 정미절륜한 악기들이 이를 입증한다. 특히 증후을 묘 순장자는 모두 여성이고 묘의 동실에 8명의 순장 중에서 15세 안팎으로 보인 이들은 한 명을 제외하면 나머지 모두 18~22세다. 서실西室에는 13명 순장자 중 25세 안팎으로 보인 이들은 한 명을 제외하면 모두 13~20세다. 증후을 묘에서 악기들이 많이 부장된 정황으로 미루어볼 때, 이들 21명의 청소년 여성은 일부 증후을의 시첩을 제외하고는 대부분 당시 여악 즉, 기녀, 무녀다. 1983년 절강성 해염海鹽 전국 묘 출토된 원시 도제陶製 악기243)들은 종, 방울 등이 포함돼 있으며 모두 45점이나 되는데 이중에서 종은 13점이다. 1호 종은 전체 높이는 43.2cm, 13호 종 전체 높이는 32.1cm이니, 차이가 매우 크다. 1호부터 13호 종까지 높이는 순차적으로 점차 줄어든 것을 보면 편종 세트로 추정된다. 그밖에 이질泥質과 도질陶質의 뉴종 및 경磬도 있다. 이 악기들은 모두 청동 악기를 모방한 명기로 만들어져서 실용적인 가치가 없지만 무덤 주인의 악기에 대한 특별한 기호를 내비친다. 이 묘주가 비록 청동 악기를 부장하지 못했지만, 완전한 도제 악기 세트로 그의 마음을 위로해 주면서 '실컷 즐겼을 것' 같다.

귀족의 사치스러운 춤에 대하여, 전국시대 사람들은 종종 비판적인 태도를 취했다. 순자는 "지금의 군주는 즐거움을 급하게 쫓고 나라 다스리기를 게을리 하니 어찌 매우 잘못된 일이 아니랴! ······즐거움을 쫓는 일은 급하게 하면서 나라를 다스리는 일은 게을리 하는 자는 즐거움을 알지 못하는 것이다. 그러므로 밝은 군주는 반드시 먼저 그의 나라를 다스린 연후에야 모든 즐거움을 그 가운데에서 얻고, 어두운 군주는 반드시 즐거움을 쫓는 일은 급히게 하면서 나라를 다스리는 일은 게을리 하므로 우환

243) 浙江省文物研究所·海鹽縣博物館,「浙江海鹽出土原始瓷樂器」,《文物》, 1985年 第8期.

을 다 계산할 수가 없게 되어 반드시 자신이 죽고 나라가 멸망한 연후에야 중지하나니 어찌 슬프지 아니한가!"244)라고 말했다. 순자는 '축락逐樂'과 '치국治國' 간의 관계임을 강조하면서 '축락'만 아는 어두운 군주들을 비판했다. 한비자는 "죄는 탐욕보다 더 큰 것이 없다. 성인은 아름다운 빛깔에 마음이 끌리지 않고 즐거운 음악에 빠지지 않으며, 현명한 임금은 모두가 좋아하는 노리개를 천하게 여기고 마음을 어지럽히는 화려한 것들을 물리친다"245)고 했다. 여기서 언급한 '오색五色', '성악聲樂', '음려淫麗' 등은 모두 악무와 관련되어 있는데, '성인'과 '명군'은 마땅히 이것들을 하찮게 여겨야 한다고 했다. 이로 초래할 수 있는 문제점에 관하여 한비자는 "눈과 귀는 음악이나 여색에 빠져 그 능력을 다하고, 정신이 겉모양을 꾸미는 데 그 힘을 다한다면 그 결과 몸 속의 주체가 없어지게 된다. 몸 속의 주체가 없어지면 그 앞에 화복禍福이 산더미처럼 덮쳐와도 그것을 알 길이 없어진다"246)고 했다. 생각은 음악이나 여색에 빠지게 되면 국정을 다스리는 정신이 고갈되어 화복이 어디에 있는지도 볼 수가 없다.

6. 희곡의 맹아

전국시대 귀족의 악무에서 점차 희극의 싹이 돋아나기 시작했다.247)

---

244) 「荀子·王霸」
245) 「韓非子·解老」
246) 「韓非子·喩老」
247) 「사기史記·공자세가孔子世家」에 따르면, 희곡의 효시는 춘추 말년에 생겼다. 노정공魯定公 10년(BC500년)에 노와 제齊 두 나라의 군주가 협곡에서 만나기로 했다. "제나라의 관리가 앞으로 달려나와 말했다. '청컨대 궁중의 음악을 연주하게 하옵소서.' 경공이 말했다. '그렇게 하라.' 광대와 난쟁이가 재주를 부리며 앞으로 나왔다"라고 했다. 이른바 '희戱'는 아마도 제나라 궁전에서 극劇적인 줄거리가 있는 악무 연기였을 것이다. 그러나 『좌전』에서 이 사건의 기록에서 관련된 내용이

초나라에서 무무巫舞가 유행했는데 「초사楚辭·구가九歌」는 신령에게 제사를 지내는 악가樂歌도 포함돼 있다. 「구가」에는 이미 단순히 노래만 부르는 것이 아니라 어떤 줄거리 표현도 나타난다. 예를 들어 「상군湘君」은 제전祭典에서 여신인 상부인湘夫人 역할을 맡은 무당의 노래다. 노래가 시작하자마자 "님께서 주저주저하며 오질 않으시니 아! 누가 모래톱에서 기다리라고 했나. 아리땁게 단장하고 계수나무 배를 타고 그대를 맞으러 가오리니." 상군에게 왜 머뭇거리고 있느냐? 누가 당신을 강가 모래톱에 놔두었나? 내가 이미 예쁘게 단장해서 당신 맞을 준비하고 곧 계수나무 배를 타고 출발할 것이다. 「상군湘君」에 이어 「상부인湘夫人」 편에는 남신인 상군 역할을 맡은 무당이 노래를 한다. 첫머리부터 앞의 상부인의 노래와 맞장구를 치면서 "천제님의 아들 북녘 기슭에 내려와 계신다기에 아득히 바라보다 서러움에 젖네. 가을 바람 살랑살랑 일어나니, 동정호 물결 위에 나뭇잎 떨어지네." 북주北洲에 상부인이 온다고 해서, 나는 눈을 부릅뜨고 기다리고 있는데, 산들산들 부는 가을 바람에 동정호 물결 일고 호숫가에 나뭇잎 떨어지고 있다. 두 편의 노래가 서로 호응하는 상황을 보면, 당시 노래에 이미 후세 가무극의 일부 장면을 찾아볼 수 있다. 연구에 의하면 「구가」 중의 「하백河伯」 편은 하백 역을 맡은 남자 무당과 산귀山鬼 역을 맡은 여자 무당의 맞창이다.[248]

없다. 『사기』의 기록은 아마도 다른 근거에 의한 것이다. 춘추시대에 악무나 설창說唱 형식의 해학극 배우가 이미 생겼다. 춘추 후기에 제나라 내란이 일어날 때 "진씨陳氏 포씨鮑氏네 말 먹이는 사람들이 광대놀이를 하니, 졸들이 다 갑옷을 벗고 말을 잡아매고서, 술을 마시고, 또 그 광대 놀이를 구경했다." (「左傳·襄公·28年」) 이른바 '관우觀優'은, 바로 '우優'의 공연을 구경한 것이다. 이 공연은 반드시 연극이 아니지만 마땅히 극적인 줄거리가 있다고 판단된다. 그렇지 않으면 군사들이 갑옷을 풀고 말을 멈추게 하지 않았을 것이다.

248) 「구가」 중의 「하백」과 「산귀」 두 작품은 앞뒤로 이어져 있으며 내용상으로는 「상군」, 「상부인」 두 작품처럼 같은 맥락인 것이다. '하백'의 의미에 대하여 굴원을

님과 함께 구하九河에서 노니는데
세찬 바람 불어 큰 물결 이네.
연잎 덮개 친 물수레 타고서 가는데
두 마리 뿔 없는 용이 곁마로, 또한 두 마리 용이 끄네.
곤륜산에 올라 사방을 바라보니
마음은 날아오는 듯 확 트이네.
날이 저물어도 돌아갈 줄 모르고
아득히 저 물의 끝을 생각하네.

고기비늘로 이은 지붕 용비늘로 만든 집
자줏빛 자개문에 주단으로 된 궁전
어이해 선령께선 물 속에 계실까.

흰자라 타고 잉어의 뒤를 따라가서
님과 함께 황하의 모래톱에서 노니노라니
유빙이 흩어져 밀려오네.

님과 손을 잡고 동녘으로 가서
님을 남포에서 부내는데

가리킨다는 의견이 있는데, 주희朱熹가 『초사변증楚辭辯證』을 통해 이 점을 견강부
회라고 비판했다. 「초사집주楚辭集注」에서는 이를 '황하의 신'이라고 해석했는데
설득력이 있는 견해. '산귀'의 의미에 대하여 각 시대를 거치면서 해석이 많이
다르고 주희는 "「산귀山鬼」편이 잘못된 설이 최대 많아서 정확한 해석을 하기
힘들다고 했다." 그러나 그는 '산귀'가 굴원 자신을 위한 자작극이라는 견해도
바람직하지 않다고 했다. 주희는 "예쁜 옷차림을 한다는 것은 자신이 포부와 행동
이 순결하다는 뜻이고, 용모가 아름답다는 것은 자신이 재능이 있다는 뜻이다.
'그대 내 아리따운 자태 좋아여'라는 싯구절이 있는데, 굴원 입장에서 초회왕이
다시 자기를 아낄 줄 안다는 뜻이다."(『楚辭集注』)이 설은 작품의 뜻과 서로 맞지
않다. 전문가는 '산귀'가 옛 무산巫山 신녀 이미지라고 해석했는데 지극히 가깝다고
할 수 있다. 「하백」의 "선령께선 물속에 계실까"라는 구절이 있는데, 이는 하백의
독백이 아니고 마땅히 산귀가 하백에게 묻는 말투이다.

물결이 넘실거리며 마중하러 오고
고기떼 줄지어 나를 전송하네.

여기서 먼저 남자 무당이 맡은 하백의 노래하는 장면이다. 내가 너와 함께 황하를 유람하고 있는데 폭풍이 흥을 돋우기 위해 파도를 일으킨다. 우리는 연잎으로 덮인 두 마리 용이 끌채를 끌며 양쪽의 작은 용 두 마리를 곁마로 삼는 물수레를 타고, 곤륜산에 올라 멀리 바라보니, 갑자기 기분이 고조되는 것을 느낀다. 여자 무당이 맡은 산귀신은 이어서 노래하길, 황혼 무렵 돌아가는 것을 잊고 쓸쓸히 저 먼 곳을 생각하며 망망해 한다. 당신은 왜 어룡魚龍의 전당과 자패와 진주로 쌓은 방에서 사십니까? 왜 물속에 사나? 남자 무당이 맡은 하백은 산귀의 질문에 정면으로 대답하지 않고, 물 속에서 생활하는 즐거움을 이야기했다. 그는 우리는 흰 거북에 태워져 아름다운 물고기를 따라다닐 수 있고, 강가의 작은 섬을 노닐 수 있고, 그 세차게 흐르는 강물을 볼 수 있다고 말했다. 다음 두 마디는 남자와 여자의 맞장구이다. 여자 무당이 노래하길, 나는 당신과 손잡으며 말로 고별한다. 당신과 헤어지며 나는 동쪽으로 갈 것이다. 남자 무당이 다시 노래하길, 나는 당신을 남쪽 강가까지 바래다 줄 것이다. 마지막 두 마디는 남녀합창으로 파도가 밀려와 우리를 맞이하네, 쌍쌍이 물고기가 와서 우리와 함께 배타고 멀리 간다. 「하백」편의 대창은 하백과 산귀 사이에 연모하는 정, 그리고 둘이 노닐면서 놀이하는 상황을 표현했는데 극劇적인 경향이 비교적 뚜렷한 편장이다.

7. 악무의 상품화

전국시대에 상품 경제가 번영함에 따라, 악무도 상품화 경향을 띠게 됐다. 「한비자韓非子 · 오두五蠹」편에서 "속담에 말하기를 '소맷자락이 길면 춤을 잘 추고, 돈이 많으면 장사를 잘한다'고 했다. 이 말은 자본이나 발판이 든든하면 일하기가 쉽다는 뜻이다." 춤 잘하는 사람과 좋은 장사를 비교하니, 춤을 잘하는 것과 장사를 잘하는 것은 모두 '자본'으로써 이익을 도모할 수 있음을 시사한다. 사마천은 일찍이 북방의 중산中山 지역의 민중들이 창우(倡優: 기생, 광대, 배우 등)가 된 상황을 언급했다. "중산 땅이 천박하고 인구가 많은데다 또 주왕紂王이 음란한 짓을 저지른 사구沙丘일대에는 아직도 은대 후예가 남아있어, 백성의 성격은 조급하고 투기에 능하며 이익을 보는 것으로 먹고 살았다. 사내들은 함께 어울려 희롱하고 놀며, 슬픈 노래를 불러 울분을 터뜨리고, ……창우倡優 되기도 했다. 여자들은 금琴와 같은 악기를 연주하고 신발을 질질 끌고 곳곳을 찾아 다니며 부귀한 사람에서 아부하여 첩으로 들어가기도 하였는데, 이들은 각 제후국에 두루 퍼져있다.[249] 중산 땅의 남녀가 각각의 제후국 사이에 널리 퍼졌는데 생계 수단은 바로 자신들의 독특한 춤이다. 조나라와 정나라 지역의 여자도 마찬가지다. "조나라, 정나라의 미인들이 얼굴을 아름답게 꾸미고 금琴을 연주하며, 긴 소매를 나부끼고 경쾌한 발 놀림으로 춤을 추어 보는 이의 눈과 마음을 유혹한다. 그들은 천리 길도 멀다 않고, 늙은이와 젊은이를 가리지 않는 것 또한 많은 재물을 향해 달려가는 것이다."[250] 전국시대 진秦나라의 이사李斯는 '정위지녀鄭衛之女'가 진나라의 '후궁'에 충당되었다고 말했다. "정나라와 위나라의 후궁으로 충원되지 않고 우아하고 아름답게 차린 조나라의 미녀들은 진왕 곁에 섰다"[251]

---

249) 「史記·貨殖列傳」

250) 「史記·貨殖列傳」. 안어: 사마천은 「사기·화식열전」에서 기록한 각 지역의 민속은 전국 이후의 상황을 논한 것이다. 중산 땅의 남녀들은 "부귀한 자에게 꼬리를 쳐서 후궁으로 들어가니 제후국에 두루 퍼졌다"는 것은 마땅히 전국시대의 상황을 위주로 서술한 것이다.

251) 「史記·李斯列傳」

고 했는데, 사마천이 말하는 상황과 부합된다. 각 제후국 간에 조나라와 정나라의 여자를 비롯하여 다른 나라 여자까지 부유한 귀족의 집이나 군주의 후궁으로 가게 되면 통상적으로 학습과 훈련을 더 하고 춤의 기예를 익힐 수 있다. 호남성 장사長沙에서 전국시대 무녀 채색화 칠렴漆奩이 출토됐다. 그림에 무녀자들은 끝단이 바닥에 닿는 긴 소매를 가진 치마를 입고 있는데, 그중 3명의 무녀가 무용사의 감독 아래 연습하고 있다. 그녀들은 두 손으로 아치형을 하고 마치 허리를 옆으로 돌리며 좌우로 흔드는 자세를 취하고 있는 것 같다. 그림 한가운데 이마에 주름이 잡힌 늙은 무용수가 서 있고, 그녀가 소매를 걷어붙이고 채찍을 들고 있는데 표정이 엄숙하다. 화면에는 또 다른 다섯 명의 여자가 한쪽에 앉아서 쉬고 있는데, 무용사와 멀리 있는 두 여자는 쉬고 있는 사람들을 향해서 걷고 있다. 이 그림은 바로 무녀들이 훈도를 받는 내용을 표현하고 있다. 동주묘에서 무용舞俑이 출토된 적이 있다. 산동성 임치에서 춘추 말년 혹은 전국 초년의 인순묘가 발견됐는데, 부장품 중 여성 무용舞俑은 상투가 빠지고 얼굴이 평면으로 깎여있고 검은색으로 눈썹이 그려진 것이다. 그리고 끝단이 바닥에 닿은 긴 치마를 입고 몸을 앞으로 기울이며 허리를 흔들고 춤을 추는 자태가 아름답다. 산서성 장치시長治市 전국 묘에서 출토된 무용군舞俑群은 모두 긴 치마차림으로 춤추고 있는데, 두 팔을 들어 춤추거나 두 손을 마주 잡은 자태를 취하거나 각양각색이다. 이들은 당시 조나라와 정나라 무녀의 모습을 표현한 것이다. 일부 무녀는 기예 수준이 높아 금琴을 타면서 노래할 수 있다. 조무령왕趙武靈王이 "꿈에 처녀가 금琴을 타며 시 한 수를 노래하는 것을 보았는데, 그 내용은 '미인이여! 광채가 눈부시고, 그 모습 농염한 능소화凌霄花 같아라. 운명이여! 내 가련한 운명이여, 뜻밖에 이 왜영娃嬴을 몰라준다'는 내용이다."[252] 이것은 비록 국군의 꿈

---

252) 「史記·趙世家」

에서 본 것이지만 또한 현실 상황의 반영이다. 평소 '처녀가 금琴을 타며 시 한 수를 노래하는 것' 보지 못하면, 조무령왕은 이런 꿈도 꾸지 못했을 것이다. 일부 무녀가 군주의 상견례를 받으면, 높은 대우와 지위를 얻을 수도 있다. 「사기史記・조세가趙世家」에서 "조나라 왕 천遷의 어머니는 창 기로서 도양왕悼襄王의 총애를 받았다"고 기록했는데, 조왕 천의 어머니 는 바로 기녀로서 조왕의 총애를 받는 사람임을 알 수 있다.

사람들의 음악 수준이 보편적으로 높아짐에 따라 전국시대 가수의 노래 수준은 상당히 높아졌는데, 이들은 수준 높은 가수는 엄격한 훈련을 거쳐 야만 비로소 될 수 있었다. 「한비자韓非子・외저설우상外儲說右上」 편에서 노래 부르는 법을 기재했는데, "무릇 남에게 노래를 가르치는 사람은 먼저 소리의 기본인 오음에 적합한가를 시험한 뒤에 가르치는데, 먼저 소리를 빠르게 내어 궁宮의 음에 맞는가를 보고, 다음은 천천히 소리를 내게 하여 치徵의 음에 맞는가를 보는데, 빨리 소리를 내어도 궁의 음에 맞지 않고, 천천히 소리를 내어도 치의 음에 맞지 않으면 처음부터 가망이 없으므로 가르치지 않는다"고 했다. 당시 노래를 가르치기 전에 먼저 배울 사람에게 빠르게 소리 내어 음이 맞는지를 확인한 후에 음宮를 바꾸게 하였는데, 음을 바꾼 후에 다시 맑은 치徵의 음으로 돌릴 수 있으면 노래의 방법을 가르칠 수 있다. 다른 방법은 먼저 노래를 배울 사람에게 빠르게 소리를 내어 궁의 음에 맞추도록 한다. 그리고 천천히 소리를 내어 치의 음에 맞춰보고 만약에 이를 못하면 그에게 노래를 가르쳐 줄 수 없다. 이것으로 전국시대에 전문 가수 양성하는 데 상당히 신경썼다는 것을 알 수 있다. 하남 신양信陽에서 발견된 전국시대 초묘에서 슬瑟이 3점 출토됐는데 두 개는 크고 하나는 작다. 현공弦孔의 간격으로 계산하면 큰 슬瑟은 20현이 다. 무덤에서 출토된 간문簡文에서 "슬금을 1년을 가르치면 할 수 있고 말을 가르치는데 3년이나 필요하다"253)라고 적혀 있다. 이른바 '정세晶歲' 란 1년(혹은 3년을 지칭)을 가리켜, 슬의 기예를 키우는 데 1년이 걸리므로 슬의 연주를 상당히 중요시했음을 알 수 있다.

전국시대에 가수. 악사와 무녀는 귀족이나 군주의 인증을 얻으면 후한 대우를 받거나 하사 받을 수 있었다. 「사기史記·조세가趙世家」기록에 따르면 조趙나라 열후烈侯는 음악을 아주 좋아하여 특히 정나라에서 조나라로 간 창槍과 석石 두 사람을 좋아했다. 그래서 "전지를 각각 만 모씩 하사하기로 했다." 이에 대해 재상 공중련公仲連의 반대로 끝내 주지 못했지만 가수에 대한 군주의 관심을 내비친다. 전국시대의 가수는 자신의 특기로 군주와 거래한다는 점에서 그 시대의 군신관계와 유사하다. 『수경주水經注』의 「수수睢水」편에서 "금고琴高라는 조나라 사람이 금琴 기예가 아주 수준이 높아서 송나라 강왕의 문객이 되었다"고 했다. '금고'라고 하는 이 악사는 바로 송강왕의 환심을 사서 후한 대우를 받았다.

8. 악무민속 중의 금슬지악

전통적인 묘당廟堂 위에서 연주된 음악은 금석악을 위주로 했고 금슬과 같은 현악을 보조로 했다. 전국시대에는 끊임없이 발전해 나가는 신악新樂, 특히 '세속적인 음악(世俗之樂)'은 오히려 사죽지악絲竹之樂을 위주로 했다. 종경의 소리가 주로 엄숙한 음악 언어라면, 사죽의 소리는 은근하고 듣기 좋은 음악 언어라고 할 수 있다. 「여씨춘추·중하기仲夏紀」에서 "이 달에는 악사에게 명령을 내려 노도路鼗와 작은 북, 큰 북을 수선하고 금슬琴瑟과 관管, 퉁소를 조율하게 한다. 방패, 도끼, 창, 깃털 깃발 등을 손질하며 우竽, 생황, 훈壎, 호箎 등 관악기의 음을 조절하고 종鐘, 경磬, 축柷, 어敔 등 타악기를 수리하게 한다. 일을 맡은 관리에게 명령을 내려 백성들을 위해 산과 하천, 그리고 뭇 수원水源들에 비를 기원하는 제사를 지낸다.

---

253) 敎瑟晶歲, 敎言三歲.

상제에게 대대적으로 기우제를 지내는데 성대한 음악을 연주하게 한다"
고 했다. 제사 지낼 때 북, 금琴, 우竿 등의 악기를 앞에 두고 종과 경쇠를
마지막에 놓는다는 것은 종경의 낮은 지위를 내비친 것이 아닐 수가 없다.
사죽류絲竹類의 악기가 사람들에게 폭넓게 사랑을 받는 것은 우연한 일이
아니고, 그것은 인간의 느낌과 관능의 필요에 더 적합했기 때문이다. 소진
蘇秦은 일찍이 제왕에게 제나라가 임치성臨淄城 중의 부자에 대하여 "도읍
임치는 심히 부유하고 실實한 곳으로 백성들 누구 하나 취우吹竿와 고슬鼓
瑟과 격축탄금擊筑彈琴 등의 놀이를 즐기지 않는 자가 없다."254) 임치 민중
들이 연주하는 우竿·슬瑟·축筑·금琴은 모두 사죽류 악기고, 이런 악기는
전국시대에 이미 일부 군주의 전당에서 주요 연주 악기가 됐다. 제선왕齊
宣王은 아첨을 좋아하는 사람으로 전해졌는데 「한비자韓非子·내저설상內
儲說上」 상편에 이르기를,

> 제선왕齊宣王은 우竿를 불게 할 때 언제나 300명으로 하여금 합주하도록
> 했다. 남곽南郭 처사가 임금을 위하여 우竿를 불겠다고 청하자 선왕은 이를
> 기쁘게 생각했다. 이렇게 하여 관청으로부터 양곡을 타먹는 사람이 수백
> 명에 이르게 됐다. 그 뒤 선왕이 죽고 민왕緡王이 왕위에 올랐는데, 선왕과는
> 달리 한 사람씩 독주를 하게 하고 남곽 처사는 본래 엉터리였으므로 그
> 일이 탄로날까 봐 달아나 버렸다.255)

제민왕齊緡王의 취미는 비록 제선왕과 다르지만 우竿 연주를 즐겨 듣는
것은 일치한다. 다만 제선왕은 300명이 함께 연주하는 것을 좋아하고, 제
민왕은 우竿 독주를 좋아했을 뿐이다. 이것은 전국시대부터 전해 내려온
우화인데, 같은 시기에 한소후韓昭侯도 우竿를 좋아한다는 일화가 전했다.

---

254) 「戰國策·齊策·1」
255) 「韓非子·內儲說上」

그가 "'우竽를 부는 사람은 많은데 그 중에 누가 잘 부는지를 알 수 없다'고 하니 전엄田嚴이 대답했다. '한 사람, 한 사람씩 불게 하면 알 수 있습니다'" 라고 했다. 이것은 제민왕이 저지른 일을 한소후에게 책임을 돌린 것이다. 제선왕, 제후왕, 한소후에게 꼭 이런 일이 있었다는 것보다 제나라와 한나라에서 우竽 연주에 관심이 많았다는 점이 확인된다. 「전국책戰國策·제책齊策」에서 임치의 사람들 중에 '우竽를 불지 않은 사람이 없다'는 설이 입증자료가 된다. 우竽는 서를 갖춘 관악기의 일종으로 생황과 비슷하다. 장사長沙 마왕퇴馬王堆 한묘 출토된 우竽는 22개의 관이 있는데, 앞뒤 두 줄로 나누어져 있으며 전국시대 우竽의 형제와 비슷하다. 우竽는 전국시대 사람들에게 사랑을 많이 받았다. 전국 말기 한비자 음악연주를 언급하면서 "우竽라는 관악기는 오음의 으뜸이기 때문에 먼저 우竽가 앞장을 서면 종이나 슬瑟이 모두 그를 뒤따르고 우竽가 소리를 내면 모든 악기가 그에 따라 화음을 맞춘다"256)라고 했다. 여기서 그가 우竽를 궁宮·상商·각角·치徵·우羽 오음의 으뜸이라서 다른 악기들이 모두 우竽의 음을 따라 연주한다고 했다. 굴원屈原이 천신에게 제사 지낼 때 "느린 가락에 나지막한 노래 소리 나고 우竽, 슬瑟 소리 뒤이어 높아지네. ……오음이 한데 어우러진다"257)고 묘사했다. 느린 박자 아래에 경쾌한 노래 만무를 할 때, 우竽와 슬瑟로 반주해야 오음을 조화롭게 할 수 있다. 이 기록은 '우竽라는 관악기는 오음의 으뜸'이라는 말과 일치함으로 우竽는 당시 악대 연주에 있어 특별히 중요한 악기임을 증명해준다. 짚고 넘어가야 할 것은 금석악은 중요한 행사가 열릴 때 아주 특별한 위치를 차지했다는 것이다. 편종과 편경은 군주의 중요한 부장 기물이 되기도 했다. 이는 전국시대까지만 해도 편종과 편경은 여전히 귀족들의 일종의 신분 표시였기 때문이다.

---

256) 「韓非子·解老」
257) 「楚辭·九歌·東皇太一」

금슬 음악은 귀족 가무의 주요 반주 악기일 뿐만 아니라 전국시대 일반 선비들의 취미 생활에 있어서도 반드시 필요했다. 자상子桑이라는 선비는 매우 가난해서 열흘 동안 비를 맞으며 굶주림을 참을 수 없었다. 그의 친구는 그에게 밥을 갖다 주려고 집 앞에 도착할 때 자상이 "집에서 마치 노래를 부르는 듯 곡하는 듯 금琴을 타면서 노래하는 소리가 들렸다. '아버지 탓인가? 어머니 탓인가? 사람 탓인가?' 그리고는 그 소리를 감당하지 못하고 시詩를 곡조에 맞지 않게 빨리 주워섬기고 있었다. 자여가 들어가서 말했다. '그대가 시를 노래함이 어째서 이와 같은가?' 자상이 말했다. '누가 나를 이 지경에 이르게 했는지를 생각해 봤지만 알아내지 못했다.' '부모님인들 어찌 내가 가난하기를 바라셨겠는가.'"[258] 자상이 배가 고파도 목이 쉬어도 힘이 다 빠져도 금琴소리를 내며 노래한다. 전국시대 도가는 '공구지도孔丘之徒'들은 "홀로 금琴 타면서 슬픈 목소리로 노래하여 온 천하에 명성을 팔려는 자"[259]라고 비판했다. 이것으로 '현가弦歌'는 유가 학파가 지닌 하나의 특색이라는 것을 알 수 있다.

9. 악무민속의 지역적 특색

악무의 지역 특색은 전국시대에 와서 더욱 뚜렷해졌다. 이런 특색의 형성은 다방면의 원인이 있는데, 그중 앞장선 사람이 많아지고 서로 영향 주고 받는 것과 밀접한 관계가 있다고 본다. 전국시대의 순우곤淳于髡은 "옛날 왕표王豹가 기수淇水가에서 사니 하서河西 지방의 사람들이 구謳를 잘했고, 면구綿駒가 고당高唐에 사니 제나라 서쪽 사람들이 가歌를 잘했다"[260]라고 말했다. 왕표와 면구 두 사람은 대단한 신분을 가진 사람이

---

258) 「莊子 · 大宗師」
259) 「莊子 · 天地」

아니다. '왕표는 위나라의 구謳를 잘한 사람'이고 '연구는 가歌를 잘한 사람'이다. 그러나 이들은 한 지역의 가곡에 영향을 미칠 수 있는 상황으로 볼 때, 그곳의 높은 관직을 갖고 있으며 노래도 잘한 사람임이 분명하다.

전반적으로 보면 북방지역 제후국은 귀족 악무와 민간 오락 악무 위주로 되어 있고, 남쪽의 초나라는 제사 악무가 독특하다고 할 수 있다. 동한東漢 왕일王逸의 『초사장구楚辭章句』에서 "옛날 초나라 남영南郢의 고을과 원수沅水·상수湘水 사이에 귀신을 믿고 제사를 잘 지내는 풍속이 있었다. 그들은 제사를 지낼 적에 반드시 노래를 하며, 음악을 연주하고 춤을 추어 여러 귀신을 즐겁게 했다. 굴원은 쫓겨나 그 지방에 숨어 지내다가 우수를 품고 그 지독함을 괴로워했다. 우수에 젖어 울적함이 끓어올랐다. 밖에 나가서 그 지방 사람들이 제사를 지내는 의식과 노래하고 춤추는 음악을 구경하였는데, 그 가사가 비루하여 그것을 근거로 구가의 노래를 지었다." 「구가九歌」 창작 시기는 굴원이 유배된 뒤는 아니지만, 내용 상으로는 초나라 민간 제사 악곡이 확실하다. 이를 통해 초나라 제사 악무의 상황261)을 엿볼 수 있는데 「구가九歌」의 첫 편인 「동황태일東皇太一」에는 제사 악무를 묘사했다.

> 좋은 날 좋을 때
> 님을 모셔다 기쁘게 해드리고자

---

260) 「孟子·告子·下」

261) 주희朱熹의 『초사집주楚辭集注』에서는 굴원이 민간 가무 중의 오신娛神의 노래를 보았다고 했다. "그가 눈에 띄는 대로 느낀 바가 있어 그 가사를 고쳐 안이함을 제거했나. 나시 그들의 신을 모시는 마음에 나의 충군애국의 점을 기탁하고 연연하여 잊지 못할 뜻을 기탁한다." 여기서 「구가」는 굴원이 민간 가사 바탕으로 고친 것이라고 했는데 설득력이 있다고 본다. 「여씨춘추·치악」 편에서 "초나라가 쇠약해지자 무음巫音을 만들었다"고 했다. 굴원 시대는 바로 '초나라가 쇠약해진 시대'였고 그는 창작한 「구가」는 바로 '무음巫音'이다.

긴 칼 옥고리를 매만지니
쟁그랑 아름다운 패옥 소리.

옥 방석 옥자리를 깔아 놓았으니
어찌 향초 가지 한 아름 바치지 않으리오.
혜초로 고기를 싸고 난초를 깔아
계주桂酒와 초장椒漿을 차리네.

느린 가락에 나지막한 노래 소리 나고
우竽, 슬瑟 소리 뒤이어 높아지네.
춤추는 무녀의 고운 옷 나풀거리고
향기는 온 방안에 가득찬다.
많은 악기들이 일제히 연주하는 가운데
하늘의 신은 당연히 기쁨으로 춤만 한다.

전문가 의견에 의하면 「동황태일東皇太一」은 제사 때의 영신곡이라는
견해를 제시하였는데 어느 정도 설득력이 있다고 본다. 신을 맞이하는
장면에서 가장 주목을 끄는 것은 노래와 춤, 특히 화려한 여자 무당의
춤은 사람들에게 아름다움과 기쁨을 가져다 주며 전례 분위기를 고조시킨
다. 「동황태일」 이후 창작한 「구가」의 주요 편장들은 모두 신을 즐겁게
하는 악무의 노래다. 예를 들면 운신雲神에게 제사를 올린 「운중군雲中君」,
상수湘水의 신에게 제사를 올린 「상군湘君」과 「상부인湘夫人」, 생명의 신에
게 제사를 올린 「대사명大司命」, 생식의 신에게 제사를 올린 「소사명少司
命」, 태양 신에게 제사를 올린 「동군東君」, 황하의 신에게 제사를 올린
「하백河伯」, 산신에게 제사를 올린 「산귀山鬼」, 전사의 망령에게 제사를
올린 「국상國殤」 등이 있다. 제전祭典에서 악공과 남자무당, 여자무당 등이
함께 춤추며 노래하거나 혹은 어떤 사람이 선창하고 뭇사람들이 함께 춤
을 추었다. 「구가」의 마지막 장인 「예혼禮魂」은 제사 끝의 송신곡이다.

제사의 예 갖추고 북을 둥둥 울리니
파초 서로 건네며 번갈아 춤추네
고운 무녀 노랫소리 그윽하고
봄엔 난초로 가을엔 국화로
길이길이 제사 끊이지 않아라.

제전祭典이 완성될 무렵에 북소리가 일제히 울리고, 손에 있던 꽃들은
빈번히 남에게 전달하고 번갈아 가면서 춤추어야 한다. 아름다운 여자
무당은 큰 소리로 노래하고 새해 봄의 난초와 가을 국화가 향기로울 때
함께 하기를 바란다. 이 송신악은 가장 생동감 넘친 '파초 서로 건네며
번갈아 춤춘다'는 싯구절을 통해, 아름다운 무녀들이 손에 꽃을 들고 서로
전하며 춤추는 흥겨운 상황을 묘사했다. 이는 종교 무술巫術과 긴밀하게
연관된 초나라 악무민속의 한가지 특색이다.

진秦나라는 사죽류 기악이 많지 않고 와제瓦制 기악이 성행했다. 한대
사람이 "부缶는 고대에 질장구로 만든 술통으로 일반 백성들은 흥이 나면
이를 두드려 장단을 맞추면서 즐겁게 노래하였다"[262]고 했는데 믿을 만하
다. 전국 말년에 이사李斯는 "대저 항아리(瓮)를 두들기고 질장구(缶)를
치거나 쟁箏을 타며 넓적다리를 치면서 어야디야 노래를 불러 귀를 즐겁게
하는 것이 참다운 진나라의 음악 소리다"[263]라고 했다. 그가 언급한 쟁은
현악기이지만, 항아리와 질장구 뒤에 배치된다. 이사가 말하는 '참다운
진의 음악 소리(眞秦之聲)'는 항아리와 질장구의 반주에 어야디야 노래를

---

262) 許愼, 『說文解字』缶部. 안어: 질장구를 악기로 사용하는 것은 진秦나라뿐만 아니
라 다른 지역도 그런 경우가 있었다. 「시경詩經·완구宛丘」에서 춘추시대 진陳나라
남녀의 악무 상황을 서술할 때 "콩콩 북을 친다. 완구 아래서 겨울도 여름도 없이
해오라기 깃을 들고 통통 질장구를 친다 완구 길에서"라고 했다. 북과 질장구를
병렬시킨 것을 보면 질장구도 북처럼 악기로 사용하였다고 할 수 있다.
263) 「史記·李斯列傳」

부르는 소리인데, 쟁이라는 악기가 울려 퍼지긴 하지만, 아마도 박비(搏髀: 자기 넓적다리를 두드리는 것) 소리에 파묻혀 버렸을 것이다. 진나라 현지의 악기는 중원지방과 남방의 홍종대려洪鐘大呂와 사죽관현絲竹管弦에 비해 하찮아서 말할 것도 없지만 사실이었다. 이사가 진나라 왕에게 말을 함부로 해서 진나라를 폄하하지 않았을 것이다.

제나라의 상품경제는 비교적 발달되어 있으며 세속의 음악도 민중의 부유함에 따라 융성해졌다. 소진蘇秦의 말을 빌면 "도읍 임치는 7만 호나 되는데……심히 부유하고 실한 곳으로 백성들 누구 하나 취우吹竽와 고슬鼓瑟과 격축탄금擊筑彈琴 등의 놀이를 즐기지 않는 자가 없다."[264] 이는 제나라 세속적인 음악의 발달에 관한 가장 좋은 해석으로 삼을 수 있다. 제나라에서 제일 유명한 악기는 대종大鐘과 우竽라고 했는데, 우竽에 관하여 앞서 제선왕과 제민왕이 우竽를 매우 좋아한다고 언급했다. 「정국책戰國策 · 제책齊策 · 4」에서 "대왕께서는 만승萬乘의 땅을 가지고 있고 청석종千石鐘 만석록萬石籚을 세우셔서 천하 인의의 선비들이 모두 달려와 역사役使하는 곳"[265]이라고 했다. 이른바 '천석종千石鐘'은 무게가 1000석의 큰 종을 가리키고, '만석록萬石籚'은 무게가 10000석의 큰 종틀을 가리킨 것이다. 전국 후기에 연나라 명장인 악의樂毅가 제나라를 칠 때 제나라의 "일체의 주옥과 보물, 거마와 진기珍器들이 모두 연나라로 들어오게 되어 대려大呂는 원영궁元英宮에 진열한다"[266]고 했다. 이른바 '대려大呂'는 제나라에서 주조된 엄청 무거운 큰 종인데 연나라한테 약탈당했다. 「여씨춘추呂氏春秋 · 치락侈樂」에서 "제나라가 쇠약해지자 대려大呂를 만들었다"는 기록이 있다. 이를 연나라한테 약탈당해 원영궁에 진열된다는 상황과 부합된다. 제

264) 「戰國策 · 齊策 · 1」
265) 「戰國策 · 齊策 · 4」
266) 「戰國策 · 燕策 · 2」

나라의 음악 발달은 제선왕이 '종과 북의 소리와 관管과 약籥의 음'267)을 무척 좋아했다는 점에서도 확인할 수 있다.

연燕, 조趙 땅에서 강한 기개로 유명한 사람이 많고 음악도 격앙된 기풍이 넘쳤다. 연나라의 고점리高漸離는 '축(筑: 일종의 현악기)'268)을 잘 연주한 것으로 유명세를 떨쳤다. '축'이란 악기는 격앙된 음악일수록 더욱 적합한 악기라는 특성을 지닌다. 유명한 자객인 형가荊軻는 연나라에 가려고 했다. "형가는 술을 즐겨 날마다 개백정(狗屠), 고점리高漸離와 어울려 연나라 시장 바닥에서 술을 마셨는데, 술이 얼큰해지면 고점리가 축筑을 타고 형가는 그 소리에 맞추어 시장 가운데서 노래를 부르며, 서로 즐기기도 하고 또한 서로 울기도 하여, 마치 옆에 사람이 아무도 없는 것처럼 했다"269)고 했으니 정말 멋진 모습이다. 그 후, 진나라 왕을 암살하러 간 형가는 가기전에 많은 사람들이 역수易水 강변에서 그를 배웅했다.

역수 강변에 이르러, 도조신到祖神에게 제사를 지내고, 형가는 길에 올랐다. 고점리가 축筑을 타고, 형가가 화답하여 노래를 불렀는데, 변치變徵의 소리를 내자, 사람들이 모두 눈물을 흘리며 울었다. 그리고 앞으로 나아가며 노래를 불렀다. "바람소리 쓸쓸하고, 역수는 차갑구나. 장사가 한 번 가면, 다시 오지 못하리라!" 다시 우성羽聲으로 노래하니 그 소리가 강개하여, 사람들이 모두 눈을 부릅떴고 머리카락은 관冠으로 치솟았다. 그리하여 형가는 수레를 타고 떠났다는데, 끝내 뒤를 돌아보지 않고 가버렸다.

---

267) 「孟子 · 梁惠王 · 下」
268) 「漢書 · 高帝紀」注. 응소應劭는 "축筑은 금琴처럼 생겨서 머리 부분이 크고 현줄로 고정돼 있으며 죽竹으로 치기 때문에 축筑이라고 불렀다"라고 했다. 청나라 학자의 고증에 의하면 축筑은 금琴과 비슷해 13개 현줄이 있는데, 축을 타는 법은 왼손으로 현줄을 어루만지고 오른손으로 대나무 자로 탄다.
269) 「史記 · 刺客列傳」

이는 인구에 회자되고 가슴에 의분 강한 감정의 여운을 남기는 역사적 사건이다. 이런 정서를 가장 잘 나타내 주는 것은 고점리의 연주와 노래다. 그래서 "이런 노래들을 음악으로 간주하고 종묘에서 부르게 된다"[270]고 전해진다. 이렇게 한 이유는 분명히 제나라 음악의 성격이 고점리의 연주와 같은 요소가 있었기 때문이다. 역사상 조나라와 연나라와가 비슷한 점이 많이 있었다. 「회남자·태족훈」에서 "조趙왕 천遷이 진나라에 멸망당하여 방릉房陵으로 유배되고, 고향을 사모하여 「산수山水」의 노래를 만들었을 때, 듣는 이는 모두 눈물을 흘리지 않을 수 없었다"는 기록이 있다. 이 조왕 천은 망국의 군주로서도 「산수」라는 곡을 부를 수 있을 정도로 음악 수양이 각별했다. 「산수」를 들은 사람은 모두 '눈물을 흘리지 않는 사람이 없다(莫不殞涕)'는 것으로 미루어 볼 때, 이 노래는 저속한 음악이 아니고 격앙되고 정기 충만한 음악이었음이 틀림없다.

서남 일대의 소수 민족은 춘추전국시대에 이미 동고銅鼓 음악이 성행했고 노래와 무용은 동고 반주로 했다. 전문가 통계에 따르면 운남성 초웅시楚雄市 만가파萬家坝라는 지명地名 때문에 이름을 얻은 만가파형万家坝型 동고銅鼓는 시금까지 29짐을 발견했다.[271] 영승 금궁구永勝金宮區에서 출토된 동고를 예로 들어 설명하자면, 대동고와 소동고 각각 1점이 동시에 출토된 적이 있다. 이들은 서로 4m의 간격으로 떨어져 있고 대동고는 오른쪽에 있고 소동고는 왼쪽에 있으며, 아래에 각각 항아리 하나씩 놓여

---

270) 「淮南子·泰族訓」

271) 李昆聲·黃德榮, 「論萬家壩型銅鼓」, 《考古》, 1990年 第5期. 안어: 이처럼 대고와 소고가 같이 나타나는 것은 오래됐다. 산서성 양분襄汾 도사陶寺 용산문화 유적에서 쌍으로 된 목고를 발견한 적이 있다. 목고의 몸통 부분은 세워진 통형桶形으로 나무를 파서 만들었다. 목고의 양쪽 북면은 처음 만들 때 악어피로 덮었기 때문에 발견 당시 악어피 조각이 북 속에 산산이 흩어져 있었다. 연구자들은 이런 북은 운남성 경포족景頗族의 '증강增强'이라는 악기과 비슷하다고 했다.

있다. 대동고 북면鼓面의 한가운데에 태양문太陽紋이 있고 밖으로 퍼지면서 두 줄의 현문弦紋과 8줄의 망죽으로 장식되어 있다. 허리 안쪽 벽에 대칭 모양으로 된 마름모 무늬가 있는데, 이 무늬 옆에는 네 발 달린 파충문爬蟲紋이 있다. 북은 4개의 납작한 귀가 있고, 귀 사이의 거리는 10cm이고, 북면의 지름길이 37cm, 높이 37.6cm, 무게 21.8kg다. 함께 출토된 소동고는 대동고의 형제처럼 북면 한가운데에도 태양문太陽紋이 있고 북면의 지름길이 28cm, 높이 27cm, 무게 12.5kg다. 만가파 동고는 종종 쌍으로 혹은 가까이 묻었다. 운남성 초웅시 만가파 일련번호 M23인 고분에서 부장된 4개의 동고는 두 쌍으로 나뉘어 대동고와 소동고 각각 하나씩 같이 묻었다. 광남廣南 사과촌沙果村에서 출토된 두 개의 동고는 각각 같은 산의 북쪽 비탈과 남쪽 언덕에 묻었다. 이렇게 쌍으로 묻은 동고는 '공고公鼓'와 '모고母鼓'라고 부르게 됐다. 음악연주 효과로 보면 공고의 소리는 흔히 웅장하고 소박하며 힘있는 느낌을 주고, 모고의 소리는 흔히 부드럽고 달콤하며 듣기 좋다. 두 개의 동고를 동시에 연주하면 더욱 아름다운 연주효과를 얻을 수 있다.

<h2>제4절   조소 및 각화刻画</h2>

암벽화는 인류 역사상 최초의 각화 형식 중의 하나다. 이런 각화 속에서 원시적인 회화예술의 싹 트임이 이미 포함돼 있다고 할 수 있다. 유명한 낭산狼山 암벽화와 음산陰山 암벽화 속에 당시 인류 각종 활동장면과 각화풍속을 생생하게 표현했다. 이중에서 <무용도>는 인물 이미지와 무녀 자세를 통해 원시시대의 단체무용 장면 및 무용형식을 생동감 있게 부각시켰다. 사청가성四川省 신침현新津縣 전국시대의 동정銅鉦(청동 징) 하나가 출토됐는데, 위에 호랑이 무늬가 새겨져 있으며 생동감이 넘친 이미지로

그림 6-13 낭산狼山 암벽화 〈무용도〉 일부 | 그림 6-14 동징銅鉦 위의
호랑이 무늬

호랑이 동그랗게 뜬 눈, 크게 벌
려진 입, 날카로운 발톱, 몸의 무
늬까지 다양하게 표현되어 있어
서 아주 드문 각화 진품이다.

그림 6-15 파문波紋 채도분

중국 신석기시대에 여리 원
시문화에서 적지 않은 도기陶器
의 무늬 장식과 각화가 발견됐
다. 이들은 풍부한 원시예술의 새싹이 트인 것으로 보인다. 예를 들어
1978년 청해성青海省 민화현民和縣 마가요문화유적에서 채도분 하나가 출
토됐는데 그 위에 장식 무늬는 예술 진품珍品이다. 이 도기는 등황색橙黃色
이질도泥質陶이며 안밖에 무늬 장식이 모두 검은색으로 그려진다. 이런
무늬 장식은 파문波紋을 비롯하여 도분의 아가리 부위에 어망 무늬를 보조
로 해서 몸체에 온통 원점이 군데군데 찍혔는데 마치 너울거리는 파도
속에서 소용돌이가 치고 있는 것 같다. 이 채도 무늬 장식과 아주 비슷한
것은 바로 같은 지역에서 출토된 채도병이다. 창구(敞口: 바깥쪽으로 입구

그림 6-16 채도병

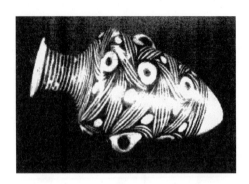

그림 6-17 선문旋紋 채도 첨저병

가 벌어짐) 직경(直頸: 곧은 목) 채도병은 고복鼓腹, 평저平底이고 전체를 검은색으로 채색했다. 배와 어깨 부분에 망문網紋과 십자 원권문十字圓圈紋이 그려져 있고, 위와 아래에 현문弦紋이 있으며 현문 아래 파도문이 있다. 이런 무늬 장식은 마땅히 거센 파도 속에 물고기 잡는 장면을 추상적으로 표현한 것이고, 사람들이 일상생활에 대한 관찰과 직접적이고 밀접한 관련이 있다고 보인다. 또한 감숙성 농서隴西 지역에서 출토된 선문채도첨저병旋紋彩陶尖底瓶도 있는데 등황색 세니細泥 도기로, 기형은 치구侈口, 직경直頸, 고복鼓腹, 평저平底이며, 통째로 얕은 붉은색으로 입히는데 검은색 무늬가 그려져 있다. 병의 주요 부분에 사방으로 연속된 선문이 그려져 있고 아마도 용솟음치는 파도를 추상적으로 표현한 도안일 것이다. 병

그림 6-18 어와문魚蛙紋 채도분

위에 그려진 동그라미와 원점은 바로 소용돌이의 중심의 상형象形이다.

신석기시대의 각화와 조소작품들은 종종 소박한 동물 이미지들을 생생하게 창조했다. 앙소문화에서 채도기 위에 물고기, 벽호, 사슴, 새 등 이미지들을 많이 그렸다. 섬서성 임

동临潼 지역에서 채도분 하나가 출토됐는데 절연折沿, 평구平口, 원저圓底, 구연부에 한 바퀴 흑채로 장식했다. 도분의 안벽에 형태가 제각기 다른 물고기 다섯 마리가 놀고 있는 모습을 묘사했는데, 장면이 아주 자연스럽고 흥미있게 보인다. 하모도문화에서 출토된 상아 제품 위에 정교하고 날개를 펼치며 팔랑팔랑 날아다니는

그림 6-19 효정鴞鼎

나비가 있고, 소리 높여 노래 부르는 한 쌍의 새가 있다. 도기 공예품 위에 그려진 통통하고 귀여운 작은 돼지를 통해 돼지를 좋아하는 민속이 있었음을 알 수 있다. 섬서성 임동현临潼縣 강채強寨 앙소문화유적에서 채도분 하나가 출토됐는데 안벽에는 살진 물고기가 그려져 있고, 구연부에 쓸쓸히 기어오르는 큰 개구리가 그려져 있다. 이 개구리는 굼뜨고 귀여워 보이는데 긴 다리, 얇은 발과 등 위에 꽉 찬 동그란 반점들이 뚱뚱한 몸통 빛 볼록한 배와 서로 대조되어 흥미를 더한 것 같다. 신석기시대의 예술 작품 중에 종종 인류와 가깝게 지닌 온순한 동물 이미지가 많았다. 당시 사람은 차분한 마음으로 이 동물들의 이미지를 즐겨 묘사했다. 이들은 순진하고 귀여운 모습으로 강한 색채감을 지니며, 우짖는 새소리가 들리는 것처럼 대칭적인 이미지도 부드럽게 그려져 있는데 늘 친근감을 주며 귀여운 느낌을 주기도 한다. 이는 당시 시대의 편안한 사회상황, 소박하고 착한 민풍 등의 요소와 직접적인 인과관계가 있다고 판단된다. 흉악하고 누추한 동물 이미지

그림 6-20 관을 치레하는 대구帶鉤

그림 6-21 옥종玉琮

그림 6-22 상대사양동존四羊銅尊

들이 간혹 그 시대 작품 속에 나타났지만 이들은 이미 민속 관념에 따라 예술가공을 거친 것이었다. 1958년 섬서성 화현華縣 태평장太平莊 앙소문화유적에서 도정陶鼎 하나가 출토됐는데 통째로 부엉이 모양으로 만들었다. 부엉이의 두 발과 아래로 드리운 꼬리로 도정陶鼎 세 개의 다리를 구성했다. 독자적인 경지에 이른 이 작품 속에는 맹금猛禽을 순복馴服시켰다는 의미가 담겨 있다. 이 작품의 부엉이 조형은 하늘 높이 날아다니고 다른 생명을 마구 탈취하는 맹금이 아니라, 배가 도려 내어져 벌을 받으며 온순하고 이용할 수 있는 기물이 됐다. 도철문饕餮紋 같은 용맹하고 흉악함을 상징하는 무늬 장식은 신석기시대 후기에 비로소 나타났다. 신석기시대 초기와 중기에는 비교적인 평온한 발전과정을 거치면서 폭력적이고 지배적인 힘은 아직 민속의 주도 지위를 차지하지 못하고, 예술 작품 중에 착한 동물 이미지들은 실로 당시 민속의 진귀한 성과로 볼 수 있고, 한 가지의 민속 표현 방식이라고 볼 수 있다.

　인간과 자연의 융합은 선진시대 조각작품의 중요한 주제가 됐다. 양저문화에서 발견된 많은 옥기玉器에 여러 정세한 천부조淺浮雕가 등장했다. 예전에는 흔히 이를 수면문獸面紋이라 불렀는데, 이들 이미지를 자세히 살펴 보면 인수합일人獸合一이라고 불러야 한다. 사람들이 짐승의 흉악한

그림 6-23 금은 상감 코뿔소 동제銅製 대구

그림 6-24 춘추
연학방호蓮鶴方壺

모습을 힘입어 자신의 위엄을 표현한 것이다. 이런 인수교융人獸交融 이미지가 선진시대 예술 작품 속에 오랫 동안 존재했다는 것은 인류 민속 관념이 반영된 것이고, 인류도 짐승과의 결합을 통해 위력을 얻을 수 있으며, 짐승의 용맹을 인간 신체에서도 표현할 수 있다고 믿었다.

은대 변방지역에서도 아름다운 조소 작물이 발견된 적이 있다. 1938년 호남성 영향寧鄕에서 사양동존四羊銅尊이 발견됐는데, 이 동기는 원조(圓雕: 입체 소각)와 부조浮雕 기술을 결합해서 네 마리 양 이미지와 기물 형태를 교묘하게 하나로 결부시킴으로써 양의 표정을 평온하고 귀엽게 표현했다. 이를 통해 단조로움을 피하기 어려운 기물이 아주 생동감이 넘치고 흥미 가득한 것으로 변했다. 현재 호남성湖南省 일대는 원래 상대 삼묘三苗의 활동 지역이었는데, 이 기물을 통해 그 지역의 조소 기예가 이미 많이 발전했다는 것을 알 수 있다. 전국시대 변방 지역에서도 조소활동은 여전히 지속적으로 발전하고 있었다. 1954년 사천성 소화현昭化縣에서 출토된 금은상감(錯金銀) 동제 대구帶鉤는 바로 대표적인 작품이다. 이것은 실용 물건이지만 조소 공예가 독자적인 경지에 이르렀다. 전체 대구가 코뿔소 형상으로 목에 긴 갈기가 있고, 코가 앞으로 뻗어 갈고리 형태로 만들어지며 코뿔소의 기세를 드러내 보이면서도 실용적이다. 대구의 끝은 짐승머리

그림 6-25 전국 음악 동옥銅屋

로 만들어지며 조형은 생동감이 넘치고 힘이 있게 보인다.

춘추전국시대의 조소는 점차적으로 정세하고 아름다워졌다. 유명한 춘추 연학방호蓮鶴方壺는 그 시대상을 그대로 반영하는 정품인 데다가 정교하고 최고 수준의 조소예술품이다. 날개를 펼치며 비상하려는 학 이미지 조형은 생동감 있고 움직이려는 자태도 딱 적절하게 표현해서 장인 조소 기예의 뛰어남을 잘 드러냈다. 1978년 호북성 수현隨縣 증후을曾侯乙 묘에서 많은 기물들이 출토됐는데 모두가 정교한 조각품이다. 예를 들어 두 개가 한 세트로 구성된 청동 존반尊盤을 보면, 술을 담은 청동존을 반盤의 중심에 두고, 존尊과 반盤의 조형 및 풍격도 완전히 일치된 것으로 보인다. 존반의 구연부에 다차원적으로 투각된 반리문 장식은 구불구불하게 반복적으로 이어진다. 이 문식은 뒤얽히면서도 정연하고 번잡하면서도 명쾌하다. 반盤 사방에 4마리의 앙수仰首 모양의 호랑이 장식이 있는데 이들이 혀를 내밀면서 뒤돌아보고 있는 모습이 생동감이 살아 넘친다. 기물의 밑바닥과 복부에 주조된 용 무늬 및 표범 무늬 장식이 더욱 생동감이 넘치게 보여 아름다움을 이루 말할 수 없다.

단체 인물 이미지 조소는 전국시대에 이미 아름다운 제작이 나타났다. '음악동옥音樂銅屋'은 대표적인 기물로 꼽을 수 있는데 주조 공예가 아주 정세하다. 지붕은 화려하고 기둥은 위로 두드러지게 높이 솟고, 동반 삼면에 격자창으로 만들어져 있으며, 다른 한 면에 기둥으로 나누어진 공간을 드러냈다.

이 동옥은 대체로 후세 무대의 초기 형태를 갖추었다. 그러나 받침대가

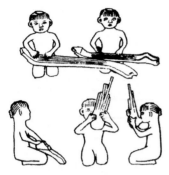

그림 6-26 전국 음악 동옥 인물도   **그림 6-27** 전국 음악 동옥 인물도 하나

그리 높지 않고, 동옥 안에서 악기 연주가와 가수 조각 인물이 여러 명이 배치돼 있으며, 그중에서 두 명은 금琴을 연주하고, 두 명은 생황을 불고, 다른 두 명은 가슴을 쓰다듬어 노래하고 있고, 또 한 명이 북을 치면서 박자를 맞추고 있다. 이들 단체 인물들은 이미지 비례가 적절하고 생동감이 넘친 조형으로 연출되어, 당시 연주 가창 장면을 제현했다. 전국시대에 많은 소수민족들이 역시 여러 정교한 조소 예술작품을 만들었다. 1979년 운남성 정공현呈貢縣에서 오우청동제통五牛青銅提筒과 청동 구식扣飾 등 대표적인 작품이 출토됐다. 오우청동제통의 구연부 가까운 곳에 견형犬形 귀 한 쌍이 주조돼 있고, 몸체에는 13줄 무늬가 둘려져 있다. 전체 기물이 평저平底로 세 발이 달려 있고, 기물 마개에는 큰 소 1마리와 송아지 4마리가 주조돼 있으며, 이들의 현상이 진짜와 똑같이 만들어져서 점잖게 서거나 걸어가는 모습은 자못 특색을 갖췄다.

제5절 저주(詛), 망분望氛 및 동요

신령에게 기도하고 아무개한테 재앙을 내리는 저주 방식을 춘추전국시

그림 6-28 전국
오우청동제통五牛青銅提筒

그림 6-29 전국 청동 구식扣飾

대에는 '저詛'라고 했다. 이는 비교적 짙은 미신 색채를 띤 것으로 보인다.

한대漢代 사람의 주장에 의하면 저詛는 맹盟과 같으며 주대 이후에 나타났다. 『곡량전穀梁傳』은공隱公 8년에 "맹盟과 저詛는 삼왕에 미치지 못하다"고 했다. 이른바 '삼왕三王'은 하·상·주 삼대의 왕을 가리킨다. 『범녕집해설範寧集解說』에서 "삼왕은 하·상·주의 왕을 말한 것이다. 하후씨는 균대鈞臺에서 연회를 베풀었고, 상왕조 탕왕湯王은 경박景亳에서 명령을 내렸고, 주왕조 무왕武王은 맹진盟津에서 군사들과 맹세하였고 모두들 믿고 복종하기 때문에 맹저盟詛하지는 않았다." 실은 '저詛'는 아주 일찍 나타나서 늦어도 원시시대 후기에 이미 생겼다. 「상서尚書·여형呂刑」 편에서 일찍 치유蚩尤 때 묘민苗民들에게 이미 '저맹詛盟'이 있다고 주장하고 있다. 그 때 "백성들이 일어나 서로 물들어서 어둡고 어지러워 마음속에 성신으로 하지 않고, 저詛와 맹盟를 반복했다." 「상서尚書·무일無逸」편에 기록된 주공의 말은, 민중들이 "생활 형편이 나빠지면 그 마음이 왕에게서 떠나 원망하거나 그렇지 않으면 그들의 입으로 저축詛祝하게 될 것이다"고 했다. 공영달의 소疏에서 "신명에게 보고하고 신보고 재앙을 내리라고 하고 말로 신명에게 알려드린 일이 축祝이고, 신에게 청해서 재앙을 내리라고 청한 일이 저詛이다"고 했다. 이것으로 주왕조 때 저詛가 이미 있었다는 것을 알 수 있다.

저詛와 맹盟은 비슷하고 광의로 말하면 저詛도 맹세의 한가지다. 노양공魯襄公 11년(BC562년)에 노나라의 삼환三桓 중의 하나인 계씨季氏가 '삼군을 창설한다(作三軍)'고 선포했다. 상경上卿으로서 권력을 갖고 있는 숙손씨叔孫氏의 숙손묵자叔孫穆子가 "정권이 당신 차지가 되면 필경 약속을 지키지 않을 것이다" 고 반대했다. 노나라 정권이 곧 계씨손으로 넘어가기 때문에 계씨가 군권을 분산시키지 않을 것이라고 판단했다. 역사 기록에 이르길,

> 그러나 계무자가 군이 요청하니 묵자는, "그렇다면 우리는 그 일을 맹盟을 짓자"라고 말하고는, 희공僖公의 사당 대문에서 맹盟하고, 다시 오보五父의 거리에서 저詛했다.

계무자季武子가 곧이 '삼군을 창설한다'고 했는데, 숙손목자叔孫穆子는 그가 마음을 바꿀까 두려움이 있어 계무자보고 맹세로 믿음을 얻자고 했다. 그래서 노희공魯僖公의 '희굉僖閎'이라는 묘문 밖에서 맹盟를 하고, '오보五父'라는 거리에서 '저詛'를 거행했다. 이 기록을 통해 당시 '저詛'는 실은 맹세의 한 구성 요소로 삼았다는 것을 알 수 있다. 「주례周禮·사맹司盟」에 기록한 '사맹司盟'이라는 직관은 맹盟과 저詛를 합친 칭호다.

> 천하의 모든 백성에게 맹盟을 한 후, 그 맹盟을 어긴 자는 저詛를 하게 하고 신용이 없는 자도 또한 같이 저詛를 하게 한다. 백성 가운데 약제(約劑: 어음으로 약속함)한 자가 있으면 해결되도록 도와 주는 일이 사맹司盟에 있다. 옥사나 송사가 있는 자들에게 맹저를 하게 한다. 맹저를 하는 일은

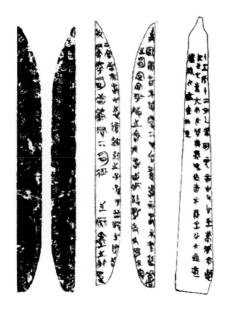

그림 6-30 후마맹서侯馬盟書

각 지역의 백성에게 희생을 제공하게 하여 이루어지도록 한다.

정현鄭玄은 "맹저한 자가 서로 신神에 대한 불공순不恭順의 벌을 받고자 한다. 명령을 어긴 행동은 군주의 교령教令을 범한 것이고, 약속을 지키지 못하면 위약자가 된다"고 해석했다. 이에 의하면 고대 군주의 교령을 위반한 자와 약속을 지키지 않은 자에게 '맹盟'과 '저詛'를 행해야 했다. 이 때 맹盟이든 저詛이든 모두 신 앞에 기도하고 신보고 그 나쁜 사람에게 재앙을 내리라고 했다. 역사 기록에 의하면 노나라 계씨와 숙손씨 사이에 벌여진 '맹盟'과 '저詛는 비록 신보고 즉시 재앙을 내리라고 한 것은 아니지만 앞으로 누가 맹세를 어기면 신이 내린 재앙을 당하겠다고 약속했다. 고대 사람은 맹저盟詛에 대하여 아주 신중하고 일부 맹저의 서언(誓詞)은 정중하게 기록했다. 1965년 산서성 후마촌侯馬촌村 춘추 말 유적에서 발견된 후마맹서侯馬盟書, 1979년에서 1982년 간에 하남성 온현溫縣 무덕진武德鎮 서장촌西張村에서 출토된 온현 맹서溫縣盟書는 모두 실물이다. 이들을 통해 당시 맹저 풍속을 알 수 있다. 후마맹서는 모두 5000여 편이 출토됐고 붓으로 글을 옥조각이니 규형圭形 돌조각 위에 썼다. 고대 문헌 기록에 의하면 맹저의 서언이 적힐 시에는 희생의 피를 마시게 하고 그 신용을 보증한다. 죽인 짐승과 맹저의 서언을 적은 옥조각과 규형 돌조각들을 구덩이에 묻고 제사 지내 신령에게 이를 증명해달라고 기도한다. 기록한 서언은 마지막에 늘 '미이비시麻夷非是'라는 네 자로 끝마친다. '멸치피시蔑雉彼視'라고 읽고 만약 이 맹세를 어기면 결국은 죽인 짐승과 같다는 뜻이다. 이것으로 맹과 저는 실은 분리할 수 없었다.

저와 맹이 비슷한 점은 『주례』의 다른 기록을 통해서도 입증할 수 있다. 『주례』에서 주대에 '저詛'를 전문적으로 주관하는 관리는 '저축詛祝'이라고 하고, 그의 직책은 여덟 가지 기도와 신령에게 제사 지내는 것을 주관하는 것이다. 『주례』의 구성 체계에 의하면 '저축詛祝'이라는 직관職官은 전문적으로 맹세를 주관하는 직관 사이에 밀접한 관계를 갖고 있다. 맹세할 때 서언을 기록하는 일도 '저축詛祝' 손에서 완성해야 한다. 청나라 학자 손이양孫詒讓은 "맹서하는 문구나 저주하는 글을 지어 책에 써서 구덩이에 묻고, 나라의 신용을 널리 펼친다. 이는 '사맹司盟'이라는 관직의 직책과 관련이 있다."[272] '저축'과 '사맹'이라는 두 직관이 관장하는 일은 서로 관련이 있다는 것은 '저詛'와 '맹盟'의 특성이 가깝기 때문이다.

특별히 맹저와 소송訴訟의 관계를 규명할 필요가 있다. 「주례周禮 · 사맹司盟」에 의하면 "옥시니 송시가 있는 자들에게 맹盟을 하게 하거나 저詛를 하게 한다"고 했다. 소송한 사람은 먼저 그들을 각각 맹세하고 만약 무고하거나 죄를 지으면 기꺼이 신의 벌을 받을 거라고 이리이리 한다. 이로부터 알 수 있듯이, 맹저는 실제로 안건 처리 수단이 될 수 있고, 옥송獄訟을 처리하는데 아주 좋은 점이 많다. 정현은 "위약하려는 자는 맹저를 감히 들을 수가 없기 때문에 소송을 줄이게 된다"[273]고 했다. 안건 심리 시 저절로 많은 골칫거리를 없애버릴 수 있는 것이다. 묵자墨子가 춘추시대 '맹저盟詛'에 의한 안건 심리 사례를 기록한 적이 있다.

---

272) 『周禮正義』卷50.
273) 不信則不敢聽此盟詛, 所以省獄訟.

옛날 제장군齊莊君의 신하에 왕리국王裏國과 중리요中裏徼라는 자가 있었다. 이들 두 사람은 3년간이나 소송을 하였으나 판결이 나지 않고 있었다. 제나라 임금은 이들을 아울러 죽여버리자니, 죄 없는 사람을 죽이게 될까 두려웠고, 이들을 아울러 풀어주자니 죄가 있는 자를 놓치게 될까 두려웠다. 이에 두 사람에게 한 마리 양을 바치며 제나라 신사神社에 가서 맹세를 하게 했다. 두 사람은 이를 허락하고, 이에 피를 마시며 맹세를 하기 위하여 양의 목을 자르고 피를 쏟게 했다. 왕리국이 맹세하는 글을 다 읽고 나서, 중리요가 맹세하는 글을 읽었는데, 그가 반도 못 읽었을 즈음에 양이 일어나 그를 뿔로 받아 그의 다리가 부러졌다. 다시 사당의 신이 그를 쳐서 맹세하던 곳에서 죽여버렸다. 그때에 제나라 사람으로서 따르던 사람들은 모두가 보았고, 멀리 있는 사람들도 그 얘기를 듣지 않은 사람이 없으며, 제나라 역사인 『춘추』에도 기록되어 있다. 제후들은 이 얘기를 전하면서 말했다. "모든 맹세를 하는 사람으로 진실성이 결여된 사람에게는 귀신의 벌이 내려지는 것이 이와 같이 빠르다.274)

묵자가 이를 '제장군齊莊君' 때 일어난 일이라고 했는데, 제장군은 바로 제장공齊莊公이고 춘추 초기의 군주여서 '옛날'이라는 문구로 서술한 것이다. 제나라의 신사 앞에 맹저할 때 군주가 두 사람을 하여금 각각 양 한 마리를 내놓으라고 하고 양의 피를 신사에 뿌리라고 명령했다. 결국은 중리요가 서언을 읽을 때 반도 읽지 못하고 양이 일어나 그를 뿔로 받아 죽여버렸다. 이 전설이 기이하고 믿기 어렵지만, 중리요가 겁이 나서 심리적 압력을 견딜 수가 없어서 죽게 되었다면 오히려 불가능한 일이 아니었을 것이다. 제나라 사서에 기록되고 여러 제후국에 널리 퍼진 이 이야기는 아마도 전혀 근거가 없는 일이 아니었을 것이다. 노장공 10년(BC684년)에

---

274) 「墨子·明鬼」. 안어: 이 단락의 글이 착와錯訛가 많다. 손이양孫詒讓의 『묵자간고墨子閒詁』에서는 왕념손王念孫, 필원畢沅의 학설을 논의했다. 여기서는 손씨의 의견을 따른다.

유명한 상삭지전長勺之戰 전에 조귀曹劌가 작전의 준비를 논할 때 노장공에게 질문을 세 번 했는데, "작고 큰 옥사를 비록 전부 다 살피지 못해도 반드시 실정대로 처리했다(必以情)"는 세 번째 대답을 듣자마자 조귀가 "충忠을 의지하면 일전을 벌일 수 있다"[275]고 긍정으로 받아들였다. 이른바 '실정대로 처리한다'는 것은 물론 실제 상황에 의해 심판한다는 의미가 포함돼 있지만, 신령에게 실제 상황을 숨기지 않는다는 의미도 담겨 있다. 노장공이 답한 세 가지 질문 중에 두 번째는 "희생, 옥과 비단을 감히 예에 맞지 않게 더 많이 바치지 않았으니 반드시 진실된 마음으로 한다"고 했다. 여기서 희생의 수량만 이야기하고 신에게 실제 상황을 알린다는 의미가 포함돼 있지 않다. 그래서 노장공은 한 걸음 더 나아가 세 번째 질문에 '실정대로 처리한다'고 답했다. 노나라에서 맹저로 안건을 심판한 사례가 있었는지 역사서에 기록이 별로 없어서 알 길이 없지만, 노장공의 말을 통해 노나라도 왕리국, 중리요와 비슷한 옥송이 있었을 가능성을 배제할 수 없다. 『좌전』에 노나라 사람이 맹저하는 일을 비교적 많이 기록했다. 『주례』의 "옥송자가 있으면 그들을 맹저하게 한다"는 상황이 발생했을 것이다. 이런 심판 방식은 오래 전부터 실행했고 이를 실행할 수 있는 원인은 민속 때문이라고 할 수 있다. 민중들이 맹저의 정확성을 받아드릴 수 있는 것이 결정적인 원인이 됐다.

옛 민속에 의하면 저주의 대상이 그리 구체적이지 못할 경우에 사람이 나쁜 짓 했으면 꼭 저주 받고 재앙을 부른다고 믿었다. 예를 들면 노은공魯隱公 11년(BC712년)에 정나라가 허許나라를 쳤다. 정나라 대신 자도子都가 영고숙穎考叔과 수레를 가지고 다투었는데 이기지 못했다. 그가 마음속에

---

275) 『左傳·莊公·10年』. 안어: 「국어國語·노어魯語」 상편에서는 노장공魯莊公이 "나는 소송을 심리하면서 비록 감히 모든 것을 일일이 살펴보았다고 말할 수 없으나 실정에 합당하게 처리했다"라고 했다. 이는 『좌전』의 기록과 일치하다.

원한을 품고 보복을 도모했다. 성문을 공격할 때 "영고숙穎考叔이 정나라 군주의 군기인 모호蝥弧를 들고, 제일 먼저 성으로 올라가려 하자, 자도子都가 그 밑에서 활을 쏘아 영고숙은 굴러 떨어져 죽었다."276) 자도가 성 아래서 이미 성곽 위로 올라가 있는 영고숙을 쏴서 아래로 떨어뜨려 죽였다. 맹렬한 전투 속에 영고숙이 자기 사람한테 사살당했지만 구체적으로 누가 한 일인지를 사람들은 잘 몰랐다. 그래서 전투가 끝나고 나서 정장공이 "개 한 마리 닭 한 마리씩을 내어 그것으로 제물삼아 영고숙을 쏴죽인 사람을 저주케 했다."277) 정장공의 이번 맹저를 상당히 성대하게 거행했지만 맹저할 대상이 명확하지 않았다. 전국시대 사람들이 정장공의 이 같은 행동이 본말도치本末倒置라고 비판했다. 『좌전』 저자가 이를 논평할 때 정장공은 "정사政事와 형벌刑을 제대로 하지 못했다. 정사를 해서 백성을 다스리고 형벌을 주어서는 부정을 바로 잡는 것이다. 이왕에 덕으로 한

---

276) 「左傳·隱公·11年」. 안어: 정장공이 맹세한 일에 대하여, 전대 사람은 「시경詩經 ·산에 부소나무(山有扶蘇)」의 내용에 의해 결론을 내린 가능성이 크다. 정장공은 뻔히 자도子都가 저질른 일로 알고 있으면서도 모른 척하고 저주로 여러 사람들의 분노를 가라앉혔다. 「시경·산에 부소나무」에서는 "산에는 부소나무, 늪에는 연꽃, 고운 사람 아니 보이고, 미친 못난 이만 보이네"라는 싯구절이 있다. 전대 사람은 자도子都가 정장공의 농신弄臣이었고 미모로 정장공의 총애를 얻으며 비호받았다 고 했는데, 이 설은 허점이 많다고 보인다. 「산에 부소나무(山有扶蘇)」는 정鄭나라 의 민요이고 작품의 2장에서는 "산에는 큰 소나무, 늪에는 하늘거리는 여뀌, 충실 한 사람 아니 보이고, 능구렁이 같은 녀석 보이네"라는 싯구절이 있다. 이것으로 자도子都가 '능구렁이 같은 녀석'이고 젊은 여자의 연인이었다는 것을 알 수 있다. 역사 기록에 의하면 자도子都가 영고숙과 전차를 가지고 다투었다. "자도가 창을 빼들고 그 뒤를 좇아 큰 길까지 갔다."(「左傳·隱公·11年」) 그러니까 자도는 용감 한 무사였고 '능구렁이 같은 녀석'이라는 이미지와 거리가 아주 멀다. 또한 춘추시 대 사람은 귀신의 위력에 내하여 철석같이 믿었다. 만약 정나라 사람은 영고숙을 죽인 이가 자도였다는 것을 알고 있었으면 정말 진짜같이 저주를 행하지 않았을 것이다. 그리고 정장공 자신만이 이 일을 알고 있었고 정나라 사람들이 모두 모른 다고 치면 오히려 더욱 이상한 일이 되어버려 믿기 어렵다.

277) 「左傳·隱公·11年」

정사가 없었고, 또 위엄을 보이는 형벌이 없었다. 그러므로 일이 있게 됐는데, 부정이 있고서 저주를 하는데 있어, 정차 무슨 이익이 있으랴?"[278] 라고 했다. 여기서 정장공은 정사와 형벌을 제대로 하지 못했다는 점을 정확히 지적했다. 그렇지만 쓸모없는 일로 여기는 것도 치우쳤다. 병사들은 영고숙 피살 사건에 몹시 분노할 때, 바로 '저詛'로 사람들의 분노한 마음을 가라앉혔다. 군사들로 하여금 "영고숙을 사살한 자를 저주한다(詛 射穎考叔者)"고 했다. 이는 정장공의 실수라기 보다 그의 현명한 행동이라고 해야 더욱 적당하다. 청나라 학자 하작何焯이는 "자도子都가 영고숙을 죽였지만 정장공이 그를 칠 수가 없었다. 왜 그랬을까? 그가 인재를 아꼈기 때문이다. 나중에 한 맹저는 그가 특별히 군심을 안정시키기 위해서였다"[279]고 했다. 이런 관점이 비교적 통달할 수 있다.

정장공이 '저詛'를 거행할 때 바친 제사 용품을 보면 춘추시대에 대체적으로 돼지, 개, 닭 세 가지 희생을 자주 썼다. 「시경·저 사람은 누구인가(何人斯)」에는,

> 그대의 그 어린 시절처럼 지내고 싶은데
> 진정 나를 몰라준다면
> 닭과 개와 돼지 내다가
> 그대를 저주하리라
> 귀신이나 물 여우 같아서
> 그 심술은 측량할 수 없겠지만
> 부끄러운 그 얼굴
> 남들에게 보이기 망극하구나.

---

278) 「左傳·隱公·11年」
279) 『義門讀書記』, 何焯, 9卷.

이는 매정한 사람을 나무라는 싯구절이다. 그 뜻은 당신과 나하고 비록 가까운 관계를 유지해 왔지만, 그래도 당신이 나한테 너무 매정해서 이제는 내가 희생 세 가지를 내놓고 당신 같은 인정없는 사람을 저주한다. 당신은 귀신, 유령같이 마음 씀씀이를 헤아릴 수가 없다. 부끄러워하는 얼굴을 갖고 사람을 대하는 이가 오히려 잘못을 뉘우치고 고칠 생각을 하나도 안하고 있다. 여기서 말한 '삼물'은 돼지, 개, 닭이라는 세 가지 희생이다. 『묵자』에 기록한 제장공 맹저 때 염소를 쓴 것은 특례이고 자주 쓴 희생이 아니었다.

맹저의 내용은 악한 사람을 저주한 이외에 어떤 약속으로 문제 삼기도 했다. 춘추 초기에 진晉나라의 여희驪姬가 난을 일으킬 때, "여러 공자를 기르지 않겠다고 맹서하여, 그로부터 진나라에는 공족公族이라는 것이 없어졌다."[280]여희와 진헌공晉獻公이 공자 신생申生을 핍박하여 죽게 하고, 공자 중이重耳, 이오夷吾를 강제로 떠나게 하고 나서, 여희의 아들 계제奚齊를 계승자로 세웠다. 진헌공 뿐만 아니라 춘추 중, 후기까지 진나라의 혜공惠公, 회공懷公, 문공文公, 양공襄公, 영공靈公을 포함해서 모두 '여러 공자를 기르지 않다(無畜群公子)'는 명령을 행했다. 진나라 군주가의 서얼 및 진나라 선군先君의 지서支庶들이 끝까지 진의 정단에서 세력을 기르지 못했다. 이런 국면에 이른 원인이 여러 가지가 있었지만 진헌공 때의 '저詛'도 중요한 요소였다. 진나라 후손들이 상당한 긴 시간에 감히 옛 맹약을 위반한 사람이 없었다. 이것으로 보아 저詛는 아주 큰 영향력을 미쳤다고 할 수 있다. 앞서 노양공11년(BC562년)에 노나라 계손씨季孫氏와 숙손씨叔孫氏의 맹저를 언급했는데, 『좌전』의 기록에 따르면 춘추 후기의 노소공魯昭公5년(BC537년)까시, 사람들이 여전히 흥미진진하게 이를 이야기하면서 자신의 입장을 지키는 근거로 삼았다. 이를 통해 맹저 풍속의 영향이 어느

---

280) 「左傳·宣公·2年」

정도였는지 대략 짐작할 수 있다.

저詛의 역할에 대하여 춘추시대 사람들은 그것을 아주 중히 여겼다. 춘추 후기에 제경공齊景公이 병이 나서 완치 되지 않았다. 영신佞臣 양구거 梁丘據가 제나라의 축관과 제사관을 죽여서 신에게 사죄해야 한다고 건의 했다. 제나라 군주가 제사를 정성껏 지낸 상황을 귀신에 알리지 못한 것이 원인으로 지목받았다. 안자晏子가 역간力諫하여 이를 저지했다.

> 덕이 있는 군주가 있을 것 같으면 국가나 개인의 집안일이 잘 되어져 상하가 서로 원망함이 없고, 행하여 어긋나는 일이 없으며, 축관이 그 진실을 신에게 칭찬하여 고하더라도 부끄러운 마음이 없는 것입니다. 그래서 신은 그 제사를 받아 나라가 신이 내리는 복을 받고, 축관과 제사관도 복 받음에 끼어집니다. ……무덕한 군주를 만나면 국가나 개인의 집안일이 잘못되어 상하가 서로 원망하고 미워하고 행동함에는 도리에 어긋나는 일을 하며, 욕심을 마음대로 부려 사욕을 마음껏 채우고, 높은 집을 짓고 깊은 못을 파며, 악기를 울려 음악을 연주하고, 무녀가 춤추고, 민력을 약화시키며, 사람들의 것을 강탈하여서 비위행위를 하여 뒷사람을 생각하지 않고, 포악 스럽고 음탕스러워 법에 어긋나는 짓을 자행하고, 반성하여 두려워함이 없 으며 ……그래서 백성이 괴로워하여 남녀들이 다 저주하고 있습니다. 축관 이 제사 때에 군주께 복을 빈다 할지라도 백성들의 저주에는 화가 있게 됩니다. 요聊와 섭攝 지방 동쪽과, 고수姑水와 우수尤水 서쪽에는 사람들이 많이 살고 있습니다. 축관과 제사관이 제사 때에 비록 잘 빈다 하더라도, 어떻게 그 수많은 사람들의 저주를 이겨낼 수가 있습니까?[281]

여기서 안자가 백성들에 의한 저詛의 역할을 중히 여긴 것으로 보인다. 국군도 이에 어쩔 줄 모르며 제나라의 축관과 제사관이 아무리 신 앞에서 제나라 군주를 좋게 말해도 많은 백성들의 포악한 군주에 대한 저주를

---

281) 「左傳·昭公·20年」

이기지 못할 것이다. 안자는 제나라 정치가 어둡고 가혹하게 세금을 거둔 바람에 "지금 그 백성들의 원망과 비방, 그리고 상제에게 임금을 저주하는 소리는 엄청납니다. 한 나라의 모든 국민이 저주하는데 두 사람을 죽여 하늘에 빈다고 합시다. 비록 아주 잘 기도한다고 해도 그 많은 사람의 저주를 넘어설 수 없습니다"[282] 라고 했다. 귀신 앞에서 고귀와 비천 없이 모두 다 성실해야 한다. 천만의 민중들의 '저詛'는 근거가 있기 때문에 두 명의 축관과 제사관의 과장된 말보다 효과가 더 클 수 밖에 없다. 춘추시대 사람의 마음 속에 '저詛'의 위력이 강직하고 남에게 아첨하지 않는 귀신으로부터 발생한다고 여겼다. 그래서 '저詛'는 귀신에 대한 신앙의 표현이라고 볼 수도 있다. 민중들의 국군에 대한 저주는 송나라에서도 한 사례가 있었다. 노양공 17년(BC556년)에 송나라 신하 황국보皇國父가 송평공宋平公을 위해 대사臺榭를 만들려고 했다. 이는 농경에 해 끼치고 민중의 저주를 받았다. 현신 자한子罕이 농사 안 바쁠 때 기다리다가 다시 지으라고 간청했는데, 비록 송평공이 허락하지 않았지만 민중들이 노래를 지어 이를 칭찬했다. 자한이 빨리 완성하느라고 곧 대나무 초리를 가지고 공사 현장에서 감독했다. 어떤 이가 자한에게 그 이유를 물어봤는데, 자한은 "송나라는 작은데, 잘못한다고 저주하는 자 있고, 또 잘 한다고 추켜세우는 자가 있으면, 그것은 곧 화의 근본이 된다"[283]고 했다. 그가 민중의 칭찬과 저주는 모두 큰 역할을 하고 있고, 특히 송나라 같은 작은 나라에서 영향이 더 클 수밖에 없다고 여겼다. 만약 송나라에서 칭찬과 축복한 소리도 나고 저주하고 욕하는 소리도 나면 재앙이 내릴 것이라고 했다. 자한이 안자보다 못하지만 그의 현명한 간청을 부정할 수 없었다.

춘추전국시대에 복잡한 정치 투쟁 속에서 저詛는 맹서와 같은 일종의

---

282) 「晏子春秋·內篇·諫上」
283) 「左傳·襄公17年」

수단으로 삼기도 했는데, 노나라에서는 특히 심했다. 『좌전』 기록에 의하면 노정공魯定公5년(BC505년)에 노계씨魯季氏의 가신인 양호陽虎가 나리를 치고 "계환자와 직문稷門의 안쪽에서 맹약을 맺었다. 또 경인날에는 대저大詛 행사를 행했다." 이른바 '대저'는 많은 사람 참석하고 성대하게 거행한 맹서다. 다음 해 양호가 "공 및 삼환三桓과 주사周社에서 맹盟을 맺고, 나라의 대부들과 박사亳社에서 맹서를 맺었으며, 오보의 거리에서 저詛를 맺었다." 저詛도 맹盟처럼 노나라 군주, 삼환 같은 대귀족 및 백성들이 함께 참석한 행사로써 그의 중요성을 엿볼 수 있다.

우리는 또한 저詛와 맹盟의 차이를 검토할 필요가 있다. 한대 경학자 정현이 "맹저는 주로 맹서를 가리키며 큰 일을 맹이라고 하고 작은 일을 저라고 한다"고 했다. 맹과 저 사이에 다만 일의 크고 작음의 차이였다고 했다. 이는 틀린 말이 아니지만 저詛와 맹盟의 실질적인 차이는 아니다. 옛사람은 저詛와 맹盟의 차이는 일의 시간적 특성 차이와 관련된다고 했다. "맹盟은 미래를 맹서하고 춘추 제후들의 모임에 맹이 있고 저는 없다. 저詛는 과거를 저주하고 모임에 하지 않는다"[284]고 했다. 연구자는 이를 맞는 것 같지만 실은 틀렸다고 지적한다. 춘추시대의 실제 상황을 보면 맹은 장래일 뿐만 아니라 과거 일에 대해서도 맹盟하고, 저는 과거일 저주할 뿐만 아니라 장래일에 대해서도 저詛했다. 관련된 일의 시간 개념으로는 저와 맹이 다른 점이 없다. 실은 맹과 저의 주요 차이는 아마도 신령 앞에서 도고한 말의 성질이 다르다는 점일 것이다. 맹은 주로 서로간 협의를 준수하는 것을 약속하고, 저詛는 협의를 위반한 나쁜 짓을 저주하고 꼭 재앙을 입힌다는 저주다. 맹은 어느 협의를 지키는 약속이어서 당연히 관련된 일도 클 수 밖에 없고, 저는 작은 일과 관련된 경우가 많았다. 그래서 정현이 "큰 일에 '맹'이라고 하고 작은 일에 '저'라고 한다"고 했다.

---

284) 「周禮·詛祝」賈公彦疏.

이는 대체적으로 받아드릴 수 있는 주장이다.

짚고 넘어야 할 문제가 더 있는데 춘추시대에는 개인적인 서언이 저詛와 관련된다는 것이다. 이는 자신이 본인을 저주한 일이었다. 예를 들면 춘추전국 후기에 채소후蔡昭侯가 초나라 방문하는 동안에 모욕을 받고 돌아가는 길에서 "한漢수에 이르러 옥을 강물에 던져 말하기를 '내 이후로 다시 한수를 건너 남하하여 초나라에 가면 이 큰 강의 신에게 벌을 받으리라'"285)고 했다. 채소후가 옥을 강물에 던져 다시 한수를 건너 초나라에 가지 않겠다고 맹서했다. 만약 이 서언을 지키지 않으면 옥이 강물에 가라앉은 것처럼 자신도 강물에 투신해서 자살하겠다고 했다. 비슷한 상황을 예로 들면, 진晉의 공자 중이重耳가 귀국 도중에 황하를 건너서 대신 자범子犯과 맹서했다. "내가 돌아가 보위에 오른 뒤 외숙과 한 마음이 안되면 황하신이 보고 있다(有如河水)."286) 이는 또한 자신이 만일의 위약 행위에 대한 저주다. 춘추시대 사람들은 이런 저주에 대하여 아주 중요시했다. 춘추 중기에 진나라 경卿인 순언荀偃이 진평공晉平公을 따라 제나라를 징벌하러 황하를 건널 때 주사朱絲를 달린 쌍옥玨을 강물에 던져 맹서한 적이 있다. "신의 밑에서 벼슬을 하고 순언 저는 다시 이 황하를 건넘이 없을 것입니다. 오직 신께서 살펴 뜻대로 해주십시오."287) 이후 그가 제나라에 대한 징벌은 잘 끝내지 못하고 우울해서 죽었다. 죽은 후에 눈이 떠 있고 입이 꽉 다물고 있어서 옥 구슬을 물리지 못하고 있었다. 범선자范宣子288)가 그에 앞에서 "오吳를 섬김을 감히 주를 섬김만 못하겠습니다"라고 맹서했다. 그리고 순언의 아들 순오荀吳를 보살피겠다고 하면서 범선자가 그의

---

285) 「左傳·定公·3年」
286) 「國語·晉語·4」
287) 「左傳·襄公·18年」
288) 원저에서 한선자韓宣子로 돼 있는데 이를 범선자范宣子로 바로 잡음.(역자 주)

눈을 어루만졌는데 여전히 눈을 뜨고 있었다. 난회자欒懷子가 맹서하기를 "님이야 이제 돌아가셨지만, 님이 하시던 제나라에 대한 일을 계승하지 않는 자는, 황하신이 보고 있다(有如河)."[289] 그제서야 순언이 눈을 감았고 그의 입을 벌려놓을 수 있었다. 이와 같은 일은 한대 철학자 왕충王充이 깊이 있게 해석했다.

> 순언이 병사할 때 괴로워서 눈이 튀어나왔다. 눈이 튀어나오면 입은 다물어지고, 입이 다물어지면 옥을 물릴 수 없다. 죽은 직후에는 아직 기가 왕성하다. 병세 자체가 괴로웠기 때문에 눈이 튀어나왔을 뿐이다. 범선자는 그가 죽은 후에 어루만졌기 때문에 눈이 감기지 않았으며, 입을 열 수 없다. 약간의 시간이 지나 기가 쇠약해진 순간에 난회자가 어루만졌기 때문에 눈이 감겼으며, 입을 벌려 옥을 물릴 수 있었다. 이러한 일은 순언의 증상 때문이지, 죽은 사람의 정신이 한을 품어 입이나 눈에 나타난 현상이 아니다.[290]

왕충은 과학적인 이치로 해석했다. 그런데 춘추시대 사람이 그 중의 원인을 규명하지 않고 맹저만 순언의 뜻과 부합해서, 그가 눈감고 입을 벌리게 된 것이라고 믿었다. 여기서 이른바 '유여하有如河'는 앞서 언급한 '유약대천有若大川', '유약하수有若河水'와 같이 '황하신이 보고 있다'는 뜻이다.

아무튼 저詛는 특별한 맹서 방식에 해당하고 이는 비록 귀신관념이 민속에 영향을 끼친 결과라고 볼 수 있지만, 춘추시대 사람의 사상관념 속에 일정한 위치를 차지한 것이다. 적지 않은 사람들이 저詛로 나쁜 사람을 징벌하고 선한 사람을 대신해 분풀이를 해 줄 수 있다고 믿었다. 그래서

---

289) 「左傳·襄公·19年」
290) 「論衡·死偽」

저誼라는 방식이 어느 정도 사회 일부 사람의 소망을 대변해 주었다. 춘추전국시대에 일부 중대한 사건 속에 저誼의 영향도 있다고 본다. 예를 들면, 노나라 삼환이 공실公室을 분할하는 일, 전형적인 사건인 '양호의 란'으로 '가신家臣이 나라를 쥐고 흔들리는 일', 그리고 진나라 공족公族을 타격하는 일 등, 모두 저誼와 관련됐다. 춘추시대의 저誼로 안건을 심판한다는 사례, 그리고 정장공이 군인들에게 저주하라는 명령을 내리고 사람들의 분노를 달래는 사례 등을 통해, 이 시기에 사회 보통 민중들이 저誼의 위력에 대하여 철석같이 믿었음을 알 수 있다. 이들 상황은 당시 민속에 끼친 귀신 관념의 커다란 영향 속에서 원인을 찾을 수 있다.

사회 발전 추세나 사건의 전망을 예측하는 방식으로써 춘추전국시대에는 점복占卜과 시서蓍筮가 제일 중요한 위치를 차지했다. 그밖에 '망분望氛'과 '동요'도 민속에 큰 영향을 끼쳤다. 길흉을 판단할 때 또한 재이災異에 대한 부회지설附會之說이 있었다.

주대에 운기雲氣의 모양에 대하여 아주 중요시했다. 길상과 괴이하고 불길한 기氣를 '분氛'이라고 하고, 망분望氛으로써 길흉을 점칠 수 있다고 여겼다. 전해진 바에 의하면 주문왕이 '영대靈臺'를 지었는데 공사 때 민중들이 적극적으로 공을 들여 일을 열심히 했다. "영대를 처음으로 경영하여 헤아리고 도모하시자 서민들이 와서 일하는지라 하루가 못되어 완성되었으니 경영하기를 급히 하지 말라 하셨으나 서민들이 아들이 아버지 일에 달려오듯 했다." 이것으로 당시 민중 마음속에 있는 영대의 위치를 확인할 수 있다. 말하는 바에 의하면 '영대'는 망분을 위해서 만들었다. 한대 사람들은 "천자가 영대를 만들어 운기의 모양과 기氣를 관찰하고 길흉을 판단하는 데에 사용한다"291)고 설명했다. 이른바 '기氣'는 일반적으로 태양 주변을 둘어싼 운기雲氣를 가리키고, 흉상凶象의 징조가 될 수 있다. 이른바 분氛은

---

291) 「詩經·靈臺」, 毛傳

이런 정기精氣의 모양(象)을 관찰한 것이다. 춘추시대 각 제후국에서 아마도 각각 전문적인 망분의 대자臺子를 지었을 섯이나. 「국어國語·초어楚語」 상편에서 초장왕楚莊王이 '포거대匏居臺'라는 대자를 지었다고 했다. 이 대자는 "높이가 국가 길흉의 기운을 관측하는 수준을 넘지 않았다." 초장왕 때 초나라 망분의 대자가 주문왕의 영대보다 더 높았을 지도 모른다.

춘추시대에 망분은 대체적으로 성상星相 전문가들이 맡아서 했다. 『좌전』 소공昭公 20년 기록에 의하면, 노나라 유명한 성상가인 대부 자신梓慎은 바로 전형적인 인물이다. 전해진 바에 의하면 그 해 2월에 자신이 노나라에서 망분한 적이 있다.

> 자신梓慎이 기운을 바라보더니 말했다. 올해에 송나라에는 난이 일어나, 나라가 거의 망할 정도가 되었다가 3년이 되어야 끝이 날 것입니다. 채나라에는 큰 상사가 있겠습니다. 숙손소자叔孫昭子가 말했다. 그렇다면 대공戴公과 환공桓公입니다. 교만하고 사치스러우며 무례함이 너무 심하니, 난이 있는 곳입니다.

자신이 운기 관찰을 통해 한 예언들이 모두 역사 기록과 적중했다. 그해 송나라에 내란이 일어나고, 경족卿族인 화씨華氏와 향씨向氏가 송원공宋元公을 납치한 후에 인질 교환 조건으로 풀어 주었다. 이번 내란은 3년이 되어 화씨와 향씨 귀족이 초나라로 도망친 후에야 비로소 일 단락 지어졌다. 그해 11월에 채후蔡侯가 갑자기 죽게 되어 자신이 예언한 '채나라에 큰 상사가 있다'는 것과 부합했다. 이 같은 자신의 예언 적중은 비록 후세 사관史官의 부회지사附會之詞와 관련이 크다고 해도 실제 사례가 있었을 가능성을 제외하기 어렵다. 이에 숙손소자叔孫昭子가 근거를 제시했는데, 송나라 내정의 혼란과 "송원공은 신의를 지키지 않고 불공평하여, 화씨와 상씨를 미워했다"는 것은 이미 제후국에 모두 알려진 일이다. 그가 재화의 근원을 꼬집으면서 송나라를 '난이 있는 곳(亂所在也)'이라고 판단했다.

이런 사실들을 숙손소자가 잘 알고 있었고 자신이 모를 리가 없을 것이다. 송나라와 채나라의 상황 파악을 미리 하고 나서 예언 전에 어느정도 판단했을 지도 모른다. 그래서 망분하고 이치에 맞게 예언한 것이다. '3년 뒤에야 송나라가 난이 끝이 난 것'은 반드시 일 끝난 뒤 결과를 말할 수 있는 것도 아니다. 춘추시대 각 제후국은 내란이 끊임없이 일어나고 어떤 규율적인 것들은 자신이 이미 알아냈을 것이다. '3년' 설이 실제 상황과 부합된 것도 가능해진 것이다.

역사 기록에 의하면 이번 망분하기 전에 노나라에서 유사한 일이 있었다. 노소공魯昭公15년(BC527년)에,

봄에 우리 노나라 무공에게 체제禘祭를 지내려고, 조정 백관들을 목욕재계 시켰다. 그 때 자신梓慎이 말하기를, "체제 지내는 날에 무슨 이상한 일이 있을 것이다. 내게 붉고 검은 요기가 무공의 사당에 보였다. 그것은 길조가 아니고, 상을 당할 기미인 것이다. 그 상은 제사에 참여하는 분에게 있을 것이다"라고 했다. 2월 계유날에 체제를 지내어 숙궁이 참여했는데, 약籥을 부는 무악의 악인이 들어서자 숙궁이 죽으니, 음악을 중지하고서 제사를 끝마쳤다. 그 일은 예의에 맞는 일이었다.

이번에 노나라 제사를 지내기 전에의 망분이다. 체제 지낼 때에는 노나라 백관은 목욕재계를 하고 참석해야 한다. 자신이 망분할 때 적흑색 기운을 보고 이는 요기妖氣라서 길하지 않은 징조로 여겼다. 그의 판단에 따르면 체제 참석한 백관 중에 죽을 사람이 있을 것이다. 예언대로 노나라 대부인 숙궁이 체제 참석할 때 죽었다. 자신이 이번 예언도 미리 분석한 결과와 우연히 적중됐다.

자신이 노나라에서 전문적으로 망분한 관리인지 아직까지 의문이 남았다. 그가 여러번 성상星相, 일식日食을 본다는 일은 역사에 기록되어 있다. 아마도 성상술 겸 망분술 전문가였을 것이다. 『주례』의 기록에 의하면

주대 '시침眡祲'이라는 관직이 있는데 그의 직책에 대하여,

> 시침은 십휘十煇의 법을 관장하여 요사스럽고 성서로운 조짐을 관찰하고
> 길하고 흉한 일을 판단한다. 첫째, 침祲이다. 둘째 상象이다. 셋째는 휴鐫다.
> 넷째는 감監이다. 다섯째 암闇이다. 여섯째는 몽瞢이다. 일곱째는 미彌다. 여
> 덟째는 서敍이다. 아홉째는 제隮다. 열째는 상想이다. 삶을 편안하게 하고
> 순서대로 재앙이 없어지도록 하는 일을 관장한다. 정월에 사무를 행하고
> 한 해를 마치면 그 일을 폐지한다.

여기서 '휘煇'자와 '휘暉'는 같고 태양과 달의 광기光氣를 가리킨다. 이른
바 '십휘十煇'는 옛사람은 "지기地氣가 증발하면서 오르고 햇볕을 꿰뚫으
니 반사되어 해 주변에 햇무리가 보인다. 무지개가 오르고 구름이 깔린
것도 이렇다. 옛 사람은 망분으로 길흉을 점험占驗하는 일은 대개 해 주변
의 기氣를 위주로 했다"292)는 주장은 이치가 담겨 있다고 본다.『주례』에
나온 '십휘十煇'가 모두 태양 주변을 둘어싼 기운의 상象이다. 한대 사람이
'십휘'에 대하여 다음과 같이 해석했다.

> 침祲: 음과 양이 서로 침범하여 태양이 빛을 잃는 일. 상象: 대양에서 적조
> 赤鳥가 보이는 일. 휴鐫: 태양의 곁에 사방으로 햇무리가 성행하는 일. 감監:
> 구름의 기운이 태양으로 다가선 일. 암闇: 태양이 완전히 먹혀 있는 상태,
> 곧 일식. 몽瞢: 해와 달이 어두컴컴하여 광채가 없는 상태. 미彌: 흰 무지개가
> 하늘을 두른 상태. 서敍: 구름이 순서가 있어서 산같이 태양 위에 있는 일.
> 제隮: 태양의 기가 오르는 듯한 상태. 상想: 햇무리가 빛나는 상태.293)

이런 해석이 춘추 사람의 관념과 완전히 부합되지 않을 수도 있지만,
각종 운기雲氣에 대한 해석은 비교적 정확하다고 할 수 있다. 자신梓慎이

---

292)『周禮正義』卷48
293)『周禮·視祲』鄭注引鄭司農說

관찰한 '적흑지침赤黑之祲'이 아마도 태양 근처에 있는 적흑 운기이고, 앞서 언급한 '십휘'의 해석에 따르면 '적수赤授'는 태양 근처에 보인 서로 다투는 음양의 기운일 것이다.

역사상 춘추시대 망분의 사례는 많지 않았지만 나라의 군사일과 관련된 망분 사례가 포함돼 있다. 진헌공이 적사국翟姒國을 토벌한 일은 하나의 전형이라 할 수 있다. 역사 기록에 이르길,

> 진헌공晉獻公이 밖에서 수렵을 하면서 멀리 적사국의 하늘에 분氛이 떠 있는 것을 보았다. 행궁으로 돌아와서도 잠자리에 누웠으나 잠을 이루지 못하는 침이불매寢而不寐했다. 대부 극숙호郤叔虎가 배견하자 진헌공이 이를 얘기했다. 극숙호가 물었다. "침상이 불편해 그런 것입니까, 아니면 여희가 곁에 없기 때문입니까." 그러나 진헌공은 그의 말을 받아들이지 않았다. 극숙호가 밖으로 나와 대부 사위士蔿를 만나 말했다. "오늘 저녁 군주가 잠을 이루지 못할 것이다. 이는 틀림없이 적사국을 치려는 생각 때문이다. 적사의 군주는 재리財利를 독점하기를 좋아하여 조금도 꺼리는 바가 없다. 그의 신하들은 서로 다투어 군주의 비위를 맞추려 애쓰고, 임용된 영신佞臣들은 언로를 막아 군주의 이목을 가리고, 임용되지 못한 충신들은 조정으로부터 격리되어 군주에게 충언을 할 길이 없다. 군주가 탐람하여 불의한 짓을 꺼리지 않고, 신하들은 구차하게 요행을 바라고 있다. 이에 방종한 군주만 있고 감히 직간하는 신하가 없으며, 욕심 많은 고관만 있고 충성스런 부하가 없다. 군신 상하가 각자 사리를 도모하고 사적인 욕망을 멋대로 채우려 하자 백성들 또한 각자 자신만을 생각게 되어 가히 믿고 의지할 곳이 없게 됐다. 이같이 나라를 다스리면서 화난이 없기를 바란다면 이 어찌 어려운 일이 아니겠다. 만일 군주가 적사국을 치게 되면 반드시 승리할 것이다. 내가 아직 말하지 않았으니까 그대가 한번 말해 보도록 해." 이에 사위가 극숙호의 말을 진헌공에게 전했다. 진헌공이 크게 칭찬하면서 이내 적사국을 쳤다.[294]

---

294)「國語·晉語·1」

진헌공이 적사국의 기운이 흉악한 징조를 보고 이에 대한 토벌을 도모하느라고 침이불매했다. 진나라 신하 사위士薦가 구체적으로 적사국의 혼란 상황을 분석했다. 국군부터 신하까지 혼용무도昏庸無道하고 민중들도 생각과 행동이 제각각이다. 진헌공이 보인 적사국의 흉악한 기운은 바로 그의 국내 상황의 표현이다. 이른바 국내에 혼란하고 하늘에 검은 연기와 장기瘴氣가 가득찬다. 진헌공 망분의 일이 실제 있었는지 의문이 남지만, 정치적으로 혼란된 나라가 꼭 흉악한 기운이 있는 것은 춘추시대 사람들의 보편적인 사회 관념이라는 것이 틀림없다.

나라의 상황을 '분氣'으로 표현할 수 있을 뿐만 아니라 춘추시대 사람들은 작은 곳에도 '분氣'이 있다고 여겼다. 노양공 27년(BC546년)에 각 제후국이 송나라에 미병회담彌兵會談을 했는데 진晉과 초楚 양측이 적대감이 엄청 강하고 분위기가 긴장했다. 역사 기록에 이르길,

> 진나라와 초나라는 각각 맨끝에 자리를 잡았다. 그때 백숙伯夙이 조맹趙孟에게 말하기를, "초나라 진영의 분위기가 매우 이상하니, 아마도 무슨 곤란한 일이 있을 것입니다"라고 했다. 그러자 조맹은, "일이 있어 우리가 왼쪽으로 돌아 송나라 도읍으로 들어간다면, 우리를 어찌할 수 있을 선가?"라고 말했다. 신사辛巳 날에, 송나라 도읍성의 서문 밖에서 맹약을 맺으려 하니, 초나라 사람들은 옷 안에 갑옷을 입고 있었다.[295]

진晉나라 사람이 송나라 도읍의 북쪽에 주둔하고 있고, 초나라 사람이 송나라 도읍의 남쪽에 주둔하고 있었다. 진나라 신하인 백숙伯夙이 초나라 사람 주둔지의 기운이 '매우 이상하다', 온통 흉상凶象이어서 전쟁이 일어날까 두려워했다. 회맹할 때 초나라 사람이 과연 옷 안에 병갑兵甲을 입고 전투를 준비했다. 이것으로 백숙伯夙이 망분하고 나서 한 예언은 적중된

---

295) 「左傳·襄公·27年」

셈이다. 이런 망분은 아마도 자신의 감각에 의하여 판단했을 것이다. 진나라와 초나라 사이에 해마다 중원에서 패권을 다투어 전쟁이 끊이지 않고 두 나라 사이에 믿음이 전혀 없었다. 이런 상황에 두 나라가 한 곳에 모여 미병彌兵의 일을 교섭했는데, 분위기가 반드시 평온하고 유쾌하지 못하고 많이 긴장했을 것이다. 망분하는 사람이 이를 '아주 이상하다'고 말한 것은 당연한 일이다. 이 기록과 앞에 인용한 진헌공 망분의 사례를 통해, 춘추시대에 자신梓慎 같은 전문직 관리만 망분할 수 있는 것이 아니고, 진헌공, 백숙 등 비전문적인 사람도 망분할 능력을 갖추었을 것으로 추정된다. 이는 대개 망분 자체가 그리 깊고 오묘한 일이 아니기 때문이다. 전국시대 성상학星相學의 발달에 따라 여전히 망분과 비슷한 일이 있었다.「사기史記·추양전鄒陽傳」에서 전해진 바에 의하면 "옛날에 형가荊軻가 연燕나라 공자 단丹의 의로움을 사모하여, 단을 위해서 진나라 왕을 죽이러 가려고 할 때, 하늘이 감응하여 흰 무지개가 해를 꿰뚫는 현상이 나타났다. 그런데도 연단은 형가를 의심했다. 또한 위선생은 진나라를 위해서 장평長平 전투에 대한 일을 계획하였는데, 그의 충성심에 태백太白이 묘성昴星을 범하는 상서로운 징조가 나타났지만 진소왕秦昭王은 그를 의심했다." '흰 무지개가 해를 꿰뚫는 현상이 나타났다(白虹貫日)'는 일에 관하여, 집해集解에 여순如淳의 말을 빌면 "흰무지개는 병이고 해는 군주이다." 『열사전烈士傳』에서 "형가가 출발한 후에 태자가 스스로 기운을 보았다. 무지개가 해를 관통하지 못한 것을 보고 '내일이 안될 것이다'라고 예측했다. 나중에 형가가 죽었다고 들어 '내가 이럴 거라고 생각했다'"고 말했다. 여기서 '백홍관일'은 역시 '상기相氣'로 통해 본 것이고, 춘추시대의 망분과 유사한 점이 있다. 이런 성기星氣를 관찰하고 길흉을 예측하는 방식은 전국시대에 크게 유행했다. 사마천이 "전씨田氏가 제나라를 찬탈했고, 한씨韓氏 위씨魏氏 조씨趙氏의 세 집안이 진나라를 분할하여 전국戰國의 대열에 끼었다. 공격과 탈취를 경쟁하여 전쟁이 연이어 발생하니 성읍이 수차례 걸쳐 도륙되고, 기근과 질병의 고통으로 각국의 신하와 임금들이 모두 근심걱정이 심했다. 그리하여 그들에게는 길흉의 조짐을 살피고 별과 구름을 점치는 것이 매우 절박한 일이었다. 근세의 열두 명의 제후와 일곱 나라는 서로 왕이라고 칭하였고 합종合縱과 연횡連横을 주장하는 사람이 줄지어 나타났다. 윤고尹皐, 당매唐昧, 감공甘公, 석신石申 등이 말한 점占과 응험은 문란하고 잡다하며 쌀이나 소금 알갱이처럼 자질구레한 것이었다."296) 이른바 '별과 구름을 점치는 것이 매우 절박하다(候星氣尤急)'는 말을 통해, 기운을 관찰하고 길흉을 예측하는 일은 전국시대에 흔한 일이었다. 이는 열국列國의 '신하와 임금들이 모두 근심걱정이 심하다(臣主共憂)'는 객관적 요구로 결정된다는 것이다.

춘추전국시대에 동요가 유행했다. 『좌전』에는 노희공魯僖公 5년(BC655년)에 진헌공은 남괵南虢의 상양(上陽: 현 하남 섭현陝縣 남쪽)을 포위 공격했다. 복언卜偃에게 함락시킬 시간에 대하여 물어봤더니, 그는 동요를 인용해서 질문을 대답했다. 복언이 이르길,

　　동요에 이르기를, "병자날 새벽에, 용미성龍尾星은 간곳 없이 보이지 않네, 다같이 입은 군복이 빛나고 아름다운데, 그들은 괵虢나라 군주의 깃발을 빼앗을 것이로세. 순화성鶉火星은 빛나고 큰데도, 천책성天策星은 빛을 잃어 가는 구나. 순화성이 남쪽에 빛날 적에 군대 일으키니, 괵나라 군주 도망하리'라고 하니, 9월과 10월이 가릴 무렵일 것입니다. 병자날 아침에는, 해는 용미성의 위치에 솟고, 달은 천책성의 위치에 떠 있습니다. 순화성鶉火星이 남쪽에 빛난다 함은, 반드시 이때일 것입니다.

이 동요 속에 적지 않은 천문 역법 분야의 지식을 인용했다. 여기서 말한 '용미龍尾'는 미수尾宿를 가리키며 창룡칠수蒼龍七宿에 속한다. '용미

296) 「史記·天官書」

성龍尾星은 간곳 없이 보이지 않다(龍尾伏辰)'는 것은, 해가 미수 속에서 다니면서 미수의 빛을 다 뺏아 가고, 햇빛에 가려져 보이지 않는다는 것이다. '천책天策'은 부열성傳說星이고 '미수 뒤의 천하天河 속에 있다'[297]고 했는데, 해와 가까이 있을 때 햇빛의 밝음 때문에 빛이 안 보였을 것이다. '화火'는 순화성을 가리켜 남쪽에 나타날 때 '화중火中'이라고 한다. '화중장군火中成軍'은 순화성이 남쪽에 나타날 때 군세를 강화하고 성공을 거둘 수 있다는 뜻이다. 복언은 이를 근거하여 괵공虢公이 도망가고 진헌공이 승리를 거두는 시간을 밝혔다. 역사기록에 의하면, 노소공 25년(BC517년)에 구욕鴝鵒이라는 새가 노나라의 도읍 위에 새기둥을 지었다. 노나라 대부인 사기師己는 문공文公과 성공成公 때 유행했던 동요가 생각났다.

> 그 동요에 이르기를, "구욕새 오니, 군주는 나라 밖으로 나가 욕을 보시라. 구욕새 날개 칠 때에, 군주 들판에 계셔 말 보내드릴 것일세. 구욕새 뛰어다니니, 군주 건후乾侯에 계셔 옷을 달라 구할 것이리. 구욕새 둥지 지어 살 제, 멀리 멀리에 가 계실 것이다. 조보稠父님 고생 중에 돌아가시고, 송보宋父님 거만 떠실 걸! 구욕새, 구욕새! 나가는 님 노래 부르고 가셔도, 다시 오실 땐 우시리!"라고 했었다.

구욕새는 바로 후세의 앵무새다. 동요에서 구욕새가 날아올 때 제후는 꼭 야외에 나가있어야 하고 구욕새 뛰어다닐 때 노나라 군주는 건후乾侯에 간다고 했다. 건후는 바로 노소공이 외출할 때 갔던 거소다. '조보稠父'는 노소공의 이름이고 '송보宋父'는 노정공魯定公의 이름이다. 일찍 노나라 문공, 성공 시대에 동요가 이미 정확히 노소공이 강요당해서 야외에 거주하고, 노정공이 소공 뒤에 그 자리를 대신할 것이라고 '예언'했다. 이는 정말 상식적으로 생각할 수 있는 것이 아니다. 이 동요들이 놀랄 만큼

---

297) 陳遵嬀, 『中國天文學史』卷2, 上海人民出版社, 1982年, p.345.

실제 상황을 정확하게 예언했다. 괵공 도망 시간 및 노소공 야외의 거주지도 동요로 예언 적중이 됐다. 과연 동요가 이만큼 영험靈驗할 수 있는가? 상식대로는 동요가 이렇게 놀랄 만큼 실제 상황을 정확하게 예언할 가능성은 없다. 이와 같은 정확한 '예고預告'들은 마땅히 뒷북친 것이다. 정확하고 세밀할수록 미리 예측할 가능성이 더 낮다.

그러나 한가지 유의할 점은 사람들이 일부 사회 발전 추세에 대한 추측과 예측을 동요의 방식으로 방방곡곡에 퍼뜨린 것이다. 전국시대 일부 술사術士가 '민간 속요를 알아본다'298)는 일은 그 나라 정치 사회 상황을 알아보는 중요한 절차로 삼았다. 전단田單이 연燕나라 대군을 물리치고 제나라의 잃었던 영토를 회복하고 나서, 그는 군대를 이끌고 '적狄'을 공격했다. 술사術士 노중련魯仲連이 동요를 근거하여 전단이 실패할 것이라고 예언했다. 역사에 이르기를 "제나라 어린이들이 이런 동요를 불렀다. '큰 모자는 마치 키箕 같고, 긴 칼로는 턱만 바치고 있네. 적을 공격해 이기지 못하고, 모루에 쌓인 해골은 언덕을 이루었네.'" 전단이 '적狄'을 칠 때 연燕나라 대군을 물리칠 때보다 용기와 호소력이 부족했기 때문에 '적狄'한테 질 것이라고 예언했고, 결국은 "적狄을 공격하였지만 3개월이 되도록 이기지 못했다."299) 당시 사회에서 동요는 한가지 특수 여론 발포 방식이어서 입론의 근거로도 삼게 된 것이다. 문제 설명의 수단으로 동요를 택한 것은 사람에게 강렬한 인상을 남길 수 있기 때문이다. 주대 동요의 유래는 이미 오래됐고, 전한 바에 의하면 주선왕周宣王 시대 산뽕나무 활과 대나무 화살통을 파는 사람이 이미 '실제로 주왕조를 망하게 한다(實亡周國)'300)는 동요를 불렀다. 그리고 나중에 포사褒姒때문에 주왕조가 망했다는 것과

298) 「戰國策·中山策」
299) 「戰國策·齊策·6」
300) 「國語·鄭語」

일치됐고, 춘추전국시대 동요들이 이와 일맥상통한 것이다. 이것은 마땅히 전국 진한秦汉시대 참위학讖緯學의 남상濫觴이다. 동요는 춘추시대 사람의 꿈 속에 나타나는 역사 기록이 있는데, 노소공 31년(BC511년) 12월에 일식이 일어나자 진晉나라 조간자趙簡子가 "동자童子가 발가벗고서 뒹굴며 노래를 불렀다"[301]고 했으며 공교롭게도 일식과 같은 날에 일어났다. 조간자가 이상하다 싶어 급히 사묵史墨한테 찾아가서 점복했다. 당시 동요들이 종종 사건의 결과를 예측해 주니 이런 꿈을 꾸게 되고, 꿈의 내용이 동요에 들어있는 일에 많은 관심을 보인 것도 절로 이해된다.

춘추전국시대 미신 속에 재이災異는 또한 중요한 요소였다. 전체 상황을 보면 춘추시대에 재이를 그리 무서워하고 의심하지 않았는데 전국시대에 와서 점점 상황이 달라졌다. 예를 들면, 노환공 14년 8월 임신일壬申日에 "제사 지낼 물품을 저장한 창고가 불탔다"[302]는 기록이 있다. 국군의 창고에 화재가 일어나 이틀 지나 을해일乙亥日에 노나라에서 '상嘗'제를 지냈다. 『좌전』에서 이번 일을 해석할 때 "재해가 없음을 기록한다"고 했다. 즉 당시 창고에 화재가 일어난 것을 재해로 여기지도 않았고 두렵지도 않았다.[303] 그래서 평소대로 상제를 지냈다. 춘추 열국 사서에 기록된 재해

---

301) 「左傳·昭公·31年」

302) 「春秋·桓公·14年」

303) 노환공魯桓公 14년 어름재禦廩災에 대하여 한대 동중서董仲舒, 유향劉向 등에 의해 부회附會된 것들이 많다. 동중서董仲舒는 "예전에 4개 국이 함께 노나라를 치고 용문龍門에서 노나라를 대파大破했다. 노나라 상처입은 백성들은 아직 원한을 품고 성처 치유되지도 안되었는데, 군신들이 태태惰怠하고 국내에는 정사에 게으르고 또한 외부에는 이웃나라로부터 모욕을 당하기도 했다. 그들은 종묘 사직을 지키면서 하늘이 내려준 천명이 다 끝날 때까지 기다리지 못하기 때문에 어름禦廩 화재의 벌을 받고 혼계시킨 것이다." 유향劉向은 다음과 같은 의견을 제시했다. "황실의 곡식 창고는 국군 부인 및 여덟 명의 첩들이 찧은 쌀을 저장시켜 종묘 제사 때 바치려고 한 것이었다. 당시 부인은 음란 추행이 있을 뿐만 아니라 배반한 마음까지 있었다. 하늘에서는 '부인이 더 이상 종묘 제사에 봉사하면 안된다'고 혼계를

들이 많이 있는데 천의天意의 시위나 하늘 벌을 내림과 관련된 것은 많지 않다. 그러나 전국시대에 재이를 미신관념과 연결시킨 사례는 흔한 일이 됐다. 순자荀子가 지적한 것처럼 "하늘에서 별이 떨어지거나 사당에 심어져 있던 나무가 울면 나라의 사람들이 다 두려워한다"[304]고 했다. 특별한 자연 변화 현상에 대하여 사람들은 해석할 수가 없어서 종종 인사人事의 길흉에 부회附會하게 된다. 「사기史記·육국연표六國年表」에서 진헌공秦獻公17년, "역양 하늘에서 황금비가 내렸다. 4월에서 8월까지." 「사기史記·전본기秦本紀」에서 이번 일을 '우금역양雨金櫟陽'이라고 기록했고, 진헌공 18년에 일어났다고 했다. 정의正義에서는 "황금비가 진나라 도성에서 내렸다고 하니 좋은 길조"라고 했다. 이는 황사 있는 날씨를 경사롭고 길한 징조로 삼은 결과다. 전국시대 여러 역사 기록을 통해 사람들은 재이를 매우 중요시했음을 알 수 있다. 주로 '동뢰冬雷'[305]·'일월식日月食'·'혜성견彗星見'·'마생인馬生人'[306]·'위수적渭水赤'·'정비입사수鼎飛入泗水'[307]·'마생각馬生角'[308]·'모마생자牡馬生子'·'오족우五足牛'[309]·'흑룡견黑龍見'[310]·'지포장地暴長'[311] 등, 모두 풍문으로 들은 얘기다. 전국시대 통치자

주었는데 노환공이 이를 깨닫지 못하고 부인과 같이 제나라에 가서 제후를 만났다. 결국은 환공 부인로부터 환공에 관한 험담을 든 제후가 그를 죽였다." 유흠劉歆은 "황실의 곡식 창고에는 노나라 군주가 직접 경작해서 수확한 기장을 저장해 둔 장소였다. 창고가 불에 탄 일은 그가 법도를 폐지하고 예제를 준수하지 않아서 초래된 인과보응이었다."(「漢書·五行志」) 이들 주장이 서로 다르지만 어름재의 원인을 인과보응이나 하늘의 훈계라고 여긴 것은 모두 이 사건을 천인감응의 이론 체계로 귀납시켰다.

304) 「荀子·天論」
305) 「史記·秦始皇本紀」
306) 「史記·六國年表」
307) 「史記·秦本紀」正義
308) 「漢書·五行志」引京房:「易傳」
309) 「漢書·五行志」

는 자신이 남보다 뛰어나다는 점을 보여주기 위해 기이한 일을 조작하기도 했다.「한비자韓非子·외저설좌外儲說左」상편에서 다음과 같은 두 가지 일을 기록했는데 아주 전형적이다.

조나라의 주보(主父: 무령왕)가 공인에게 명령하여 갈고리가 달린 사다리를 타고, 파오산播吾山에 올라가 너비가 3척, 길이가 5척이나 되는 사람의 발자국을 새기게 하고는 '주보가 여기에서 일찍이 노닐었다'는 글자를 새겨놓게 했다.
진나라의 소왕昭王은 공인에게 명령하기를 갈고리가 달린 사다리를 타고, 화산華山에 올라 오래도록 썩지 않는 소나무와 잣나무로 노름에 쓰이는 기구를 만들게 했는데, 바둑판 길이가 8척, 바둑 길이는 8치나 됐다. 또한 글자를 새기기를, "진나라 소왕은 일찍이 이곳에서 천신과 더불어 박博을 즐겼다"고 했다.

조무령왕趙武靈王은 사람을 시켜 파오산播吾山 험한 곳에 큰 발자국을 새기며 자신이 여기에서 노닐었다는 글자까지 새겼다. 또한 진소왕秦昭王은 사람을 시켜 화산華山에다 바둑판과 바둑을 만들며, 특별히 왕이 여기서 천신과 같이 바둑을 두었다고 설명까지 했다. 이 두 개 기록은 줄거리가 다르지만 목적을 같은 데에 두고 있다고 할 수 있다. 군주들은 몹시 애를 쓰면서 자신이 평범하지 않고 천신과 왕래할 수 있을 정도로 대단하다는 것을 '증명證明'하고 싶어했다. 이들 수작은 당시 미신사상이 퍼져나가는 현상을 조장하는 역할을 했다.

---

310) 「史記·封禪書」
311) 古本『紀年』

후기

　민속은 한 시대 사회 생활의 가장 다양한 그림이며, 여기에 내포된 문화인류학의 가치는 어떠한 높은 평가도 과하지 않을 것이다. 내가 선진 역사에 대해 연구함에 있어 역사적 진실에 접근하는데 그리 쉽지 않았다. 특히 진나라 민속 관습의 역사 진실에 접근하는데 많은 어려움을 느꼈다. 오늘날 우리가 보는 자료들은 선진 민속 관습의 방대한 내용의 창해일속에 불과하다. 하나로 전체 모습을 보려는 것은 맨발로 하늘을 오르는 것과 같이 어렵다. 공자가 강가에 서서 말하길: "지나간 모든 것은 흐르는 강물과 같도다! 밤 낮 할 것 없이 멈추지 않는도다!" 듣건대 어떤 위대한 서양의 철학자도 사람은 두 번 같은 강물에 들어 설 수 없다고 했다. 진정 영웅들이 견해는 대체로 비슷하다. 성인들은 하천의 흐름, 세상의 변화, 시간의 흐름에 주목했다. 이러한 모든 운동은 결국 역사의 흐름 속에 들어갈 것이다. 역사는 거대한 괴물과도 같다. 모든 것을 삼켜 버릴 것이고, 어떠한 힘도 그 힘을 견딜 수 없을 것이다. 사람들은 주위에서 무슨 일이 일어나고 있는 지 정확하게 관찰하지 못한다. 어두운 창공에 숨겨진 역사 이후, 사람들이 그것을 관찰하고 묘사하는 것이 어떻게 되었는지에 대해 알기가 쉽지 않다. 그래서 나는 약간의 자료를 가지고 선진시대의 민속이 어떠하다고 단언하는 것은 매우 위험하다고 생각한다. 나는 연구 과정에서 이점에 대해 최대한 노력하였지만 자료 수집과 개인 능력의 한계 때문에 일부 전에 접하지 않은 문제에 대해서, 조금은 대담하게 진술하였으니 이는 장님이 코끼리를 말하듯이 일부를 보고 전체를 대략 짐작했을 뿐이다.

나는 선진 민속사를 연구하면서 종경문 선생의 격려를 받고 『선진민속사』(상해 인민출판사, 2001)을 쓴 적이 있다. 이번에 다권본多卷本으로의 『중국민속사』선진권 저술을 맡았는데 종경문 선생이 주필한 『민속학개론』을 읽고 그것을 틀로 삼아 다시 구상했다. 일부 내용은 내가 이전에 저술한 『선진민속사』와 겹칠 수 있지만 대부분 내용은 다시 검토한 결과라고 할 수 있다. 예를 들면 "물질생산 민속" "민간 가무 및 예술" 두 장의 내용은 이전 책에는 없는 내용이다. 다른 내용도 보완, 수정한 부분이 적지 않다. 제 5장 민간 공예는 중국과학원 자연과학사 연구원 화각명華覺明의 주도 아래 완성됐다. 1절 공구와 기계의 제작은 청화대학교 과학사 겸 고문헌연구소 펑립馮立 교수가 저술했다. 2절 도자기는 청화대학교 미술대학 도자기 학과 구부각邸 伏珏 부교수가 저술했다. 3절 방직 인염및 자수는 청화대학교 미술대학 도서관 왕련해王連海 부연구원과 상해박물관 범명삼范明三 연구원이 같이 저술했다. 4절 금속 공예는 화각명 연구원이 저술했다. 5절 한약의 보제는 남경중의대학 약학원 정안위丁安偉 교수가 저술했다.

종경문 선생은 일찍이 중국 민속사 연구의 민족화 문제에 대해 중요한 논술을 한 적이 있다. 그가 말하기를 "민속사는 중국 사람의 민속 역사의 실제 밑바탕으로, 다만 중국 사람이 스스로 똑똑히 알 수 있을 뿐, 외부인은 개입할 수 없다."(「역사학과 민속학의 협동 연구에 대한 간략한 논의-『선진민속사』서문을 대신하여」) 다권본 『중국민속사』 출판은 종경문 선생의 바람을 이루기 위한 첫걸음이라 할 수 있다. 내가 쓴 부분은 개인 능력의 제한이 있기 때문에 누락하거나 타당하지 않음을 면하지 못 할 것이다. 전문가의 많은 가르침을 부탁 드립니다.

조복림晁福林 2007년 초여름
용사영외龍蛇影外 거처

역자 후기

　6권의『중국민속사』는 중국 최초로 민속학에 대한 체계적인 연구시리즈라는 평가를 받았다. 이번에 북경사범대하교 조복림 교수가 집필한 제1권인 선진권만 번역하였다. 번역은 처음부터 난해한 고고학 자료와 방대한 분량에 압도적이어서 힘겨운 작업일 수밖에 없었다. 번역을 완성하는데 계획보다 많은 시간이 걸렸다.

　1장은 제남대학교 김성학 박사와 범위리가 함께 완성하고, 2장에 대한 번역은 범위리가 완성하고, 3장은 단아가 완성하고, 4장은 대구가톨릭대학교 박성하 교수와 남서울대학교 김영 교수가 함께 완성하고, 5장은 서주연과 단아가 함께 완성하고, 6장은 중앙대학교 호미 교수와 단이기 함께 완성했다. 감수는 서울대 신범순 명예교수가 맡았다.

　표기 문제에 있어서 중국인명과 지명은 국립국어원의 외래어표기법에 따라 1911년 신해혁명 이전은 한국식 독음으로 이후는 중국어 발음으로 표기한다는 규정에 따르게 되면 도무지 황당하고 혼란스럽다는 느낌을 금할 수가 없다. 현재 중국어 표기 기준도 없고 같은 인명과 지명이 다르게 표기된 경우가 많다. 특히 인명에 대한 중국어 발음으로 표기는 실재 중국어 발음과 엄청 차이가 나고 중국 사람들에게 알아듣기는 차라리 한국식 독음이 더 편하다는 느낌이 든다. 이번 번역에 지명과 인명 번역은 모두 한국식 독음으로 표기하였다. 이에 국립국어원의 외국어 표기법을 하루 빨리 고쳤으면 좋겠다는 바람이다.

그간 나름대로 많은 시간과 노력을 기울였음에도 불구하고 오역이나 미숙한 표현들이 불가피할 것이라고 생각한다. 독자들의 지적과 조언을 소중히 받아드리겠다.

7년 세월이 흐르고 6권의『중국민속사』가 마침내 완성됐다. 7년은 역사 흐름 속에 아주 짧은 시간이지만 중국민속사 프로젝트에 참여한 저자에게 는 짧지 않는 학술 과정이었다. 연구 과정에서 종경문 선생님께서 운명을 달리 해서 연구팀에게는 가늠할 수 없는 크다 큰 손실이었다. 하지만 다행 히도 여러분들이 한마음으로 뜻을 모아 종경문 선생님의 미완성 사업을 끝마칠 수 있었다.

『중국민속사』집필은 처음 인민출판사 교환전喬還田, 장소군張昭軍의 제 안을 받고 내가 종경문 선생님을 도와 국가 사회과학기금 프로젝트(2000 년도)에 신청했다. 그 때 연구팀을 구축하고 집필 격식에 대한 초안을 만들기 위해 종 선생님은 심혈을 기울였다. 종 선생님은 중국은 문헌대국 이고 민속에 관한 기록도 많지만 온전한 대편폭의 민속사 서적이 하나도 없다는 것에 대해 유감스럽게 생각하셨다. 그가 이 프로젝트를 주도한 이유는 바로 이 유감스러운 점을 채우고자 함이었다. 종 선생은 일반 민속 사항의 기술에 강했다. 뿐만 아니라 특별히 저명한 민간 공예 연구 전문가 청화대학교 과학사 겸 고문헌연구소 소장인 화각명華覺明 교수님을 초청 해 민간 공예 테마를 주도하게 하였다. 또한 중국 예술 연구원 민간 희곡사 연구전문가 유정劉禎 교수를 초청해 희곡 테마를 맡겼다. 이 두 전문 분야 를 다루게 함은 일반 민속사 연구자들의 부족한 점을 보완해 주고 또 본 연구 과제가 민중 정신과 물질생활을 강조하는 특색이 더욱 뚜렷이 드러내기 위함이다. 그 때 선생님의 흥분하신 모습이 아직도 머리 속에 생생하다. 그가 말하기를 "이 과제가 내 자신에게도 무척 중요하지만 한 나라가 재대로 된 민속사 저작이 있어야 된다. 우리가 이 시대에 태어나서 누구를 원망할 것도 없고 힘이 부족하더라도 최선을 다해야 한다!" 종 선생님은 『중국민속사』를 '문화장성文化長城'으로 비유하면서 팀 구성원에게 힘을 모아 이 학술 대업을 완성하고자 호소했다. 종 선생님은 병세가 위중하여 입원한 가운데서도 민속사 저술 사업을 잊지 못했다.

2002년 1월 종 선생님은 우리 곁을 영원히 떠났다. 민속사 저작은 한 때 멈추었다가 유괴립劉魁立 교수와 상의 후 저자에게 연구 과제에 대한 의견을 구하는 편지를 보냈다. 모두들 이 주제를 계속해서 발전시키는데 동의했다. 교육부 민속전적문자연구센터 지도자와 북경사범대학교 문학 대학 선배들의 도움으로 2003년 7월에 유괴립 교수가 주관하여 집필 구성팀 3차 회의가 열렸고 2004 년 말까지 모든 저술을 마치자고 당부했다. (여러 가지 이유로 달성하지 못한다). 이후 수당권隋唐卷 저자는 개인 사정으로 프로젝트 팀을 떠났다. 프로젝트의 원활한 진행을 위해 우리는 즉시 전국의 적절한 저자를 찾았다. 상해 대학의 성장程薔 교수教授, 동내빈董乃斌 교수의 도움으로 우리가 서북대학교 이지혜李志慧 교수와 연락이 되어, 이 교수가 다시 한양문韓養民교수, 곽흥문郭興文 교수, 이영과李穎科 교수를 초청하여 6개원에 수당권 집필 프로젝트를 끝마칠 수 있었다. 많은 도움을 주신 여러 교수님께 감사의 말씀을 전한다.

연구 과정에 실무 담당자와 프로젝트 기획자로써 나는 공동 프로젝트의 어려움에 대해 많은 것을 느꼈다. 특히 종 선생님이 떠난 후 여러 선배와 동료의 도움 없이는 이 과제를 성공적으로 완성할 수 없었을 것이다. 특별히 다음 분들에게 깊은 감사를 드린다. 유괴립 교수가 종 선생 생전에 특별히 초청한 조력자로써 두 번이나 민속사 편찬 회의를 주최하면서 감독하고 독촉하면서 여러 방면으로 지도해 주었다. 왕녕王寧 교수는 중요한 시점에 재정 및 작업 공간을 지원했으며 종 선생님이 떠난 후 종종 그녀는 우리에게 정신적으로 많은 의지가 됐다. '211 공정'[1]의 책임자인 동경병童慶炳 교수는 과제에 대한 재정 지원을 해주었으며 끊임없이 채찍질과 격려를 아끼지 않았다. 동효평董曉萍 교수는 시종 지도 편달해 주었으며 어려움을 극복하는 데 일조했다. 그녀의 도움이 없었다면 이 프로젝트를 성공적으로 완성할 수 없었을 것이다. 이 연구 프로젝트의 실무 연락 담당자로서 저는 헌신적으로 노력을 기울인 저자들에게 진심으로 감사드린다. 그리고 특별히 조복림 교수에게 감사드린다. 그는 늘 겸손할 뿐만 아니라 바쁘신 와중에도 제일 먼저 저술을 완성했다. 화각명 교수에게도 감사드린다. 그는 나이와 건강 문제를 감수하고 역시 먼저 민간 공예 전문 테마를 완성했다. 또한 유정劉禎 교수, 유표游彪 교수, 만건중萬建中 교수에게 감사드린다. 그들의 끈질김과 기여가 없었다면 제시간에 완성할 수 없었을 것이다. 꼭 보충 설명하고 싶은 것은 한위권漢魏卷 저자가 끝까지 저술하지 못해 중간에 저자가 교체됐다는 것이다. 동효평 교수와 곽필항郭必恒 박사가 두말 않고 맡아 줘서 책이 제시간에 나올 수 있었다.

본서의 출판을 앞두고 나는 본 책의 편집 위원회를 대표하여, 부경사범대학의 민속과 사회 발전 연구소의 오려평吳麗平, 하소아賀少雅, 왕서화王瑞華, 소언蘇燕, 유방비柳芳菲, 진건려陳建麗, 장세창張世昌 등 대학원생들에게 감사 드리고 싶다. 그들은 마지막 정고定稿 단계에서 애를 많이 썼다. 특히 오려평은 이 책의 교정 과정에서 기여한 바가 크다. 상기의 학우 여러분 진심으로 감사드린다.

마지막으로 이 책의 책임 편집장인 교환전喬還田과 우홍뢰于宏雷 부편집장에게 특히 감사드린다. 두 분의 엄격하고 건설적인 의견 없이는, 본서는 지금과 같은 이상적인 상태에 도달할 수 없었을 것이다.

---

1) 중국 정부에서 추진한 대학진흥 프로젝트.(역자 주)

이 책의 사진 부분은 이미 출판 된 저작물에서 발췌한 것으로, 이 책의 격식상 제한으로 일일이 명시할 수 없었기에, 원작자에게 사과와 진심으로 감사드린다.

우리는 이 책을 완벽하게 하려고 노력했지만 학술 수양과 시간 관계로 일부 누락이나 잘못된 점이 있을 수 있을 것이다. 독자 여러분의 비평과 지적을 바란다.

본 과제를 집필하는 과정에서 국가사회과학기금, '211 공정' 2단계 하위 프로젝트, 교육부 인문사회과학연구기지 민간전적문학연구센터 중국민속문헌사 계열의 프로젝트의 후원을 받았다. 감사의 뜻을 표한다.

소방蕭放 근지 2007년 12월

| 주편 소개 |

종경문鐘敬文(1903-2002)

광동성 해풍海豐에서 태어나 1927년부터 중산대학교에서 교편을 잡기 시작하여 민속학회의 조직활동을 참여하면서 민속 잡지와 민속총서를 편집했다. 1928년 절강대학교 교수 역임, 항주에서 중국민속학회의 업무도 보았다. 1934년에 일본 와세다대학교 문학부 연구원에 가서 신화학, 민속학을 연구했고, 1941년에 중산대학에서 가르치고 1949년부터 북경사범대학교에서 임직하면서 보인輔仁대학교, 북경대학교 등 학교의 겸직도 같이 했다. 1979년 고힐강顧頡剛, 백수이白壽彛 등인 7명의 유명 교수와 함께 전국민속학회를 창립했다. 1983년 민속학회 이사장을 역임했고 교육부 문과 교재『민간문학개론』,『민속학개론』의 주편을 맡았다.『민간문화학: 개요 및 발생』,『민간문예학 및 역사』,『중국민속학파의 건립』등 10권의 개인 저서를 출간했다.

| 저자 소개 |

조복림晁福林

1943년생, 선진사先秦史 연구 전문가, 북경사범대학교 역사대학 교수. 주요 논저로『중국상고문화소원』,『춘추패주』,『하상서주사회 변천사』,『선진 사회형태 연구』,『상해박물관 전국 초楚 족서<시론>연구』등이 있다.

화각명華覺明

1933년생, 중국 전통공예연구회 이사장, 국가문물국 전문가, 청화대학교, 중국과학기술대학교, 북경항공항천대학교, 동제同濟대학교 겸임교수 역임, 주요 논저로『화각명자선집』등이 있다.

유정劉禎

1963년생, 매란방梅蘭芳기념관 관장, 중국 예술연구원 교수, 주요 논저로『중국민간목련目連문화』,『북경희곡통사(요·금·원편)』,『민간희곡과 희곡사학론』등이 있다.

| 역자 소개 |

범위리范偉利

제남대학교 한국어학과 재직중

단아段雅
북경사범대학교 국제중문교육대학 석사 재학중

| 감수 |

신범순申範淳
서울대학교 국어국문학과 교수 역임

중국민속사 ❷

초판 인쇄   2023년 10월 31일
초판 발행   2023년 11월 8일

주   편 | 종경문鐘敬文
저   자 | 조복림晁福林·화각명華覺明·유정劉禎
역   자 | 범위리范偉利·단아段雅
감   수 | 신범순申範淳
펴 낸 이 | 하운근
펴 낸 곳 | 學古房

주   소 | 경기도 고양시 덕양구 통일로 140 삼송테크노밸리 A동 B224
전   화 | (02)353-9908 편집부(02)356-9903
팩   스 | (02)6959-8234
홈페이지 | http://hakgobang.co.kr/
전자우편 | hakgobang@naver.com, hakgobang@chol.com
등록번호 | 제311-1994-000001호

ISBN 979-11-6995-459-4 94820
       979-11-6995-457-0 (세트)

값 : 52,000원